damals noch nicht wusste, wer sie waren, Männer mit schwarzen Mänteln und tief ins Gesicht gezogenen schwarzen Kapuzen. Zwei von ihnen standen auf der gegenüberliegenden Seite der Fußgängerzone und schienen mich aufmerksam zu beobachten. Schlagartig breitete sich ein ungutes Gefühl in meiner Magengegend aus. Unwillkürlich blieb ich stehen und schaute neugierig zu ihnen hinüber. Als die Männer erkannten, dass ich sie ansah, wurden sie zunehmend unruhiger und nervöser. Plötzlich stöckelte eine blonde Dame mit endlos langen Beinen auf azurblauen High Heels durch mein Blickfeld. Ich ließ mich gerne für einen kurzen Moment ablenken, um dann erneut mein Augenmerk auf die seltsamen Gestalten zu richten, doch sie waren nirgends zu sehen, als hätte sie der Erdboden verschluckt. Irritiert wanderten meine Augen die Einkaufsstraße rauf und runter, doch sie waren und blieben verschwunden. Kopfschüttelnd schlenderte ich weiter und hatte wenig später diese sonderbare Begegnung auch schon wieder vergessen.

Doch die Geschichte, die ich Ihnen erzählen möchte, begann mit dem geheimnisvollen Brief, den ich nach meiner Rückkehr aus der Frankfurter Innenstadt in meinem Briefkasten vorfand:

Sehr geehrter Herr Debrien,

im Auftrag eines Mandanten bitte ich Sie, sich in zwei Tagen um 15:00 Uhr in meiner Kanzlei zum Zwecke einer Testamentseröffnung einzufinden.

Hochachtungsvoll
gez. Notar Thomas Schulz

Stirnrunzelnd betrachtete ich den Brief. Testamentseröffnung? Wer sollte gestorben sein? Niemand hatte in meiner zugegebenermaßen recht kleinen Verwandtschaft in letzter Zeit Gebrauch von seinem Recht des Ablebens gemacht. Noch dazu fiel der Termin ausgerechnet auf einen Samstag! Das war nun wirklich seltsam. Irritiert legte ich das Schreiben beiseite und griff zum Handy. Nach drei Telefonaten hatte ich die Gewissheit, dass sich alle Angehörigen bester Gesundheit erfreuten, doch das ungute Gefühl in der Magengegend hielt sich hartnäckig. Ich speicherte mir die Adresse des Notars ins Handy, merkte den Termin vor und legte den Brief in die Schublade. Übrigens noch kurz zu meiner Person, ich bin dreißig Jahre alt, wohne im Frankfurter Stadtteil Bornheim und studierte an der Goethe Uni in Frankfurt Geschichte mit Schwerpunkt 5. bis 16. Jahrhundert. Heute arbeite ich freiberuflich als Berater für das archäologische Museum Frankfurt. Doch zurück zur Geschichte. Die nächsten zwei Tage verliefen mehr oder weniger ereignislos. Ich wachte am Samstag relativ spät auf, da das Kneipenviertel der Oberen Bergerstrasse in Bornheim mal wieder zugeschlagen hatte. Mit leichtem Kopfweh saß ich vor meiner ersten Tasse Kaffee, als sich bei meinem Handy die Erinnerungsfunktion meldete, noch etwa drei Stunden bis zu dieser mysteriösen Testamentseröffnung. Ich wollte es schon beiseitelegen, als jemand anrief. Ich schaute auf das Display, es war Chris. Chris, besser gesagt Christian, ist ein langjähriger Jugendfreund und immer für einen Spaß zu haben, doch wenn es drauf ankommt, kann man sich hundertprozentig auf ihn verlassen.

Ich nahm ab. »Hi.«

»Hallo Daniel! Na, was macht der Kopf? War gestern mal wieder länger als geplant!«

»Mit dir kommt man auch nicht nach Hause.«

Auf meine Antwort brummte Christian nur lapidar: »Ach ja? Warst nicht du derjenige, der gestern unbedingt noch in die nächste Kneipe ziehen wollte?«

Stimmt! Er hatte recht – verdammter Alkohol. Unser Absacker hatte uns wieder einmal, wie schon so oft, in einen gemütlichen Gewölbekeller direkt auf der oberen Bergerstrasse geführt, hinein in die Weinkellerei Dünker.

Ich lachte. »Ok, ok – schon gut. Dieser Laden ist noch irgendwann mein Untergang.«

»Was hast du heute noch vor? Lust auf einen Kaffee in der Stadt?«

»Geht leider nicht. Ich muss zu diesem Termin. Du erinnerst dich? Ich hatte davon erzählt.«

»Ach ja, die ominöse Testamentseröffnung. Bin gespannt, was dabei rauskommt. Vielleicht schwimmst du schon im Geld und weißt es nur noch nicht«, unkte Chris.

»Wäre schön, doch das glaube ich nicht. Mein Bauchgefühl sagt mir in dieser Hinsicht etwas anderes«, murmelte ich zurück.

»Na ja, spätestens um drei wirst du schlauer sein. Melde dich, wenn du fertig bist.«

»Du erfährst es als Erster, sollte ich nicht mehr arbeiten müssen!«, versprach ich und legte auf.

Ein Blick auf die Uhr verriet mir, dass ich noch genügend Zeit zum Duschen und Rasieren hatte.

Um halb drei machte ich mich auf den Weg zur Kanzlei des Notars. Etwa zwanzig Minuten zu Fuß würde ich brauchen. Einfach die große Berger Straße in Richtung City laufen. Diese bekannte Straße in Frankfurt teilt sich in die Obere und Untere Berger. Der obere Teil eher traditionell, der untere Teil, schon im Stadtteil Nordend liegend, eher szenisch und hipp. Die Kanzlei lag in der Herbartstraße im unteren Bereich der Berger. Die Lage kannte ich gut, denn direkt an der Kreuzung Herbartstraße – Berger Straße hat mein Lieblingsitaliener seine Residenz; das *Bella Mia*. Kurz vor drei stand ich in besagter Seitengasse vor dem gesuchten Haus. Ein hoher Altbau mit schöner, neu restaurierter Fassade, eigentlich typisch für die Stadtteile Nordend und Bornheim. Ein großes, blank poliertes Schild prangte neben einer schweren Eingangstüre – *T. Schulz Rechtsanwalt und Notariat*. Plötzlich war es wieder da, das flaue Gefühl im Magen. Nervös lief ich die drei Steinstufen hoch und klingelte. Sofort erfolgte ein leises Brummen und die Tür klickte auf. Kaum war ich eingetreten, rief jemand im Hausflur: »Die Treppe hoch – erster Stock.«

Die Holzabsätze ächzten unter jedem Schritt. Ich schmunzelte vor mich hin, denn diese alten Stufen würden jeden Einbruchsversuch im Keim ersticken. Dann hatte ich die erste Etage erreicht und ein freundliches Damengesicht blickte mich strahlend an.

»Herr Debrien?«, fragte sie rein vorsorglich.

»In voller Lebensgröße!«, bejahte ich und grinste zurück.

»Kommen Sie herein. Herr Schulz wartet schon.«

Sie nahm mich an der Türe in Empfang. »Schön, dass Sie pünktlich sind. Darf ich Ihnen etwas anbieten?«

»Kaffee wäre nicht schlecht.«

»Wie möchten Sie ihn?«

»Blond und süß.«

»Tschuldigung?«

»Mit Milch und Zucker, bitte.«

Sie kicherte leise und führte mich durch einen weitläufigen Gang auf eine braun verkleidete Tür zu. In Augenhöhe war ein kleines Goldschildchen mit der Aufschrift *T. Schulz* angebracht. Sie klopfte kurz, öffnete den Eingang einen Spalt und streckte ihren Kopf hinein. »Herr Debrien wäre jetzt da!«

Eine kehlige Stimme hallte von drinnen: »Worauf warten Sie noch? Herein mit ihm!«

Sie schob die Türe ganz auf. »Herr Schulz erwartet Sie. Der Kaffee kommt sofort.« Glucksend setzte sie hinzu: »Natürlich blond und süß!«

Während des Eintretens nickte ich ihr freundlich zu. »Vielen Dank.«

Dann empfing mich ein eigenartiger Geruch, der an eine Mischung aus Staub, Mottenkugeln und Bohnerwachs erinnerte. Das Büro war gelinde gesagt riesig und eine große Fensterfront hätte viel Licht ins Innere gelassen, wenn da nicht diese schweren Brokatvorhänge gewesen wären. Die Möbel waren im Kolonialstil gehalten, gewürzt mit einer kräftigen Prise indischem Einfluss. An den Wänden standen kolossale Regale, die überquollen vor Büchern. Mein erster Gedanke war, *wenn er die alle gelesen hat, muss er weit über hundert sein*. Mitten im Raum stand eine geräumige Sitzecke aus dunklem Leder. Weiter hinten befand sich ein Schreibtisch und dahinter blickten mich neugierig zwei Augen über eine randlose Brille an. »Treten sie näher, junger Mann.«

Ich umrundete elegant die Sitzecke und kam vor dem Schreibtisch zum Stehen.

Der Notar erhob sich formell und streckte mir seine Hand entgegen. »Schulz. Thomas Schulz. Freut mich Sie kennenzulernen, Herr Debrien. Nehmen Sie doch bitte Platz.«

Ich schüttelte ihm die Hand und antwortete wahrheitsgemäß: »Ich weiß noch nicht, ob die Freude auch meinerseits ist, denn ehrlich gesagt, habe ich nicht die geringste Ahnung, warum und weshalb ich hier bin. Vielleicht eine Verwechslung, denn in meiner Familie ist niemand gestorben.«

Schulz schüttelte den Kopf. »Ganz ausgeschlossen!«

Die entschiedene Betonung dieser zwei Worte, trieb mir nun doch ein paar kleine Schweißperlen auf die Stirn. Was zum Teufel wollte dieser kleine, dicke Mann von mir?

Lachend meinte der Notar: »Sie fragen sich natürlich, warum Sie hier sind? Verständlich, denn meine Einladung war nicht gerade ausführlich und das Wort Testament trifft es in diesem Falle nicht so ganz.«

Leichter Zorn wallte in mir auf: *Klugscheißer und warum schreibst du es dann so?*

Schulz lehnte sich nach vorne und blitzte mich mit seinen Schweinsäuglein an. »Also gut, kommen wir gleich zur Sache.« Er fuhr mit seinem Bürostuhl etwas zurück, beugte sich nach vorne und schloss eine Schublade des Schreibtisches auf. Er zog einen großen Briefumschlag hervor und legte ihn vor sich auf die Schreibunterlage des Tisches. Der Umschlag war zugeklebt und mit einer Art amtlichen Siegel versehen, damit war sichergestellt, dass niemand ihn zuvor geöffnet hatte.

»Dieses Kuvert wurde unserer Kanzlei vor fünfundzwanzig Jahren zur Aufbewahrung übergeben. Der Auftrag lautete: *Vier Tage nach seinem dreißigsten Geburtstag setzen Sie sich mit ihm in Verbindung. Öffnen Sie diesen Umschlag in seinem Beisein und händigen Sie ihm den Inhalt aus.* Deshalb sind Sie hier, Herr Debrien. Ich bin also lediglich ein Überbringer, nichts weiter. Doch zuerst bitte ich Sie um ihren Personalausweis, denn ich muss mich Ihrer Identität versichern.«

Seine Worte trafen mich wie ein Donnerschlag. Wer um alles in der Welt plant eine Übergabe so lange Jahre im Voraus? Und richtig, mein Geburtstag fiel in dieser Woche auf einen Mittwoch. Jetzt verstand ich auch, weshalb der Termin am Samstag stattfand. Ich zog meinen Personalausweis aus dem Geldbeutel und reichte ihn Schulz. »Wer hat Ihnen damals den Umschlag zur Verwahrung anvertraut?«

Er begutachtete ausführlich das Ausweisdokument, nickte kurz und schob ihn über den Schreibtisch wieder zurück. »Es tut mir leid, ich habe keine Ahnung, wer diese Person war. Ich übernahm vor etwa dreizehn Jahren die Kanzlei von meinem Vater. Er erzählte mir, dass der Überbringer damals eine stattliche Summe gezahlt hatte, hüllte sich aber über dessen Identität in Schweigen.«

»Dann fragen wir ihn doch einfach.«

Er schüttelte den Kopf und berichtete weiter: »Mein Vater ist vor fünf Jahren gestorben. Es wird also sein Geheimnis bleiben. Wollen wir den Brief nun öffnen?«

Ich nickte fahrig. Das Ganze wurde immer mysteriöser.

Schulz zog einen Brieföffner hervor und schlitzte das Papier am Falz auf. Er fuhr mit seiner Hand in den Umschlag und zog zwei weitere Kuverts hervor. Die beiden Umschläge unterschieden sich deutlich voneinander, einer sah uralt aus, als läge er schon hunderte Jahre in dieser Schublade. Es schien sich um ein altes, gefaltetes Pergament zu handeln, dass irgendwann mit dunkelrotem Wachs versiegelt worden war. Dieser vergilbte Brief war schon mehrmals geöffnet worden, denn die Wachsschicht war praktisch nicht mehr vorhanden. Auf dem zweiten Briefkuvert stand in gestochen, scharfen Großbuchstaben: *DANIEL DEBRIEN – PERSÖNLICH –!* Urplötzlich tobten mir die absurdesten Gedanken durch den Kopf, während die Augen wie gebannt an meinen Namen hingen. Schulz hingegen förderte noch einen weiteren Gegenstand aus dem großen Umschlag zu Tage, ein kleines schwarzes Päckchen, dass ungefähr die Größe einer Zigarettenschachtel hatte. Interessiert zog ich meinen Sessel näher an den Tisch, um Genaueres sehen zu können. »Was ist das?«, fragte ich vorsichtig.

Der Notar zuckte mit den Schultern. »Wie gesagt, ich bin nur der Überbringer.«

Einer inneren Eingebung folgend, packte ich die Briefe sowie den kleinen Gegenstand in den großen Umschlag zurück und machte Anstalten aufzustehen. »Gut, so sind wir also fertig?«

Irritiert blickte er mich an und kam leicht ins Stottern: »Äh, ja ähm, es scheint so, sollten Sie keine weiteren Fragen an mich haben.«

»Hätten Sie denn Antworten für mich?«, stellte ich sofort die Gegenfrage und meinte bissig: »Sie sind doch lediglich ein Bote, der nicht ins Vertrauen gezogen wurde. Sie haben Ihren Auftrag erfüllt und der Job ist somit erledigt – oder?«

Plötzlich wirkte er erleichtert, als wäre gerade eine zentnerschwere Last von ihm abgefallen. »Richtig, leider kann ich Ihnen nicht weiterhelfen.«

Das kam ein bisschen zu schnell. Jetzt war ich mir sicher, er wusste mehr, als er zugab, doch die Aussicht, ihm etwas zu entlocken, stand gleich Null. Ich machte noch einen Versuch. »Wenn Sie mir noch etwas zu sagen haben, dann wäre jetzt der richtige Zeitpunkt, Herr Schulz!«

Er setzte zu einer Antwort an, doch in diesem Moment schwang die Bürotür auf und eine überfreundliche Stimme hallte durch den Raum: »So, Herr Debrien, hier ist Ihr Kaffee.«

Schulz klappte seinen Mund wieder zu, blickte freundlich zu seiner Bürokraft und nickte zur Bestätigung. Diese kam mit tänzelnden Schritten an den Schreibtisch und stellte ein Tablett mit Kaffee vor mir ab. Einen kleinen Moment später rang ich nach Atem, denn eine Parfümwolke griff, wie aus dem Nichts, meine Nasenrezeptoren an. Ein schwerer Geruch von Sandelholz, Zeder und Lilien klebte förmlich in der Luft. Die Dame hatte keine zwei oder drei Tropfen aufgetragen, sondern vermutlich den kompletten Flakoninhalt. Ich musste mich kurz wegdrehen und husten.

»Bei Erkältung kann ich Ihnen ein wahres Wundermittel empfehlen. Sie müssen nur …«, doch bevor sie weitersprechen konnte, hob ich hustend die Hand und würgte sie ab.

»Keine Erkältung, vielen Dank. Ich habe mich nur verschluckt.«

Sie nickte schmunzelnd und trat den Rückweg zur Tür an. Schulz sah ihr verträumt nach und meinte gedankenverloren: »Ist sie nicht eine gute Seele? Was würde ich nur ohne sie machen?«

Ich ersparte mir eine ironische Antwort, griff stattdessen zum Kaffee und zog verwundert die Augenbrauen hoch. Er schmeckte ausgezeichnet. Nachdem ich die Tasse wieder abgesetzt hatte, sah ich Schulz mit ernster Miene an. »Wollten Sie mir noch etwas mitteilen?«

Der Notar schrak aus seinen Gedanken. »Ach ja, natürlich. Sie müssen mir den Empfang der Gegenstände quittieren, nur für die Richtigkeit der Unterlagen.«

»Das meinte ich eigentlich nicht, Herr Schulz!«, erwiderte ich und lächelte betont freundlich.

Da war es wieder, das unsichere Flackern in seinen Augen. Er schien zu überlegen, während seine Finger nervös auf die Schreibtischunterlage trommelten. Dann fuhr ein Ruck durch seinen Körper und er meinte bestimmt: »Ich kann Ihnen wirklich keine weiteren Hinweise geben, so leid es mir tut.« Er fischte ein Blatt aus einer Ablage neben dem Schreibtisch und reichte es mir. »Wenn Sie mir nun bitte den Empfang bescheinigen könnten.«

Ich überflog kurz den Text und setzte meine Unterschrift darunter.

Schulz erhob sich und reichte mir förmlich die Hand. »Dann wären wir jetzt fertig. Ich wünsche Ihnen noch ein schönes Wochenende, Herr Debrien.«

So was nennt man wohl sanft rauskomplimentiert! Ich erhob mich ebenfalls, überging ganz bewusst den Handschlag, sagte kurz und bündig »Guten Tag« und ließ ihn stehen. Als ich das Büro verließ, atmete ich erst einmal tief durch.

»Oh, Sie sind schon fertig? Das ging ja schneller als gedacht«, meinte die duftende Dame sichtlich erfreut.

»Ja. Vielen Dank noch für den Kaffee, er schmeckte fabelhaft und natürlich ein schönes Wochenende.«

»Für Sie auch, Herr Debrien«, flötete sie zurück und hielt mir bereits die Tür auf.

Ich lief die knarzende Holztreppe hinunter und verließ das Gebäude. Es war Zeit für einen starken Espresso. Mein Stammitaliener, das *Bella Mia,* lag keine hundert Meter entfernt und so spazierte ich wieder Richtung Untere Bergerstrasse. Bereits von weitem sah ich, dass fast alle Außenplätze beim Italiener besetzt waren, kein Wunder angesichts des strahlenden Sonnenscheins. Damiano, der Oberkellner, bemerkte mich und winkte auch gleich, um mir anzuzeigen, dass noch ein Platz frei war. Nach einer kurzen Begrüßung stand wenig später ein dampfend heißer Espresso auf dem Tisch. Ich war gelinde gesagt verwirrt. Meine Gedanken kreisten immer wieder um die gleiche Frage: Was hat das alles zu bedeuten? Ich zog den großen Umschlag aus meiner Jacke und holte das vergilbte Schreiben hervor. Es war eindeutig aus echtem und altem Pergament, doch verriet das abgeblätterte Wachssiegel, dass es schon mehrmals geöffnet worden war. Erst jetzt bemerkte ich den Schriftzug, der auf der anderen Seite des Kuverts prangte – ein schwungvoll geschriebenes Wort: Weltengänger. Stirnrunzelnd faltete ich das Schriftstück auf und musste schon mein ganzes Können aufbieten, um die krakelige und verblichene Tintenschrift zu entziffern:

Werter Nachfahre, Bruder im Blute,

so Ihr denn diese Worte in Händen haltet, wisset, dass Euch heute große Bürde und Last auferlegt wurde. Mir ward die Verantwortung übertraget, dies Geheimnis zu hüten und nur innerhalb der Familie weiterzugeben. Dieser Unhold darf sein Ziel nicht erreichen! Die Geschehnisse auf der Alten Brücke und die ungeheuerliche Tat des Gerthener im Jahre des Herrn 1399, zwangen SIE zu handeln. Der Schlüssel wurd' entzwei gehauen, auf dass die Tür für immer verschlossen bleibet. Die Gussform wurd' von ihm getrennet. Eine davon haltet Ihr nun in Eurer Hand. Beschützet sie mit Leib und Leben, Weltengänger!

T. d. B. – AD 21. Juno 1597

War ich eben noch verwirrt gewesen, so wich dieses Gefühl nun einer kompletten Ratlosigkeit. Wollte mich hier jemand auf die Schippe nehmen? Wenn ja, dann hatte er jetzt sein Ziel erreicht!

Ich las die Worte ein zweites Mal, ein drittes Mal. Und je mehr ich las, desto unruhiger wurde mein Magen. Während meines Studiums hatte ich mich schwerpunktmäßig mit dem 5. bis 16. Jahrhundert deutscher Geschichte befasst und auch in meiner Eigenschaft als Berater des Archäologischen Museums hatte ich genügend Schriftstücke unter die Lupe genommen, um zu wissen, dass dies hier keine Fälschung war. Natürlich würde ich das noch genauer nachprüfen lassen. Plötzlich war sie da – die Neugier. Langsam ging ich die Sätze Wort für Wort durch. Es war von einer Alten Brücke die Rede. Gut, da gibt es eine ganze Menge in Deutschland. Aber es handelte sich offensichtlich um eine Brücke in Frankfurt, nämlich um die Alte Brücke oder auch Sachsenhäuser Brücke genannt. Denn es wurde ein Name erwähnt und der war mir nun ganz und gar nicht unbekannt – Gerthener. Es konnte sich nur um Madern Gerthener handeln, einst Stadtbaumeister zu Frankfurt. Er hatte die vom Magdalenen Hochwasser 1342 beschädigten Brückenbögen und Brückentürme der Frankfurter Alten Brücke irgendwann Ende des 14. Jahrhunderts grundlegend erneuert. Ich versuchte mich zu erinnern, was ich über diesen Baumeister noch wusste. Unwillkürlich schoss mir eine Zahl durch den Kopf – 1399.

In diesem Jahr hatte sich Gerthener schriftlich für die Sicherheit der restaurierten Brückenbögen verbürgt, ein absolutes Novum für diese Zeit, denn er bezog sogar seine Erben und Nachkommen mit in diese Bürgschaft ein. Und noch etwas fiel mir ein, Gerthener stand im losen Zusammenhang mit einer Sage um die Alte Brücke in Frankfurt. Sie wird sich in vielen Varianten erzählt, eine davon besagt, dass ein Baumeister oder Steinmetz vom Rat der Stadt Frankfurt den Auftrag bekam, die vom Hochwasser beschädigte Brücke innerhalb einer bestimmten Zeitspanne zu reparieren. Er begann also, die Alte Brücke instand zu setzen, doch irgendwann wurde dem Baumeister bewusst, dass er den vereinbarten Termin einfach nicht einhalten konnte. In einer dunklen Nacht beschwor dieser Meister deshalb den Teufel und bat ihm zu helfen. Satan sagte zu, aber unter der Bedingung, dass die Seele des ersten Lebewesens, die nach Fertigstellung die Brücke betreten würde, ihm gehöre. Schweren Herzens ließ sich der Steinmetz darauf ein und Beelzebub stellte die Brücke in der nächsten Nacht fertig. Noch bevor der folgende Tag anbrach, bereute der Baumeister seinen Pakt und sann darauf, wie er aus dieser Vereinbarung ohne Schaden herauskam. Listig wie er war, trieb er einen Hahn über die Brücke, der damit als erstes Lebewesen die Brücke betrat. Der Teufel erzitterte förmlich vor Wut, schnappte sich das Federvieh, zerriss es in zwei Teile und schmetterte es zurück auf die Brücke. Bevor er sich allerdings dem Baumeister zuwenden konnte, ging die Sonne auf und Satan musste wieder hinab in sein Höllenreich. So ziert ein goldener Hahn, genannt der »Brickegickel« die Alte Brücke von Frankfurt und das bis auf den heutigen Tag. Der Wahrheitsgehalt dieser Sage lässt natürlich zu wünschen übrig, wobei Madern Gerthener immer wieder damit in Verbindung gebracht wird, denn er sei der besagte Baumeister in dieser Legende. Der goldene Hahn hingegen stand früher in der Mitte der Brücke und zeigte den Fährbooten und Handelsschiffen somit die sicherste Fahrrinne durch den Main an. Ich las mir den Brief nochmals durch. Er war 1597 von einem gewissen T.d.B. geschrieben, der über eine Untat Gertheners erzählte, die bereits zweihundert Jahre zurücklag. Das würde also mit dem Wirken des Stadtbaumeisters gegen Ende des 14. Jahrhundert in Frankfurt fast genau übereinstimmen. Aber was für eine Tür sollte verschlossen bleiben? Wer war T.d.B.? Und was zum Teufel meinte der Schreiber mit einem Weltengänger?

Bei einem hingegen war ich mir ziemlich sicher, das schwarze Päckchen enthielt vermutlich die erwähnte Gussform! Ich wollte es eben öffnen, als ich zusammenzuckte, denn genau ein Tisch vor mir saß plötzlich der Notar. Ich war so in Gedanken gewesen, dass ich ihn gar nicht bemerkt hatte und Schulz mich glücklicherweise auch nicht. Mit dem Rücken zu mir gewandt, nestelte er gerade an seinem Jackett herum und zog ein Handy aus der Innentasche. Er wählte eine Nummer und wartete einen Moment, bis sich jemand am anderen Ende der Leitung meldete, »Ja, hallo – hier Schulz. Ich wollte Sie nur kurz informieren – Debrien war da und hat den Umschlag abgeholt.«

Mir blieb die Spucke weg! Sofort lehnte ich mich nach vorne, um besser hören zu können.

Schon sprach Schulz wieder: »Nein, keine Probleme! Er wirkte vollkommen überrascht.«

Pause – jetzt redete sein Gesprächspartner.

Plötzlich wirkte der Notar sehr ungehalten und schnaubte wütend: »Nein, natürlich nicht! Sie haben mich nicht in alles eingeweiht! Was hätte ich ihm also sagen können?«

Wieder Ruhe.

Mit »Gut, vielen Dank und ein schönes Wochenende« beendete der Notar das Gespräch und legte auf.

Wie vom Donner gerührt, saß ich auf meinem Stuhl, unschlüssig meiner, wie ich reagieren sollte. Aufstehen und Schulz zur Rede stellen? Oder einfach gehen, ohne dass er mich bemerkte? Ich entschied mich spontan für die zweite Option, packte alles zusammen und verließ meinen Tisch, um im Restaurant zu zahlen. Natürlich würde ich mir den Notar noch vorknöpfen, doch ein Gefühl sagte mir, dass ich zuerst mehr in Erfahrung bringen sollte, bevor ich irgendetwas unternahm. Im Innenraum des Restaurants meinte Oberkellner Damiano überrascht: »Das ging aber schnell! Noch einen Ramazotti aufs Haus?«

»Lieben Dank, aber heute nicht«, meinte ich, setzte aber grinsend hinzu: »Schreib ihn auf, das nächste Mal trinke ich dann zwei.«

Der Italiener lachte herzlich und gab mir das Wechselgeld zurück. Ein kurzer Blick nach draußen genügte – Schulz war noch an seinem Platz und telefonierte erneut. Ich verließ das *Bella Mia* und machte mich auf den Heimweg. Ich fühlte mich plötzlich elendig. Was in

Gottes Namen ging hier vor? Ein ungutes Gefühl sagte mir, dass ich mit dem heutigen Tage in etwas hineingeraten war, von dem ich lieber nichts wissen wollte. Ich sollte recht behalten, nur das es weit schlimmer kam, als ich es mir jemals hätte vorstellen können.

Daniel Debrien

Kaum zu Hause, klingelte ich bei Christian durch. Er schien auf meinen Anruf bereits gewartet zu haben, denn nach dem ersten Freizeichen stand unsere Verbindung. Ohne Begrüßung fragte er neugierig: »Und? Können wir feiern gehen?«

Ich lachte humorlos und antwortete: »Weit gefehlt, Chris!«

Er kannte mich gut genug, um zu erkennen, dass etwas nicht stimmte. Christians Tonfall wechselte schlagartig von übermütig zu ernst: »Was ist passiert?«

»Nicht am Telefon. Hast du heute Abend schon etwas vor?«

»Nur eine lose Verabredung, nichts, was man nicht absagen könnte!«

»Dann wäre es schön, wenn du vorbeikommen würdest.«

Mein Freund machte eine Pause und schien kurz zu überlegen. »Das Gespräch hat dich ziemlich mitgenommen, oder?«

»Später, Chris. Passt dir acht Uhr?«

Er stimmte zu und wir verabschiedeten uns. Als ich das Handy beiseite legte, brummte mir der Schädel. Ich setzte mich gedankenverloren auf die Couch und öffnete endlich das Päckchen. Es war mit einem festen schwarzen Tuch umwickelt und einer Art Paketschnur verschnürt. Ich löste behutsam die Knoten und schlug den Stoff zur Seite. Was jetzt zum Vorschein kam, raubte mir den Atem: ein kunstvoll gravierter Eisenbarren. Die Ränder des blankpolierten Metallblocks waren mit seltsamen Ornamenten verziert, während in der Mitte acht geschwungene und gestochen scharfe Buchstaben in lateinischer Schrift prangten. Das Wort lautete MORTIFER, was übersetzt *todbringend* bedeutet. Beim Lesen dieser Inschrift lief es mir eiskalt den Rücken herunter. In dem Moment, als ich das Metall anfasste, zuckte ein kleiner violetter Blitz über meine Hand. Ich bekam einen schwachen Schlag, der sich wie eine elektrische Entladung anfühlte, war aber zu erschrocken darüber, als dass es sich schmerzhaft angefühlt hätte. Ich berührte den Barren ein zweites Mal, doch nichts passierte, vermutlich hatte sich das Metall durch Reibung ein wenig aufgeladen. Vorsichtig und behutsam drehte ich den Barren um, in die Rückseite war das Relief eines Schlüssels eingeschlagen. Die Form des Schlüssels war eher einfach und schlicht, keine Verzierungen oder Schnörkel waren zu sehen. Ich hielt also vermutlich die in dem vergilbten Brief erwähnte Gussform in Händen. Von der Schlüsselform lief eine halbrunde Rille zur Oberseite des Barrens hin und damit war auch klar, dass es sich tatsächlich nur um die Hälfte einer Form handelte. Erst wenn man das Gegenstück besaß und beide Formen zusammenklappte, wurde aus der halbrunden Fuge ein Kanal, in den man das flüssige Metall einfüllte und somit den entsprechenden Gegenstand herstellen konnte. In diesem Falle war es der besagte Schlüssel. Unwillkürlich fragte ich mich, wer wohl im Besitz der anderen Form sein mochte. Ich legte das kühle Metall zurück auf das Tuch und griff nach dem zweiten Brief, der an mich persönlich adressiert worden war. Ein dumpfes Gefühl sagte mir, dass darin einige Antworten standen. Die Frage war nur, ob mir gefallen würde, was ich erfahren sollte. Ich öffnete den Brief und begann zu lesen:

Lieber Daniel,

vermutlich wirst Du jetzt an einem ruhigen Ort sitzen, die Gussform und den alten Brief in Händen halten und Dich verwundert fragen, was das alles zu bedeuten hat.

Damit hatte der Schreiber schon mal verdammt recht! Und der Ausdruck *verwundert* war noch sehr zurückhaltend ausgedrückt.

Du bist der Letzte einer langen Ahnenreihe, die über Generationen hinweg ein gefährliches Geheimnis hütet. Leider konnte Dich

Dein Vater nicht mehr einweihen, da Deine Eltern viel zu früh von uns gegangen sind. Deswegen ist es nun an mir, Dich über unsere auferlegte Bürde zu unterrichten. Mein Name ist Alexander Debrien und ganz sicher wirst Du noch niemals von mir gehört haben.

Wieder krampfte sich mein Magen zusammen. Meine Eltern hatten, als ich etwa vier Jahre alt war, einen Autounfall, den meine Mutter nicht überlebte und bei dem mein Vater schwere innere Verletzungen davontrug. Soviel ich weiß, stemmte er sich acht Monate gegen den herannahenden Tod, bevor er den Kampf letztendlich verlor. Ich bin bei meiner Tante aufgewachsen, doch sie hatte nie, auch nur ansatzweise, einen Mann namens Alexander erwähnt!

Die Geheimhaltung meines Namens war unerlässlich, um das Geheimnis zu schützen. Das Wissen darum geht nur vom Vater auf den Erstgeborenen über. Da Du noch zu jung warst, wurde ich, als sein Bruder, kurz bevor Dein Vater starb, von ihm ins Vertrauen gezogen. Doch ich bezahlte einen hohen Preis – nahm einen anderen Namen an und brach jeglichen Kontakt zur Familie ab, damit Du in Sicherheit aufwachsen konntest.

Ich las die Zeilen wieder und wieder. Ich hatte einen Onkel, der mir bis zum heutigen Tage unbekannt gewesen war.

Ich schreibe diese Zeilen, weil ich entdeckt wurde. Sie wissen nun, dass das Geheimnis weitergegeben wurde. Ich bin nicht mehr sicher und schon bald werden sie mir einen Besuch abstatten, der ungut für mich enden wird. Ich suchte einen verlässlichen Notar auf und übergab ihm die Dinge, die nun in Deinem Besitz sein sollten. Ich kann hier nicht alles niederschreiben, was Du wissen musst. Deshalb habe ich einen engen Vertrauten gebeten, wenn es an der Zeit ist, Dich in alles einzuweihen. Und keine Angst, er wird ganz sicher da sein – von ihm bekommst Du die Antworten auf Deine Fragen.

Ich schüttelte ratlos den Kopf. Dieser Brief warf mehr Fragen auf, als er Antworten gab. Wie sollte Alexander Debrien wissen, ob diese Vertrauensperson überhaupt noch lebte? Der Brief war immerhin vor etwa fünfundzwanzig Jahren geschrieben worden und das war eine sehr lange Zeit!

Diese eingeweihte Person ist schwer aufzuspüren und nur, wenn Du die jetzt folgenden Hinweise einhältst, wirst Du sie auch finden. Ich bitte Dich, auch wenn wir uns nie kennengelernt haben, um Dein Vertrauen, denn nur so wirst Du Dich vor den kommenden Ereignissen schützen können. Du kannst dieser Person rückhaltlos vertrauen. Sie wird wissen, was zu tun ist.

Das wurde immer noch schöner. In was war ich da nur hineingeraten?

Vermutlich kennst Du den Bethmannpark im Herzen von Frankfurt. Dieser Park existiert schon mehr als zweihundert Jahre und wurde an diesem Ort nicht ohne Grund angepflanzt! Der Park birgt ein Geheimnis – nämlich den Aufenthaltsort meines Vertrauten. Wir schreiben jetzt das Jahr 1989 und im Bethmannpark wurde ein chinesischer Garten angelegt, was sich für uns als ausgesprochener Glücksfall erwiesen hat.

In mir keimte langsam der Verdacht auf, dass mein Onkel einen nicht unerheblichen Knacks in seinen Gehirnwindungen gehabt haben musste. Der Brief wurde immer abenteuerlicher.

Im südwestlichen Teil wurde ein kleiner Berg aufgeschüttet und ein Aussichts- und Ruhepavillon darauf errichtet. Wenn Du vor diesem Berg stehst, siehst an seinem Fuß eine kleine Höhle im Fels – dort befindet sich ein Eingang, der zur besagten Person führt. Dieses Tor kannst du allerdings nur zu bestimmten Zeiten passieren - zur Abend- oder Morgendämmerung, wenn das Zwielicht bereits angebrochen ist. Betritt die Höhle und lege Deine Hand in die Vertiefung links von Dir, dann sprich folgende Worte: »in altitudo veritas« – alles Weitere wird sich dann ergeben.

»In altitudo veritas«? In der Tiefe liegt die Wahrheit? Ich schüttelte den Kopf, was sollte das denn nun bedeuten?

Ich bin mir dessen bewusst, wie verrückt sich diese Zeilen für Dich anhören müssen,

Wie recht er doch damit hat!

doch glaube mir, jedes Wort in diesem Brief entspricht der Wahrheit. Du MUSST diesen Ort aufsuchen, um Dich selbst davon zu überzeugen! Du schwebst in ernster Gefahr. Wenn nicht meinetwegen, dann tue es bitte um Deines Vaters Willen!

Es grüßt Dich herzlich

Dein Onkel

Alexander Debrien

Völlig verwirrt legte ich den Brief zur Seite, um ihn gleich wieder aufzunehmen und die Zeilen erneut zu lesen – wieder und wieder. Wenn das ein Scherz war, dann ein ziemlich schlechter! Ich bin von Natur aus neugierig und sicherlich nicht einer, der Neuem gegenüber ängstlich oder voreingenommen gegenübertritt, aber das hier?

Ich schaltete meinen Laptop ein, denn es wurde Zeit, ein paar Sachen zu googlen. Wenn ich der letzte Spross einer langen Ahnenreihe war, dann sollte sich doch im Internet etwas darüber finden lassen. Wie heißt es so schön? Das Netz vergisst nichts! Den Bethmannpark, mit seinem Chinesischen Garten kannte ich natürlich, er liegt am Ende der Unteren Bergerstrasse im Frankfurter Stadtteil Nordend. Doch ich wollte nachprüfen, was es mit der im Brief genannten Jahreszahl auf sich hatte und mir die Geschichte dieses Parks einmal genauer ansehen. Vielleicht erfuhr ich so ein wenig mehr. Und dann war da noch diese mysteriöse Person T.d.B.!

Zwei Stunden später klappte ich entnervt den Laptop zu. Ich hatte nichts gefunden, was auch nur annähernd brauchbar gewesen wäre. Ich hatte mir fast jede Seite, die Google über Debrien oder T.d.B. ausgeworfen hatte, angesehen, doch es ließ sich zu keinem Zeitpunkt irgendein Zusammenhang herstellen. Einzig die Recherche über den Bethmannpark, offenbarte ein paar interessante Neuigkeiten. Tatsächlich existiert der Garten schon weit über zweihundert Jahre. 1783 kaufte Johann Bethmann das Grundstück, gestaltete den bestehenden Garten um und erschuf somit den heute bekannten Bethmannpark. Das eigentlich Interessante war, dass der Garten damals außerhalb der Stadtbefestigung lag und somit jeder, auch das gemeine Volk, Zugang hatte. Sollte es also ein Geheimnis geben, so konnte dieses auch schon lange vor dem Kauf von Bethmann dort versteckt worden sein. 1989 war ein Teil des Parks in einen Chinesischen Garten umgestaltet worden, was sich wiederum mit der Jahresangabe im Brief meines Onkels deckte. Alles in allem waren die Informationen ernüchternd und brachten mich keinen Schritt weiter. Ich sah auf die Uhr und zuckte zusammen! Es war mittlerweile halb acht geworden in einer halben Stunde würde Chris aufschlagen.

Der Konstabler

Notar Schulz kauerte schweratmend hinter einer großen Mülltonne und presste seinen massigen Körper an die schmutzige Wand des Abfallbehälters. Akute Panik machte sich breit und nur mühsam konnte er seine zitternden Gliedmaßen unter Kontrolle halten. Er spürte, wie sein Magen anfing zu rebellieren, doch lag es nicht an dem ekelhaften Gestank der faulenden Essensreste, vielmehr an der Person, die ihn seit Einbruch der Dunkelheit verfolgte. Bereits seit zwei Stunden hetzte Schulz durch die Gassen der Frankfurter Innenstadt und versuchte den Mann abzuschütteln. Immer dann, wenn er meinte, seinem Verfolger entkommen zu sein, tauchte dieser unvermittelt wieder auf. Die mysteriöse Gestalt hüllte sich in einen tiefschwarzen langen Mantel, der bei jedem Schritt den Boden berührte und ein kaum hörbares schleifendes Geräusch verursachte. Eine weit ausladende Kapuze verdeckte das Antlitz der Gestalt und machte so jede Beschreibung von Äußerlichkeiten unmöglich. In der Tat eine unangemessene Kleidung für sommerliche Temperaturen und eigentlich sollte so eine ungewöhnliche Erscheinung Aufmerksamkeit auf sich ziehen, doch genau das Gegenteil schien der Fall zu sein. Keiner der vorbeilaufenden Passanten nahm Notiz von diesem seltsamen Mann. Es war, als wäre diese Person, außer für Schulz, einfach unsichtbar. Erneut kämpfte der Notar gegen den aufkommenden Brechreiz, denn wieder vernahm er dieses hässliche Schleifen des Ledermantels – doch diesmal in unmittelbarer Nähe. Er drückte sich noch tiefer hinter die stinkende Abfalltonne und schickte ein Stoßgebet zum Himmel, dass dieser Alptraum bald vorüber sein möge. Unvermittelt erstarb das Kratzen und eine unheimliche Stille trat ein. Für einen kurzen Moment dachte der Notar an die vergangenen Stunden. Er hatte sich nach seiner Verabredung mit Daniel Debrien einen Kaffee in der Sonne gegönnt und war dann zurück in die Kanzlei gegangen, um sich auf einige anstehende Termine vorzubereiten. Als dies erledigt war, hatte er spontan beschlossen, in die Innenstadt zu schlendern, um dort ein nettes Lokal aufzusuchen. Mit einem guten Glas Wein wollte er in Ruhe den lauen Sommerabend genießen. Innerlich verfluchte sich Schulz für diese Entscheidung. Er hatte nicht die geringste Ahnung, wer sein unbekannter Verfolger war, doch hegte er einen Verdacht, von wem dieser geschickt wurde.

Alles hatte vor zwei Wochen, kurz vor Feierabend, mit einem seltsamen Anruf im Notariat seinen Anfang genommen. Ein Mann hatte sich per Telefon gemeldet und ihm mitgeteilt, dass er Kenntnis von einem Umschlag habe, der, adressiert an einen gewissen Debrien, vor langer Zeit der Kanzlei zur Aufbewahrung übergeben wurde. Selbst Schulz musste sich erst wieder die Vergangenheit ins Gedächtnis rufen, bevor ihm überhaupt bewusst wurde, worauf der Mann anspielte. Besagter Umschlag lag schon seit über zwanzig Jahren im Tresor der Kanzlei. Sein Vater hatte ihm damals nur mitgeteilt, dass dieses Kuvert gegen ein gutes Entgelt hinterlegt wurde, mit der Maßgabe diesen Daniel Debrien kurz nach seinem dreißigsten Geburtstag ausfindig zu machen und den Umschlag zu übergeben.

Auf seine Frage hin, woher er das denn wüsste, schnaubte der Mann ärgerlich am Telefon: »Das, werter Herr Schulz, soll nicht ihre Sorge sein. Doch ich hätte einen Vorschlag. Sie teilen mir nur mit, wenn das Kuvert übergeben wurde und bekommen im Gegenzug eine großzügige Zuwendung. Sie verstoßen also gegen keine Gesetze und wahren die notarielle Schweigepflicht.«

Der Notar musste angesichts dieser Unverfrorenheit kurz schlucken, bevor er empört erwiderte: »Das ist doch nicht Ihr Ernst, oder? Das ist eindeutig Bestechung – und *natürlich* strafbar!«

»Wo kein Kläger, da kein Richter«, kam die trockene Antwort aus dem Telefonhörer.

»Wer sind Sie, dass Sie es wagen …?«, herrschte Schulz seinen Gesprächspartner an.

Zischend fuhr die Stimme fort: »Bleiben Sie ganz ruhig. Wir beide wissen gut genug, dass es nicht die erste Gefälligkeit wäre, die Ihre Kanzlei jemandem erwiesen hätte. Stichwort Immobilien! Soll ich weitersprechen oder wollen Sie sich nun meinen Vorschlag überlegen?«

Schulz wurde heiß und kalt. Wer war dieser Jemand? Und woher wusste er …? Er hatte mehrere Male seine Neutralität zu Gunsten eines sehr persönlichen Vorteils übergangen und einigen seiner Mandanten sozusagen einen kräftigen Schubs in die richtige Richtung gegeben. Damit konnte ein befreundeter Immobilienmakler ein kleines Vermögen verdienen, an dem er natürlich großzügig beteiligt wurde. Er krächzte ins Telefon: »Nochmal, wer sind Sie?« Setzte aber leise hinzu: »Und reden Sie weiter.«

»Guter Mann! Ich wusste, dass wir uns verstehen werden. Wer ich bin, tut nichts zur Sache. Sehen Sie mich als einen alten Mann, der auf seine letzten Tage die Vergangenheit korrigieren will. Doch wenn Sie sich dabei wohler fühlen, mich namentlich anzusprechen, dann würde ich Konstabler bevorzugen.«

»Konstabler? Was ist denn das für ein Name?«, rutschte es Schulz unbeabsichtigt heraus.

»Sie wollten einen Namen, nun haben Sie einen, also belassen wir es dabei. Wollen wir uns nun wieder dem Geschäftlichen zuwenden?«, schnarrte die Stimme ungehalten.

Der Notar griff zu einem Taschentuch und wischte sich einige Schweißperlen von der Stirn. Dieser Unbekannte, namens Konstabler, wusste vielmehr, als er zugeben wollte. Allein die Tatsache, dass dieser über seine kleinen Nebengeschäfte informiert war, zeigte Schulz, dass das Telefonat von langer Hand vorbereitet wurde. Es war also vermutlich besser, sich kooperativ zu zeigen und nicht auf Konfrontation zu gehen. Nicht auszudenken, wenn davon etwas an die Öffentlichkeit gelangen würde. Seine ganze Reputation wäre mit einem Schlag dahin. »Wie haben Sie von diesem Umschlag erfahren? Er wurde unserer Kanzlei schon vor Jahren übergeben.«

»Vor genau fünfundzwanzig Jahren – um genau zu sein«, verbesserte ihn der Mann.

»Sie haben meine Frage nicht beantwortet.«

»Zerbrechen Sie sich nicht Ihren Kopf über solche Nichtigkeiten. Nur so viel sei gesagt: Ich hatte mit dem damaligen Überbringer, kurz nach der Übergabe an Ihr Notariat, ein, sagen wir einfach, sehr intensives Gespräch.«

Der Notar schluckte kurz, die Stimme hatte einen gefährlichen Unterton angenommen und wie diese Unterhaltung ausgesehen haben musste, wollte er sich gar nicht ausmalen. Trotzdem wurde er doch ein wenig neugierig, denn wenn dieser Konstabler seit fünfundzwanzig Jahren Bescheid wusste, warum kam er erst jetzt mit seinem Anliegen? Die wahrscheinlichste Erklärung dafür war wohl, dass der Umschlag nur von untergeordnetem Interesse war und das eigentliche Augenmerk vielmehr auf der Person lag, die ihn abholen würde, nämlich auf Daniel Debrien. »Warum kommen Sie erst jetzt zu mir, wenn Sie doch seit so langer Zeit darüber Bescheid wissen?«, fragte er vorsichtig.

Es erfolgte ein kehliges Lachen. »Ich hätte Ihnen etwas mehr Intelligenz zugetraut, Schulz. Ist das nicht offensichtlich? Sie, oder Ihr verstorbener Vater, hätten mir niemals den Umschlag ausgehändigt. Also musste ich wohl oder übel warten, bis der Zeitpunkt gekommen ist, da der Brief erneut das Licht des Tages erblickt. Da Zeit für mich keine Bedeutung hat, war das auch nicht weiter tragisch.«

Was für eine seltsame Redewendung, dachte Schulz, *die Zeit hat für jeden eine Bedeutung, denn jedes Leben ist endlich – eine unabänderliche Tatsache!* »Der Inhalt scheint sehr wichtig für Sie zu sein? Immerhin warten Sie schon über zwei Jahrzehnte!«

»Das geht Sie rein gar nichts an und damit ist diese Farce von Kreuzverhör jetzt beendet! Sobald Sie den Umschlag übergeben haben, werden Sie folgende Telefonnummer kontaktieren.« Der Konstabler nannte Schulz die Nummer eines Handys und fuhr fort: »Ist das geschehen, wird innerhalb der darauffolgenden zwei Tage einer meiner Gehilfen an Sie herantreten und Ihnen Ihr Honorar aushändigen.«

»Das wird wie hoch sein?«, brummte Schulz.

»Großzügig genug für einen Telefonanruf! Guten Tag.«

Es macht *Klick* und die Leitung war tot. Schulz stierte aus dem Fenster. Das Wissen, dass jemand da draußen ihn nun vollständig in der Hand hatte, verursachte ihm Kopfschmerzen und Übelkeit.

In den folgenden zwei Wochen machte sich der Notar daran, Daniel Debrien ausfindig zu machen und war am Ende mehr als erstaunt, als er feststellte, dass dieser nicht nur in Frankfurt wohnte, sondern auch noch im Nachbarstadtteil Bornheim. Das vereinfachte die Sache natürlich ungemein, denn der Umschlag konnte direkt in der Kanzlei ausgehändigt werden. Am Tag der Übergabe betrat ein junger Mann sein Büro, der sich als Daniel Debrien vorstellte. Schulz erkannte sofort, dass Debrien nicht auf den Kopf gefallen war. Der Junge hegte schnell den Verdacht, dass der Notar mehr wusste, als er vorgab. Als die Formalitäten erledigt waren, ging Schulz beim Italiener um die Ecke einen Kaffee trinken und rief, wie versprochen, die Handynummer des Konstablers an. »Hallo, hier Schulz. Ich wollte Sie nur kurz informieren – Debrien war da und hat den Umschlag abgeholt.«

»Und? Wusste er von dem Kuvert?«, schnarrte die bekannte Stimme ohne irgendeine Begrüßung.

»Nein, er wirkte vollkommen überrascht«, antwortete der Notar wahrheitsgemäß.

»Haben Sie ihm irgendwelche Auskünfte gegeben?«

»Was hätte ich ihm denn sagen können? Sie haben mich nicht in alles eingeweiht!«, blaffte Schulz erbost zurück.

»Gut. Mein Gehilfe wird Sie innerhalb der nächsten zwei Tage kontaktieren. Genießen Sie den Abend und das Wochenende, vielleicht bekommen Sie so eine Gelegenheit nicht wieder!«

Der Konstabler legte auf und Schulz fragte sich, wie er das wohl gemeint haben könnte. Wahrscheinlich war es eine Anspielung auf das Wetter, denn die Vorhersage hatte für die nächste Woche eine große Regenfront voraus gesagt.

Das Schleifen kam näher und Schulz drückte sich noch weiter in den Schatten der Mülltonne. Nun wusste er genau, wie der letzte Satz des

Konstablers zu verstehen war. Sein Gehilfe war der Mann im schwarzen Mantel und bei einem war sich der Notar ziemlich sicher, er führte nichts Gutes im Schilde. Plötzlich hörte das leise Kratzen erneut auf und er vernahm mehrere Laute, die ihm das Blut in den Adern gefrieren ließen. Wie ein Spürhund sog sein Verfolger immer wieder Luft durch die Nase ein. Es war als würde der Mann ihn riechen, ein eiskalter Schauer jagte seinen Rücken hinunter. Und als ob der Alptraum nicht noch schlimmer kommen könnte, vernahm Schulz jäh eine kalte und völlig gefühllose Stimme. »Du brauchst dich nicht zu verstecken, Menschlein. Ich rieche deine Angst noch stärker als diese stinkende Mülltonne.«

Nun trat Schulz der Angstschweiß aus allen Poren. Sein Körper war wie gelähmt und seine Gedanken suchten fieberhaft nach einem Ausweg. Er unternahm einen kläglichen Versuch das Wort *Hilfe* herauszuschreien, doch die Angst hielt seine Zunge wie mit einer eisernen Klaue gefangen. Die Gestalt hingegen unternahm nichts. Es war, als wollte sie sich an seiner Furcht noch ein wenig ergötzen, so wie Raubkatzen erst mit ihrer Beute spielen, bevor sie diese töteten. Erneut richtete das Wesen das Wort an ihn: »Ich soll dir schöne Grüße vom Konstabler ausrichten. Er meinte, ich solle dich auszahlen, also bekommst du nun deinen verdienten Lohn.« Dann war die Gestalt plötzlich wie aus dem Nichts über ihm. Schulz schlug schützend beide Arme über dem Kopf zusammen und endlich löste sich seine Zunge, doch er brachte nur ein ersticktes Gurgeln zustande. Seine Hände wurden von eiskalten Schraubzwingen umfasst und sein Körper brutal nach oben gerissen. Als er in das Antlitz seines Verfolgers blickte, war da .... nichts! Er erfasste, wo eigentlich ein Gesicht hätte sein sollen, nur tiefe bodenlose Schwärze. Die Kapuze des schwarzen Mantels schien alles Licht zu verschlucken.

Freudig meinte der Kapuzenmann: »Sehr gut, fürchte dich! Dann schmeckst du noch besser.« Lechzend schob er seinen Kopf etwas nach vorne.

In diesem Moment verspürte der Notar tief in seinem Inneren ein Ziehen. Etwas begann in seinen Eingeweiden zu brennen und zu reißen, dann war er da – der Schmerz. Wie ein loderndes Feuer breitete er sich in seinem Körper aus, ballte sich um sein Herz und wurde immer heißer. Schulz schrie in seiner Todesangst wie von Sinnen, doch es waren nur stumme, unhörbare Hilferufe. Dann brachen die Flammen aus ihm heraus. Wie eine feurige Schlange schlängelte sich ein goldener Strahl aus seinem Mund und wurde sogleich gierig von der schwarzen Gestalt aufgesogen. Das Martyrium des Notars dauerte kaum eine Minute, doch die Qualen, die er ertragen musste, waren unendlich. Aber das eigentlich Tragische daran war, dass Schulz den Grund für sein Ableben nie erfahren sollte. Als das Wesen schmatzend von ihm abließ, war der Notar nicht mehr wiederzuerkennen.

Der Fahrer der Städtischen Müllabfuhr, der den Leichnam in den frühen Morgenstunden entdeckte, gab später zu Protokoll, dass ihn die Leiche an eine ägyptische Mumie erinnert hätte. Schulz konnte zunächst nur anhand seiner nicht entwendeten Geldbörse identifiziert werden. Der dämonische Schwarzmantel verschwand, so wie er gekommen war – lautlos und unsichtbar.

Daniel Debrien

Der Samstagabend war ziemlich ereignislos verlaufen. Nachdem ich Christian von den seltsamen Begebenheiten berichtet hatte, saß er kopfschüttelnd auf der Couch und suchte nach Antworten. Es folgten lange Gespräche, die letztendlich aber immer wieder in einer Sackgasse oder wilden Spekulationen endeten. Als er schließlich ging, hatte ich mich ausgelaugt und müde gefühlt. *Samstagabend und der Herr ging um halb zwölf ins Bett – so weit war ich also schon gekommen.* Doch einen Vorteil brachte es mit sich, ich war am Sonntagmorgen ausgeruht und hätte Bäume ausreißen können. Es sollte ein sonniger, warmer Tag werden, daher entschied ich mich, irgendwo auf der Berger Straße zu frühstücken. Eine halbe Stunde später saß ich mit einer großen Tasse Kaffee, zwei Marmeladenbrötchen und guter Laune in der warmen Morgensonne. Meine Wahl war auf das *Süden* gefallen, ein kleines Café, direkt an der oberen Bergerstrasse. Ich hatte mein Tablet dabei und blätterte eher lustlos in der Onlineausgabe der *Frankfurter Rundschau*. Die gestrigen Erlebnisse hatten mich mehr aufgewühlt, als ich es mir eingestehen wollte. Mehrmals ertappte ich mich dabei, wie ich Löcher in die Luft starrte und deshalb viele Artikel von vorne anfangen musste, da ich mich nicht erinnern konnte, was ich eben gelesen hatte. Ich war gerade im Regionalteil angelangt, als meine Augen an einer kleinen Überschrift hängen blieben, die gerade ein paar Minuten zuvor eingestellt worden war. Wie in Trance las ich die kurze Randnotiz und spürte mit jedem gelesenen Wort, wie sich mein Magen mehr und mehr verkrampfte:

> **Notar aus dem Frankfurter Nordend tot aufgefunden!**
> *Am frühen Sonntagmorgen ist in der Nähe der Frankfurter Kleinmarkthalle der bisher im Nordend amtierende Notar T. Schulz tot aufgefunden worden. Zu der genauen Todesursache gibt es noch keine offizielle Stellungnahme. Ein Verbrechen wird jedoch nicht ausgeschlossen. mth*

Mir wurde abwechselnd heiß und kalt. Der Notar, der mir erst gestern den Umschlag meines Onkels ausgehändigt hatte, war tot. Das war – *nein* – das konnte einfach kein Zufall sein! Meine gute Laune war mit einem Schlag dahin und eine schleichende Angst ergriff langsam Besitz von mir. Bisher hatte ich die Warnungen, die mein Onkel niedergeschrieben hatte, als übertrieben und unsinnig abgetan, doch mit einem Schlag änderte sich das jetzt. Natürlich konnte es sich wirklich nur um einen Zufall handeln, aber mein Gefühl sagte mir, dass der Tod des Notars Schulz in einem direkten Zusammenhang mit meiner Person, zumindest aber mit dem Brief, stand. Ich vernahm ein paar Wortfetzen wie durch Watte und schreckte hoch. Ich starrte in das freundliche Gesicht der Bedienung, die, mit Blick auf meine leere Tasse, gerade fragte: »Möchten Sie noch einen Kaffee?«

»Äh, ja – gerne«, brachte ich nur stotternd zustande.

»Ist Ihnen nicht gut? Sie sind ja leichenblass! Vielleicht sollte ich Ihnen lieber ein Glas Sekt oder Cola bringen?«

Ich schüttelte übertrieben heftig den Kopf. »Nett gemeint, aber ich bleibe lieber beim Kaffee.«

Sie zuckte nur mit den Schultern, nickte und zog von dannen. Meine Gedanken schlugen derweil Purzelbäume und verzweifelt versuchte ich, etwas Ordnung in das Kopfkino zu bringen. Ich fühlte mich plötzlich wie ein eingesperrtes Tier. Doch ich wollte mich nicht in die Ecke treiben lassen, also musste ich den Dingen auf den Grund gehen. Leider hatte ich keine Ahnung, wo ich beginnen sollte. Die einzige Person, die vielleicht etwas Licht ins Dunkel hätte bringen können, war Schulz gewesen, aber der lag nun im Leichenschauhaus. *Moment mal – der Einzige?* Nein! Es gab noch jemanden! Mein Onkel hatte den Hinweis bereits vor mehr als zwei Jahrzehnten niedergeschrieben; die mysteriöse Person im Bethmannpark! Aber wer sollte die letzten fünfundzwanzig Jahre in einer angeblichen Höhle unter dieser Grünanlage gelebt haben? Es schien unglaublich. So langsam normalisierte sich mein Puls wieder und auch das Gefühl der Übelkeit schwand etwas. Ich konnte es selbst nicht glauben, dass die Entscheidung gefallen war. Ich würde also heute Abend bei Sonnenuntergang diese Höhle in Augenschein nehmen, obwohl jede Zelle meines Hirns sich instinktiv weigerte, die Existenz dieser Person auch nur ansatzweise in Betracht zu ziehen. Mittlerweile stand mein zweiter Kaffee – natürlich mit Milch und Zucker – auf dem Tisch und gedankenverloren rührte ich in der braunen Flüssigkeit.

Obwohl es ein wirklich schöner Sommertag wurde, hatte mich eine seltsame innere Unruhe erfasst. Die Aussicht nach Sonnenuntergang eine imaginäre Gestalt zu suchen, verursachte bei mir eine leichte Gänsehaut. Meine Gefühlswelt lag in einer Art gegensätzlichem Spannungszustand – einerseits war da echte Neugier, andererseits hatte ich Angst vor dem berühmten *»Was wäre wenn …«* und so zogen sich die Stunden bis zum Abend schier endlos dahin.

Gegen acht Uhr abends verließ ich die Wohnung und machte mich auf den Weg zum Bethmannpark. Ich trug eine grauschwarze Jeans und ein schwarzes Hemd, damit ich bei aufkommender Dunkelheit nicht so schnell wahrgenommen wurde. Ich kam mir vor wie ein Einbrecher auf Diebestour und je länger ich die Berger Straße hinunterlief, desto mehr nahm die Anspannung zu. Überall waren die Tische und Stühle der Bars und Restaurants bis auf den letzten Platz belegt. Kein Wunder, denn die Menschen wollten das warme Wetter und die letzten Sonnenstrahlen des Tages so lange wie möglich genießen. Überall blickte ich in lachende Gesichter, hörte im Vorbeigehen die lautstarken Unterhaltungen und kam mir plötzlich allein und verloren vor. Überall herrschte pure Lebensfreude, und ich hatte das Gefühl, als wäre ich auf dem Weg zu meiner eigenen Hinrichtung. Eigentlich war ich schon fast dankbar, als der schmiedeeiserne Zaun des Bethmannparks endlich in Sichtweite kam. Im Hintergrund erkannte ich nun auch deutlich mein Ziel: der Aussichtspavillon mit seinen geschwungenen Dächern. Einsam thronte er über dem Chinesischen Garten, der in einem separaten Areal innerhalb des Parks lag. Mein Herzklopfen wurde stärker. Als ich den Zaun erreichte, bemerkte ich sofort, dass keine Menschen im Park waren. »Mist!«, entfuhr es mir leise, denn ich hatte gar nicht daran gedacht, dass der Park nur von Sonnenaufgang bis Sonnenuntergang geöffnet war. Also hatten die Aufseher alle Besucher bereits rausgescheucht. Schnell eilte ich zum südlichen Eingang, der direkt an der Berger Straße lag und atmete tief und erleichtert durch, das Tor stand noch offen. Sie verschlossen vermutlich gerade einen der anderen Eingänge. Ich spähte hinein und erblickte zwei Männer in blauen Uniformen, die geradewegs auf mich zu kamen. Damit hatte ich keine Chance mehr, ungesehen hindurchzuschlüpfen! Ich musste mir also etwas Neues einfallen lassen und blieb erstmal vor dem offenen Tor stehen, zückte mein Handy und tat so, also würde ich telefonieren. Plötzlich blieben die zwei Uniformierten stehen und drehten sich von mir weg. Ein dritter erschien auf dem Weg im Park. Er hatte anscheinend nach den beiden gerufen, weshalb sie jetzt auf ihn warteten. Das war mein passender Augenblick! Alle drei drehten sich für einen kleinen Moment vom Eingang weg. Ich nutzte diesen günstigen Moment aus, rannte durch den Eingang und hechtete hinter einen dichten Rhododendrenbusch, der gleich links neben dem Tor ausladend wucherte. Mein Puls raste und ich sah mich schon in Handschellen abgeführt, doch sie hatten mich tatsächlich nicht bemerkt. Die drei Männer beendeten ihre kurze Unterhaltung und wandten sich wieder den Ausgängen zu. Schon hörte ich erste Wortfetzen: »Gregor hat recht, Werner! Sobald wir hier fertig sind, sollten wir noch ein Bier trinken. Das herrliche Wetter müssen wir ausnutzen, denn eine Regenfront ist im Anmarsch.«

»Du hast ja recht, aber ich habe es meiner Frau nun mal versprochen. Es bleibt dabei, ich werde heimfahren«, antwortete der Mann namens Werner.

»Ja, ja, ist schon gut. Wir wollen doch nicht dafür verantwortlich sein, dass dein Haussegen schief hängt«, erwiderte der andere und grinste frech.

Werner sah ihn finster an und meinte bissig: »Wollen wir nun abschließen?«

Sein Partner hob klappernd einen Schlüsselbund. »Natürlich, ich möchte doch nicht, dass du zu spät kommst.«

Als sie die beiden Flügeltüren schlossen, hielt ich unwillkürlich den Atem an, denn der Mann namens Werner kam mir nun gefährlich nahe. Keinen Meter entfernt kauerte ich unter dem Busch und hatte das Gefühl, dass mein Herzschlag kilometerweit zu hören war. Endlich vernahm ich das erlösende Klicken des Schlossriegels und eine Stimme meinte: »So, das war es hier. Noch der Nordeingang und dann kannst du dich vom Acker machen.«

Der andere gab nur ein leises Brummen zur Antwort.

Ich drückte die Zweige des Strauchs vorsichtig zur Seite, um besser sehen zu können. Die Männer entfernten sich Richtung Norden, um das letzte Tor zu schließen. Die Sonne schickte eben ihre letzten rotgoldenen Strahlen durch den Park, bevor sie ganz hinter den Frankfurter Dächern verschwand. Jetzt war es soweit, die Stunde der Dämmerung war angebrochen. Ich wartete noch ein paar Minuten, bis ich die zwei Männer aus dem Blickfeld verloren hatte. Da von dem dritten ebenfalls keine Spur zu sehen war, gab ich nun die Deckung auf und verließ angespannt mein Versteck. Die asiatische Anlage liegt im hinteren Areal des Bethmannparks und ist gewissermaßen ein Park im Park. Ich lief tief gebückt in Richtung des Chinagartens. Immer wieder drückte ich mich unter dicht stehende Sträucher, denn Passanten, die draußen auf dem Gehweg vorbeiliefen, sollten mich ebenso wenig entdecken, wie die Aufseher des Parks. Endlich sah ich die große Pforte, die, in den *Garten des himmlischen Friedens* führte, so seine offizielle Bezeichnung.

Flankiert wird das Tor von zwei riesigen Steinlöwen, die rechts und links wie zwei stumme Mahnmale Wache hielten. »Verdammt«, fluchte ich ungewollt laut, denn der Durchgang zum Garten war ebenfalls durch zwei Holzflügeltüren verschlossen worden. Hektisch suchte ich nach einer Möglichkeit, doch es blieb nur ein Weg für mich übrig. Ich musste an einem der Löwen hochklettern und von da über die hohe Steinmauer springen. Ich wägte gerade die Chancen des Sprungs ab, als sich meine innere Stimme meldete: *Was machst du überhaupt hier? Du kauerst an einem warmen Sonntagabend hinter einem Ginsterstrauch und überlegst, auf einen Steinlöwen zu steigen, damit du in einen verschlossenen Garten gelangst, in dem eine imaginäre Person seit mehr als fünfundzwanzig Jahren auf deine Ankunft wartet? Wie bescheuert bist du eigentlich?*

Tja, da hatte sie irgendwie recht – die innere Stimme. Aber wie das oftmals so ist, Logik und Gefühl klaffen ganz weit auseinander. Mein Bauchgefühl sagte mir, dass ich herausfinden musste, ob an den Zeilen meines Onkels etwas Wahres dran ist, sonst würde ich für den Rest meines jungen Lebens keine Ruhe finden. Immer würde die Frage im Kopf herumgeistern – *und wenn da doch jemand gewesen wäre …?* Ich atmete tief durch und schlich weiter auf die Steinskulpturen zu. Dazu musste ich allerdings einen breiten Vorplatz überqueren, der sich direkt vor den Holztoren befand. Somit war ich völlig ohne Deckung, zumal sich auf der linken Seite auch noch ein weiterer Haupteingang des Bethmannparks befand. Leute, die draußen vorbeiliefen, würden es sicherlich nicht gutheißen, wenn sie einen Unbekannten bemerkten, der gerade an einem der Löwen hochkletterte. Timing war also alles. Ich passte einen guten Moment ab, spurtete hinter den rechten Steinlöwen und richtete mein Augenmerk sofort auf den Haupteingang. Die Sekunden zogen sich zu einer Ewigkeit hin und endlich war niemand mehr zu sehen. Ich kletterte auf den Sockel und zog mich am Maul des Löwen nach oben. Zum Glück waren die Skulpturen ziemlich klobig, sodass ich guten Halt fand. Als ich endlich auf dem Löwenkopf thronte, wurde mir etwas mulmig zumute, denn die Steinmauer war gut einen halben Meter entfernt und zu allem Überfluss oben auch noch leicht abgeschrägt. Ich nahm allen Mut zusammen, ging in die Hocke und stieß mich ab. Mit ausgestreckten Armen klatschte ich auf die Mauer und krallte meine

Finger in die oben angebrachten Reliefsteine. Millimeter für Millimeter zog ich mich nach oben und wuchtete meinen Körper über die Mauer, elegant sah sicher anders aus. Gottseidank wuchs auf der anderen Seite ein dichter Busch, sodass ich weich und wohlbehalten im Garten des himmlischen Friedens landete. Schweißperlen rannten mir von der Stirn und mein Atem ging stoßweise. Die Turnerei hatte mehr Kraft gekostet, als ich geglaubt hatte. In der Dämmerung konnte ich bereits schemenhaft mein Ziel ausmachen, das klaffende Loch am Fuße des aufgeschütteten Felsenhügels, auf dessen Kuppe der *Pavillon im schimmernden Grün* errichtet worden war. Vorsichtig bahnte ich mir meinen Weg über die unebenen Fußwege des Gartens. Dann stand ich endlich vor dem vermeintlichen Höhleneingang. Es ist eigentlich nur ein Loch, etwa ein Meter fünfzig hoch und genauso tief. Keine Ahnung, für welchen Zweck diese Nische geschaffen worden war. Ich war schon viele Male an diesem Ort gewesen, doch jetzt, wo ich genauer überlegte, hatte ich mir diese Frage schon mehrfach in der Vergangenheit gestellt. Ich kramte in meiner Hosentasche und zog meinen Schlüsselbund hervor, an dessen Metallring eine kleine LED-Lampe baumelte. Ich schaltete sie ein und leuchtete das Innere der kleinen Höhle aus. Tatsächlich war eine deutliche Vertiefung auf der linken Seite zu erkennen. Mein Puls ging schlagartig nach oben. Ich streckte meinen Kopf nochmals aus der Vertiefung und blickte zum Himmel – das Zwielicht würde nicht mehr lange anhalten! Ich drehte mich wieder ins Innere und leuchtete erneut die Felswände aus. Zögernd legte ich meine Hand auf die im Brief meines Onkels beschriebene Stelle und flüsterte leise: »In altitudo veritas!« Wie ein Wispern brachen sich die Worte an den Wänden und es geschah ... nichts. *Idiot – was hast du denn erwartet?*, schalt ich mich selbst und wandte mich schon zum Gehen, als ein leises kaum hörbares Klicken ertönte. Wie von der Tarantel gestochen, fuhr ich herum und blickte fassungslos auf den kahlen Steinboden der Grotte. Ein feiner blauer Lichtstrahl zeichnete sich dort ab und wurde immer breiter. Meine Augen fixierten die Wand und mein Herz setzte mindestens zwei Schläge aus, denn ganz langsam öffnete sich dort eine Türe. Das Knirschen wurde stärker, die Türe schwang ganz auf und gab den Blick auf die andere Seite frei. Ich stand wortlos da und traute meinen Augen nicht ...

Madern Gerthener, Reichsstadt Frankfurt – 1399 AD

Madern Gerthener, Werkmeister des Rates zu Frankfurt, so zumindest sein offizieller Titel, stand mit hochrotem Kopf vor dem Magistrat der Stadt. Es war bereits das dritte Mal in diesem Jahr, dass er ins Rathaus am Dom zitiert wurde. Es war früher Morgen und trotz der ersten Sonnenstrahlen war die Ratshalle düster und stickig. Gerüche aller Art hingen schwer und drückend im Raum. Gerthener sah sich um. Unter einer Besucherbank, die an der Seite aufgestellt war, tat sich gerade eine Ratte an ihren erbeuteten Essensresten gütlich. Angeekelt richtete er seinen Blick wieder in die Mitte des Raumes. Dort befand sich eine große, quer in den Raum gestellte Tafel. Daran saßen, in Reih und Glied, die elf Mitglieder des Stadtrates und starrten ihn an. Natürlich waren es nicht alle Obersten, aber es waren die mit dem größten Einfluss und sie waren durchweg schlecht gelaunt, wie er anhand ihres Minenspiels sofort erkennen konnte. Hinter dem Rat waren zwei kleine Pulte aufgestellt, an denen Hilfsschreiber die gesprochenen Urteile und Entscheidungen schriftlich festhielten. In der Mitte der Tafel saß der Schultheis, Rudolf III. von Praunheim, in seinem kunstvoll verzierten Holzsessel. Während er sich nach vorne beugte, starrte er Gerthener missmutig an. In seiner Stimme schwang ein gefährlicher Unterton: »Nun Stadtbaumeister, wie ich höre, gab es erneut Verzögerungen an der Alten Brücke?«

Der Stadtbaumeister war sich bewusst, dass sein Amt diesmal am seidenen Faden hing. Vorsichtig gab er zur Antwort: »Ja Herr, die Schäden sind größer als gedacht. Vier der sechs Bogen sind jedoch bereits fertig und am Brückenturm auf der anderen Mainseite muss nur noch das Dach erneuert werden.«

Der Schultheis fuhr barsch dazwischen: »Erzählt mir was Neues,

Gerthener! Ich bin ja nicht blind und sehe, was auf der Brücke los ist. Berichtet mir über das, was ich *nicht* sehen kann!«

»Herr, es geht um die zwei Schwibbogen hin zur Mitte des Mains! Ich werde sie kaum innerhalb der gesetzten Frist reparieren können. Die Zerstörung durch das Hochwasser am Magdalenentag vor siebenundfünfzig Jahren war enorm und die damaligen Schäden sind mehr schlecht als recht ausgebessert worden. Durch die Schmelzwasser der letzten zwei Jahren sind nun beide Pfeiler endgültig unterspült, weshalb das Fundament neu aufgeschüttet werden muss. Ich hatte diesen Missstand schon bei unserer letzten Unterredung erwähnt, denn wenn der Pfeilerunterbau nicht genauestens überprüft und erneuert wird, steht die ganze Brücke auf tönernen Füßen.«

»Warum ist das nicht längst passiert?«, blaffte die Person, die rechts neben Praunheim saß. Es handelte sich um den Stadtschreiber Conrad Falkenstein, der nach dem Schultheis einer der mächtigsten Personen in Frankfurt war.

Gerthener spürte, wie Zorn von ihm Besitz ergriff und zwang sich innerlich zur Ruhe. Es war nicht der richtige Zeitpunkt, auf Konfrontation zu gehen. Soweit es ihm möglich war, erwiderte er freundlich: »Wie dem Rat bekannt sein dürfte, haben wir nicht genug Arbeiter, um an zwei Stellen gleichzeitig arbeiten zu können. Die Renovierung des Brückenturms hat außerdem mehr Zeit in Anspruch genommen als ursprünglich geplant. Es wurden im nach hinein die vom Rat gewünschten Änderungen vorgenommen, was uns aber viele Wochen und Arbeitsstunden zusätzlich gekostet hat.«

Der Stadtschreiber warf einen Seitenblick zu Praunheim, der unmerklich nickte.

Dann fuhr Falkenstein den Baumeister an: »Wisst Ihr eigentlich, was dieses Vorhaben den Stadtsäckel kostet? Wenn Ihr weitere Arbeiter braucht, dann kürzt den anderen ihren Lohn und Ihr habt das Geld für neue Hilfskräfte. Die Brücke ist binnen vier Wochen fertig! Sollte dies nicht der Fall sein, werden wir Ihre Bezahlung einbehalten und einen neuen Stadtbaumeister suchen, der etwas mehr Leidenschaft an den Tag legt, als Ihr es tut. Ihr könnt gehen.«

Falkensteins Worte trafen Gerthener wie eine Ohrfeige. Er wollte etwas erwidern, doch er brachte nur ein heiseres Krächzen zustande. Im Hintergrund vernahm er deutlich das Kratzen der Schreibfedern. Die Schreiberlinge brachten das eben ausgesprochene Urteil mit teilnahmslosem Gesicht zu Papier.

Praunheim winkte unwirsch und fügte hinzu: »Habt Ihr nicht gehört? Ihr könnt Euch entfernen. Vier Wochen Gerthener und keinen Tag mehr!«

Der Stadtbaumeister deutete eine Verbeugung an, die allerdings mehr als missglückte und verließ mit hängenden Schultern die düstere Ratskammer. Als er vor den Eingang trat, atmete er tief durch. Diese Aufgabe war einfach unlösbar! Nie und nimmer war er in der Lage, das Fundament in vier Wochen aufzuschütten und die Bogen zu erneuern. *Diese verbohrten, geldgierigen Halsabschneider!*, dachte er bitter. Unwillkürlich fröstelte er, denn obgleich der schon wärmeren Jahreszeit blies ein kühler Wind. Er stieg drei Steinstufen hinunter und wandte sich Richtung Krämergasse. Trotz des frühen Morgens herrschte bereits lebhaftes Gedränge auf den Gassen. Einige Händler hatten ihre Stände gerade geöffnet und boten lautstark ihre Waren feil. Den Kopf voll dunkler Gedanken bahnte sich Gerthener einen Weg durch das Gesinde, denn sein Ziel befand sich einige Fußminuten entfernt in der Leinwebergasse. Der *Hölzerne Krug* war eine kleine Schänke, die direkt an einem winzigen Platz, an dem sich die Wege von drei Gassen kreuzten, lag. Der *Hölzerne Krug* war bekannt für seinen guten Wein und einen kräftigen Schluck konnte er jetzt gut gebrauchen. *Vier Wochen* – dieser Zeitraum lastete wie ein Mühlstein auf seiner Seele. Er benötigte etwas Ruhe, um seine Gedanken zu ordnen. Als endlich die Leinwebergasse in Sichtweite kam, atmete er erleichtert und tief durch. Die Schänke hatte schon geöffnet, denn zwei Gäste saßen auf einer von vier Holzbänken vor der Türe und wärmten sich in der Morgensonne. Eben trat die Bedienung aus dem Schatten der Gaststube. Als sie den Stadtbaumeister erblickte, winkte sie sogleich und lächelte ihn an. Gerthener kannte sie natürlich. Es war Sophia, die Tochter des Gastwirts Markwald. Als er ihr Lachen sah, vergaß er für einen Moment seine Sorgen und nickte freundlich zurück.

»Hallo Stadtbaumeister, Ihr seid zu ungewohnter Zeit unterwegs?«, begrüßte sie ihn.

»In der Tat, Sophia. Geschäftliche Angelegenheiten in der Ratskammer«, antwortete er kurz angebunden.

Sie sah ihn skeptisch an und fügte hinzu: »Ihr schaut sehr düster drein. Schlechte Nachrichten? Ging es wieder einmal um die Alte Brücke?«

Nicht sie auch noch!, dachte Gerthener griesgrämig, blieb aber betont höflich. »Zerbrecht Euch nicht den Kopf über meine Sorgen, liebes Mädchen. Bringt mir nur schnell einen Krug Wein.«

Sophia zog für einen kurzen Moment ihre Stirn in Falten und fing dann zu lachen an. »Recht habt Ihr, Gerthener!«

Er lächelte gezwungen und setzte sich an einen der Tische, möglichst weit entfernt von den anderen Gästen. Seine Lust auf Gesellschaft hielt sich seit dem heutigen Morgen mehr als in Grenzen. Er legte seinen Kopf in beide Hände und starrte gedankenverloren die Tischplatte an, als ob dort die Lösung für seine Misere geschrieben stehen würde.

Sophia kam zurück und stellte den Krug Wein neben ihn. Bevor sie ging legte sie ihre Hand freundschaftlich auf seine Schulter. »Nehmt einen kräftigen Schluck, Baumeister, und vielleicht sieht die Welt danach schon wieder etwas freundlicher aus.«

Er nickte nur kraftlos und dachte kummervoll: *Du hast ja keine Ahnung, Mädchen.* Als er seinen ersten Zug getan hatte und das kühle Gebräu seine Kehle hinunterlief, fühlte er sich keinen Deut besser. Wieder starrte er trübsinnig auf die Holzplatte und hing schwermütig seinen Gedanken nach. Und so bemerkte er nicht, wie eine merkwürdige Person langsam seinem Tisch näherkam und sich ihm gegenüber wortlos hinsetzte. Gerthener schreckte aus seinen Gedanken. Die Gestalt nickte nur kurz, sprach aber kein Wort. Der Mann trug eine graue Kutte aus grobem Wolltuch, die sicherlich schon einiges mitgemacht hatte, davon zeugte zumindest so manche geflickte Stelle. Die Kapuze war weit über den Kopf gezogen, weshalb er das Gesicht nur schemenhaft erkennen konnte. Obwohl das Antlitz im Schatten lag, bemerkte Gerthener ein Paar eisblauer Augen, die ihn mit stechendem Blick fixierten. Ein Schauer lief ihm den Rücken hinunter, denn die Augen waren kalt wie Metall und wirkten völlig gefühllos. *Vielleicht ein Priester?*, fragte er sich instinktiv, doch bei genauerer Beobachtung verwarf er diesen Gedanken, denn es fehlten Rosenkranz und Kruzifix. Die rechte Hand des Mannes war zudem mit seltsamen Zeichen bemalt, wie er sie noch nie in seinem Leben gesehen hatte. Die Finger waren knöchern und feingliedrig, mit langen, fast spitzen Nägeln. Nein, das war sicherlich kein Diener der Kirche. Diese Person schien es sichtlich zu genießen, wie er sie so anstarrte und plötzlich kroch ein Gefühl der Unsicherheit in seinem Inneren herauf. »Falls Ihr auf eine Unterhaltung aus seid, so muss ich Euch leider enttäuschen«, sagte er möglichst höflich und versuchte nicht allzu abweisend zu klingen.

Der Mann blieb einen Moment stumm, dann flüsterte eine raue und heisere Stimme: »Ihr habt mein vollstes Verständnis! In Eurer Lage würde mir ebenfalls nicht der Sinn nach Gesellschaft stehen!«

Wie vom Donner gerührt, erstarrte Gerthener zur Salzsäule. »Wie bitte? Was habt Ihr gerade gesagt?«

»Ihr habt es schon verstanden.«

»Zum Teufel, wer seid Ihr? Ich kenne Euch nicht!«, polterte der Stadtbaumeister los.

Ein kicherndes Zischen ertönte. »Diesen Namen, Madern Gerthener, lassen wir vorerst aus dem Spiel! So wie ich das sehe, benötigt Ihr jede Hilfe, die Ihr bekommen könnt. Und ICH kann Euch helfen, denn die vier Wochen ziehen schnell ins Land.«

»Woher wisst Ihr …?« Gertheners Stimme erstarb zu einem Flüstern.

»Spielt das eine Rolle? Euch steht das Wasser bis zum Hals. Ihr seid drauf und dran, Haus und Hof zu verlieren, von Eurer Reputation als Baumeister ganz zu schweigen. Wenn sich herumspricht, was in Frankfurt passiert ist, glaubt Ihr allen Ernstes, dass je eine Stadt wieder ein Bauansinnen an Euch richten wird? Ihr könnt von Glück sagen, wenn Ihr Euch in Zukunft als Steinmetzgehilfe verdingen könnt.«

Die scharfen Worte des mysteriösen Mannes verfehlten ihre Wirkung nicht. Der Baumeister fiel regelrecht in sich zusammen.

Zufrieden brummte die Gestalt: »Ich werde Euch meine helfende Hand reichen, wenn Ihr sie wollt.« Dann erhob er mahnend seinen knochigen Finger und redete weiter: »Doch wisset auch, nichts im Leben ist umsonst.«

Gerthener macht eine wegwerfende Handbewegung. »Wie solltet Ihr das Fundament der Brückenbögen aufschütten können? Und noch dazu in vier Wochen? Da müsste schon der Teufel persönlich seine Finger im Spiel haben, denn das würde an Zauberei grenzen. Selbst wenn dreihundert zusätzliche Arbeiter morgen anfangen würden, ist die Aufgabe nicht zu bewältigen. Nein, werter Herr, das ist schlichtweg unmöglich.«

Der Mann in der Kutte sagte lange nichts, dann hob er den Kopf und schaute für einen kleinen Moment in den Himmel. Für einen winzigen Augenblick konnte der Baumeister einen Blick in das Antlitz seines Gegenübers erhaschen und hielt unwillkürlich die Luft an. Das Gesicht war mit Pockennarben durchzogen, die Nase lang und gebogen wie ein Adlerschnabel, die Lippen schmal und blutleer. Der Fremde trug einen schwarzen, spitzzulaufenden Kinnbart und hatte, trotz seiner Narben, durchaus aristokratische Gesichtszüge. Gerthener stellte sich insgeheim die Frage, wie alt dieser Mann wohl sein mochte, doch dieses Gesicht war, anders konnte er es nicht umschreiben, zeitlos. Der Fremde senkte seinen Kopf und ein leises Lachen ertönte. Es war ein spöttisches, unheimliches Gelächter. »Ja, ja – Baumeister! Vielleicht wäre ja tatsächlich Zauberei im Spiel, doch was schert es Euch, wenn die Brücke fertig ist? Überlegt also gut und falls Ihr einverstanden seid, trefft mich morgen um Mitternacht auf der Alten Brücke. Aber denkt daran, nichts ist umsonst!«

»Was sollte ich Euch schon geben können? Ihr könnt die Hälfte meines Lohns haben«, meinte der Baumeister niedergeschlagen.

Der Fremde raunte belustigt: »Behaltet Eure Gulden. Wenn Ihr Euch entschieden habt, reden wir weiter«, sagte er und machte Anstalten aufzustehen.

Schnell griff Gerthener nach dem linken Ärmel seines Gegenübers und hielt ihn fest. »Ihr habt mir immer noch nicht Euren Namen verraten!«

Der Mann entwand sich seinem Griff mit einer blitzartigen Bewegung und zischte gefährlich: »Ihr erfahrt meinen Namen früh genug! Morgen um Mitternacht – auf der Brücke!«

Ohne weitere Worte zu verlieren, verließ der seltsame Fremde den *Hölzernen Krug* und verschwand in einer der dunklen Gassen. Zurück blieb ein zutiefst verunsicherter Stadtbaumeister, der sich in diesem Moment ernsthaft fragte, ob er nun gerade geträumt hatte oder ihm der Wein zu Kopf gestiegen war …

Daniel Debrien

Es folgte ein klickendes Geräusch, als sich die Pforte im Bethmannpark endgültig geöffnet hatte und schlagartig trat eine tiefe Stille ein. Ich starrte mit weit aufgerissenem Mund ungläubig auf die Öffnung, aus der nun ein blaues Leuchten zu fließen schien. Und als ob das nicht alles schon verrückt genug wäre, vernahm ich jetzt eine Stimme.

»Sei gegrüßt, Daniel. Schön, dass du den Weg zu mir gefunden hast. Ich habe dich bereits erwartet.«

Ganz ehrlich? Jetzt war mein Verstand kurz davor, sich zu verabschieden. Zögerlich trat ich näher an die Türe und blickte hinein. Das Erste was ich sah, war ein breiter Gang, der in die Tiefe führte. Ich stand auf dem Sockel einer Treppe, deren Stufen aus reinem Kristall bestanden und einen bläulichen Schimmer verbreiteten. So wurde der Gang in ein schummrig düsteres Licht getaucht, was nicht unbedingt dazu beitrug, mein rasendes Herzklopfen abzumildern. Ich schluckte kurz, nahm all meinen Mut zusammen und setzte meinen Fuß auf die erste der schimmernden Stufen. Wie in einer Art Wendeltreppe führten sie mich nun immer tiefer nach unten. Meine Schritte hallten unheimlich durch das seltsame Gemäuer und das dumpfe Echo jagte mir mehr als einmal einen kalten Schauer über den Rücken. Ich fühlte mich wie in einer anderen Welt und das mitten in Frankfurt auf dieser seltsamen Treppe, die einfach nicht enden wollte. Ich war schon eine gefühlte Ewigkeit unterwegs, als hinter einer weiteren Biegung die Stufen schlagartig ihr Ende nahmen und übergangslos in einen langen Gang mündeten. Mittlerweile hatte ich jegliche Orientierung verloren und war mir völlig unsicher, in welche Richtung dieser Tunnel nun führte. Sein Boden bestand aus glattbehauenem Stein, der, im Gegensatz zu den kristallenen Treppenstufen, keinerlei Licht aussandte.

Stattdessen waren zu beiden Seiten des Ganges Vertiefungen in den Felsen geschlagen worden, in denen große Kerzen still vor sich hin flackerten. Die Luft war geschwängert von Ruß und Wachsduft. Trotz des diffusen Kerzenscheins konnte ich in einiger Entfernung erkennen, dass der Gang einen scharfen Knick nach rechts machte. Vorsichtig lief ich mit langsamen Schritten den Tunnel entlang und gelangte direkt hinter der Kurve an eine weitere Pforte. Obgleich ich mich wie in einem Traum fühlte, blieb ich ein weiteres Mal staunend stehen, denn dieses Tor bestand tatsächlich aus purem Silber. Beide Türflügel waren mit zahlreichen Intarsien verziert, die anscheinend aus Gold bestanden. Allein diese Türe musste ein Vermögen wert sein. Neugierig untersuchte ich die gezeigten Abbildungen genauer. Es schien sich um eine Art Bilderschrift zu handeln, doch die meisten Zeichen waren mir völlig fremd. Nach einiger Zeit entdeckte ich lediglich ein einziges Symbol, das mir bekannt vorkam: einen Stern mit fünf Zacken – das Pentagramm. Pentagramme galten in früheren Zeiten als Bannzeichen gegen das Böse und wurden deshalb häufig an Türen angebracht, um Dämonen fernzuhalten. Außerdem fiel mir auf, dass die Türe keinerlei Öffnungsmechanismen hatte, weder Klinke, Knauf oder Klopfer waren vorhanden. Irritiert fuhr ich mit den Fingern über die Intarsien, in der Hoffnung, einen versteckten Schalter oder Ähnliches zu entdecken, doch nichts dergleichen war zu finden. So ergab sich nur eine einzige Schlussfolgerung, die Türe konnte nur von innen geöffnet werden. Also musste sich etwas auf der anderen Seite befinden. Unwillkürlich stellten sich meine Nackenhaare auf, denn ich erinnerte mich an die seltsame Stimme, die meinen Namen gerufen hatte. Und als ob jemand meine Gedanken gelesen hätte, ertönte ein schwaches Klicken und beide Torflügel schwangen langsam und geräuschlos auf. Gebannt folgte ich den Bewegungen der Türe, während ich mich wie in einer Theateraufführung fühlte, in der gerade langsam der Vorhang hochgezogen wurde und Stück für Stück den Blick auf das Bühnenbild freigab. Leicht knirschend rasteten die Flügel ein und ich hatte freie Sicht in den Innenraum. Ich weiß nicht, was ich mir vorgestellt hatte, wahrscheinlich alles, nur nicht das, was ich jetzt zu Gesicht bekam, denn ich starrte auf das Logo eines angebissenen weißen Apfels! Mir klappte die Kinnlade nach unten, das war tatsächlich die Rückseite eines Computerbildschirms der Marke Apple. Mitten im

Raum stand ein Schreibtisch – darauf ein iMac der neuesten Generation. Dahinter befand sich eine Person, die geschäftig auf die Tastatur einhämmerte und leise vor sich hinmurmelte. Außer diesem Arbeitsplatz war der Raum völlig schmucklos. Kahle aus dem Fels gehauene Wände, an der Decke zwei große Kerzenleuchter und ein ziemlich zerschlissener Teppich am Boden waren alles, was an Einrichtung vorhanden war. Ich brauchte einige Minuten, um das Gesehene zu verkraften, denn ein Büro mit PC-Anschluss war nun wirklich nicht das, was ich hinter der wuchtigen silbernen Türe vermutet hätte.

Eine Hand erschien hinter dem Computer und klopfte oben auf den Bildschirm. »Gut, nicht wahr? Ist momentan der letzte Schrei!« Die Stimme war dieselbe, die ich schon oben am Eingang gehört hatte.

Ich schreckte aus meinen Gedanken und das Einzige, was mir auf diese Begrüßung einfiel, war ein Gestottertes: »Ähm – j... ja ...«

Ein leises Kichern ertönte. »Nicht ganz, was du erwartet hattest, oder?«

»Nein, ehrlich gesagt nicht ...«, presste ich hervor und versuchte, einen Blick auf mein Gegenüber zu erhaschen, doch der Bildschirm versperrte mir die Sicht. »Was ist das für ein ungewöhnlicher Ort? Und wer sind Sie?«

Wieder hörte ich dieses amüsierte Kichern. »Dieser Ort heißt Tiefenschmiede. Und ich ...« Es folgte eine Bewegung und die seltsame Person machte Anstalten aufzustehen. »Nun ja, ich habe viele Namen. Namen, die dir als ehemaliger Student der Geschichte durchaus geläufig sein dürften.«

Langsam kam die Gestalt um den Schreibtisch gelaufen und endlich konnte ich sie in Augenschein nehmen. Irgendwie hatte ich die Vorstellung gehabt, nun einen Anzugträger vorzufinden, doch wieder wurde ich eines Besseren belehrt. Vor mir stand eine Gestalt, die direkt aus dem Film *Herr der Ringe* entsprungen sein könnte und dem Zauberer Gandalf bis ins Detail glich, außer dass die Person keinen Spitzhut trug. Der Mann war von normaler Statur, etwas größer als ein Meter siebzig und trug eine weite dunkelgraue Kutte, die mit einem auffällig breiten Gürtel um die Hüfte zusammengeschnürt war. Die Füße steckten in einfachen Wildlederschuhen, wie ich sie von historischen Jahrmärkten her kannte. Seine Haare waren lang, sehr lang und fielen ungebändigt über die schmalen Schultern.

Er grinste mich mit geheimnisvoll funkelnden Augen an und meinte lapidar: »Deinem Gesicht entnehme ich, dass auch mein Erscheinungsbild nicht ganz zu deinen Vorstellungen passt?«

Punktladung – da hatte er verdammt recht! Ich nickte nur kraftlos, denn diese Situation, dieser Ort, dieser Mann – ich kam mir vor, wie in einem falschen Film, alles war vollkommen surreal. Ich fühlte mich überfordert und wollte eigentlich nur noch weg.

»Nur allzu verständlich!«, meinte die Gestalt sanftmütig und redete weiter: »Wer erwartet schon, tief unter der Erde einen alten Kuttenträger, der vor einem Computer sitzt, vorzufinden und das mitten in Frankfurt? Sicherlich niemand und vor allem, wenn man die Umstände in Betracht zieht, wie du den Weg hierher gefunden hast. Ich denke also, ich bin dir einige Erklärungen schuldig!«

Ich fand meine Sprache wieder: »Allerdings, das seid Ihr. Und eines dürft Ihr mir glauben, darauf bin ich mehr als gespannt! Ich zweifle nämlich schon an meinem Verstand.«

Der Mann lachte laut auf. »Gut, dann wollen wir uns unterhalten. Möchtest du etwas trinken?«

Ich sah mich in der Felsenkammer um, außer einem Stuhl vor dem Schreibtisch war keinerlei weitere Sitzgelegenheit im Raum. Ich fragte mürrisch: »Im Stehen?«

»Nein, natürlich nicht. Bitte folge mir«, erwiderte die Graumähne und forderte mich auf, zusammen mit ihm in Richtung hintere Felswand zu gehen.

Was wollte er dort? Da war nichts außer nacktem Stein!

Er tippte mit seiner Hand auf eine unbestimmte Stelle und schwacher Schimmer fuhr an der Wand entlang. Ein großer Felsbrocken klappte ein Stück nach innen, schwang zur Seite und ein weiterer Durchgang wurde sichtbar. Ich schüttelte nur den Kopf und nahm mir vor, meine Erwartungen in die Ecke zu stellen, denn an diesem Ort schien sowieso alles verkehrt zu laufen.

Der Alte blieb vor dem offenen Eingang stehen und machte eine einladende Geste. »Trete näher, Daniel. Willkommen in meiner Heimstatt – der Tiefenschmiede!«

Er nannte mich schon wieder beim Namen, dabei kannte ich seinen noch nicht mal. Zögernd machte ich ein paar Schritte nach vorne und trat durch den Spalt im Felsen. Und was ich jetzt zu sehen bekam, überstieg jede Vorstellungskraft und raubte mir schlichtweg den Atem. Ich hatte kein zusätzliches Zimmer betreten, sondern einen riesigen runden Saal, der sich wie ein Zylinder in die Tiefe schraubte. Die Wände dieser Rotunde bestanden aus unzähligen massiven Eichenholzregalen, die überquollen vor Büchern, Schriftrollen und zusammengefalteten Manuskripten. Ein kurzer Blick nach unten genügte, um allein schon sechs Etagen zu zählen. In jedem der Stockwerke war ein balkonähnlicher Umlauf aus querliegenden Balken angebracht worden, sodass man ohne große Probleme sämtliche Regale erreichen konnte. Die einzelnen Geschosse wurden durch eine gewaltige Wendeltreppe verbunden, die spiralförmig nach unten führte und alle Stockwerke miteinander verband. Wir befanden uns am höchsten Punkt der Bibliothek. Sofort lief ich über die Galerie und lehnte mich über das Geländer, um in die Tiefe zu blicken. Nein, es waren keine sechs Etagen, sondern sieben. Zudem führte von der Felsendecke eine schwere Eisenkette nach unten, sie war mit armdicken Bolzen im Fels verankert und ihre Glieder waren so breit wie mein Oberschenkel. Insgesamt sieben mächtige Kronleuchter, einer auf jeder Etage und bestückt mit Hunderten von Kerzen, hingen an der metallenen Schnur. Durch diese Vorrichtung wurde jeder einzelne Stock hell ausgeleuchtet und tauchte die Rotunde in ein warmes, goldenes Licht. Zusätzlich war die Kette am Boden fixiert und mit einer Kupferschale von mindestens zwei Metern Durchmesser versehen worden. Nach kurzem Überlegen erschloss sich mir auch der Zweck dieser Schale – sie fing das herabtropfende Wachs der Kerzen auf. Fassungslos drehte ich mich zu dem alten Mann. Doch er stand nur da und nickte aufmunternd. Ich empfand seine Geste als Aufforderung, weshalb ich sofort zum nächststehenden Bücherregal eilte und neugierig die Titel überflog. Mir wurde heiß und kalt, denn dort standen ausnahmslos Schriften aus dem 16. Jahrhundert. Alle waren bestens erhalten und auf den ersten Blick schien es sich aller Wahrscheinlichkeit nach um Originale zu handeln.

»Beeindruckend, nicht wahr?«, erklang hinter mir die freundliche Stimme des Kuttenträgers.

»Beeindruckend?! Das ist das Großartigste, was ich je in meinem Leben gesehen habe. Diese Bücher müssen ein Vermögen wert sein. Wie kommt man an solch eine Bibliothek mit Tausenden von Schriften? Habt Ihr eine Ahnung, was für Wissen hier lagern muss? Unfassbar – jeder Museumsdirektor würde sich den rechten Arm abhacken, um diese Schriften ausstellen zu können«, platzte es aus mir heraus.

Wieder schien sich der Alte köstlich über mich zu amüsieren. »Genau, richtig! Das ist der springende Punkt, Daniel.«

Ich blitzte ihn wütend an. »Zum Teufel nochmal, wer seid Ihr? Ihr habt eine Menge zu erklären, alter Mann.«

Er zuckte mit den Schultern. »Nun, zuerst das Offensichtliche – ich bin der Bibliothekar.«

Ich zog die Augenbrauen zusammen. »Sollte das als Scherz gemeint sein, war es fehl am Platz.«

Graumähne machte eine wegwerfende Handbewegung. »Komm lass uns weiter nach unten gehen, dann werde ich versuchen, es dir zu erklären. Versprochen!«

Ich stand immer noch ratlos da und starrte ihn aufgebracht an.

Er seinerseits ging langsam zur Wendeltreppe und wandte sich auf der ersten Stufe noch einmal zu mir um. »Wollen wir also nun?«

Ich schluckte meinen Zorn hinunter, atmete tief durch und nickte. Als wir zum nächsten Stockwerk kamen, fiel mir eine weitere Besonderheit auf. Ich blieb kurz stehen und suchte die anderen Rundgänge unter uns ab. Tatsächlich, auf jeder Etage standen zwei große Schreibtische mit kleinen grauen Kästen drauf, die ich auf den ersten Blick nicht einordnen konnte. »Diese grauen Kästen, sind das Kopierer?«

»Daneben, aber du liegst nicht allzu falsch, es sind Scanner.«

»Scanner?!«, echote ich überrascht.

»Ja, hier wird es manchmal ziemlich laut, weshalb diese neue Technik wirklich ein Segen ist«, sinnierte der Bibliothekar.

Ich verstand rein gar nichts mehr. »Zu laut? Apple-Computer? Scanner? Uralte Schriften? Wie bitte passt das alles zusammen?«

»Hab ein klein wenig Geduld, junger Mann«, rief Graumähne von unten. Er hatte schon den nächsten Stock erreicht.

Schnell eilte ich die Stufen hinunter, um wieder aufzuschließen. Immer wieder ließ ich meine Blicke über die einzelnen Ebenen schweifen. Es war einfach unglaublich, welche Mengen an Büchern und Dokumenten hier lagerten. Es würde Jahrzehnte brauchen, um sie alle zu sichten, von dem darin enthaltenen Wissen ganz zu schweigen. Endlich erreichten wir das unterste Geschoß und betraten nun eine Art Wohnraum. Dicke Teppiche breiteten sich auf dem Boden aus und dämpften jeden Schritt. Die Mitte des runden Raumes zierte die bereits von oben gesehene kupferne Auffangschale für das Wachs der Kerzen. Gegenüber der Wendeltreppe, im hinteren Bereich, befand sich eine lange Tafel, an der zwölf Personen ohne größere Probleme gemeinsam speisen konnten. Kommoden, Sekretäre und alte Glasschränke standen reihum an den Wänden, gefüllt mit allerlei seltsamen Gerätschaften. Ich erkannte alte Fernrohre, Sextanten, ungewöhnliche Keramiken, eine Steinschlosspistole, Dolche, Schwerter, vermutlich alles, ebenso wie die Schriften, uralt und dementsprechend wertvoll. An diesem verrückten Ort schienen Altertum und Neuzeit direkt aufeinander zu treffen. Umso neugieriger wurde ich auf die Erläuterungen des alten Herrn.

»So, da wären wir. Komm lass uns Platz nehmen«, meinte Gandalf in Spe und zeigte auf den langen Tisch.

Während ich zur Tafel lief, wandte er sich einem der Schränke zu und öffnete dessen Türen. Er steckte den Kopf in den Schrank und gleich darauf vernahm ich leises Gemurmel: »Wo ist er denn? Hier hatte ich ihn doch damals abgestellt. Ah, da ist er ja!« Er griff mit der Hand in eines der Fächer, zog eine verstaubte Flasche hervor und hielt sie mit zufriedenem Gesichtsausdruck triumphierend in die Höhe. »Château Latour von 1896 – ein sehr edler Tropfen und er scheint mir, dem Anlass angemessen zu sein!«

Ich hatte bereits Platz genommen und als der Alte mit dieser wirklich kostbaren Weinflasche herumfuchtelte, legte ich müde meinen Kopf in beide Hände. Das war alles eindeutig zu viel für mich.

Nach der Untersuchung von drei weiteren Kommoden entdeckte er schließlich auch einen Korkenzieher, öffnete unter großen Mühen die Flasche und goss den Inhalt in eine bereitstehende Karaffe. Zusammen mit dem Wein und zwei Gläsern, kam er nun an den Tisch und setzte sich mir gegenüber.

»Du wirkst müde!«, stellte er überrascht fest.

»Ist das ein Wunder? Seht Euch um, vor kaum einer Stunde wusste ich noch nicht einmal von der Existenz eines solchen Ortes, ganz zu schweigen davon, dass er in den Tiefen von Frankfurt zu finden ist! Ich habe keine Vorstellung, warum ich hier bin und nicht den Hauch einer Ahnung, was Ihr von mir wollt. Meint Ihr nicht, dass das genug für eine Stunde ist?«

»Nein, keineswegs! Das war erst der Anfang, Weltengänger!«, kicherte der Alte verschmitzt.

Ich zuckte zusammen. »Wie habt Ihr mich gerade genannt?«

»Weltengänger!«, wiederholte mein Gegenüber.

»Ich kenne diesen Begriff! Er stand auf einem uralten Brief, den mein Onkel für mich bei einem Notar hinterlegt hatte. Der Verfasser trug die Initialen T.d.B. – womit ich allerdings nicht viel anfangen konnte.«

»Theodor de Bry – einer deiner Vorfahren und ebenfalls ein Weltengänger. Doch lass mich von vorne beginnen, Daniel. Sei still und höre zu! Wollen wir es so halten?«

Ich brachte nur ein mattes Nicken zustande.

Während der Alte den Wein einschenkte, begann er mit leiser Stimme zu erzählen: »Damit du den Zusammenhang erkennen kannst, müssen wir weit zurück in die Vergangenheit gehen. Vorausschicken will ich, dass du dir eines vor Augen führst: Es gibt mehr Dinge zwischen Himmel und Erde, als die meisten Menschen auch nur erahnen. Für diejenigen, die mit diesem Wissen konfrontiert werden, bleibt nichts mehr so, wie es war und nicht wenige nahmen sich das Leben, wurden verrückt oder für verrückt erklärt.«

Ich rutschte unruhig auf meinem Stuhl hin und her. Das war mal eine wirklich positive Gesprächseröffnung. »Ehrlich gesagt, alter Mann, jetzt macht Ihr mir Angst!«

Er blickte mich verständnisvoll, ja fast väterlich, an und meinte leise: »Das kann ich verstehen, aber du hast, ohne es zu wissen oder zu wollen, heute ein großes Erbe angetreten, dass bereits über viele Generationen weitergegeben wird. Nur damit wir uns richtig verstehen, du hast keine Wahl und hattest nie eine Wahl! Zu einem Weltengänger wird man nicht ernannt, man kann es nicht erlernen, man wird dazu geboren. Es ist eine Blutlinie, die schon seit Ewigkeiten existiert und immer vom Vater auf dessen Erstgeborenen übergeht.«

Wumms! Seine Worte trafen mich wie ein Hammerschlag! Unnötig zu erwähnen, dass sich jetzt akute Panik in mir breitmachte. Ich hegte noch die leise Hoffnung, dass dieser Herr mir gegenüber einer totalen geistigen Umnachtung anheimgefallen war, doch allein das Vorhandensein dieses Ortes widersprach vehement dieser Annahme. Zittrig griff ich nach dem Wein und trank mein Glas in einem Zug aus. Seinem entsetzten Gesicht entnahm ich, dass ich dem Château Latour wohl etwas mehr Aufmerksamkeit hätte widmen sollen, anstatt einen Jahrgang 1896 einfach abzukippen. Mit versteinerter Miene überging er meine Untat und fuhr stattdessen fort: »Mein Name ist Zenodot von Ephesos oder einfach nur der *Bibliothekar*.«

Als er den Namen nannte, stutze ich, denn er kam mir durchaus bekannt vor, doch mir fiel nicht ein, woher oder in welchem Zusammenhang ich ihn gehört hatte.

Zenodot hingegen hatte mich aufmerksam beobachtet. »Ah, wie ich sehe, kennst du den Namen, kannst dich aber nicht erinnern, woher? Soll ich dir auf die Sprünge helfen?«

Ich bejahte.

»Sagt dir der Name *Alexandria* etwas?«

Bei Erwähnung dieses Ortes platzte bei mir sofort der Knoten und ich wurde blass. »Unmöglich! Zenodot von Ephesos war der erste schriftlich erwähnte Verwalter der großen Bibliothek von Alexandria. Das war, glaube ich, so um 320 vor Christus!«

Er klatschte erfreut in die Hände. »Sieh an, deine Geschichtskenntnisse lassen dich also nicht im Stich. Ich war und bin, wenn du es so willst, der allererste Bibliothekar.«

Mir schwirrte der Kopf. »Wollt Ihr damit etwa andeuten, dass Ihr und dieser Mann aus Alexandria ein und dieselbe Person seid? Entschuldigung, aber das geht nun eindeutig zu weit, denn es widerspricht so ziemlich allem, was wissenschaftlich auch nur ansatzweise erklärbar wäre.«

»Oh, wie ich vorhin schon bemerkte, kennst du mich auch unter anderen Namen, zum Beispiel Joseph von Arimathia oder auch Merlin.« Er grinste mich dabei neckisch an.

»Merlin ist eine Sagengestalt!«, platzte ich heraus.

»In der Artussage, richtig. Eigentlich hieß ich damals Myrddin, daraus wurde Merlin und diente später als Vorlage für die Sage.«

Jetzt wurde ich echt wütend. »Ihr verarscht mich!«

Der Bibliothekar kniff die Augen zusammen und blitzte mich an. »Nochmal, junger Mann, es gibt mehr in diesem Universum, als du dir vorstellen kannst. Also halte dich mit solchen unflätigen Äußerungen zurück!«

Missmutig murmelte ich eine kurze Entschuldigung.

Seine Stimme nahm wieder eine sanftere Klangfarbe an. »Ich gebe zu, es ist schwer nachvollziehbar, doch mit der Zeit habt ihr Menschen den Blick für Magie und Wunder verloren. Ihr versucht, für alles eine wissenschaftliche Begründung zu finden, doch viele Dinge lassen sich eben NICHT mit Mathematik oder Physik erklären. Sieh dich um, glaubst du, dass nach dem großen Feuer in der Bibliothek von Alexandria wirklich alle Schriften vernichtet worden sind? Nein, die meisten befinden sich hier in diesen Räumen. Und warum? Es ist das alte Wissen um die Magie. Was glaubst du, wie viele Leben gelassen wurden, um diese Schriften in Sicherheit zu bringen?« Die Augen des Alten wurden plötzlich seltsam leer und gläsern, als ob er zurück in die Vergangenheit blickte. Ich hätte schwören können, dass ich für einen kurzen Moment ein brennendes Gebäude in seinen Pupillen erkannt hatte. Doch nur einen Augenblick später fuhr ein unmerklicher Ruck durch seinen Körper und er sprach weiter, als wäre nichts geschehen. »Die Menschen sind damals wie heute noch nicht bereit dazu, alles zu erfahren, denn solange sie sich nur mit sich selbst beschäftigen, um Kriege zu führen und immer neue Waffen zu ersinnen, um noch mehr Zerstörung zu entfachen, werden sie diese Wunder nicht verstehen. Es gibt weiße Magie und schwarze Magie. Beide Arten sind sehr mächtig. Was wird passieren, wenn das Wissen um die schwarze Magie in die Hände von selbstsüchtigen Menschen fällt? Tod und Verderben werden die Folge sein. Deshalb wird dieses Wissen geschützt und diejenigen die es beschützen, nennt man Weltengänger.«

Mein Unmut verrauchte so schnell, wie er gekommen war. Konnte das wirklich alles wahr sein? Magie hatte ich bisher immer als Humbug abgetan und die Leute belächelt, die sich Naturkräften zuwandten oder zur Sommersonnenwende irgendwelche druidischen Rituale im Wald feierten. Und ehrlich gesagt, mein Verstand weigerte sich nach wie vor, dies als Tatsache zu akzeptieren. Da benötigte ich schon handfestere Beweise, als die Worte eines alten Mannes und ein paar Bücher. Ich blickte ihm fest die Augen und meinte: »Ihr werdet sicher verstehen, dass sich das mehr als abenteuerlich anhört? Wie sollte ich vom Wahrheitsgehalt Eurer Geschichte überzeugt sein, wenn ich, bitte verzeiht mir, nur Eure Worte höre, ohne irgendeinen Beweis? Die Bücher hier könnten genauso gut in den letzten Jahren zusammengetragen worden sein.«

Ein leichtes Zittern fuhr durch den Körper des Alten. »Narren seid ihr Menschen! Es ist immer dasselbe, wenn ein Weltengänger eingeführt wird. Egal, ob Mittelalter oder 21. Jahrhundert, jeder will Beweise, damit er glauben kann und genau deshalb sind die allermeisten Menschen mit Blindheit geschlagen.«

Ich hob betont unschuldig die Schultern. »Dann belehrt mich eines Besseren.«

Kreillig und Schwarzhoff – Mordkommission Frankfurt

Hauptkommissar Julian Schwarzhoff saß an seinem Schreibtisch und vor ihm ausgebreitet jede Menge Fotos. Seine Kollegin Carolin Kreillig stand neben ihm, hatte sich leicht über den Tisch gebeugt und studierte ebenfalls das dort liegende Beweismaterial.

»Ich habe ja schon viel gesehen, aber das hier …?«, seufzte Schwarzhoff und blickte seine Kollegin nachdenklich an.

»Allerdings, Julian, und ich habe nicht die leisteste Ahnung, wie jemand so etwas bewerkstelligen könnte.«

»Was haben wir bis jetzt?«

Kreillig öffnete eine blaue Mappe, die ebenfalls auf dem Schreibtisch lag. »Der Tote heißt, so viel wissen wir inzwischen, Thomas Schulz. Von Beruf Notar, sein Büro befindet sich hier in Frankfurt, Stadtteil Nordend. Wohnort ebenfalls Nordend. Nicht verheiratet, keine Kinder, keine Vorstrafen und auch sonst polizeilich nicht in Erscheinung getreten.«

»Also nichts«, brummte Schwarzhoff.

»So sieht's aus, Herr Kollege.«

»Seine Kanzlei?«

»Julian, es ist Sonntag! Aber ich habe es natürlich trotzdem probiert. Nur ein Anrufbeantworter, der allerdings von einer Frau besprochen wurde, vermutlich seine Sekretärin oder eine Angestellte.«

Der Oberkommissar klappte ein kleines Notizbuch auf und vermerkte die Adresse des Notariats. »Gut, wir werden uns gleich morgen Vormittag um die Kanzlei kümmern. Vielleicht erfahren wir etwas, das uns weiterbringt. Gibt es schon einen Bericht der Pathologie oder der Spurensicherung?«

»Nein, aber ich werde mich gleich darum kümmern und nachfragen.«

»Gut, mach das. Gib mir Bescheid, wenn die Unterlagen da sind.«

Carolin Kreillig nickte wortlos und verließ das Büro ihres Kollegen.

Müde rieb sich Schwarzhoff die Augen. Wenn er eines hasste, dann waren es diese unvorhersehbaren Anrufe der Einsatzleitung. Er hatte den Samstagabend mit einigen Freunden bei einem leckeren Italiener verbracht und es war, wie zu erwarten, spät geworden. Endlich hatte er seit langer Zeit mal wieder ein dienstfreies Wochenende und ausgerechnet dann klingelt am frühen Sonntagmorgen das Handy. Er trank einen Schluck Kaffee und verzog angewidert sein Gesicht. Die Brühe war bereits eiskalt. Unwirsch stellte er die Tasse zur Seite, um die Bilder ein weiteres Mal zu sichten, doch schon beim ersten Foto sträubten sich seine Nackenhaare aufs Neue. Der Abzug zeigte einen seltsam verkrümmten Körper, der vollkommen ausgetrocknet aussah. Die Haut war fast schwarz und überzog die Knochen wie eine dünne Folie. Der Notar schien ein übergewichtiger Mensch gewesen zu sein, darauf konnte man anhand der Kleidung schließen. Jetzt allerdings sah es so aus, als wäre Schulz in seinem Anzug regelrecht geschrumpft worden. Er legte die Fotos beiseite und überflog ein zweites Mal die Befragung des Mannes, der die Leiche gefunden hatte. Schwarzhoff gab dem Zeugen insgeheim recht, die Leiche sah einer ägyptischen Mumie wirklich ungewöhnlich ähnlich. Der Unterschied bestand lediglich darin, dass seine Leiche, vermutlich gerade mal ein oder zwei Tage alt war. Aber das eigentlich Fatale an diesem Fall war, dass er sich nicht mal ansatzweise erklären konnte, wie dieses Verbrechen verübt wurde, wenn es sich hier überhaupt um ein Verbrechen handelte. Vielleicht würde die Spurensicherung neue Erkenntnisse bringen, aber vor allem war er auf den Bericht des Pathologen gespannt.

Eine Stunde später war es soweit. Carolin Kreillig eilte in sein Büro. »Der pathologische Befund ist da!«

»Und? Sofort auf meinen Schreibtisch damit!«, forderte Schwarzhoff.

Seine Kollegin konnte sich ein Lachen nicht verkneifen.

Er sah sie erstaunt an. »Was ist daran so lustig?«, fragte er neugierig.

»Nun, ich würde das gerne sehen auf deinem Schreibtisch.«

»Hab ich irgendetwas verpasst?«, brummte der Oberkommissar.

Kreillig winkte immer noch lachend ab. »Nein, schon gut. Der Pathologe ist persönlich gekommen, um dir Bericht zu erstatten.«

Jetzt schmunzelte auch Schwarzhoff. »Nette Vorstellung, Bredenstein auf meinem Tisch und leiert das Ergebnis herunter.«

»Das würde dem Herrn Oberkommissar so passen. Wie ich feststelle, reißt ihr mal wieder Witze auf meine Kosten!«, beschwerte sich eine tiefe und dunkle Stimme aus dem Hintergrund. Dr. Bredenstein tauchte lachend hinter der Frau auf.

»Sieh an, der Doktor der Toten!«, begrüßte Schwarzhoff den Pathologen.

»Hallo Julian. Ich dachte, ich komme gleich persönlich vorbei. Sonntags hat man ja sowieso nichts Besseres vor, als sich mit Kollegen herumzuschlagen, die einen nicht ernst nehmen«, unkte Bredenstein.

Dr. Matthias Bredenstein, Pathologe und Forensiker mit Spezialgebiet Entomologie, sowie Osteologie, war groß und hager gewachsen. Wie immer standen seine Haare in alle Richtungen und die dicke Hornbrille wackelte bedenklich auf seiner Nase. Sein Aussehen hatte ihm innerhalb der Kripo Frankfurt bereits den Spitznamen »Harry Potter« eingebracht. Trotzdem übte er seinen Beruf mit Leib und Seele aus, war eine Koryphäe auf seinem Gebiet und hatte bei so manchem Fall entscheidende Hinweise geliefert. Schwarzhoff zog die Augenbrauen zusammen, das Bredenstein persönlich vorbei kam, verhieß nichts Gutes. Kreillig schien das ebenso zu sehen, denn auch ihr Gesicht hatte sich zusehends verdüstert.

Der Pathologe setzte sich und kam ohne Umschweife zur Sache: »Ich untersuche jetzt seit mehr als zwanzig Jahren alle Arten von Todesfällen, aber so etwas ist mir in meiner ganzen Laufbahn noch nicht untergekommen. Julian, auch wenn du das jetzt nicht hören willst, aber ich bin ratlos.«

»Nein, Matthias, das wollte ich nicht hören. Erzähl!«

Bredenstein räusperte sich. »Die Obduktion gestaltete sich mehr als schwierig, denn die vertrocknete Haut war zäh wie Leder. Der Mann sieht aus wie ein Stück Dörrfleisch. Ich habe die Leiche dreimal untersucht, aber nichts, nicht mal einen Nadelstich konnte ich entdecken. Es sind weder innerliche, noch äußerliche Verletzungen erkennbar. Alle Organe sind in Ordnung, mal abgesehen davon, dass er ein paar Nierensteine hatte. Egal, ob Leber, Herz, Lunge, Gehirn, alles ist vertrocknet, aber gesund. Jegliche Körperflüssigkeiten fehlen. Der Mann ist regelrecht mumifiziert worden. Der Todeszeitpunkt ist schwer feststellbar, da keinerlei Verwesungseintritt, Insektenbefall oder Blutgerinnung vorliegt. Ich tippe mal auf die letzten vierundzwanzig Stunden. Erkläre mich für verrückt, aber, wenn ich eine Diagnose abgeben müsste, würde ich sagen, der Mann wurde bis auf den letzten Tropfen ausgesaugt. Ich stehe wirklich vor einem Rätsel!«

Schwarzhoff und Kreillig sahen den Doktor mit aufgerissenen Augen an.

Der Pathologe zuckte seufzend mit den Schultern. »Du wolltest meine Einschätzung, jetzt hast du sie!«

Plötzlich klingelte es. Kreillig griff schnell in die Innentasche ihres Hosenzuges und holte ihr Handy heraus. Als sie auf das Display blickte, legte sie den Zeigerfinger an die Lippen und raunte leise: »Die Spurensicherung.«

Die Unterhaltung verstummte und alle Augen richteten sich auf die Frau. Sie nahm ab. »Ja, hier Kreillig. Hallo Christoph.«

Der Anrufer begrüßte sie ebenfalls und schien etwas zu fragen.

»Ja, Schwarzhoff ist auch hier, ebenso Dr. Bredenstein. Also, was habt ihr?«

Minutenlang sahen der Kommissar und der Pathologe ihre Kollegin an, während diese still blieb und sich den Bericht der Spurensicherung anhörte. Endlich meinte sie: »Danke euch! Wir bekommen das noch schriftlich? Prima. Euch noch einen schönen Sonntag.« Dann legte sie auf.

Schwarzhoff sah sie hoffnungsvoll an, konnte aber schon an ihrem Gesichtsausdruck ablesen, dass das Ergebnis nicht sehr ergiebig sein würde. »Und?« fragte er.

»Fehlanzeige! Sie haben nichts gefunden, der Tatort war vollkommen sauber. Schulz trug alle Wertsachen bei sich; eine volle Brieftasche, eine wertvolle Breitling Armbanduhr und selbst ein relativ neues iPhone steckte noch in seiner Jackentasche. Raub als Motiv können wir also höchstwahrscheinlich ausschließen. Ansonsten gab es nicht die geringsten Anzeichen auf einen Täter. Uhr, Handy und Brieftasche werden uns morgen, gemeinsam mit dem schriftlichen Bericht, überstellt.«

»Verdammt!«, entfuhr es Schwarzhoff, während er gleichzeitig mit der flachen Hand auf die Schreibtischplatte schlug.

Bredenstein sah ihn mitfühlend an. »Das wird eine harte Nuss, Julian! Ich werde einen Kollegen hinzuziehen und die Leiche nochmal untersuchen, nur um ganz sicher auszuschließen, dass ich etwas übersehen habe. Haut- und Gewebeproben habe ich bereits an alle möglichen Labore geschickt, vielleicht haben die eine Idee, was die Ursache sein könnte. Mehr kann ich im Moment allerdings nicht tun.«

»Danke Dir, Matthias, ich wäre für jeden noch so kleinen Hinweis dankbar und jetzt mach, dass du nach Hause kommst.«

Der Pathologe winkte ab. »Keine Ursache! Euch noch einen schönen Sonntag, soweit man hier von *schön* sprechen kann.« Er tippte mit zwei Fingern an die Stirn. »Carolin, Julian … so long!«, sagte er und verschwand durch die Bürotür.

Kaum war Bredenstein weg, sah Kreillig ihren Kollegen an. »Wir sind keinen Schritt weiter. Ausgesaugt? Haben wir es jetzt schon mit Vampiren zu tun? Lächerlich!«

»Matthias hat uns nur seine Einschätzung mitgeteilt, Carolin. Du hast es gehört, er tappt genauso im Dunkeln wie wir. Keiner von uns kann sich erklären, was dem Notar widerfahren ist. Wir lassen es also gut sein für heute und sehen, was wir morgen in der Kanzlei erreichen. Sobald die Spurensicherung das Handy geschickt hat, sollen es unsere Spezialisten unter die Lupe nehmen. Ich will seine Telefonrechnungen der letzten 6 Monate, Fotos auf dem Handy, Kontaktdaten, Bewegungsprofile, alles was man mittlerweile mit und über so ein Teil rausfinden kann.«

»Ich werde alles veranlassen. Und jetzt mach dich los, du siehst schrecklich aus!«

Schwarzhoff lächelte seine Kollegin matt an. »Kann ich mir denken, genauso fühle ich mich auch. Es wurde spät gestern und hätte ich geahnt, dass am Sonntag eine Mumie neben der Kleinmarkthalle gefunden wird, wäre ich natürlich zu Hause geblieben.«

Die Kreillig lachte hell auf. »Schlaf dich aus. Wir sehen uns morgen. Neun Uhr?«

Oberkommissar Schwarzhoff nickte nur müde.

Daniel Debrien

Der Bibliothekar Zenodot von Ephesos starrte mich mit finsterem Blick an. »Du willst einen Beweis für meine Existenz, obwohl ich direkt vor dir sitze und du dir deiner jetzigen Umgebung durchaus bewusst bist?«

»Mit Verlaub, aber Eure Behauptungen, Ihr seid über zweitausend Jahre alt und dass es Zauber sowie magische Wesen gibt, empfinde ich als realistisch denkender Mensch mehr als abgedreht!«

Der alte Weise schüttelte schwermütig den Kopf. »Nicht realistisch – sondern oberflächlich! Die Natur ist wie ein Buch. Ihr Menschen seht dieses Buch, lest den Titel und glaubt, der Inhalt ist euch wohlbekannt. Um zu begreifen, muss man es zuerst lesen und selbst wenn man es gelesen hat, heißt das noch lange nicht, dass man es auch versteht. So ist es mit euch Menschen, ihr seht die Welt durch eine trübe Linse, ihr könnt nur hell und dunkel unterscheiden, seid euch aber sicher, alles genau zu erkennen! Was glaubst du, wenn man die Linse wegnimmt? Eine andere Welt erschließt sich nun, obwohl es die Gleiche wie vorher ist.«

Ich stand auf, um mir die Beine etwas zu vertreten. »Nette Worte, alter Mann, die mich aber keinen Schritt weiterbringen.«

»Komm zu mir, kleiner Narr und gib mir deine Hand!«, forderte er mich fast liebevoll auf.

Unsicher blickte ich ihn über den Tisch an.

Er lächelte sanftmütig zurück. »Willst du nun deinen Beweis oder nicht?«

Trotz meiner erheblichen Zweifel bekam ich es jetzt doch mit der Angst zu tun. Der Alte strahlte eine Selbstsicherheit aus, die meine vorgefasste Meinung immer mehr ins Wanken brachte. Und wieder die gleiche Frage, die ich mir bereits oben im Bethmannpark gestellt hatte: *Was wäre wenn ...?*

»Na, Angst vor der eigenen Courage?«, fragte er leicht schnippisch. Statt zu antworten, lief ich um die Tafel und streckte ihm meine Hand entgegen.

»Du bist dir sicher? Dann gibt es keinen Weg zurück!«

»Was immer Ihr auch vorhabt, tut es jetzt, bevor ich es mir anders überlege.«

Seine Hand schnellte wie eine Schlange nach vorne und packte die meine. Erschrocken wollte ich zurückweichen, doch ich saß fest wie in einem Schraubstock. Diese Kräfte hätte ich dem Alten nie und nimmer zugetraut.

Er lächelte mich an. »Gleich kommt der Schmerz, kämpfe nicht dagegen an, sonst machst du es umso schlimmer.«

Im gleichen Moment hatte ich das Gefühl, dass meine Hand Feuer gefangen hatte. Ich schrie, wie von Sinnen auf, doch er hielt mich unbarmherzig fest. Gleißende Helligkeit verbreitete sich im Raum und die Schmerzen wurden schier unerträglich. Beide Hände, seine und meine, strahlten in reinstem weißen Licht. Ich war gerade dabei, mit meinem Leben abzuschließen, da erlosch das Licht, so schnell wie es gekommen war. Schlagartig verschwand das Brennen, er ließ mich los und ich sackte, der Ohnmacht nahe, langsam zu Boden.

»Was hast du getan, alter Mann?«, hörte ich mich selbst brüllen, bevor sich die Schwärze der Nacht über meine Augen legte.

Unvermittelt schreckte ich hoch und zuckte heftig zusammen. Mein Kopf fühlte sich an, als hätte er Bekanntschaft mit einem Vorschlaghammer gemacht. Nur langsam dämmerte es mir wieder, was passiert war. Benommen versuchte ich mich zu orientieren. Ich lag auf einer Art Récamiére, die an der Wand der Rotunde lehnte. Ich machte Anstalten aufzustehen, doch erst beim dritten Versuch kam ich endgültig auf die Beine.

»Ah, der Schläfer ist erwacht! Und das im wahrsten Sinne des Wortes!«, vernahm ich eine wohlbekannte Stimme von der gegenüberliegenden Seite des Raumes.

Ich fuhr herum, doch schon im Ansatz bereute ich diese plötzliche Bewegung, denn ein heftiger Stich im Kopf folgte auf dem Fuße. »Wolltet Ihr mich umbringen?«, fuhr ich den Kuttenträger an.

Er kam geradewegs auf mich zu. »Hätte ich das gewollt, dann würdest du jetzt nicht auf deinen eigenen zwei Beinen vor mir stehen, also beschwere dich nicht! Du hast für ein paar Minuten geschlafen, das ist normal nach so einer Tortur.«

»Geschlafen? Ich war bewusstlos«, zischte ich zornig.

»Jetzt beruhige dich. Es ist vorbei und dir ist nichts passiert, oder?«

Ich spürte, wie sich mein Körper von Minute zu Minute mehr erholte und der dumpfe Schmerz im Kopf ganz allmählich verschwand. Ich blickte an mir hinunter und es schien alles in Ordnung zu sein, bis ich meine rechte Hand betrachtete. Mir stockte der Atem, denn auf der Innenfläche war ein etwa fünf Zentimeter großes Symbol regelrecht eingebrannt worden. Seltsamerweise verspürte ich weder ein Ziehen noch sonst einen Schmerz in der Hand. Das Zeichen war klar und deutlich zu erkennen – ein Kreuz des Lebens. Das Symbol bestand aus einem einfachen Kreis, mit einem Kreuz in der Mitte, dessen Balken über die Kreisränder hinausliefen. Ich versuchte mich zu erinnern, was ich darüber wusste, doch ich kam nicht wirklich zu einem Ergebnis.

Zenodot hatte mich genau beobachtet und als könnte er meine Gedanken lesen, erklärte er fast feierlich: »Es symbolisiert eine Brücke zur anderen Welt, zu höheren Mächten und mehr Wissen. Die senkrechte Achse des Kreuzes stellt die geistige Welt, die waagerechte die irdische Welt dar. Der Kreis verbindet beide Welten miteinander. Das Kreuz des Lebens ist seit jeher das Zeichen der *Weltengänger*! Diese Personen sehen Dinge, die anderen Menschen verborgen bleiben oder sich vor ihnen verstecken. So gesehen, ist deine Linse nicht mehr getrübt, sondern klar und rein geworden. Für dich gibt es mit dem heutigen Tage das *nur Hell und Dunkel* nicht mehr.«

Ich sah ihn völlig verwirrt an, denn ich fühlte mich keinen Deut besser oder schlechter als zuvor. Nur ein Detail fiel mir auf, ich sah Farben leuchtender und irgendwie klarer, wobei ich das eher meinen leichten Kopfschmerzen zuschrieb. »Ich kann keine Veränderung feststellen, außer dass ich jetzt ein Tattoo an der Hand habe! Das könnt Ihr genauso gut angebracht haben, als ich bewusstlos war«, brummte ich leicht gereizt

»Habe ich es dir nicht gleich gesagt, Bibliothekar? Ist mal wieder typisch für diese verbohrten Spatzenhirne! Du kannst sie mit der Nase draufstoßen und sie sind immer noch völlig blind«, maulte eine zweite Stimme.

Ich fuhr herum und glaubte einer Täuschung erlegen zu sein. Aus dem Schatten war eine kleine Gestalt hervorgetreten, kaum größer als ein Kind. Sie hatte eine bräunliche Hautfarbe, große spitz zulaufende Fledermausohren und übergroße, leuchtend hellgrüne Knopfaugen, wie ich sie noch nie gesehen hatte. Die kurzen Beine steckten in viel zu großen Hosen, deren unterer Bund in kleine Lederstiefel geschoben war. Der Gnom trug ein weißes Hemd, darüber eine Weste mit Karomuster und auf seinem haarlosen Kopf ein umgedrehtes Baseballcap. Ich stand mit offenem Mund da und glotzte das seltsame Wesen an.

Der Zwerg drehte sich elegant um seine eigene Achse und flötete in gespielter Höflichkeit: »So hat der Herr nun alles gesehen oder soll ich mich nochmal drehen?«

»Es reicht Garm! Gibt ihm etwas Zeit, sich daran zu gewöhnen«, maßregelte ihn die scharfe Stimme des Alten.

Garm verzog unwirsch sein Gesicht und rollte mit den Augen. »Immer das Gleiche«, murmelte er beleidigt.

Meine Blicke flogen zwischen dem Gnom und den Bibliothekar hin und her. Unfähig einen klaren Gedanken zu fassen, fiel mir nichts anderes ein, als eine Entschuldigung zu raunen: »Ich bitte um Verzeihung, ich wollte keineswegs unhöflich erscheinen.«

Das war anscheinend die richtige Antwort, denn ein Lächeln huschte über das Gesicht des Kleinen und er zwinkerte dem Alten zu. »Na, wenigstens hat er Manieren!«

Der Bibliothekar nickte erleichtert. »Daniel, ich darf dir Garm Grünblatt vorstellen. Er ist die gute Seele der Tiefenschmiede und Oberhaupt der westlichen Waldkobolde.«

Der Kobold machte eine tiefe Verbeugung. »Sei gegrüßt, Weltengänger!«

Unsicher verbeugte ich mich ebenfalls. »Es ist mir eine Ehre, Garm Grünblatt und sollte ich mich in irgendeiner Form ungebührlich verhalten haben, so bitte ich um Nachsicht, da ich keinerlei Erfahrungen mit Waldkobolden habe.«

»Ja, ja – genug mit diesem Höflichkeitsgetue. Natürlich hast du keine Erfahrung, woher auch? Es ist lange her, dass ein Weltengänger seinen Weg in die Tiefenschmiede gefunden hat.«

»Beweis genug oder willst du den Raum vielleicht nach Projektoren absuchen?«, fragte ein schmunzelnder Zenodot.

Ich stand noch immer neben mir und versuchte krampfhaft, alles zu verarbeiten. Meine bisherige Vorstellung unserer Welt war mit einem Schlag auf den Kopf gestellt worden. Ich redete tatsächlich mit einem Kobold und einem zweitausend Jahre alten Mann – ein bisschen viel auf einmal. »Auch wenn sich mein Verstand vehement dagegen wehrt, ich glaube Euch! Was bleibt mir anderes übrig«, sagte ich kleinlaut.

»Gut, dann wollen wir uns wieder setzen, denn es gibt viel zu erzählen. Garm, könntest du uns etwas zu Essen bringen und uns dann Gesellschaft leisten, vorausgesetzt deine Zeit lässt es zu?«

»Selbstverständlich«, antwortete der Kobold und steuerte auf eine Regalwand zu, die sich jetzt als eine Art Drehtür entpuppte und zu weiteren Räumlichkeiten außerhalb der Rotunde zu führen schien.

Ich blickte ihm gedankenverloren hinterher. »Ist er der einzige …?«

Der Alte beantwortete meine Frage, bevor ich sie ganz gestellt hatte: »Nein, hier wohnen und arbeiten etwa dreißig Kobolde. So genau weiß man das nie, denn sie kommen und gehen, wie es ihnen beliebt. Sie sind für die Pflege und Aufbewahrung der Schriften zuständig.«

»So viele?«

Zenodot seufzte schwermütig. »Liebevolle kleine Kerlchen, aber unglaublich redselig und geschwätzig. Wie ich vorhin bereits angemerkt habe, kann es deshalb ziemlich laut werden, vor allem wenn sich alle gleichzeitig über mehrere Stockwerke hinweg unterhalten. Umso dankbarer war ich über diese neue Technik. Denn heute scannen sie die Schriften ein und ich kann im obersten Stockwerk in Ruhe meinem Studium der Schriften nachgehen.«

Ich schüttelte verstört den Kopf. »Die Kobolde … scannen?«

»Natürlich, sie können mit dieser neuen Technik besser umgehen als ich.«

»Ich bin hier echt im falschen Film.«

Der Alte lachte lauthals. »Warte ab, es wird noch besser, doch zuerst müssen wir dich über die Ereignisse in der Vergangenheit informieren, um dann über die aktuellen Entwicklungen zu reden.

Ein alter Gegenspieler ist wieder in Erscheinung getreten und das ist beileibe kein Zufall, sondern hat mit der Übergabe des Briefes und somit mit dir zu tun. Ah, da kommt Garm mit dem Essen.«

Der Kobold betrat eben die Rotunde, beladen mit einem Tablett voll Käse, Obst und Brot. Er balancierte seine Fracht über dem Kopf und steuerte, gefährlich schwankend, auf die Tafel zu. Da er den Tisch nur minimal überragte versuchte er, das Serviertablett einfach auf die Holzplatte zu schieben. Dieses Vorhaben war allerdings von mäßigem Erfolg gekrönt, denn sofort verteilte sich das Obst rollend über die Tafel. Eine genuschelte Entschuldigung wehte durch den Raum, dann kletterte Garm auf einen der Stühle und blickte Zenodot erwartungsvoll an. Der Alte warf ihm einen strengen Blick zu und tippte mit seinem Zeigefinger an den Kopf. Der Kobold verdrehte seine grünen Augen, stöhnte kunstvoll auf und zog missmutig seine Baseballmütze vom Kopf.

Zenodot lächelte zufrieden und wandte sich dann an mich. »Also hör gut zu Daniel, *Weltengänger* sind eine Blutlinie, die weit in die Vergangenheit zurückreicht. Wann und wie sie genau entstanden ist, wissen wir nicht, da es zu diesen Zeiten keinerlei Aufzeichnungen oder gar eine Schrift gab. Wir können uns also nur auf mündliche Überlieferungen stützen, die erst viel später in einen schriftlichen Kontext gebracht wurden. So gab es einmal eine Zeit, in der Menschen und Naturwesen harmonisch miteinander lebten, doch kam es irgendwann zu Spannungen, da die Menschen mehr Lebensraum für sich beanspruchten. Die Naturwesen zogen sich zurück und mit ihnen die Magie. Die Menschen gingen von nun an ihren eigenen Weg, nämlich den des Verstandes, der Physik und Mathematik. Durch ihren Forscherdrang, neues Wissen zu erschließen und alles wissenschaftlich erklären zu wollen, verkümmerten über die Zeitalter hinweg ihre elementaren Kenntnisse über die Natur und deren Wunder. Sie vergaßen die wundersamen Wesen, die Magie und den Umgang mit den Elementen. Die Naturgeschöpfe ihrerseits erlernten ebenfalls neue Fähigkeiten. Sie bewegten sich jetzt still und lautlos in der Menschenwelt und verschleierten ihre Existenz mit den Mitteln, die ihnen zur Verfügung standen – Natur und Magie. Doch in einem hatte sich nichts verändert, auf beiden Seiten gibt es das Gute und das Böse. Der Wille, Gutes zu tun, ist in der einen Welt genauso verbreitet wie die Gier und das Streben nach Macht in der anderen. Sollte sich ein mächtiges Wesen der schwarzen Magie verschreiben, dann ist das vergleichbar mit einem gewaltbereiten, machthungrigen Kriminellen in der Menschenwelt. Allein die Wege und die Wahl der Methoden unterscheiden beide.«

»Und die Methoden sind nicht zimperlich! Also, ich hatte da mal eine Begegnung mit einem englischen Waldfaun, der die schwarze Kunst ...«

»Garm!«, stöhnte der Bibliothekar.

»Was ist?«, fragte der Kobold unschuldig.

»Es ist bestimmt eine spannende Geschichte, aber wir haben momentan wichtigere Dinge zu klären. Es ist die Einführung eines Weltengängers – du gestattest also ...?«

»Oh – ja, natürlich.« Garm zwinkerte mir zu und flüsterte: »Oder soll ich sie doch erzählen? Interessiert?«

»GARM! Es reicht jetzt.«

»Ja, Ja, schon gut, ich hab's verstanden!«

Zenodot blitzte den Kobold ungehalten an und meinte leicht entnervt in meine Richtung: »Wie ich vorhin schon andeutete, sehr geschwätzig. So, wo waren wir gerade stehen geblieben? Ach ja! Es entwickelten sich also beide Spezies, Menschen und Naturwesen, in unterschiedliche Richtungen, obwohl sie sich denselben Lebensraum teilten. Doch es gab Menschen, die das nicht hinnahmen und sich weiterhin, trotz Wissenschaft, der anderen Welt nicht verschließen wollten. Sie bewahrten sich die Sicht auf beide Welten und waren in der Lage, zwischen ihnen zu pendeln. Es entstand, so zumindest unsere Vermutung, die Blutlinie der Weltengänger. Das Wissen und Fähigkeit wird immer vom Vater auf dessen Erstgeborenen weitergegeben. Der Erstgeborene erhält erst mit seinem dreißigsten Geburtstag Kenntnis von dieser speziellen Gabe. Damit soll sichergestellt werden, dass er alt genug ist, diese Dinge auch wirklich zu verstehen und zu begreifen.«

»Und was passiert, wenn einer der beiden nicht mehr am Leben ist?«, schaltete ich mich, neugierig geworden, ein, denn das entsprach genau meiner Situation.

Der Alte lächelte traurig. »In der Regel werden oder wurden, so auch in deinem Falle, Vorkehrungen getroffen. Bei dir sprang der

Bruder deines Vaters, Alexander, in die Bresche. Zum Glück konnte dein Vater, trotz seiner schweren inneren Verletzungen, seinen Bruder rechtzeitig einweihen und was noch wichtiger war – dein Onkel verstand es und unterstützte ihn. Er gab wirklich alles auf, um das Geheimnis zu schützen, doch leider hat es ihm nichts genützt. Alexander hegte bereits damals den Verdacht, dass ihm die Gegenseite auf die Spur gekommen sei. Kurz nach der Übergabe des Briefes an den Notar, verschwand dein Onkel spurlos und ohne jedwede Nachricht. Wir sind sicher, dass er unseren Feinden in die Hände fiel und beiseitegeschafft wurde.«

Ich hörte wortlos zu, während meine Gedanken Karussell fuhren. Erst die Überraschung, dass ich einen Onkel hatte, um dann wenige Sekunden später zu erfahren, dass auch er, wie mein Vater, tot war. Zorn wallte in mir auf und ich blickte den Bibliothekar düster an. »Ihr sprecht immer von Gegenseite und Feinden? Wer sind diese Widersacher? Was, in drei Teufels Namen, ist in der Vergangenheit passiert? Und was ist so wichtig im Besitz der Weltengänger, dass sie dafür umgebracht werden?«

»Viele Fragen auf einmal, junger Mann. Höre weiter zu, dann wirst du verstehen.«

Ein schmatzendes Geräusch unterbrach abrupt die Unterhaltung. Der Kobold hatte sich über einen der Äpfel hergemacht. Während er lautstark auf dem Obst herumkaute und mit dem Finger auf den Bibliothekar zeigte. Schmatzend meinte er: »Das Gleiche macht er mit mir auch. Ständig die Ermahnung, ich solle zuhören.«

»Ja, wenn du es nur tun würdest, Kobold«, seufzte der Alte, »Das würde meinen Nerven wirklich guttun.«

Eigentlich dachte ich, dass es jetzt zu einem kleinen Schlagabtausch zwischen den beiden kommen würde, doch ich irrte mich gewaltig. Stattdessen drehte sich der Kobold in meine Richtung. Waren seine Gesichtszüge eben noch eher kindlich, so verhärteten sie sich jetzt zusehends. Seine Augen wechselten von einem Moment zum anderen die Farbe, gerade noch grün wie funkelnde Smaragde, waren sie einen Wimpernschlag später, grau wie ein dichter Morgennebel.

»Die Welt da draußen kann grausam sein – deine, wie die meine …«, begann er mit ernster Stimme. »Die Gefahren lauern überall, doch in meiner Welt gibt es Wesen, die dir mehr nehmen können als nur das Leben. Die schwarze Magie ist mächtig, sehr viel mächtiger als du es dir in deinen kühnsten Träumen vorstellen kannst. Diese Wesen wollen nur eines – die Welt an sich reißen und sie in Schutt und Asche legen. Bisher hielt sich alles in einer gewissen Balance, da es die weißmagische Seite immer geschafft hat, die Grenzen aufrechtzuerhalten. Vor etwa drei Jahrtausenden wurde einer der mächtigsten Dämonen von einem Schwarzmagier heraufbeschworen. Dieses Wesen brachte Tod und Verderben über die Welt. Noch heute kannst du diese Zerstörung nachlesen. Bestimmt hast du im Zusammenhang mit deiner Religion von den zehn Plagen gehört?«

Ich nickte betroffen. »Natürlich, das Alte Testament. Angeblich schickte Gott diese Plagen über das heutige Ägypten, um den regierenden Pharao zu zwingen, das jüdischen Volk ziehen zu lassen.«

Zenodot hatte Garms Ausführungen still verfolgt und fuhr nun weiter fort: »Nur dass es kein Gott, sondern tatsächlich ein Dämon war, der dieses Unheil über das Land brachte. Er wütete damals in der ganzen südlichen und östlichen Region des Mittelmeeres. Ganze Landstriche wurden dem Erdboden gleichgemacht, abertausende ließen ihr Leben, wodurch eine große Völkerwanderung begann, die heute unter dem Namen Exodus bekannt ist. Nur mit viel Mühe gelang es uns, dem Dämon Einhalt zu gebieten und ihn wegzusperren. In diesem Zusammenhang ist es wichtig zu wissen, dass ein einmal heraufbeschworener Dämon nicht in den Äther zurückgeschickt werden kann. Es bleibt also nichts anderes übrig, als ihn zu töten oder einzusperren. Und hier fangen die Probleme an. Man kann ein solches Wesen nicht einfach mit einem Messer oder einer Pistole umbringen. Er kann nur auf eine einzige, ganz spezielle Art getötet werden, die je nach Dämon völlig unterschiedlich ist. Das Fatale daran ist, dass nur einer dieses Wissen darüber besitzt, nämlich der Dämon selbst.«

Mir rauchte der Kopf! Was die zwei erzählten, wäre wirklich ein guter Stoff für einen spannenden Fantasy-Roman. Sollte es aber wirklich so gewesen sein? Skeptisch pendelte mein Blick zwischen dem Kobold und dem Bibliothekar hin und her. »Wenn ich wüsste, wie man meinen Tod herbeiführen kann, so würde ich sicherlich niemandem davon erzählen!«

»Genau! Es bleibt also nur eine Möglichkeit, das Wesen für immer einzusperren. Doch auch das hat seine Tücken, denn aus einem Gefängnis kann man ausbrechen oder ein Helfer von außen öffnet es. Lange wurde in der Welt nach einem geeigneten Platz gesucht. Man entschied sich für ein riesiges, entlegenes Waldgebiet, das erst als Nordgermanien und später unter dem Namen Norwegen, seinen Platz in der Geschichte fand. Nachdem der Untote eingekerkert worden war, wurden alle Hinweise auf sein Gefängnis getilgt, in der Hoffnung, dass man es mit der Zeit vergaß und der Dämon für alle Zeit dort gefangen war. Dieses Vorhaben gelang auch bald und zweitausend Jahre lang saß er dort fest, bis es durch Zufall bei einem Bauvorhaben der Menschen zunichtegemacht wurde. Es war ein einfacher Bauersmann, der auf den versteckten Kerker stieß. Der Dämon umschmeichelte ihn solange mit süßen Worten, versprach ihm Reichtum, ewiges Leben und Macht, bis der Mensch die Türen öffnete. Freigelassen machte sich das Wesen sofort auf, um neue Zerstörung über die Welt zu bringen. Wir verfolgten es beinahe vierzig Jahre, ehe wir es in England endlich stellen konnten. In dieser Zeit zog der Dämon mit seinen Schergen eine Schneise der Verwüstung durch halb Europa und die Menschen gaben ihm sogar einen Namen. Ich denke, der *Schwarze Tod* dürfte dir hinlänglich bekannt sein.«

»Dieses Wesen löste die Pest aus? Damals wurde halb Europa entvölkert!«, rief ich ungewollt laut aus.

»Ich hoffe, du begreifst langsam, wie mächtig dieser Dämon ist!«, meinte der Alte bitter.

»Und was hat das jetzt alles mit mir zu tun?«, fragte ich mit einem ziemlich flauen Gefühl, denn ich ahnte bereits, dass mir die Antwort nicht gefallen würde.

»Wir konnten den angerichteten Schaden natürlich nicht rückgängig machen, doch vielleicht konnten wir verhindern, dass der Untote ein zweites Mal entkam. Dazu mussten wir einen Ort finden, der absolut sicher war und zu dem auch in Zukunft nicht von Menschenhand angetastet werden würde. Es dauerte einige Zeit, bis wir uns alle einig waren und einen passenden Platz gefunden hatten.«

»Was zu einem großen Teil dein Verdienst war!«, meinte Garm anerkennend.

Erstaunt stellte ich fest, dass seine Augen wieder von leuchtendem Grün waren. Anscheinend veränderte sich die Farbe je nach Gemütszustand des kleinen Kerlchens.

»Ich trug meinen Teil dazu bei, das mag sein, doch wir hatten einen hohen Blutzoll zu beklagen. Viele deiner Vorgänger, Daniel, sind bei dieser Mission ums Leben gekommen«, sagte Zenodot.

Jetzt wurde ich hellhörig. »Ich bin also nicht der einzige Weltengänger?«

»Nein, doch sie sind über die ganze Welt verteilt. In Europa gibt es momentan neun deiner Art und zwei davon sind bereits auf dem Weg nach Frankfurt.«

Ich legte beide Hände vor das Gesicht und schüttelte den Kopf, denn in mir keimte ein ungeheuerlicher Verdacht auf. Ich spreizte meine Finger, sah durch die Lücken zu Zenodot und fragte niedergeschlagen: »Als ihr das Wesen gestellt und besiegt habt, an welchen Ort wurde es gebracht oder anders gefragt: Wo befindet sich heute der Kerker des Dämons?«

Ein trauriges Lächeln huschte über das Gesicht des Alten. »Wir entschieden uns für eine kleine englische Ortschaft mit dem Namen Amesbury.«

»Amesbury?«, fragte ich überrascht und ein klein wenig erleichtert. »Ich hatte eigentlich damit gerechnet, dass Ihr mir nun Frankfurt nennen würdet. Was ist so besonderes an diesem Amesbury?«

Garm blickte verwundert auf. »Du kennst Amesbury nicht? Stonehenge?«

»Oh, Stonehenge ist mir natürlich bekannt. Ich konnte nur mit der Ortschaft nichts anfangen. Wollt ihr damit andeuten, dass unter diesem Steinmonument ...?«

»Dieser Platz ist eine jahrtausendalte Kultstätte. Einer der wenigen Orte weltweit, an dem sich ein Erdmeridian mit vier elementaren Kraftlinien trifft und somit die weiße Magie besonders ausgeprägt ist. Da diese Stätte seit Urzeiten als heilig galt, waren wir uns sicher, dass dort niemand graben oder danach suchen würde. Du kannst dir sicherlich gut vorstellen, wie groß unsere Freude war, als 1986 Stonehenge zum Weltkulturerbe ernannt wurde und somit jede Veränderung der Stätte für die Zukunft ausgeschlossen werden konnte. Wie und wo allerdings das Gefängnis genau liegt, wissen nur ganz wenige, denn so bieten wir der Gegenseite möglichst wenig Angriffspunkte.«

»Das wird mir alles immer abenteuerlicher! Altes Testament, Pest, Stonehenge und alles soll im Zusammenhang mit einem mächtigen schwarzen Dämon stehen? Das ist nur sehr schwer vorstellbar! Und warum sind diese zwei Weltengänger nach Frankfurt unterwegs?«, murmelte ich mehr als verwirrt.

»Der Dämon ruht sicher unter Stonehenge, zumindest vorerst! Ich sprach davon, dass ein alter Gegenspieler wieder in Erscheinung getreten ist, doch ich meinte damit nicht das schwarze Wesen in der Erde von England. Ich redete vielmehr von dem einfachen Arbeiter, der damals den Untoten aus seinem Kerker in Germanien befreit hatte. Der Dämon hielt seinerzeit Wort und stattete diesen Menschen mit einer ungeheuren Macht aus, was natürlich beileibe nicht aus Nächstenliebe geschah. Das Wesen wusste genau, was es tat, denn sollte es erneut eingesperrt werden, so hatte es von nun an einen mächtigen Helfer in der Menschenwelt. Ein Dämonengefängnis ist nicht einfach durch eine Türe mit Schloss gesichert, es braucht schon etwas mehr an Sicherheitsvorkehrungen – viel mehr!«, erklärte der Alte mit ruhiger Stimme weiter. »Fünf magische Schlösser, die nur mit den dazugehörigen Schlüsseln verschlossen werden konnten. Alle magischen Schlüssel wurden später vernichtet, doch es gab eine verräterische Stelle, nämlich den Schmied, der die Gussformen der Schlüssel hergestellt hatte!«

Bei dieser Offenbarung zuckte ich innerlich zusammen. Ich war mir sofort sicher, dass sich mit dem Brief meines Vorfahren eine dieser Gussplatten in meinem Besitz befand. »Der Notar händigte mir die Hälfte einer Gravurplatte aus. Auf einer Seite ist das Wort *MORTIFER* eingraviert, auf der anderen Seite ist der Abdruck eines Schlüssels zu sehen.«

Der Kobold ließ hörbar die Luft aus seinen Lungen und der Alte sah mich mitfühlend an. »Das, Daniel, ist der eigentliche Grund, warum du in so großer Gefahr schwebst. Es gab insgesamt fünf Platten, das heißt zehn Hälften mit Schlüsselabdrücken. Acht davon hält der Diener des Dämons bereits in seinen Händen. Die neunte Gussform ist die deinige, doch von der zehnten Gravurplatte fehlt jede Spur!«

Madern Gerthener, Reichsstadt Frankfurt – 1399 AD

Baumeister Madern Gerthener saß noch immer wie angewurzelt auf seiner Bank vor dem *Hölzernen Krug* und dachte über das eben Erlebte nach. Wer war dieser seltsame Fremde, der ihm eine Lösung für all seine Probleme versprach? Er schüttelte den Kopf und verschränkte niedergeschlagen seine Arme. Nein, kein Mensch auf dieser Welt war in der Lage, das Brückenfundament innerhalb von vier Wochen aufzuschütten, dazu wären mehr als tausend Arbeiter notwendig. Es müssten Holzbalken in den Grund des Mains getrieben werden, um das Wasser fernzuhalten, damit man überhaupt am Brückenfundament arbeiten konnte. Allein die Menge an Holz würde Unsummen verschlingen, von der Entlohnung der Arbeiter und den vielen Tonnen an Steinblöcken ganz zu Schweigen. Missmutig hob er seinen Krug Wein und nahm einen ordentlichen Schluck. Im Geiste sah er sich schon auf irgendeiner Dorfbaustelle als Gehilfe verdingen und niedrigste Arbeiten für einen inkompetenten Meister verrichten. Sophia, die Tochter des Gastwirts, riss ihn aus seinen düsteren Gedanken. Geschäftig sprach sie: »Euer Krug ist fast leer, Baumeister! Soll ich Euch noch einen Schluck bringen?«

Gerthener winkte ab. »Hab Dank, nein, ich lasse es für heute gut sein.« Er sah zu ihr auf und meinte neugierig geworden: »Sophia, dieser Mann, der gerade bei mir saß, habt Ihr ihn vielleicht schon einmal gesehen? Eine solch seltsame Erscheinung bleibt doch bestimmt in Erinnerung!«

Die Frau starrte ihn an, als wäre er nicht recht bei Sinnen. »Welcher Mann, Baumeister? Ihr ward die ganze Zeit allein! Obwohl ich zugeben muss, es war schon recht seltsam anzusehen, wie Ihr Selbstgespräche geführt habt. Euch geht es doch gut, oder?«

Madern Gerthener wurde aschfahl im Gesicht und griff nach ihrer

Hand. »Was sagst du da, Mädchen? Natürlich saß hier jemand. Ein Mann, graue Kutte mit Kapuze und seltsamen Zeichen an den Händen – du musst ihn doch gesehen haben, Kind!«

»Beim heiligen Bartholomäus, Gerthener! Niemand saß bei Euch, das schwöre ich. Und jetzt lasst meine Hand los, Ihr macht mir Angst!«, zeterte Sophia ängstlich und versuchte sich seinem Griff zu entwinden.

Der Baumeister sah sie fassungslos an und ließ sie mit zitternden Fingern erschrocken los. Sofort machte die Frau kehrt und rannte zurück in die Schänke. Gerthener sah ihr nach, wie sie im Dunkeln des *Hölzernen Krugs* verschwand. Völlig verwirrt blickte er auf die Stelle, an der der Fremde vor ein paar Augenblicken noch gesessen hatte. *Wurde er jetzt langsam verrückt?* Schon kam der Gastwirt, Sophias Vater, Konrad Markwald aus der Wirtsstube geschossen und eilte mit funkelnden Augen auf seinen Gast zu. »Stadtbaumeister! Was habt Ihr mit meiner Tochter zu schaffen? Sie ist völlig außer sich!«

Gerthener schnellte von seinem Platz hoch und hob sogleich beschwichtigend beide Hände. »Ein Missverständnis meinerseits, werter Markwald. Es tut mir sehr leid, nichts lag mir ferner, als sie zu ängstigen.«

Die angespannten Gesichtszüge des Gastwirts lösten sich ein wenig und er brummte ungehalten: »Sie ist eine junge Frau, fast noch ein Kind, also seid das nächste Mal behutsamer in Eurer Wortwahl!«

»Natürlich! Nochmals, es tut mir leid. Könnt Ihr Eurer Tochter meine Entschuldigung überbringen?«

»Ja, ja, schon gut, doch Ihr geht jetzt besser, damit sie sich etwas beruhigt.«

Gerthener nickte betreten und nahm seinen Lederbeutel vom Gürtel. »Was bekommt Ihr?«

»Zwei Schillinge!«, meinte Markwald und hielt demonstrativ die Hand auf.

Nachdem er gezahlt hatte, verließ der Baumeister den Hölzernen Krug und machte sich auf zur Alten Brücke. Er lief die Krämergasse zurück zum Dom. Groß, fast übermächtig, ragte der sakrale Kirchenbau in den klaren Frankfurter Himmel und mahnte die Menschen zur Gottesfurcht. Einige Ratsmitglieder, die er zuvor in der Ratshalle gesehen hatte, standen auf den obersten Stufen zum Domeingang und unterhielten sich wild gestikulierend. Gerthener drückte sich in einen dunklen Winkel und hoffte, dass sie ihn nicht bemerkten. Eine unerfreuliche Begegnung mit dem Rat reichte für heute, zudem er nicht die geringste Lust verspürte, nochmals in ein Gespräch verwickelt zu werden, um abermals Rede und Antwort zu stehen. Langsam schlich er am Rande der Häuserwände weiter und ignorierte die verwunderten Blicke der Händler und Passanten, als er versuchte, von Schatten zu Schatten zu springen. Endlich gelangte er auf die Rückseite der Kirche und eilte die Fahrgasse hinunter zur Brücke. Die Fahrgasse war die Schlagader der Reichsstadt, da der gesamte Verkehr von und zur Alten Brücke führte. Sie war somit die wichtigste Verbindung zwischen dem nordöstlichen Ausgang von Frankfurt, der Bornheimer Pforte, und dem Ort Sachsenhausen, der zur Reichsstadt gehörte und am gegenüberliegenden Mainufer lag. Ochsengespanne, Holzkarren, Reiter, Bürger, Bauern und Reisende – alles schob sich über die Alte Brücke. Gerthener konnte verstehen, wie wichtig die Brücke für Frankfurt und den Rat war, denn sie bildete den einzigen Zugang zur Stadt vom südlichen Mainufer. Doch es änderte nichts an der Tatsache, dass dieser Übergang gefährlich instabil geworden war. Schon kam der große Brückenturm in Sichtweite, an dem die Reisenden, die aus und in die Stadt wollten, kontrolliert wurden. Wie immer herrschte heftiges Gedränge und Gerangel, da die Stadtwache jedes Gespann gewissenhaft überprüfte, um dann den Brückenzoll zu erheben. Es wurde diskutiert, geschimpft, gejammert, gebettelt, doch es half alles nichts, die Silberlinge mussten entrichtet werden. Der Stadtbaumeister eilte an der Schlange vorbei und nickte dem Hauptmann der Stadtwache zu. »Wieder viel los heute, Hauptmann?«

Der untersetzte und etwas aus der Form geratene Wachhabende lachte so herzhaft auf, dass seine Zähne im Sonnenlicht aufblitzten, »Ist das nicht immer so, Gerthener? Wenn es um den Geldsäckel geht, dann verstehen alle keinen Spaß mehr.« Er winkte den Baumeister zu sich. »Eure Leute warten schon, allen voran Euer Gehilfe. Ullrich war schon dreimal hier und fragte nach Euch.«

»Es gab eine kurzfristige Versammlung im Rathaus, bei der meine Anwesenheit erforderlich war«, meinte Gerthener knapp und hoffte, dass es zu keinen weiteren Nachfragen seitens des Wachvorstehers kommen würde. Seine Hoffnung wurde nicht enttäuscht, der Hauptmann zuckte mit den Schultern und kommentierte lapidar: »Verstehe! Den Schultheis sollte man nicht warten lassen. Schönen Tag noch, Stadtbaumeister.«

Schön konnte man diesen Tag nun wirklich nicht nennen, dachte Gerthener unwirsch und passierte mit schnellen Schritten den Torbogen zur Brücke. Als er die Unebenheiten des steinernen Brückenpflasters unter sich spürte, atmete er tief durch und war froh, dem stinkenden Stadtdunst entronnen zu sein. Hier draußen über dem Wasser war die Luft klar und es stank nicht nach faulendem Fisch, Unrat und Exkrementen. Als er über den Main blickte, kam ihm unwillkürlich dieser seltsame Fremde und dessen Angebot in den Sinn. Es war wirklich seltsam, dass Sophia diesen Mann nicht bemerkt haben sollte. Innerlich schalt er sich einen Narren, denn auch andere Gäste, die ihm vielleicht Auskunft gegeben hätten, hatten vor der Schänke gesessen. Gedankenverloren beobachtete er einen kleinen Kahn, der gerade den Fluss übersetzte, als jemand seinen Namen rief. Ullrich, sein langjähriger Geselle, hatte ihn bereits von weitem gesehen und rannte mit großen Schritten auf ihn zu. Völlig außer Atem kam sein Gehilfe neben ihm zum Stehen. »Baumeister! Endlich! Wo ward Ihr denn solange? Es sind Schwierigkeiten aufgetreten, die Eure Anwesenheit mehr als erforderlich machen!«

Gerthener lacht gequält auf und meinte voller Ironie: »Ullrich, du weißt gar nicht, wie wahr diese Worte sind!«

Der Gehilfe hielt inne und sah ihm irritiert in die Augen. »Ich kenne Euch jetzt lange genug! Was ist vorgefallen – der Rat?«

Er bestätigte dies mit einem Nicken und war tatsächlich erstaunt, dass Ullrich mit seiner Annahme sofort richtiggelegen hatte. »Sie haben mir eine Frist von vier Wochen gesetzt. Innerhalb dieser Zeit müssen die beiden Mittelbögen repariert und das Fundament neu aufgeschüttet sein.«

Er hatte den Satz noch nicht richtig zu Ende gesprochen, als sein Geselle wütend beide Hände in die Hüfte stemmte und völlig erbost ausrief: »Ist der Schultheis von Sinnen? Es ist unmöglich diesen Zeitraum auch nur im Ansatz einzuhalten. Das habt Ihr dem Rat doch mitgeteilt, Meister?«

»Natürlich Ullrich, doch er ließ sich nicht umstimmen. Es bleibt dabei, wir haben vier Wochen Zeit!«, meinte Gerthener niedergedrückt.

»Gab es Drohungen?«

»Ja, der Lohn wird einbehalten und ich verliere meine Stellung als Stadtbaumeister!«

Sein Gehilfe schüttelte entsetzt den Kopf. »Dann können wir uns gleich einen Mühlstein um den Hals hängen und in den Main springen! Erst ändern sie ständig die Pläne und verursachen damit erhebliche Verzögerungen, nur um Euch später das Messer auf die Brust zu setzen. Verflucht seien sie, allen voran Praunheim und Falkenstein!«

»Vielleicht gibt es eine Lösung, Ullrich«, meinte der Baumeister geheimnisvoll.

»Und wie sollte die wohl aussehen? Ihr wisst so gut wie ich, dass dieses Vorhaben unmöglich binnen vier Wochen zu bewerkstelligen ist.«

»Übermorgen werde ich mehr wissen, bis dahin machen wir weiter wie bisher! Und Ullrich …«

»Ja, Herr?«

»Kein Wort zu den Arbeitern. Sie sollen nicht mehr erfahren, als nötig. Alles andere würde nur zu unliebsamem Gerede und Unruhe führen!«, mahnte Gerthener ungewollt scharf. Er sah es dem Gehilfen genau an, viele Fragen brannten auf dessen Lippen, doch Ullrich nickte nur und ließ es auf sich beruhen. Ein ungutes Gefühl breitete sich in Gertheners Magengegend aus, denn seine Entscheidung war plötzlich wie aus heiterem Himmel gefallen – er würde morgen um Mitternacht den Fremden auf der Brücke treffen. Er klopfte seinem Gesellen freundschaftlich auf die Schulter. »Und jetzt erzähle mir, was auf der Baustelle vorgefallen ist. Was ist so wichtig, dass du dreimal beim Hauptmann der Brückenwache auftauchst?«

Verwundert, aufgrund der schnellen Gemütswandlung, blickte Ullrich seinen Meister skeptisch an. »Nun, zwei Lieferungen sind heute ausgeblieben. Der Schiefer für die Dachschindeln des Brückenturms ist immer noch nicht eingetroffen! Wir können also mit der Ausbesserung wieder nicht beginnen und geraten damit noch weiter ins Hintertreffen, als wir es ohnehin schon sind.«

»Immer noch nicht? Wo bleibt dieser Seelenverkäufer von einem

Kahn? Die Ladung wurde schon vor einer Woche am Schieferbruch in Mayen auf Ochsenkarren verladen. In Koblenz wurde sie auf ein Schiff gebracht, dass auf dem Rhein über die Mainspitze hierher segeln sollte.«

»Im Laufe einer Woche kann viel passieren, vielleicht ist das Schiff auf Grund gelaufen oder gar gekentert«, gab Ullrich zu bedenken.

»Gib einem der Arbeiter ein Pferd und Proviant. Er soll den Fluss bis zur Mainspitze abreiten und uns dann Bericht erstatten. Ich will wissen, was passiert ist«, brummte Gerthener leicht entnervt und fluchte innerlich, da mal wieder nichts zu klappen schien, von der Ratsfrist ganz abgesehen.

Der Gehilfe strich sich mit seiner Hand nachdenklich über das Kinn. »Er wird mindestens zwei Tage unterwegs sein«, schätzte er vorsichtig.

»Dann ist es eben so! Wenn er den Kahn sichtet, soll er dem Kapitän Feuer unter dem Hintern machen und ihn zur Eile antreiben. Und die zweite Lieferung?«

»Der Zeugschmied Udolph verweigert die Herausgabe der Nägel und der neuen Hämmer. Er sagt, wenn er nicht sofort seinen Lohn für die Ware der letzten Woche bekommt, schmilzt er alles wieder ein und verkauft das Eisen an die Waffenschmiede in Frankfurt.«

»Dieser kleine gierige Wicht!«, platzte Gerthener der Kragen und zog wütend seinen Geldbeutel vom Gürtel. »Was sind wir ihm schuldig?« knurrte er.

»Vier Gulden.«

»Hier, gib ihm drei und wenn ihm das nicht passt, dann sage einen schönen Gruß von mir, dass er sich zum Teufel scheren kann!«

Ullrich nahm das Geld wortlos entgegen und verabschiedete sich mit einem kurzen Kopfnicken. Er war sichtlich froh, den heutigen Launen seines Meisters nicht mehr ausgesetzt zu sein und eilte über die Brücke, zurück in Richtung des Brückenturms auf der südlichen Mainseite.

Gerthener sah ihm nach und lehnte sich an das steinerne Brückengeländer. Er fühlte sich plötzlich matt und erschöpft. Morgen um Mitternacht würde sich sein Schicksal entscheiden, dessen war er sich sicher! Entweder war dieser Fremde nur ein Aufschneider und Wichtigtuer oder er hatte tatsächlich eine Lösung für sein Problem. *Nichts ist umsonst,* diese mahnenden Worte des Unbekannten hingen wie eingebrannt in seinem Kopf. Aber was hatte er, Madern Gerthener, schon zu bieten? Egal, was morgen um Mitternacht geschehen würde, dieser Satz jagte ihm, gelinde ausgedrückt, eine Heidenangst ein. Er versuchte seine bangen Gefühle beiseite zu schieben und machte sich nun ebenfalls auf den Weg zur Baustelle, denn trotz aller Ereignisse würde es wieder ein langer Tag voller Arbeit und Mühsal werden.

Als er am südlichen Brückenturm eintraf, grüßte ihn die Wache höflich und winkte ihn durch das Tor. Rechts neben dem Turm, direkt am Ufer des Mains, befand sich eine kleine Holzhütte. Dies war sein Refugium, indem er alle Unterlagen und Pläne aufbewahrte, die Vorarbeiter instruierte und Zusammenkünfte einberief. Von Ullrich war nichts zu sehen, vermutlich verhandelte er gerade mit dem Zeugschmied Udolph. Dieser Mann war eine echte Nervensäge, er war zwar ein hervorragender Schmied, da hegte der Baumeister keinen Zweifel, doch Udolph hatte ständigen Geldmangel. Was daher rührte, dass dieser Mann bald jeden Abend in diversen Schänken, vor allem in Bornheim, seinen Lohn durchbrachte. Bornheim lag nördlich und außerhalb der Stadt, hier hatten sich viele Gastwirte niedergelassen, die außer Wein noch andere, speziellere, Dienstleistungen anboten. Nachdem der Rat die Dirnen und Huren aus Frankfurt verbannt hatte, ließen diese sich im nächsten Örtchen, eben Bornheim, nieder. Bornheim gehörte zur Grafschaft Hanau und somit hatte der Frankfurter Rat wenig Handhabe gegen dieses Vorgehen. Den Männern in der Stadt war es egal, ob sie einen oder zwei Kilometer weiterlaufen mussten. Eigentlich war eher das Gegenteil der Fall, denn so konnten sie der Stadt entfliehen und ersparten sich unangenehme Begegnungen mit den Bürgern, die es mit der Moral genauer hielten. Er schloss die Türe seiner Hütte auf und betrat das Innere. Ein angenehmer Duft von frisch geschlagenem Holz schlug ihm entgegen, als er seinen Blick über die spartanische Einrichtung schweifen ließ. Ein großer Arbeitstisch, zwei Stühle, ein breites Regal zur Aufbewahrung seiner Unterlagen und eine kleine Feuerstelle waren alles, was den kleinen Raum füllte. Der Boden bestand aus festgestampfter Erde, alles andere war aus grob behauenem Fichtenholz gezimmert. Er ließ die Türe hinter sich ins Schloss fallen und beugte sich über den Tisch, um die dort liegenden Pläne der Brücke zu studieren. Das Pergament war mittlerweile fleckig und abgenutzt, so oft hatte er die Zeichnungen bereits in der Hand gehalten. Kaum hatte er sich in die Entwürfe vertieft, klopfte es auch schon.

»Es ist offen!«, knurrte er gereizt.

Vorsichtig öffnete jemand die Türe, es war Ullrich, sein Geselle. »Der Schmied hat die drei Gulden akzeptiert und liefert in diesen Moment die Eisenstifte an die Arbeiter«, kam der Gehilfe ohne große Umschweife zur Sache.

»Hätte mich auch gewundert, wenn er das Geld nicht genommen hätte. Bornheim ist teuer! Wenn Udolph nur halb so viel trinken und gleichzeitig die Dirnen in Ruhe lassen würde, dann müssten wir uns nicht ständig mit ihm herumschlagen«, brummte Gerthener.

Ullrich grinste und meinte zustimmend: »Da habt Ihr wohl gesprochen, Meister, obwohl ich zugeben muss, dass Bornheim auch mir das eine oder andere Mal Zerstreuung geboten hat.«

»Du bist Junggeselle! Er hat Frau und Kind, das ist etwas anderes.«

Der Gesprächsverlauf schien dem Gehilfen wenig zu gefallen, weshalb er wieder auf sein eigentliches Ansinnen zurückkam. »Ich habe einen der Vorarbeiter losgeschickt, nach dem Boot Ausschau zu halten. Er ist bereits unterwegs.«

»Wie lange reicht unser Vorrat an Schiefer noch?«

»Ein Tag, vielleicht zwei und selbst dann haben wir gerade ein Viertel des Turmdaches neu eingedeckt.«

Der Baumeister nickte. »Gut, wollen wir hoffen, dass der Reiter schnell mit guten Nachrichten zurückkommt. Was ist mit dem fünften Pfeiler?«

»Zur Hälfte fertig, doch es ist alles nur Stückwerk! Die bedeutsamen Schäden liegen unter Wasser und solange das Brückenfundament nicht freigelegt ist, kann von einer vernünftigen Reparatur wohl kaum die Rede sein.«

Gerthener nickte verdrießlich. »Ich weiß Ullrich, ich weiß, deshalb werden wir am Freitag damit beginnen, die Holzbohlen in den Flussgrund zu schlagen.«

»Aber das Holz reicht hinten und vorne nicht, Meister!«

»Auch das ist mir bekannt, aber wenigstens sieht der Rat, dass wir etwas unternehmen. Um weitere Baumstämme wirst du dich kümmern, zumindest solange das Geld reicht. Das Letzte, was ich will, ist Praunheim und Falkenstein einen weiteren Angriffspunkt zu bieten.«

»Ich hoffe, dass Ihr schnell eine Lösung findet«, meinte sein Geselle skeptisch.

Bei diesem Satz lief ein leichtes Zittern durch Gertheners Körper und er dachte nervös an das geheimnisvolle Treffen. »Du kannst jetzt gehen Ullrich. Schau bei den Steinmetzen vorbei und ermahne sie nochmals, den Schiefer für die Dachschindeln nicht allzu dünn zu schneiden.«

»Ja, Herr. Solltet Ihr meine Hilfe benötigen, Ihr findet mich später am Brückenturm.«

Der Stadtbaumeister nickte und Ullrich verließ die Hütte.

NICHTS IST UMSONST, wieder hallten die unheilverkündenden Worte des Fremden durch Gertheners Kopf.

Daniel Debrien

Da saß ich nun mit einem Kobold, namens Garm Grünblatt, und dem über zweitausend Jahre alten Bibliothekar Zenodot von Ephesos an einem Tisch, in einer Höhle unter dem Garten des himmlischen Friedens mitten in Frankfurt und das alles wegen eines schwarzen Dämons, der aus seinem Gefängnis unter Stonehenge auszubrechen versucht. Wenn ich irgendjemandem davon erzählen würde, hatte das mit Sicherheit eine umgehende Einweisung in die Psychiatrie zur Folge. Langsam wurde mir das Dilemma dieser Weltengänger schmerzlich bewusst. Ich blickte den Alten fragend an. »Es gab also zehn Gravurplatten, wovon sich bereits acht in den Händen der Gegenseite befinden. Eine besitze ich und von der zehnten, sagt Ihr, fehlt jede Spur? Wenn dieser Helfer die zehn Platten sein Eigen nennt, dann ist er in der Lage, alle fünf magischen Schlüssel herzustellen und somit den Dämon freizulassen, was dann Tod und

Zerstörung nach sich ziehen würde. Liege ich mit dieser Annahme so ungefähr richtig?«

»Nicht nur ungefähr, deine Schlussfolgerungen sind absolut zutreffend!«, meinte der Kobold grimmig, während Zenodot nur zustimmend nickte.

»Gibt es denn keine Hinweise oder zumindest eine Vermutung, wo sich der letzte Schlüsselabdruck befinden könnte?«, fragte ich die beiden stirnrunzelnd.

Der Alte antwortete schnell: »Natürlich gibt es einige Theorien über den Verbleib, doch es sind alles nur Mutmaßungen ohne Beweise.«

»Vielleicht habt ihr etwas übersehen, manchmal liegt der Teufel im Detail«, hakte ich nach.

»Ich will es gar nicht ausschließen, dass wir Hinweise übersehen oder auch einfach nicht erkannt haben, doch das ist momentan nicht von Belang. Wichtig ist jetzt eines, wir müssen die neunte Platte und somit dich schützen.«

»Nichts einfacher als das! Ich bringe sie sofort hierher. Wo sollte sie sicherer sein, als hier in der Tiefenschmiede?«

Auf meine Frage hin warfen sich der Bibliothekar und der Kobold bedeutungsvolle Blicke zu. Unsicher, wer nun antworten sollte, ergriff der Alte zuerst das Wort: »So einfach, wie du es dir vorstellst ist es leider nicht, Daniel.«

»Warum?«

Der Kobold sah mich durchdringend an. »Gab es einen ungewöhnlichen Vorfall, als du die Gussform erhalten hast?«

Ich überlegte kurz und schüttelte sofort den Kopf. »Nein, der Notar händigte mir die zwei Briefe und die Form aus – das war's! Ich quittierte den Erhalt von Briefen und Päckchen und verließ das Notariat.«

»Päckchen?«, bemerkte Zenodot plötzlich.

»Ja, die Gravurplatte war in schwarzes Tuch eingeschlagen, das mit einer Schnur fixiert wurde.«

Und wieder diese wandernden Blicke zwischen dem Gnom und dem Alten! Die Augen des Kobolds wechselten erneut ihre Farbe, er schien innerlich nervös zu sein. »Und als du es später geöffnet hast, ist dir nichts Seltsames aufgefallen?«, fragte er schließlich angespannt.

»Nein! Ich …!« Im selben Moment stockte ich, denn ich war in Gedanken nochmals die letzten Tage zurückgegangen. »Es gab tatsächlich eine winzige Auffälligkeit. Ich hatte dem bisher nur noch keine Bedeutung beigemessen!«

Beide beugten sich nach vorne und riefen beinahe zeitgleich: »UND?«

»Als ich die Gussform das erste Mal berührte, gab es eine Art elektrische Entladung. Ich dachte mir nichts dabei, denn der Barren war in Stoff eingewickelt und ich vermutete, dass sich das Metall durch Reibung etwas aufgeladen habe.«

»Welche Farbe hatte der Funken?«, zischte der Kobold.

»Violett, soweit ich mich erinnern kann.«

»Selbst, wenn wir uns unsicher gewesen wären, spätestens jetzt haben wir die Gewissheit!«, meinte der Bibliothekar sorgenvoll zu seinem kleinen Freund.

»Gewissheit über WAS?« Ihre Geheimniskrämerei ging mir allmählich auf die Nerven.

»Alle Gussformen sind mit einem Zauber belegt, der sicherstellen soll, dass sie nicht in falsche Hände geraten.«

»Und die Gegenseite hat schon acht Formen in ihrem Besitz? Na, dann hat dieser Zauber wirklich prima funktioniert«, bemerkte ich zynisch.

Beide bedachten mich für diese Äußerung mit strafenden Blicken, doch ich erkannte noch etwas anderes in ihren Augen – Angst! Es war Zenodot, der das Wort ergriff: »Ich will versuchen, es dir zu erklären: Wenn ein Weltengänger eine Gussform berührt, dann verschmelzen beide gewissermaßen zu einer Einheit. Beide sind untrennbar miteinander verbunden und nur der Weltengänger selbst kann die Gravurplatte aktivieren, damit der Schlüssel hergestellt werden könnte. Mit dem Tode des Weltengängers löst sich diese Verbindung und die Gravurplatte wird an dessen Nachfolger, in der Regel der erstgeborene Sohn, weitergegeben. Dieser Nachfolger berührt erneut die Gussform und so weiter. Sollte ein anderer als ein Weltengänger die Form anfassen, so entlädt sich eine ungeheure magische Druckwelle, die alles in ihrer unmittelbaren Umgebung zerstört, einschließlich der Gravurplatte selbst.«

Mit offenem Mund hörte ich zu und versuchte, das eben Gehörte in einen für mich verständlichen Kontext zu bringen. »Warum wurden dann nur die Schlüssel vernichtet und nicht die Gussformen selbst? Sie stellen doch ein erhebliches Risiko dar, denn so können neue Schlüssel hergestellt werden!«

»Ich will dir mit einer Gegenfrage antworten, Daniel! Was wäre, wenn das Gefängnis unter Stonehenge nicht mehr sicher ist? Wir wären dann gezwungen, einen anderen Kerker für den Dämon zu finden«, erklärte der Alte.

Ich sah ihn verblüfft an und meinte entschuldigend: »Stimmt, daran habe ich nicht gedacht. Doch wie kommen dann die anderen Gussformen in die Hände der Gegenseite?«

»Liegt das nicht auf der Hand?«

»Inwiefern?«, fragte ich überrascht.

Der Alte seufzte laut und bekam einen glasigen Blick, als würde er erneut weit in die Vergangenheit zurückblicken. »Wie ich dir bereits mitgeteilt habe, gab es einen Verräter unter uns, der Schmied, der die Formen hergestellt hatte. Er war dabei, als damals alle Gravurplatten magisch behandelt wurden und somit kennt er auch das Geheimnis, dass nur Weltengänger sie berühren dürfen. Mit jedem Tag dieses Wissens wurde seine Gier nach Macht und Besitz stärker, bis auch schließlich unser Gegner darauf aufmerksam wurde und seine Chance ergriff. Der Schmied wurde mit Versprechen und Lügen in eine Falle gelockt. Unter Folter gab er dem Handlanger des Dämons preis, welche Weltengänger die Schlüsselabdrücke in ihrem Besitz hatten. So nahm das Unheil seinen Lauf, jeder der genannten Personen ereilte der Tod.«

»Aber, wenn die Formen in die falschen Hände geraten, dann zerstören sie sich selbst!«, warf ich ein.

»Richtig, doch, wenn sie eingepackt, umwickelt oder in Behältnissen verwahrt werden, dann droht zumindest keine unmittelbare Gefahr für den Besitzer.«

Stirnrunzelnd betrachtete ich den Bibliothekar. »Ja, aber was nützt es, wenn man einen Gegenstand nicht berühren kann, ohne ihn dabei zu zerstören?«

Jetzt schmunzelte der Alte. »Denk nach, Daniel, denk nach!«

Der Kobold hingegen brummte ungeduldig in Zenodots Richtung: »Lass ihm Zeit, denken scheint nicht gerade seine Stärke zu sein.«

Ich fuhr herum und zischte den Gnom wütend an: »Pass auf, was du sagst, Kobold, sonst mache ich dich noch kürzer, als du es ohnehin schon bist!«

Garm blitzte zurück: »Na, das möchte ich sehen. Bevor du auch nur einen Finger rührst, bin ich schon durch die Türe!«

»Ruhe ihr beiden!«, fuhr der Alte barsch dazwischen. »Wir haben keine Zeit zum Streiten. Und du, Garm, halte dich mit deinen Äußerungen etwas zurück. Es ist schwer genug für ihn, auch ohne deine Bemerkungen!«

Der Kobold verschränkte missmutig seine Arme, schaute beleidigt die Tischplatte an und murrte: »Schön, schön, immer auf die Kleinen, wir können es ja vertragen! Kommt bloß nicht auf die Idee, mich noch einmal etwas zu fragen.«

Zenodot verdrehte die Augen, legte die Hände vor sein Gesicht und schüttelte den Kopf.

»Könnte mich jetzt jemand aufklären?«, versuchte ich das Gespräch fortzusetzen.

Der Kobold fuhr demonstrativ mit seinen Fingern über den Mund, ahmte einen Reißverschluss nach und deutete unschuldig wie ein Lamm auf den Bibliothekar.

Der Alte überging Garms provokative Geste und sprach mit ernster Miene weiter: »Alle Gussformen des Dämonendieners befinden sich mit Sicherheit in stabilen Behältnissen. Sie wissen jetzt, dass du die neunte besitzt und vermuten, dass du höchstwahrscheinlich auch Kenntnisse über den Aufenthaltsort der zehnten Gravurplatte hast.«

Der Alte machte eine kleine Kunstpause und fuhr sich nachdenklich durch den Bart. »Aber das löst nicht ihr eigentliches Problem, denn ohne einen Weltengänger sind die Formen nutzlos, da diese sich bei jeglichem anderweitigen Kontakt sofort zerstören. Aufgrund des Verrats in der Vergangenheit halten alle Weltengänger ihre Identitäten streng geheim, weswegen es sehr schwer für die Gegenseite geworden ist, einen der Unsrigen ausfindig zu machen. Also wartete der Diener auf eine Gelegenheit, jede in Frage kommende Person, jede noch so winzige Spur, genauer unter die Lupe zu nehmen, bis sich ein Anhaltspunkt auf einen Weltengänger ergab. So stießen sie auch auf deinen Vater, das war die Chance, auf die sie gewartet hatten, doch das Schicksal durchkreuzte abermals ihre Pläne. Der schwere Unfall deines Vaters sorgte dafür, dass sie ihren Plan nicht mehr in die Tat umsetzen konnten. Bevor er kurze Zeit später starb, reichte er unter großer Zeitnot unser Geheimnis an seinen Bruder weiter. Ab diesem Zeitpunkt wurde Alexander Debrien von der Gegenseite auf Schritt und Tritt überwacht. Als dein Onkel den Nachlass deines Vaters, Briefe und Gussform, bei einem Notar hinterlegte und versuchte unterzutauchen, hatte ihn der Feind also schon lange im Visier. Sie schnappten Alexander und versuchten, alles aus ihm herauszupressen. An dieser Stelle hat der Diener des Dämons vermutlich eines sofort erkannt, Alexander Debrien war kein Weltengänger und somit war er nutzlos. Da aber dein Onkel diverse Gegenstände bei einem Notar in Verwahrung gegeben hatte, war es für die Gegenseite offensichtlich, dass es sich nur um eine der zwei gesuchten Gussformen handeln konnte. Es wäre natürlich eine Kleinigkeit gewesen, den Schlüsselabdruck aus dieser Kanzlei zu entwenden, doch der Diener des Dämons entschied sich zu warten.«

»Warum?«, fragte ich ganz spontan, obwohl ich mir die Antwort schon denken konnte.

»Nun, sie hätten zwar die neunte Gussform in ihren Besitz gebracht, aber gleichzeitig die Chance auf die Enthüllung der Identität eines Weltengängers verspielt. Denn sollte jemand irgendwann den Notar kontaktieren, um das Päckchen abzuholen, dann würde es sich bei dieser Person mit Sicherheit um einen Weltengänger handeln. In der Hoffnung, drei Fliegen mit einer Klappe zuschlagen, warteten sie also ab.«

»Drei Fliegen mit einer Klappe?«, meinte ich überrascht.

»Oh Mann! Er ist echt schwer von Begriff«, stöhnte der Kobold kunstvoll auf.

»Garm, noch ein weiteres Wort!«, raunte Zenodot mit einer unnatürlichen Ruhe in seiner Stimme, doch das eigentlich Unheimliche war, dass er dabei ungemein freundlich lächelte.

Eigentlich erwartete ich jetzt Widerworte des Gnoms, doch seine Reaktion fiel anders aus, als gedacht. Garm Grünblatt zuckte so heftig zusammen, dass ich schon vermutete, er habe Schüttelfrost. Sofort machte er wieder die Geste des Reißverschlusses und blickte eingeschüchtert zum Bibliothekar, der ihn mit einem finsteren Blick bedachte. Ungerührt fuhr Zenodot weiter fort: »Warum warteten sie nun inzwischen mehr als fünfundzwanzig Jahre? Ich folgere daraus drei Gründe: Erstens, sie kannten nun den Aufenthaltsort der neunten Gussform, konnten sich also auf die intensive Suche nach der zehnten begeben. Zweitens, der Jemand, der beim Notar auftauchen würde, ist ein Weltengänger. Ergo hatten sie bereits die Person gefunden, die die Gravurplatten berühren konnte und somit würde einer neuerlichen Schlüsselherstellung nichts mehr im Wege stehen. Drittens, die Hoffnung, dass dieser Weltengänger ihnen den entscheidenden Hinweis auf die letzte Gussform geben könnte, wenn diese bis dahin nicht gefunden wurde.«

Jetzt lief es mir wirklich eiskalt den Rücken hinunter und ein heftiger Schwindel erfasste mich.

»Scheiße!«, entfuhr es mir ungewollt, »Ich bin also in einen Krieg hineingeraten, der schon über viele Jahrhunderte andauert und dem nicht genug, ich bin das entscheidende und letzte Glied in der Kette? Dabei habe ich nicht einmal den Hauch einer Ahnung, wo sich letzte Gravurplatte befinden sollte!«

»Das trifft es ziemlich genau. Und es offenbart ein weiteres Detail, die letzte Gussform wurde noch nicht gefunden! Zumindest bis jetzt noch nicht, denn bis heute hatte ich ebenfalls keine Vermutung.«

»Bis heute?« Garm und ich hatten gleichzeitig die Frage gestellt.

»Ja, der Brief deines Vorfahren Theodor de Bry, Daniel. Seit du mir vorhin seinen Inhalt geschildert hast, hege ich den Verdacht, dass uns diese Zeilen einen Hinweis über dem langen gesuchten Schlüsselabdruck liefern könnten!«

Enttäuscht lehnte ich mich zurück. »Der Brief wurde 1597 geschrieben, das liegt jetzt weit über vierhundert Jahre in der Vergangenheit. Wieviel könnte dieser Hinweis wert sein, wenn man bedenkt, was in diesem Zeitraum alles passiert ist?«

Zenodot nickte zustimmend. »Das ist natürlich richtig, vor allem wenn der Hinweis auf ein Ereignis Bezug nimmt, das bereits zum damaligen Zeitpunkt schon zweihundert Jahre zurücklag. Deshalb muss ich den Brief sehen, Daniel!«

»Er liegt bei mir zu Hause. Natürlich hätte ich ihn eingesteckt, wenn ich auch nur die leiseste Ahnung gehabt hätte, was ich hier erfahren und vorfinden würde«, murrte ich.

Zenodot überlegte einen Moment, dann erhob er sich von seinem

Platz. »Ich denke, das war genug für heute. Du solltest dich jetzt auf den Heimweg machen, allerdings wirst du morgen um die gleiche Zeit mit dem Brief wieder hier sein. Ich werde die Zeit nutzen, um weitere Informationen einzuholen. Jetzt, da ich einen Anhaltspunkt habe, sollte mir das nicht schwerfallen.«

Ich schaute ihn an, als könne ich nicht bis drei zählen. »Ich soll einfach so gehen? Obwohl Ihr selbst sagt, dass mir angeblich große Gefahr von diesem, diesem ... na, was auch immer, droht?«

»Wichtig ist, dass du dich im Moment völlig normal verhältst. Da du heute deine Bestimmung als Weltengänger angetreten hast und deine Gabe erweckt wurde, kannst du mehr sehen, als die meisten Menschen. Du kannst jetzt die Gegenseite erkennen, was vorher nur eingeschränkt möglich war. Morgen werden wir anfangen, dich zu unterrichten, damit du deine Fähigkeiten kennenlernen und anwenden kannst. In der Zwischenzeit werden die Kobolde auf dich aufpassen. Garm?«

Der Angesprochene schnellte in die Höhe. »Ja, Herr?«

»Sorge dafür, dass Daniel von zwei Kobolden begleitet wird. Sie sollen sich im Hintergrund halten und nur in Erscheinung treten, wenn es unbedingt notwendig wird. Und nur dann! Habe ich mich klar ausgedrückt?«, fragte Zenodot mit einer gewissen Schärfe.

»Glasklar!«, antwortete Garm Grünblatt in zackigem Soldatenton.

»Gut, dann wähle zwei von deinem Volk aus. Ich bringe unseren Weltengänger an die Oberfläche. Wir treffen uns dann am Eingang.«

Na, das kann ja heiter werden. Daniel Debrien mit zwei Gartenzwergen als Bewacher im Schlepptau, dachte ich resignierend und erinnerte mich an Zenodots Worte, *geschwätzige kleine Kerlchen*.

»Komm, Daniel, lass uns nach oben gehen. Du kennst ja den Weg bereits«, forderte mich der Bibliothekar freundlich auf und lief zur großen Wendeltreppe.

Als wir aus der kleinen Höhle im Bethmannpark hinaustraten, war es mittlerweile stockfinster. Ich blickte auf die Leuchtziffern meiner Armbanduhr und glaubte meine Augen nicht zu trauen! Es war tatsächlich kurz nach drei. Ich hatte also mehr als sechs Stunden in der Tiefenschmiede verbracht. Trotz der Finsternis konnte ich die Details des Chinesischen Gartens erstaunlich gut erkennen. Zenodot hatte mich aufmerksam beobachtet und meinte schmunzelnd: »Nur eine der Fähigkeiten eines Weltengängers, du kannst nachts um ein Vielfaches besser sehen.«

Ein Geräusch ließ uns herumfahren. Drei kleine Gestalten kamen geradewegs auf uns zu.

»Ah, meine Kindermädchen sind da«, bemerkte ich bissig.

»Halte dich etwas zurück, Daniel. Es ist zu deinem Schutz und das meine ich sehr ernst. Kobolde sehen zwar niedlich aus, aber glaube mir, sie können auch ganz anders«, erwiderte er.

In diesem Moment standen die drei auch schon vor uns.

Garm Grünblatt nickte uns kurz zu. »Weltengänger Daniel, ich darf dir Tarek Tollkirsche und Einar Eisenkraut vorstellen.«

Beide Kobolde machten, bei Nennung ihres Namens, eine unglaublich tiefe Verbeugung. »Sehr erfreut, Weltengänger!«, kam es wie aus einem Munde.

Ich wollte nicht unhöflich sein und deutete ebenfalls eine leichte Verbeugung an; denn man weiß ja nie, vor allem, wenn man es mit Wesen zu tun bekommt, die ich sechs Stunden vorher noch im Reich der Fantasie wähnte. »Tarek Tollkirsche, Einar Eisenkraut, die Freude liegt ganz auf meiner Seite. Auch wenn wir uns noch nicht kennen, so möchte ich doch sofort eine Bitte an euch richten!«

Beide zogen ihre Augenbrauen hoch und starrten mich verwundert an. »Und die wäre?«, fragte Tarek vorsichtig.

»Ich besitze keine große Erfahrung mit der Etikette und den Sitten der Waldkobolde. Ich bitte deshalb um ein wenig Nachsicht, sollte ich gegen eure Traditionen verstoßen oder mich unbewusst falsch verhalten!«

Einar und Tarek wechselten ein paar überraschte Blicke und fingen an zu grinsen. Einar Eisenkraut machte einen Schritt auf mich zu und reichte mir die Hand. »Kein Problem, Weltengänger. Magst du Äppler?«

»Wie bitte?«

»Ob du gerne Apfelwein trinkst?

»Ja, natürlich!«, antwortete ich zustimmend , obwohl ich sehr ob dieser seltsamen Frage erstaunt war.

Der Kobold klatschte begeistert in die Hände »Dann werden wir uns bestens verstehen!«

Zenodot stöhnte neben mir auf und trotz der Dunkelheit erkannte ich einen strengen Blick in Richtung Garm Grünblatt. Seine Stimme war scharf wie ein Messer, als er den Kobold anfuhr: »Ich hoffe, du hast Einar und Tarek erklärt, wie wichtig Daniel ist! Sollte mir auch nur ein Wort über ein Saufgelage zu Ohren kommen und sie darüber hinaus ihre Pflichten vernachlässigen, dann, Garm Grünblatt, sind die angenehmen Zeiten in der Tiefenschmiede ein für alle Mal vorbei!«

Der Kobold holte tief Luft und unter heftigem Gestikulieren meinte er entrüstet: »Natürlich habe ich den beiden die Wichtigkeit der Mission eindrücklich erläutert.«

»Das will hoffen!«, knurrte der Bibliothekar gefährlich.

»Können wir jetzt gehen? Ich bin müde und der Abend war nicht gerade das, was ich unter amüsanter Freizeitveranstaltung einsortieren würde«, schaltete ich mich ungeduldig ein, denn ich wollte endlich nach Hause. Die Verabschiedung fiel deshalb relativ kurz und knapp aus, was Zenodot nicht davon abhielt, mich mehrmals zu ermahnen, dass ich vorsichtig sein sollte. Als ich ihm versichert hatte, dass ich selbstverständlich überall Augen und Ohren haben würde, nickten mir Einar und Tarek zu. »Komm Weltengänger – folge uns.«

So huschte ich nun mit zwei Wichtelmännchen durch den Garten des himmlischen Friedens. Wir eilten schnurstracks auf das hölzerne Ausgangstor des chinesischen Parks zu, bis mir einfiel, dass diese Türe verschlossen war, weswegen ich vorhin folgerichtig den Weg über die Mauer genommen hatte. Abrupt blieb ich stehen.

Tarek hatte mein Zögern bemerkt und hielt ebenfalls an. »Was ist los?«, wisperte er durch die Dunkelheit.

»Wir müssen einen anderen Weg hinaus suchen, der Ausgang ist verschlossen!«, gab ich zu verstehen. Ihre einzige Reaktion auf meine, wie ich fand, durchaus berechtigten Bedenken, war ein leises Glucksen.

»Was ist daran so witzig?«, flüsterte ich leicht gereizt.

»Es gibt auch andere Wege als die durch Türen, Weltengänger Daniel! Folge uns nur weiter«, kicherte Einar und setzte sich wieder in Bewegung.

Was blieb mir auch anderes übrig? Ich eilte den beiden hinterher und überquerte eine winzige Steinbrücke, die sich verspielt über einen künstlichen Bachlauf spannte, der später in einen großen Teich mündete. Vor dem Holztor machten wir halt.

»Und nun?«, brummte ich angespannt.

»Hier lang«, meinte Tarek Tollkirsche und zeigte rechts an der Pforte vorbei, auf eine bestimmte Stelle der Steinmauer.

Einar eilte bereits auf den gezeigten Platz zu und kam direkt davor zum Stehen. Schnell folgte ich die paar Schritte und besah den Abschnitt der Mauer genauer, konnte aber nichts Auffälliges erkennen.

Tarek schob sich an uns vorbei, legte seine winzige Hand auf die weiß verputzten Steine und forderte, zu meinem grenzenlosen Erstaunen, die Mauer auf: »Trete beiseite und gestatte uns Durchlass!«

Mir blieb der Mund offenstehen, als ein Knirschen erfolgte und die Steine wie ein Vorhang zur Seite schwangen.

»Er sei Euch gewährt!«, ertönte eine uralte, dunkle Stimme.

»Schnell, wir haben nicht viel Zeit«, rief Einar hektisch und schlüpfte durch die Öffnung. Tarek folgte ihm auf dem Fuße, was auch mich zu einem schnellen Sprung veranlasste. Mit weichen Knien landete ich auf der anderen Seite und sah gerade noch, wie sich das Loch in der Steinmauer geräuschlos schloss.

»Was – bitte – war das denn?« Das Zittern meiner Stimme war nicht zu überhören.

»Der Beschützer des Parks!«, antwortete Tarek, als sei es die selbstverständlichste Sache der Welt und Einar ergänzte bedeutsam: »Und immer etwas mürrisch und missgelaunt, wie Naturgeister eben so sind!«

Das Einzige, was mir dazu einfiel, war ein langgezogenes: »Ahh …«

»Keine Sorge, Daniel Weltengänger, du wirst dich dran gewöhnen«, meinte Tarek gelassen.

»Gib es noch weitere Überraschungen, bis wir den Park endlich verlassen können?«, fragte ich nervös.

»Nicht, dass wir wüssten! Kann es weitergehen?«

Ich nickte matt und schon flitzten die beiden in Richtung Hauptausgang Bethmannpark. Als vor uns das schmiedeeiserne Gitter aus der Dunkelheit auftauchte, blieben die Kobolde stehen.

»Wie kommen wir jetzt nach draußen? Müssen wir einen weiteren Naturgeist fragen, damit er uns das Tor öffnet?«, brummte ich schnippisch.

Tarek und Einar sahen mich verständnislos an.

»Natürlich nicht …«, meinte Tarek, »wir haben einen Schlüssel!« Dann sperrte er leise das Tor auf.

Ich stand da, als könne ich nicht bis drei zählen. »Ach so, ein Schlüssel – natürlich! Wie konnte ich auch nur annehmen …«, murmelte ich resignierend und schlängelte mich durch das Eisentor.

Die Berger Straße lag ruhig und friedlich vor uns. Nur ein paar vereinzelte Nachtschwärmer liefen schnellen Schrittes nach Hause und schenkten uns keine Beachtung. *Uns?* Wie ein Blitz fuhr es mir siedend heiß durch den Kopf. Ich wirbelte herum und wollte den Kobolden zurufen, dass sie sich verstecken sollten, doch die Stelle, wo sie eine Sekunde vorher standen, war leer. Verblüfft drehte ich mich im Kreis und suchte die Winzlinge. Ich entdeckte Tarek und Einar auf der gegenüberliegenden Straßenseite, wie sie mir gerade freundlich zu winkten.

Ich rannte zu ihnen. »Wie seid ihr …?«

»Ihr Menschen habt vor langer Zeit verlernt, genauer hinzusehen. Kobolde bewegen sich im Schatten, immer am Rande des Gesichtsfeldes eines Menschen und wir sind schnell, sehr schnell. Deshalb nimmt man uns nur als undeutlichen Schleier wahr und sollte uns, durch einen Zufall, tatsächlich einmal jemand bemerken, so schütteln sie meist den Kopf und gehen weiter, als wäre nichts passiert. Sie glauben einfach nicht, was sie gesehen haben.«

»Könnte ich das auch? Mich so bewegen wie Kobolde?«, fragte ich neugierig.

»Natürlich nicht, du bist keiner von unserem Volk!«, schmetterte Tarek meine Frage sofort ab. Einar hingegen meinte nachdenklich: »Obgleich er ein Weltengänger ist. Sicher, er kann es uns nicht gleichtun, aber ungesehen bewegen könnte er sich bestimmt.«

»Und wie?«, platzte es aus mir heraus.

Die beiden sahen sich an. Schließlich antwortete Tarek: »Nicht hier und nicht jetzt! Wir haben den Auftrag bekommen, dich sicher in dein Heim zu geleiten. Also gehen wir, es wird sich eine andere Gelegenheit finden.«

Eigentlich hätte ich dankbar sein müssen, doch nach diesen durchaus vernünftigen Worten aus Tareks Mund, breitete sich ein innerliches Gefühl der Enttäuschung aus. Ich verstand mich selbst nicht mehr.

Der Heimweg verlief ohne weitere Zwischenfälle. Immer wieder bewunderte ich die beiden Kerlchen, wie sie von Schatten zu Schatten huschten und dabei kaum zu sehen waren. Sie waren wie kleine Nebelschlieren, die lautlos durch die Häuserschluchten krochen. Nach etwa zwanzig Minuten standen wir endlich vor meiner Wohnung. Nachdem ich abgeschlagen im zweiten Stock ankam, staunte ich, wie sehr mich die vertraute Umgebung freute. Trotzdem kam ich nicht umhin, eine kurze Wohnungsbesichtigung durchzuführen, denn Tarek und Einar wollten genau wissen, wie denn ein Weltengänger so lebte. Als sie schließlich alles erkundet hatten, erkoren sie das Wohnzimmersofa als stationären Wachtposten aus. Auf meine Nachfrage hin, ob sie Decken und Kissen benötigten, schüttelten sie heftig den Kopf und verlangten stattdessen nach zwei Tüten Chips und Apfelwein. Die Chips drückte ich ihnen in die Hand, den Apfelwein verneinte ich vehement, denn mir lagen noch Zenodots mahnende Worte in den Ohren. Es folgte ein kurzes Wortgefecht, aus dem ich zwar eindeutig als Sieger hervorging, mir aber so ihren Unmut zuzog. Als ich ihnen ersatzweise anbot, den Fernseher anzuschalten, war ihr Ärger so schnell verflogen, wie er gekommen war. Gedankenverloren schleppte ich mich ins Badezimmer und putzte die Zähne. Bevor ich zu Bett ging, schlich ich mich nochmals leise an die Wohnzimmertüre und spähte hinein. Da saßen also zwei Kobolde, jeder mit einer Chipstüte in der Hand, auf meiner Couch und schauten mit weit aufgerissenen grünen Augen einen TV-Shopping-Sender. Ich langte mir verzweifelt an die Stirn und brachte sofort Handy und Festnetztelefon in Sicherheit. Man weiß ja nie, was Kobolden so alles einfällt, wenn sie QVC oder Sonnenklar-TV sehen! Ich trottete konsterniert ins Schlafzimmer, legte jedoch vorher die Gravurplatte und die beiden Briefe auf die Anrichte im Flur, damit ich die Sachen zum nächsten Treffen mit Zenodot nicht vergaß. Als ich mich endlich ins Bett legte, schossen mir tausend Gedanken durch den Kopf. Dieser Abend würde, nein, er hatte mein Leben bereits verändert.

Doch allen heutigen Ereignissen zum Trotz war ich nur wenig später auch schon eingeschlafen.

Kreillig und Schwarzhoff – Mordkommission Frankfurt

Carolin Kreillig saß bereits an ihrem Schreibtisch als Kommissar Schwarzhoff sein Büro betrat. Es war kurz vor neun Uhr und der Sonntag steckte ihm noch immer in den Knochen. Der seltsame Fall des toten Notars hatte ihn gedanklich die ganze Nacht auf Trab gehalten, weswegen es mit seiner Laune nicht unbedingt zum Besten stand. Er murmelte seiner Kollegin einen kurzen Morgengruß entgegen und machte sich auf zur Cafeteria, in der Hoffnung, dass ein Kaffee seine Lebensgeister wieder auf Vordermann bringen würde. Das Café war in diesen frühen Stunden immer gut besucht und entgegen den sonstigen staatlichen Gepflogenheiten ausgesprochen großzügig und modern eingerichtet. Schwarzhoff versuchte allen bekannten Gesichtern aus dem Weg zu gehen, um einen morgendlichen Smalltalk tunlichst zu vermeiden. Zum Glück stand kein bekannter Kollege an der großen Kaffeemaschine. Er goss sich zügig einen Kaffee ein und kehrte ohne Umwege zurück an seinen Schreibtisch.

Kaum, dass er den ersten Schluck genommen hatte, stand auch schon Kreillig vor ihm.

Missmutig sah er auf. »Und? Haben wir was Neues?«

»Die Technikspezialisten sind schon am Handy von Schulz dran. Er hat am Samstag dreimal telefoniert. Wir überprüfen gerade die Nummern.«

»Gut! Sonst noch was?«

»Die Spurensicherung hat gestern noch die Wohnung von Schulz auseinandergenommen, aber auch hier Fehlanzeige. Keinerlei Hinweise auf einen Verdächtigen – nur Fingerabdrücke von Schulz. Er lebte anscheinend ziemlich zurückgezogen, keine Anzeichen von einem Partner, keine Haustiere, nur eine Menge CDs und Schallplatten – vorzugsweise Klassik. Ach ja, außerdem Regale voller Geschichtsbücher, scheint ein Hobby von ihm gewesen zu sein.«

Diese Informationen senkten Schwarzhoffs Stimmung knapp über den Gefrierpunkt. »Also ebenfalls eine Sackgasse! Trotzdem werden wir uns die Wohnung selbst ansehen!« Er sah Kreillig gereizt an. »Noch weitere Neuigkeiten, die ich nicht hören will?«

Seine Kollegin grinste ihn mitfühlend an. »Außendienst, Julian! Wenn du soweit bist, fahren wir ins Frankfurter Nordend und nehmen uns die Kanzlei des Notars vor. Seine Wohnung liegt außerdem nur zwei Straßenblocks entfernt, wir könnten also anschließend …«

»Gib mir eine halbe Stunde, um den Papierkram zu erledigen«, brummte Schwarzhoff.

»Natürlich, sag einfach Bescheid, wenn du soweit bist«, antwortete Kreillig freundlich und wandte sich zum Gehen.

»Carolin …!«

Sie stoppte mitten in der Bewegung. »Ja?«

»In meiner Laufbahn habe ich schon viele ungewöhnliche Fälle erlebt, aber dieser hier …? Ich bin gestern Abend alle bis jetzt vorliegenden Indizien und Hinweise nochmals Punkt für Punkt durchgegangen, aber nichts ergibt einen Zusammenhang. Vor allem die Art der Todesursache ist mir ein Rätsel und wenn selbst Bredenstein keine Ahnung hat …«

Kreillig sah ihn lange an und schien zu überlegen, was sie darauf antworten sollte. »Mach dir keinen Kopf, Julian! Wir stehen erst am Anfang mit der Ermittlung. Und die Todesursache? Du wirst sehen, dafür gibt es sicher eine logische Erklärung – wir haben vermutlich nur noch nicht die richtigen Leute gefragt. So wie ich Dr. Bredenstein kenne, wird er keine Ruhe geben, bis er die Ursache für den Tod des Notars gefunden hat. Ich werde zudem sämtliche Unikliniken, Tropeninstitute, Virenlabore und was mir sonst noch einfällt, abfragen. Irgendwann bekommen wir einen Hinweis, der Licht ins Dunkel bringt.«

Schwarzhoff lächelte seine Kollegin an, ihr unerschütterlicher Optimismus machte ihm Mut. Seine düstere Stimmung hellte sich ein wenig auf, denn so ganz unrecht hatte sie natürlich nicht. Die Nachforschungen waren gerade erst angelaufen. »Ich hoffe es, Carolin. Es wird nicht mehr lange dauern, dann wird unser Chef Ergebnisse sehen wollen. Sobald ich mit meinen Berichten fertig bin, können wir los!«

Kreillig grinste. »Geht klar, bin es ja gewohnt, auf dich zu warten …« Und bevor er eine Antwort geben konnte, war sie schon durch die Bürotür verschwunden. Schwarzhoff schmunzelte in sich hinein und widmete sich widerwillig seinen E-Mails und Berichten.

Eine dreiviertel Stunde später saßen sie gemeinsam im Auto und fuhren über die Miquelallee Richtung Frankfurter Nordend. Die morgendliche Rushhour war weitestgehend vorbei, weswegen sie ungewöhnlich schnell und zügig vorankamen. Stufenlos ging die Miquelallee in die Adickes- und Nibelungenallee über, um dann zur Höhenstraße zu werden. Als der Wagen die Höhenstraße erreicht hatte, bogen sie rechts in die Untere Berger Straße ein. Da das Wetter, entgegen einer schlechten Vorhersage, sonnig und warm war, saßen auch schon einige Gäste vor den Restaurants und Eisdielen. Schwarzhoff, der auf dem Beifahrersitz Platz genommen hatte, blickte neidisch auf einen zeitungslesenden älteren Herrn, dem gerade eine Tasse Kaffee gebracht wurde. Wie gerne wäre er jetzt an dessen Stelle, doch seine Kollegin riss ihn aus seinen Gedanken.

»Da vorne ist die Herbartstraße. Siehst du das italienische Restaurant *Bella Mia*? Dort müssen wir rechts abbiegen.«

»Dann suche gleich hier einen Parkplatz! Ich will nicht, dass man uns schon von weitem kommen sieht«, meinte Schwarzhoff.

Kreillig lachte trocken auf. »Julian, du bist auf der Berger Straße! Glaubst du, wir können uns einen aussuchen? Parkplätze sind hier Mangelware und werden mit Gold aufgewogen. Ich stelle den Wagen auf den nächsten freien Platz! Sollte er dir nicht gefallen, dann fährt der Herr Kommissar selber und sucht sich einen, der ihm genehm ist. Und ich werde in der Zwischenzeit einen Kaffee trinken!«

Schwarzhoff fiel in ihr Lachen ein. »Schon gut, schon gut! Nimm einfach den nächstbesten.«

Wenig später hatten sie eine Parkbucht gefunden. Kreillig stellte das Auto unterhalb der Herbartstraße vor einer großen Metzgerei, direkt auf der Berger Straße, ab.

»Na also, geht doch!«, brummte Schwarzhoff und stieg aus.
Kreillig grinste und antwortete sarkastisch: »Pures Glück!«
»Auch das braucht man beizeiten. So und jetzt werden wir uns dieses Notariat mal ansehen.«
Gemeinsam liefen sie die Berger Straße hinauf und standen innerhalb weniger Minuten an der Kreuzung zur Herbartstraße. Das italienische Restaurant hatte schon geöffnet und auch hier hatten es sich einige Passanten in der Morgensonne bequem gemacht. Schwarzhoff seufzte leise auf.
»Da ist es Julian!« Kreillig war ein Stück vorausgelaufen und zeigte jetzt auf einen hohen Altbau mit restaurierter Fassade. Ein großes Messingschild war neben einer schweren Eingangstüre angebracht, darauf prangte der Schriftzug: *T. Schulz Rechtsanwalt und Notariat.* Schwarzhoff drückte einen goldbeschlagenen Klingelknopf, ein leises Summen erfolgte und die Türe öffnete sich geräuschlos. Als sie im kühlen Hausflur standen, öffnete sich im ersten Stock eine Türe und ein freundliches Gesicht erschien am Ende der Treppe. »Zu wem möchten sie denn?«
Schwarzhoff musterte die Frau. Sie trug eine enge dunkelrote Jeans und eine dunkle Bluse mit Glitzerapplikationen. Die blonden halblangen Haare waren sorgfältig gebürstet und gekämmt. Er schätzte sie auf die Entfernung etwa Mitte vierzig. »Wir möchten zum Notarbüro«, rief er nach oben.
»Dann sind Sie richtig! Herr Schulz ist leider noch nicht im Haus, aber sie können gerne mit mir einen Termin vereinbaren. Nur herauf mit Ihnen«, flötete sie durch den Flur.
Schwarzhoff und Kreillig sahen sich an.
»Sie hat keine Ahnung!«, flüsterte die Kommissarin.
»Woher auch. Nach allem was wir wissen, hat Schulz zurückgezogen gelebt. Es gibt wahrscheinlich niemanden, der ihn bis jetzt vermisst hat«, meinte Schwarzhoff, während sie über knarrende Holztreppe nach oben liefen.
Als sie die Eingangstüre zur Kanzlei erreicht hatten, stand die Frau im Türrahmen und streckte ihnen die Hand entgegen. »Hallo, mein Name ist Sabine Emrich, ich bin die Büroleiterin. Wie kann ich Ihnen helfen?«
Schwarzhoff musterte die Person und stellte sofort fest, dass er das

geschätzte Alter revidieren musste. Vor ihm stand eine Frau, die zwar viel Wert auf ihr Äußeres legte und sich entsprechend jugendlich kleidete, aber die Lebensjahre waren auch an ihr nicht spurlos vorübergegangen. Sie mochte wahrscheinlich zehn Jahre älter sein, als er zuerst vermutet hatte. »Guten Tag, mein Name ist Julian Schwarzhoff und das ist meine Kollegin Carolin Kreillig.« Er zog seinen Dienstausweis heraus und hielt ihn der Büroleiterin entgegen. »Mordkommission Frankfurt. Wir würden uns gerne mit Ihnen unterhalten, Frau Emrich.«

Es erfolgte dieselbe Reaktion, die er schon so oft erlebt hatte, wenn er den Ausweis mit der Aufschrift *Kriminalpolizei* vorzeigte. Die Frau fiel regelrecht in sich zusammen und stammelte nur drei Wörter: »Was ist passiert?«

Kreillig schob sich in den Vordergrund. »Können wir irgendwo ungestört reden? Ich denke, der Hausflur erscheint mir etwas ungeeignet.«

Sabine Emrich sah sie mit großen Augen an. »Oh ja – natürlich! Wie nachlässig von mir, bitte treten sie doch ein.« Gedankenverloren strich sie sich ihre Bluse glatt, ließ die zwei vorbei und schloss mit zitternden Händen die Eingangstüre. Sie drehte sich um. »Wenn sie mir bitte folgen möchten!«

Sie liefen einen langen Flur entlang, an dessen Ende sich das Büro von Schulz befand, so zumindest Schwarzhoffs Vermutung, da an der Türe ein Goldschild mit seinem Namen prangte. Die Büroleiterin betrat das riesige Arbeitszimmer ihres Chefs und zeigte auf eine wuchtige Sitzecke. »Bitte setzen Sie sich.«

Alle drei nahmen Platz und Schwarzhoff spürte das kühle und glatte Leder durch seine Stoffhose.

»Hätten Sie jetzt bitte die Güte, mir zu sagen, was vorgefallen ist?«, begann die Frau sofort mit nervöser Stimme.

Schwarzhoff sah seine Kollegin an und nickte kurz. Kreillig räusperte sich und sah ihr Gegenüber mitfühlend an. »Ihr Arbeitgeber, Herr Thomas Schulz, wurde am Sonntagmorgen leblos aufgefunden. Ein hinzugezogener Arzt konnte leider nur noch seinen Tod feststellen.«

Der Kommissar beobachtete die einsetzende Reaktion der Frau auf das Genaueste. Zuerst trat die typische Fassungslosigkeit ein, die einherging mit dem Begreifen der gerade getätigten Aussage. Die Gesichtszüge der Frau spiegelten völliges Entsetzen und echte Verzweiflung wider. Er war lange genug im Beruf, um sofort zu erkennen, dass Sabine Emrichs Gefühle nicht gespielt waren. Kreillig war anscheinend zu demselben Schluss gekommen. Sie stand auf, lief um den Tisch, setzte sich auf die breite Lehne des Lederstuhls und streichelte der Frau sanft über den Rücken. »Tut mir wirklich leid, Frau Emrich. Wir wünschten wirklich, mit einer besseren Nachricht gekommen zu sein.«

»Was ist passiert? Wenn es ein normaler Tod gewesen wäre, säße jetzt nicht die Mordkommission vor mir«, schluchzte die Büroleiterin.

»Herr Schulz fiel vermutlich einem Gewaltverbrechen zum Opfer. Wie genau es passiert ist, wissen wir noch nicht. Die Spuren am Tatort sind noch nicht ausgewertet. Deswegen sind wir auf Ihre Hilfe und Unterstützung angewiesen. Sein Tod trat höchstwahrscheinlich zwischen Samstagnacht und Sonntagmorgen ein«, antwortete Schwarzhoff.

»Natürlich, ich werde helfen, wo ich kann«, murmelte die Frau mit nasaler Stimme. Kreillig reichte ihr ein Papiertaschentuch. Dankend nahm die Büroleiterin an, putzte sich lautstark die Nase und atmete auf einmal tief durch. Ihr Körper nahm eine aufrechte Haltung an und schließlich sagte sie mit gefasster Stimme: »Möchten sie einen Kaffee? Ich könnte jetzt einen vertragen.«

»Sehr gerne, beide schwarz, bitte!«, meinte Kreillig mit Blick auf ihren Kollegen, der zustimmend nickte.

»Gut. Geben Sie mir ein paar Minuten!«

Als Sabine Emrich Anstalten machte aufzustehen, fragte Schwarzhoff: »Hat Herr Schulz, außer Ihnen natürlich, noch weitere Personen beschäftigt?«

»Ja, die Notargehilfin Jutta Berger und Christoph Deurig, unser Auszubildender. Herr Deurig hat heute seinen Berufsschultag und Frau Berger verbringt seit zwei Wochen ihren Urlaub in Spanien.«

Schwarzhoff notierte sich gerade die Namen auf seinem Notizblock, als seine Kollegin das Wort ergriff: »Dürfen wir uns in der Zwischenzeit etwas umsehen?«

Die Angestellte stutzte einen kurzen Moment und schien zu überlegen. »Wir sind ein Notariat, verstößt das nicht gegen die Schweigepflicht und den Datenschutz?«

Kreillig sah sie freundlich an. »Das ist natürlich richtig, Frau Emrich, doch spätestens heute Nachmittag werden unsere Kollegen mit einem Durchsuchungsbeschluss vor der Türe stehen. Insoweit wäre unser jetziges Umsehen halboffiziell.«

Schwarzhoff warf seiner Kollegin einen überraschten Blick zu. Sie hatten weder eine rechtliche Handhabe, noch einen Durchsuchungsbeschluss beantragt. Sie zwinkerte ihm kurz zu.

Sabine Emrich hingegen hob seufzend ihre Schultern. »Ich komme gleich mit dem Kaffee.«

Kaum hatte sie den Raum verlassen, stand der Kommissar auf. »Was sollte das denn, Carolin?«, fuhr er sie nervös an.

Kreillig verzog für einen kurzen Moment ihr Gesicht. »Ich will doch keine Akten durchwühlen oder seinen PC durchforsten, Julian! Ich will mir lediglich einen Überblick verschaffen, wie Schulz gearbeitet hat. Wenn er schon zurückgezogen lebte, finden wir vielleicht hier einen kleinen Hinweis und das ohne gleich die bürokratische Mühle anzuschmeißen.«

Sie rutschte von der Lehne des Ledersessels und steuerte zielstrebig auf den wuchtigen Arbeitstisch des Notars zu. Schwarzhoff hingegen besah sich die riesige Bücherwand, die den hinteren Bereich des Büros zierte. Uninteressiert überflog er die schweren Folianten – Steuerrecht, dicke Wälzer über Familienrecht, Erbrecht, Grundstücksrecht und so weiter. Er stellte sich insgeheim die Frage, ob Schulz mit der Masse an Büchern möglicherweise nur Eindruck schinden wollte. Doch rechts am Ende des großen Bücherbords erregte ein besonderes Fach seine Aufmerksamkeit, denn dort standen ausnahmslos Werke, die sich mit der Geschichte rund um Frankfurt befassten.

Plötzlich rief Kreillig leise: »Julian, sieh dir das mal an.«

Aus seinen Gedanken gerissen machte Schwarzhoff kehrt, umrundete die Ledergarnitur und lief auf den Schreibtisch zu. Kreillig hatte sich über das Pult gebeugt und studierte etwas. Er trat neben sie. »Etwas entdeckt?«

»Vielleicht – vielleicht auch nicht. Sieh dir mal diese Notiz auf seiner Schreibtischunterlage an.«

Er lehnte sich ebenfalls nach vorne und las das kaum lesbare

Gekritzel: *Samstag – Konstabler*. Enttäuscht zog er seinen Kopf zurück – zwei Wörter, mehr nicht. »Das kann alles bedeuten, Carolin. Mit Konstabler ist vermutlich die Konstablerwache in der Innenstadt gemeint. Wahrscheinlich wollte er zum Wochenmarkt, der ist doch immer samstags, oder?«

Kreillig nickte. »Richtig, aber Samstag, wenn denn der vergangene Samstag gemeint ist, war sein vermeintlicher Todestag. Wir sollten die Emrich fragen, vielleicht weiß sie mehr.«

Wie auf ein geheimes Kommando betrat die Büroleiterin erneut das Arbeitszimmer, in der Hand hielt sie ein Tablett mit drei Tassen Kaffee. Kreillig und Schwarzhoff wandten sich wieder der ledernen Sitzecke zu und nahmen abermals Platz. Als die Dame den Kaffee auf dem niedrigen Couchtisch abgestellt hatte, setzte auch sie sich. Zitternd griff sie nach ihrer Tasse, nippte einmal kurz, holte tief Luft und blickte die beiden Kommissare unheilvoll an. »Was kann ich für Sie tun?«

Schwarzhoff räusperte sich kurz und klappte demonstrativ seinen Notizblock auf. »Nun, Frau Emrich, wir haben festgestellt, dass Herr Schulz – ich hoffe, ich treffe jetzt die richtige Formulierung – etwas zurückgezogen lebte.«

»Nun ja, er war zwar kein Menschenfeind, kam aber auch sehr gut alleine zurecht. Am liebsten saß er zu Hause oder an einem sonnigen Tag in einem Café und beschäftigte sich mit der Frankfurter Geschichte«, bestätigte die Frau.

»Deshalb die Bücher über Frankfurt, dort im Regal …«

»Nur ein kleiner Teil, in seiner Wohnung steht erheblich mehr!«

»Oh, Sie kennen sein Appartement?«, hakte Kreillig überrascht nach.

Sabine Emrich verzog brüskiert ihr Gesicht, »Ja, ich war ein-, zweimal da und habe ihm Unterlagen vorbeigebracht. Und nein, ich unterhielt keinerlei private Beziehung zu Herrn Schulz. Er war mein Chef …«, erwiderte sie und setzte in einem scharfen Ton hinzu: »Und *nur* mein Chef!«

»Das sollte keine Unterstellung sein, Frau Emrich, doch wir haben es hier höchstwahrscheinlich mit einem Kapitalverbrechen zu tun, weshalb wir verpflichtet sind, jedem auch so kleinen Hinweis auf den Grund zu gehen.«

»Und ich möchte nur falschen Vermutungen vorbeugen. Er war ein guter und sozialer Arbeitgeber und das Letzte was ich möchte, ist, dass sein Andenken in irgendeiner Form beschmutzt wird. Das werden Sie sicher verstehen.«

»Natürlich, doch lassen Sie uns zurückkommen zum Wesentlichen. Wann haben Sie Thomas Schulz das letzte Mal gesehen?«

»Samstag.«

»Sie arbeiten am Wochenende?«, fragte Schwarzhoff verwundert, denn Kanzleien hatten an diesen Tagen üblicherweise geschlossen.

»Nur ausnahmsweise, Herr Schulz bat mich zu kommen, da noch einiges für die kommende Woche vorzubereiten war, denn es standen einige Beurkundungen an. Das kommt im Sommer durchaus einmal vor, denn viele Immobilien wechseln in den warmen Monaten ihren Besitzer. Aber seltsamerweise und entgegen seinen Gewohnheiten hatte er diesen Samstag noch einen Mandantentermin.«

Jetzt wurden Schwarzhoff und Kreillig hellhörig.

»Inwiefern seltsam, Frau Emrich?«, fragte der Kommissar.

»Nun ja, es handelte sich anscheinend um eine Testamentseröffnung.«

Schwarzhoff runzelte die Stirn. »Aber das ist doch für einen Notar ein üblicher Geschäftsvorgang. Was war daran so ungewöhnlich?«

Die Büroleiterin rutschte unruhig auf ihrem Sessel hin und her. »Es wurde ein versiegeltes Kuvert übergeben, das bereits seitdem ich hier arbeite – und das sind immerhin schon mehr als fünfzehn Jahre – im Tresor des Notars hinterlegt war. Ich vermute, dass dem damaligen Inhaber der Kanzlei, dem Vater von Herrn Schulz, dieser Umschlag anvertraut wurde, mit der Maßgabe diesen zu einem bestimmten Zeitpunkt auszuhändigen.«

Die beiden Kommissare sahen sich verblüfft an. Kreillig nagte an ihrem Kugelschreiber und erkundigte sich nachdenklich: »Mehr als fünfzehn Jahre? Das ist eine sehr lange Zeit. Kommt so etwas häufiger vor?«

»Das ist durchaus üblich, gerade bei Nachlassregelungen. Die Testamente werden in den meisten Fällen bei uns hinterlegt, allerdings nicht im Tresor …« Die Frau lächelte verhalten, bevor sie den Satz zu Ende sprach, »denn das würde die Kapazität des Geldschranks erheblich überschreiten.«

Schwarzhoff fiel in ihr Schmunzeln mit ein. »Also war diese Übergabe des Kuverts etwas Besonderes? War es groß oder schwer?«

Frau Emrich bestätigte seine Annahme. »Ich denke schon, außerdem hatte ich das Kuvert mehrmals in der Hand, da ab und zu der Tresor neu geordnet werden musste. Es hatte die Größe eines DIN A4-Formates und es war ein massiver Gegenstand – etwa in der Größe einer Zigarettenschachtel – tastbar. Ich weiß zwar nicht, ob der Inhalt wertvoll war, aber die Wahrscheinlichkeit spricht dafür, denn sonst hätte Herr Schulz den Umschlag – zumindest nach dem Tode seines Vaters – in die abschließbaren Aktenschränke gelegt.«

»Was uns zu der Annahme führt, dass der Vater den Sohn eingehend informiert hat, wie sensibel oder wichtig diese Angelegenheit war«, leitete Kreillig sofort ab.

»Das nehme ich zumindest an.«

Nach dieser Antwort warf Schwarzhoff seiner Kollegin einen Blick zu, der ihr bedeutete, dass er nun an der Reihe war. Kreillig zog sich etwas zurück.

»Woher wussten Sie von dem Umschlag?«, fragte er jetzt.

»Ich habe kurz nach Beginn meiner Tätigkeit den zweiten Tresorschlüssel von Herrn Schulz erhalten.«

Er vermerkte ihre Aussage und stellte fest: »Ihr Chef hatte offensichtlich ein sehr großes Vertrauen zu Ihnen.«

Statt einer Antwort erfolgte ein leises Schluchzen und Kreillig schob ihr ein weiteres Papiertaschentuch über den Tisch.

»Frau Emrich, können Sie uns etwas zu der Person sagen, die den Umschlag abgeholt hat? Das ist jetzt sehr wichtig, denn diese Begebenheit könnte vielleicht in einem Zusammenhang mit dem Tod von Herrn Schulz stehen.«

Die Augen der Büroleiterin wurden groß. »Was meinen Sie?«

»Finden Sie es nicht seltsam, dass dieser Umschlag so lange im Tresor der Kanzlei aufbewahrt wurde und ausgerechnet am Tag der Übergabe Ihr Arbeitgeber zu Tode kommt? Das kann natürlich Zufall sein, aber Sie müssen zugeben, es ist zumindest sehr ungewöhnlich!«

»Aber das war doch so ein netter junger Mann«, stotterte die Frau fassungslos.

»Womit wir beim Kernpunkt angelangt wären, Frau Emrich. Wer war diese Person? Ich gehe davon aus, dass der Name sowie die

Adresse in ihren Unterlagen vermerkt worden sind?«, fragte Schwarzhoff etwas schärfer.

Der harte Ton verfehlte seine Wirkung nicht, denn die Frau sah ihn erschrocken an. »Ja, ja, natürlich haben wir die Personalien im Rahmen eines Übergabeprotokolls festgehalten. Ein Empfänger von Testamentsunterlagen muss sich immer ausweisen, bevor die Sache den Besitzer wechselt.«

»Könnten wir das Protokoll bitte sehen?«

Die Büroleiterin zögerte einen kurzen Moment, doch Schwarzhoff blickte sie freundlich an. »Sie verstoßen gegen keinerlei Auflagen, Frau Emrich. Da es sich bei dieser Person jetzt um einen Tatverdächtigen handelt, erhalten Sie in den nächsten Stunden ein Fax der Staatsanwaltschaft, mit einer entsprechenden Aufforderung uns die Unterlagen auszuhändigen. Meine Kollegen werden vorbeikommen, Ihnen den Bescheid der Staatsanwaltschaft vorlegen und die Dokumente entgegennehmen. Selbstverständlich wird der Empfang von den Kollegen quittiert. Ich möchte das Protokoll nur einsehen und nicht mitnehmen. Selbstverständlich können Sie das verweigern, was uns lediglich Zeit kosten würde. Zeit, die ein Täter vielleicht nützen könnte, um endgültig unterzutauchen.«

Hektisch stand Emrich auf. »Nein, Nein, selbstverständlich können Sie das Schriftstück sehen ...« Sie stockte mitten im Gehen. »Und der Durchsuchungsbeschluss? Kommen Sie nun zweimal?«

Schwarzhoff blickte finster zu seiner Kollegin, die betreten zu Boden schaute. Er wandte sich wieder der Büroleiterin zu: »Ich denke, der Beschluss wird zuerst einmal hinfällig sein, wenn Sie Unterlagen übergeben haben.«

»Gut, dann hole ich jetzt das Übergabeprotokoll.«

Als sie das Büro von Schulz verlassen hatte, meinte Kreillig kleinlaut: »Sorry Julian, das war keine gute Idee.«

»Schon gut!«, meinte Schwarzhoff, winkte ab und schaute nachdenklich zum Fenster hinaus. »Was hältst du davon, Carolin? Eher unwahrscheinlich, dass diese Übergabe etwas mit dem Mord an Schulz zu tun hat, oder? Seine Personalien bei dem Mann zu hinterlassen, den man später gedenkt umzubringen ...?«

»Sicherlich richtig, doch was, wenn die Tat unter großem Druck oder im Affekt passiert ist? Erinnerst du dich, wie oft wir uns schon gewundert haben, dass Täter solch fatale Fehler begehen konnten?«, konterte Kreillig.

»Ruf dir die Leiche von Schulz ins Gedächtnis. Glaubst du ernsthaft, dass so etwas im Affekt passiert sein könnte? Nie und nimmer«, brummte er mürrisch. »Bitte ruf jetzt den Staatsanwalt an. Schildere ihm kurz den Sachverhalt und er soll sich mit dem Fax beeilen. Meinen Bericht bekommt er spätestens morgen Vormittag.«

Kreillig stand auf und zückte gerade ihr Handy, als Sabine Emrich erneut das Büro mit einer schwarzen Mappe in ihrer rechten Hand betrat. Sie setzte sich wieder, während Kreillig telefonierend das Büro verließ. Wortlos schob sie Schwarzhoff die Mappe über den Tisch. Er klappte die Mappe auf und fand nur ein Blatt vor.

»Ist das alles?«, fragte er erstaunt, denn insgeheim hatte er mehr erwartet als ein einziges Stück Papier. Enttäuscht notierte er Name, Adresse, sowie die Nummer des Personalausweises.

»Ja, es gibt seltsamerweise keine weiteren Unterlagen. Entweder hat Herr Schulz sie vernichtet – was ich allerdings nicht glaube, denn er war in diesen Dingen sehr penibel – oder sein Vater hat bei Entgegennahme des Auftrages keine Akte angelegt.«

»Hat sich Ihr Chef in letzter Zeit seltsam verhalten oder ist Ihnen etwas Ungewöhnliches aufgefallen? Offensichtliche Veränderung seiner Gewohnheiten zum Beispiel?«

Emrich überlegte lange bevor sie auf die Frage antwortete. »Nein, Herr Kommissar, mir ist nichts aufgefallen, er war wie immer.«

Er nickte. »Ich lasse Ihnen meine Karte da, sollte Ihnen doch noch etwas einfallen.«

In diesem Moment kam Carolin Kreillig aus dem Flur zurück und setzte sich wieder neben ihn. »Die Staatsanwaltschaft ist informiert. Frau Emrich, Sie werden in Kürze das angesprochene Fax erhalten.«

Schwarzhoff blickte die Büroleiterin an. »In Anbetracht dessen, dass es sich nur um ein einziges Blatt handelt, wären Sie damit einverstanden, dass wir es sofort mitnehmen? Wir bestätigen Ihnen den Erhalt, so würden Sie unseren Kollegen die Fahrt hierher ersparen.«

Kreillig sah ihn perplex an und er konnte ihre Frage direkt von den Augen ablesen – *Was, nur ein Blatt?*

Sabine Emrich hingegen lächelte. »Selbstverständlich.«

»Eines noch …, meinte der Kommissar.

»Ja, bitte?«

»Hatte Herr Schulz am Samstag vor, die Konstablerwache zu besuchen, etwa zum Einkaufen auf den Wochenmarkt?«

Irritiert hob die Frau ihren Kopf und erwiderte: »Herr Schulz kaufte nie am Wochenende ein. An solchen Tagen war es ihm ein Gräuel die Innenstadt aufzusuchen, denn er hasste das Gedränge und wenn er einkaufen ging, dann bevorzugte er die Kleinmarkthalle in der Hasengasse. Warum fragen Sie?«

Schwarzhoff kratzte sich am Kinn. »Wir haben auf seiner Schreibtischunterlage die Notiz *Samstag – Konstabler* entdeckt und hatten den Verdacht, dass es sich vielleicht um den letzten Samstag, also seinen Todestag, handeln könnte. Und wenn er nicht einkaufen war, vielleicht hatte er vor, sich an diesem Tag mit einem Bekannten auf der Konstablerwache zu treffen?«

Er sah der Frau an, wie sie sich versuchte zu erinnern. Schließlich antwortete sie: »Es kann sich nur um diesen Samstag gehandelt haben!«

Jetzt war Schwarzhoff verblüfft. »Wie kommen Sie darauf?«

»Seine Schreibtischunterlage ist ein Wochenkalender und er riss jeden Montag das Blatt der alten Woche herunter. Mein Chef hatte die Angewohnheit, kurzfristige Dinge, die in der gleichen Woche erledigt werden mussten, immer auf seiner Unterlage zu notieren. Alle anderen Termine trug er in den Kanzleikalender ein, das führte ein ums andere Mal zu kleineren Irritationen. Ich kam am Samstag um neun ins Büro, da saß er schon an seinem Schreibtisch. Er verließ die Kanzlei, als sein Termin um halb vier fertig war und trank einen Kaffee beim Italiener um die Ecke – dem *Bella Mia*. Eine Viertelstunde später kam er zurück und arbeitete weiter. Ich verließ das Büro um kurz nach vier. Wäre er noch mit einem Bekannten verabredet gewesen, da bin ich mir sicher, hätte er es in einem Nebensatz erwähnt.«

Kommissar Schwarzhoff hatte sich in aller Eile das Wichtigste notiert, steckte den Stift zurück in sein Jackett und nahm die Mappe mit dem Protokoll an sich. »Vielen Dank Frau Emrich, das wäre vorerst alles. Wir werden uns bei Ihnen melden, wenn Ihre Aussage noch schriftlich benötigt wird. Meine Karte haben Sie und bitte scheuen Sie sich nicht anzurufen, falls Ihnen noch etwas einfallen sollte. Oftmals sind es Kleinigkeiten, welche die entscheidenden Hinweise zur Lösung liefern.«

»Versprochen! Ich werde Sie anrufen, sollte ich mich an etwas erinnern.«

Die Büroleiterin begleitete sie noch zur Türe und verabschiedete sich von den Kommissaren mit Tränen in den Augen.

»Mir tut sie wirklich leid ...«, sagte Kreillig, als sie knarrenden Holzstufen des Hausflures hinunterliefen, »dieser Schulz scheint ein guter Chef gewesen zu sein. Was jetzt wohl aus der Kanzlei wird?«

»Das ist nicht unser Bier, Carolin. Unser Job ist es, ein Verbrechen aufzuklären *und* wir haben endlich einen Namen.« Schwarzhoff öffnete im Gehen den schwarzen Hefter. »Hier, die Personalausweisnummer!« Er reichte das Protokoll seiner Kollegin. »Ich will alles über ihn wissen. Sein Name ist Daniel Debrien.«

Daniel Debrien

Ich schnellte, wie von der Tarantel gestochen, aus dem Bett, als ein gurgelndes Geräusch durch meine Wohnung hallte. Einige Sekunden lang stand ich völlig konfus und desorientiert neben mir, bis meine Erinnerung an die vergangene Nacht wieder einsetzte. Dann fuhr ein einziges Wort wie ein Blitz durch mein Gehirn – *Kobolde!* Ich rannte aus dem Schlafzimmer, kam an der Küche vorbei, stoppte mitten im Lauf und glaubte einer Täuschung erlegen zu sein. Auf dem Herd brutzelte ein Spiegelei in der Pfanne, es roch intensiv nach aufgebrühtem Kaffee und auf der Arbeitsplatte lag eine Tüte mit dem Logo meiner Stammbäckerei, nur von den Kobolden war keine Spur. In düsterer Vorahnung steuerte ich auf den Papierbeutel zu – *verdammter Mist* – die Brötchen waren tatsächlich frisch. Ich stellte mir folglich die berechtigte Frage, wie die zwei Spitzohren an die Backware gekommen waren, denn eines war gewiss, käuflich erworben hatten sie die sicherlich nicht! Außerdem gelangte ich nach kurzem Überlegen zu der festen Überzeugung, dass die stämmige Brötchenfachverkäuferin meines Vertrauens – wenn denn zwei Kobolde unter ihrer Ladentheke aufgetaucht wären – den beiden, ohne zu zögern, ein zwei Tage altes Baguette um ihre Fledermausohren gehauen hätte. Diese Vorstellung verursachte ein diebisches Grinsen auf meinem Gesicht, das sich erneut in einen bestürzten Ausdruck verwandelte, als ich das nächste Gurgeln vernahm. Es kam gegenüber aus der Gästetoilette. Tja, jetzt stand ich da und wusste nicht, was ich tun sollte. Wer kennt schon die Gewohnheiten dieser Wesen bei … – *nein, darüber wollte ich jetzt wirklich nicht nachdenken.*

Schon wieder dieses unheimliche Gurgeln! Zaghaft klopfte ich und fragte skeptisch: »Alles in Ordnung?« Ich drückte die Klinke herunter, die Türe schwang auf und ich blickte geradewegs in vier grüne Koboldaugen, die mir einen überraschten Blick zuwarfen. »Guten Morgen, Weltengänger!«

»Ähm – ist alles ok bei euch?«, fragte ich verlegen.

»Na, nach was sieht es denn aus …?«, brummte Einar. »Wir sind bei der Morgenwäsche!«

Ich riss die Augen auf und stammelte: »In der Toilettenschüssel?«

Tarek stemmte seine Hände in die Hüften und meinte empört: »Schau uns an! Sieht es so aus, als würden wir an das Waschbecken reichen? Glaubst du, es macht Spaß, sich da zu waschen, wo andere ihren Hintern reinhängen?«

»Warum habt ihr mich nicht geweckt? Ich hätte euch eine kleine Trittleiter oder zumindest eine Schüssel mit frischem Wasser bringen können.«

Einar stieß Tarek mit dem Finger in die Seite. »Siehst du, ich hab's dir gesagt. Er wäre aufgestanden.«

Ich verdrehte die Augen. »Keinen Streit jetzt! Ich hole die Leiter und ein paar Handtücher, dann könnt ihr jederzeit an das Waschbecken.«

Beide sahen mich treuherzig an und man konnte ihnen ihre Erleichterung direkt ansehen.

Ich riss mich zusammen, um nicht zu lachen, sondern bemühte mich um eine möglichst ernste Miene. »Jungs, wir müssen reden.«

Einar musterte mich misstrauisch. »Ja?«

Ich versuchte, eine gewisse Schärfe in meine Stimme zu legen: »Woher habt ihr die Brötchen? Und ich will jetzt keine Märchen hören!«

Schlagartig wechselte ihre Augenfarbe von grün zu blau und beide sahen betreten zu Boden. Das musste ich mir merken, wenn Kobolde sich offenbar ertappt fühlten, veränderten sich ihre grünen Augen hin zu blau. Ich tippte gespielt mit dem Fuß auf den Boden und verschränkte die Arme vor der Brust. »Ich warte!«

Tarek blickte mich reumütig an. »Als der Lieferwagen der Bäckerei kurz vor Sonnenaufgang an deinem Haus vorbeifuhr, kam uns die Idee, Brötchen zu holen. Einar flitzte hinunter und angelte sich eine Tüte, als der Fahrer die Kisten gerade auslud. Wir dachten, du freust dich über ein Frühstück. Wir haben auch schon frischen Kaffee und ein Spiegelei ...«

Einar schlug sich auf die Stirn. »Tarek – das Ei ...«

In diesem Moment nahm ich einen stark verbrannten Geruch wahr und blickte in die Küche. Eine dichte Rauchschwade waberte über meinem Cerankochfeld. Ich rannte zum Herd, zog die Pfanne von der Kochstelle und wusste schon beim ersten Hinsehen, dass ihre Säuberung ziemlich viel Zeit in Anspruch nehmen würde. Ich schaltete deprimiert die Abzugshaube ein, in der Hoffnung, dass sich der Qualm schnell verflüchtigen würde.

Mit enttäuschten Gesichtern schlichen die beiden zu mir in die Küche. »Entschuldigung, wir wollen doch nur ...«, stammelten sie zeitgleich.

Wenn dich Kobolde mit ihren großen Augen zerknirscht ansehen, kann man diesen Kerlen einfach nicht böse sein – sie hatten es schließlich ja nur gut gemeint. »Es ist niemandem etwas passiert und die Pfanne kann sauber gemacht werden. Und jetzt werden wir frühstücken, doch vorher ...« Ich scheuchte sie ins Badzimmer und drückte ihnen zwei neue Zahnbürsten, sowie Seife und die Handtücher in die Hand. Die kleine Trittleiter stellte ich im Gäste-WC auf und zeigte mit strengem Blick auf den Wasserhahn. »Bevor wir gemeinsam an einem Tisch essen, hätte ich gerne sichergestellt, dass ihr das Waschbecken und nicht die Toilette benutzt habt! Das würde meine Geschmacksnerven erheblich beruhigen.«

Die Kobolde grinsten mich an und nickten heftig.

»Gut, dann werde ich mich jetzt ebenfalls frisch machen. Und versucht bitte, keine allzu große Sauerei zu veranstalten.«

Wenig später saßen wir gemeinsam am Tisch und beide Kobolde durchbohrten mich mit erwartungsvollen Blicken. »Warum seht ihr mich so an? Habe ich Marmelade am Kinn?«

Tarek schüttelte den Kopf und fragte neugierig: »Was machen wir heute? Es ist schon elf Uhr!«

»Was wir heute machen?« Ich schüttelte nur den Kopf, jetzt wollten sie auch noch ein Entertainmentprogramm von mir. »Sorry Jungs, aber ich hatte gestern einen echt schweren Tag. Ich brauche heute ein wenig Zeit, um alles zu verdauen, außerdem muss ich mir in Ruhe ein paar Gedanken machen, wie es weitergehen soll.«

Enttäuschung machte sich ihren Gesichtern breit. Einar sah verschmitzt zu Tarek. »Dann müssen wir uns etwas überlegen.«

»Da gibt es nichts zu überlegen! Ihr bleibt hier und haltet die Füße still. Ihr erinnert euch an Zenodots Worte? Ihr seid abgestellt zu meinem Schutz, was übrigens heißt, mein Aufenthaltsort ist euer Aufenthaltsort! Haben wir uns soweit verstanden? Ich denke nicht, dass ihr euch den Unmut von Zenodot zuziehen wollt, oder?«, sagte ich ernst.

Einar verzog das Gesicht zu einer Grimasse. »Schon gut, Weltengänger! Aber Fernsehen dürfen wir doch noch?«

»Meinetwegen, aber ohne das Surround System und in einer gemäßigten Lautstärke! Ich lege euch eine DVD ein. Wie wäre es mit *Der Hobbit*? Da fühlt ihr euch bestimmt wie zu Hause.«

Beide krabbelten missmutig von ihren Stühlen und nahmen wieder ihren Wachtposten auf der Wohnzimmer Couch ein. Ich legte inzwischen die DVD ein und ging duschen. Als das warme Wasser wie Regen auf meinen Körper prasselte, schossen mir tausend Gedanken durch den Kopf und ich fühlte mich, als würde ich jeden Moment platzen. Das Bedürfnis mit einem Menschen über die gestern erlebten Stunden zu reden, wurde schier übermächtig. Doch was sagen? Wer würde mir glauben? Eine tiefe Frustration machte sich in meinem Innern breit. In was war ich da nur hineingeraten? Und vor allem, wie würde ich aus diesem Schlamassel wieder herauskommen? Nie und nimmer hätte ich geglaubt, dass eine andere Welt neben meiner existieren würde und doch hatte ich den Beweis im Wohnzimmer auf der Couch sitzen. Kopfschüttelnd drehte ich den Duschhahn zu und trocknete mich ab. Als ich endlich frisch geföhnt und angezogen vor dem Schlafzimmerspiegel stand, schaute mich ein trostloser Daniel Debrien an. Doch für eines war ich wirklich dankbar, nämlich meinen Urlaub, denn in diesem Zustand eine vernünftige Arbeit abzuliefern, wäre völlig undenkbar gewesen. Im Wohnzimmer blieb es ruhig, bis auf den Ton des Fernsehers und als ich den Kopf hineinstreckte, saßen die Jungs wie gebannt vor der Glotze. Gerade kam die Szene in der Gandalf drei Trolle zu Stein werden ließ und Tarek schüttelte nur verwundert seinen Kopf. »Eine Fantasie haben die! Also so was, Trolle werden doch nicht zu Stein, wenn sie die Sonne sehen, dann wäre die Welt ja voll von Trollstatuen.«

Ich langte mir an die Stirn – *wie konnte ich auch nur annehmen, dass Trolle nicht existierten und bei meinem Glück, würde es wahrscheinlich nicht lange dauern, bis so ein Wesen an meine Tür klopfte.* In diesem Moment klingelte es! Ich fuhr regelrecht zusammen und mein Puls schnellte nach oben. *Wer konnte das sein?*

Ich lief zur Wohnungstür und schaltete die Gegensprechanlage an. »Ja, bitte?«

Es folgte das typische Knistern aus dem Lautsprecher und eine weibliche Stimme meldete sich: »Spreche ich mit Herrn Debrien?«

»Ja!«

»Carolin Kreillig, Kriminalpolizei Frankfurt. Mein Kollege und ich würden uns gerne mit Ihnen unterhalten.«

Ich starrte, wie vom Blitz getroffen, auf die Gegensprechanlage. *Kriminalpolizei – super, der Tag versprach echt gut zu werden!* Ich drückte auf den Türsummer. »Natürlich, zweiter Stock, die linke Türe.« Ich spurtete ins Wohnzimmer. »Jungs, ins Schlafzimmer, sofort! Und ich will keinen Mucks von euch hören!«

Einar und Tarek sahen mich verständnislos an.

»LOS JETZT! Die Polizei ist im Anmarsch!«, zischte ich.

Ich hatte wohl die richtige Tonart getroffen, denn es kam unverzüglich Bewegung in die Sache. Beide Kobolde sprangen von der Couch und nahmen ihre kleinen Beine in die Hand. Als Einar an mir vorbeiflitzte, meinte er schelmisch: »Das hatten wir auch noch nicht – ein krimineller Weltengänger!«

Ich schnauzte nur hinterher: »Keinen Laut und macht die Tür zu!« Dann riss ich die Augen weit auf, als mir dieser kleine laufende Meter tatsächlich noch die Zunge rausstreckte, bevor er die Schlafzimmertüre grinsend hinter sich zu fallen ließ.

Es klingelte ein zweites Mal. Ich lief zur Haustüre, ein kurzer Blick durch den Türspion und ich erkannte eine durchaus attraktive Frau, etwa Anfang dreißig, und einen griesgrämig dreinblickenden Mann, schätzungsweise Mitte vierzig. Sie unterhielten sich. Diese Szene erinnerte mich an die Fernsehkrimis, in denen immer böser Cop, guter Cop gespielt wurde. »Vermutlich entscheiden sie sich gerade, wer mich fertigmachen darf«, brummte ich mürrisch den Türspion an. Und dass sie gerade jetzt bei mir auftauchten, dazu musste ich wahrlich kein Hellseher sein – Grund war der Tod von diesem Schulz. Ich war möglicherweise einer der Letzten, der den Notar lebend gesehen hatte. Ich atmete kurz durch und öffnete die Haustüre. Routiniert zogen die beiden ihre Dienstausweise hervor. »Herr Debrien?«, fragte der Mann.

Ich nickte.

»Mordkommission Frankfurt. Mein Name ist Julian Schwarzhoff, das ist meine Kollegin Carolin Kreillig. Haben Sie ein paar Minuten für uns?«

Ich beschloss sofort, in die Offensive zu gehen: »Natürlich! Ich vermute, es geht um den Tod von Herrn Thomas Schulz?«

Die zwei Beamten warfen sich ehrlich überraschte Blicke zu, doch anstatt auf meine Frage zu antworten, meinte Schwarzhoff: »Gehen wir doch erstmal hinein.«

Ich trat zur Seite. »Selbstverständlich«, sagte ich und zeigte ins Wohnzimmer. »Bitte, nehmen Sie Platz.«

Der Kommissar trat ein und als seine Kollegin an mir vorbeilief, nahm ich ein dezentes, aber sehr betörendes orientalisches Aroma wahr. Die Dame umschwebte ein Hauch von Amber, Mandel und Lotus. Ich war erstaunt, wie einfach ich die einzelnen Duftnoten voneinander unterscheiden konnte. Wahrscheinlich hatte sich das Erlebnis in der Tiefschmiede nicht nur auf meine Augen, sondern auch auf meinen Geruchssinn ausgewirkt. Geistig schrieb ich einen Merkzettel und nahm mir vor, Zenodot am Abend danach zu fragen. Ich konnte sehen, wie beide Kommissare ihre Augen wachsam in den Räumen umherwandern ließen, so als wären sie auf der Suche nach dem schlagenden Beweis meiner Schuld.

Schwarzhoff ergriff das Wort: »Woher wissen Sie vom Tod des Notars?«

Jetzt schaute ich ziemlich blöd aus Wäsche. *Sollte das etwa eine Fangfrage sein?* Ich entschied mich dafür, meine Offensive beizubehalten, denn noch konnte ich bei der Wahrheit bleiben. »Aus der Zeitung, natürlich! Genauer gesagt, aus der Online-Sonntagsausgabe der *Frankfurter Rundschau*.«

Wieder diese überraschten Blicke.

Ihre hitzigen Augenspiele machten mich noch unsicherer, als ich es ohnehin schon war, doch Angriff schien hier die beste Verteidigung zu sein. So erzählte ich einfach weiter: »Sein Tod wurde unter der Rubrik *Stadtteil Ost* in einem kurzen Artikel erwähnt. Die Leiche wurde in der Nähe der Kleinmarkthalle in den Morgenstunden gefunden. Ein Verbrechen konnte nicht ausgeschlossen werden, aber nachdem nun die Mordkommission vor mir sitzt, gehe ich davon aus, dass es sich tatsächlich um ein solches handelt.«

Mit einem gewissen Unglauben in der Stimme fragte die Frau skeptisch: »Und Sie haben es tatsächlich aus der Presse erfahren?«

»Habe ich gerade eben lateinisch gesprochen? Ja, am Sonntagnachmittag in der *Frankfurter Rundschau*«, gab ich leicht gereizt zurück.

Sie sah ihren Kollegen vorwurfsvoll an. »Wusstest du davon, dass etwas an die Medien lanciert worden ist?«

Das – zugegeben schon finstere – Gesicht von Schwarzhoff verdunkelte sich nochmals um eine ganze Nuance. »Nein, Carolin, ich hatte keine Ahnung.« Er schien zeitgleich zu überlegen, wen er innerhalb seiner Dienststelle dafür ans Kreuz nageln konnte, zumindest ließ seine aufgebrachte Miene darauf schließen. Einen Augenblick später war wohl seine Entscheidung über den Schuldigen gefallen, denn jetzt wandte er sich mit kühler Stimme an mich: »Gut, Herr Debrien, Sie haben es also aus der Zeitung erfahren. So weit so gut. Wenn Sie vom Tod des Notares bereits Kenntnis hatten, warum haben Sie sich nicht mit der Polizei in Verbindung gesetzt? Ich denke, Ihnen dürfte klar gewesen sein, dass Sie höchstwahrscheinlich einer der letzten Personen waren, die den Mann lebend angetroffen haben.«

Da blieb mir doch glatt die Luft weg. »Wollen Sie damit jetzt irgendetwas andeuten, Herr Schwarzhoff? Ihre Pressestelle hat anscheinend Mist gebaut, so zumindest deute ich Ihre Überraschung in dieser Hinsicht. Ich gehe ebenfalls davon aus, dass Sie den Termin zwischen mir und Herrn Schulz von den Mitarbeitern seiner Kanzlei erfahren haben, denn sonst wären Sie ja nicht hier. Ich kann Ihnen allerdings versichern, dass ich diesen Notar an jenem Samstag das erste Mal in meinem Leben zu Gesicht bekommen habe. Ich kann Ihnen weder über Lebensgewohnheiten oder sonstige Eigenarten des Notars Schulz Auskunft geben. Wie sollte ich also ahnen, dass ich einer der letzten Personen gewesen sein sollte, die ihn lebendig angetroffen haben. Und bevor Sie danach fragen, ich war am Samstagabend zu Hause und hatte Besuch von meinem besten Freund, Herrn Christian Schmidt. Hier seine Handynummer.«

Während ich weitersprach, notierte sich die Frau die Nummer. »Wir saßen bis circa dreiundzwanzig Uhr zusammen, anschließend ging ich zu Bett. Sie können das jederzeit nachprüfen lassen.«

Die Kommissarin hob beschwichtigend die Hände. »Niemand, Herr Debrien, verdächtigt Sie oder macht Ihnen einen Vorwurf.«

Ich verschränkte demonstrativ die Arme vor der Brust und raunte: »Das hörte sich gerade eben aber ganz anders an.«

Schwarzhoff überging meine Geste. »Schildern Sie uns einfach das Treffen und versuchen Sie möglichst ins Detail zu gehen. Gerade die dem ersten Anschein nach unbedeutenden Kleinigkeiten helfen manchmal weiter. Um was ging es eigentlich bei diesem Termin?«

In diesem Moment zückte die Beamtin ihr Handy. »Entschuldigung, ich muss kurz rangehen. Es ist wichtig.« Sie stand auf und lief in den Flur, um dort zu telefonieren.

Ich wandte mich wieder ihrem Kollegen zu. Als ich in die gespannten Augen von Schwarzhoff blickte, wurde mir schlagartig heiß, denn vor seiner gerade gestellten Frage hatte ich mich die ganze Zeit gefürchtet. Ich hatte keine Ahnung, was die Mitarbeiter der Kanzlei – insbesondere die blonde Sekretärin – über die Übergabe oder den Umschlag gewusst hatten und vor allem was sie den beiden Beamten mitteilten. Ich beschloss im ersten Schritt nur die offensichtlichen Details zu erwähnen. »Ich bekam letzten Donnerstag eine Mitteilung von dem Notar, dass ich mich am Samstag bei ihm einzufinden hätte. Sie können sich meine Überraschung sicherlich vorstellen. Er übergab mir in seiner Kanzlei einen Umschlag, der vor Jahren in diesem Notariat hinterlegt worden war. Es stellte sich heraus, dass ich einen Onkel hatte, von dem ich bisher nichts wusste.«

»Wie hieß Ihr Onkel?«

»Alexander Debrien«, antwortete ich wahrheitsgemäß.

Der Kommissar machte sich aufmerksam Notizen, blickte wieder auf und fragte erneut: »Einen Umschlag, also?« und setzte betont beiläufig hinzu: »Können Sie uns etwas über den Inhalt sagen?«

Aufgrund dieser nebenbei gestellten Frage, war mir sofort klar, dass nun die heikle Phase der Befragung begann. *Zum Teufel, was wusste dieser Kommissar und was nicht?* Ich versuchte ausweichend zu antworten. »Der Umschlag enthielt einen Brief meines Onkels. Um es gleich vorweg zu nehmen, über den Inhalt des Briefes werde ich keine Angaben machen, denn das ist persönlich und privat!« Jetzt war ich echt gespannt, ob er sich mit dieser Aussage zufrieden gab. Kreillig hatte inzwischen ihren Anruf erledigt und wieder Platz genommen. Schwarzhoff fing an, in seinem Notizblock zu blättern und fand nach kurzer Zeit anscheinend das, was er gesucht hatte. Er kritzelte eine weitere Randbemerkung auf das gesuchte Blatt und sah zu seiner Kollegin, anschließend wieder zu mir. »Verständlich. Wenn Sie mir nun bitte den Ablauf des Gespräches zwischen Ihnen und Herrn Schulz schildern könnten.«

Das war alles?, dachte ich spontan und mir fiel innerlich – zumindest für den Moment – eine Last ab. Ich berichtete über den Termin, erwähnte aber mit keinem Wort die Gravurplatte und den Brief meines Vorfahren Theodor de Bry. Kreillig und Schwarzhoff protokollierten hier und da etwas, stellten aber sonst erstaunlich wenig Rückfragen, was ich auf meine sehr ausführliche, aber zugegebenermaßen ziemlich blumige Erzählung zurückführte. Einzig beim letzten Teil war ich mir wieder unsicher. Sollte ich die Begegnung mit Schulz bei meinem Stammitaliener, dem *Bella Mia*, erwähnen oder nicht? Ich entschied mich dafür, verschwieg allerdings das mitgehörte Telefonat des Notares. Ich gab nur an, ihn gesehen zu haben, was Damiano, der mich damals bedient hatte, zu hundert Prozent bestätigen konnte, außerdem hatte ich ja tatsächlich kein Wort mit Schulz gewechselt.

Wieder kritzelte er in seinen Block, klappte ihn dann zu und meinte: »Gut, Herr Debrien, das wäre vorerst alles. Trotzdem bitte ich Sie, die Stadt nicht zu verlassen, falls noch weitere Rückfragen notwendig werden sollten.«

Ich atmete erleichtert aus. »Ich habe nicht vor, in nächster Zeit zu verreisen, das dürfte also kein Problem darstellen.«

»Sehr gut und falls Ihnen noch etwas einfallen sollte – hier meine Karte.« Er streckte mir seine Visitenkarte entgegen und als ich sie ergreifen wollte, drehte er unversehens meine rechte Handfläche nach oben. Ich war zu überrascht, um reagieren zu können. »Einen ungewöhnlichen Brandabdruck haben Sie da und er sieht noch ziemlich frisch aus! War bestimmt ziemlich schmerzhaft?«

Ich dachte nur: *Scheiße, jetzt hat er mich!* Das Einzige, was ich halbwegs zustande brachte, war ein Nicken. Und als wäre das nicht genug, erklang in diesem Moment auch noch ein dumpfes Rumpeln aus dem Schlafzimmer. Kreillig und Schwarzhoffs Blicke flogen den Flur entlang und sofort wieder zu mir. Ich stand wie angewurzelt da, in einem Wechselbad der Gefühle, während sich meine Gedanken in beachtlichen Dreifachsaltos überschlugen. »Ähm, die Katze des Nachbarn. Er ist zwei Tage auf Geschäftsreise und bat mich in der Zwischenzeit auf das Tier aufzupassen. Passiert gelegentlich«, druckste ich herum, denn eine bessere Ausrede fiel mir auf die Schnelle nicht ein. *Ich drehe diesen Spitzohren den Hals um, nicht mal fünf Minuten können sie ihre Stummelfüße stillhalten.* »Und was die Narbe anbelangt, Herr Kommissar, eine unachtsame Begegnung mit einem Grilleisen.«

Schwarzhoff sah mich an, als könnte er nicht bis drei zählen. »Ein was bitte? Grilleisen?«

Ich leierte mir ein schmerzhaftes Lächeln aus den Rippen. »Ein nettes Gimmick für Grillpartys. Sie legen verschiedene Grilleisen in die Glut und wenn das Steak auf den Rost kommt, brandmarken sie es sozusagen. Da jeder Gast sein eigenes Zeichen erhält, kommt es zu keinen Verwechslungen. Sehr hilfreich übrigens, wenn die Gäste ihr eigenes Fleisch mitbringen«, plapperte ich drauf los. »Blöd nur, wenn eines runterfällt und man instinktiv danach greift!« *Das nimmt der mir nie im Leben ab!*

Der Kommissar zog seine Augenbrauen kraus und durchlöcherte mich mit skeptischen Blicken.

Ich konnte nicht anders und setzte noch einen drauf: »Sollten Sie Interesse an so was haben, ich kenne die Adresse und Website des Lieferanten.«

»Nein danke, Herr Debrien, wenn ich mir Ihre Hand anschaue, lasse ich das lieber«, brummte er. »Wie gesagt, sollten Ihnen noch etwas einfallen, melden Sie sich! Guten Tag.«

»Natürlich. Frau Kreillig, Herr Schwarzhoff.«

Die Beamtin nickte mit einem zuckersüßen Lächeln auf den Lippen, während Schwarzhoff sich einfach umdrehte und die Wohnung verließ.

Als die Haustüre ins Schloss fiel, lehnte ich mich mit dem Rücken zur Wand und ließ mich nach unten rutschen. Mir war schlecht und ich fühlte mich, als hätte ich eine Waschmaschine nach dem zweiten Schleudergang verlassen. Ein paar Atemzüge später hatte ich mich wieder unter Kontrolle und nahm mit einem leicht diabolischen Gefühl meinen Flur ins Visier. An der Türe zum Schlafzimmer angelangt, riss ich sie auf, doch aller ernster Absicht zum Trotz war ich wirklich nicht darauf gefasst, was mir da für eine skurrile Situation ins Auge sprang. Die zwei kleinen Wichte hatten meinen Karton mit Karnevalsklamotten auf dem Schrank entdeckt, keine Ahnung wie sie da rauf gekommen waren. Damit erklärte sich auch der Krach von vorhin, denn die Jungs hatten die Schachtel vermutlich von oben runtergezogen, da der Inhalt verstreut auf dem Fußboden lag. Tarek hatte sich eine graue Mönchskutte über den Kopf gezogen und Einar steckte in meinem Piratenkostüm. So kämpfte also Yoda, der edle Jedi-Ritter, gegen Jack Sparrow von der Black Pearl. Als Kampfarena diente mein Bett und das Plastiklichtschwert von Yoda sauste im Moment meines Eintretens gerade dem Kochlöffeldolch von Jack Sparrow entgegen. Ich legte die Hände vors Gesicht und schüttelte verzweifelt meinen Kopf. »Kann man euch nicht mal für fünf Minuten alleine lassen?«

Die zwei grinsten mich an. »Du hast wirklich coole Klamotten, Weltengänger!«, meinte Tarek, der mit seinen Spitzohren eine geradezu verblüffende Ähnlichkeit mit Yoda aufwies.

Einar sah mich fragend an: »Was wollte die Polizei von dir?«

Sein vorwurfsvoller Ton gefiel mir überhaupt nicht.

Und Tarek setzte gleich noch einen obendrauf: »Was hast du angestellt, Weltengänger?«

»Jetzt schlägt's aber gleich dreizehn!«, donnerte ich los. »Ich habe ein reines Gewissen!« *Na, prima, jetzt begann ich mich auch noch zu rechtfertigen.*

Tarek blickte mich mit finsterer Miene an. »Warum haben sie dann bei dir geklingelt?«

»Der Notar, der mir den Brief meines Onkels und meines Vorfahren übergeben hatte, ist tot. Es stand schon am Sonntag in der Zeitung. Er scheint umgebracht worden zu sein, zumindest waren die zwei Beamten von der Mordkommission.«

Die zwei Kobolde blickten sich fragend an. Als Tarek sich wieder zu mir wendete, war jeglicher Schalk aus seinen Augen verschwunden. »Wie ist er umgekommen?«

»Keine Ahnung, und ehrlich gesagt, habe ich gar nicht danach gefragt!«, wunderte ich mich über mich selbst, denn das wäre eigentlich eine durchaus berechtigte Frage gewesen. Mir lief ein leichter Schauer über den Rücken, denn vielleicht hatte ich so das Misstrauen der beiden Beamten erst recht geweckt – *wenn er nicht danach fragt, dann weiß er vielleicht mehr, als er zugibt.* Was ja indirekt auch zutraf, aber hätte ich der Polizei die Erlebnisse der vergangenen Nacht schildern sollen?

Tarek schien zu überlegen. »Dann sollten wir rausfinden, was passiert ist. Was meinst du Einar?«

»Bin deiner Meinung. Wir müssen wissen, wie dieser Mensch umgekommen ist, nur so lässt sich feststellen, ob Magie im Spiel war. Sollten es die Schwarzmäntel gewesen sein, dann wären sie Weltengänger Daniel bereits auf der Spur«, bestätigte Einar.

»Schwarzmäntel?«, fragte ich mit einem ungutem Gefühl.

»Starke schwarzmagische Wesen, allerdings strohdumm, trotzdem geht man ihnen lieber aus dem Weg. Sie dienen einem mächtigen Herrn und gehorchen bedingungslos«, erklärte Tarek und zog sich währenddessen die Mönchskutte aus.

»Solltet ihr jetzt auf die brillante Idee kommen, nach der Todesursache des Notars zu suchen, das könnt ihr euch gleich aus dem Kopf schlagen. Ihr bleibt hier!«, winkte ich vorauseilend ab. Beide sahen mich erschrocken an. »Aber, wir ...«

»Keine Diskussion! Zenodot hat euch diesen Auftrag erteilt, weil ich seiner Ansicht nach in großer Gefahr schwebe und Schutz brauche. Was also, wenn diese Schwarzmäntel hier auftauchen?«

Einar verzog entrüstet seine Mundwinkel nach unten. »Das ist aber ziemlich weit hergeholt!«

»Egal, ihr bleibt hier! Sobald die Sonne untergeht, werden wir in die Tiefenschmiede zurückkehren und entscheiden, was notwendig ist und was nicht. Habe ich euer Wort?«, sagte ich streng.

Die beiden Kobolde sahen mich griesgrämig an.

»Habe ich euer Wort?«, wiederholte ich nochmals.

»Ja, wir versprechen nichts zu unternehmen«, meinte Einar mit geknickter Stimme und man konnte beiden regelrecht ansehen, dass ihnen die Aussicht auf ein großes Abenteuer genommen worden war.

»Und jetzt seht mich bitte nicht so vorwurfsvoll an! Nutzen wir lieber die verbleibende Zeit. Da ich nicht weiß, welche Fähigkeiten in einem Weltengänger schlummern, könntet ihr mir vielleicht helfen, indem ihr mich unterrichtet?«, versuchte ich die Situation zu entspannen.

»Hmm, das wäre eine Möglichkeit, dann bist du nicht ganz so unvorbereitet. Falls wir auf einen Schwarzmantel treffen«, überlegte Tarek laut.

Aufatmend bemerkte ich, dass die Gesichtszüge der Kobolde etwas nachsichtiger wurden und beide schienen schon in Gedanken die Möglichkeiten einer Unterweisung durchzuspielen. Ein leichtes Unwohlsein kroch in mir auf und ich bekam das beängstigende Gefühl, dass ich dieses Angebot noch bereuen sollte ...

Madern Gerthener, Reichsstadt Frankfurt – 1399 AD

Es war noch vor Sonnenaufgang, als Madern Gerthener aus einem bleiernen Schlaf erwachte. Anstatt sich erfrischt und erholt zu fühlen, hatte er den Eindruck, als würde ein tonnenschwerer Mühlstein auf seiner Brust lasten. Der Tag der Entscheidung war angebrochen. Heute um Mitternacht würde es sich zeigen, wie viel die Worte des seltsamen Fremden wert waren. Er schälte sich leise und behutsam aus dem Bett. Adelheid, seine Frau, sollte noch etwas Schlaf bekommen, denn der Tag würde hart genug werden. Auf Zehenspitzen schlich er durch das Zimmer und suchte in der Küche nach Schöpfkelle und Waschschüssel. Er verließ das Haus durch den Hintereingang, denn dort befand sich die Wassertonne. Das kalte Wasser spülte wenigstens etwas von seiner Müdigkeit aus den Knochen, doch half es leider nicht gegen seine schwermütigen Gedanken. Mit der Morgentoilette fertig, machte er sich sogleich daran, den Ofen in der Küche wieder anzufeuern, um die Kühle der Nacht zu vertreiben. Mittlerweile war auch seine Frau erwacht und stolperte verschlafen in den Mittelpunkt des Hauses.

»Guten Morgen«, begrüßte er sie freundlich.

Sie lächelte ihn müde an und hauchte ihm wortlos einen Kussmund zu.

Gerthener grinste. Seine Frau war am Morgen nicht gerade die gesprächigste Person, aber so hatte er sie kennengelernt. »Kelle und Schüssel stehen auf dem Waschtisch neben der Tonne.«

Sie nickte nur schlaftrunken und verschwand wortlos durch den Hinterausgang.

Eine Stunde später verließ Gerthener sein Haus in der Weißgerber Gasse. Es lag ein paar hundert Meter entfernt von den Gestaden des Mains. Es handelte sich zwar um eine bessere Wohnlage, trotzdem war die Luft stark von den Gerüchen der Stadt geschwängert. Die Lage seiner Heimstatt brachte aber auch Gutes mit sich. Sollten die Fluten des Mains steigen, war das Haus des Stadtbaumeisters einigermaßen geschützt, da es höher lag als die Gebäude im Uferbereich. Er wanderte gedankenverloren durch die enge Gasse in Richtung Kornmarkt. Der Kornmarkt war die zweitwichtigste Nord-Süd-Verbindung durch Frankfurt – nach der Fahrgasse. Er führte vom nordwestlichen Stadttor, der Bockenheimer Pforte, hinunter zum Mainufer. Der Kornmarkt verengte sich in seinen letzten Metern zu einem etwas breiteren Torweg, der seinen Endpunkt in der Leonhards Pforte fand. Diese befand sich direkt am Ufer des Flusses und schmiegte sich eng an die umstehenden Häuser. Gleich nachdem er die Pforte durchschritten hatte, schwenkte er nach links und benötigte zehn Gehminuten, bis er den Brückenturm erreichte. Wie immer war bereits morgens viel los, da die Händler über die Fahrgasse in und aus der Stadt drängten.

»Guten Morgen Gerthener, Ihr seid schon früh unterwegs?«, rief ihm der Hauptmann der Brückenwache schon von weitem entgegen.

Der Stadtbaumeister winkte höflich mit der Hand. »Ja, ja, Hauptmann, viel zu tun heute! Wie geht es Frau und Kindern?«

Hauptmann Grimeisen lächelte. »Danke der Nachfrage, alles in bester Ordnung, außer dass mir die kleinen Bälger die letzten Haare von Kopf fressen.«

»Na Hauptsache, sie sind gesund«, meinte Gerthener, grinste in sich hinein und bemitleidete insgeheim den armen Grimeisen. Die Frau des Hauptmanns war dem Anschein nach sehr fruchtbar, denn sie hatte ihm schon sechs Kinder geboren, ein einfaches Leben war das sicherlich nicht. Grimeisen konnte nur von Glück sagen, dass er vor zwei Jahren zum Befehlshaber der Brückenwache ernannt worden war und somit ein einigermaßen gutes, aber vor allem sicheres Auskommen hatte. Da gab es gewiss einige Familien in Frankfurt, die ebenso viele Kinder hatten, aber weitaus schlechter dran waren.

»So wie meine Sprösslinge das Essen verschlingen, sind sie das mit Sicherheit! Geht nur zu, Gerthener«, meinte der Hauptmann und winkte den Baumeister lachend durch das Brückentor.

Gerthener nickte freundlich und setzte seinen Weg über die Alte Brücke Richtung gegenüberliegende Mainseite fort. An seiner Bauhütte angekommen, öffnete er das dicke Eisenschloss, entriegelte die Türe und machte sich sofort an die Arbeit.

Es dauerte eine knappe halbe Stunde, bis das erste Mal an seine Türe geklopft wurde.

»Es ist offen!«, rief er.

Jemand öffnete und Gerthener musste erst einmal die Augen zukneifen, da zeitgleich die ersten Sonnenstrahlen wie ein Wasserfall in die Hütte fielen. Als sich seine Augen an die Helligkeit gewöhnt hatten, erkannte er auch die Person, die eingetreten war – sein Gehilfe Ullrich.

»Ah, guten Morgen, Geselle! Was macht die Ladung Schiefer? Gibt es Neuigkeiten?«

»Noch nichts, Herr!«, meinte Ullrich düster, nachdem er seinen Meister ebenfalls begrüßt hatte.

Gertheners Miene wurde ungehalten. »Zum Teufel auch, uns läuft die Zeit weg.« Er machte eine wegwerfende Handbewegung und senkte seinen Kopf. »Warum legt mir der Allmächtige ständig Steine in den Weg? Kann denn wirklich nichts normal verlaufen? Sonst noch irgendwelche schlechten Nachrichten, Ullrich? Lieber jetzt als später!«

Sein Geselle hob die Schultern. »Nein, nicht dass ich wüsste, vom Schmied Udolph einmal abgesehen. Er ist bis jetzt noch nicht erschienen. Vermutlich hat er die drei Gulden, die wir ihm gestern als Lohn bezahlt haben, noch am selben Abend in Bornheim durchgebracht.«

»Er wird es nie lernen! Mir tut nur seine arme Frau leid, weiß wahrscheinlich nicht, wie sie die nächste Mahlzeit für die Kinder auf den Tisch bringen soll, während der Mann den Lohn versäuft und verhurt.«

»Das soll nicht unser Problem sein, Meister. Solange er gute Arbeit abliefert, kann er mit seinen Gulden anfangen, was er will. Ach, eines habe ich noch vergessen, als Ihr gestern Abend die Baustelle verlassen habt, erkundigte sich ein Mann nach Euch.«

Hellhörig geworden schaute Gerthener auf. »Hatte dieser Mann auch einen Namen?«

»Er hat keinen genannt und ich habe nicht danach gefragt, denn er sprach von Euch, als wäre er ein Freund der Familie«, wunderte sich Ullrich.

Ein leichtes Ziehen in der Magengegend meldete sich beim Baumeister. »Wie sah er denn aus?«, erkundigte er sich weiter.

»Wenn Ihr mich so fragt, seltsam sah er aus! Er trug zwar ein Gewand wie es die Geistlichen tragen, doch irgendwie passte es nicht zu ihm. Er hatte merkwürdige Zeichen an den Händen und von einem Rosenkranz oder Kreuz war keine Spur zu sehen.«

Gerthener wurde aschfahl. Kein Zweifel, dass war der Unbekannte, mit dem er sich heute um Mitternacht auf der Brücke treffen wollte.

»Ist Euch nicht gut, Meister? Ihr seht blass aus.«

»Was wollte der Fremde?« Gertheners Stimme glich nun eher einem Krächzen.

»Er wollte wissen, wo Ihr Eure Arbeitsunterkunft habt und ob

Ihr morgen, also heute, auf der Baustelle seid. Ich zeigte ihm die Hütte und teilte ihm mit, dass er Euch dort finden könnte.«

»Noch was? Es ist wichtig, Ullrich! Versuche dich zu erinnern.«

Sein Gehilfe schien angestrengt zu überlegen. »Er fragte mich, was ich mit Euch zu schaffen hätte und als ich ihm erzählte, ich sei Euer Gehilfe, wurde er auf einmal sehr freundlich. Eigentlich übertrieben freundlich, wenn ich es mir so recht überlege.«

»Weiter, Ullrich, nur weiter«, drängte Gerthener.

»Er erkundigte sich nach meinen Aufgaben und wie lange ich schon in Euren Diensten stehe. Ich weiß, Meister, dass Ihr mehrere Jahre auf Wanderschaft wart und an vielen Orten und Baustellen Euer Handwerk erlernt habt. Deshalb gab ich ihm bereitwillig Auskunft, da ich annahm, dass er Euch von früher kennt und Ihr mit ihm vertraut seid. Wir wissen beide, was für seltsame Menschen zuweilen auf den Baustellen ihrem Tagwerk nachgehen. Sie sehen ungewöhnlich aus, haben mitunter ungehobelte Manieren und doch sind sie zuverlässige und gute Arbeiter. Ich habe es mir abgewöhnt, Menschen nach Äußerlichkeiten zu beurteilen, deswegen hielt ich es mit dem Fremden genauso.«

Gerthener schaute seinen Gesellen erstaunt an. So tiefgründig denkend hatte er ihn gar nicht eingeschätzt. Innerlich gab er Ullrich recht, denn er hatte in seinem Leben schon so manchen bizarren Menschenschlag kennengelernt. »Schon gut, Ullrich, ich mache dir keinen Vorwurf. Erzähl weiter.«

Sein Gehilfe blickte ihn unsicher an. »Nun, er fragte mich, ob Ihr mich in Entscheidungen einbeziehst, ich Baupläne lesen und mit Werkzeugen wie Zirkel, Winkelmaß und Lot umgehen könne. Was ich natürlich bejahte. Seltsame Fragen, findet Ihr nicht?«

»In der Tat, Ullrich! Was er wohl damit bezweckte?«, fragte der Baumeister eher sich selbst als seinen Gehilfen.

»Euren Worten entnehme ich, dass Euch dieser Fremde nicht bekannt ist?«

»Ich will es einmal so ausdrücken. Ich habe schon eine Unterhaltung mit ihm geführt, doch es ist weit davon entfernt, ihn als einen Bekannten oder gar Vertrauten zu bezeichnen. Auch ich kenne seinen Namen nicht, Ullrich.«

Jetzt wurde sein Geselle zunehmend unruhiger. »Ich hoffe, ich habe nichts Falsches gesagt oder Euch gar in eine missliche Situation gebracht.«

»Nein, hast du nicht, doch ich frage mich, was wohl der Anlass für seine Erkundigungen gewesen sein mochte. Es muss einen guten Grund gegeben haben.«

Ullrich druckste herum: »Meister, er hat mir zum Abschluss eine weitere, noch merkwürdigere Frage gestellt.«

Gertheners Augen verengten sich zu Schlitzen und er stammelte leise: »Ja?«

Auf der Stirn seines Gesellen bildete sich ein leichter Schweißfilm und man sah ihm an, dass er sich unwohl fühlte. »Auf meine Antwort, dass ich mit Zirkel und Winkeleisen umgehen könne, fragte er, ob mir in der Zusammenarbeit mit Eurer Person ungewöhnliche Gerätschaften oder Gegenstände aufgefallen wären.«

»Wie bitte?«

»Ja, er nannte es ganz genauso – ungewöhnliche Gegenstände! Ich hatte keine Ahnung, was er damit meinen könnte. Als ich ihm dies mitteilte, fragte er ganz unverhohlen, ob ich bei Euch schon einmal eine kleine schwarze rechteckige Kassette oder etwas Ähnliches gesehen habe. Ich verneinte, was auch tatsächlich der Wahrheit entspricht, denn so etwas wäre mir sicherlich aufgefallen. Daraufhin verabschiedete er sich unversehens und entschwand in die Dunkelheit.«

Gertheners wurde es heiß und kalt, mit zitternder Stimme flüsterte er: »Danke Ullrich, dass du davon berichtet hast. Du kannst jetzt gehen.«

Der Geselle nickte etwas hilflos. »Ich hoffe, es ist nichts Schlimmes? Ich gebe Euch Bescheid, sobald Neuigkeiten von der Schieferladung eintreffen.« Danach verließ Ullrich fluchtartig die Hütte seines Herrn.

Der Stadtbaumeister ließ sich in einen groben Holzstuhl fallen und legte die Hände vor das Gesicht. Jetzt wusste er, was der Fremde suchte und vermutlich war genau dieser Gegenstand die Gegenleistung dafür, sollte der Unbekannte sein Wort halten und das Fundament der Brücke tatsächlich erneuern können. Doch woher wusste der Namenlose, dass sich dieses Objekt in seinem Besitz befand? Er hatte niemandem auch nur ein Sterbenswörtchen davon erzählt. Selbst Adelheid, seine Ehefrau, hatte nicht die geringste Ahnung von dessen Existenz. Heftige Schauer jagten wie ein stürmischer Winterwind seinen Rücken hinunter und eine lang verdrängte Erinnerung kroch unaufhaltsam in sein Bewusstsein. Das schwarze Kästchen, er hatte es schon fast vergessen. Wie lange war es her? Zwanzig Jahre? Vielleicht, aber er konnte sich auch um ein, zwei Jahre irren. Vor seinem geistigen Auge begann sich eine schattenhafte Gestalt zu formen: ein alter Mann, tief gebeugt vom harten Arbeiten, sein Gesicht braun, von Wind und Wetter gegerbt. Sein Name war Meister Michael, ein Handwerksmeister erster Güte. Von diesem Prinzipal hatte Gerthener alles gelernt, was ein guter Baumeister wissen musste. Dieser Mann war sein Mentor, sein Lehrer gewesen. Auf seiner Wanderschaft hatte er Meister Michael auf der großen Dombaustelle zu Köln kennengelernt. Der Dombaumeister leitete dort die Arbeiten an den südlichen Seitenschiffen des riesigen Sakralbaus. Nach einer kurzen Einarbeitungszeit hatte er das Talent des jungen Gertheners erkannt und ihn alsbald unter seine Fittiche genommen. Er hatte ihm gezeigt, was es hieß, ein Gebäude stabil und sicher zu errichten. Außer dem handwerklichen Unterricht, erhielt Gerthener von nun an einen tiefen Einblick in die Geheimnisse der Statik, Mathematik und Konstruktion. Trotz der zwei Söhne von Michael war über die Zeit hin ein inniges Verhältnis zwischen Schüler und Lehrer entstanden, sodass der junge Madern von seinem Meister wie ein dritter Sohn behandelt wurde. Diese gemeinsame Verbundenheit hatte dazu geführt, dass Meister Michael seinem Schützling eines Tages sein größtes Geheimnis anvertraute. Gleichzeitig nahm er seinem Schüler den Eid ab, und zwar zu niemandem und niemals von diesem Geheimnis zu sprechen. Erst als Gerthener bei seinem Leben schwor, begann der alte Michael zu erzählen und er erzählte von einem Dämon, von fünf Schlüsseln und einem Kerker in England. Auf Gertheners Frage hin, warum gerade er gerade ins Vertrauen gezogen wurde und nicht die erwachsenen Söhne, meinte sein Lehrmeister traurig: »Was hilft es, wenn sie von deinem Blute sind, doch der Verstand unreif wie grüner Apfel ist?« Zum Schluss übergab er Gerthener eine schwarze Schatulle, unter der Voraussetzung, dass der Inhalt verschlossen und unangetastet bleibe. »Der Inhalt besteht aus zwei Teilen, die du niemals berühren darfst. Verpflichte dich, dieses Behältnis zu hüten. Sollte jemals jemand danach fragen oder dich auffordern den Inhalt herauszugeben, so versuche es mit allen Mitteln zu verhindern!« Zusätzlich hob er mahnend den Finger. »Sollte dir dies aus irgendwelchen Gründen nicht möglich sein, etwa, weil Leib und Leben auf dem Spiel steht, so rate ich dir dringend, nur die Umhüllung anzufassen und niemals das Metall selbst.« Nach diesen nebulösen Angaben ließ er den jungen Gerthener mit all seinen offenen Fragen alleine und verabschiedete sich mit den Worten: »Je weniger du weißt, umso sicherer bist du. Meine Zeit auf dieser Welt endet bald, nicht dass ich schon gehen wollte, aber die, die nach diesem Behältnis suchen, haben mich anscheinend gefunden.« Gerthener lachte und schrieb die dunklen Ahnungen seines Mentors dem hohen Alter zu, doch Meister Michael sollte recht behalten. Zwei Tage später fand man den Dombaumeister tot in einer Gasse unweit der Baustelle. Sein Leichnam wies keinerlei Verletzungen auf, doch die Haut war regelrecht vertrocknet und eingefallen. Spätestens jetzt wurde Gerthener klar, wie ernst es sein Lehrer mit den ausgesprochenen Warnungen gemeint hatte. Grimmig fasste er einen Entschluss; er würde die letzten Worte seines Mentors ehren und achten, so wie er es versprochen hatte. Doch der Tod von Meister Michael hatte seine Wirkung nicht verfehlt, Gerthener bekam es mit der Angst zu tun und kehrte Köln fluchtartig den Rücken. Er blieb nie lange an einem Ort, bis ihn das Schicksal Jahre später in Frankfurt an Land spülte. Die schwarze Schatulle geriet allmählich in Vergessenheit – bis zu dem heutigen Tag, als der Fremde sich bei seinem Gehilfen Ullrich danach erkundigte. Rastlos lief er in seiner kleinen Bauhütte auf und ab, fühlte sich wie eingesperrt. Seine Gedanken kreisten nur um eine einzige Frage, *was sollte er jetzt tun?* Er befand sich in einer Zwickmühle. Einerseits war er an das Versprechen gegenüber seinem ehemaligen Mentor, Meister Michael, gebunden, andererseits die unlösbare Aufgabe der Brückensanierung, mit der auch seine Reputation als Baumeister auf dem Spiel stand. Und dann dieser mysteriöse Fremde, der ihm die vermeintliche Lösung für sein Problem anbot, aber höchstwahrscheinlich dafür den Inhalt der Schatulle fordern würde. Ihr Inhalt musste entweder ausnehmend wertvoll oder für diesen Fremden unglaublich wichtig sein! In einem war Gerthener sich ziemlich sicher, allein der Besitz des schwarzen Kästchens war gefährlich, denn es wurde schon mindestens einmal dafür getötet.

Dieser Gedanke schnürte Gerthener die Kehle zu, diesmal betraf es nicht nur ihn selbst, sondern auch seine Frau Adelheid. Selbst wenn seine Frau nichts von den Ereignissen in der Vergangenheit wusste, war das beileibe keine Gewissheit, dass sie vor bösen Taten geschützt war. Er atmete tief durch und setzte sich an seinen Arbeitstisch. Mit zitternden Händen nahm er Papier und Schreibfeder zur Hand, denn es wurde Zeit, sich einen Plan für die heutige Nacht zuzulegen.

Kreillig und Schwarzhoff – Mordkommission Frankfurt

Carolin Kreillig und Julian Schwarzhoff liefen schweigend die Treppe des Hausflurs hinunter und verließen das Mehrfamilienhaus. Draußen atmete die Beamtin tief durch. »Was hältst du von Debrien?«, erkundigte sie sich.

Der Kommissar blieb stehen und erwiderte: »Na, was wohl? Der Junge hat uns verarscht. Er weiß wesentlich mehr, als er uns gegenüber zugegeben hat.«

»Und nun?«, fragte seine Kollegin.

»Wir werden veranlassen, dass er überwacht wird. Wenn er seine Hose zum Pinkeln runterlässt, dann will ich es wissen!«, meinte Schwarzhoff scharf und blickte misstrauisch nach oben zu den Fenstern von Debriens Wohnung. Unwirsch brummte er: »Reden wir im Auto weiter.«

Sie liefen den gepflasterten Eingangsbereich der schmucken Wohnanlage hinunter zur Straße und stiegen in den zivilen Dienstwagen von Schwarzhoff. Der Kommissar ließ sich mit einem leisen Seufzer in den Fahrersitz fallen und legte nachdenklich beide Hände auf das Lenkrad des Opels. Als Kreillig auf der Beifahrerseite Platz genommen hatte, bedachte sie ihren Kollegen mit einem skeptischen Seitenblick. »Ich sehe es dir doch an, Julian, irgendwas schwirrt dir im Kopf rum!«

Nachdenklich antwortete der Kommissar: »Ich glaube zwar nicht, dass er etwas mit dem Mord an dem Notar zu tun hat …«

Die Beamtin sah ihn überrascht an und hakte nach: »Aber?«

»Er hat gelogen, so viel ist sicher! Hast du den Esstisch im hinteren Bereich des Wohnzimmers bemerkt?«

Als Kreillig nickte, fuhr Schwarzhoff fort: »Kurz bevor wir geklingelt haben, hat er gefrühstückt. Der Tisch war noch nicht abgeräumt und es standen drei Teller drauf. Eine Katze vom Nachbarn im Schlafzimmer? Nie und nimmer, das waren die zwei Personen, die mit ihm zusammen gegessen haben. Die Frage ist nur, warum hat er sie versteckt?«

Kreillig blickte schmunzelnd zur Frontscheibe hinaus und meinte: »Vielleicht waren es zwei Frauen, die Vorlieben der Männer können sehr unterschiedlich sein.«

Der Kommissar ignorierte die ironische Bemerkung.

Nachdem keine Antwort kam, drehte sie sich mit ernstem Blick zu ihrem Kollegen um. »Mir ist noch etwas ganz anderes aufgefallen, Julian«, begann sie mit einem geheimnisvollen Tonfall.

Jetzt lächelte Schwarzhoff sie an. »Dachte ich mir schon! Der Telefonanruf – dich hat doch im Leben niemand angerufen.«

Enttäuschung machte sich auf Kreilligs Gesicht breit. »Wir arbeiten eindeutig zu lange zusammen, Herr Kollege. Ja, du hast natürlich recht, der Anruf war ein Fake.«

»Und was hast du entdeckt?«, fragte Schwarzhoff und mutmaßte weiter: »Irgendetwas im Flur, warum wärst du sonst aufgestanden?«

»Auch das ist richtig. Als uns Debrien in seine Wohnung gelassen hat, ist mir im Flur links ein Sideboard aufgefallen, darauf lagen ein kleines schwarzes Päckchen und zwei Briefe. Einer der Umschläge sah ziemlich alt aus.«

Der Kommissar sah überrascht aus. »Du vermutest, das könnte der Brief sein, den ihm der Notar übergeben hat?«

»Ich weiß es nicht – vielleicht! Jedenfalls habe ich Fotos gemacht, deswegen bin ich in den Flur gegangen. Mir fiel auf die Schnelle nichts Besseres ein als der fingierte Anruf.«

»Schlaues Mädchen«, lobte er anerkennend.

»Sobald wir im Büro sind, ziehe ich sie auf einen USB-Stick und wir können sie auf dem großen Bildschirm genau unter die Lupe nehmen.«

Schwarzhoff startete den Motor des Opels. »Außerdem, was sollte diese Geschichte mit dem Brandeisen? Hast du gemerkt, wie Debrien ins Schwimmen geraten ist, als ich ihn danach fragte?«

»Ist mir nicht entgangen. Hast du so etwas schon einmal gesehen? Ich meine dieses Zeichen auf seiner Handfläche?«

Der Kommissar hatte bereits den Blinker gesetzt und fuhr los. »Ein Kreis mit einem Kreuz, soviel konnte ich erkennen. Wir sollten das mal überprüfen, ob es irgendeine Bedeutung hat.«

»Vorher werde ich mir mal die Webseiten zum Thema Grillen vornehmen. Vielleicht hat er doch die Wahrheit gesagt und es gibt so ein Teil tatsächlich«, meinte Kreillig.

»Also wieder nichts, außer, dass wir mehr Fragen als Antworten in der Hand haben. Unser Chef wird begeistert sein«, erwiderte Schwarzhoff und seufzte unzufrieden auf.

»Sei nicht so ungeduldig! Die Leiche von Schulz wurde Sonntagmorgen gefunden, wir haben jetzt Montagmittag, es ist also kaum einen Tag her. Was erwartest du denn?«

Sie bogen gerade in die Saalburgallee ein und hielten an einer roten Ampel. Schwarzhoff tippte unruhig mit den Fingern auf dem Lenkrad herum und antwortete: »Du weißt so gut wie ich, Carolin, dass die Chancen einen entscheidenden Hinweis zur Lösung eines Falles zu erhalten, in den ersten vierundzwanzig Stunden am größten sind. Da sind die Spuren sozusagen noch heiß, kannst du in jedem Polizeihandbuch nachlesen. Wenn der Täter einen Fehler gemacht hat, handelt er nach der Tat oft überstürzt, um ihn schnell zu beseitigen, was die Möglichkeit eröffnet, ihm auf die Spur zu kommen.«

»Ja, ja, das kenn ich doch alles. Du vergisst, ich bin im gleichen Verein wie du! Trotzdem ist dieser Fall, wie du selber zugibst, mehr als ungewöhnlich. Wir haben keinerlei Spuren am Tatort, tappen bei der Todesursache im Dunkeln und unser einziger Hinweis auf einen möglichen Verdächtigen ist ein junger Mann, der den Notar vermutlich als Letzter lebend gesehen hat, von dem du aber nicht glaubst, dass er die Tat begangen hat.«

Die Ampel schaltete auf grün und Schwarzhoff legte ungewollt einen Kavalierstart hin, der ihm einen bitterbösen Blick von Kreillig einbrachte. »Entschuldigung!«, murmelte er verlegen und schaltete rasch einen Gang höher. »Die Fakten zu diesem Fall sind wirklich dünn, nicht wahr?« griff er das Gespräch wieder auf.

Seine Kollegin nickte nur stumm.

»Sobald wir im Präsidium sind, veranlasst du bitte die Personenüberwachung von Debrien. Ich denke, die Staatsanwaltschaft wird das ohne große Probleme genehmigen, danach sehen wir uns deine Fotos an. In diesem Zuge, schau mal, ob wir was über diesen Freund von Debrien haben. Wie hieß er noch gleich?«

Die Beamtin fingerte ihren Notizblock aus der Handtasche und klappte ihn auf. »Christoph Schmidt.«

»Ach ja, stimmt!«

»Und die Sache mit dem seltsamen Zeichen auf Debriens Hand?«, fragte Kreillig.

»Übernehme ich. Haben wir nicht im Präsidium so eine Art Sektenbeauftragten?«

»Da bin ich mir fast sicher, aber keine Ahnung, wie der heißt oder wo er sitzt.«

»Das bekomme ich schon raus. Ich werde erst mal im Internet recherchieren, sollte das nichts ergeben, konsultiere ich den Kollegen.«

»Es sei denn, Debrien hat mit seiner Behauptung recht und es ist wirklich der Abdruck von einem Grilleisen«, gab seine Kollegin zu bedenken.

»Mag sein, dass es eine Sackgasse ist, wäre ja nicht die erste«, brummte Schwarzhoff.

Mittlerweile hatten sie die Saalburgallee verlassen, fuhren auf der Wittelsbacher Allee und bogen kurz danach rechts in die Habsburgerallee ein, die später in die Miquelallee überging und direkt zum Polizeipräsidium Frankfurt führte. Keine zehn Minuten später standen sie auf dem Parkplatz ihres Dienstsitzes.

»Ich setze mich gleich mit der Staatsanwaltschaft in Verbindung und komme dann später in dein Büro«, sagte Kreillig und eilte Richtung Haupteingang davon.

Schwarzhoff schüttelte grinsend den Kopf, schloss den Opel ab und wollte sich ebenfalls ins Büro begeben, als jemand seinen Namen rief. Er wandte sich um und erblickte Dr. Matthias Bredenstein, alias

Harry Potter, der Pathologe. Bredenstein kam mit einem breiten Lachen auf ihn zu. »Hallo Julian, trifft sich gut, ich wollte sowieso gerade zu dir!«

Der Kommissar schmunzelte in sich hinein, denn die Haare des Pathologen standen mal wieder in alle Richtungen, was Bredenstein, zusätzlich zu seiner Hornbrille, den Spitznamen eingebrockt hatte.

»Hallo Matthias, wo hast du deinen Besen abgestellt?«

Bredenstein verzog sein Gesicht zu einer Grimasse. »Sehr witzig, Herr Kommissar! Diese Potterwitze haben doch mittlerweile einen langen Bart!«

»Und trotzdem kommen sie immer wieder gut an«, unkte Schwarzhoff grinsend, wurde aber sofort dienstlich: »Gibt es Neuigkeiten zur Leiche des Notars?«

Bredenstein legte ihm die Hand auf die Schulter und raunte geheimnisvoll: »In der Tat, die gibt es, Julian. Komm lass uns in dein Büro gehen.«

Der Kommissar warf ihm einen überraschten Blick zu, fragte aber nicht weiter nach. Er kannte den Pathologen gut genug, um zu wissen, dass dieser erst in einer ruhigen Umgebung über seine Befunde und Erkenntnisse sprechen würde. Schweigend betraten sie das Hauptgebäude und liefen ohne Umwege in den ersten Stock, dort lag, gleich am Beginn des Hauptflures, Schwarzhoffs Büro. Kaum hatte er seinen Arbeitsbereich betreten, fluchte er schon innerlich, als er den Stapel neuer Akten auf seinem Schreibtisch sah.

Bredenstein bemerkte seinen Blick und meinte lakonisch: »Diese Bürokratie treibt auch mich gelegentlich in den Wahnsinn. Früher hat sich jeder zweimal überlegt, was er auf seiner Schreibmaschine mit wie viel Durchschlägen getippt hat. Heute hingegen wirst du zugemüllt mit E-Mails, ob sie dich nun etwas angehen oder nicht. Du wirst mit zwanzig anderen Leuten ins CC genommen, damit sich auch hinterher ja keiner rausreden kann, nichts gewusst zu haben.«

Der Kommissar schob die Akten zur Seite, setzte sich auf die Schreibtischplatte und verschränkte die Arme. »Wie recht du hast, Matthias! Also, schieß los! Was gibt es für Neuigkeiten?«

Bredenstein schob die Hände in die Hosentaschen und räusperte sich kurz: »Diese Tat lässt mir keine Ruhe, da die Todesursache wirklich außergewöhnlich ist und kein vergleichbarer Fall vorliegt...« Dann verzog er das Gesicht zu einem Grinsen und fügte hinzu: »Jedenfalls dachte ich das!«

Schwarzhoff riss die Augen auf und fragte erstaunt: »Wie?«

»Wie gesagt, dass Ganze ließ mich einfach nicht los und ich habe angefangen zu recherchieren«, begann Bredenstein mit seinen Ausführungen und hob zeitgleich entschuldigend die Arme. »Sorry, ich weiß, dass ist eigentlich eure Aufgabe, aber …«, fügte er schnell hinzu.

»Ja, ja, schon gut! Was hast du rausgefunden?«, brummte Schwarzhoff.

»Ich wollte wissen, ob es in der Vergangenheit schon einmal einen ähnlichen Fall gegeben hat. Die Anfrage in unseren Archiven hat kein Ergebnis geliefert, also habe ich Interpol kontaktiert, ebenfalls mit demselben Resultat! Frag mich bitte jetzt nicht warum, aber einer inneren Eingebung folgend, rief ich gestern Mittag einen alten Freund an, der Archivar im Karmeliterkloster ist.«

»Das Kloster hier in Frankfurt? Da ist doch das Institut für Stadtgeschichte untergebracht?«, hakte der Kommissar nach.

Der Pathologe nickte und fuhr fort: »Er schuldete mir noch einen kleinen Gefallen, weshalb ich ihn gebeten habe, einmal nachzuforschen, ob in den alten Stadtunterlagen etwas über seltsame oder mysteriöse Leichen erwähnt wird. Es kostete meine ganze Überredungskunst und eine Flasche guten Rotweins bis er schließlich einwilligte. Ich übermittelte ihm einige Stichworte und Merkmale, damit er nicht völlig im Trüben fischen musste und zumindest einen Anfang für die Suche hatte. Er versprach mir, mich anzurufen, falls er auf Hinweise stoßen sollte. Tja, und was soll ich sagen, heute Vormittag klingelte mein Telefon, mit einem etwas verwirrten Stadtarchivar am anderen Ende der Leitung.«

»Inwiefern verwirrt?«

Jetzt wurde Bredenstein zunehmend fahriger, anscheinend wusste er nicht, wie er anfangen sollte: »Ich weiß, das wird sich jetzt ziemlich verrückt anhören, aber …«

»Matthias! Spann mich nicht auf die Folter und komm endlich auf den Punkt!«

»Mein Freund im Stadtarchiv hat Aufzeichnungen gefunden, die darauf schließen lassen, dass in der Vergangenheit schon mehr

Leichen mit ähnlichen Symptomen wie bei unserem Notar gefunden wurden. Bis jetzt zählt er vierzehn und er ist immer noch am Suchen!«

Schwarzhoff blieb die Luft weg. »Vierzehn Leichen wie die des Notares?! Und warum haben wir dann nichts in unserem Polizeiarchiv gefunden?«

»Das, Julian, ist der springende Punkt. Der jüngste Vorfall stammt aus dem Jahr 1926, die bisher älteste Dokumentation aus dem Jahre 1711, aber er nimmt sich gerade die Sterbebücher des 14. bis 17. Jahrhundert vor.«

Der Kommissar sah seinen Pathologen mit aufgerissenen Augen an. »Ist das dein Ernst?«, sprudelte es aus ihm heraus. »Willst du damit sagen, dass sich ein Serienmörder seit mehr als drei Jahrhunderten durch Frankfurt mordet?«

Bredenstein zuckte mit seinen Schultern. »Wenn du es jetzt so sagst, hört sich das ziemlich abgefahren an, aber bleiben wir bei den Fakten. Die elektronischen Polizeiarchive wurden etwa vor dreißig Jahren eingeführt. Vorher gab es nur Aktenordner, wir hatten bis dato keine Möglichkeiten gehabt, über Stichworte nach Gemeinsamkeiten zu suchen. Im Laufe der Zeit wurden die alten Akten nach und nach eingescannt, doch ich bin mir ziemlich sicher, dass bestimmt keine aus dem Jahre 1926 oder früher dabei waren. Im Gegensatz zum Stadtarchiv, hier liegt die Lage bekanntlich anders, denn es soll die Geschichte der Stadt dokumentiert werden. Alle Berichte, die mein Freund gefunden hat, erzählen von mumienähnlichen Leichen ohne erkennbare Verletzungen. Bei zwei Fällen, nämlich der von 1926 und einer aus dem Jahr 1909, liegen sogar Obduktionsberichte vor. Ich habe meinen Freund gebeten, Kopien aller Unterlagen zu erstellen und sie uns beiden zukommen zulassen. Es ist natürlich Humbug zu glauben, dass ein unsterblicher Serienmörder in Frankfurt sein Unwesen treibt, aber ich denke, es existiert vielleicht eine Verbindung zwischen der Vergangenheit und den aktuellen Ereignissen und die gilt es jetzt zu finden. Vielleicht bringen wir so etwas Licht ins Dunkel.«

»Das Ganze wird immer abstruser«, schüttelte Julian Schwarzhoff den Kopf. »Trotzdem Danke, Matthias, für deine Unterstützung. Möglicherweise kommt ja wirklich etwas Zählbares dabei raus.«

»Ich bleibe mit meinem Bekannten in Kontakt und halte dich auf dem Laufenden«, fügte Bredenstein hinzu und verließ ohne weiteren Kommentar das Büro.

Schwarzhoff ließ sich nachdenklich und mit einem leisen Seufzer in seinen ledernen Bürostuhl fallen. Wenn alle Fälle so gelagert wären wie dieser, dann würde er seinen Job an den Nagel hängen. Missmutig schielte er auf den Poststapel und griff nach der obersten Akte, als Kreillig den Kopf zur Bürotür reinstreckte. »Hi, hast du Zeit?«

Er rang sich ein diebisches Schmunzeln ab und antwortete ironisch: »Wenn du mich so fragst – nein! Aber klar, setz dich, ich muss dir etwas erzählen.«

»War Bredenstein bei dir? Ich habe ihn vorhin auf dem Parkplatz gesehen.«

»Ja, aber du zuerst. Wie sieht es aus?«

»Die Observierung von Debrien ist genehmigt. Die Überprüfung seines Freundes, Christoph Schmidt, hat außer einer Geschwindigkeitsübertretung vor zwei Jahren nichts ergeben. Ich habe ihn überdies angerufen und er hat Debriens Geschichte bestätigt. Sie waren gemeinsam bis etwa halb zwölf in Debriens Wohnung, bevor Schmidt sich auf den Heimweg machte. Also, was hat unser Pathologe entdeckt?«, fragte sie neugierig.

Schwarzhoff lehnte sich zurück und berichtete über Bredensteins Recherchen. Als er fertig war, starrte ihn seine Kollegin mit offenem Mund an. »Ja, Carolin, so ungefähr habe ich auch aus der Wäsche geschaut.«

Nachdem sich Kreillig von ihrer ersten Überraschung erholt hatte, schien sie nun angestrengt zu überlegen. »Julian, da tun sich völlig neue Möglichkeiten auf.«

»Inwiefern?«, fragte er verdutzt.

»Eines können wir sofort ausschließen, nämlich den untoten Serienmörder! Und jetzt denke mal scharf nach! Vielleicht handelt es sich um einen Nachahmer, quasi einen Copykiller. Wenn dem so wäre, dann muss in den Archivunterlagen der Stadt irgendetwas stehen, woraus ersichtlich wird, wie oder durch was so ein Tod herbeigeführt werden kann.«

Schwarzhoff blickte sie im ersten Moment verwundert an, bis

ihm langsam dämmerte, worauf seine Kollegin hinauswollte. »Was im Umkehrschluss bedeutet, dass jemand sehr lange und ziemlich intensiv im Stadtarchiv nach etwas Bestimmtem gesucht haben muss …«

»Richtig Julian, und nachdem die Suche unter anderem elektronisch erfolgt, hat er einen Fingerabdruck in den Onlinedateien des Archivs hinterlassen. Sollte er auf alte Bücher und Dokumente in Natura zugegriffen haben, dann ist das mit Sicherheit ebenfalls dokumentiert. Es sollte also kein Problem darstellen, wenn wir die Unterlagen von Bredensteins Bekannten bekommen haben, im Stadtarchiv anzufragen, welche Personen diese Dokumente noch angesehen oder ausgeliehen haben.«

Schwarzhoff stand auf, stieß einen leisen Pfiff aus und deutete eine Verbeugung an. »Respekt Frau Kreillig – wir haben eine Spur!«

»Blödmann!«, zischte seine Kollegin grinsend.

Der Kommissar wurde sofort wieder ernst. »Ok, doch bevor wir die Unterlagen des Stadtarchivs nicht gesichtet haben, sind wir an dieser Stelle zum Stillhalten verdammt. Schauen wir uns doch mal die Bilder an, die du in Debriens Wohnung aufgenommen hast.«

Kreillig ließ ihre Hand in die Hosentasche gleiten und förderte einen USB-Stick zutage. »Hier, hab sie bereits runtergeladen.«

Er nahm den Datenträger und steckte ihn wortlos in die USB-Buchse auf der Rückseite des Computers. Beide gesellten sich vor dem Bildschirm und Schwarzhoff öffnete die Bilddatei. Seine Kollegin hatte drei Fotos geschossen, eines unbrauchbar, weil verwackelt, die beiden anderen jedoch waren gestochen scharf. Sie zeigten zwei Umschläge, die etwas übereinander auf der dunkelbraunen Oberfläche des Sideboards lagen. Es war sofort ersichtlich, dass eines der beiden Kuverts – nämlich das untere – sehr alt war, denn es bestand aus verblichenem Pergament.

»Auf dem oberen steht *Daniel Debrien –persönlich–*! Vermutlich der Umschlag, den der Notar ausgehändigt hat«, stellte Kreillig fest. »Auf dem zweiten steht ebenfalls etwas, doch die Schrift ist teilweise verdeckt. Zudem sieht mir das nach einer sehr alten Schrift aus, denn die Buchstaben sind richtig verschlungen und verschnörkelt! Kannst du es entziffern, Julian?«

Schwarzhoff öffnete ein Bildbearbeitungsprogramm und vergrößerte den Bildausschnitt, der das untere Kuvert zeigte. »Da steht *Weltengän…*! Den Rest überdeckt der obenliegende Umschlag.«

»Vielleicht *Weltengänger* – doch was zum Teufel soll das bedeuten?«, meinte Kreillig nachdenklich.

»Keine Ahnung, Carolin. Noch nie davon gehört oder gelesen.«

»Und das Foto dieses Päckchens gibt auch nicht viel her. Sieht irgendwie nach einer Zigarettenschachtel aus, die in schwarzes Tuch eingewickelt ist. Wir kommen also an dieser Stelle auch nicht weiter«, murrte die Beamtin enttäuscht.

Der Kommissar streckte den Rücken durch. »Wir warten bis Bredenstein mit den Unterlagen kommt. Du könntest allerdings in der Zwischenzeit im Internet recherchieren. Schau mal nach, was du über dieses Zeichen an Debriens Hand rausfindest und ob es wirklich von einem Grilleisen stammt. Und wenn du schon dabei bist, überprüfe das Wort *Weltengänger* – vielleicht spuckt das große Netz etwas aus.« Dann klopfte er auf den Stapel Post und fügte mürrisch hinzu: »Und ich widme mich jetzt den profanen Dingen des Beamtendaseins, Aktendurchsicht und Berichte schreiben.«

Kreillig klopfte ihm gespielt mitfühlend auf die Schulter. »Dann werde ich den Herrn Kommissar jetzt nicht weiter stören und mich in die abenteuerliche Welt des Internets stürzen.«

Er grinste sie an. »Ich glaube, es ist jetzt besser, wenn du gehst!«

Lachend verließ die Beamtin Schwarzhoffs Büro.

Daniel Debrien

Es war inzwischen früher Nachmittag und die Kobolde Tarek und Einar wurden langsam unruhig. Ihre Unruhe galt aber weniger der Sorge um die Sicherheit meiner Person, sondern war vielmehr in der ungewohnten Langeweile begründet. Ich hatte ihnen verboten, sich wieder mit dem Karton der Karnevalsklamotten auseinanderzusetzen, ebenso machte ich ihnen klar, dass Schränke durchwühlen und Zielschießen mit Äpfeln in meiner Wohnung tabu waren. Seit einer Stunde gingen sie mir richtig auf die Nerven, denn mit meiner etwas übereilten Aussage, dass einer gemeinsamen Übungsstunde in Sachen *Weltengängerunterricht* nichts im Wege stünde, bestürmten sie mich alle fünf Minuten mit der Frage, wann es endlich losginge. Ich hingegen hatte den Kopf voller Gedanken, denn zu den ganzen Ereignissen der letzten drei Tage, kam nun noch eine polizeiliche Ermittlung hinzu. Vermutlich hatten die zwei Polizeibeamten meine Aussagen nur halbwegs geglaubt und deshalb – da war ich mir ziemlich sicher – würde ich die beiden Kommissare schneller wiedersehen als mir lieb war.

Eben kam Tarek erneut zu mir. »Und, wann geht es los?«, fragte er mich zum wiederholten Male.

Ich legte den Kopf in die Hände und antwortete resigniert: »Hey Jungs, ihr macht mich echt fertig!«

»Jetzt komm schon, das macht bestimmt Spaß.«

Ich blickte in seine großen, erwartungsvollen grünen Augen. Mit einem tiefen Seufzer stand ich vom Esstisch auf. »Also dann, was soll ich tun?«

Der Kobold klatschte vor Freude in die Hände. »Komm Einar, der Weltengänger ist so weit!«

Wie ein Blitz stand der zweite Kobold neben mir und grinste über beide Ohren. »Nicht hier in der Wohnung! Wir müssen nach draußen, dann suchen wir einen ruhigen Platz.«

Ich sah ihn entsetzt an. »Raus? Wir sind in Frankfurt, da gibt es keine ruhigen Plätze.«

Tarek stemmte die Hände in die Hüften. »Wenn wir von ruhig sprechen, dann meinen wir nicht menschenleer, sondern einen Ort, an dem verhältnismäßig wenige Leute sind. Du sollst doch üben, dich möglichst ungesehen fortzubewegen. Wie soll das funktionieren, wenn keiner da ist?«

Gut, da hatte er auch wieder recht.

Einar überlegte laut. »Ich habe da schon eine Idee. Ist hier in der Nähe nicht ein großer Park?«

Ich nickte. »Ja, der Günthersburgpark! Um die Zeit ist wahrscheinlich nicht so viel los, außerdem befindet sich dort ein großer und alter Baumbestand, der ausreichend Deckung bietet.«

Die beiden Winzlinge warfen sich bedeutungsvolle Blicke zu und riefen zeitgleich: »Perfekt!«

Eine halbe Stunde später standen wir vor dem Eingang des Günthersburgparks. Der Park teilte sich in drei große Areale. Im unteren Teil – dort befanden wir uns gerade – waren mehrere große Rasenflächen, sowie ein großer Wasserbrunnen. Im Sommer wurden sie als Liegewiesen genutzt und gerade Kinder liebten die Wasserspiele mit ihren großen Fontänen. Der mittlere Teil war eher den Sportlern vorbehalten – Basketballfeld, Tischtennisplatten und Fußballfeld. Außerdem stand hier ein kleiner Kiosk im Schatten der Bäume. Der obere Teil war eine riesige, baumfreie Grünfläche. Hier findet jedes Jahr in den Sommermonaten eine vierwöchige Freiluftveranstaltung statt – das *Stalburg Theater offen Luft*, oder kurz Stoffel genannt. Zu diesem Zeitpunkt geben sich jeden Tag – vier Wochen lang – Bands, Comedians, Schauspieler und Musiker die Klinke in die Hand und das alles ohne Eintritt. Die Kobolde hatten sich bereits in den Park geschlichen und warteten im Halblicht eines ausladenden Mammutbaumes. Obwohl einige Fußgänger auf den Wegen unterwegs waren, hatten sie die vorbeihuschenden Gnome nicht bemerkt. Erstaunlich, wenn man bedachte, dass die zwei keinen Meter, und auch noch direkt vor den Menschen, den Weg kreuzten. *Sie haben verlernt, genau hinzusehen,* schoss es mir durch den Kopf. Ich lief zu dem riesigen Baum, wo Tarek und Einar schon gespannt warteten und versuchte dabei einen möglichst unauffälligen Eindruck zu hinterlassen.

»Wir sind gut, nicht wahr? Sie haben uns nicht bemerkt, obwohl wir direkt vor ihrer Nase waren«, meinte Einar mit stolzgeschwellter Brust.

»Ja, ihr seid die Besten!«, erwiderte ich und musste unweigerlich schmunzeln.

Er zog die Augenbrauen zusammen und fragte streng: »Wie viel Kobolde kennst du?«

»Drei! Garm, Tarek und dich.«

»Woher willst du dann wissen, dass wir die Besten sind?«

Ich erwiderte nichts, denn es würde wahrscheinlich zu nichts führen, Kobolden zu erklären, wie dieser Satz gemeint war. Stattdessen fragte ich: »Können wir beginnen?«

Tarek schob sich in den Vordergrund. »Wichtig ist, Weltengänger, dass du dich ganz auf deine Umgebung konzentrierst. Werde eins mit ihr und suche die dunklen Stellen. Siehst du die Schwarzkiefer dort drüben?«

Ich nickte.

»Gut, dann beobachte aufmerksam den Weg zwischen den Bäumen. Mit der Zeit wird sich deine Wahrnehmung verändern. Du siehst schärfer, helle und dunkle Stellen heben sich deutlich voneinander ab.«

Ich atmete tief durch, begann mich zu konzentrieren und versuchte das Areal zwischen meinem Standort und der Schwarzkiefer im Auge zu behalten. Etwa zehn lange Sekunden passierte rein gar nichts, doch dann wandelte sich plötzlich mein Blickfeld. Die Konturen wurden unfassbar klar, gleichzeitig wurden manche Stellen dunkler und manche fast strahlend hell.

Tarek raunte mir zu: »Und?«

Warum ich jetzt flüsterte, wusste ich auch nicht, aber leise gab ich zurück: »Unglaublich!«

»Siehst du die weißen Stellen?«

»Ja.«

»Das sind die Zonen, in denen du Aufmerksamkeit erregen wirst. Bewegst du dich in den dunklen Regionen, bleibst du unsichtbar. Jetzt warte noch einen Moment.«

Der Kobold hatte den Satz noch nicht ganz zu Ende gesprochen, als sich ein weiterer Wandel vollzog. Ich sah, wie sich eine kleine gelbliche Spur bildete und sich von dunkler Stelle zu dunkler Stelle schlängelte.

»Was ist das?«, fragte ich überrascht.

»Du siehst den goldenen Weg?«

»Goldener Weg?«

»Ja, er zeigt dir den besten und sichersten Pfad, ohne entdeckt zu werden. Versuche jetzt die Schwarzkiefer zu erreichen. Doch eine Warnung, vermeide einen Blickkontakt zu den Menschen, denn das spüren sie und werden dich sofort bemerken.«

Ich begann der goldenen Spur zu folgen und zu meinem größten Erstaunen benötigte ich für die etwa hundert Meter lange Strecke keine drei Atemzüge. Plötzlich stand ich neben der Schwarzkiefer. Als die Kobolde mich sahen, eilten sie ebenfalls herüber. Einar kam mir mit breitem Grinsen entgegen. »Sieh an, unser Weltengänger ist ein Naturtalent. Du lernst wirklich schnell«, lobte er mich.

Tarek nickte ebenfalls beeindruckt. »Wir nennen das den Wächterblick. Viele deiner Vorgänger brauchten Wochen, um das zu lernen, was du gerade zum ersten Mal vollbracht hast. Wenn du regelmäßig übst, wird die Zeitspanne, bis du den Weg wahrnimmst, immer kürzer.«

»Wächterblick ...«, murmelte ich versunken vor mich hin.

Einar nestelte zaghaft an meinem Hemd. »Wollen wir es gleich noch einmal probieren? Siehst du die Parkbank, dort vor dem großen Ginsterstrauch?«

Ich nickte. Diesmal erschien der Weg noch schneller und innerhalb kürzester Zeit stand ich vor der Parkbank. Ein Pärchen, das sich in unmittelbarer Nähe der Bank innig umarmt hatte, sah erschrocken auf und blickte mich verwundert an. Ich grinste sie an, grüßte höflich und schlenderte langsam Richtung Ausgang des Parks. Aus den Augenwinkeln bemerkte ich die zwei Kobolde, wie sie rechts und links hinter mir folgten. Als ich außer Sichtweite des Pärchens war, verließ ich den Kiesweg und lehnte mich an einen Baum.

»Das war spitze, Weltengänger! Hast du den Blick der zwei Menschen bemerkt? Sie haben dich erst wahrgenommen, als du fast neben ihnen standst!«, lobte Tarek.

»Ja, dieser Wächterblick ist unglaublich. Hat jeder Weltengänger diese Gabe?«, erkundigte ich mich.

Einar wiegte mit dem Kopf hin und her. »Mehr oder weniger. Die Meisten mühen sich monatelang ab, um ein halbwegs brauchbares Ergebnis zustande zu bringen. Wenige hingegen, und dazu gehörst offensichtlich du, lernen es in ein paar Stunden.«

»Gibt es noch mehr Wesen, außer den Kobolden natürlich, die diese Fähigkeit besitzen?«

»Ja, aber es würde zu weit führen, sie jetzt alle aufzuzählen, doch es gibt natürlich auch Rassen, die diese Gabe nicht besitzen, dafür aber andere Fertigkeiten ihr Eigen nennen. Ein Wesen, das ausschließlich unterirdisch lebt, besitzt keinen Wächterblick, weil er diesen – aus verständlichen Gründen – nicht benötigt. All diese Kräfte sind über die Jahrtausende entstanden und dienten allein dem Zweck unsere Welt vor der euren zu verstecken.«

Ich schüttelte nur den Kopf und wollte schon etwas erwidern, als sich ein unangenehmes Gefühl in meinem Körper ausbreitete. Unsicher blickte ich mich um, denn ich hatte den Eindruck, als würde mich jemand intensiv beobachten. Beide Kobolde zuckten ebenfalls zusammen, ganz so, als hätten sie dieselbe Sinnesempfindung wie ich. Tarek und Einars Augen wandelten schlagartig ihre Farbe von grün zu schwarz.

»Was ist das? Ich fühle etwas, das ich nicht greifen kann!«, raunte ich den beiden leise zu.

»Dunkle Magie! Schwarzmäntel sind in der Nähe!«, flüsterte Tarek und die Angst in seiner Stimme war nicht zu überhören.

»Ich denke, die sind strohdumm? Das waren zumindest deine Worte, Tarek!«

»Richtig, doch dumm heißt keineswegs, dass sie nicht gefährlich sind. Sie haben starke schwarzmagische Fähigkeiten. Wenn sie dich in die Finger bekommen, dann saugen sie dir das Leben aus, wie ein Blutegel das Blut. Je mehr Angst du hast, desto besser schmeckst du ihnen! Zurück bleibt nichts weiter als eine leere trockene Hülle von deinem Körper.«

Nach Tareks Worten lief mir ein hässlicher Schauer über den Rücken. Die Aussicht, als ausgelutschte Mumie irgendwo in der Gosse zu liegen, war nicht gerade das, was ich mir von diesem Tag erhofft hatte. »Dann sollten wir jetzt schnellstens Leine ziehen!«, meinte ich stockend, doch Tarek hielt mich fest. »Was ist?«

»Wir können sie zwar spüren, doch wir wissen nicht, wo sie sind. Wenn wir uns jetzt bewegen, laufen wir ihnen vielleicht geradewegs in die Arme! Wir bleiben lieber, wo wir sind.«

»Können sie uns denn spüren?«, fragte ich unruhig.

»Vermutlich nicht, genau kann ich es allerdings nicht sagen. Wer weiß schon, was Schwarzmäntel fühlen und was nicht.«

»Aber warum nehmen wir sie dann wahr?«

»Das liegt an der schwarzen Magie! Einar, sieh dich um. Ich bleibe bei dem Weltengänger!«

Einar verschwand augenblicklich in Richtung des Ausgangs. Ich blieb mit einem mulmigen Gefühl in der Magengegend und einem fahlen Geschmack im Mund an Ort und Stelle zurück. Das Letzte, was ich jetzt wollte, war einem dieser unheimlichen Wesen zu begegnen.

Die Minuten verronnen endlos und Tarek sondierte mit gehetztem Blick das umliegende Areal.

»Können wir die Schwarzmäntel eigentlich sehen?«, flüsterte ich leise.

Tarek blickte mich nervös an. »Sie offenbaren sich den Menschen nur, wenn sie es wollen und allein deswegen, damit sie sich an ihrer Angst ergötzen können. Wir können sie jedoch als Schleier oder Schemen wahrnehmen, aber bei dir bin ich mir nicht ganz sicher. Geübte Weltengänger können das zweifellos, doch deine Gabe wurde erst gestern erweckt. Achte auf ein Flimmern oder eine Lufteintrübung, das ist ein erstes Anzeichen für die Anwesenheit eines Schwarzmantels.«

Gehetzt schweiften meine Blicke über das Areal des Parks und ich betete inständig, dass kein Luftflirren mein Sichtfeld kreuzen würde, denn ich fühlte mich zum jetzigen Zeitpunkt weit davon entfernt, einem Schwarzmantel gegenüberzutreten. Doch es war nichts zu entdecken, alles schien friedlich und auch Tarek schüttelte mit dem Kopf, als ich ihn danach fragte, ob er etwas wahrnehmen konnte. Plötzlich tauchte Einar neben uns auf.

»Und?«, fragte Tarek unruhig.

Einar zeigte auf den oberen Bereich des Parks. »Ich habe zwei Schwarzmäntel gesehen. Sie scheinen allerdings nicht auf der Suche nach etwas Speziellem zu sein. Vermutlich halten sie nur nach verdächtigen Aktivitäten Ausschau. Ich glaube nicht, dass sie uns bemerkt haben, denn sonst wären sie bereits in unsere Richtung unterwegs. Allerdings sind das nur Mutmaßungen. Wir sollten sehen, dass wir von hier wegkommen, solange diese Dämonen noch weit entfernt sind.«

Tarek nickte. »Gut, schnell weg von hier. Weltengänger?«

»Bin bereit«, sagte ich fieberhaft, atmete erleichtert auf und hatte währenddessen schon das große Parktor ins Visier genommen. Unerwartet schnell stellte sich der Wächterblick ein, der leicht goldene Schimmer tauchte wie aus dem Nichts auf und zeigte mir den sichersten Weg an. Die Kobolde folgten mir auf dem Fuße und zollten mir respektvolle Anerkennung, als wir die Pforte des Günthersburgparks ungesehen und unbemerkt passiert hatten.

»Wirklich gut, Weltengänger, du benutzt diese Gabe, als hättest du dein Leben lang nichts anderes gemacht«, würdigte Tarek anerkennend.

Ich hingegen, immer noch nervös, entgegnete: »Wohin jetzt?«

»In deine Wohnung. Die Tiefenschmiede können wir erst in der Dämmerung betreten, also werden wir warten. Da wir nun wissen, dass die Schwarzmäntel in dieser Gegend nach etwas suchen, halte ich momentan dein Heim für die sicherste Option«, antwortete Tarek und fuhr fort: »Dieser Ausflug hat auch mich etwas gelehrt, die Sorglosigkeit ist vorbei. Die Schwarzmäntel sind fraglos hinter DIR her, also sollten wir uns möglichst still und unauffällig verhalten. Der Ausflug in den Park war – auch wenn du jetzt den Wächterblick beherrschst – keine sehr gute Idee.«

Der zweite Kobold, Einar, trat verlegen neben mich und flüsterte mir leise zu: »Und es wäre, ähm, sehr nett von dir, wenn du unseren Streifzug gegenüber Zenodot möglicherweise unerwähnt lassen könntest.«

»Darüber reden wir später. Jetzt lasst uns nach Hause gehen, nicht das wir doch noch einem Schwarzmantel in die Arme laufen!«, antwortete ich streng und grinste, trotz der drohenden Gefahr, innerlich in mich hinein. Jetzt hatte ich die zwei kleinen Strolche in der Hand! Ich blickte in ihre kleinen Gesichter und erkannte sofort, dass auch ihnen diese Tatsache bewusst war. Deshalb ersparte ich mir einen ironischen Kommentar, um nicht noch mehr Öl ins Feuer zu gießen und meinte indes freundlich: »Einar, wenn du vorausgehen könntest, dann ich und zum Schluss Tarek. Da ihr bei weitem die größere Erfahrung habt, würde ich mich so sicherer fühlen.« Mein verbales Bauchpinseln verfehlte seine Wirkung nicht. Beide drückten ihre Schultern durch, setzten eine bedeutungsvolle Miene auf und Einar entgegnete fast feierlich: »Keine Angst, Weltengänger, wir passen auf dich auf!«

Madern Gerthener, Reichsstadt Frankfurt – 1399 AD

Nach zwei Stunden legte Gerthener seine Schreibfeder zur Seite und rieb sich müde die Augen. Vor ihm lagen jetzt mehrere Blätter Pergament, auf denen er seine Gedanken zu Papier gebracht hatte. Ein Schriftstück enthielt unter anderem eine Aufzählung von verschiedenen Angelegenheiten, die noch zu regeln waren. Diese Vorkehrungen waren Bestandteil seines Plans, wie er heute Nacht dem Fremden auf der Brücke gegenübertreten würde, ohne die Sicherheit seiner Frau oder sich selbst zu gefährden. Zumindest hoffte er das! Er las sich die einzelnen Punkte nochmals durch, nur um ganz sicherzugehen, dass er nichts übersehen hatte: Erstens – die Schatulle ausgraben, zweitens – die alte Gretlin aufsuchen, drittens – seine Frau Adelheid in Sicherheit bringen, viertens – mit dem Hauptmann der Brückenwache, Grimeisen, sprechen, fünftens – sein Testament verfassen und sechstens – ein Empfehlungsschreiben für seinen Gehilfen Ullrich aufsetzen, damit dieser, sollte ihm etwas zustoßen, sich für eine neue Arbeitsstelle verdingen konnte. Zufrieden lehnte er sich zurück, schloss für einen kurzen Moment die Augen und atmete einmal tief durch. Jetzt wurde es Zeit zu handeln, denn viel Arbeit lag in den verbleibenden Stunden bis Mitternacht noch vor ihm. Das Testament und das Empfehlungsschreiben hatte er bereits geschrieben und entsprechend versiegelt. Vorkehrung fünf und sechs waren also abgeschlossen. Die Dokumente würde er dem Hauptmann der Brückenwache übergeben, mit der Maßgabe diese auszuhändigen, falls Grimeisen Kunde vom Tode Madern Gertheners erhalten sollte. Damit wäre der vierte Punkt ebenfalls erledigt. Die Schatulle selbst stellte kein Problem dar, er hatte sie vor Jahren hinter seinem Haus vergraben. Blieb noch die alte Gretlin und seine Frau Adelheid, doch die Aussicht auf diese Gespräche bereitete ihm einiges Unbehagen, denn gerade seine Frau würde es ihm schwerlich verzeihen, dass er sie mit seinem Geheimnis nicht ins Vertrauen gezogen hatte. Die alte Gretlin würde er aus einem anderen Grund besuchen. Die Frau war ein Kräuterweib und wohnte außerhalb der Stadtmauer von Frankfurt in einer kleinen, schäbigen Hütte. Sie war der Pflanzenkunde mächtig und stellte so manche Arznei selbst her. Wenn die Leute krank wurden, kam es nicht selten vor, dass sie einen Bogen um den Medicus oder Bader machten und stattdessen Gretlin aufsuchten. Viele hielten sie für eine Hexe und genau das war auch der Anlass, warum er sie aufsuchen wollte! Wenn dieser Fremde tatsächlich die Brücke innerhalb einer Nacht instandsetzen sollte, dann – und da war sich Gerthener sicher – konnte es nicht mit rechten Dingen zugehen. Es musste irgendeine Art von schwarzer Kunst im Spiel sein. Der Fremde wäre damit noch viel gefährlicher, als er es vermutlich ohnehin schon war. Was lag also näher, sich Rat bei jemandem einzuholen, der vielleicht etwas über Hexerei erzählen konnte. Möglicherweise konnte ihm die alte Gretlin sogar einen Ratschlag geben, wie er sich und seine Frau Adelheid vor Zauberei schützen konnte. Doch dieser Besuch musste ohne Aufsehen von statten gehen, denn in diesen Zeiten waren die Leute misstrauisch und mit Beschuldigungen schnell bei der Hand. Er hatte keine Lust, am Ende noch in die Fänge der heiligen Inquisition zu geraten oder gar die alte Gretlin dem Scheiterhaufen auszuliefern. Seit ihm damals Meister Michael sein düsteres Geheimnis offenbart hatte, wusste Gerthener, dass es in dieser Welt mehr als Glauben und Gebete gab. Zauberei und Magie existierten wahrhaftig, auch wenn sie nur selten aus dem Schatten ins Licht traten. Bei diesen Gedanken überkam ihn ein leichtes Frösteln, unbewusst zog er seine Weste etwas enger und erhob sich schwerfällig von seinem Stuhl. Die zwei Briefe für den Hauptmann steckte er ins Innenfutter der Unterjacke und verließ sein hölzernes Arbeitsrefugium. Draußen stand die Sonne bereits hoch am Himmel und das Wasser des Mains glitzerte wie tausend Edelsteine in all ihren Facetten. Aber der Stadtbaumeister hatte keinen Sinn für die vor ihm liegende Schönheit, er hastete, von düsteren Vorahnungen geplagt, der Alten Brücke entgegen, um auf die andere Flussseite zu gelangen. Als er am anderen Ufer ankam, war von Hauptmann Grimeisen nichts zu sehen. Gerthener sah sich um, entdeckte einen einfachen Wachsoldaten und winkte ihn zu sich. »Seid gegrüßt, wo finde ich den Hauptmann?«, fragte er nervös.

»Hauptmann Grimeisen?«, fragte der Mann zurück.

Der Stadtbaumeister verzog das Gesicht und erwiderte barsch: »Natürlich, oder gibt es an der Brücke neuerdings zwei Hauptleute?«

Der Wachmann zuckte zusammen. »Nein Herr. Ich wollte nur ...«

»Redet nicht! Also, wo ist er?«, schnitt ihm Gerthener gereizt das Wort ab.

»Vermutlich in der Wachstube, um seinen morgendlichen Bericht zu verfassen«, kam es stotternd zurück.

»Warum nicht gleich so«, brummte er und wandte sich zum ersten Haus der Fahrgasse, dort befand sich die Schreibstube der Brückenwache.

Er klopfte an die mit Eisen beschlagene Türe und trat ein. Grimeisen saß versunken hinter seinem Schreibtisch und notierte gerade die gezahlten Brückenzölle in ein dickes Buch. Außer ihm befand sich niemand im Raum, was Gerthener sehr gelegen kam, denn so konnte er sein Anliegen ungestört vorbringen.

»Hauptmann Grimeisen?«

Der Wachhabende schrak aus seinen Gedanken. »Meister Gerthener! Ich bitte um Verzeihung, ich habe Euch nicht eintreten hören. Was verschafft mir die außergewöhnliche Ehre Eures Besuchs?«

»Ich wollte unter vier Augen mit Euch sprechen und gleichzeitig darum bitten, mir eine kleine Gefälligkeit zu erweisen«, kam dieser sofort zur Sache.

Die Augen von Grimeisen verengten sich für einen kurzen Moment. »Gefälligkeit? Es wird doch nichts Unrechtes sein?«

»Hauptmann! Wie lange kennen wir uns nun schon?«

»Ich denke, es werden bestimmt drei Jahre sein, vielleicht sogar mehr.«

»Habe ich mir jemals etwas zuschulden kommen lassen. Nein! Ich möchte Euch lediglich bitten, zwei Briefe für mich aufzubewahren.«

Jetzt blickte ihn Grimeisen ehrlich überrascht an. »Briefe?«

»Ja! Für meine Frau Adelheid und den Gesellen Ullrich. Ich möchte, dass Ihr die Schreiben übergebt, falls mir etwas zustoßen sollte.«

Der Hauptmann zuckte zusammen und erhob sich von seinem Platz. »Inwiefern sollte Euch etwas zustoßen? Madern Gerthener? Steckt Ihr etwa in Schwierigkeiten? Ich weiß, Ihr habt Eure Differenzen mit dem Rat ...«

Gerthener versuchte, sich seine Nervosität nicht anmerken zu lassen. Natürlich steckte er in Schwierigkeiten, aber das hatte Grimeisen nicht zu interessieren. »Ich arbeite auf einer Baustelle, Hauptmann, da kann jeden Tag etwas passieren. Ich will nur vorsorgen.«

»Aber warum gerade jetzt? Ihr arbeitet schon mehr als ein Jahr an der Brücke!«

»Das ist richtig! Schlimm genug, dass ich mir erst jetzt dazu die Zeit genommen habe, meint Ihr nicht? Werdet Ihr nun die Briefe für mich verwahren?«

»Selbstverständlich Stadtbaumeister!«, antwortete Grimeisen kleinlaut.

»Sehr schön. Sollte ich noch etwas hinzufügen oder ändern

wollen, dann werde ich Euch wieder aufsuchen. Vielen Dank für Eure Hilfe. Ach, eines noch ...«

»Ja?«

»Bitte erwähnt es nicht meiner Frau oder meinem Gesellen gegenüber, denn ich möchte keine Ängste schüren.«

»Kein Wort, Gerthener! Versprochen!«, antwortete der Hauptmann verschwörerisch und streckte dem Meister seine Hand entgegen.

Gerthener schüttelte sie und meinte schließlich: »Dann ist dies von nun an unser kleines Geheimnis. Danke für Euer Vertrauen, Hauptmann.«

Als er das Quartier des Wachhabenden verlassen hatte, atmete Gerthener tief durch. Kleine Schweißperlen rannen ihm von der Stirn und seine Anspannung löste sich ein wenig. Somit war Punkt vier seiner Aufstellung ebenfalls erledigt. Jetzt wurde es Zeit, die alte Gretlin aufzusuchen. Er reihte sich in den regen Mittagsbetrieb der Fahrgasse ein und wandte sich Richtung Nordost, um zur Bornheimer Pforte zu gelangen. Langsam ließ er sich mit dem Strom der Menschen treiben, wobei er sich möglichst unauffällig verhielt, denn als Baumeister der Stadt war er in Frankfurt natürlich nicht ganz unbekannt. Das Letzte was er jetzt wollte, waren unnötige Fragen, wohin ihn seine Schritte zu dieser Tageszeit führten. Nach etwa zehn Minuten Fußweg endete die Fahrgasse in die Schmidgasse, die direkt zur Pforte an der Stadtmauer führte und nun hier ihren Anfang nahm. Endlich kam das Stadttor in Sichtweite und augenblicklich wuchs Gertheners Unbehagen. Die Soldaten der Stadtwache flankierten die Bornheimer Pforte rechts wie links und ließen ihre wachsamen Blicke über die vorbeiziehenden Menschen gleiten. Er sah schon unangenehme Fragen auf sich zukommen, als Gertheners Blick auf ein großes mit Getreidesäcken beladendes Fuhrwerk fiel. Der Karren wurde von zwei stämmigen Ochsen gezogen und schien vermutlich auf dem Weg zu einer der Mühlen zu sein, die ebenfalls außerhalb der Stadtmauern lagen. Hastig drängte er sich an seinen Vorderleuten vorbei, die ihn dafür mit allerlei finsteren Worten bedachten. Unbeholfen murmelte er eine Entschuldigung und versuchte seinen Weg so zu bahnen, dass er sich direkt hinter dem Ochsengespann einreihen konnte. Das Fuhrwerk war vollbeladen und verdeckte jetzt seine Person vor den aufmerksamen Augen der Wachsoldaten. Diese würden ihn höchstwahrscheinlich erst dann bemerken, wenn er schon fast an ihnen vorbei war. Das Herz klopfte ihm bis zum Hals, als die Pforte immer näherkam. Er stemmte sich mit beiden Armen gegen den hinteren Teil des Karrens. Er hoffte, so den Eindruck zu erwecken, als würde er zur Fuhrmannschaft gehören – als ein Geselle, der half, dass es zügig vorwärtsging. Tatsächlich passierten sie ohne Zwischenfälle die Bornheimer Pforte und Gerthener fiel ein Stein vom Herzen. Er lief noch ein paar Meter hinter dem Gespann her und hielt Ausschau nach einem unscheinbaren Pfad. Wie vermutet kam der kleine Feldweg, der rechts von der Hauptstrasse abzweigte, schnell in Sichtweite. Möglichst unauffällig entfernte sich der Baumeister nun vom Getreidekarren und lenkte seine Schritte auf den wenig benutzten Weg, der ihn an der äußeren Stadtmauer entlang führte und schließlich in einen kleinen Forst unweit des Stadttores mündete. Mitten in diesem Hain lag die Behausung der alten Gretlin, umgeben von halbhohen und schattenspendenden Laubbäumen. Eigentlich verdiente das Gebäude die Bezeichnung Haus nicht, da es mehr einer verfallenen Kate glich. Viele der Holzlatten waren bereits angefault und von dunkelgrünen Flechten überzogen. Die Tür hing windschief in den rostigen Angeln und Gerthener befürchtete, dass sie beim Anklopfen endgültig auseinanderfallen würde. Außer dem Rauschen der Blätter, Vogelgezwitscher und das leise Plätschern eines nahen Baches war nichts zu hören. Die Sonnenstrahlen durchfluteten die umstehenden Bäume und tauchten die winzige Lichtung in ein goldschimmerndes Licht. Eine grob gezimmerte Holzbank hatte zwischen zwei alten Ahornbäumen ihren Standort gefunden und diente Gretlin vermutlich als Ruheplatz für ihre Mußestunden. Neben der Bank war eine kleine Anrichte aufgebaut, auf der die verschiedensten Kräuter und Pflanzen zum Trocknen ausgelegt waren. Es war ein stiller, fast mystischer Ort, der Gerthener unwillkürlich gefangen nahm. Ihn überkam das eigenartige Gefühl, dass an diesem Platz die Magie der Natur wirklich zum Greifen nah war. Die seltsame Frau lebte wie ein Einsiedler und wurde nur ganz selten in der Stadt gesehen. Kein Wunder also, dass viele Bürger Frankfurts der alten Gretlin gegenüber gewisse Vorbehalte hatten und sie als

Kräuterweib abstempelten. Hierin lag das eigentlich Gefährliche, denn schnell konnte sich in diesen Zeiten die Bezeichnung Kräuterweib in Hexe wandeln. Es genügte nur ein falsches Wort zur falschen Zeit und der lange Arm der heiligen Inquisition legte sich wie ein Schatten über den Beschuldigten. Die Kirche hatte ihre Augen und Ohren überall und es wäre nicht das erste Mal, dass eine vermeintliche Hexe auf der Alten Brücke gehängt wurde. Allerdings würde er, Madern Gerthener, solch ketzerische Gedanken niemals öffentlich aussprechen! Vorsichtig sah er erneut über seine Schulter, nur um ganz sicher zu gehen, dass ihm auch niemand gefolgt war, erst dann überquerte er die kleine Waldschneise und klopfte zaghaft an die morsche Eingangstür.

Eine sonderbare Stimme, weich und mit einem melodischen Singsang durchsetzt, erklang sogleich aus der hölzernen Hütte: »Tritt ein Madern Gerthener, die Tür ist nicht verschlossen.«

Als Gerthener seinen Namen hörte, zuckte er zusammen und trat unwillkürlich einen Schritt zurück. Verwundert versetzte er mit seinem Fuß der Tür einen leichten Stoß. Sofort schwang sie leise knarrend auf und gab den Blick ins Innere frei. Das Sonnenlicht strömte durch die Öffnung und fiel auf eine alte Frau, die gerade in einem großen Topf rührte, der über einer prasselnden Feuerstelle hing. Die Luft war stickig und durchsetzt mit allerlei seltsamen Kräuterdüften. Gerthener erkannte sofort den Geruch von Salbei und Schafsgarbe, doch der Rest war undefinierbar. Als er sich in Gretlins Behausung umsah, kam ihm seine kleine Bauhütte am Ufer des Mains geradezu fürstlich vor. Alles war schäbig und staubig, selbst das Holz von Tisch und Bett war morsch und von Holzwürmern zerfressen. Der Raum war vollgestellt mit Regalen jeder Größe und Form, auf denen, dicht an dicht gedrängt, die verschiedensten Gefäße an Kräutermixturen standen, zumindest vermutete der Baumeister, dass es sich um eben solche Essenzen handelte. Die Mitte des Raumes füllte die Feuerstelle aus, an der Gretlin sich gerade zu schaffen machte. Die Alte trug einen groben dunkelbraunen Wollrock, der an so vielen verschiedenen Stellen geflickt und ausgebessert worden war, dass Gerthener sich nicht sicher war, ob es sich tatsächlich um die Farbe Braun handelte. Ihre Füße stecken in schweren Holzpantoffeln, die genauso altersschwach aussahen, wie der Rest der Einrichtung.

Gretlin strich sich ihre viel zu große grüne Weste glatt, die armselig über einem mehr grau als weißem Oberteil hing und zwinkerte ihn freundlich an. »Sieh an, sieh an. Der Stadtbaumeister zu Frankfurt höchstpersönlich«, stellte sie vergnügt fest, ohne dass es überheblich oder gar arrogant klang.

Gerthener deutete eine Verbeugung an und flüsterte: »Gott zum Gruße, Gretlin.«

Die Alte kniff die Augen zusammen und musterte ihr Gegenüber mit scharfem Blick. Schließlich legte sie die Kelle beiseite und zeigte auf einen wackligen Stuhl. »Setz dich, Madern.«

Gerthener schluckte einen bissigen Kommentar bezüglich ihrer taktlosen Ansprache herunter und nahm wortlos Platz. Gretlin setzte sich, ebenfalls schweigend, ihm gegenüber.

»Woher wusstest du, dass ich es war, der an deine Türe klopfte«, fragte Gerthener.

»Meine Hütte ist zwar nicht im allerbesten Zustand, doch die Fensterläden sind offen und meine Augen sind noch scharf! Du steckst in Schwierigkeiten, Madern!«, stellte sie freundlich fest.

»Woher …?«, stammelte der Stadtbaumeister, der sich wie ein kleiner Junge fühlte, den man gerade bei einer Missetat ertappt hatte.

Gretlin lachte hell auf. »Heißt es nicht schon in der Bibel: Wer Augen hat, der sehe? Du stehst am Rande der Lichtung und siehst dich mehrmals um, ob dir auch niemand gefolgt ist. Es ist also nicht schwer zu erraten, dass keiner wissen darf, dass du hier bist! Die Frage, die sich mir nun aufdrängt, ließest du diese Vorsicht zu deinem Schutz oder zu meinem walten? Wir wissen beide, wie es gegenwärtig um Frauen wie mich bestellt ist! Und einen Kräutertee benötigst du jedenfalls nicht!«

»Du hast einen messerscharfen Verstand«, meinte Gerthener mit trockenem Mund und sprach mit leiser, brüchiger Stimme weiter: »Ich habe diese Vorsicht für uns beide walten lassen, denn das, was ich dir zu erzählen habe, darf niemals – unter keinen Umständen – diesen Raum verlassen! Um unser beider Leben willen. Ja, und ich brauche deine Hilfe!«

Die Alte sah ihn mit unbewegter Miene an. »Woher weißt du, dass ich dein Anliegen überhaupt hören möchte, Madern Gerthener?«

Der Baumeister fiel in sich zusammen, mit dieser Reaktion hatte er zu keiner Zeit gerechnet, aber vom Standpunkt der alten Frau gesehen, war es mehr als nachvollziehbar. Warum sollte sie sich einer Gefahr aussetzen, an deren Ende vielleicht der Scheiterhaufen stand? Er musste den ersten Schritt machen, damit sie sah, dass er es ernst meinte. Hilflos stammelte er: »Ich weiß, Gretlin, dass es mehr als Glaube und Gebete in dieser Welt gibt. Ich kenne die Wahrheit, dass Magie und Zauberei existieren und ein Teil unseres Lebens sind!«

»So, so, du kennst also die Wahrheit? Und wenn ICH dir sage, alles Unsinn?«

Gertheners Stimme glich jetzt nur noch einem Flüstern: »Dann muss ich mir jemand suchen, der darüber Bescheid weiß und hoffen, dass du über meine heutige Anwesenheit, sowie über die gesprochenen Worte, Stillschweigen bewahren wirst. Ich lege somit mein Leben und meine Reputation als Baumeister in deine Hände.«

Ein mildes Lächeln huschte über das Gesicht der Alten. »So haben wir nun ein Gleichgewicht geschaffen und stehen uns als ebenbürtige Personen gegenüber?«

Gerthener nickte bedrückt. »Ja Gretlin, wir haben einen Pakt.«

Das Gespräch hatte einen ganz anderen Verlauf genommen, als er es erwartet hatte. Die alte Frau strahlte eine innere Ruhe aus, die ihm beinahe Angst machte, aber er konnte nicht anders, er bewunderte sie für ihre Stärke und ihren Mut.

Gretlin erhob sich schwerfällig von ihrem Platz. »Ich schenke uns beiden erst einmal einen Krug Bier ein, dann reden wir!« Die Alte stapfte zu einem kleinen Holzfass, das in einer Ecke des Raumes auf einem kleinen Podest stand und griff aus dem Regal darüber zwei abgenutzte Tonkrüge. Schnell füllte sie das Bier ab und kam zurück an den Tisch. Misstrauisch beäugte Gerthener das Gefäß und wollte sich lieber nicht vorstellen, zu welchen Zwecken dieser Krug schon benutzt worden war. Doch da er nicht unhöflich sein wollte, nahm er einen tiefen Zug. Zu seinem Erstaunen war das Bier kühl und schmeckte ausgezeichnet. »Das Bier! Es ist wirklich gut«, meinte er überrascht.

Gretlin grinste verschmitzt und antwortete flüsternd: »Geheimrezept. Ich braue es selbst. Aber freut mich, dass es dir zusagt.« Doch dann wurde sie ernst. »Und jetzt berichte mir, was passiert ist, Madern!«, forderte sie ihn auf.

Gertheners Handflächen fingen an zu schwitzen und er atmete tief durch, dann begann er zu erzählen: »Es ist eine lange Geschichte, die vor über zwanzig Jahren auf der Dombaustelle in Köln ihren Anfang nahm.« Seine Geschichte führte ihn hin zu Meister Michael und seinem Geheimnis, von dem eingekerkerten Dämon, von der Begegnung mit dem Fremden und seinem beabsichtigten Treffen, heute um Mitternacht auf der Alten Brücke.

Die Frau hörte stumm zu, unterbrach ihn nur, wenn sie eine Verständnisfrage hatte und als Gerthener endete, stand sie auf und lief geistesabwesend zum Fenster.

»Gretlin?«, fragte er verwirrt.

»Lass mich kurz nachdenken, Baumeister!«, kam eine leise, aber bestimmte Antwort.

Endlos verrannen die Minuten und er saß auf seinem Stuhl, wie auf glühenden Kohlen. Schließlich wandte sich die Frau um und blickte ihn mit sorgenvoller Miene an. »Ich habe diese Geschichte schon einmal gehört, zwar nur als Flüstern und hinter vorgehaltener Hand, aber sie ist mir geläufig. Ich kann dir nicht sagen, was in der Vergangenheit passiert ist, nur, dass eine geheime Bruderschaft existiert, die sich selbst *Weltengänger* nennt. Diese Gemeinschaft schützt gewisse Artefakte, die – wie ich jetzt vermute – im Zusammenhang mit einem eingesperrten Dämon stehen. Dein Meister Michael scheint diesem geheimnisvollen Bund angehört zu haben. Vieles, was du mir berichtet hast, deckt sich mit dem, was ich bisher gehört habe. Ich bin deshalb zu folgendem Schluss gekommen, die schwarze Schatulle, die dir dein ehemaliger Mentor zur Aufbewahrung anvertraut hat, beinhaltet eines dieser Artefakte. Wichtig ist deshalb Folgendes zu wissen: Ein mächtiger Dämon, sei er weggeschlossen oder nicht, hat immer böse Menschen oder niedere Ausgeburten der Hölle als Verbündete. Bei dem Unbekannten handelt es sich also vielleicht um einen Lakaien dieses Dämons. Du begibst dich in sehr große Gefahr, Madern. Willst du wirklich dein Leben aufs Spiel setzen nur wegen deines Rufs als Baumeister? Du solltest deine Adelheid nehmen und aus Frankfurt fliehen, solange du noch Zeit dazu hast.«

Wie vom Donner gerührt, unfähig etwas zu sagen, starrte Gerthener die Frau an. Seine Gedanken brauten sich zu einem Sturm zusammen.

»Nicht gerade das, was du dir erhofft hast?«, meinte die Alte mitfühlend.

»Nein ...«, stammelte er leise.

»Wie gesagt, Baumeister, es war nur ein Rat. Man kann ihn befolgen oder nicht!«

Er durchbohrte sie mit durchdringenden Blicken. »Sprich nicht in Rätseln, Gretlin. Wie meinst du das?«

Sie setzte sich wieder ihm gegenüber. »Der Fremde will diese Schatulle, nicht dich! Sicher, du *könntest* fliehen, doch er wird dir wohl auf den Fersen bleiben, solange er die gesuchte Sache in deinem Besitz weiß. Du wärst also den Rest deiner Jahre auf der Flucht, das wäre der Preis für dein Leben und vermutlich das deiner Frau.«

»Nie und nimmer!«, brauste Gerthener auf.

Doch sofort lächelte ihn die Alte milde an und erwiderte: »Das dachte ich mir schon. Also müssen wir uns etwas anderes überlegen.«

»Du hilfst mir?«, brachte er stockend hervor.

»Ob ich helfen kann, ist nicht gewiss, denn wir haben keine Kenntnis über diesen mysteriösen Fremden. Doch eines können wir zweifellos annehmen, er wurde nicht ohne Grund geschickt und deshalb wird seine Macht die meine möglicherweise übersteigen.«

Er starrte sie unsicher an und meinte zögerlich: »So bist du also tatsächlich eine ...?«

»Eine was? Hexe?«, herrschte sie ihn barsch an.

Gerthener zog unwillkürlich seinen Kopf ein. »Ich wollte dich nicht beleidigen, Gretlin, doch ich habe es noch nie mit jemanden wie dir zu tun gehabt.«

»Hexe, Madern, ist ein böses Wort und wird unserer Gemeinschaft zu keinem Zeitpunkt gerecht. Ich bevorzuge deshalb die Bezeichnung *weiße Frau*. Alle *weißen Frauen* sind in der Kräuterkunde, Heilkunde, sowie in der weißen Magie bewandert und erfahren. Wir haben uns dem Grundsatz, Gutes zu tun, zutiefst verpflichtet.« Ein leichtes Zittern durchfuhr ihre Stimme und sie fügte traurig seufzend hinzu: »Allesamt versuchen wir zu helfen und zu heilen, doch wie diese Hilfe ein ums andere Mal vergolten wird, brauche ich dir nicht zu sagen.«

Der Baumeister blickte betreten zu Boden, denn er wusste genau, was sie meinte. Zu viele von ihrem Schlag waren nach falschen Anschuldigungen unter Verhör und Folter dem Scheiterhaufen der

Kirche übergeben worden. »Ich bitte dich aufrichtig um Verzeihung für meine törichten Gedanken.«

Die Alte winkte ab. »Schon gut, ich wünschte jeder wäre so offen wie du. Doch lassen wir das, wir haben dringlichere Sachen zu bereden. Da ich nicht weiß, was es mit dem Inhalt deiner schwarzen Schatulle auf sich hat, und – wie von dir selbst bestätigt – auch du keine Kenntnis darüber besitzt, kann ich dir also in dieser Hinsicht nicht helfen.«

»Das habe ich schon vermutet, Gretlin. Ich dachte eher an einen Talisman oder etwas Ähnliches, das mich vor diesem Fremden schützt, sollte er mich mit einem Zauber belegen wollen.«

Die weiße Frau sah ihn durchdringend an. »Schwarze Magie, Madern, ist stark und zeigt sich auf vielerlei Arten. Ich weiß nicht, mit wem du es zu tun hast oder welche Magie dieser Unbekannte wirkt, deshalb gibt es keine Sicherheit, ob dir der Schutz auch genügen wird.«

»Würdest du mir nicht helfen, stände ich völlig mittellos auf der Brücke. Lieber diesen Schutz, als gar keinen! Allemal besser, als der Bedrohung mit leeren Händen gegenüberzutreten, meinst du nicht?«

»Gut, dann werde ich sehen, was ich für dich tun kann. Gib mir eine Stunde! Verlasse bitte einstweilen die Hütte. Du kannst es dir auf der Bank vor dem Haus bequem machen und die Sonne genießen. Sobald ich fertig bin, rufe ich dich.«

Der Stadtbaumeister erhob sich, denn Gretlins Stimme war bestimmt und duldete keinen Widerspruch.

Er rang sich ein Lächeln ab und antwortete unsicher: »Gut, ich warte dann draußen.«

Die Alte schien ihn bereits nicht mehr zu hören, sie war ebenfalls aufgestanden und blätterte längst in einem dicken Wälzer, der auf einem Lesepult in der Nähe des Tisches lag. Behutsam drückte er die rostige Türklinke hinunter und verließ lautlos den baufälligen Schuppen.

Die Mitte des Tages war bereits weit überschritten, als endlich die Türe der Hütte geöffnet wurde und Gretlin hinaus ins Sonnenlicht trat. Sie streckte müde ihren Rücken durch und winkte Gerthener zu sich. »Ich bin fertig, Madern. Komm lass uns hineingehen!«

Er folgte der Alten zurück in ihr Refugium und nahm erneut an der Tafel Platz. Auf der wurmstichigen Platte des Tisches lag ein unscheinbares, aber sehr seltsames Gebilde, das kaum größer als sein kleiner Finger war. Auf den ersten Blick hatte es die Form eines in sich verdrehten Eisennagels, doch bei genauem Hinsehen stellte sich das merkwürdige Etwas als kleiner Ast einer Korkenzieherhasel heraus. Das Holz sah verbrannt aus, war dunkel, fast schwarz, doch auch hier erkannte Gerthener beim zweiten Hinsehen, dass es in einem dunkelvioletten Ton schimmerte. »Was ist das?«, fragte er erstaunt.

»Das ist ein Arcanus – ein Teil eines mächtigen Schutzamulettes. Ich habe es mit den stärksten Mitteln aufgeladen, die mir zur Verfügung standen, doch es ist noch nicht vollendet. Da du es tragen wirst, bist du auch derjenige, der es fertigstellen wird – doch dazu später. Ein Arcanus wirft einen gegen dich gerichteten Zauber auf den eigentlichen Urheber zurück. Es gibt allerdings eine Ausnahme, das Amulett wirkt nur, wenn der schwarze Zauber gleich stark oder schwächer ist, als die Macht, die dem Arcanus innewohnt. Ist er mächtiger, wird das Amulett zerstört und bietet somit dessen Träger keinen Schutz mehr und die zerstörende Magie kann ungehindert wirken.«

Gerthener verspürte nach diesen Worten ein heftiges Ziehen in seinem Bauch. »Das klingt nicht gerade beruhigend, Gretlin.«

»Ich weiß, Madern, aber das ist alles, was ich für dich tun kann. Du weißt nicht, ob der Unbekannte überhaupt der Magie mächtig ist und wenn doch, dann bleibt zu hoffen, dass er nicht gleich den stärksten Zauber rezitieren wird. Aber eines ist gewiss, er wird niemals damit rechnen, dass du ein Arcanus bei dir trägst.«

Der Stadtbaumeister wollte nach dem Anhänger auf dem Tisch greifen, doch die weiße Frau hielt ihn zurück und warf energisch ein: »Halt, noch ist es unvollständig.«

»Und was muss ich tun, damit es vollendet wird?«, fragte er vorsichtig.

»Du brauchst einen Lederriemen, denn du musst es nahe am Herzen tragen.«

»Eine Kordel aus Leder? Wenn es weiter nichts ist«, meinte er erleichtert.

»Nein, das ist nicht alles, Madern!«, raunte die Alte leise. »Damit es seine ganze Kraft entfalten kann, muss das Band und das Arcanus in junges, unschuldiges Blut getaucht werden.«

Gerthener glaubte sich verhört zu haben. Lachend rief er: »Wie bitte – junges Blut? Du verlangst jetzt nicht von mir, jemanden umzubringen und dessen Blut zu rauben?«

Sie blickte ihn mit todernster Miene an. »Doch Madern, genau das tue ich!«

Empört fuhr der Baumeister vom Tisch auf: »Ich soll ein Kind töten? Bist du von Sinnen, Alte?«

»Niemand hat gesagt, dass du einen Menschen opfern sollst. Also setz dich wieder!«, zischte Gretlin gefährlich. »Blut ist einer der stärksten Träger von Magie, denn es beinhaltet die Kraft des Lebens. Wir *weiße Frauen* verwenden es nur dann, wenn es wirklich notwendig ist und niemals von Menschen. Die schwarze Magie hingegen, bedient sich dem Lebenssaft mit schrecklichen Ritualen. Menschenopfer sind für sie ein kleiner Preis, wenn sie dafür große Macht erlangen.«

Bei ihren Worten lief es Gerthener eiskalt den Rücken hinunter.

Die Alte fuhr fort: »Suche dir ein Nutztier, einen Hasen, ein Ferkel oder ein Hahn. Das Tier sollte noch vor der Mitte seines Lebens stehen, denn dann ist die Wirkung am stärksten. Lass es ausbluten und füge Salz hinzu, je mehr, desto besser. Salz wirkt erstaunlich gut gegen schwarze Zauber. Tauche das Amulett und das Lederband für einige Augenblicke in den Sud, wenn dann das Amulett seine Farbe in ein helles Grün ändert, ist es vollendet.«

Er schluckte schwer und überlegte laut: »Vielleicht einen Hahn, die sind an jeder Ecke zu bekommen, aber Salz? Das wird derzeit mit Gold aufgewogen!«

»Ein geringer Preis für dein Leben, meinst du nicht?«, konterte Gretlin.

Darauf wusste er keine Antwort.

»Trage das Arcanus um den Hals, denn wie gesagt, es muss nahe am Herzen liegen. Außerdem rate ich dir noch Folgendes, kennst du ein Pentagramm?«

»Ja, natürlich.«

»Gut! Bevor du um Mitternacht die Alte Brücke betrittst, male dir mit der Blut-Salzmixtur dieses Zeichen auf die Brust. Es wird dir als zusätzlicher Schutz dienen. Sieh zu, das Arcanus und Pentagramm von der Kleidung verdeckt sind. Sollte der Fremde nämlich der Magie mächtig sein und diese Zeichen bemerken ...! Mehr muss ich wohl nicht sagen. Sei also auf der Hut! Und jetzt geh, Madern Gerthener, du hast noch viel zu tun.«

Er stand auf und fragte zögerlich: »Was bin ich dir schuldig, Gretlin?«

Sie zog die Augenbrauen zusammen. »Nichts, Stadtbaumeister, außer dass du Stillschweigen bewahrst, denn wir haben eine Vereinbarung! Und vielleicht brauche ich dich eines Tages, dann wirst du dich hoffentlich an die heutigen Stunden erinnern.«

»So soll es sein. Zögere nicht, wenn du meine Hilfe benötigst«, antwortete Gerthener dankbar und reichte ihr zum Abschied die Hand.

Gretlin drückte sie fest und lächelte ihm dabei aufmunternd zu: »Ich wünsche dir alles Glück der Welt.«

»Danke, ich glaube, das werde ich wirklich nötig haben!« Bedrückt verließ er die Hütte und trat hinaus ins grelle Sonnenlicht. Punkt zwei seiner Liste war nun ebenfalls abgeschlossen.

Daniel Debrien

Die Kobolde und ich hatten den restlichen Nachmittag in meiner Wohnung verbracht. Die Stimmung war bei Einar und Tarek ziemlich gedrückt, was ich den Ereignissen im Günthersburgpark zuschrieb. Sie hatten nicht damit gerechnet, dass uns die Schwarzmäntel so dicht auf den Fersen waren. Außerdem würde Zenodot den beiden – sollte er von unserem kleinen Ausflug Wind bekommen – ordentlich Feuer unter ihren kleinen Hintern machen. Die Zeit zog sich wie zäher Kaugummi und endlich schickte sich die Sonne an unterzutauchen, was mich ehrlich gesagt ziemlich nervös machte. Um zur Tiefenschmiede unter dem Bethmannpark zu gelangen, mussten wir wohl oder übel erneut das Haus verlassen, was wiederum bedeutete, dass wir für Schwarzmäntel in unmittelbarer Nähe spürbar wurden. Die Aussicht auf ein plötzliches Zusammentreffen mit diesen Wesen war das Allerletzte, was ich wollte, ebenso wie die beiden Kobolde, denn auch sie wurden zunehmend unruhiger. Ich blickte nachdenklich aus dem Fenster, eben verfärbte sich der Himmel langsam in ein leuchtendes Hellrot. Mit brüchiger Stimme und einem ziemlich flauen Gefühl flüsterte ich: »Wir sollten jetzt gehen!«

Sofort hopsten die beiden von der Couch und entschlossen gab Einar zu Protokoll: »Wir machen es wie heute Vormittag. Ich gehe zuerst, dann der Weltengänger, zum Schluss Tarek. Sobald wir einen Schwarzmantel sehen oder spüren, verdrücken wir uns in die entgegengesetzte Richtung. Lieber einen größeren Umweg, als eine direkte Konfrontation.«

Ich nickte nur stumm, lief in den Flur und steckte Handy, die zwei Briefe, sowie die Gravurplatte ein. Angespannt wühlte ich den Haustürschlüssel aus der oberen Schublade des Sideboards und blickte zu Einar. »Fertig – ich bin so weit.«

»Gut, wir warten vor dem Haus auf dich.«

Ich öffnete die Eingangstüre und vergewisserte mich, dass keiner der Nachbarn im Hausflur war und gab den beiden ein Zeichen. Schemenhaft glitten sie zur Wohnung hinaus und schon waren sie verschwunden. Ich zog die Türe hinter mir zu, überprüfte zweimal, dass ich auch abgeschlossen hatte und eilte dann ebenfalls das Treppenhaus hinunter. Draußen verstärkte sich sofort der mulmige Druck in meinem Magen. Ein ungutes Gefühl, dass mich hinter jeder Aschentonne ein Schwarzmantel angrinste, ergriff schleichend Besitz von mir. Hastig sah ich mich nach den Kobolden um und entdeckte sie auf der gegenüberliegenden Straßenseite im Schatten einer Garageneinfahrt. Einar winkte kurz, dass es losgehen könnte und machte sich auf den Weg. Nach einer kurzen Konzentrationsphase setzte augenblicklich der Wächterblick ein und ich heftete mich an seine Fersen. Tarek hingegen wartete noch einen kleinen Moment. Vermutlich wollte er sehen, ob uns jemand folgte und als das nicht der Fall war, verschmolz auch er mit den aufkommenden Schatten der Abendstunden. Nebelhaft eilten wir durch die belebte Obere Bergerstrasse, glitten verschwommen und unscharf an Passanten vorbei, die keinerlei Notiz von uns nahmen. *Erstaunlich, wie blind die Menschen durch das Leben laufen!* Nach einigen Minuten hatten wir den Platz erreicht, an dem das berühmte Bornheimer Uhrtürmchen stand. Hier befanden sich mehrere Cafés, die aufgrund des lauen Sommerabends entsprechend voll waren. Zeitgleich bemerkte ich, wie meine Konzentration stetig nachließ und gab Einar ein Zeichen, dass ich eine Pause brauchte. Suchend blickte sich dieser um und verschwand im Einlassbereich eines kleinen Kinos, das direkt an der Berger Straße lag. Das Kino war um diese Zeit noch geschlossen und da der Eingang etwas weiter versetzt im Haus lag, herrschte dort ein graues Halbdunkel. Einar erwartete mich schon. »Was ist los, Weltengänger?«, fragte er besorgt.

»Ich kann den Wächterblick nicht dauerhaft aufrechterhalten!«, versuchte ich ihm meine Situation zu erklären. »Ich spüre, dass er schwächer wird.«

»Kein Wunder, du hast ihn heute erst erlernt! Es erfordert viel Übung, bis du diese Gabe anhaltend einsetzen kannst. Dass du überhaupt so lange durchgehalten hast, zeigt, wie stark deine Fähigkeiten sind.«

In diesem Moment tauchte Tarek neben uns auf und rief aufgeregt: »Schwarzmäntel! Sie haben bereits die Witterung aufgenommen. Wir müssen hier weg – sofort!«

»Verflucht seien diese schwarzen Teufel«, zischte Einar.

Ich stöhnte auf. »Gib mir noch eine Minute, Tarek!«

»Nein, Weltengänger! Wenn dir die geistige Kraft ausgeht, dann nimm deine Beine in die Hand und renne als Mensch. Sie vorfolgen uns von oberhalb der Berger Straße. Das heißt, der Weg nach unten, Richtung Tiefenschmiede, ist frei, zumindest jetzt noch!«

Plötzlich überkam mich das gleiche Gefühl, das ich schon am Nachmittag im Park verspürt hatte. Erneut hatte ich den Eindruck, als würde mich jemand intensiv beobachten. Auch die Kobolde erstarrten, sie empfingen dieselben Sinneseindrücke wie ich. Ohne ihre Reaktion abzuwarten, sprintete ich los. Während ich die Häuserflucht verließ, hörte ich Einar sagen: »Na, das ist mal ein Antritt, schnell wie der Wind, unser Weltengänger!«

Ich hingegen rannte auf die Straße und hätte beinahe eine Frau mit Kinderwagen umgerissen, was mir eine wüste Schimpfkanonade, mit Worten wie *unverschämt*, *Rowdy* und *Polizei* einbrachte. Mit fliegenden Fahnen eilte ich an ihr vorüber, entschuldigte mich unbeholfen und spurtete weiter die Berger Straße hinunter. Rechts und links nahm ich aus den Augenwinkeln die beiden Kobolde wahr, was mich nicht unbedingt beruhigte, denn das widerliche Gefühl wurde immer stärker. Ich legte noch einmal einen Zahn zu und erreichte endlich den großen Fußgängerübergang der Höhenstraße. Diese Hauptstraße bildet die unsichtbare Grenze zwischen den Stadtteilen Bornheim und Nordend. Ich hatte Glück, denn im Moment meines Ankommens sprang die Fußgängerampel auf Grün. Ich hetzte auf die andere Straßenseite und befand mich nun in der Unteren Bergerstrasse, die direkt zum Bethmannpark und somit zur Tiefenschmiede führte. Ich schaffte noch etwa einhundert Meter, dann blieb ich ausgepumpt stehen und musste Atem holen. Meine Lungen brannten wie Feuer und der Puls glich einem Trommelwirbel. Die Kobolde stoppten in der Nähe und trotz meines desolaten Zustands erkannte ich die flackernde Besorgnis in ihren Augen, denn die Schwarzmäntel mussten sich direkt hinter uns befinden. Unwillkürlich drehte ich mich um und erstarrte. Zwei wabernde schwarze Schatten machten sich gerade daran, die Höhenstraße zu passieren. Ich versuchte, ruhig zu bleiben und nicht in Panik zu geraten. Im Angesicht einer drohenden Gefahr reagiert der menschliche Körper manchmal erstaunlich. Plötzlich war alle Anstrengung wie weggewischt und mein Verstand kalkulierte messerscharf mögliche Optionen der Flucht. Auf einmal war er wieder da, mein Wächterblick. Die goldene Linie zeichnete sich klar und deutlich vor mir ab. Sofort gab mein Gehirn den Befehl – folgen! Mit zitternden Beinen lief ich erneut los und spürte, wie das Tempo zunahm. Die Häuser flogen an mir vorbei, während ich das Gefühl hatte, in einem fahrenden Zug zu sitzen und aus dem Fenster zu schauen. Nach wenigen Minuten nahm ich – wie in Trance – den eisernen Zaun des Bethmannparks wahr. Wie ein Schatten glitt ich durch den Eingang des Parks und brach Augenblicke später direkt vor den hölzernen Toren des Chinesischen Gartens zusammen. Das Letzte, was ich vernahm, war ein erschrockener Ausruf von Tarek, dann wurde mir schwarz vor Augen.

Graues Zwielicht, dunkle Schatten über meinem Gesicht und dürre Klauenhände greifen nach mir. Das Antlitz der Schwarzmäntel ist durch tiefliegende Kapuzen verdeckt, doch ihre rot glühenden Augen beäugen mich mit wachsendem Interesse. Geifernd streiten sie sich, wer zuerst die Zähne in mein Fleisch schlagen darf. Angst und Panik haben längst die Kontrolle über mich erlangt. Unfähig mich zu rühren, unfähig mein grenzenloses Entsetzen herauszuschreien, wird das leise hässliche Flüstern der Schwarzmäntel zu einem ohrenbetäubenden Lärm. Plötzlich wird es heller und ich sehe ihre verschwommenen Gesichter. Eines schiebt sich direkt über meinen Kopf – gleich wird es seine nadelspitzen Fänge in meinen starren Körper schlagen. Langsam öffnet das Wesen seinen Mund und ich höre seine Worte: »Er kommt zu sich!«

Die Worte irritieren mich, denn ich erkenne die Stimmfarbe. Der pochende Schmerz in meinem Kopf lässt plötzlich nach und meine Augen werden wieder klarer.

»Hallo Daniel, schön, dass du wieder bei uns bist!«

Ich höre die Worte wie durch Watte und nur langsam begreift mein Gehirn ihren Sinn. Es ist Zenodot von Ephesos, der besorgt über mich gebeugt gesprochen hat. Ich versuche mich aufzusetzen, was mir auch mit Mühe gelingt und sehe mich verunsichert um. Dann realisiere ich meinen Aufenthaltsort und tausend Steine fallen gleichzeitig, wie eine tonnenschwere Last, von mir ab. Keine Schwarzmäntel, die nach meinem Leben trachten, sondern die Kobolde, Zenodot und zwei unbekannte Frauen. Ich befinde mich in der Tiefenschmiede – ich befinde mich in Sicherheit. Voller Erleichterung frage ich: »Was ist passiert?«

Zenodot klopft mir sanft auf die Schulter. »Später Daniel, jetzt gönne dir noch ein paar Minuten Ruhe.« Und in väterlichem Ton fügte er hinzu: »Ich bin sehr stolz auf dich! Du hast dich heute gut geschlagen!«

Verwirrt lasse ich mich zurückfallen und versuche etwas Ruhe zu finden, um meine Gedanken wieder ins Gleichgewicht zu bringen.

Eine Viertelstunde später war das Wattegefühl verschwunden und ich erhob mich von der Récamière. Ich streckte mich kurz und blickte mich in der Tiefenschmiede um. Garm, Tarek und Einar saßen an der großen Tafel und unterhielten sich angeregt. Zenodot lehnte an einem der vollgestopften Regale und sprach mit den beiden Fremden, die ich vorhin schon bemerkt hatte. Da keiner von mir bisher Notiz genommen hatte, musterte ich die beiden Frauen. Das erste, was mir auffiel, war, dass sie sehr vertraut mit Zenodot wirkten, also waren sie nicht das erste Mal in der unterirdischen Bibliothek. Eine hatte schwarze lange Haare, während die andere einen Pagenschnitt trug. Ihre Gesichter konnte ich nicht erkennen, da sie mit dem Rücken zu mir standen. Die Schwarzhaarige trug eine Art Mittelaltergewand, bestehend aus langen, braunen Schaftstiefeln, enger schwarzer Leggins und darüber eine grobgewebte dunkelrote Tunika, die von einem breiten Ledergürtel zusammengehalten wurde. Die Frau mit dem Pagenschnitt war jugendlich modern gekleidet. Sie trug Turnschuhe, ausgewaschene Jeans und ein enges Kapuzenshirt, Marke Hollister. Jetzt hatte Tarek mich entdeckt und er klatschte freudig in die Hände. »Weltengänger!«

Ich lächelte freundlich und lief, immer noch mit weichen Knien, langsam auf den wuchtigen Esstisch zu. Zenodot und beide Frauen wandten sich nach Tareks Ausruf ebenfalls um. Sofort erkannte ich, dass die Frau mit den langen Haaren aus dem Süden kommen musste. Sie besaß einen hellbraunen Teint, wie ich ihn nach Italien oder Spanien zugeordnet hätte. Die andere hingegen hatte eine blasse, fast weiße Gesichtshaut und dunkelblaue Augen – gewiss entstammte sie den nördlichen Gefilden Europas. Ich schätzte die Südländische etwa auf mein Alter, also Anfang bis Mitte dreißig, das Nordlicht hingegen schien noch keine zwanzig zu sein.

»Daniel!«, rief Zenodot erfreut aus und eilte mir entgegen.

»Hallo Zenodot«, meinte ich etwas kraftlos, als er mir seinen Arm zur Stütze anbot. »Was ist passiert? Ich kann mich nur noch erinnern, dass mir vor dem Chinesischen Garten schwarz vor Augen wurde.«

»Alles der Reihe nach, jetzt setz dich erst einmal.«

Er bugsierte mich zu einem Stuhl an der Stirnseite des Tisches und nahm neben mir Platz. Beide Frauen musterten mich mit einem abwägenden Blick, den ich nicht ganz einsortieren konnte. Es schien sich um eine Mischung aus Erstaunen, Ehrfurcht und Skepsis zu handeln. Wortlos suchten sie sich ebenfalls einen leeren Stuhl. Tarek und Einar grinsten mich an, was Garm dazu veranlasste, den beiden, vermutlich in Koboldsprache, etwas zuzuflüstern – sofort zogen die beiden die Köpfe ein und setzten ein ernstes Gesicht auf. Da saß ich nun und alle Augen ruhten auf mir. Ich begann mich unwohl zu fühlen.

Zenodot räusperte sich. »Es ist in den letzten Stunden allerhand passiert, doch bevor wir darüber sprechen, gebietet es die Höflichkeit, Fremde einander vorzustellen. Daniel, ich darf dir zwei Weltengänger vorstellen – Cornelia Lombardi und Pia Allington. Pia, Cornelia, das ist Daniel Debrien, vorgestern Abend zum Weltengänger erweckt.«

Beide nickten höflich, sprachen aber kein Wort. Ich schluckte kurz, lehnte mich zu Zenodot und raunte ihm zu: »Können auch Frauen Weltengänger sein? Ich dachte mit Erstgeborener ...«

»Erstgeborene können genauso gut weiblich sein, Daniel!«, fiel er mir ins Wort.

»Das ist natürlich richtig. Ich bitte um Entschuldigung, dennoch sagtest du, erst mit dreißig würde das Geheimnis und die Gabe weitergegeben. Miss Allington hier, ist aber gerade mal Anfang zwanzig!«

»Zu jeder Regel gibt es auch eine Ausnahme. Aber ich denke, sie sollten es dir selbst erklären.« Er gab den beiden Frauen ein Zeichen.

Die zwei sahen sich kurz an und die Schwarzhaarige ergriff das Wort: »Wie Zenodot schon erwähnte, ich bin Cornelia Lombardi. Dem Ruf des Weltengängers folgte ich schon mit fünfundzwanzig, was meinem Vater geschuldet war, der zu diesem Zeitpunkt von Schwarzmänteln hingerichtet wurde. Ich lebe in Rom mit der Aufgabe, die Aktivitäten der schwarzen Brut in den südlichen Ländern zu überwachen.«

»Hingerichtet?«, fragte ich schockiert.

»Ja, doch ich möchte nicht darüber sprechen, zumindest jetzt noch nicht.«

»Sorry, ich wollte keine Wunden aufreißen.«

»Hast du nicht getan, Daniel.« Sie lächelte mich dabei an, doch ihre Augen sprachen etwas anderes.

Da eine kurze unangenehme Stille am Tisch entstand, schaltete sich die Nordländerin ein. »Hi, ich bin Pia Allington, nenn mich einfach Alli und wenn du es genau wissen willst, ich bin neunzehn und komme aus London. Ich behalte den Norden, aber vor allem Stonehenge, im Auge. Ich denke, du weißt bereits, was sich dort unter der Erde befindet. Hey, das war übrigens echt gut! Ich übe nun schon zwei Jahre lang am Wächterblick und brauche immer noch mehr als fünf Minuten volle Konzentration, um den Pfad überhaupt zu sehen, geschweige denn, dass ich ihm folgen könnte.«

Ich hob erstaunt die Augenbrauen. »Ehrlich?« Mit einem Male wurde mir bewusst, was Tarek damit gemeint hatte, ich benutzte die Gabe, als hätte ich ein Leben lang nichts anderes gemacht.

»Womit wir bei den Ereignissen der letzten Stunden wären«, sagte Zenodot mit ernster Stimme, während sein strenger Blick auf Tarek und Einar ruhte.

Ich glaube, hätten Kobolde blass werden können, dann wären die zwei Jungs jetzt weiß wie die Wand geworden. Aber es wäre mehr als unfair, den beiden eine Standpauke zu verpassen, denn ohne ihre Übungsstunden säße ich sicherlich nicht in der Tiefenschmiede. »Zenodot, ich weiß nicht, was passiert ist, aber ohne die beiden hätte ich die Bibliothek bestimmt nicht erreicht.«

Er winkte ab. »Schon gut, Daniel«, erwiderte er und sah wieder zu Tarek und Einar. »Es war unverantwortlich von euch beiden, den Park aufzusuchen, denn so habt ihr Daniel in ernste Gefahr gebracht.«

Die beiden Kobolde fielen regelrecht in sich zusammen und ihre flehenden Blicke in meine Richtung sprachen Bände.

Zenodot fuhr mit ernster Miene fort: »Aber gerade, *weil* ihr den Park betreten habt, ist Daniel noch am Leben. Wahrscheinlich wäre es früher oder später ohnehin zu der unvermeidlichen Begegnung mit Schwarzmänteln gekommen. Wir sind euch also zu Dank verpflichtet und haben mit allergrößtem Erstaunen zur Kenntnis genommen, welche Fähigkeiten in unserem neuen Weltengänger schlummern. Es ist wirklich ausgesprochen selten, dass eine solche Stärke zu Tage tritt.«

Einar und Tarek sahen sich verblüfft an und ein erleichtertes Lächeln huschte über ihre kleinen Gesichter.

Ich flüsterte leise: »Danke, Zenodot«, und fügte etwas lauter hinzu, »Könnte mir jemand nun mitteilen, was eigentlich passiert ist?«

Tarek hustete kurz. »Nun, Weltengänger, du hattest es bis kurz vor das Tor des Gartens geschafft, als dich die Ohnmacht überkam. Die Schwarzmäntel waren nur wenige Schritte hinter dir, als du zusammengebrochen bist. Einar und ich schleiften dich unter Aufbietung aller Kräfte hinter die Holzpforte. Du musst wissen, dass der Chinesische Garten durch einen starken Bannspruch geschützt ist, der es schwarzmagischen Wesen unmöglich macht, diesen Teil des Bethmannparks zu betreten. Das hat uns allen das Leben gerettet. Wir riefen Zenodot, der dich sofort mit den beiden anderen *Weltengängern* in die Tiefenschmiede brachte. Hättest du nur ein klein wenig früher das Bewusstsein verloren, hielten dich jetzt die Schwarzmäntel in Händen.«

Kleine Schweißperlen drängten an die Oberfläche meiner Haut, als mir klar wurde, wie viel Glück ich gehabt hatte. Mit zitternder Stimme meinte ich: »Danke! Ihr habt wirklich was gut bei mir!«

»Doch jetzt kennen sie den Aufenthaltsort von Daniel«, gab Cornelia zu bedenken.

Der Alte schüttelte den Kopf. »Die Tiefenschmiede ist allen schwarzen Wesen ein Begriff, genauso, wie ihr Standort kein Geheimnis darstellt. Insofern ist das nicht weiter tragisch, dennoch müssen wir jetzt unsere Sicherheitsvorkehrungen verstärken. Garm, darum kümmerst du dich bitte!«

Der Kobold machte ein Zeichen, dass er verstanden hatte.

»Außerdem betritt oder verlässt keiner die Bibliothek ohne meine ausdrückliche Erlaubnis, das gilt auch für die Kobolde! Unsere Gegner wissen bereits, dass sich die neunte Gravurplatte im Besitz von Daniel befindet. Sie vermuten deswegen, dass er vielleicht Kenntnis über den Verbleib der zehnten Gussform hat. Und ich denke, sie haben recht in ihrer Annahme, zumindest was einen Hinweis darauf angeht. Daniel?«

Ich zog das verschnürte schwarze Päckchen aus der Innentasche meiner Jacke, öffnete es und legte den Metallblock vorsichtig auf den Tisch. Pia, besser gesagt Alli, stieß einen leisen Pfiff aus. »Wow, das ist das erste Mal, dass ich so ein Ding zu Gesicht bekomme. Spätestens jetzt ist klar, dass du wirklich ein Weltengänger bist. Du weißt von dem Schutzzauber?«

Ich nickte und fuhr fort: »Die Gussform bekam ich – zusammen mit zwei Briefen – letzten Samstag von einem Notar ausgehändigt. Mein Onkel hatte alles vor mehr als fünfundzwanzig Jahren für mich hinterlegt. Einer der Briefe wurde von einem Mann namens Theodor de Bry im Jahre 1597 verfasst. Theodor de Bry war – wie mich Zenodot aufklärte – einer meiner Vorfahren und ebenfalls ein Weltengänger. Der Notar, der mir diese Sachen übergab, ist mittlerweile tot. Er fiel von Samstag auf Sonntag einem Gewaltverbrechen zum Opfer und nachdem ich einer der letzten Personen war, die ihn lebend angetroffen haben, klingelte bereits heute Vormittag die Mordkommision an meiner Türe. Ich denke, dass der Tod des Notars in direkter Verbindung mit der Übergabe der Gussform steht. Die Polizei konnte ich nur mit Mühe hinhalten, denn es war verständlicherweise schwierig, meine derzeitige Situation zu schildern. Ich glaube nicht, dass sie mir auch nur die Hälfte von dem, was ich erzählt habe, abgekauft haben. Sie werden über kurz oder lang wieder bei mir auftauchen.«

Lombardi wiegte mit dem Kopf hin und her. »Das ist nicht gut. Wir, und damit meine ich die Weltengänger in Gänze, versuchen möglichst nicht aufzufallen. Nicht nur wegen der schwarzen Gegenseite, sondern um nicht in bürokratische Mühlen hineingezogen zu werden. Einige Weltengänger fristen, genau aus diesem Grund, ihr Dasein in psychiatrischen Einrichtungen und ihre Entlassung ist für immer verwirkt.«

»Prima, das sind ja gute Aussichten!«, brummte ich unwirsch, obwohl ich ihr im Stillen recht geben musste.

»Mit diesem Problem befassen wir uns später. Daniel, hast du den Brief deines Vorfahren mitgebracht?«, fragte der Alte.

»Natürlich!« Ich holte die Schreiben heraus und reichte sie Zenodot.

Sofort legte er den Brief meines Onkels beiseite und öffnete den anderen. Laut begann er vorzulesen:

»Werter Nachfahre, Bruder im Blute,

so Ihr denn diese Worte in Händen haltet, wisset, dass Euch heute große Bürde und Last auferlegt wurde. Mir ward die Verantwortung übertraget, dies Geheimnis zu hüten und nur innerhalb der Familie weiterzugeben. Dieser Unhold darf sein Ziel nicht erreichen! Die Geschehnisse auf der Alten Brücke und die ungeheuerliche Tat des Gerthener im Jahre des Herrn 1399, zwangen SIE zu handeln. Der Schlüssel wurd' entzwei gehauen, auf dass die

Tür für immer verschlossen bleibet. Die Gussform wurd' von ihm getrennet. Eine davon haltet Ihr nun in Eurer Hand. Beschützet sie mit Leib und Leben, Weltengänger!

T. d. B. – AD 21. Juno 1597«

Er las die Zeilen im Stillen ein zweites Mal und legte das Schreiben dann nachdenklich vor sich ab.

»Und?«, fragte ich neugierig. »Findet sich da nun ein Hinweis, so wie du es vermutest, Zenodot?«

Der Bibliothekar nahm den Brief erneut auf und überflog ihn ein drittes Mal. Eine unerträgliche Spannung lag jetzt in der Luft. Alle Augen ruhten auf dem Alten, der stirnrunzelnd die Zeilen überprüfte.

»Wir sollten zuerst die Fakten betrachten und es dann mit der Legende um die Alte Brücke vergleichen. In jeder Überlieferung, so abstrus und so abwegig sie sich auch anhören sollte, steckt ein Körnchen Wahrheit. Dieses Körnchen gilt es zu finden. Für mich entscheidend ist die Zeile über das begangene Verbrechen!«

Ich stutzte über die Zeile: »Die Untat des Gertheners im Jahre 1399?«

»Ja, Daniel, doch die eigentliche Frage, die sich stellt, ist, was wusste Theodor de Bry darüber? Eines können wir heute mit Sicherheit sagen: Dein Vorfahre hielt dieses Wissen für so wichtig, dass er sich dazu veranlasst sah, diese Zeilen für nachfolgende Generationen niederzuschreiben«, resümierte der Alte.

Ich verstand das als Aufforderung und gab mein Wissen zum Besten. »Madern Gerthener wird immer wieder mit der Frankfurter Sage um die Alte Brücke in Verbindung gebracht. Wirklich belegt ist das allerdings nicht, da man die Entstehung der Sage nicht genau datieren kann. Ich erinnere mich aus meinem Studium an folgende Fakten: Gerthener war Stadtbaumeister in Frankfurt, später wurde er sogar zum Dombaumeister ernannt. Sein Wirken ist an vielen Stellen in Frankfurt auch heute noch sichtbar, wie zum Beispiel dem Eschenheimer Turm, dem Frankfurter Dom oder dem Dreikönigstympanon der Frankfurter Liebfrauenkirche. Er war es, der die Alte Brücke grundlegend renovierte, das belegt eine Garantieurkunde aus genau dem im Brief erwähnten Jahr – 1399. In diesem Dokument verbürgt er sich persönlich für die Sicherheit der Gewölbe und Bogen der Brücke, doch nicht nur das. Gerthener bezieht auch alle seine Erben mit ein. Vor diesem Hintergrund ist der vermutete Zusammenhang zwischen Legende und Person Madern Gerthener nicht weiter verwunderlich.«

Zenodot nickte. »Legenden sind ein leises Flüstern aus der Vergangenheit. Wir wissen sicher, Madern Gerthener hat die Alte Brücke renoviert. Laut Überlieferung wurde er vom Rat der Stadt unter Druck gesetzt. Und plötzlich, von einer Nacht auf die andere, soll die Brücke fertiggestellt worden sein? Mehrere Fragen drängen sich auf: Könnte jemand dazu in der Lage gewesen sein? Und wenn ja, welche Gegenleistung verlangte er dafür? Aber vor allem – wer war diese Person? Und was hat Gerthener dazu veranlasst, für die Sicherheit der Brücke zu bürgen und das sogar über seinen Tod hinaus?«

Garm hielt es nicht mehr auf seinem Platz aus. Er sprang ungestüm vom Stuhl auf und stapfte nachdenklich in der Rotunde umher. »Natürlich hätte man das bewerkstelligen können, nämlich mit schwarzer Magie! Ob es in nur einer Nacht möglich ist, vermag ich nicht zu sagen – vielleicht, wenn ein sehr mächtiges Wesen am Werk gewesen wäre.«

Zenodot pflichtete ihm bei: »Ich teile Garms Meinung. Nur der Diener des Dämons wäre eine plausible Erklärung dafür und er hätte die Kraft sowie die Macht etwas so Großes zu bewirken.«

»Und die Gegenleistung? Es kann eigentlich nur die Gussform in Betracht kommen, denn für weniger wäre der schwarze Lakai bestimmt nicht persönlich in Erscheinung getreten«, überlegte die Südländerin laut.

»Das sehe ich auch so!«, gab Alli in die Runde.

Ich nickte ebenfalls. »Vielleicht ist gerade das die Untat von Madern Gerthener. Er hat dem Diener zum Ausgleich für die reparierte Brücke die Gravurplatte ausgehändigt.«

»Mag sein und es würde einleuchtend klingen, aber einige Fakten sprechen gegen diese These«, erwiderte der weise Mann.

Ich sah den Bibliothekar erstaunt an. »Und welche sollten das sein, Zenodot?«

Er lächelte mich milde an und ergänzte: »Nun, da ich schon etwas länger lebe als du …«

»*Etwas* ist gut!«, prustete ich heraus.

Der Alte überging meinen Zwischenruf und fuhr ruhig fort: »Wir wissen ziemlich genau, welche Gussformen in welchen Händen waren. Ein Madern Gerthener war jedenfalls nicht darunter, außerdem war er kein Weltengänger und das ist ebenfalls eine Tatsache. Wir können also annehmen, dass es sich bei den im Brief erwähnten Formen um die neunte und die zehnte gehandelt haben muss. Eine davon konnte Theodor de Bry in Sicherheit bringen. Wie er aber an diese gekommen ist, wird wohl sein Geheimnis bleiben. Doch was ist mit der letzten Gravurplatte passiert? Der Gehilfe des Dämons hat sie jedenfalls nicht bekommen. Und warum wissen wir das? Weil er immer noch danach sucht!«

Stille trat am Tisch ein.

Pia Allington rutschte unruhig auf ihrem Stuhl hin und her. »Aber was hat er dann bekommen?«

Zenodot lächelte ihr verständnisvoll zu und ergänzte geheimnisvoll: »Dazu, liebe Alli, müssen wir uns den zweiten Teil der Überlieferung genauer ansehen.«

»Den zweiten Teil?«, riefen die Anwesenden im Chor.

»Ja«, sagte ich, denn jetzt ging mir ein Licht auf, wie der Alte das gemeint haben könnte. »Der erste Teil der Legende zielt auf die Fertigstellung der Brücke ab. Im zweiten Teil spricht der Volksmund, dass vom Teufel als Gegenleistung eine Seele eingefordert wurde. Und zwar die Seele desjenigen, der zuerst die fertige Brücke überqueren würde. Als der Baumeister dies hörte, sann er darüber nach, wie er Satans Forderung umgehen konnte, denn eine Seele dem Fegefeuer zu übergeben, das wollte er auf keinen Fall. Nachdem des Teufelswerk getan war, trieb der Baumeister einen Hahn über die Brücke. Beelzebub sah sich verraten, doch bevor er etwas unternehmen konnte, ging die Sonne über dem Horizont auf, die Domglocken läuteten und er musste wieder hinab ins Höllenreich steigen«, erklärte ich den Anwesenden.

»Also ist er mit nichts verschwunden?«, hakte Cornelia nach.

»Der Sage nach – ja!«, antwortete ich. Nachdenklich rieb ich mir die Stirn und fragte Zenodot: »Hast du eigentlich Theodor de Bry persönlich gekannt?«

»Nein, Daniel, die Tiefenschmiede wurde erst im Jahre 1620 angelegt, de Bry starb etwa zwanzig Jahre zuvor. Ich kam nach

Frankfurt, als die Bibliothek bereits fertiggestellt war, allerdings lernte ich noch einen seiner zwei Söhne kennen. Ich meine mich erinnern zu können, dass auch er Theodor hieß. Sein zweiter Sohn starb bereits vor meiner Ankunft in Frankfurt.«

»War einer seiner Söhne ein Weltengänger?«, wollte ich wissen.

Der Alte schüttelte den Kopf. »Nein, beide Söhne hatten diese Verpflichtung abgelehnt.«

»Ach, das ist möglich?«, fragte ich schnippisch.

»Selbstverständlich! Auch du wurdest vor die Wahl gestellt. Aber Daniel Debrien wollte unbedingt einen Beweis für meine Worte. Du hättest es jederzeit auf sich beruhen lassen können«, erwiderte er und lächelte mich verschmitzt an.

Ich und meine verdammte Neugier, dachte ich leidvoll. Ich verdrängte den Gedanken und setzte fort: »Hat der Sohn damals eine Andeutung über das Schreiben seines Vaters gemacht?«

Der Alte schüttelte den Kopf. »Ich glaube nicht. Es ist zwar lange her, doch ich bin mir ziemlich sicher.«

Lombardi stieß einen kleinen Seufzer aus. »Also, eine Sackgasse.«

»Das sehe ich nicht so«, widersprach Garm.

»Wieso?«, hob sie verblüfft den Kopf.

»Ich glaube, Madern Gerthener hatte die komplette Schlüsselform, also beide Gravurplatten, in seinem Besitz. Zumindest verstehe ich so den Brief. De Bry schreibt nämlich, dass ... *die Gussform wurd' von ihm getrennet!* Nachdem de Bry eine Zeile vorher Gerthener angeprangert hat, bezieht sich das *ihm* sicherlich auf den Stadtbaumeister.«

Zenodot, nun hellhörig geworden, nickte dem Kobold zu. »Fahre fort, Garm!«

»Weiter schreibt de Bry, dass der Empfänger seiner Zeilen ein Teil davon in Händen hält. Richtig?«

Alle bejahten.

»Also hat de Bry die Gravurplatte von einer uns nicht bekannten Person erhalten und diese kurz vor seinem Tod, zusammen mit dem Brief, weitergegeben. Was ist mit der zweiten Hälfte passiert? Ich vermute, sollte Gerthener die Form getrennt und eine Hälfte weitergegeben haben, dann höchstwahrscheinlich mit der Absicht, die zweite als Gegenleistung auf der Brücke zu übergeben. Der Diener des Dämons hätte sie zwar erhalten, aber nichts damit anfangen können, denn es fehlte immer noch ein Teil des Puzzles. De Bry bezichtigt den Stadtbaumeister einer Untat. Vielleicht dachte er nur, dass Gerthener dem Diener des Dämons die andere Hälfte ausgehändigt hat. Doch was, wenn es nie zu einer Übergabe gekommen ist? Laut Legende ist der Teufel ohne Pfand verschwunden. In diesem Falle hat Gerthener die zweite Hälfte der Gussform womöglich versteckt, damit niemand sie findet und so der Schlüssel niemals hergestellt werden konnte. Ich hege den Verdacht, dass die zweite Hälfte noch heute irgendwo hier in Frankfurt ruht.«

Wieder trat Stille ein und ich sah allen Anwesenden an, dass ihre Gedanken gerade Purzelbäume schlugen. Ich lehnte mich nach vorne. »Das wäre durchaus denkbar, Garm, doch wir haben nicht den Hauch eines Beweises für diese Theorie. Alles was wir bisher in Händen halten, ist der Brief meines Vorfahren, eine Hälfte der Gussform und jede Menge Spekulationen.«

Zenodot erhob sich. »Es wird Zeit, etwas zu unternehmen. Ich denke, der Kobold liegt mit seiner Vermutung nicht ganz falsch. Garm, die Kobolde sollen sich die Bibliothek vornehmen, vielleicht finden wir einen Hinweis direkt vor unserer Nase. Pia, Cornelia, ihr seid in Frankfurt unbekannt und könnt euch somit relativ ungestört bewegen. Das Frankfurter Stadtarchiv sollte eure erste Anlaufstelle sein. Sucht nach allem, was mit dem Baumeister Madern Gerthener in Verbindung gebracht werden kann. Durchaus denkbar, dass wir genau dort den entscheidenden Anhaltspunkt finden.«

»Und ich? Falls du es vergessen hast, ich bin als Berater für das Historische Museum tätig! Ich habe genug Kontakte, die uns ebenfalls weiterhelfen können.«

»Nein, Daniel, du bleibst vorerst in der Tiefenschmiede. Es ist da draußen momentan viel zu gefährlich für dich. Cornelia und Pia sind im Gegensatz zu dir darauf trainiert, ihre Persönlichkeiten zu verschleiern, um sich den Suchern der Gegenseite zu entziehen. Wir werden uns darauf konzentrieren, deine Fähigkeiten und Kräfte weiterzuentfalten, denn nur so bist du gegen ein Zusammentreffen mit der Gegenseite gewappnet.«

Ich machte eine unwirsche Handbewegung, um meinem Unmut

über seine Entscheidung Ausdruck zu verleihen, obwohl ich genau wusste, dass er recht hatte.

Zenodot nickte in die Runde. »Gut, dann ist es so entschieden. Die Kobolde können sofort mit der Suche anfangen.« Als die zwei Frauen ebenfalls Anstalten machten aufzustehen, meinte der Alte: »Ihr beginnt morgen mit der Suche in den Archiven, daher schlage ich vor, dass wir jetzt gemeinsam etwas essen. Ich weiß nicht, wie es euch geht, aber ich habe Hunger.«

Eine halbe Stunde später saßen wir wieder gemeinsam am Tisch. Garm, Einar und Tarek hatten sich entschuldigt, sie wollten sich den Sicherheitsvorkehrungen der Tiefenschmieden widmen. Über uns in der Rotunde herrschte mittlerweile geschäftiges Treiben. An die dreißig Kobolde wuselten über die einzelnen Etagen der riesigen Bibliothek und durchforsteten die alten Folianten nach verwertbaren Hinweisen auf Madern Gerthener, die Alte Brücke, Theodor de Bry und die verschwundene Gussform. Inzwischen wusste ich auch was Zenodot gemeint hatte, als er davon sprach, dass es in der Tiefenschmiede manchmal etwas laut zuging. Die Kobolde riefen sich über mehrere Stockwerke Anweisungen oder Aufträge zu, was zu einem unglaublichen Durcheinander an Wortfetzen in jeder erdenklichen Tonlage führte. In der untersten Etage, dort wo wir uns befanden, überkam einen das Gefühl, als sitze man unter einem laut summenden Bienenschwarm.

Ich schaute an der riesigen Kette mit ihren ausladenden Leuchtern entlang nach oben.

Der Alte war meinem Blick interessiert gefolgt. »Wie schon gestern bemerkt, geschwätzige Kerlchen, diese Kobolde.«

Ich wandte mich zu ihm und erwiderte: »Nein, an das habe ich nicht gedacht, Zenodot. Ich bewunderte die Tiefenschmiede und bin immer noch erstaunt, wie majestätisch und mächtig diese Bibliothek wirkt.«

Bevor er antworten konnte, rief jemand aus dem hinteren Bereich: »So, das Essen ist fertig. Es gibt Pilzsuppe, selbstgebackenes Brot, Kräuterkäse und Rauchschinken.«

Ich drehte mich zur Schwingtür und hätte beinahe laut losgelacht. Ein dickbauchiger Kobold, beladen mit einer Suppenterrine, spazierte mit stolzgeschwellter Brust, in weißer Schürze und einer unglaublich hohen weißen Kochmütze, auf die Tafel zu. Allein die Mütze maß die gleiche Höhe wie der Kobold selbst.

Pia Allington klatschte erwartungsvoll in die Hände. »Bravo Tobias Trüffel, du bester aller Köche zwischen England und Spanien! Hast du wirklich deine wunderbare Pilzsuppe gekocht?«

Die Augen des Kobolds nahmen eine leuchtend rosa Farbe an und das Grinsen auf seinem Gesicht reichte von einem Spitzohr zum anderen. »Wenn Miss Alli und Miss Cornelia in der Tiefenschmiede verweilen, dann bekommen sie natürlich das, was sie am liebsten mögen.«

Er wackelte an die Tafel und schob stöhnend die Terrine auf den Tisch. Keuchend japste er: »Brot, Käse und Schinken kommen sofort.« Während ich ihm mit offenem Mund hinterher starrte, machte er bereits eine Kehrtwendung und verschwand wieder.

»Tobias Trüffel?«, stotterte ich.

»Sein Künstlername! Eigentlich heißt er Fregar Fingerhut, allerdings meint er, dass dieser Name nicht zu seiner Passion als Koch passe, denn der Fingerhut ist bekanntlich eine Giftpflanze«, flüsterte mir Zenodot heimlich zu.

Alli hatte sich mittlerweile die Suppenschüssel geschnappt und schaufelte schon die zweite Kelle in ihren Teller. »Seine Pilzsuppe ist unglaublich, Daniel. Du musst sie einfach probieren.«

Ich reichte ihr meine Schale und stellte schon nach dem ersten Löffel fest, dass sie nicht ansatzweise übertrieben hatte. Die Suppe war ein Hochgenuss. Ich schmeckte Steinpilze, Maronenröhrlinge und Pfifferlinge deutlich heraus. Sie war kräftig gewürzt, versehen mit einem Hauch von Koriander. »Unglaublich«, murmelte ich.

Cornelia Lombardi lächelte mich an. »Nicht wahr, er ist ein wahres Genie am Herd.«

»Nein, das meinte ich eigentlich nicht.«

Sie sah mich verwirrt an. »Was dann?«

Anstatt ihr zu antworten, wandte ich mich an den Bibliothekar: »Das wollte ich dich ohnehin fragen, Zenodot. Seit kurzem habe ich das Gefühl, Gerüche deutlicher voneinander unterscheiden zu können. Habe ich vorher nur das Parfum gerochen, kann ich heute die einzelnen Duftnoten aus dem es zusammengesetzt ist, genau bestimmen. Ebenso ergeht es mir beim Essen. Hat das etwas mit dem Dasein als Weltengänger zu tun?«

»Das ist völlig normal, Daniel. Deine Sinne werden durch die Erweckung wesentlich schärfer und du nimmst Gerüche, Geschmäcker, Farben sehr viel intensiver wahr.«

Alli schob sich gerade einen weiteren Löffel Pilzsuppe in den Mund und rollte verzückt mit den Augen. »Diese Fähigkeit ist Fluch und Segen.«

»Inwiefern Fluch?«, wollte ich wissen.

»Deine Sinne verstärken natürlich nicht nur die guten Aromen, sondern auch die schlechten. Suche einfach eine öffentliche Toilette auf oder fahre, wenn es geregnet hat, mit Bus oder U-Bahn, dann wirst du verstehen, was ich meine!«

»Pia! Wir essen gerade«, brummte Cornelia vorwurfsvoll.

Die Nordländerin zuckte verschnupft mit den Schultern. »Was denn? Er hat gefragt, also bekommt er eine Antwort.«

Ich ging dazwischen: »Schon gut! Ich denke, ich hab's kapiert.«

Die kurze Stille, die sich jetzt am Tisch ausbreitete, wurde durchbrochen von einem leisen Keuchen, das schnell näherkam. Zenodot blickte zur Schwingtüre, hob die Augenbrauen und grinste mich breit an. »Ich vermute, da kommt der Hauptgang.«

Schon flog die Türe auf und Chefkoch Trüffel wuchtete ein riesiges Tablett in die Bibliothek. Ein Gehilfe, zumindest vermutete ich, dass es sich um einen Gehilfen handelte, denn seine Kochmütze war nicht annähernd so hoch wie die von Tobias, half das Servierbrett zu tragen. Als sie es endlich auf dem Tisch platziert hatten, verschwand der Koboldgehilfe wie ein geölter Blitz aus dem Raum, während Tobias Trüffel sich vor der Tafel aufbaute. Mit gewichtiger und ernster Miene fing er an zu erklären: »Sehr geschätzte Anwesende, als Hauptspeise darf ich Ihnen heute folgende Leckerbissen anreichen: Marinierter Honigschinken, zwei Wochen über altem Hickoryholz geräuchert mit einem Hauch von Zeder. Würziger Höhlenkäse durchsetzt mit allerlei Kräutern und Pfefferbeeren, ummantelt mit einer Kruste aus getrockneten und geriebenen Wüstenfeigen. Dazu wird selbstgebackenes Wallnussbrot gereicht!« Er machte eine unglaublich tiefe Verbeugung, die ich ihm angesichts seines Bauchumfangs gar nicht zugetraut hätte und verkündete mit huldvoller Stimme: »Ich wünsche allseits einen guten Appetit.« Sofort, und ohne weitere Reaktionen abzuwarten, machte er auf dem Absatz kehrt und verschwand hocherhobenen Hauptes durch die Türe.

Wieder stockten mir die Gesichtszüge. »Ist er immer so?«, fragte ich irritiert.

Der Alte lachte. »Wie gesagt, er hat im Kochen seine Bestimmung gefunden. Er zelebriert uns die Mahlzeiten, wann immer es geht, natürlich vorzugsweise wenn Gäste in der Tiefenschmiede verweilen, was zugegebenermaßen nicht allzu häufig vorkommt.«

Ich schüttelte nur den Kopf und schnitt mir eine große Scheibe von dem Schinken ab. Als ich den ersten Bissen in den Mund schob, erfuhren meine Geschmacksnerven eine regelrechte Offenbarung. Der Schinken war, gelinde gesagt, ein kulinarischer Vorschlaghammer, ebenso wie der Käse und das Brot. Ich griff zu, als gebe es kein Morgen und erst als wirklich nichts mehr ging, streckte ich die Waffen und ergab mich zufrieden meinem vollen Magen. Ich warf einen verstohlenen Seitenblick auf meine Tischnachbarn und stellte befriedigt fest, dass es ihnen ebenso erging wie mir.

Pia Allington fuhr mit beiden Händen sanft über ihren Bauch. »Gott sei Dank bin ich nur selten bei dir, Zenodot. Nicht auszudenken, wenn ich in der Tiefenschmiede meine dauerhafte Bleibe hätte, ich würde auseinandergehen wie ein Luftballon. Wie behältst du nur deine Figur bei all diesen Köstlichkeiten?«

Schmunzelnd meinte der Bibliothekar: »Kobolde sind, was ihre Ernährung anbetrifft, nicht gerade wählerisch, zumindest in den Augen von Herrn Trüffel. Sie geben sich mit wenig zufrieden und verschlungen wird alles, was auf den Tisch kommt. Also werden die Bemühungen des Kochs kaum oder gar nicht gewürdigt, was unserem Tobias schwer auf der Seele lastet. Er hat deshalb beschlossen, dass die Kobolde nur das Essen vorgesetzt bekommen, das sie auch verdienen. Bitte versteht dies nicht falsch, es ist immer noch ausgezeichnet, aber in den Augen von Tobias Trüffel eben unterste Schublade. Wenn wir hingegen jeden Tag Gäste in der Bibliothek bewirten würden, dann wäre es um meine Körperfülle selbstverständlich schlecht bestellt, liebe Alli.«

»Ein nettes Völkchen diese Waldkobolde!« meinte ich grinsend.

»Jeder hat seine Eigenarten, Daniel. Ist es nicht genauso bei den Menschen?«

Dieses Argument von Zenodot war schlagkräftig, weshalb ich lieber meinen Mund hielt, bevor ich mir noch von irgendeiner Seite Unmut zuzog. Außerdem hatte ich bis vor ein paar Tagen nicht einmal die leiseste Ahnung, dass es Kobolde überhaupt gab. Also stand es mir kaum zu, über diese Wesen zu urteilen. Während ich fieberhaft nach einer Möglichkeit suchte, das Gespräch in eine andere Richtung zu lenken, veränderte sich über mir der Geräuschpegel. Das Stimmengewirr ebbte ab, plötzlich wurde es völlig still und eine aufgeregte Stimme rief durch die Rotunde: »Wir haben etwas gefunden!«

Erstaunt murmelte der Alte: »Das ging aber schnell.«

Es folgte schnelles Getrappel in der Etage über mir und schon kam ein Schatten die Wendeltreppe hinuntergeeilt. Schwer atmend stoppte ein winziger Kobold vor der Tafel und streckte Zenodot einen dicken Wälzer entgegen. »Seite 236, Herr!«, japste der Kleine.

Der Alte nahm das Buch und legte es vor sich auf den Tisch. »Vielen Dank, Ronar.«

Die Augen des Winzlings nahmen ein strahlendes Rosa an und sofort huschte er wieder in die oberen Etagen.

»Ronar Rotbuche ist einer unserer Jüngsten«, klärte mich Zenodot auf, vermutlich hatte er meinen fragenden Blick bemerkt. Er inspizierte den Titel der Schrift und schlug die besagte Seite auf.

Der Wälzer war einfach gebunden und hatte schon bessere Tage gesehen. Der Ledereinband war brüchig und löste sich bereits teilweise. Aufgrund meiner Erfahrung erkannte ich, dass dieses Werk eher schlichter Natur war. Die Verarbeitung war prunk- und schmucklos. Es war sicherlich nicht von einem Kirchenmann oder einem der reicheren Bürger in Auftrag gegeben oder geschrieben worden. Ich versuchte den Titel auf dem Buchrücken zu entziffern, doch die krakeligen Lettern waren längst verblasst und unleserlich.

»Was ist das für ein Buch?«, fragte ich neugierig.

Doch der Alte ignorierte meine Nachfrage, denn er war ganz in die vor ihm liegenden Zeilen vertieft. Leise vor sich hin brummelnd las er die Seite, während alle anderen am Tisch gespannt warteten. Ein paar Minuten später klappte er das Buch mit einem leisen Seufzer zu und blickte nachdenklich in die Runde.

»Und? Hat Ronar Rotbuche etwas gefunden, das uns weiterhilft?«, fragte Lombardi, die sichtlich Mühe hatte, ihre Ungeduld unter Kontrolle zu halten.

Der Bibliothekar streichelte gedankenverloren über das Buch, bevor er zögerlich antwortete: »Ich denke schon, Cornelia.«

»Jetzt spann uns bitte nicht auf die Folter, Zenodot«, funkte ich dazwischen.

»Das Buch heißt *Von Kräutern und Menschen*. Es wurde zwischen den Jahren 1393 und 1403 von einer *weißen Frau* verfasst.«

»Weiße Frau?«, hinterfragte ich ungläubig.

»Eine Heilkundige und praktizierende Weißmagierin«, erklärte mir Alli.

»Also eine Hexe?«, entfuhr es mir sofort.

Zenodot schüttelte den Kopf. »Nein, Daniel! Hexen verschreiben sich der schwarzen Macht. Weiße Frauen hingegen helfen und heilen. Und in unserem vorliegenden Falle handelt es sich zudem um eine sehr mächtige Heilerin aus Frankfurt. Sie hörte auf den Namen Gretlin.«

Ich nahm den Band in die Hand und besah ihn von allen Seiten. »Die Jahre der Niederschrift würden mit dem Wirken von Gerthener übereinstimmen. Ob sich die beiden wohl kannten?«, sinnierte ich vor mich hin.

»Diese Frage kann ich dir mit *ja* beantworten!«

Mir fiel die Kinnlade nach unten. »Wirklich?«

Der Alte nickte zufrieden und fuhr fort: »Dieses Werk ist eher ein Verzeichnis als eine Geschichte. Gretlin hat über ihre Behandlungen Buch geführt. Sie hat Diagnosen, sowie verabreichte Mittel und Heilkräuter aufgeschrieben, ganz ähnlich einer heutigen Patientenakte. Kam also jemand ein zweites oder drittes Mal zu ihr, dann konnte sie nachlesen und möglicherweise Zusammenhänge zwischen den Krankheitsbildern herleiten. Auf Seite 236 haben die Kobolde folgenden Eintrag entdeckt: *apparatus arcanus pro architectus Madern – maius, 1399 ad.*«

Pia Allington schlug mit der flachen Hand auf den Tisch. »Das ist es!«

Ich blickte sie verständnislos an. »Was ist was?«

»Sie schreibt *apparatus arcanus*, das bedeutet, sie hat einen geheimen Gegenstand hergestellt. Und mit *architectus Madern* kann nur unser Baumeister Gerthener gemeint sein. Es ist der Arcanus, Daniel! Verstehst du nicht?«

»Entschuldigung! Nein, das verstehe ich nicht! Ich habe keine Ahnung, was das für ein Ding ist!«

Der Alte hob beschwichtigend seine Hände. »Bitte vergesst nicht, dass Daniel erst vor kurzem in unsere Welt eingetreten ist. Man kann das über viele Jahrhunderte angesammelte magische Wissen nicht in wenigen Tagen erlernen.« Zu mir gerichtet erklärte er: »Ein Arcanus, Daniel, ist ein sehr mächtiges, weißmagisches Schutzamulett. Es dient dazu, einen gegen dich gerichteten schwarzen Zauber auf den eigentlichen Urheber zurückzuwerfen.«

»Also hat Madern Gerthener diese Gretlin aufgesucht, um sich vor etwas zu schützen. Was im Umkehrschluss bedeutet, er wusste um die mögliche Gefahr eines schwarzmagischen Angriffs gegen seine Person. Und das niedergeschriebene Jahr passt genau mit der Arbeit dieses Baumeisters an der Brücke überein«, erwiderte Alli.

Lombardi schüttelte skeptisch ihren Kopf. »Demnach wusste Gerthener, dass er es mit einem schwarzen Wesen zu tun bekommen würde. Es kann sich folglich nur um das Ereignis auf Alten Brücke gehandelt haben. Aber warum ging er dieses Risiko ein?«

Ich hob die Hand. »Dazu kann ich etwas sagen. In dieser Zeit waren die Baumeister ein hoch geachteter Berufsstand. Diese Handwerker, vor allem, wenn es sich um einen Stadt- oder gar einen Dombaumeister handelte, waren gewissermaßen die Stars ihrer Zeit. Jetzt stellt euch vor, dass so ein Experte Pfusch baut, das Gebäude einstürzt oder nicht fristgerecht fertig wird. Sein ganzes Renommee als Meister geht mit einem Schlag den Bach runter. Die unweigerliche Folge wäre, wenn sich sein Unvermögen herumgesprochen hat: keine Aufträge und logischerweise auch kein Geld mehr. Ich denke, Gerthener hätte alles getan, die Brücke fertigzustellen und damit seinen guten Ruf zu erhalten, selbst wenn er dafür einen Handel mit dem Teufel oder wem auch immer hätte eingehen müssen!«

»Fassen wir kurz zusammen …«, meinte Zenodot, »unser Baumeister ist vermutlich einen Ablasshandel mit einem schwarzen

Hexer eingegangen. Dieser soll die Brücke fertigstellen, verlangt aber im Gegenzug eine Entlohnung. Gerthener weiß, dass er sich auf sehr gefährliches Terrain begibt und ersucht bei Gretlin um einen schützenden Zauber.«

»Was zu dieser Zeit äußerst ungewöhnlich ist …«, gab ich zu bedenken, »… denn es war die Anfangszeit der heiligen Inquisition und der Hexenjagden. Wäre diese Gretlin der Zauberei überführt worden und hätte sie den Namen von Gerthener preisgegeben, dann wäre es um den Baumeister ebenfalls geschehen gewesen. Dieser Madern Gerthener muss ziemlich verzweifelt gewesen sein, dass er eine Hexe oder weiße Frau, wie ihr es nennt, um Hilfe gebeten hat.«

»In der Tat, diesen Umstand habe ich noch gar nicht bedacht«, grübelte der Alte und fuhr mit seiner Erläuterung fort. »Wir vermuten, dass es sich bei der geforderten Entschädigung um die Gravurplatten handelte. Gerthener befindet sich also in einer Zwickmühle, entweder eine fertige Brücke, die einen freigelassenen Todesdämon mit sich bringt oder eine unvollendete Brücke, einhergehend mit einem ruinierten Ruf als Baumeister. Ich denke, er hat sich einen Plan zurecht gelegt, wie er das schwarze Wesen überlisten konnte, um die Brücke fertigzustellen, ohne die Gravurplatten aushändigen zu müssen. Letztendlich wissen wir aus der Legende, dass er sein Ziel erreicht hat. Der schwarze Hexer hatte die Brücke repariert, musste aber ohne die Gussformen von dannen ziehen. Das lässt nur einen Schluss zu, auch nach Fertigstellung der Brücke befanden sich *beide* Gravurplatten im Besitz des Baumeisters. Die Trennung erfolgte demnach zu einem späteren Zeitpunkt. Somit stellt sich die unvermeidliche Frage nach dem *Warum* und *Wieso*?«

»Wahrscheinlich dachte er, dass der Schwarzmagier wiederkommen würde«, vermutete Alli spontan.

»Ja, ich denke, das wäre ein triftiger Grund«, gab ihr Zenodot recht. »Doch ab hier können wir nur spekulieren, aber vielleicht finden sich weitere Hinweise im Stadtarchiv. Du und Cornelia solltet auf jedes kleine Detail achten.«

Die Nordländerin verzog die Mundwinkel und meinte angekratzt: »Das wird bestimmt eine Sisyphusarbeit werden. Ich sehe mich schon den ganzen Tag in einem finstern Loch sitzen, umgeben von staubigen Büchern.«

Kreillig und Schwarzhoff – Mordkommission Frankfurt

Carolin Kreillig rieb sich die müden Augen. Bereits mehr als drei Stunden saß sie vor dem Bildschirm ihres PCs und recherchierte im Internet. Alles was sie bisher herausgefunden hatte, war trotz des enormen Zeitaufwandes eher dürftig. Grilleisen, wie sie Debrien beschrieben hatte, gab es tatsächlich, allerdings hatte sie keines gefunden, das auch nur ansatzweise mit den Narben seiner Brandwunde übereinstimmte. Das Symbol selbst, also der Kreis, durchzogen mit waagrechter und senkrechter Linie, konnte sie nach kurzer Zeit als sogenanntes Kreuz des Lebens identifizieren. Wobei es unzählige unterschiedliche Darstellungen, Versionen und Varianten zu diesem Zeichen gab, von ägyptischen Ankh bis hin zum keltischen Schutzamulett war alles vorhanden. Die einen definierten es als Sinnbild des ewigen Lebens, die anderen als Ausdruck der unterschiedlichen Welten zwischen geistigem und irdischem Dasein. Letztendlich kam Kreillig zu dem Schluss, dass dieses Zeichen in vielfältiger und deshalb nicht genau bestimmbarer Bedeutung benutzt wurde. Auch als sie das Wort *Weltengänger* in die Suchmaschine eingab, spuckte diese lediglich Hinweise auf Fantasybücher und Lieder aus der Gothicszene aus, also ebenfalls eine Fehlanzeige. Nur eine einzige Überschrift stach ihr ins Auge. Als sie die Headline anklickte, erschien der Bericht eines Esoterikers, der meinte, es handle sich bei *Weltengängern* um einen bereits seit langem existierenden Geheimbund. Die Mitglieder dieser Verbindung waren in der Lage Naturgeister, wie Elfen oder Kobolde, wahrzunehmen und sich mit ihnen zu unterhalten. Schmunzelnd und mit einem verständnislosen Kopfschütteln schloss sie die Seite, also auch hier Fehlanzeige. Missmutig schaltete sie den PC ab, als ihr Handy leise vibrierte. Sie nahm ab. »Kreillig.«

»Hier Polizeiobermeister Steffens. Ich wollte sie nur unterrichten, dass wir vor Debriens Wohnung Stellung bezogen haben, bisher ist alles ruhig. Wir vermuten, dass er nicht zu Hause ist.«

»Vielen Dank, Herr Kollege. Gebt Bescheid, wenn sich etwas rührt.« Sie legte auf, blickte verdrießlich aus dem Fenster und murmelte leise: »Nichts, wir kommen einfach nicht weiter!« Die Kommissarin schnappte sich das Handy und verließ ihr Büro. Vielleicht hatte Julian etwas Neues zu berichten.

Als sie am Büro von Schwarzhoff vorbeikam, war ihr Kollege nicht am Platz. Missmutig machte sie kehrt, als der Kommissar gerade die Treppe heraufkam. Aufgrund seiner düsteren Miene erkannte Kreillig sofort, dass es mit seiner Laune nicht zum Besten stand. »Was ist los, Julian?«, fragte sie vorsichtig.

»Was los ist?«, schnaubte Schwarzhoff. »Nichts! Und genau das ist das Problem. Ich komme gerade vom Chef. Die Presse hat von der ungewöhnlichen Todesursache des Notars Wind bekommen. Du kannst dir sicherlich vorstellen, dass er von dieser Tatsache *not amused* war! Bredenstein und ich wurden schon zur Rede gestellt. Er will, dass der Fall schnellstens aufgeklärt wird, bevor die Presse richtig Druck macht. Und auf seine Rückfragen musste ich ihm mitteilen, dass wir keinerlei Anhaltspunkte haben, außer mehreren ähnlichen Todesfällen, die leider hundert bis dreihundert Jahre zurückliegen.«

»Weiß man schon, durch welches Loch etwas durchgesickert ist?«

»Von uns sicherlich nicht. Die beiden Polizisten, die zuerst am Tatort waren, wurden schon befragt und sind sauber. Bredenstein nimmt gerade seine Leute ins Gebet. Hoffentlich hast du wenigstens einen Fortschritt gemacht?«

Carolin Kreillig zuckte mit den Schultern. »Alles negativ, Julian!« Sie berichtete kurz von ihrer Recherche im Internet.

»Verdammter Mist!«, brummte der Kommissar und fuhr sich nervös durch die Haare. »Unsere einzige Hoffnung beruht momentan darauf, dass dieser Stadtarchivar etwas findet, das uns weiterhilft.«

»Hat sich der Freund von unserem Pathologen schon gemeldet?«

»Nein, Bredenstein hat versprochen, sich sofort zu melden, wenn er die Unterlagen von diesem Archivar erhalten hat.«

Die Kommissarin lächelte ihren Kollegen an. »Komm lass uns

einen Kaffee trinken, wenn wir schon zum Stillhalten verdammt sind, dann können wir das genauso gut auch in einem Café tun.«

»Gute Idee, Carolin, nur raus hier.«

Es war mittlerweile halb sechs abends, als die beiden Kommissare an ihre Schreibtische zurückkehrten. Kreillig rief die Beamten vor Debriens Haus an, um sich über den aktuellen Stand informieren zu lassen, doch es gab keine Neuigkeiten. Steffens teilte ihr mit, dass Debrien seine Wohnung nicht verlassen hatte, vermutlich war er tatsächlich nicht zu Hause. Schwarzhoff meldete sich bei Bredenstein, der ebenfalls noch keine Informationen im Hinblick auf die Archivunterlagen zu vermelden hatte. Nach diesen ernüchternden Berichten entschieden sich beide, nach Hause zu gehen. Hoffentlich würde der morgige Tag bessere Aussichten für sie bereithalten.

Der nächste Morgen begann wie der gestrige Abend geendet hatte – keine Neuigkeiten. Das Observationsteam berichtete, dass die Wohnung von Debrien die ganze Nacht über dunkel gewesen war, was den beiden Kommissaren ein ungutes Gefühl verursachte. Sie standen beide in der Cafeteria des Polizeipräsidiums und unterhielten sich bei der ersten Tasse Kaffee des Tages.

»Und wenn er getürmt ist? Wir sollten eine Fahndung rausgeben!«, meinte Kreillig.

»Glaube ich nicht«, antwortete Schwarzhoff kurz angebunden.

Die Beamtin blickte ihren Partner verblüfft an. »Was macht dich so sicher, dass er mit dem Mord nichts zu tun hat?«

»Auch wenn ich mich wiederhole, ich glaube, es steckt mehr dahinter, als wir vermuten, doch der Junge war nur zum falschen Zeitpunkt am falschen Ort.«

Kreillig lachte gequält auf. »Tu mir bitte einen Gefallen.«

»Und der wäre?«

»Ich möchte unbedingt dabei sein, wenn du unserem Chef dieses Gefühl mitteilst, während ihm gleichzeitig die Presse im Nacken hängt.«

Schwarzhoff verzog seinen Mund zu einem breiten Grinsen. »Das würde dir so passen! Daraus wird aber nichts!« Er wollte noch etwas hinzufügen, als sein Handy klingelte. Er schaute auf das Display und nahm ab. »Hallo Matthias!« Es folgte eine längere Pause, in der Schwarzhoff dem Pathologen zuhörte und schließlich auflegte.

Seine Kollegin sah ihn neugierig an.

»Der Stadtarchivar hat Bredenstein die Unterlagen zukommen lassen. Wir treffen uns in einer halben Stunde in meinem Büro!«, meinte er.

»Wollen wir hoffen, dass uns die Dokumente weiterhelfen.«

»Im Hinblick auf das nächste Gespräch mit unserem Chef wäre das wirklich zu wünschen.«

Dreißig Minuten später erschien der Pathologe in Schwarzhoffs Büro. Sein Haar war noch zerzauster als sonst und wurde dadurch wieder einmal seinem Spitznamen Harry Potter vollauf gerecht. »Morgen Julian, morgen Carolin!«, begrüßte er die beiden Beamten, während er die Bürotür lautstark ins Schloss fallen ließ.

»Was ist denn mit dir passiert? War der Gegenwind auf dem Besen zu stark?«, konnte es sich Schwarzhoff nicht verkneifen.

Matthias Bredenstein funkelte ihn über den Rand seiner Hornbrille eisig an. »Wenig Schlaf, weil ich die Unterlagen schon im Vorfeld für *euch* gesichtet habe. Ich habe sie erst um elf Uhr gestern Nacht bekommen.«

Der Kommissar nickte. »Also, was hast du für uns?«

»Kein Dankeschön?«, maulte Bredenstein.

»Bekommst du, wenn etwas für uns dabei ist. Und jetzt spiel hier nicht die Mimose und komm zur Sache!«

»Was hast du denn für eine Stinklaune! Aber was rede ich, das ist ja Normalität bei dir«, konterte der Pathologe.

»Seid ihr fertig? Wenn ja, dann könnten wir nämlich anfangen!« giftete Kreillig dazwischen.

Beide Männer zuckten zusammen und blickten sie verdutzt an.

»Was starrt ihr mich so überrascht an? Verlegt euer Männlichkeitsgehabe in Kneipen oder sonst wo hin, aber jetzt lasst uns bitte über die Ergebnisse reden. Herr Doktor?«

Bredenstein fing an zu grinsen, legte einen dicken Umschlag auf den Schreibtisch und setzte sich. »Ich habe mir gestern die einzelnen Fälle angesehen. Alle, und ich betone ausdrücklich alle, haben eine Gemeinsamkeit: Die Leichen sind mumifiziert, genauso wie die unseres Notars. Bei den zwei jüngsten Fällen, nämlich aus 1926 und 1909 lagen sogar die Obduktionsberichte dabei, wenn ich meinen Bericht danebenlege, sind sie fast identisch.«

»Und die Opfer an sich?«, fragte Kreillig.

»Männer wie Frauen unterschiedlichen Alters und unterschiedlicher Herkunft. Wobei ich mit Herkunft nicht die Nationalität meine, sondern die soziale Schicht. Kurz gesagt, es ist kein Muster zu erkennen.«

Schwarzhoff vergrub sein Gesicht in beide Hände und schüttelte seufzend den Kopf. »Gib es überhaupt irgendwelche Erkenntnisse?«

»Wie gesagt, Julian, hier sind die Akten von insgesamt zehn Fällen. Und ja, es gibt eine Besonderheit, zumindest bei den zweien von 1926 und 1909. Bei diesen Leichen hat eine gerichtsmedizinische Untersuchung stattgefunden, das heißt, es wurde außer der inneren Sektion, selbstverständlich auch eine äußere Begutachtung vorgenommen. Und hier gibt es tatsächlich eine Übereinstimmung, denn bei beiden Toten wurden Narben an der Innenfläche der jeweils rechten Hand festgestellt. Die Wundmale waren längst verwachsen und hatten deshalb nichts mit dem Tod zu tun. Doch das Auffällige ist, dass beide Narben gleiche Form und Größe besaßen und einen Kreis mit einem Kreuz darstellten. Sie wurden also vorsätzlich herbeigeführt.«

Wie von der Tarantel gestochen, fuhr Schwarzhoffs Kopf in die Höhe. »Sag das nochmal, Matthias!«

Auch Kreillig war von ihrem Platz geschnellt. Bredenstein sah die beiden verwundert an. »Hat das etwas zu bedeuten? Ich habe bei unserem Notar keinerlei Verwundungen solcher Art festgestellt.«

»Das weiß ich, Matthias, doch wir sind erst gestern bei einer Zeugenbefragung über eine Narbe mit dem gerade von dir beschriebenen Muster gestolpert. Er behauptete, dass die Verletzung von einem Grilleisen stammt«, meinte ein leicht erregter Schwarzhoff.

»Ich habe bereits zu diesem Symbol recherchiert. Es handelt sich um das sogenannte Kreuz des Lebens. Leider sind die Auslegungen hinsichtlich Herkunft und Bedeutung unglaublich vielschichtig«, setzte die Beamtin gedrückt hinzu.

Der Pathologe stand nun ebenfalls auf und kratzte sich am Kinn. »Das ist bestimmt kein Zufall. Leider haben wir zu den Fällen, die weiter in die Vergangenheit zurückreichen, keine genauen Dokumentationen. Aber ich denke, ihr solltet euch nochmals umgehend mit diesem Zeugen unterhalten!«

Kreillig sah triumphierend zu ihrem Kollegen. »Und, was denkst du jetzt von Debrien?«

Erstaunt erwiderte er ihren Blick. »Ich denke, Carolin, sollte dieses Zeichen oder Symbol eine tiefere, uns nicht bekannte Bedeutung haben und deswegen Morde verübt worden sein, so müsste anstatt des Notars, eigentlich Daniel Debrien im Leichenschauhaus liegen, oder meinst du nicht?«

Bredenstein räusperte sich und meinte schelmisch: »Ich habe noch ein paar Leichen im Keller, wenn ihr mich also entschuldigen würdet. Ich glaube, dass ihr jetzt gut ohne mich zurecht kommt.«

»Vielen Dank für deine Hilfe, Matthias. Du hast was gut bei mir«, antwortete Schwarzhoff lachend.

»Na, das ist doch mal eine Aussage und noch dazu unter Zeugen! Ich werde sie mir rot im Kalender anmerken«, meinte der Pathologe süffisant. »Trotzdem, schön, dass ich helfen konnte. Falls es Neuigkeiten gibt, würde ich mich freuen, wenn ihr mich informiert.«

»Machen wir!«, versprach Kreillig, während Bredenstein das Büro verließ.

Kaum waren sie alleine, riss Schwarzhoff den Umschlag auf und ließ seinen Blick über die Dokumente schweifen. »Gut, alle Unterlagen tragen eine Archivnummer. Wir machen es folgendermaßen: Carolin, du sichtest die Schriftstücke und überprüfst sie nach weiteren Gemeinsamkeiten, vielleicht hat Bredenstein etwas übersehen. Fertige eine Liste an, in dem du alle Daten wie Namen, Orte, Zeitpunkte etc. einträgst. So können wir Querverbindungen herstellen und vielleicht ergibt sich daraus ein neuer Anhaltspunkt. Sobald du fertig bist, fährst du zum Stadtarchiv und recherchierst, wer sich diese Dokumente zuletzt angesehen, kopiert oder ausgeliehen hat! Den Stadtarchivar natürlich ausgenommen.«

Die Beamtin seufzte leise auf. »Wie lange habe ich Zeit?«

Ihr Kollege grinste sie bei seiner Antwort breit an: »Bis gestern!«

»Das dachte ich mir fast, also gibt es heute eine Nachtschicht.«

»Gut, dann wäre das geklärt. Ich werde mich in der Zwischenzeit noch einmal mit Debrien befassen und einen ersten Bericht für unseren Chef schreiben. Wie heißen die Kollegen, die vor Debriens Wohnung stehen?«

»Polizeiobermeister Steffens, hier ist die Funkkennung des Dienstwagens und seine Handynummer.« Kreillig kritzelte die Zahlen auf ihren Notizblock, riss die Seite ab und reichte sie Schwarzhoff.

»Danke. Wir halten uns gegenseitig auf dem Laufenden.«

Sie nickte kurz, griff sich die Unterlagen von Schwarzhoffs Schreibtisch und mit einem leisen Seufzer verschwand Kreillig durch die Türe.

Der Kommissar wühlte in seinen Notizen und suchte nach der Telefonnummer von Debrien. Es wurde Zeit für eine intensive Unterhaltung und zwar hier in seinem Büro. Schwarzhoff glaubte zwar immer noch nicht an eine Tatbeteiligung, aber dieser Debrien wusste definitiv mehr, als er im ersten Gespräch zugegeben hatte. Nachdem dritten Freizeichen schaltete sich eine Voicebox ein und er hinterließ die Nachricht, dass ihn Debrien kurzfristig zurückrufen sollte. Auch die Rücksprache mit dem Observationsteam ergab, dass Debrien immer noch nicht aufgetaucht war. Er konnte vorerst nur hoffen, dass der Junge ihn zurückrufen würde. Sollte das allerdings bis zum Abend nicht geschehen und auch der Kollege Steffens keine positive Rückmeldung gegeben haben, dann würde er Debrien zur Fahndung ausschreiben. Missmutig setzte er sich vor seinen PC und begann den Bericht für seinen Chef aufzusetzen.

Der Konstabler

Der alte Mann saß im 50. Stockwerk des Bürohochhauses und blickte gedankenverloren aus seinem Rollstuhl über die Skyline von Frankfurt. Fast zärtlich glitten seine knöchrigen und blutleeren Finger über ein in Leder gebundenes Buch, das auf seinem Schoß ruhte. Seine Gedanken schweiften weit zurück in die Vergangenheit, in eine Zeit als er noch jung war, voller Stärke und Kraft. Wut, Zorn und Enttäuschung keimten auf, als er an die Ereignisse der damaligen Nacht zurückdachte. Die Nacht, die ihm alles genommen hatte! Und diese eine Nacht war untrennbar mit einer Person verbunden, die sich unauslöschlich in sein Gedächtnis gebrannt hatte – Madern Gerthener! Seit diesem Tag konnte er seine Beine nicht mehr bewegen, seit diesem Tag hatte er sein junges Aussehen verloren und seit diesem Tag fristete er sein erbärmliches Dasein als alter und gebrechlicher Greis. Trotz dieser schmerzlichen Vorstellung verzog er sein Gesicht zu einem hässlichen Grinsen.

Die Menschen hatten ihn immer unterschätzt. Sie sahen nur seinen schwächlichen Körper, doch sein Verstand arbeitete messerscharf und genauso boshaft wie vor jener verfluchten Nacht. Durch die Jahrhunderte hindurch hatte er gelernt, mit diesen Schwächen zu spielen, wie auf einem Klavier. Die Menschen waren berechenbar, egal in welchem Jahrhundert. Es waren stets die gleichen Grundzüge des menschlichen Wesens, die er sich zunutze machen konnte – Gier, Machthunger und Geld. Durch ganz Europa hatte ihn sein mittlerweile sechshundertjähriger Weg geführt, doch egal an welchem Ort er sein Lager aufgeschlagen hatte, überall begegnetem ihm Menschen, die noch mehr wollten, als sie ohnehin bereits besaßen. Die heutige Zeit jedoch, das Hier und Jetzt, war im Vergleich zu den vergangenen Jahrhunderten ein wahres Paradies. Die Gier der Menschen nach Macht, Geld und Besitztum war schier unersättlich und das Computerzeitalter gestattete Dinge, von denen er nicht im Traum gedacht hatte, dass sie möglich wären. Wissen ist Macht, wo früher langwierige und kostspielige Nachforschungen betrieben werden mussten, reichte heute oft ein einfacher Knopfdruck. Er konnte sein Vermögen vermehren, ohne von A nach B fahren zu müssen. Transaktionen, Kommunikation, Personensuche, das alles war dank des Internets problemlos möglich. Vorbei die Zeiten, in denen er Angst um seine Identität haben musste, denn heute konnte er seine Existenz perfekt verschleiern. Somit war nun auch die Zeit angebrochen, in der seine lange Reise endlich ihr Ende nehmen würde. Nicht mehr lange und er würde die neunte der Gravurplatten sein Eigen nennen. Und der Besitz dieser neunten würde ihn endlich zur letzten Schlüsselform führen. Somit sollte ein neues Zeitalter anbrechen, in dem sein Herr schließlich sein Gefängnis verlassen konnte. Der Meister würde fruchtbaren Boden vorfinden, um seine Saat auszusäen. Überall in der Welt herrschten Kriege und Terror, Länder lagen im gegenseitigen Zwist und Großkonzerne breiteten wie Kraken ihre Tentakel aus, um noch mehr Geld zu verdienen. Sein Herr würde einfaches Spiel haben. Ein hämisches Lächeln breitete sich in seinem Gesicht aus, die Welt stand schon am Abgrund, es fehlte nur noch der letzte entscheidende Stoß. Plötzlich wurde er aus seinen Gedanken gerissen, denn es erfolgte ein zaghaftes Klopfen an der Bürotür. Missmutig schnarrte er laut: »Ich sagte doch – keine Störungen!«

»Ich bitte um Entschuldigung, aber der Besucher ließ sich nicht abweisen. Er meinte, ich solle Ihnen nur das Wort *Schlüssel* zurufen, dann wüssten Sie Bescheid«, hallte es gedämpft durch die Türe.

Der Greis zog die Augenbrauen nach oben und seine tätowierten Hände krallten sich in die Lehne seines Rollstuhls. »Bringen Sie ihn herein!«

Die Bürotür schwang leise nach innen und gab das eingeschüchterte Gesicht seiner Sekretärin preis.

Ach, wie er es genoss, wenn die Menschen ihre Angst so offen zeigten! Diese Frau hasste ihn abgrundtief und sie könnte jederzeit gehen. Aber was tat sie stattdessen? Nichts! Sie blieb und ließ die Demütigungen, seine cholerischen Wutausbrüche klaglos über sich ergehen. Und was war ihre Triebfeder so zu handeln? Geld!!! Lieber gab sie sich auf, um miteifern zu können, wer das beste Smartphone oder den neuesten Flachbildfernseher sein Eigen nennen konnte. Er liebte sie – diese Speichellecker ...

Die Sekretärin führte den Besucher herein, fragte kurz, ob sie etwas Kaffee oder Wasser bringen sollte. Barsch wies er sie ab und scheuchte sie mit einem kurzen Befehl hinaus. Der Besucher stand wortlos in der Mitte des Raumes und wartete bis sich die Türe geschlossen hatte. Der Greis fuhr mit dem Rollstuhl hinter seinen Schreibtisch, legte das Buch ab und zischte gefährlich: »Was gibt es, dass du dich hier blicken lässt?«

Der Mann trug einen tiefschwarzen, ledernen Mantel und hatte seinen schwarzen Hut so tief ins Gesicht gezogen, dass man sein Antlitz nur erahnen konnte. »Er steckt in der Tiefenschmiede. Wir hatten ihn fast, aber der Weltengänger in ihm wurde erweckt. Er beherrscht bereits den Wächterblick«, antwortete eine hohle, ausdruckslose Stimme.

Überrascht gab der Alte einen röchelnden Laut von sich: »Dass Zenodot das Ritual längst vollzogen hat, ist nicht weiter verwunderlich, aber dass Debrien bereits den Wächterblick beherrscht, ist wirklich erstaunlich. Er scheint eine starke Gabe zu besitzen, was ihn zu einem gefährlichen Gegner macht, sollten andere Fähigkeiten ebenfalls so schnell zu Tage treten.«

»Ich dachte, Ihr solltet diesen Umstand erfahren, deshalb der Grund für meinen Besuch, Konstabler«, zischelte der Besucher nüchtern und emotionslos.

Der Greis nickte mürrisch. »Ihr behaltet die Tiefenschmiede im Auge. Sonst noch etwas?«

Das Wesen blieb stumm.

»Gut, dann geh jetzt.«

Wort- und grußlos verließ der Schwarzmantel den Raum. Als die Türe ins Schloss fiel, rieb sich der Konstabler die Hände, denn das waren gute Nachrichten und sie würden einiges vereinfachen. Sollte er endlich alle Gussformen sein Eigen nennen, dann war die Voraussetzung geschaffen, um alle fünf Schlüssel neu zu schmieden. Da nur ein Weltengänger diese verfluchten Gravurplatten berühren und somit die Schlüssel herstellen konnte, war es umso besser, wenn dieser starke und ausgeprägte magische Kräfte hatte. Folglich war das Ergebnis der Schmiedearbeit ebenso kraftvoll und würde somit das Öffnen der Kerkertüren entscheidend vereinfachen. Sobald sein Herr wieder auf freiem Fuß war, bekäme er als Belohnung seine alte Kraft und Gestalt wieder. Nur zwei Fragen bereiteten ihm noch schlaflose Nächte: Wo genau lag das Gefängnis seines Herrn und wer konnte die Kerkertüren öffnen? In seiner jetzigen Verfassung durfte er sich nicht einmal in die Nähe von Stonehenge wagen, da die weißmagischen Energien, die dort herrschten, ihn sofort umbringen würden. Doch er war zuversichtlich, dass der Weltengänger ihm diesen Gefallen erweisen würde. Natürlich nicht freiwillig, aber es gab genügend Mittel und Wege, die Debrien umstimmen sollten. Über diesen Gedanken leckte sich der Alte voller Vorfreude gierig über die Lippen und lächelte versonnen. Schnell mahnte er sich zur Ordnung, denn zuerst kam die Arbeit, dann das Vergnügen. Er musste sich genau überlegen, wie die nächsten Schritte aussahen, so kurz vor dem Ziel konnte und durfte er sich keinen Fehler erlauben. Debrien war in der Tiefenschmiede. Wichtig war jetzt, dass seine Schwarzmäntel den Bethmannpark lückenlos überwachten. Er vermutete, dass Zenodot mit allen zur Verfügung stehenden Mitteln versuchen würde, die letzte Gravurplatte zu finden, um sie vor ihm in Sicherheit zu bringen. Er musste also nur Geduld haben, dann regelten sich die Dinge ganz von alleine. Sollte sich die Gegenseite damit herumschlagen, die zehnte Gussform zu finden, würde er sofort zur Stelle sein, wenn sie sie fanden.

Er drückte auf den Knopf der Gegensprechanlage. »Holen Sie mir Bergstrohm ans Telefon.«

»Natürlich, Herr Vigoris«, ertönte die Stimme seiner Sekretärin.

Er lächelte, wie immer, wenn sie diesen, seinen Namen aussprach. Diesen Namen hatte er vor sehr, sehr langer Zeit gewählt, denn Vigoris bedeutete Lebenskraft. Die Bezeichnung sollte ihn immer an sein oberstes Ziel erinnern: seine Lebenskraft zurückzuerhalten! In schwarzmagischen Kreisen war er allerdings unter Konstabler bekannt. Dieser Ausdruck war zugegebenermaßen, eine kleine Eitelkeit, die er sich erlaubt hatte, denn der Name bezog sich auf einen Ort. In Frankfurt gab es einen großen Platz namens Konstablerwache, den meisten dadurch bekannt, weil an dieser Stelle ein unterirdischer S- und U-Bahn Knotenpunkt gebaut worden war. Tatsächlich existierte diese Bezeichnung lange bevor sich die U-Bahn wie Eingeweide durch Frankfurt gefressen hatte. Bereits im 16. Jahrhundert stand hier ein Zeughaus der Frankfurter Stadtwehr und war Sitz des Stückmeisters – eben des Konstablers. Wieder huschte ein Lächeln über sein Gesicht – dieser Stückmeister von damals *und* er waren ein und dieselbe Person. Wer konnte sich also schon rühmen, dass ein Platz nach ihm benannt worden war und dieses Individuum nach über vierhundert Jahren immer noch lebte. Doch für ihn hatte der Ort eine ganz andere Bedeutung, denn direkt unter der Konstablerwache ruhte in einer Krypta sein ganzes Lebenswerk, nämlich die acht Gussformen für die Schlüssel des Dämonenkerkers. Die Kammer lag so tief im Erdreich, dass selbst die damaligen Bauarbeiten keinerlei Bedrohung darstellten und wie sich zeigte, war der Neubau des Tiefbahnhofs eher Segen als Hindernis. Mit Geld und Macht konnte man alles bewegen, so zahlte er vor mehr als vierzig Jahren Unsummen an Schmiergeldern, mit dem Ergebnis, dass er heute durch gut ausgebaute Tunnel seine geheime Krypta bequem erreichen konnte. Das Telefon klingelte, er nahm ab. »Ja?«

»Ich habe Herrn Bergstrohm in der Leitung.«

»Gut, stellen Sie ihn durch!«

Es erfolgte ein leises Klicken und eine dunkle Stimme meldete sich: »Hier Bergstrohm. Herr Vigoris?«

»Ja, natürlich, wen haben Sie sonst erwartet?«, schnarrte der Konstabler missbilligend.

Bergstrohm überging den Tadel und fragte: »Was gibt es?«

»Sie müssen etwas für mich erledigen.«

»Tue ich das nicht immer?«, kam die spitze Antwort.

Grinsend tätschelte der Konstabler den vor ihm liegenden Lederband. Dieses Buch enthielt seine gesamten Aufzeichnungen über Menschen, die tief in seiner Schuld standen, denen er zu Macht und Reichtum verholfen hatte, die er in berufliche Positionen geschleust oder aus prekären Situationen gerettet hatte. Einer dieser Menschen war Florian Bergstrohm, ein machthungriger Geschäftsmann, dem europaweit mehrere Sicherheitsfirmen gehörten. Schon oft hatte sich dieser Kontakt als äußerst nützlich erwiesen, da Sicherheitsfirmen Zutritt zu Bereichen erhielten, die den meisten Menschen verwehrt waren. Und Bergstrohm hatte nicht nur eine Leiche im Keller, es waren ausgesprochen viele. Um es anders auszudrücken, dieser Mensch gehörte ihm – dem Konstabler. Er antwortete sarkastisch: »Das hoffe ich, andernfalls ... Na ja, ich denke Sie wissen was ich meine!«

»Was ist es diesmal?«

Befriedigt nahm der Konstabler den resignierenden Unterton seines Gesprächspartners zur Kenntnis. *Es ist immer gut, wenn die Speichellecker wissen, wo sie ihren Platz haben.* »Wie brauchbar sind Ihre Kontakte zur Polizei in Frankfurt?«

»Sehr gut. Warum?«

»Ich brauche Auskünfte über einen Todesfall. Der Name der umgekommenen Person lautet Thomas Schulz. Bringen Sie die Fakten und den aktuellen Stand der Ermittlungen über den Fall in Erfahrung!«

Bergstrohm ließ hörbar die Luft aus seinen Lungen. »Ihnen ist doch hoffentlich klar, was Sie da verlangen?«

»Es ist mir völlig egal, was es kostet!«

»Hier geht es nicht um Geld, Vigoris. Sollte etwas schiefgehen, dann kann ich meinen Job und die Firma an den Nagel hängen«, blaffte Bergstrohm ungehalten.

»Das wird mit ziemlicher Sicherheit passieren, Bergstrohm, wenn Sie mir die gewünschten Informationen nicht beschaffen. Sie haben drei Tage Zeit.« Ohne eine Antwort abzuwarten, legte der Alte auf. Bergstrohm würde jetzt am anderen Ende toben, aber das war ihm egal, er war sicher, dass in drei Tagen, oder früher, ein Bericht auf seinem Tisch liegen würde. Verdammte Schwarzmäntel, er hatte sie extra angewiesen, die Leiche des Notars zu entsorgen. Aber was machten diese unterbelichteten Kreaturen stattdessen? Fressen sich satt und lassen den Körper an Ort und Stelle liegen. Das war zwar noch kein Problem, konnte aber zu einem werden. Das Letzte, was er wollte, war, dass die Menschen Wind von der Suche nach den Gussformen bekamen und ihm ungewollt ins Handwerk pfuschten. Genau deshalb musste er wissen, inwieweit Ermittlungen vorangetrieben wurden und wer für den Fall zuständig war. Der Tod von Schulz war eine Notwendigkeit gewesen, denn er hatte angefangen Nachforschungen anzustellen. Das war an sich noch kein Todesurteil, aber der Notar hatte durch puren Zufall eine Nadel im Heuhaufen gefunden. Nach seinem ersten Telefonat mit dem Notar, hatte Schulz das Grundbuchamt besucht und sich erkundigt, wer Anfragen zu seinen Immobiliengeschäften getätigt hatte. Auch hier hatte der Konstabler zwar einen Strohmann vorgeschickt, doch sein Mittelsmann beging eine winzige Unachtsamkeit, die dazu führen konnte, dass Schulz auf ihn aufmerksam geworden wäre. Der Greis glaubte allerdings nicht daran, dass der Notar diesen Zusammenhang erkannt hatte, aber sicher war nun mal sicher. Jetzt war der Notar zwar tot und es kam zu einer polizeilichen Ermittlung, aber die Spur zum Konstabler war kalt. Alleine der Zeitpunkt ärgerte den Alten maßlos, denn hätten die Schwarzmäntel seiner Anweisung Folge geleistet, so wäre die Leiche sehr viel später oder vermutlich gar nicht gefunden worden. Ergo wäre der Fall, wenn überhaupt, erst wesentlich später aufgerollt worden, vielleicht sogar so spät, dass er die letzten beiden Gussformen bereits in Händen gehalten hätte. Jetzt war allerdings die große Unbekannte in der Gleichung Daniel Debrien. Er musste zwangsläufig eine der letzten Personen gewesen sein, die Schulz noch lebend angetroffen hatten und dieser Umstand würde die Ermittler direkt zu Debrien führen. Der Greis war sich im Klaren darüber, dass der Weltengänger in einer Zwickmühle steckte. Er konnte der Polizei natürlich nichts über die Tiefenschmiede erzählen, ohne als geistig verwirrt eingestuft zu werden. Der Junge würde also lügen, dass sich die Balken bogen. Aber die Kriminalpolizei war nicht dumm, sobald sich Debrien in Widersprüche verwickelte, würden sie ihn in die Mangel nehmen. Sollte nach diesen Verhören der unwahrscheinliche Fall eintreten, dass die Ermittler seine Geschichte als glaubwürdig erachteten, dann hätte er, der Konstabler, genau die Einmischung der Menschen, die er unbedingt vermeiden wollte. Darum hatte er Bergstrohm beauftragt. Er musste wissen, was innerhalb der Kripo Frankfurt vor sich ging. Rasender Zorn breitete sich in seinem von Magie gezeichneten Körper aus. *Diese verwünschten Schwarzmäntel!*

Madern Gerthener, Reichsstadt Frankfurt – 1399 AD

Madern Gerthener trat nachdenklich den Rückweg von Gretlins Hütte in die Stadt Frankfurt an. Fest umklammert hielt er den Arcanus, den die weiße Frau für ihn hergestellt hatte, in seiner Hand. Zum wiederholten Male besah er das seltsame kleine Gebilde, das ihn vor einem schwarzen Zauber beschützen sollte. Es sah so unscheinbar aus und sollte doch so mächtig sein. Gerthener beschleunigte seine Schritte, denn er musste die Stadt erreichen, bevor die Händler ihre Stände schlossen. Es war mittlerweile später Nachmittag, nicht mehr lange und die ersten Vorzeichen einer eintretenden Dämmerung würden heraufziehen. Als er den kleinen Pfad verließ und die breite Straße zum Stadttor erreichte, hatte der Strom an Menschen merklich nachgelassen. Wenn er gleich durch die Bornheimer Pforte trat, konnte er sich zum Glück offen zeigen, denn da inzwischen ein Wachwechsel stattgefunden haben musste, stellten eventuelle Fragen der Torwächter kein Problem dar. Beim Erreichen der Stadtpforte sah er zufrieden, dass neue wachhabende Soldaten das Tor zu beiden Seiten flankierten. Einer der Wächter nickte ihm zu. »Ah, Stadtbaumeister Gerthener! Ihr habt außerhalb der Stadt zu tun gehabt?«

Er grüßte höflich. »Ja, manche Dinge muss man einfach selbst in die Hand nehmen, sonst geht es niemals vorwärts.«

Die Wache lachte lauthals. »Wahre Worte, Stadtbaumeister. Bei den vielen Arbeitern, die an der Alten Brücke ihr Tagwerk verrichten, sind bestimmt einige Schlawiner dabei.«

Gerthener wusste, worauf er hinauswollte. Der Soldat vermutete bestimmt, dass er in Bornheim gewesen war, um einige Arbeiter aus den Fängen der Huren zu reißen. Er bemühte sich um eine möglich finstere Mine. »Das könnt Ihr laut sagen, Mann. Aber was nützt es? Reumütige Gesichter und bei der nächsten Lohnzahlung wieder das Gleiche!«

Wissend wackelte der Mann mit seinem Kopf. »Ich möchte nicht mit Euch tauschen, Stadtbaumeister. Doch trotz der unangenehmen Angelegenheiten wünsche ich Euch einen schönen Abend und eine ruhige Nacht.«

Davon werde ich weit entfernt sein, Soldat!, dachte er sich und lächelte gutmütig. »Vielen Dank! Euch wünsche ich eine ruhige Wache ohne besondere Vorkommnisse«, antwortete er stattdessen.

Der Wächter winkte ihn durch das Tor und Gerthener eilte schnellen Schrittes in die Stadt. Er hastete auf der Schmiedgasse Richtung Dom, um noch rechtzeitig die Händlerstände zu erreichen. Als die Schmiedgasse in die Fahrgasse überging, bog er rechts in die Kannengießergasse, denn von dort waren es nur noch wenige Meter bis zu den Marktständen. Schon von weitem hallten ihm die Rufe der Händler entgegen, die umso lauter ihre Waren anpriesen, je näher die Sonne dem Horizont kam. Schwer atmend kam er an den ersten Auslagen vorbei und suchte fieberhaft nach einem Salzhändler und einem Bauern. Schnell hatte er ein Holzgespann ausgemacht, auf dem haufenweise Käfige mit Federvieh aller Art gestapelt waren. Der Händler hatte es sich neben seinem Karren gemütlich gemacht und döste auf einem Holzschemel in der untergehenden Sonne. Gerthener stieß ihn mit dem Fuß an und der Mann fuhr erschrocken zusammen.

»Entschuldigung Herr, mich hat wohl die Müdigkeit übermannt«, rechtfertigte sich dieser sofort.

Der Baumeister betrachtete den Mann. Er war jung, vielleicht gerade mal zwanzig Lenze und trotzdem hatte die harte Arbeit auf Feld und Hof sein Gesicht schon gezeichnet. Tiefe Furchen gruben sich in Stirn und Wangen, doch seine Augen strahlten in kindlichen Glanz. Die Hände waren schwielig und wiesen an manchen Stellen dicke Hornhaut auf. »Was hast du für Geflügel auf dem Karren?«

Geschäftig sprang der Junge auf die Beine und baute sich neben den Käfigen auf. »Hühner, Enten, Gänse und sogar ein paar Wachteln, Herr.«

Der Baumeister lief einmal um das Fuhrwerk und begutachtete die Ware. Dann hatte er sich entschieden. »Ich brauche einen Hahn, aber keinen von den alten, jung muss er sein.«

Der Bursche schien kurz nachzudenken und nickte dann geschäftig. »Ah, also keinen Eintopf, sondern Ihr wollt es braten, Herr?«

»So ist es!«

Erfreut, dass er mit seiner Annahme richtig lag, nahm der Händler mit wichtiger Miene seine Ware in Augenschein. Als er seinen Karren das zweite Mal umrundete, wurde Gerthener langsam ungeduldig. »Junge, ich habe nicht den ganzen Tag Zeit!«

Ein erfreutes Lächeln huschte über das Gesicht des Halbwüchsigen und er griff nach einem der Käfige. »Hier, ich denke, dieser Bursche wird Euren Ansprüchen gerecht. Viel Fleisch und ungefähr ein Jahr alt.« Er hielt dem Stadtbaumeister den Vogelbauer vor die Nase. »Und Herr, was meint Ihr?«

Der Hahn war groß, hatte starke Krallenfüße und sein Kamm war von leuchtendem Rot. »Wie viel soll er kosten?«

Der Junge überlegte einen Moment und meinte: »Zwanzig Schillinge.«

Gerthener hatte keine Lust zu handeln und zahlte die gewünschte Summe.

»Soll ich ihn gleich hier …?«, fragte der Händler vorsichtig.

Ungewollt heftig schüttelte der Baumeister mit dem Kopf. »Nein, ich nehme ihn lebend.«

»Auch gut«, kam die Antwort. Der Knabe öffnete den Käfig und mit einem schnellen, gezielten Griff packte er den Hahn an den krallenbewährten Füßen und zog ihn heraus. Das Federvieh wehrte sich mit heftigem Flügelschlagen und protestierte lautstark, als der Junge ihm kopfüber die Krallen zusammenband. Dann reichte er dem Baumeister das verschnürte Hahnenpaket. »Lasst ihn Euch schmecken!«

»Besten Dank. Weißt du, wo der nächste Salzhändler seinen Stand hat?«

Der Händlerknabe zeigte mit der Hand am Dom vorbei. »Geht die Krämergasse hinunter, ganz am Anfang findet Ihr ihn.«

Gerthener bedankte sich und beeilte sich, den Beginn der Krämergasse zu erreichen, bevor die Sonne endgültig unterging.

Schon von weitem erblickte er einen Stand, auf dem sich kleine und mittelgroße Salzhaufen türmten. Der Krämer schickte sich gerade an, seine Ware in Säcke umzuschichten, also hatte er die Absicht seinen Stand jetzt zu schließen. Als der Stadtbaumeister keuchend bei dem Kaufmann ankam, hielt dieser kurz in seiner Arbeit inne. »Stadtbaumeister! Ihr habt es heute aber besonders eilig?«

Erstaunt nahm Gerthener zur Kenntnis, dass der Mann ihn anscheinend kannte. Er vermutete, dass der Salzhändler die höheren Bürger fast alle zu seinen Kunden zählte, da sich die ärmeren Leute die hohen Salzpreise nicht leisten konnten. Wer weiß, vielleicht hatte seine Frau Adelheid bei diesem Händler bereits Salz erworben. »Ich benötige etwas von Eurer Ware. Ich hoffe, ich komme nicht zu spät?«

»Nein, nein, was braucht Ihr denn?«, antworte der Krämer freundlich.

»Zwei Unzen Salz.« Gretlin hatte zwar keine Angaben über die Menge gemacht, hatte aber gemeint, je mehr, desto besser.

Der Mann verzog missmutig sein Gesicht und meinte ironisch: »Da ich nur diese eine Ware anbiete, dachte ich mir fast, dass sich um Salz handeln könnte. Von welcher Art soll es sein?«

Gerthener zog fragend seine Augenbrauen zusammen. »Ist Salz nicht gleich Salz?«

Der Kaufmann lachte herzhaft auf. »Verzeiht mir, wenn Euch widerspreche, aber es scheint mir, dass Eure Frau in der Regel die Einkäufe tätigt?«

»Das stimmt, ich kenne mich besser mit Holz und Stein aus.«

»Jeder tut das, was er am besten kann. Ich habe Salz aus dem Norden und aus Spanien, kann Euch aber auch etwas ganz Besonderes anbieten, Salz aus dem Heiligen Land! Aber lasst Euch gleich gesagt sein, dass es nicht ganz billig ist.«

Gerthener überlegte – aus dem Heiligen Land? Vielleicht war dieses Salz in seiner Wirkung mächtiger, wenn es aus dem Gebiet kam, in dem der Heiland geboren, gelebt und gestorben war. *Schaden konnte es jedenfalls nicht!*

»Wie teuer wären zwei Unzen?«

»Je Unze ein Gulden und der Preis ist nicht verhandelbar. Ich sagte bereits, dass es sehr kostspielig ist wegen der langen und gefährlichen Transportwege. Ihr versteht?«, entschuldigte sich der Mann.

Als der Salzhändler seinen Wert nannte, hatte sich der Baumeister beinahe verschluckt. Zu diesen Kosten hätte er auch pures Gold kaufen können. Widerwillig zog er seinen Beutel vom Gürtel, schnürte ihn auf und legte dem Mann zwei Gulden auf die hölzerne Auslage. »Ich hoffe, es ist das Geld wert! Der Preis ist jedenfalls weit davon entfernt, als heilig zu gelten, sündhaft wäre schon eher angebracht.«

»Aber so stellt Euch nur vor, Ihr würzt Speisen mit einem Mittel, das in direkter Verbindung zu unserem Herrn Jesus steht«, meinte der Mann mit ernster Miene, während er die zwei Unzen abwog und in einen kleinen Beutel schüttete. Anschließend reichte er dem Baumeister das Leinensäckchen. »Wohl bekomms, Meister Gerthener.«

»Habt Dank!«, meinte der Baumeister trocken und steckte das Säckchen an seinen Gürtel. Seltsamerweise hatte sich der Hahn während des Gespräches ausnehmend ruhig verhalten, stimmte aber, nachdem Gerthener seinen Weg nun fortsetzte, erneut ein jammervolles Gackern an. *Wahrscheinlich fühlt er, dass es bald zu Ende geht*, dachte der Stadtbaumeister bitter.

Er schlug den Weg nach Hause ein. Es wurde Zeit, die Schatulle mit dem seltsamen Inhalt auszugraben. Aber je näher er seiner Heimstatt kam, desto größer wurde sein Unbehagen, da er sich immer noch nicht im Klaren darüber war, was er seiner Frau Adelheid erzählen sollte. Als er in die Weißgerbergasse einbog, stand seine Frau unerwartet vor dem Haus. Sie hielt gerade ein Schwätzchen mit der Frau, die das gegenüberliegende Anwesen mit ihrem Mann, einem betuchten Händler, bewohnte. Er kannte diese weibliche Person nur vom Sehen, wusste aber, dass sie ihre Nase in alles und jedes steckte. Erstaunt pendelten ihre Blicke zwischen Gerthener und dem Hahn in seiner Hand hin und her. Als er zu den Frauen stieß, verabschiedete sich Adelheid schnell von dem Klatschweib und ging gemeinsam mit ihm ins Haus. Der Baumeister hatte die Türe noch nicht richtig geschlossen, als seine Frau erwartungsvoll fragte: »Gibt es etwas Besonderes zu feiern?«

»Nein, Adelheid, der Hahn ist für den Gesellen Ullrich. Du weißt, dass der Rat der Stadt wegen der Verzögerungen an der Brücke nicht gut auf mich zu sprechen ist?«

Sie nickte wortlos.

»Deswegen müssen wir dieser Tage ein ums andere Mal eine Nachtschicht einlegen, so auch heute. Es soll ein kleines Dankeschön für den Gesellen sein.«

Ihr Gesicht wurde finster. »Und wer schenkt mir etwas? Wenn er nachts arbeitet, arbeitest auch du, also bin ich ganz allein zu Hause. Und soviel ich weiß, hat Ullrich noch nicht einmal eine Familie!«

»Dein Schaden soll's nicht sein, liebe Frau. Ich verspreche, dass ich mir etwas einfallen lasse, um es wieder gut zu machen. Einverstanden?«

Adelheid setzte einen versöhnlichen Blick auf. »Gut, aber ich werde dich beizeiten an dein Versprechen erinnern, sollte es dir entfallen!«

Gerthener lächelte sie liebevoll an. In diesem Moment war ihm klar geworden, dass er über sein Vorhaben auf der Brücke Stillschweigen bewahren würde. Es war besser, wenn seine Frau nichts von alledem wusste. »Ich werde es nicht vergessen«, gelobte er.

Adelheid zog sich ihr Kleid glatt. »Ich gehe nochmal kurz zur Nachbarin. Sie hatte mich bei einer Sache um Rat gefragt und ich konnte ihr noch keine Antwort geben, da du gerade kamst.«

Sie blickte in seine Richtung und wollte ihm einen Kuss zu hauchen, als er sie fest in den Arm nahm und flüsterte: »Ich liebe dich, Adelheid. Dich zu finden, war das Beste, was mir im Leben widerfahren ist.«

Überrascht sah sie in seine Augen und lachte schelmisch. »Wofür war das denn? Du hast doch nichts angestellt?«

Er rang sich ein Lächeln ab, vielleicht war das der Moment, in dem er seiner Frau zum letzten Male gegenüberstand. Traurigkeit machte sich breit und trotzdem schüttelte er den Kopf, »Nein, meine Liebe, ich wollte es nur noch einmal gesagt haben.«

Sie löste sich sanft aus seinen Armen. »Das war ein sehr schönes Kompliment, Madern. Und ja, ich liebe dich auch. Wann wirst du zur Brücke aufbrechen?«

»Ich werde noch eine Kleinigkeit essen und dann gehen.«

»Dann grüße Ullrich von mir und bitte versuche zumindest etwas Schlaf zu finden. Müdigkeit ist ein schlechter Ratgeber, wenn es um Genauigkeit geht. Und wir wollen doch nicht, dass die Brücke beim ersten Pferdegespann zusammenbricht«, feixte sie.

Mit gespielter Entrüstung nickte Gerthener und schmunzelte. »Es ist wohl besser, du gehst jetzt, Frau!«

Lachend wandte sie ihm den Rücken zu und öffnete die Haustüre. Auf dem kleinen Treppenabsatz drehte sie sich noch einmal um und formte mit ihren Lippen still die Worte: »Ich liebe dich.«

Als die Tür ins Schloss fiel, stand der Baumeister geistesabwesend im Zimmer und hoffte inständig, dass er diese Frau morgen wieder in seine Arme schließen konnte. Mit einem Ruck mahnte er sich zur Sachlichkeit und atmete tief durch, es gab schließlich noch einiges zu tun. Eilig lief er durch die Küche zur Rückseite des Hauses. Im Garten angekommen, suchte er in dem kleinen Schuppen, der wie ein großes Bienenhaus an der Hausmauer klebte, nach einer Schaufel. Als er sie endlich gefunden hatte, lief er zur Wassertonne und wuchtete sie beiseite. Unter dem Fass hatte er vor Jahren das schwarze Kästchen vergraben. Es dauerte geraume Zeit, bis er die Erde so weit bearbeitet hatte, dass er langsam in die Tiefe vordringen konnte, da es in letzter Zeit wenig geregnet hatte und der Boden steinhart und trocken war. Mit Schweißperlen auf der Stirn hielt er wenig später die kleine Schatulle in seinen Händen. Das feste Leder mit dem er die Kassette einst umwickelt hatte, war inzwischen hart und brüchig geworden. Behutsam trug er seinen Fund in die Küche und löste vorsichtig die Lederriemen. Als Gerthener die lederne Schutzhülle umklappte, kam ein kleines schwarz glänzendes Kästchen zum Vorschein. Obwohl es so lange im Boden geruht hatte, war keine Verschmutzung oder gar ein Kratzer auf der Oberfläche zu entdecken. Er musste jetzt wissen, was für einen Inhalt diese Schatulle barg. Von seinem ehemaligen Mentor, Meister Michael, wusste er nur, dass es sich um zwei metallene Stücke handelte. Er hatte damals Gerthener mit allem Nachdruck davor gewarnt, das Metall selbst zu berühren, daran wollte er sich auch halten. *Doch was waren das für Gegenstände? Er musste sie sehen!* Mit äußerster Vorsicht schob er den kleinen Metallhaken aus seiner Verankerung und klappte den Deckel auf. Das Kästchen war mit schmucklosem, rotem Stoff ausgekleidet und darin ruhten zwei Gegenstände, die in schwarzen Samt eingebunden waren. Er streckte seinen Zeigefinger aus, berührte einen der Gegenstände und zuckte sofort wieder zurück, aber nichts passierte. Er hob einen der Gegenstände aus der Schatulle und legte ihn vor sich auf den Tisch. Suchend sah er sich in der Küche um und entschied sich für zwei dünne Kienspäne, die normalerweise zum Anheizen des Herds benutzt wurden. Er nahm die Hölzer in beide Hände und zog, wie mit einer kleinen Zange, den schwarzen Samt beiseite. Zum Vorschein kam ein massives Eisenstück mit einem eingeschlagenen Schlüsselabdruck. Gerthener pfiff leise durch die Zähne. Jetzt endlich erschloss sich ihm der Sinn von Meister Michaels letzten Worten. Er hatte von fünf Schlüsseln gesprochen, die einen Kerker öffnen konnten. Das war es also, was dieser Fremde suchte – fünf Dämonenschlüssel! Fieberhaft überlegte Gerthener welche Möglichkeiten sich ihm durch diese Erkenntnis boten. Er holte den zweiten Gegenstand aus dem Kästchen und schlug das Tuch zurück, ein zweiter Schlüsselabdruck erblickte das Licht der Welt. Der Baumeister erkannte sofort, dass es sich, aufgrund der zwei Gravuren, um eine Gussform handeln musste – also konnte der Fremde zumindest einen der Schlüssel herstellen. Jetzt wusste er, was zu tun war, niemals durften beide Teile in die Hände des Unbekannten gelangen, aber er konnte mit einer Gravurplatte die Brücke betreten, ohne Schaden anzurichten. *Nichts ist umsonst, Madern Gerthener!* Die Worte des Fremden hallten wie eine stille Mahnung durch seinen Geist. Der Baumeister würde sein Pfand vorzeigen müssen, damit der Unbekannte sein Versprechen erfüllen würde. Aber Gertheners Annahme wies einen gravierenden Schwachpunkt auf, denn er hatte nicht die geringste Ahnung, welches Wissen sein Gegner besaß. Hatte er Kenntnis über beide Platten oder vermutete er beim Baumeister nur einen Teil der Gussformen? Seinem Gesellen Ullrich gegenüber hatte der Fremde jedenfalls das Kästchen erwähnt, aber wie viel wusste er tatsächlich über dessen Inhalt? Die Antwort auf diese Frage würde Gerthener nur auf der Alten Brücke erfahren und hoffen, dass ihn der Arcanus beschützen würde, sollte die Antwort zu seinen Ungunsten ausfallen. Mit einem leichten Frösteln nahm er zur Kenntnis, dass die Dämmerung längst hereingebrochen war. Es wurde also Zeit zu gehen! Sorgfältig wickelte er beide Gussformen ein, peinlich darauf bedacht, das schimmernde Metall nicht zu berühren. Zu guter Letzt legte er beide Päckchen in die Schatulle und verschloss sie gewissenhaft. Er überlegte kurz und holte vom Regal eine Tonschale, damit er später das Blut des Hahns auffangen konnte. Vom Küchenhaken nahm er einen mittelgroßen Leinensack, stopfte Schale, Hahn, Salz und Kästchen hinein und schnürte ihn fest mit einem Lederriemen zu. Als dies getan war, eilte er zurück in den Garten und beseitigte alle Spuren, indem er die Grube zuschaufelte und das Wasserfass an seine angestammte Stelle zurückschob.

Kurze Zeit später verließ er sein Wohnhaus. Beim Betreten der Gasse blickte er direkt in die hell erleuchtete Wohnstube des gegenüberliegenden Hauses. Wehmütig erkannte er Adelheid, wie sie sich angeregt mit der Nachbarin unterhielt. Im Stillen warf er ihr einen Kussmund zu, schulterte den Leinensack und machte sich auf zum Brückenturm.

Grimeisen, Hauptmann der Brückenwache, war nicht zu sehen, stattdessen erkannte Gerthener einen jungen Soldaten, der erst seit kurzer Zeit den Wach- und Zolldienst an der Alten Brücke verrichtete. Normalerweise war die Brücke nach Dunkelheit geschlossen, aber es gab immer Ausnahmen. Und als Stadtbaumeister, der die Brücke reparierte, genoss er dieses Privileg. Diese Sonderbehandlung hatte sogar der Schultheiß Praunheim persönlich verfügt. Es gab nur wenige, die diesen Vorzug erhielten, in der Regel waren es die Müllersleute, die gemahlenes Getreide nachts in die Stadt brachten, damit die Bäcker vor Sonnenaufgang das Brot backen konnten. Der Soldat erkannte Gerthener schon von weitem und lief bereits auf das Brückentor zu, um es zu entriegeln. Als er bei der Pforte ankam, stand diese bereits offen.

Freundlich begrüßte ihn der Wachhabende: »Guten Abend, Meister Gerthener. So spät noch unterwegs?«

»Ja, leider. Viel Arbeit wartet morgen in aller Frühe auf mich, weswegen ich heute in der Hütte schlafe. Euch eine ruhige Wache«, antwortete er kurz angebunden.

Die Wache nickte wissend und gab mit einem Zeichen zu verstehen, dass er das Tor passieren könne. Der Baumeister bedankte sich und betrat die Alte Brücke, auf der sich heute Nacht sein Schicksal entscheiden sollte. Vorsichtig lenkte er seine Schritte über die unebenen Steine, denn der Weg zum anderen Mainufer war nur spärlich beleuchtet. Obwohl im Abstand von etwa zwanzig Metern kleine Feuerkörbe abwechselnd auf jeder Seite standen, die leise knisternd ihre rötlichen Strahlen in die Dunkelheit schickten. Gerthener spürte die kühle und feuchte Luft, es war eine sternklare Nacht, weswegen es auf dem Wasser noch kälter war als sonst. Er zog seine Jacke etwas enger und beeilte sich, auf die andere Seite zu gelangen. Dort angekommen, klopfte er am Tor und eine erstaunte Wache öffnete vorsichtig. »Meister Gerthener?«

»Ja, ja, ich bin es! Ich muss leider noch etwas arbeiten.«

Der Posten öffnete den Durchlass ein Stück, gerade so weit, dass der Baumeister hindurch schlüpfen konnte.

»Danke, Soldat, ich werde sehen, dass ich vor Mitternacht wieder zurück bin.«

Das Gute an zwei Brückentoren war, dass die Wachen untereinander keine Verständigungsmöglichkeit besaßen; das galt auf der Alten Brücke doppelt, weil man nicht auf der Brücke patrouillierte. So konnte sich Gerthener die Option offenhalten, nach Frankfurt zurückzukehren, nachdem er der anderen Seite mitgeteilt hatte, er bliebe über Nacht. Sollte er also um Mitternacht erneut vor das Tor treten, würde die Wache annehmen, er gehe nach Hause. Er konnte also auf der Brücke bleiben, ohne Gefahr zu laufen, vermisst zu werden.

Der Wachmann nickte verständnisvoll. »Wenn Ihr zurückkommt, Meister Gerthener, dann macht Euch rechtzeitig bemerkbar. Nicht, dass wir Euch für Gesindel mit unlauteren Absichten halten.«

»Danke für die Warnung. Ich werde es beherzigen!«, meinte der Baumeister und verabschiedete sich. Er wandte sich nach rechts, denn dort nahm er im diffusen Dunkel seine kleine Arbeitshütte bereits schemenhaft wahr. Er kramte in seiner Jackentasche nach dem Schlüssel. Es dauerte einen Moment, bis er endlich das glatte, kühle Metall erfühlte. Als er dem Schuppen näherkam, entdeckte er ein kleines Papierstück, das am Eingang befestigt worden war. Er nahm das Pergament ab, doch in der Dunkelheit war ein Lesen unmöglich. Gerthener entriegelte die Tür und betrat sein Arbeitsrefugium.

Schnell schürte er den Ofen an, entzündete die Öllampe und war dankbar, als sich ein warmes Licht ausbreitete, das ihm ein Gefühl von Gemütlichkeit vermittelte. Jetzt konnte er auch das Schriftstück entziffern. Das Gekritzel war zwar klein und abgehackt, trotzdem erkannte er sofort, dass es sich um die Handschrift seines Gesellen Ullrich handelte.

Meister Gerthener, die Schiffsladung Schiefer ist angekommen. Leider wart Ihr nicht erreichbar. Der Kapitän wird morgen wegen seiner Entlohnung bei Euch vorsprechen. Schmied Udolph verlangt weitere zwei Gulden.

Ullrich.

Er legte die Notiz beiseite. Es gab jetzt wichtigere Dinge, mit denen er sich befassen musste. Er schnürte den Leinensack auf und legte die Gegenstände auf seinen Arbeitstisch. Der Hahn gab nicht mehr als ein leises Protestieren von sich, als er ihn auf ein kleines Kissen neben den Ofen legte. Der Baumeister besah sich erneut das schwarze Kästchen. *Seltsam, dass der Fremde ihm gegenüber die Schatulle mit keinem Wort erwähnte, sich aber im Gegenzug bei seinem Gesellen darüber erkundigt hatte. Was bezweckte er damit?* Gerthener konnte sich keinen Reim darauf machen. Plötzlich hallte eine laute Stimme durch die Dunkelheit. Einer der Nachwächter kam gerade vorbei und rief die zehnte Stunde aus. Also hatte er noch zwei Stunden, schnell holte er seine Sanduhr aus der Tischschublade und kippte sie. Jetzt hatte er die Zeit genau im Blick, denn wenn die Uhr erneut gedreht werden musste, war eine volle Stunde ins Land gezogen. Er öffnete das schwarze Behältnis und nahm vorsichtig eine der Gussformen heraus. Suchend blickte er sich in der Hütte um und entschied sich für einen kleinen Tontopf, in dem er getrockneten und gesalzenen Fisch aufbewahrte. Er liebte diese Speise, zusammen mit einem kräftig gewürzten Brot. Als er den Deckel abhob, breitete sich sofort ein leichter Geruch von Fluss und See aus. Der Baumeister kippte den Inhalt des Tontopfes in die mitgebrachte Schale, legte die Gussform in das nun leere Gefäß und füllte die getrockneten Fische wieder hinein. Kein Mensch würde etwas Wertvolles am Boden dieses Topfes vermuten, geschweige denn genau dort danach suchen. Er stellte den Pott zurück in das Regal und blickte traurig zu seinem kleinen Gast auf dem Kissen, es war so weit. Er zog sein Messer vom Gürtel, griff sich einen kleinen Schleifstein aus der Schublade und fing an, die Schneide abzuziehen. Als er sich von der Schärfe der Klinge überzeugt hatte, wusch er die Schale mit Wasser sauber, damit das Blut durch die Fischreste nicht verunreinigt wurde. Gerthener setzte sich auf seinen Stuhl und stellte die Schüssel vor sich auf den Boden. Behutsam nahm er den Hahn vom Kissen und legte ihn auf seine Knie. Der Vogel verhielt sich ungewöhnlich still, blickte ihn aber mit seinen kleinen Augen flehend an. Dann folgte ein schneller Schnitt durch die Kehle des Tieres. Gerthener hielt den Vogel über die Schale, um das hervorquellende Blut aufzufangen. Stockend wurden die Bewegungen des Hahns schwächer und gingen in ein leichtes, krampfartiges Zucken über. Leise plätscherte die rote Flüssigkeit in die Schüssel und der Baumeister fühlte, wie das Zittern erlahmte und der Körper des Vogels in sich zusammenfiel. Der kleine Kopf kippte schlaff zur Seite, die winzigen Augen wurden glanzlos und der Tod breitete seine Schwingen aus. Gerthener zerriss es innerlich das Herz und im Stillen sprach er einen Schwur: *Sollte dein Blut mein Leben schützen, gelobe ich dir ein Denkmal zu setzen, damit du niemals in Vergessenheit geraten sollst.*

Er wickelte den toten Hahn in den Leinensack und legte ihn in die Ecke des Zimmers, um ihn später zu entsorgen, denn essen würde er das Tier bestimmt nicht. Langsam und mit äußerster Vorsicht, um auch ja nichts zu verschütten, hob der Baumeister die Schale vom Boden und stellte sie vor sich auf den Arbeitstisch. Er griff nach dem Beutel mit Salz, leerte den Inhalt in die Schüssel und rührte mit einem Holzspan kräftig um. Als sich das Salz in der noch warmen Flüssigkeit aufgelöst hatte, nahm er den Arcanus zur Hand und blickte misstrauisch auf die entstandene Tinktur. Was hatte Gretlin gesagt? *Tauche das Amulett und das Lederband für einige Augenblicke in den Sud, wenn das Amulett seine Farbe in ein helles Grün ändert, dann ist es vollendet.* Er holte den Lederriemen, mit dem er den Sack zusammengebunden hatte und verschnürte ihn mit dem Arcanus zu einem Anhänger. Dann tauchte er das Amulett zögerlich in die rote Essenz, die sofort zu schäumen und zu brodeln begann. Fasziniert bemerkte Gerthener, wie sich der scheinbar kochende Sud farblich veränderte. Das satte Rot verdunkelte sich mehr und mehr, wurde violett und wechselte schließlich in ein dunkles Grün. Das Sieden hörte unvermittelt auf und die Flüssigkeit kam allmählich zur Ruhe. Ungläubig starrte er nun auf die Oberfläche. Die Tinktur war für einen kleinen Moment fast durchsichtig geworden und auf dem Grund der Schale konnte er deutlich den Arcanus erkennen. Vorsichtig tunkte er den Holzspan in die Flüssigkeit und hob das Amulett heraus. Der Anhänger funkelte in einem fast übernatürlichen Hellgrün. Laut Gretlin war die Prozedur somit vollendet und abgeschlossen. Gerthener hoffte inständig, dass dieser Arcanus wirklich so mächtig war, wie die weiße Frau es behauptet hatte. Hektisch blickte er zur Sanduhr, denn über dem ganzen Vorgang hatte er die Zeit vergessen, eben rieselte der letzte Sand nach unten durch. Schnell drehte er die Uhr erneut, damit war die letzte Stunde angebrochen! Wie aus dem Nichts verspürte er plötzlich eine bleierne Müdigkeit und musste feststellen, dass dieser Tag nicht spurlos an ihm vorübergegangen war, doch an Schlaf war jetzt keinesfalls zu denken. Er würgte ein Stück Brot hinunter und trank einen Schluck Wein, verdünnt mit viel Wasser, denn ein klarer Kopf und ungetrübte Gedanken waren unerlässlich. *Auf was hatte er sich da nur eingelassen?* Die Zeit verrann endlos und seine Anspannung wuchs mit jedem fallenden Sandkorn. Immer wieder fixierten seine Augen die Sanduhr, in der Hoffnung, sie würde vielleicht stehen bleiben und er könnte dem Unausweichlichen doch noch entgehen, aber der Sand floss erbarmungslos, Körnchen für Körnchen. Als nach Ewigkeiten etwa dreiviertel des Sandes in den unteren Teil gesickert waren, erhob er sich schwerfällig von seinem Stuhl. Jetzt gab es nur noch eines zu tun, doch dazu musste er sich seiner Jacke und seines Hemds entledigen. Leise raunte er zu sich selbst: »Wollen wir hoffen, dass das Salz aus dem Heiligen Land sein Geld wert war.« Dann tauchte er seinen Zeigefinger in den dunkelgrünen Sud und zeichnete ein großes Pentagramm auf seine Brust. Dreimal fuhr Gerthener die Linien des Fünfsterns nach, um ganz sicher zu gehen, dass es vollständig und die Striche nicht unterbrochen waren. Sein Körper zitterte, doch ob es die Kühle der Nacht oder die mittlerweile bohrende Angst war, vermochte er nicht zu sagen. Er zog sich die

Kleidungsstücke wieder über und hängte sich den Arcanus um den Hals. Mehrmals überprüfte er sich selbst, denn Gretlin hatte ihn eindrücklich ermahnt, dass Pentagramm und Amulett keinesfalls sichtbar sein durften. *Jetzt war er bereit – so bereit man sein konnte, wenn man es mit einem, wahrscheinlich, mächtigen magischen Wesen zu tun bekam.* Der Baumeister verließ die Hütte und ging mit klopfenden Herzen auf den Brückenturm zu.

Der Wachtposten hatte sich an die Mauer des Turms gelehnt und erweckte den Eindruck zu schlafen, doch als der Baumeister in seine Nähe kam, fragte er mit hellwacher Stimme: »Ist die Arbeit getan, Meister Gerthener?«

»Das ist sie, Soldat.«

Der Posten nickte freundlich und hob den schweren Balken aus seinen Angeln, der das wuchtige Holztor sicherte. Als dies getan war, winkte er Gerthener herbei und ließ ihn die Pforte passieren.

»Dann eine gute Nacht, Baumeister!«

»Das wird sich zeigen«, murmelte Gerthener leise und betrat stockend die Alte Brücke. Leise knirschend fiel das Tor hinter ihm zu und Augenblicke später vernahm er das krachende Dröhnen als die Holzbohle zurück in ihre Eisenvorrichtung fiel. Das Geräusch hatte etwas derart Endgültiges, dass er sich schlagartig so einsam fühlte, wie er es noch nie in seinem Leben verspürt hatte.

Daniel Debrien

Zenodot von Ephesos, Cornelia Lombardi, Pia Allington und ich saßen noch eine geraume Weile an der großen Tafel in der Tiefenschiede. Irgendwann hatte ich das Gefühl, ich müsste einfach mal raus an die frische Luft. Ein weiterer Grund war die Feststellung, dass es in diesen Räumlichkeiten mit dem Handyempfang nicht zum Besten stand. Chris, mein bester Freund, hatte vermutlich schon eine Vermisstenanzeige aufgegeben, weswegen ich mich kurz bei ihm melden wollte. Ich blickte auf mein Handgelenk. Es war kurz nach 22 Uhr. Da es mitten unter der Woche war und Chris um diese Zeit bestimmt noch nicht im Bett lag, standen die Chancen ziemlich gut, ihn zu erreichen. Geräuschvoll schob ich meinen Stuhl nach hinten. »Ich brauche etwas frische Luft und will nochmal telefonieren. Leider geht das hier unten nicht.«

Der Bibliothekar sah mich erstaunt an. »In Ordnung, aber du gehst nicht alleine!«

»Ich brauche keinen Aufpasser!«, murrte ich gereizt. »Außerdem dachte ich, der Chinesische Garten ist sicher?«

»Das ist richtig, aber nachdem die Schwarzmäntel jetzt wissen, dass du dich in der Tiefenschmiede aufhältst, ist das keine Garantie«, meinte Zenodot mit einem gewissen Nachdruck.

Lombardi erhob sich von ihrem Platz. »Ich werde ihn begleiten.«

Der Alte nickte zustimmend, während ich mich bereits der großen Wendeltreppe zuwandte und die Stufen emporstieg. Die Italienerin folgte mir wortlos. Im obersten Stockwerk angekommen, durchquerten wir das Arbeitszimmer von Zenodot und liefen durch den engen Gang nach oben ins Freie.

»Ich kann verstehen, dass dir das Ganze nicht gefällt. Aber glaube mir, Daniel, diese Schwarzmäntel sind wirklich gefährlich. Sie hätten dich heute fast geschnappt!«, meinte Cornelia vorsichtig, als wir in die Nacht hinaustraten.

»Das ist es nicht. Ich bin es nur nicht gewohnt, ständig bevormundet oder eingesperrt zu werden. Ich bin in diese Geschichte ungewollt hineingeraten. Jetzt gerät mein Leben aus den Fugen und alles, was ich bisher meinte zu wissen, wurde auf den Kopf gestellt. Ich muss Menschen anlügen, die mir wichtig sind und stehe außerdem unter Mordverdacht. Ein bisschen viel für die letzten paar Tage, findest du nicht?«

Sie schwieg und beobachtete in Gedanken versunken die funkelnden Sterne am Firmament.

Nachdem keine Antwort kam, zückte ich mein Handy und hörte erst einmal die Mailbox ab, verzog aber schon nach der ersten Ansage das Gesicht ... »*Sie haben fünf neue Nachrichten, zum Abhören Ihrer Nachrichten drücken Sie bitte die Eins.*«

Nachricht eins: »Hi Daniel! Hier Chris, melde dich mal, wenn du Zeit hast.«
Nachricht zwei: »Wo bist du Alter?« – *natürlich auch Chris.*
Nachricht drei: »Scheiße Daniel, hast du Mist gebaut? Die Kriminalpolizei hat angerufen und mir Löcher in den Bauch gefragt wegen Samstagabend! Ruf mich an!«
Nachricht vier: »Was ist los mit dir? Ich mache mir langsam echt Sorgen. Bitte melde dich endlich!«
Nachricht fünf: »Hier Hauptkommissar Julian Schwarzhoff, Kripo Frankfurt. Wir hatten schon das Vergnügen, Herr Debrien. Ich bitte um kurzfristigen Rückruf. Und wenn ich kurzfristig sage, dann sollten Sie sich in Ihrem eigenen Interesse unverzüglich bei mir melden! Zur Sicherheit hier noch meine mobile Nummer. Guten Tag.«

Nach dem Abhören der Nachrichten wurde mir übel. Ich lief zu dem großen Holzgebäude, das Wasserpavillon genannt wurde und sich gegenüber dem Eingang zur Tiefenschmiede an einen kleinen Teich schmiegte. Dieser Pavillon wurde von vielen Frankfurtern, insbesondere den Anhängern des Tai-Chi Chuan, dem chinesischen Schattenboxen, als Ort der Ruhe und Meditation genutzt. Ich setzte mich niedergeschlagen auf die oberste Holzstufe. *Verdammt, die Schlinge zog sich immer enger um meinen Hals.*

Lombardi eilte mir nach. »Alles in Ordnung, Daniel? Du bist leichenblass.«

»Nichts ist in Ordnung«, zischte ich wütend.

»Erzähle, was ist passiert?«

»Eine Nachricht von der Kriminalpolizei. Ich soll mich umgehend bei ihnen melden. War doch klar, dass sie mir die Geschichte mit dem Brandeisen und der Katze des Nachbarn nicht abgekauft haben. Die werden mich auseinandernehmen, Cornelia! Und ich kann ihnen die Wahrheit nicht erzählen, ohne dass sie mich sofort in eine Irrenanstalt stecken. Meinen besten Freund, Christian, haben sie auch schon kontaktiert. Jetzt stehe ich da und weiß nicht, was ich tun soll. Ich kann nur untätig zusehen, wie alles den Bach runtergeht!«

Wieder sagte sie lange nichts, legte mir aber stattdessen sanft die Hand auf die Schulter. Dann meinte sie mitfühlend: »Glaubst du wirklich, dass sich keiner von uns je in einer solche Lage befunden hat? Mitnichten! Jeder von uns stand bereits an einer ähnlichen Schwelle, so wie du jetzt. Und doch sind wir hier, haben die Situationen gemeistert und sind vielleicht stärker daraus hervorgegangen, als wir es je waren. Ich verstehe deine Gefühle, die Hoffnungslosigkeit, das Gefühl ausgeliefert zu sein. Doch sei dir über eines im Klaren, genau das bist du nicht! Du bist immer noch Herr deiner Sinne, doch du musst sie auch einsetzen. Die Entscheidungen triffst allein du, mit allen Vor- und Nachteilen. Und unter uns gesprochen, glaubst du tatsächlich, dass wir keine Menschen in unserem Umfeld Freunde nennen, die nicht über uns und unsere Fähigkeit Bescheid wissen?«

Jetzt suchte ich verblüfft ihren Blick. »Wie? Es gibt Menschen – die Weltengänger natürlich ausgeschlossen – die über dich und diese andere Welt unterrichtet sind?«

»Natürlich! Sehr wenige, aber es gibt sie. Sonst wäre ich wahrscheinlich schon vor Jahren verrückt geworden.«

»Aber wie …?«, stammelte ich nach Worten ringend.

»Versteh mich bitte nicht falsch, ich habe es natürlich nicht jeder x-beliebigen Person auf die Nase gebunden.«

»Also, das habe ich fast schon vermutet.«

»Sarkasmus ist ein schlechter Ratgeber, zudem jetzt unangebracht!«, tadelte die Italienerin sofort.

»Entschuldigung«, murmelte ich kleinlaut.

»Die Entscheidung, welchen Menschen du dein Vertrauen schenkst, obliegt alleine dir. Ich kann dir deshalb nur den Rat geben, weise zu wählen, denn durch diese Menschen wirst du für unsere Gegner angreifbar. Und nenne keine Namen – niemandem gegenüber.«

»Auch euch gegenüber nicht?«, fragte ich erstaunt.

»Nein, denn sonst könnten diese Vertrauten als Druckmittel, auch anderen *Weltengängern* gegenüber, eingesetzt werden. Je weniger wir erfahren, desto sicherer für alle.«

»Schön zu wissen, löst aber nicht mein aktuelles Problem.«

»Höre dir an, was dieser Kommissar zu sagen hat und dann entscheide! Bilde dir kein Urteil, bevor du nicht weißt, welche Fakten tatsächlich auf dem Tisch liegen. Vielleicht ist alles nur halb so schlimm, wie du meinst. Wenn nicht, dann hast du immer noch Zeit, eine Entscheidung zu treffen.«

»Hast du schon einmal mit der Polizei zu tun gehabt?«, erkundigte ich mich unsicher.

Sie zwinkerte mir zu. »Außer Geschwindigkeitsübertretungen? Ja, ich hatte schon das Vergnügen.«

»Und?«

»Würde jetzt zu weit führen. Nur so viel sei gesagt, es ist nie schlecht einen Informanten oder Vertrauten bei der Polizei zu haben. Es erleichtert so einiges.«

Ich schaute sie ungläubig an. »Ehrlich? Weiß Zenodot davon?«

»Ja, aber er hat keine Ahnung, um wen es sich handelt und das ist gut so. Außerdem reden wir nicht von der deutschen Polizei, sondern von der italienischen.«

Ich überlegte laut. »Was meinst du, Cornelia, sollte ich mit Zenodot sprechen?«

»Ich würde erst einmal das Gespräch mit dem Kommissar abwarten und dann entscheiden, was du mit welcher Person diskutieren willst.«

Ich atmete einmal tief durch. »Danke für deine Offenheit.«

Sie drückte sich von der Holzstufe ab und stand auf. »Kein Problem, Daniel. Aber jetzt lasse ich dich in Ruhe, damit du telefonieren kannst. Ich bleibe in der Nähe.«

Ich nickte gedankenverloren und wählte mit zittrigen Fingern die Mobilnummer des Kommissars. Chris konnte warten, die Sache mit der Polizei hatte Vorrang. Nach dem zweiten Klingelton nahm er ab. »Schwarzhoff.«

»Hier Daniel Debrien. Ich habe eben meine Voicebox abgehört. Sie wollten mich sprechen?« Ich versuchte, möglichst selbstsicher zu klingen, was mir wahrscheinlich komplett misslang.

»Sie haben sich ja ganz schön Zeit gelassen!«, knurrte er gereizt.

»Sorry, Herr Kommissar, ich kam erst jetzt dazu.«

»Wo zum Teufel stecken Sie? Zuhause sind Sie jedenfalls nicht!«, schnarrte die Stimme aus dem Lautsprecher.

»Lassen Sie mich etwa überwachen?« Zorn wallte in mir auf.

»Ich habe mehrmals auf Ihrer Festnetznummer angerufen und da Sie sich jetzt mit Ihrem Handy melden, gehe ich davon aus, dass Sie nicht in Ihrer Wohnung sind.«

Ich hob die Augenbrauen, das klang eine Spur zu unverfänglich. Nun war ich mir sicher, er ließ mich beschatten. »Ich denke, ich bin Ihnen keine Rechenschaft schuldig, ob, warum oder wann ich mein Haus verlasse. Oder habe ich da etwas falsch verstanden?«

Kurze Pause, dann ein Räuspern. »Gut, fangen wir nochmal von vorne an. Es haben sich einige Sachverhalte ergeben, die eine weitere Unterredung notwendig machen.«

Ich schluckte schwer und fragte vorsichtig: »Was für Sachverhalte?«

»Darüber reden wir auf dem Präsidium.«

»Das wird leider nicht gehen, Herr Schwarzhoff.«

Für einen kleinen Moment wirkte er ehrlich überrascht. »Warum nicht?«

»Weil ich mich von meinem momentanen Standort nicht wegbewegen kann. Nicht, dass ich es nicht wollte, es geht nur einfach nicht.«

»Jetzt hören Sie mir mal gut zu, junger Mann. Ich weiß nicht, was Sie hier für ein Spielchen treiben, doch eines kann ich Ihnen versprechen, ich werde mit Sicherheit das bessere Blatt haben! Ich weiß, dass Sie mich bei unserem letzten Besuch angelogen haben. Die Wunde an Ihrer Hand stammt keinesfalls von einem Grilleisen.«

Ich sagte nichts dazu. Was sollte ich auch antworten?

»Sind Sie noch da?«, fragte Schwarzhoff unsicher.

»Ja.«

Seine Stimmlage veränderte sich, plötzlich klang er freundschaftlich, ja fast väterlich. »Ich will Ihnen wirklich helfen, Herr Debrien. Nur kann ich das nicht, wenn Sie nicht offen zu mir sind. Ich meine es ehrlich mit Ihnen und deshalb will Ihnen jetzt ein Zeichen meines guten Willens geben. Hören Sie jetzt gut zu! Wir haben recherchiert und sind auf mehrere Todesfälle in der Vergangenheit gestoßen. Alle Opfer hatten das gleiche Brandmal an der rechten Hand – wie Sie. Ebenfalls sind wir über die Symbolik dieses Stigmas im Bilde, es handelt sich um das Kreuz des Lebens. Ich glaube nicht, dass Sie etwas mit dem Mord an Notar Schulz zu tun haben, aber Sie wissen etwas darüber. Ich weiß nicht, in was Sie da hineingeraten sind, aber ich hege die Vermutung, dass es unter Umständen nicht gut für Sie ausgehen könnte!«

Nach diesen Worten klappte ich regelrecht zusammen. »Sie haben ja keine Ahnung«, flüsterte ich leise.

Trotz meines Wisperns hatte er den letzten Satz gehört. »Ich kann Ihnen helfen, Debrien, doch dazu braucht es ein gewisses Maß an Vertrauen.«

Mit einem Schlag war meine Entscheidung gefallen. »Kommen Sie morgen in aller Frühe in den Chinesischen Garten im Bethmannpark. Ich werde versuchen, es Ihnen zu erklären. Ich weiß, es ist ein ungewöhnlicher Treffpunkt, aber nach unserer Unterhaltung werden Sie verstehen, warum ich diesen Ort gewählt habe. Und jetzt bitte ich *Sie* – haben Sie Vertrauen. Ich verspreche Ihnen hoch und heilig, dass ich da sein werde, aber kommen Sie allein. Kein SEK oder so was.«

Bei dem Wort SEK fing er an zu lachen. »Schon gut, das ist den wirklich schweren Jungs vorbehalten. Quit pro Quo, Debrien. Ich komme und vertraue Ihnen, wobei ich wirklich zugeben muss, ein merkwürdiger Ort für eine polizeiliche Unterredung.«

»Danke, Herr Schwarzhoff!« antwortete ich erleichtert.

»Ihnen ist hoffentlich klar, sollten Sie nicht erscheinen, dann haben Sie jedes Vertrauen verspielt und ich erlasse unverzüglich einen Haftbefehl gegen Sie.«

»Ich werde da sein. Versprochen!«

»Gut, dann bis morgen früh, Herr Debrien.«

Es machte *Klick* und die Leitung war tot. Jetzt waren die Würfel gefallen und es gab kein Zurück mehr. Ich hoffte inständig, dass dieser Kommissar Schwarzhoff ein Mann mit starkem Charakter war. Es würde für ihn morgen nicht leicht werden, die Wahrheit zu verkraften. Vor allem dann, wenn er Zenodot oder die Kobolde kennenlernen würde. Doch das war natürlich nur die halbe Miete, denn vorher galt es den Bibliothekar von der Notwendigkeit dieses Treffens zu überzeugen. Überdies rief ich Chris an, der mir zuallererst eine ordentliche Standpauke verpasste, warum ich mich erst jetzt meldete. Ich erklärte ihm kurz den Sachverhalt im Hinblick auf die laufenden Ermittlungen der Kripo. Da wir den Samstagabend, also kurz bevor der Notar zu Tode gekommen war, gemeinsam verbracht hatten, musste ich ihn natürlich als Zeuge benennen. Auf seine Frage, wo ich mich denn rumtreibe, antwortete ich eher ausweichend und meinte, ich hätte einen kurzfristigen Auftrag von meinem Arbeitgeber, dem archäologischen Museum, erhalten. Da dies in der Vergangenheit schon mehrfach vorgekommen war, gab er sich mit dieser Äußerung zufrieden, zumindest vorerst! Es tat mir in der Seele weh, meinen besten Freund anzulügen, aber es war vorläufig unumgänglich, da ich ihn keinesfalls in Gefahr bringen wollte. Als ich auflegte, fühlte ich mich dessen ungeachtet ein wenig erleichtert. Ich ging zu Lombardi, die es sich in der Nähe des Eingangs zur Tiefenschmiede auf einem kleinen Findling bequem gemacht hatte.

»Und?«, fragte sie gespannt, als sie mich kommen sah.

»Das Telefonat mit Chris war ok, allerdings nahm das Gespräch mit dem Kommissar eine unerwartete Wendung.«

Als sie mich voller Neugier anschaute, musste ich wider Willen lachen. Sie zog einen Schmollmund. »Ich scheine ja erheblich zur Erheiterung beizutragen in Anbetracht deines Zustands vor ein paar Minuten!«

»Sorry, war nicht böse gemeint.«

Sie grinste. »Hab ich auch nicht so aufgefasst. Also, was heißt nun unerwartete Wendung?«

Ich berichtete ihr von dem Telefongespräch und versuchte, alle Einzelheiten so präzise wie möglich wiederzugeben.

Stillschweigend hörte sie zu und meinte schließlich: »Ich glaube, du hast die richtige Entscheidung getroffen. Dieser Kommissar scheint es ehrlich mit dir zu meinen. Allerdings müssen diese Todesfälle, von denen er sprach, vor ziemlich langer Zeit passiert sein, denn sonst hätten wir Kenntnis davon.«

»Stimmt, denn er hat kein bestimmtes Datum oder genauen Zeitpunkt genannt. Er sprach nur von Todesfällen in der Vergangenheit.«

Sie nickte ernst. »Aber er ist schon ziemlich nah dran, wenn er bereits das Kreuz des Lebens identifiziert hat. Ich gehe davon aus, dass sie im Internet recherchieren, deshalb werden sie nur wenig über uns finden, außer ein paar Artikeln von diversen Esoterikern, die eh kein Mensch ernst nimmt. Was auch gut so ist!«

Fragend schaute ich die Südländerin an. »Doch es ist eine Frage der Zeit, bis sie über die Weltengänger stolpern?«

»Gut möglich. Wir können viel verbergen, aber eben nicht alles. Ein aufmerksamer Beobachter wird irgendwann die Zusammenhänge erkennen. So ähnlich erging es mir mit meinem Vertrauten bei der italienischen Polizei. Wenn du also keinen neuen Feind haben willst, dann mache ihn zum Freund. Genau deswegen glaube ich, dass du richtig gehandelt hast.«

Ich stieß einen leisen Seufzer aus. »Die Frage ist nur, ob Zenodot das genauso sieht.«

»Er hat mehr Erfahrung als wir alle zusammen. Er kann durchaus zwischen Notwendigkeit, Leichtsinn oder böser Absicht unterscheiden. Ich denke, er befürwortet deine Entscheidung, wird aber mit diesem Kommissar selbst sprechen wollen, um sich persönlich ein Bild zu machen.«

»Armer Schwarzhoff, sein Weltbild wird ab morgen gehörig ins Wanken geraten.«

Sie kicherte leise. »Tja, da muss er durch.«

Ich fiel in ihr Lachen ein, denn mir war es ja vor ein paar Tagen ganz ähnlich ergangen, nur mit dem kleinen Unterschied, dass es bei meiner Person mit erheblich mehr Konsequenzen verbunden war. Ich steckte das Handy ein. »Was hältst du davon, wenn wir die klare Nachtluft noch etwas genießen und ein paar Schritte laufen?«, fragte ich und fügte schelmisch hinzu: »Natürlich nur innerhalb des Gartens!«

Sie zuckte mit den Schultern. »Klar, warum nicht.«

Gemeinsam schlenderten wir über die kleine Steintreppe, die Brücke des halben Bootes genannt wurde. Sie spannte sich über einen zierlichen Bachlauf und führte in die Nähe des Ausgangs. Als wir das Rinnsal überquert hatten, erreichten wir das große Holztor, das den Chinesischen Garten vom eigentlichen Bethmannpark trennte. Unvermittelt stoppte ich, denn plötzlich vernahm ich ein leises Raunen.

»Was ist los, Daniel?«, flüsterte die Südländerin.

»Hörst du das auch? Dieses leise Wispern?«

Sie blieb stehen und lauschte angestrengt in die Dunkelheit. »Nein, außer den üblichen Nachtgeräuschen fällt mir nichts auf und mein Gehör ist recht gut.«

Das Wispern wurde stärker und jetzt trug der leichte Wind erste Wortfetzen durch die Luft, unmerklich und schleichend hallten kleine Echos durch den Garten. Sie kamen abgehackt und unregelmäßig, aber ich vernahm sie immer deutlicher.

... kann es sein? .... unmöglich ... Vergangenheit ... Graustimme ...

Stirnrunzelnd schilderte ich Lombardi die eben gehörten Worte, und bei Erwähnung des letzten Namens blieb sie ruckartig stehen. Sie fasste mit beiden Händen meine Schultern und drehte mich so, dass wir uns Gesicht zu Gesicht gegenüberstanden.

Mit aufgelöster Stimme raunte sie: »Sag das nochmal!«
»Was soll ich nochmal sagen?«, fragte ich verwirrt.
»Das letzte Wort!«, zischte sie scharf.
»Graustimme?«, fragte ich überrascht.
»Und du bist dir ganz sicher?«
In diesem Moment hörte ich wieder Sprachlaute, doch diesmal waren sie unterschiedlich, als ob sie von mehreren Personen stammten.
… so lange … wer ist er? … du hast recht, ich kann ihn fühlen … na, sage ich doch …
Lombardi blickte mir unverwandt ins Gesicht. »Ich sehe es dir an, du vernimmst weitere Worte!«
Ich nickte betroffen und teilte ihr das eben Gehörte mit.
Sie schüttelte fassungslos ihren Kopf und blickte sich verwirrt im Chinesischen Garten um.
Jetzt wurde ich langsam ungehalten. »Kannst du mich bitte mal aufklären?«
»Wir müssen mit Zenodot sprechen, sofort!«
Ich packte sie ungewollt fest am Arm. »Verdammt nochmal, Cornelia, was geht hier vor sich?«
Schnell entschwand sie aus meinem Griff und schaute mich ehrfurchtsvoll an. »Du … du … bist eine Graustimme!«
»Ich bin was?«
»Jemand, der mit den Steinen sprechen kann«, flüsterte sie voller Respekt.
Ich lachte ironisch auf. »Na prima, noch so ein Geschenk des Weltengängerdaseins, nur dass bei mir diese Sachen immer scheibchenweise zum Vorschein kommen. Wann hat es bei dir angefangen?«
Jetzt ergriff sie meine Hand. »Daniel, du verstehst nicht! Die Graustimme ist eine der seltensten Gaben überhaupt. Nur die mächtigsten Weltengänger besitzen diese unglaubliche Fähigkeit! Meines Wissens ist diese Begabung seit Jahrhunderten bei keinem einzigen Weltengänger aufgetreten. Wir müssen zu Zenodot.«
Ich starrte sie ungläubig an. »Sollte das jetzt ein Scherz sein, dann finde ich ihn nicht lustig.«
»Kein Scherz, Daniel. Komm wir gehen.« Sie zog mich sanft mit sich.
… oh, er geht schon wieder … lass ihm Zeit … ja, Zeit haben wir genug …
Irritiert schaute ich mich um und suchte abermals nach der Quelle

dieser Stimmen, doch in der Dunkelheit war selbst die nähere Umgebung nur schemenhaft zu erkennen. Also stapfte ich der Italienerin verwirrt hinterher. Und erneut betrat ich die Tiefenschmiede mit mehr Fragen als Antworten.

Zenodot blickte mich an mit einem undefinierbaren Ausdruck in seinen Augen und studierte mich von oben bis unten, besser gesagt, er taxierte mich.

Nach ein paar Augenblicken konnte ich mir eine bissige Bemerkung nicht verkneifen: »Was ist, Bibliothekar, habe ich eine Warze auf der Nase?«

Entgegen seiner Art verzog er keine Miene und blieb ernst, dann nahm er Lombardi ins Visier. »Du hast wirklich nichts gehört?«

Sie schüttelte verneinend mit dem Kopf.

Wieder zu mir gewandt: »Und *du* hast die Stimmen deutlich vernommen?«

Ich verzog empört die Mundwinkel: »So deutlich, wie ich dich jetzt höre! Und nein, ich bin nicht verrückt!«

»Das hat keiner behauptet, Daniel. Ich will nur sichergehen, Graustimme war der genaue Wortlaut, richtig?«

Ich nickte nur.

»Wir müssen sichergehen. Alli, suche Garm Grünblatt, er soll sofort herkommen!«

Pia Allington hatte die ganze Zeit wie eine Statue neben einem der Bücherregale gestanden und hatte mich mit offenem Mund angestarrt. Erst jetzt, als Zenodot die Engländerin direkt ansprach, schien sie aus ihrer Trance zu erwachen. Ein Ruck lief durch ihren Körper und stockend meinte sie: »Ja, natürlich Zenodot.« Sie eilte durch die Drehtür und verschwand im Nebenraum.

Zenodot richtete seine Aufmerksamkeit wieder auf mich. »Setzen wir uns. Ich werde dir kurz erklären, was es mit einer Graustimme auf sich hat.«

Er wies auf einen Stuhl rechter Hand am Ende der großen Tafel, während er sich selbst an die Stirnseite direkt daneben setzte. Als wir Platz genommen hatten, nestelte er kurz an seiner Kutte und begann zu erzählen: »Die Graustimme, Daniel, ähnelt dem Wächterblick. Sie ist eine Gabe, um sich in beiden Welten, also der der Menschen und der der Naturwesen, bewegen zu können. Der Wächterblick wohnt den meisten Naturwesen inne, damit sie sich in der Menschenwelt ungesehen bewegen können, ganz im Gegensatz zur Graustimme, die eine unglaublich seltene Fähigkeit ist. Diese Gabe tritt alle paar Jahrhunderte einmal auf. Es gibt vereinzelte Aufzeichnungen über Kobolde, Faune oder Elfen, die in der Lage waren, mit den Steinen zu sprechen. Bei erweckten Menschen, also den *Weltengängern*, ist diese Veranlagung meines Wissens ganze fünf Mal vorgekommen. Wohl gemerkt, seit Anbeginn ihres Daseins.«

Er machte eine Kunstpause, während ich wie gebannt an seinen Lippen hing. »Du kannst dir also vorstellen ...«, fuhr er fort, »dass wir hier alle gleichermaßen überrascht sind.«

»Das heißt also, jeder Kieselstein kann sich mit mir unterhalten und umgekehrt?« Diese Vorstellung jagte mir eine Heidenangst ein.

Der Alte lächelte mich väterlich an. »Da kann ich dich beruhigen, Daniel, ganz so ist es nicht.«

»Wie dann?«

»Roher Stein oder Fels kann sich nicht mitteilen. Erst wenn er bearbeitet wird, haucht ihm das gewissermaßen Leben ein, doch auch hier gibt es Unterschiede. Bei einem behauenen Pflasterstein oder einer Steintreppe wirst du höchstens ein leises Summen vernehmen. Doch wenn aus Stein eine Figur, Gesicht oder Plastik entsteht, dann verwendet der Bildhauer oder Steinmetz viel Liebe und Mühe darauf. Er gestaltet also den Stein, er lebt und arbeitet mit ihm, es entsteht eine Beziehung zwischen dem, der formt und dem, der geformt wird. An sich ist es kein Leben im eigentlichen Sinne, sondern vielmehr eine Projektion dessen, was der Stein durch seinen Erschaffer erfahren hat.«

Mein Mund klappte auf. »Du willst also ernsthaft behaupten, sollte ich heute nach Luxor oder Theben reisen, dann könnte ich mich mit den Pharaonen unterhalten?«

Der Alte lachte herzhaft auf. »Du hast nicht zugehört, Daniel! Es wären Gedanken und Worte der alten Baumeister, die diese Skulpturen erschaffen haben und nicht die Personen, die das Bildnis darstellen!«

»Aber auch das wäre schon abgefahren genug! Ich stelle mir gerade vor, was diese Statuen alles zu erzählen hätten, das würde vermutlich so manche wissenschaftliche Annahme oder Theorie vollkommen über den Haufen werfen«, eiferte ich mich staunend.

Zenodot nickte weise. »Jetzt hast du das ganze Ausmaß dieser Gabe erkannt und wie vorsichtig man damit umgehen sollte! Es erzählt zu bekommen ist eines, es aber glaubhaft gegenüber anderen zu beweisen, ist eine ganze andere Sache. Außerdem ...«, unterbrach er und schmunzelte dabei spitzbübisch, »wirst du sehr bald feststellen, dass diese Gespräche nach eigenen Gesetzen verlaufen.«

»Woher weißt du das alles? Bist du auch eine Graustimme?«, fragte ich überrascht.

Er schüttelte den Kopf. »Nein, aber ich hatte in meinem langen Leben bereits das Vergnügen auf eine Graustimme zu treffen. Mit dir wären es nun also zwei.«

In diesem Moment betrat Alli, mit Garm im Schlepptau, die große Rotunde.

»Ah, da seid ihr ja«, begrüßte der Alte die beiden und winkte den Kobold zu sich. »Garm, wenn ich mich recht entsinne, befindet sich in deinem Besitz eine kleine Statue.«

Garm beäugte seinen Herrn mit skeptischem Blick und fragte vorsichtig: »Ja ...?«

»Würdest du sie bitte aus deinen Gemächern holen?«

»Aber du hast sie mir doch geschenkt!«, meinte der Kobold schüchtern.

»Ich beanspruche sie doch nicht zurück, Garm. Ich benötige sie lediglich für ein kleines Experiment.«

»Sie geht auch nicht kaputt?«

Zenodot stand auf und beugte sich tief zu dem kleinen Wesen hinunter. Aus tiefer Überzeugung sprach er: »Du wirst sie unversehrt zurückerhalten. Du hast mein Wort!«

Garm nickte erleichtert und verschwand erneut durch die Drehtür der runden Bibliothek.

»Was ist so besonders an dieser Statue?«, fragte ich neugierig geworden.

»Vor mehr als zweihundert Jahren fertigte Garms Urgroßvater ein Selbstbildnis in Stein an und machte es mir zum Geschenk ...« Wehmut schwang nun in Zenodots Stimme mit, leise redete er weiter: »Gundolf Grünblatt war außergewöhnlich begabt und mir zudem ein sehr guter, treuer Freund. Irgendwann, als Garm mir einen großen Gefallen erwies, übergab ich ihm die Skulptur seines Urgroßvaters, seitdem hütet er sie wie seinen Augapfel.«

»Was für ein Experiment ist das?«, fragte Pia Allington ungeduldig.

Doch statt Zenodot antwortete jetzt Cornelia: »Ganz einfach, Alli, von dieser Statue wissen wir, wer sie erschaffen hat und nicht nur das, wir, das heißt Zenodot, kannte den Künstler persönlich. Er kann also überprüfen, wenn Fragen gestellt werden, ob die Antworten richtig sind. So können wir eindeutig belegen, ob Daniel wirklich eine Graustimme ist oder nicht!«

»Ich weiß, dass ich die Stimmen gehört habe«, brummte ich missmutig.

»Das stellen wir auch nicht in Abrede, Daniel, trotzdem müssen wir sicher sein! Es gibt mehrere Fähigkeiten, in denen Stimmen eine entscheidende Rolle spielen. Allerdings, und das gebe ich gerne zu, in anderen Zusammenhängen. Die Umstände unter denen du die Worte gehört hast, lassen eigentlich nur den Schluss zu, dass es sich tatsächlich um die Graustimme handelt, doch um alle Zweifel auszuschließen, müssen wir diesen kleinen Versuch starten«, meinte der Alte sanft.

Die Drehtür schwang abermals auf und Garm erschien, ebenso Tarek, Einar und fünf weitere Kobolde, die ich nicht kannte. Einar und Tarek eilten direkt auf mich zu. »Ist es wahr? Du bist eine Graustimme?«, rief Einar völlig aus dem Häuschen.

Zenodot zog gereizt die Stirn in Falten. »Euch entgeht aber auch wirklich gar nichts! Wenn ihr den Weltengänger jetzt bitte in Ruhe lassen könntet, wäre ich euch sehr verbunden. Sucht euch einen stillen Platz, verhaltet euch ruhig und stört nicht weiter!«

Die Kobolde funkelten den Alten an, der hingegen meinte trocken: »Was ist? Habt ihr Blei in den Beinen? Los, los!«

Mürrisch trotteten die Jungs in Richtung Wendeltreppe, eilten dann sofort in den ersten Stock, stellten sich in Reih und Glied an das Geländer und blickten neugierig auf uns herab. Einzig Garm war stehengeblieben und hielt verkrampft eine kleine Steinfigur in seiner Hand.

Zenodot nickte ihm aufmunternd zu. »Könntest du sie bitte auf den Tisch stellen?«

Der Kobold tat, wie ihm geheißen, nicht ohne dem Alten einen besorgten Blick zuzuwerfen und gesellte sich anschließend zu den anderen in die obere Etage.

Der Bibliothekar sah nun mich an. »Konzentriere dich einfach auf die Figur und gib mir Bescheid, solltest du etwas hören.« Und mit strengem Blick auf die Galerie rief er nach oben: »Und jetzt bitte absolute Ruhe.«

Ab diesen Moment hätte man in der Tiefenschmiede eine fallende Stecknadel hören können und alle Augen richteten sich gebannt auf mich. Vorsichtig, als würde die Figur mich jeden Augenblick anspringen, näherte ich mich wieder dem Tisch. Kaum war ich in ihrer Nähe, vernahm ich schon ein leises Flüstern. Aufmerksam betrachtete ich die in Stein gehauenen Umrisse, unverkennbar war es ein Kobold, der eine Art wallende Tunika trug. Seine kleinen Füßchen steckten in Riemensandalen, wie man sie aus den alten südlichen Ländern kannte. Die Gesichtszüge waren freundlich und gütig, gleichzeitig bewunderte ich die filigranen Konturen, die mit viel Liebe zum Detail in den Stein gemeißelt wurden. Dieses Bildnis hatte eindeutig ein Künstler erschaffen, der ein Meister seines Faches gewesen war.

... warum glotzt du mich so an? ... stimmt etwas nicht mit mir? ...

Erschrocken prallte ich zurück, denn mit so einer direkten und noch dazu unverschämten Ansprache hatte ich nicht gerechnet. »Entschuldigung, ich wollte dich nicht beleidigen. Ich bewunderte die schöne Arbeit. Du musst wissen, ich unterhalte mich das erste Mal mit einem ... ähm ... nun ja ... Stein.«

... da hast du ganz recht ... ich habe mich gut getroffen ... hmm, du bist eine Graustimme ...

»Ja, scheint wohl so. Aber um sicherzugehen, hat man dich geholt. Zenodot meinte ...«

... Zenodot? ... Der alte Schlawiner ... lebt also immer noch ...

»Ja, er steht dort drüben.«

... Dumpfbacke, ich kann zwar sprechen, mich aber nicht bewegen ... oder hast du schon einmal von Steinen gehört, die gehen können ... ich jedenfalls nicht ...

Ich blickte zu Zenodot, der gespannt etwas weiter weg stand. »Und?« meinte er.

»Ich kann ihn verstehen, wobei ich etwas überrascht bin. Die Verständigung ist nicht gerade ... wie soll ich sagen ... auf hohem Niveau.«

Er lachte. »Ich sagte dir ja schon, Unterredungen mit Steinen folgen eigenen Regeln. Ungehobelt wäre wohl treffender.«

»Er nannte dich Schlawiner.«

... ist er auch ... kannte den Alten gut ... kippt er immer noch jeden Abend sein Glas Rotwein hinunter und raucht heimlich seine Pfeife? ...

Ich teilte Zenodot das gerade Gehörte mit, worauf dieser sein Gesicht zu einem Grinsen verzog. »Das ist Beweis genug, Daniel«, meinte er beeindruckt.

Gemurmel drang aus der Galerie zu mir ... *er ist tatsächlich eine Graustimme ... eine Graustimme, hier in der Tiefenschmiede ... dass ich das noch erleben darf ...*

Der Alte rief Garm wieder zu sich, der, sichtlich erfreut, dass seinem Urgroßvater nichts zugestoßen war, die Statue behutsam vom Tisch nahm und sofort damit verschwand.

Als ich mich zu den beiden Frauen drehte, hatten sich ihre Blicke verändert. Ich sah Ehrfurcht, Bewunderung und eine gehörige Portion Respekt in ihren Augen. Alli kam auf mich zu. »Nun wundert es mich nicht mehr, dass du den Wächterblick so schnell gelernt hast. Ich kann es noch immer nicht glauben, dass ich jetzt eine Graustimme kenne. Das wird sich wie ein Lauffeuer verbreiten.«

Auf einmal donnerte Zenodots Stimme durch die Tiefenschmiede. »NICHTS wird sich verbreiten! Ich verpflichte hiermit jeden zum absoluten Stillschweigen und das gilt vor allem für die Kobolde. Nichts darf über diese Fähigkeit nach außen dringen. Ich werde jedes Wesen persönlich zur Rechenschaft ziehen, sollte mir etwas zu Ohren kommen!«

Erneut herrschte eine totale Stille in der Tiefenschmiede.

Der Alte fuhr fort: »Wenn die Gegenseite Wind davon bekommt, wird sie mit allen Mitteln, alles daransetzen, Weltengänger Daniel in ihre Hände zu bekommen – und das werde ich keinesfalls zulassen. Stellt euch diese seltene Fähigkeit in den Händen unserer Widersacher vor, was glaubt ihr, was für Geheimnisse offenbart werden würden. Das können und dürfen wir nicht zulassen.«

Lombardi trat vor. »Zenodot hat vollkommen recht, nichts darf nach außen dringen.«

Ich stand eigentlich nur da und wusste nicht, wie mir geschah. Plötzlich legte mir die Italienerin ihre Hand auf die Schulter. »Ich denke, wir sollten jetzt Zenodot über deine Entscheidung unterrichten.«

Erstaunt sah ich sie an. Natürlich, das Telefonat mit Schwarzhoff! Über all diesen Ereignissen hatte ich das anstehende Gespräch mit dem Kommissar völlig vergessen.

Nachdem in der Tiefenschmiede etwas Ruhe eingekehrt war, informierte ich Zenodot und Alli über das Telefongespräch und die Entscheidung, mich mit Schwarzhoff in den frühen Morgenstunden zu treffen. Ich hatte, zumindest bei Zenodot, mit erheblichen Bedenken oder Widerworten gerechnet, doch nichts dergleichen passierte. Nachdem er eine Weile darüber nachgedacht hatte, signalisierte er – ich will es einmal so ausdrücken – verhaltene Zustimmung. Noch im gleichen Atemzug stellte er klar, dass er mit Schwarzhoff ebenfalls ein paar Worte wechseln wollte, um sich selbst ein Bild von diesem Kommissar zu machen. Wir vereinbarten, dass ich erst alleine mit Schwarzhoff reden würde und Zenodot, sobald ich ihm ein festgelegtes Zeichen deutete, später dazu stieß. Als alle damit einverstanden waren, beendeten wir den Tag, denn es war mittlerweile kurz nach Mitternacht. Müde und ausgelaugt schleppte ich mich ins Bett, stellte den Wecker meines Handys und sackte sofort in einen komatösen Schlaf.

Madern Gerthener, Reichsstadt Frankfurt – 1399 AD

Allein und verlassen stand Madern Gerthener nun auf der Alten Brücke. Weit weg schallte der Ruf des Nachtwächters durch die Finsternis, Mitternacht war angebrochen. Mit zittrigen Beinen lief er langsam zur Mitte der Brücke, aber es war keine andere Person zu sehen. Da die Feuerkörbe nur noch karges Licht warfen, spähte er beunruhigt und unsicher in die Dunkelheit. Vielleicht hatte der Fremde doch gelogen und alle Vorsichtsmaßnahmen die Gerthener getroffen hatte, waren einem Hirngespinst entsprungen. Enttäuschung und gleichzeitig Erleichterung keimten in seinem Innern auf, bevor er überraschend eine Veränderung der Luft wahrnahm, denn es wurde spürbar kälter. Doch diese Kälte war sonderbar, sie kroch langsam schleichend durch Mark und Bein, brachte ihn zum Zittern und ließ ihn zutiefst erschauern. Sein Atem ging stoßweise und kleine Dampfwolken stiegen vor seinem Gesicht auf. Diese Eisigkeit war die Kälte des Todes. Seine eben noch verwirrten Gefühle wichen einer panischen Angst. Gerthener krallte sich so fest in die Steinbrüstung der Brücke, dass seine Knöchel weiß hervortraten. Sein Blick wurde glasig, denn der schneidende Frost raubte ihm die Sinne. Unter Aufbietung aller Kräfte versuchte er sich zu konzentrieren und mahnte sich innerlich zur Ruhe, als er eine undeutliche Bewegung in der Finsternis wahrnahm. Langsam schälte sich eine schattenhafte Gestalt aus der Dunkelheit und plötzlich stand der Fremde vor ihm. Gerthener spürte, wie sich eine Eisenklammer um sein Herz legte, denn der Unbekannte war nicht allein. Zwei Personen, eingehüllt in schwarze Mäntel, ihre Kapuzen tief über die Gesichter gezogen, standen hinter dem Fremden und starrten ihn an. Gerthener konnte den Hass in ihren nicht sichtbaren Augen fast körperlich spüren.

»Meister Gerthener! Wie ich sehe, seid Ihr meiner Einladung gefolgt.«

Es war die gleiche raue und heisere Stimme, die vor zwei Tagen in der Schenke *Hölzerner Krug* das erste Mal zu ihm gesprochen hatte.

Der Baumeister versuchte möglichst selbstsicher zu klingen: »Ja, ich bin hier, denn ich wollte wissen, ob Ihr tatsächlich in der Lage seid, Euer Versprechen, so ungeheuerlich es auch klingen mag, einzulösen.«

Der Fremde neigte leicht seinen Kopf zur Seite. »Ah, das Stichwort – *Einlösen!* Nichts ist umsonst! Ich hoffe, Ihr erinnert Euch an diesen Satz?«

Als hätte ich diese Worte jemals vergessen können!, dachte Gerthener bitter. »Ich erinnere mich gut daran, doch ich kann mich nicht entsinnen, dass Ihr um eine Gegenleistung gefragt hättet.«

Statt einer Antwort erfolgte ein wütendes Zischen der Gestalten, die hinter dem Fremden standen. Er brachte sie mit einer kurzen Handbewegung zum Schweigen und meinte sichtlich erheitert: »Ihr habt wirklich keine Ahnung? Euer Geselle Ullrich hat doch bestimmt ein wenig geplaudert?«

»Warum habt Ihr mich nicht direkt gefragt? Außerdem kenne ich immer noch nicht Euren Namen!«

»Nun, ich bevorzuge beizeiten etwas unterschwellige Methoden, die, wie Ihr selbst zugeben müsst, ihr Ziel ebenfalls erreichen. Und Namen, Meister Gerthener, sind Schall und Rauch! Nur durch Taten bleiben diese in Erinnerung. Ich war einmal ein Mensch wie Ihr, doch ich habe meinen Namen vor langer Zeit abgelegt. Ich bevorzuge die Dunkelheit, ich bin ein Schatten, den die Menschen nur im Vorübergehen wahrnehmen und sofort wieder vergessen.«

Der Baumeister schluckte schwer, als er die Worte des Fremden hörte. *Ich war einmal Mensch ...* – er hatte also recht behalten, diese Gestalt war ein Dämon oder zumindest etwas Ähnliches.

Der Fremde sprach weiter, nun aber mit einer gewissen Schärfe in seiner Stimme: »Ihr wisst, was ich von Euch will! Und stellt Euch nicht dumm, denn Euer Geselle hat mit Sicherheit gesprochen! Ich habe lange nach dem gesucht, was Ihr in Eurem Besitz habt.«

»Er hat mir von dem Treffen mit Euch berichtet«, bestätigte der Baumeister wahrheitsgemäß.

»Ihr tragt den Gegenstand bei Euch?«, fragte der Schatten mit unverhohlener Gier.

Gerthener überlegte, was er darauf antworten sollte, denn er war überzeugt, dass nur ein einziges unbedachtes Wort seinen Tod zur Folge haben könnte. »Was ist mit Eurem Versprechen die Brücke zu reparieren?«

»HABT Ihr es bei Euch?«, fauchte der Fremde ungeduldig.

»Beantwortet mir zuerst meine Frage«, blieb Gerthener stur, wohlwissend, dass er sich jetzt auf ganz dünnem Eis bewegte.

»Zeigt es mir und wir haben einen Vertrag. Dann werde ich Euch helfen, damit Ihr Eure armselige Reputation als Baumeister nicht verliert! Und ich pflege meine Versprechen zu halten.«

Gerthener traute zwar diesem Fremden keinen Fußbreit über den Weg, doch was blieb ihm übrig? Er holte die kleine Schatulle aus der Innentasche seiner Jacke und streckte sie dem Wesen entgegen. Jetzt würde sich zeigen, wie viel der Fremde über dessen Inhalt wusste. Kleine Schweißperlen bildeten sich auf seiner Stirn und der Baumeister war kurz davor sich zu übergeben. Als sein Gegenüber das schwarze Kästchen erblickte, lief ein Zittern durch den gesamten Körper. Nur mühsam konnte der Fremde seine Begierde nach dem lang ersehnten Objekt unterdrücken.

»Öffnet es!«, krächzte das Wesen.

Gerthener entriegelte das Kästchen, klappte den Deckel zurück und drehte den Behälter so, dass der Fremde dessen Inhalt sehen konnte. Stille! Kein Laut war zu hören. Der Fremde stand nur da und betrachtete die Schatulle.

Unsicher meinte Gerthener: »Haben wir einen Vertrag?«

»Schlagt das Tuch zurück und ich werde es Euch sagen.«

Jetzt wurde es dem Baumeister heiß und kalt, denn er wusste, dass er das Metall der Gussform unter keinen Umständen berühren durfte. Er stellte das Kästchen auf die steinerne Brüstung und drehte seinen Körper so, dass der Fremde nichts sehen konnte. Mit zitternden Fingern versuchte er das Tuch beiseite zu schlagen. Nach dem zweiten Anlauf bekam er endlich eine Ecke zu fassen und klappte den Stoff zur Seite, das Metallstück lag frei. Er wandte sich wieder dem Wesen zu und hielt ihm die Schatulle erneut entgegen. Der Schlüsselabdruck war im diffusen Licht deutlich zu erkennen. Der Fremde, sowie seine beiden Helfer, ließen augenblicklich einen gefährlichen Zischlaut erklingen. Ob es nun Enttäuschung oder Freude war, vermochte Gerthener nicht einzuordnen, doch ihm fiel eine riesige Last von der Schulter, als der Fremde meinte: »Wir haben einen Vertrag, Meister Gerthener! Und jetzt schließt den Kasten und gebt ihn mir!«

»Wer sagt, dass Ihr mich nicht sofort meuchelt, wenn ich ihn übergebe?«

Das Wesen lief ein Schritt auf ihn zu. »Wenn ich es gewollt hätte, Baumeister, dann wäret Ihr bereits nach dem Schließen der Brückenpforte ein toter Mann gewesen«, fauchte die dunkle Schattengestalt.

Gerthener lief es kalt den Rücken hinunter. »Ich werde Euch die Schatulle erst übergeben, wenn Ihr Wort gehalten habt«, sagte er mit belegter Stimme.

Der Fremde lachte zynisch auf. »Ihr seid nicht in der Situation, Forderungen zu stellen, Baumeister! Und Geduld ist ein Wort, das in meinem Sprachschatz nur äußerst selten vorkommt! Ihr werdet mir also das Kästchen jetzt aushändigen oder Euer Leben ist verwirkt!«

Die beiden dunklen Gestalten hinter dem Wesen wurden unruhig, anscheinend warteten sie nur auf einen Befehl ihres Herrn, um endlich über den Menschen herfallen zu dürfen. Trotz der Kälte schwitzte Gerthener aus allen Poren. Er wusste nicht mehr weiter. *Was sollte er nur tun?* Dann plötzlich, einer inneren Eingebung folgend, hatte er sich entschieden. »Gut, ich gebe Euch die Schatulle und Ihr haltet Euer Wort und bessert die Brücke aus?«

Der Fremde blieb stumm, nickte aber bejahend mit dem Kopf.

Vorsichtig stellte der Baumeister das Kästchen auf den Brückenrand und trat zwei Schritte zurück. Wie ein Pfeil schoss der Fremde nach vorne und krallte seine knöchernen Finger um den Gegenstand. Ein tiefer Seufzer der Erleichterung entfuhr dem Wesen, während Gerthener inständig hoffte, dass er die richtige Entscheidung getroffen hatte. Sein Gegenüber verstaute die Schatulle in seinem ausladenden Umhang und fixierte den Baumeister. »Ihr habt gut daran getan, Euch meinem Willen zu beugen, andernfalls hätten Euch meine Schwarzmäntel in Stücke gerissen und das Leben ausgesaugt.«

»Und jetzt?«, fragte Gerthener mit klopfendem Herzen.

»Vertrag ist Vertrag, Baumeister. Tretet zur Mitte der Brücke!«

Er tat, wie ihm geheißen, während der Fremde beide Hände hob und Worte in einer unbekannten Sprache zu rezitieren begann. Bereits nach den ersten gemurmelten Zeilen lag eine Spannung in der Luft, wie Gerthener sie nur vor heftigen Gewittern oder Unwettern erlebt hatte. Wie gebannt betrachtete er die gespenstische Szenerie, in der dieser seltsame Mann mit nach oben gereckten Armen den Himmel beschwor. Dann, mit blankem Entsetzen, entdeckte Gerthener, wie sich über dem Fluss ein tiefschwarzes Schattengebilde formte. Es wuchs in wenigen Augenblicken von einer kümmerlichen Wolke zu einer gigantischen Nebelbank, die sich unablässig auf die Alte Brücke zu bewegte. Immer dichter und dunkler waberten die Nebel über das Wasser. Schlagartig legte sich eine undurchdringliche Finsternis über die Ufer des Mains, wie Gerthener sie nie zuvor erlebt hatte. Es war, als würde alles und jedes von der Dunkelheit verschluckt werden, nicht einmal die Hand vor Augen war mehr erkennbar. Die Frankfurter würden später über die schwärzeste Nacht seit Menschengedenken berichten. Als wäre das noch nicht genug, erfüllte jäh ein fremdartiges Geräusch die Umgebung, es war ein langsam anschwellendes Heulen. Der Baumeister spürte, wie der schwarze Dunst um ihn herum in Bewegung geriet. Das Heulen wurde stärker und der eben noch leichte Windhauch wandelte sich zu einem Sturm. Aus dem Sturm wurde ein Orkan geboren, der immer heftiger über das Wasser peitschte. Gerthener stand, zur Salzsäule erstarrt, in der finstersten Finsternis und wagte kaum noch einen Atemzug. Ihm war das Augenlicht genommen, aber er spürte den schneidenden Sturmwind mehr als deutlich auf seiner Haut. Da er nichts sehen konnte wurden seine anderen Sinne schärfer! Es begann mit einer leicht schwankenden Bewegung, als plötzlich die ganze Brücke in ihren Grundfesten erzitterte. Überall knackte und krachte es, fassungslos vernahm er das Geräusch von herabstürzenden Steinen, die laut klatschend auf der Wasseroberfläche aufschlugen. Sein ganzer Körper zitterte wie Espenlaub, jederzeit darauf gefasst, dass die großen Brückenbögen unter ihm nachgaben und Gerthener in die kalten Fluten des Mains rissen. Inbrünstig schickte er ein Stoßgebet zum Himmel und bat um Vergebung für seinen Frevel, einen Pakt mit diesem schwarzen Zauberer eingegangen zu sein. In weiter Ferne, wie durch Watte, vernahm er gellende Schreie der Angst und Panik, doch über allem schwebten die gesprochenen Worte des Fremden, die wie Pech in der Luft klebten. Immer stärker wurden die Erschütterungen der Brücke und der Baumeister schloss insgeheim mit seinem Leben ab, denn es war nur noch eine Frage der Zeit, bis das Bauwerk in sich zusammenfallen würde. Er fiel auf die Knie und fing an zu beten, bat Gott um einen schnellen Tod und dass seine Frau Adelheid ein langes und erfülltes Leben haben möge. Überall ächzte es, der Wind peitschte, die erbarmungslose Kälte und das undurchdringliche Schwarz. *Der Vorhof zur Hölle*, dachte Gerthener erschüttert. Doch während er auf seinen Tod wartete, brachen die rezitierten Worte abrupt ab und urplötzlich legte sich auch der Sturm. Mit einem innerlichen Jubelschrei bemerkte der Baumeister einen ersten kleinen Lichtschimmer, die Dunkelheit zog sich zurück. Langsam, wie unter tonnenschweren Gewichten, erhob er sich und ließ seinen Blick über die Brücke schweifen. Hochaufgerichtet und kerzengerade stand der schwarze Zauberer keine fünf Meter von ihm entfernt und lächelte ihn hämisch an. »Mein Werk ist vollendet, Baumeister.«

Unsicher wankte Gerthener an die Steinbrüstung, lehnte sich nach vorne und blickte an den Bogen entlang zum Wasser hinunter, doch es war zu dunkel um Einzelheiten erkennen zu können. Er wandte sich dem Fremden zu und meinte stockend: »Ich kann nichts feststellen.«

»Es ist alles so, wie es sein soll, diese Brücke wird die nächsten Jahrhunderte überdauern. Euer Ansehen als Stadtbaumeister ist gewahrt. Doch Ihr erinnert Euch? Nichts ist umsonst!«

Gerthener blickte ihn überrascht an. »Ich habe Euch die Schatulle samt Inhalt bereits übergeben.«

Wie zum Hohn stemmte der Fremde seine Arme in die Hüften und fing lauthals an zu lachen »Das habt Ihr, doch dachtet Ihr wirklich, dass dieser Preis ausreichend wäre?«

»Aber Ihr gabt Euer Wort ...«

Jetzt wurde Stimme des Wesens messerscharf und eiskalt: »Ihr wolltet Eure Reputation nicht verlieren und dafür habe ich gesorgt. Die Menschen werden Euch als guten Baumeister in Erinnerung behalten, denn eines werdet Ihr nicht mehr tun können, Euren Berufsstand ausüben. Wie sollte das auch möglich sein, als alter und gebrechlicher Mann, der nicht mehr gehen kann?«

Gerthener sackte in sich zusammen und krächzte: »Euer Versprechen ...«

»Wurde eingehalten! Doch von Eurer körperlichen Unversehrtheit war nie die Rede. Ich sagte Euch bereits, dass ich subtileres Vorgehen bevorzuge.«

Ohne Vorwarnung raunte der Fremde ein Wort und vollzog eine schnelle Handbewegung. Ein violetter Blitz schoss aus seiner Handfläche, so schnell, dass Gerthener nicht den Hauch einer Chance besaß. Der Strahl traf den Baumeister direkt in die Brust und wurde von seiner Wucht von den Beinen gerissen. Hart schlug er mit dem Rückgrat auf den groben Steinboden und hörte im selben Augenblick einen grauenvollen Aufschrei. Benommen und ohne Orientierung versuchte er wieder auf die Füße zu kommen, doch es gelang ihm nur unter großen Mühen. Als er endlich wieder aufrecht stand, suchte sein panischer Blick den schwarzen Zauberer. Dieser lag mit seltsam verrenkten Gliedmaßen leise wimmernd auf der Erde. Von den zwei Schwarzmänteln war nichts zu sehen, doch der Baumeister entdeckte zwei rußgeschwärzte dunkle Stellen auf den Steinen. Er blickte an sich hinunter, betastete sich mit den Händen und stellte zu seinem größten Erstaunen fest, dass er völlig unversehrt war. Der Arcanus hatte tatsächlich gewirkt. Gerthener stieß einen Schrei der Erleichterung aus. Dann, langsam und mit äußerster Vorsicht, näherte er sich der am Boden liegenden Gestalt. Als er den Fremden erreicht hatte, hielt der Baumeister vor Bestürzung den Atem an, denn der Anblick war fürchterlich. Er schaute in ein uraltes Gesicht, nichts war von den aristokratischen Gesichtszügen, die er bei jener ersten Begegnung bemerkt hatte, übrig. Die dunklen Haare des Mannes waren ergraut, die Gestalt vergreist und welk wie abgefallenes Laub. Die Beine waren zwei dünne Äste, die verdreht und verknöchert, nur noch lebloses Anhängsel eines greisenhaften Körpers waren. Diese Glieder würden niemals wieder eine Last tragen. Wie hatte der Fremde zu ihm gesprochen? *Ein alter und gebrechlicher Mann, der nicht mehr laufen kann!* Gerthener schluckte schwer, der Fluch, den der Zauberer ihm zugedacht hatte, war durch Gretlins Schutzamulett zurückgeworfen worden. Er wurde aus seinen Gedanken gerissen, denn eine dünne und gebrochene Stimme zischelte: »Ein Arcanus … Wie habt Ihr …?« Die Worte erstarben und hasserfüllte Augen stierten ihn fragend an.

Gerthener kniete sich neben den Fremden. »Es scheint, dass nicht nur Ihr in List und Tücke bewandert seid. Habt Ihr mich wirklich für so einfältig gehalten und geglaubt, ich wüsste nicht um die Gefahr? Vor langer Zeit, als man mir die beiden Gussformen anvertraute, wurde ich über deren Bedeutung aufgeklärt.«

Plötzlich hustete der Zauberer und riss die Augen voller ungläubigem Erstaunen auf. Er rang unter großen Mühen nach Worten. »Zwei?« presste er heraus.

Der Baumeister nickte still. Selbst jetzt lief es ihm eiskalt den Rücken hinunter, als er in das kalte und bösartige Antlitz des Fremden blickte. Doch die Frage hatte ihn aufgerüttelt. Vorsichtig griff er unter den Umhang des Zauberers und suchte nach der Schatulle. Widerstandslos ließ der Fremde die Prozedur über sich ergehen. Selbst als er das Kästchen ertastete und ihn behutsam aus der Kleidung herauszog, gab der Zauberer nur einen schwachen Protest von sich. Gerthener steckte es in seine Jacke und meinte sanft: »Ja, es waren zwei Gussformen, doch nur eine befand sich in diesem Behältnis! Die andere liegt wohlbehütet an einem sicheren Ort. Selbst wenn Ihr die eine bekommen hättet, so wäre Euch der Schlüssel verwehrt geblieben.«

Nach diesen Worten sprühten die Augen des Zauberers vor Hass und Fassungslosigkeit.

Der Baumeister stand auf, lief zum Brückenrand und blickte nachdenklich über den ruhig dahinfließenden Main. Er überlegte, was nun geschehen sollte, den Zauberer einfach liegen lassen oder ihn vielleicht ins Wasser werfen? *Nein, das kam auf keinen Fall in Frage – er war kein Mörder!* Während er darüber nachdachte, vernahm er ein gequältes Röcheln. Er fuhr herum und sah mit Bestürzung, dass sich der Fremde auf die gegenüberliegende Seite der Brücke geschleppt hatte. Gerthener rannte los, doch bevor er die Brüstung erreichen konnte, hatte sich der Mann bereits an den rauen Steinen hochgezogen und ließ sich über den Vorsprung fallen. Es folgte ein lautes Aufklatschen auf dem Wasser. Der Baumeister blickte entsetzt nach unten, doch außer ein paar Luftblasen auf der Wasseroberfläche war nichts mehr zu sehen. Der Zauberer hatte seinen eigenen Tod herbeigeführt. Alle Anspannung löste sich mit einem Schlag und Gerthener fiel ein Stein vom Herzen, denn diese Tat hatte sein Problem von selbst gelöst. Adelheid und er waren in Sicherheit und das nicht nur für heute, sondern auch in Zukunft. Unbewusst griff er an seinen Hals, der Arcanus war nicht mehr da! Das Amulett hatte seine Schuldigkeit getan und war durch den Zauber vermutlich zerstört worden. Als er sein Hemd aufknöpfte, stellte er erstaunt fest, dass auch das Pentagramm verschwunden war, lediglich eine leicht gerötete Stelle war auf seiner Brust zurückgeblieben. Er fiel auf die Knie und sprach in Richtung Himmel: »Danke Gott für dein Zutun.« Erneut schwor er, sein gegebenes Versprechen einzulösen. Der Hahn hatte mit seinem Blut Gertheners Leben gerettet und das sollte nicht in Vergessenheit geraten. Er würde diesem Tier ein weithin sichtbares Denkmal setzen, nur wusste er noch nicht wie, aber es würde geschehen. In diesem Moment vernahm er schnelle Schritte auf der Brücke. Er hob den Kopf und erkannte Hauptmann Grimeisen, der mit zwei weiteren Wachsoldaten auf ihn zu rannte. Völlig außer Atem kam Grimeisen vor ihm zum Stehen und stotterte verwirrt: »Meister Gerthener?! Wie …?«

»Hallo Hauptmann«, meinte er müde, konnte sich aber ein Grinsen nicht verkneifen, als er in das verblüffte Gesicht von Grimeisen blickte.

»Was macht Ihr zu dieser Stunde auf der Brücke?«, fragte der

Wachhabende in dienstlichem Ton, fügte aber sofort erleichtert hinzu: »Dem Himmel sei Dank, dass Euch nichts geschehen ist. Was für eine Rabenschwärze! Habt Ihr so etwas schon einmal erlebt? Ich nicht! Es war so finster, dass nur der Teufel höchst selbst seine Finger im Spiel gehabt haben kann.« Wie zur Bekräftigung seiner Worte schüttelte er sich voller Grauen.

»Zu Eurer ersten Frage: Ich hatte noch zu tun, weshalb ich eigentlich in der Hütte nächtigen wollte, doch die Arbeit ging schneller von der Hand als gedacht. Also verwarf ich meine Absicht und machte mich auf den Weg nach Hause. Als ich etwa die Mitte der Brücke erreicht hatte, brach die Finsternis herein und die ganze Brücke erzitterte. Deshalb zu Eurer zweiten Frage: Nein, so etwas habe ich noch nie gehört, gesehen, geschweige denn erlebt!«

Der Hauptmann schüttelte beunruhigt den Kopf. »In der Tat, aber was hat das zu bedeuten? Niemand kam zu Schaden, wenn man von weinenden Kindern und jammernden Alten einmal absieht. Alle Gebäude sind heil und intakt.«

Gerthener atmete innerlich erleichtert auf, als er Grimeisens Worte vernahm und meinte bestätigend: »Auch die Brücke scheint in Ordnung zu sein, doch zur Sicherheit sollte sie morgen bis zur Mittagsstunde geschlossen bleiben. Diese Zeit werde ich brauchen, um mich zu vergewissern, dass keine Gefahr droht.«

»Ein weiser Vorschlag, Meister, obwohl der Rat von dieser Entscheidung nicht begeistert sein wird.«

»Natürlich nicht …«, brummte Gerthener, »doch sollte die Brücke im größten Betrieb einstürzen, was glaubt Ihr, wer dann zur Rechenschaft gezogen wird? Der Rat der Stadt oder gar der Schultheis von Praunheim persönlich?«

Grimeisen lachte sarkastisch auf. »Sicherlich nicht! Eure Person wird es treffen!«

»Und genau deswegen wird die Brücke solange geschlossen bleiben, wie ich es für richtig halte. Sind wir uns in diesem Punkt einig, Hauptmann?«

»Ja, Baumeister, das sind wir!«

»Sehr gut, dann möchte ich jetzt gerne meinen Weg nach Hause fortsetzen, denn die Nacht wird ohnehin kurz und der morgige Tag sehr lang. Und bevor ich es vergesse, ich werde morgen kurz in der

Wachstube vorbeikommen und die Briefe, die ich Euch zur Aufbewahrung gegeben habe, wieder abholen.«

Grimeisen sah ihn erstaunt an: »Vertraut Ihr mir nicht mehr?«

»Gott nein, Hauptmann. Es haben sich nur Neuerungen ergeben, die es notwendig machen, die Inhalte der Briefe abzuändern.«

»Natürlich, kommt vorbei, wie es Euch beliebt. Die Türe der Brückenwache steht Euch allezeit offen.«

»Besten Dank, Hauptmann Grimeisen, und gute Nacht.«

»Sie wird, wie die Eure, sehr kurz werden. Wir werden die Brücke noch abgehen, um zu sehen, ob alles in Ordnung ist. Sollten wir Veränderungen oder Risse bereits jetzt bemerken, dann werde ich Euch morgen unverzüglich benachrichtigen.«

Der Baumeister verabschiedete sich mit einem Nicken und verließ die Brückenwache. Es hatte sich, zumindest für diese Nacht, alles zum Guten gewendet. In welchem Zustand die Brücke wirklich war und ob der Fremde Wort gehalten hatte, würde sich am morgigen Tag zeigen. Aber er war mit dem Leben davon gekommen, wenn auch nur knapp. Beide Gussformen waren ebenfalls in Sicherheit, doch er würde sich überlegen müssen, was mit ihnen geschehen sollte. Gerthener war sich bereits jetzt über eines im Klaren, die Formen mussten getrennt und unabhängig voneinander verwahrt werden. Nur so war gewährleistet, dass die Herstellung des Dämonenschlüssels unterbunden wurde. Müde und ausgelaugt passierte er den Frankfurter Brückenturm und freute sich auf das Wiedersehen mit Adelheid und auf das weiche Bett zu Hause.

Kreillig und Schwarzhoff – Mordkommission Frankfurt

Carolin Kreillig brüllte in den Telefonhörer: »DU HAST WAS?«

»Jetzt beruhige dich und lass mich ausreden«, versuchte Schwarzhoff seine aufgebrachte Kollegin zu beschwichtigen, obwohl er wusste, dass Kreillig natürlich vollkommen recht hatte. Direkt nach seinem Telefonat mit Daniel Debrien hatte er sich dazu entschlossen, die Kommissarin anzurufen, um sie über das Gespräch zu informieren. Selbstverständlich war sie nicht in Begeisterungsstürme ausgebrochen, als er ihr von dem bevorstehenden Treffen mit dem Jungen außerhalb des Präsidiums berichtete. Was sie aber wirklich auf die Palme brachte, war die Tatsache, dass Schwarzhoff ausgerechnet diese potenziell verdächtige Person in die laufenden Ermittlungen eingeweiht hatte. Auch wenn die ungeklärten Todesfälle weit zurücklagen, so standen sie anscheinend doch in einem Zusammenhang, da alle Leichen ein Stigma an der rechten Hand aufwiesen und sie an Debriens Hand das gleiche Symbol identifiziert hatten – ein Kreuz des Lebens.

»Was hast du dir dabei nur gedacht, Julian?«, redete sie wütend auf ihn ein und seufzte am anderen Ende der Leitung. »Wenn das rauskommt, dann ist dir doch klar, dass du ein Disziplinarverfahren am Hals hast.«

Kleinlaut meinte Schwarzhoff: »Ich bin mir dessen durchaus bewusst, Carolin. Aber nochmal, ich bin mir sicher, dass der Junge nichts mit dem Tod von Schulz zu tun hat. Dennoch ist er in irgendeiner Form darin verwickelt und genau das will ich herausfinden. Ich glaube wirklich, er steckt ungewollt in Schwierigkeiten. Nach unserem Telefonat hat sich das noch weiter bestätigt und ich will ihm einfach die Chance geben, sich zu erklären.«

»Aber warum nicht auf dem Präsidium?«, fragte Kreillig immer noch gereizt.

»Weil er von seinem jetzigen Standort nicht weg kann.«

Seine Kollegin lachte gequält auf. »Julian, wir wissen definitiv, dass er nicht zu Hause ist! Wenn er also seinen derzeitigen Aufenthaltsort nicht verlassen kann und er sich mit dir im Bethmannpark, genauer im Chinesischen Garten treffen will, ist die logische Schlussfolgerung, dass er genau an dieser Stätte ist! Mal ganz abgesehen von der ungewöhnlichen Uhrzeit, nämlich den frühen Morgenstunden, kommt dir *das* nicht seltsam vor, werter Kollege?«

Jetzt, als Kreillig die Fakten erneut aufzählte, schalt er sich innerlich einen Narren. Natürlich war das mehr als merkwürdig und befremdlich, aber zurückrudern würde er trotzdem nicht. »Vielleicht hast du recht, vielleicht auch nicht. Wir werden es Morgen sehen.«

»Hast du dir schon einmal überlegt, dass es eine Falle sein könnte?«, brummte sie mürrisch durchs Telefon.

»Eine Falle – wofür?«, fragte Schwarzhoff erstaunt.

»Na, für dich du Schlauberger!«

»Debrien? Nie im Leben, dafür ist er viel zu grün hinter den Ohren. Wenn du einem Kommissar eine Falle stellen willst, würdest du einen Ort wählen, der – wie der Chinesische Garten – nur zwei Zugänge hat und zudem von hohen Mauern umgeben ist? Dem nicht genug, liegt dieser Platz in einem weiteren Park, der gerade mal vier Ein- und Ausgänge besitzt, ebenfalls von Eisengittern eingezäunt ist und außerdem mitten in Frankfurt liegt? Die Polizei kann mit einer Handvoll Beamten das komplette Gelände lückenlos sichern und überwachen. Eine Flucht wäre ausgeschlossen!«

»Ja, ich gebe zu, das wäre ziemlich dämlich«, meinte sie in einem etwas verständnisvollerem Tonfall.

»Ich werde mich mit ihm treffen, hören, was er zu sagen hat, dann sehen wir weiter.«

»Gut, aber ich komme mit!«, entschied die Beamtin trotzig.

»Nein, das wirst du nicht. Ich habe mit ihm vereinbart, dass ich alleine komme und daran halte ich mich. Meinetwegen kannst du mich bis zum Eingang des Gartens begleiten, aber dort wartest du, bis ich wieder rauskomme. Über die Mauer werde ich ja wohl kaum abhauen oder gar entführt werden können. Einverstanden?«

Kurze Pause am anderen Ende der Leitung, dann raunte sie: »Einverstanden, aber ich werde zur Sicherheit mehrere Streifenwagen als Rückdeckung in der Nähe warten lassen.«

»Tu was du nicht lassen kannst, doch ich glaube nicht, dass wir sie brauchen werden …« Versöhnlich setzte er noch hinzu: »Trotzdem, kann es ja nicht schaden.«

»Ich hoffe wirklich, Julian, dass es dieser Debrien wert ist, denn wenn nicht …«

»Disziplinarverfahren, ich weiß Carolin. Und jetzt leg dich schlafen, denn ich hole dich morgen früh um 5 Uhr ab.«

»Na dann, gute Nacht Kollege«, verabschiedete sie sich von ihm und legte auf.

Schwarzhoff legte gedankenverloren sein Handy auf den

Küchentisch und rieb sich die Augen. *Hoffentlich liege ich richtig*, dachte er unheilvoll und ging ebenfalls zu Bett.

Schwarzhoff tauchte Punkt 5 Uhr vor Kreilligs Wohnung im Frankfurter Ostend auf. Seine Nacht war, wie vermutet, ruhelos gewesen und ein ums andere Mal war er aus irgendwelchen diffusen Träumen hochgeschreckt. Dementsprechend mies fühlte er sich an diesem Morgen. Kreillig kam eben aus der Haustüre, sie trug eine schwarze Jeans, weiße Bluse und darüber eine dunkelgrüne leichte Lederjacke. Als sie sich zu ihm ins Auto setzte, roch er sofort ihren dezenten Lieblingsduft – eine Mischung aus Amber und Mandel.

»Du siehst schrecklich aus, Julian«, begrüßte sie ihn lächelnd.

Er versuchte sich ein Grinsen abzuringen. »Es reicht, wenn einer von uns beiden gut aussieht.«

»War das eben ein Kompliment?«, fragte sie erstaunt.

»Ich wollte damit nur ausdrücken, dass du erheblich besser in Schuss bist als ich.«

»Also doch ein Kompliment! Damit hätte ich am frühen Morgen gar nicht gerechnet.«

Schwarzhoff erwiderte nichts mehr und startete den Wagen. Da Kreillig ihr Domizil in der Nähe des Frankfurter Zoos hatte, war es nur ein Katzensprung bis zum Bethmannpark. Der Kommissar bog auf die Thüringer Straße ein, die direkt am Zoo vorbeiführte. Um diese Zeit waren nur vereinzelte Fahrzeuge unterwegs, was sich in etwa ein bis zwei Stunden, wenn die Rushhour einsetzte, schlagartig ändern würde. Nur fünf Minuten später hatten sie den Park erreicht. Er parkte auf dem Cityring etwa eine Minute Fußweg vom Garten des himmlischen Friedens entfernt. Sie hatten das Auto bereits verlassen, als Kreillig ihr Handy zückte und kurz telefonierte. Der Kommissar hörte, wie sie in der Zentrale anrief und sich vergewisserte, dass die angeforderten Streifenwagen in Reichweite waren.

»So, alles ok! Sie haben drei Streifenwagen mit je zwei Beamten rund um den Bethmannpark postiert. Sollte also irgendetwas passieren, kann ich die Jungs sofort über die Zentrale erreichen«, meinte sie zufrieden.

»Und? Ist das SEK auch in Lauerstellung?«, brummte Schwarzhoff.

Seine Kollegin verzog missmutig ihr Gesicht. »Finde ich nicht witzig! Es geht schließlich um deine Sicherheit.«

Mürrisch winkte er ab, denn mittlerweile hatten sie eine Fußgängerampel gegenüber dem Bethmannpark erreicht. Schwarzhoff drückte auf den Sensor, worauf das Fußgängersignal sofort auf Grün sprang. Sie überquerten den Cityring, dessen Straße an dieser Stelle Friedberger Anlage genannt wurde. Hier nahm auch die bekannte Berger Straße ihren Anfang, die von hier aus wie eine Schlange durch die Stadtteile Nordend und Bornheim führte. Die Kommissare betraten den Park von Süden her und kamen somit fast direkt zum hölzernen Tor des Chinesischen Gartens, dass von zwei großen Steinskulpturen bewacht wurde. Beide Statuen stellten hochaufgerichtete Löwen dar und es galt der Brauch, wenn man in den Garten eintrat, dem Löwen zur linken ins Maul zu fassen. Dort befand sich eine kleine Steinkugel, die man hin und her rollen musste, denn das, so sprach der Volksmund, sollte Glück bringen. Erstaunt nahm Schwarzhoff zur Kenntnis, dass das Holztor offenstand.

»Anscheinend werde ich bereits erwartet«, raunte er seiner Kollegin zu.

»Ich finde es äußerst seltsam, dass der Park um diese Zeit schon geöffnet hat. Haben die nicht Sicherheitsleute?«

Schwarzhoff zuckte mit den Schultern. »Keine Ahnung. Ich habe mal gehört, der Park ist von Sonnenaufgang bis Sonnenuntergang offen. Und schau, die Sonne ...«

Eben hob sich die rötlich gelbe Scheibe über den Horizontrand und tauchte den ganzen Park in ein herrlich goldschimmerndes Licht. Es war vollkommen ruhig und friedlich, nur die sanften Geräusche der Natur schwirrten durch die kühle Morgenluft.

»Wow, ist das schön! Und so etwas mitten in Frankfurt!«, murmelte Kreillig ergriffen.

Schwarzhoff meinte grinsend: »Gut, du kannst ja jetzt das Schauspiel und die Ruhe noch ein wenig genießen. Ich gehe rein und schaue mich um, ob ich Debrien finde. Ist er da, schicke ich dir eine kurze SMS. Sollte ich binnen einer Stunde nicht zu dir stoßen, rufst du mich an. Ok?«

»Gut, du hast eine Stunde und keine Minute länger. Sollte mir etwas spanisch vorkommen, dann rufe ich die anderen Beamten und wir kommen dich suchen«, entgegnete die Kommissarin mit besorgtem Blick.

»Wird schon schiefgehen, Carolin«, gab Schwarzhoff zurück und lächelte sie an, doch sein Lächeln wurde nicht erwidert. Er trat durch das Holztor und lief zu der kleinen Steintreppe, denn von dort hatte er einen guten Überblick über den Chinesischen Garten. Es brauchte ein paar Augenblicke, bis sich seine Augen an das goldene Zwielicht gewöhnt hatten. Er ließ seine Blicke über den kleinen See, der Japsisgrüner Teich genannt wurde, schweifen. Auf der gegenüberliegenden Seite zog sich die Galerie des duftenden Wassers am Teichufer entlang und endete schließlich am quadratischen Spiegelpavillon. Zu diesem Gebäude gelangte man über die im Zick-Zack verlaufende Jadegürtelbrücke. Und tatsächlich entdeckte er dort eine einsame Gestalt sitzen. Er lief nach rechts, folgte dem kleinen Steinweg, der direkt zur Brücke führte. Der Spiegelpavillon war nach allen Seiten offen und beherbergte mehrere Sitzgelegenheiten. Als er die Hälfte des Zick-Zacks-Steges hinter sich gebracht hatte, erkannte er auch die Person, die auf einer der Ruhebänke saß – Daniel Debrien. Schnell sandte er eine kurze SMS an Kreillig. Auch Debrien hatte Schwarzhoff anscheinend erkannt, denn er stand auf und lief dem Kommissar entgegen. Sie trafen am Eingang des Spiegelpavillons aufeinander.

Debrien streckte ihm seine Hand entgegen und begrüßte den Kommissar: »Vielen Dank, dass Sie gekommen sind.«

Schwarzhoff schüttelte sie und erwiderte: »Schon gut, aber Sie haben einiges zu erklären, Herr Debrien.«

Der junge Mann atmete tief durch. »Sie ahnen gar nicht, wie recht Sie damit haben, Herr Kommissar. Bitte setzen wir uns!«

Reichsstadt Frankfurt – 1399 AD

In den frühen Morgenstunden jener schicksalshaften Nacht, erspähte der Fischer Tjorden Bender ein merkwürdiges Stoffbündel an den Ufern des Mains. Misstrauisch und mit äußerster Vorsicht näherte er sich dem unförmigen Kleiderhaufen und erschrak fast zu Tode, als dem Klumpen ein klagendes Stöhnen entfuhr. Er kniete sich neben das formlose Knäuel und schlug mit einer schnellen Bewegung den nassen Stoff beiseite. Entsetzt entfuhr ihm ein leiser Aufschrei, denn unter den Lumpen kam ein menschliches Antlitz zum Vorschein.

»Herr im Himmel!«, ächzte der Fischer, während ihn ein altes Gesicht mit kalten Augen anstarrte. Behutsam wickelte Tjorden Bender den geschundenen Körper aus den nassen Kleidungsstücken und prallte ein weiteres Mal erschüttert zurück, als er die Beine des Mannes erblickte. Sie bestanden nur noch aus Haut und Knochen, außerdem waren sie seltsam verdreht und ziemlich bleich, so eigenartig kamen sie zum Vorschein. Ein Blick auf die verkrüppelten Gliedmaßen genügte dem Fischer, um zu wissen, dass dieser Mensch niemals des Laufens mächtig gewesen war. So grenzte es an ein Wunder, dass der Greis seinen vermutlich ungewollten Ausflug in den Main überhaupt lebend überstanden hatte. Trotz seines körperlich erbärmlichen Zustandes schien der Alte ein zäher Brocken zu sein. Tjorden schob seine Arme sanft unter den Körper des Mannes und hob das Häuflein Mensch vorsichtig in die Höhe. Er war leicht wie eine Feder, was angesichts des ausgemergelten Zustands nicht weiter verwunderlich war. Die Hütte des Fischers befand sich nur wenige Gehminuten von der Fundstelle entfernt auf der Uferseite gegenüber der Stadt Frankfurt. Dort wohnte Tjorden mit seiner Frau Maria in bescheidenen Verhältnissen, denn als Fischer besaß er nur ein karges Auskommen, das gerade so ausreichte, um sie beide über die harten Winter zu bringen. Kinder waren ihnen verwehrt geblieben, was im Hinblick auf die bittere Armut wohl auch besser so war. Endlich hatte er seine Heimstatt erreicht und rief nach seiner Frau.

Maria öffnete die Türe und schrie erschrocken auf, als sie den scheinbar leblosen Körper in den Armen ihres Mannes erblickte. »Jesus Christus, was ist passiert?«

»Ich weiß es nicht, Frau. Ich habe ihn am Ufer gefunden, mehr tot als lebendig. Er braucht Wärme und trockene Kleidung.«

»Schnell, schnell bring ihn herein und lege ihn neben das Feuer.«

Der Mann betrat die Hütte, während seine Frau hastig einige Decken neben dem Herd ausbreitete. Sanft legte er den Greis vor dem warmen Ofen ab. Erstaunt bemerkte der Fischer, dass trotz des halbtoten Zustandes des Alten, seine Augen jede Bewegung der beiden registrierten. Und gerade diese Augen ließen den Fischer erschauern, denn sie strahlten eine Kälte und Unbarmherzigkeit aus, wie er es selten bei einem Menschen wahrgenommen hatte.

Auch Maria hatte die Blicke des Verletzten beobachtet und zog ihren Mann für einen kurzen Moment beiseite. Leise flüsterte sie: »Hast du eine Ahnung, wer er ist? Und hast du einen Blick in seine Augen geworfen? Sie sind kalt und böse.«

»Hätte ich ihn liegen lassen sollen?«, fragte der Fischer aufbrausend.

»Himmel, nein!«, raunte Maria erschrocken.

»Ich weiß nicht, wer er ist, geschweige denn sein könnte. Er hat bisher kein Wort gesprochen, aber sein Umhang besteht aus gutem Stoff. Ich glaubte zuerst, er wäre ein Priester, aber seine Hände sind mit seltsamen Zeichen bedeckt und so etwas habe ich bei Geistlichen der Kirche noch nie gesehen.«

»Was machen wir jetzt?«

»Wir sehen zu, dass er schnell auf die Beine kommt. Vielleicht erzählt er uns, was ihm widerfahren ist und welche Person wir benachrichtigen können. Bestimmt wird er schon vermisst.«

Seine Frau nickte nachdenklich. »Die gestrige Nacht war so schwarz, dass man die Hand vor Augen nicht erkennen konnte. Es wäre also kein Wunder, wenn er versehentlich ins Wasser gefallen ist.«

Tjorden zog skeptisch die Stirn in Falten. »Hast du seine Beine gesehen? Er kann nicht gehen. Wie sollte er dann in den Fluss gestürzt sein? Seltsam, wirklich sehr seltsam!«

»Möglicherweise war er ein Reisender auf einem Boot?«, meinte Maria unsicher.

Ihr Gespräch wurde durch ein leises Stöhnen unterbrochen. Sie wandten sich wieder dem Fremden zu.

»Er scheint zu sich zu kommen. Sieh, sein Blick wird klarer!«, stellte er nüchtern fest.

In der Tat hellten sich die Augen des Alten ein klein wenig auf und nahmen sofort einen ungläubigen Ausdruck des sich Erinnerns und Verstehens an. Doch war dieses Augenspiel schon vorher finster und kalt, so wurde es jetzt abgrundtief hasserfüllt und bösartig. Dem

Fischer und seiner Frau lief bei dem Anblick ein kalter Schauer über den Rücken. Maria überwand als Erste ihre Scheu und beugte sich zu dem Alten hinunter. »Fürchtet Euch nicht, Ihr seid in sicherer Umgebung. Wie ist Euer Name?«, sprach sie ihn leise an.

Ein Zittern durchlief den Mann, als würde der Geist mit aller Macht gegen die Gebrechen des Körpers ankämpfen. Doch nach und nach schien er ruhiger zu werden und eine Phase tiefen Nachdenkens trat ein.

Der Geist des dunklen Fremden befand sich in völliger Aufruhr, als er sich an die vergangene Nacht erinnerte. Die Erkenntnis, dass sein eigener Fluch ihn nun für alle Zeit gebrandmarkt hatte, traf ihn wie der Hammer eines Schmieds. Und doch er hatte das einzig Richtige auf der Brücke getan, als er mit letzter Kraft seinen geschundenen Körper über das Geländer gezogen hatte. Wäre er liegen geblieben, hätte dieser verfluchte Baumeister vermutlich sein Leben genommen. Und selbst wenn dieser Narr nicht dazu fähig gewesen wäre, hätten ihn die Brückenwachen in Gewahrsam genommen. Wer weiß wo er jetzt sein Dasein fristen würde. Seine Lebenskraft! Das Wichtigste war seine Lebenskraft wiederzuerlangen, um den, der sie ihm genommen hatte, zur Rechenschaft zu ziehen. MADERN GERTHENER – dieser Name hatte sich nun wie ein glühendes Eisen in seinen Verstand gebrannt.

Es dauerte eine ganze Weile, bis er unter großen Anstrengungen den Mund öffnete und leise, kaum hörbar ein einziges Wort krächzte: »Vigoris ...«

Tjorden sah seine Frau verwirrt an. Maria hingegen reagierte sofort. »Vigoris? Ist das Euer Name?«

Ein kraftloses Nicken erfolgte, dann sackte der alte Mann in einen tiefen Schlaf.

Einen ganzen Tag und eine ganze Nacht schlief der Fremde auf den ausgebreiteten Decken direkt vor dem Ofen. Obwohl der Greis in dieser Zeit genau vor dem Herd, und somit im Wege lag, brachten es die Eheleute nicht übers Herz, ihn zu wecken. Als er endlich die Lider aufschlug, hatte sein Gesicht zwar immer noch eine fahle Blässe, sah aber schon deutlich gesünder aus. Mit seinen eisblauen

Augen studierte der Alte sorgfältig seine Umgebung, dann stöhnte er leise: »Wasser!«

Sofort eilte Maria zum Tisch und goss aus dem Krug einen Becher Wasser ein. Inzwischen hatte sich der Fremde am Herd emporgezogen und saß nun aufrecht, während er mit dem Rücken am Ofen lehnte. Die Frau des Fischers reichte ihm das Gefäß, das er sofort gierig hinunterschüttete.

»Macht langsam, guter Mann, sonst wird es Euch der Magen verübeln«, gab sie zu Bedenken und erntete als Belohnung einen vernichtenden Blick.

Statt eines Danks schnarrte der Alte mit brüchiger Stimme: »Wo bin ich?«

Tjorden, der still am Tisch gesessen hatte, stand jetzt auf. »Ich habe Euch vor mehr als einem Tag halbtot aus den Fluten des Mains gezogen. Ihr hattet wirklich Glück, dass ich Euch zufällig entdeckt habe. Wie, in Gottes Namen, kam es dazu?«

»Tjorden!«, tadelte Maria.

»Was?«

Seine Frau blickte ihn strafend an. »Gebietet es nicht die Höflichkeit, sich erst einmal vorzustellen. Zumindest wissen WIR bereits seinen Namen!«

Kleinlaut murmelte der Fischer eine Entschuldigung und wandte sich zu dem sitzenden Greis. »Mein Name ist Tjorden Bender. Ich bin Fischer …«, begann er sich vorzustellen, dann zeigte er auf seine Frau, »… und das ist mein Weib – Maria. Ihr befindet Euch in unserer Heimstatt am Ufer des Mains.«

Der Fremde musterte die beiden durchdringlich.

»Euer Name ist Vigoris?«, fragte Maria freundlich.

Der Alte schien kurz zu überlegen, als versuchte er, sich zu erinnern und nickte anschließend.

»Was für ein ungewöhnlicher Name. Ihr kommt wohl nicht aus unserer Gegend?«, meinte der Fischer.

»Es ist für Euch nicht wichtig, woher ich komme oder wohin ich gehe!«, erfolgte die barsche Antwort des Fremden.

Tjorden warf daraufhin seiner Frau fragende Blicke zu. Maria schien über die Unhöflichkeit ihres Gastes genauso bestürzt zu sein wie er selbst.

»Für jemanden, dessen Leben gerettet wurde, benehmt Ihr Euch ausgesprochen ungebührlich!«, sagte der Fischer mit ruhiger Stimme.

»Gerettet? Ihr mich?«, zischte der Alte sarkastisch. »Ihr habt nicht die geringste Ahnung.«

Tjorden atmete tief durch, bevor er antwortete. Jeder andere Mensch wäre wahrscheinlich mehr als glücklich, wenn er dem Tod von der Schippe gesprungen wäre, nicht jedoch dieser alte Mann. Er trug eine Hartherzigkeit in sich, die sprachlos machte. Nur mühsam konnte der Fischer seine Stimme im Zaum halten. »Woher auch, denn wir kennen Euch nicht. Und nachdem es mit Eurer Dankbarkeit anscheinend nicht zum Besten steht, gebt uns bitte einen Namen, den wir verständigen können. Ich denke, je eher Ihr unser Haus verlasst, desto besser.«

Der Fremde spuckte angewidert zwischen seine verkrüppelten Beine. »Pah, wenn ich nur könnte, ich hätte es längst getan! Doch seid versichert, dass Ihr niemanden rufen müsst.«

Schneller als sie es ihm zugetraut hätten, malte der Greis mit seiner rechten Hand ein fremdartiges Zeichen auf den Boden. Beinahe zeitgleich erfolgte ein leises Knistern, als würde die Luft unter Spannung stehen. Erschrocken wichen der Fischer und seine Frau in eine Ecke des Raumes zurück. Sie blickten sich ängstlich in der Hütte um, doch nichts war geschehen.

Leichenblass stammelte Maria: »Der Teufel persönlich!«

»Der Teufel hat hiermit nichts zu tun, Weib!«, giftete ihnen der Greis hämisch zu.

Im gleichen Moment wurde die ganze Hütte in ihren Grundfesten erschüttert und die hölzerne Eingangstüre zerbarst in tausend Splitter. Holzspäne flogen wie kleine Pfeile durch die Luft und bohrten sich in alles, was weich und biegsam war. Tjorden brüllte vor Schmerz, als ein Stück Holz seinen Oberschenkel durchbohrte. Benommen sackte er zu Boden und hielt sich stöhnend die blutende Wunde. Seine Frau zitterte am ganzen Körper und sah fassungslos zu dem großen Loch, das einmal ihre Haustüre gewesen war. Dort, im Halbdunkel des Zwielichts, standen vier große Gestalten mit schwarzen Mänteln, die Kapuzen tief ins Gesicht gezogen und starrten mit unsichtbaren Augen ins Innere des Hauses.

»Herr im Himmel!«, schrie die Frau des Fischers voller Panik.

»Der wird Euch nicht helfen können, verfluchtes Menschenpack«, brüllte der Greis und zeigte mit dem Finger auf Tjorden und seine Frau. »Tötet sie auf der Stelle – alle beide!«

Einem Wirbelsturm gleich fegten die vier Gestalten durch den Eingang und fielen wie eine Meute ausgehungerter Wölfe über die bedauernswerten Menschen her. Ihre schrecklichen und qualvollen Schreie verhallten ungehört an den Ufern des Mains.

Selbst noch Tage nach dem Fund der Gebeine warf die Stadtwache mit hilflosen Erklärungen um sich, da sich niemand begreifen konnte, was dem Fischerpaar Maria und Tjorden Bender zugestoßen war. Beide Körper waren zur Gänze ausgetrocknet und so hatte es den Anschein, als wären die Benders regelrecht verdurstet. Mit dieser Aussage gab man sich, in Ermangelung plausibler Tatsachen, irgendwann zufrieden, obwohl sich viele Frankfurter wunderten, wie so etwas neben einem Fluss passieren konnte.

Daniel Debrien

Als ich aufwachte, besser gesagt, aus dem Schlaf gerissen wurde, musste ich mich erst einmal sortieren und kurz überlegen, wo ich eigentlich war. Ich stellte missmutig den Wecker aus und erblickte die Uhrzeit. Es war halb fünf morgens. Ich stieß einen leisen Seufzer aus und ließ meinen Kopf zurück ins Bett fallen, kurz vor Sonnenaufgang war eindeutig nicht meine Zeit. Der Kampf zwischen meinem inneren Schweinehund und mir dauerte ganze fünf Minuten, dann hatte ich das Gefecht zu meinen Gunsten entschieden. Lustlos schälte ich mich aus dem Bett und torkelte schlaftrunken zu meinen Kleidungsstücken, die ich am Vorabend mit Schwung über die Lehne eines Stuhls gepfeffert hatte. Zenodot hatte mich in einem kleinen Seitenraum der Bibliothek untergebracht. Es gab insgesamt vier solcher Zimmer, die immer für eventuelle Übernachtungsgäste bereitstanden. Mittlerweile waren drei davon belegt, denn außer mir nächtigten momentan noch Pia Allington und Cornelia Lombardi, die beiden Weltengängerinnen, in der Tiefenschmiede. Nach einer kurzen, aber eiskalten Dusche, regten sich auch meine Lebensgeister wieder. Angezogen und rasiert betrat ich durch die Drehtür die kreisförmige Bibliothek. Zenodot und Lombardi saßen bereits am Tisch und frühstückten.

»Guten Morgen, ihr schlaft wohl nie?«, begrüßte ich die beiden.

Ich erntete ein italienisches Lächeln und Zenodot grinste. »Ich für meinen Teil brauche tatsächlich nicht so viel Schlaf.«

»Und ich bin nur deinetwegen aufgestanden, Daniel. Ich bin sozusagen die Sicherheit in deinem Rücken, wenn gleich das Treffen mit dem Kommissar stattfindet. Pia ist ebenfalls bereits wach, allerdings mit ziemlich schlechter Laune.«

Ich schluckte schwer. »Ach ja, das Treffen.« Gleichzeitig stellte ich fest, dass mir die Gedanken an das bevorstehende Ereignis ein leichtes Unbehagen verursachte. Plötzlich hatte ich keinen Hunger mehr, mein Frühstück beschränkte sich deshalb auf eine Tasse schwarzen Kaffee.

Wir sprachen nochmals über das verabredete Zeichen, das ich signalisieren würde, wenn Zenodot auf der Bildfläche erscheinen konnte. Lombardi hielt sich im Hintergrund und würde nur eingreifen, falls etwas Unvorhergesehenes passieren sollte.

»Es ist Zeit, Daniel, die Sonne wird gleich aufgehen!«, mahnte die Italienerin nach einer Weile zum Aufbruch.

Gedankenverloren nickte ich und gemeinsam erklommen wir die Wendeltreppe. Kurze Zeit später stand ich alleine vor dem Eingang der Tiefenschmiede. Zenodot und Cornelia hielten es für besser, vorerst im Arbeitszimmer des Alten zu warten und erst ins Freie zu treten, wenn Schwarzhoff mit mir ins Gespräch vertieft war. Der Chinesische Garten war in ein sanftes goldenes Licht getaucht und erste zaghafte Sonnenstrahlen brachten das Wasser des Sees zum Leuchten. Ich ließ meine Augen über das Areal schweifen. Das Holztor stand offen, vermutlich hatten es die Kobolde geöffnet, doch von Schwarzhoff war nichts zu sehen. Ich entschied mich, im Spiegelpavillon zu warten, da dort mehrere Ruhebänke standen. Ich setzte mich so, dass ich den Eingang gut im Blick hatte, als bereits nach wenigen Augenblicken eine Gestalt durch die Holzpforte schlenderte. Suchend sah sich der Mann um, dann hatte er mich anscheinend entdeckt und wandte sich Richtung der Brücke die zum Spiegelpalast führte. Als er die Hälfte des Weges hinter sich hatte, erkannte ich in der Person den Kommissar.

Ich stand auf und lief ihm entgegen. Wir trafen vor dem Spiegelpavillon aufeinander. Ich nickte ihm zu und streckte meine Hand aus, »Vielen Dank, dass Sie gekommen sind.«

Schwarzhoff zog seine Stirn in Falten und schüttelte sie mit skeptischem Blick. »Schon gut, aber Sie haben wirklich einiges zu erklären, Herr Debrien.«

Wieder dieses Magenziehen. Ich atmete tief durch und lächelte ihn verlegen an. »Sie ahnen gar nicht wie recht Sie damit haben, Herr Kommissar. Bitte setzen wir uns!«

Er schaute mich völlig irritiert an, erwiderte aber nichts. Ich nahm also auf einer der Ruhebänke Platz, während er sich neben mich setzte, jedoch nicht ohne einen gewissen Sicherheitsabstand einzuhalten. Ich hatte mir im Vorfeld für das Gespräch eine gewisse Strategie zurechtgelegt. Offensive schien mir am ehesten angebracht, denn ich wollte mich nicht mit einem langen Höflichkeitsvorgeplänkel rumschlagen müssen, deshalb legte ich gleich richtig los. »Sie hatten, oder besser gesagt, Sie haben mich im Verdacht, dass ich etwas mit dem Mord an diesem Notar Schulz zu tun habe. Nun, ich kann Ihnen versichern, dass dem nicht so ist, aber ich weiß wohl, wer ihn umgebracht hat.«

Bumm! Diese Bombe hatte gesessen. Er starrte mich mit einem so ungläubigen Blick an, dass es all meiner Körperbeherrschung bedurfte, um nicht laut schallend los zu lachen. Er hingegen rang förmlich nach Worten und wusste nicht, wie ihm geschah. In seinem Gesicht spiegelte sich Unglauben, Irritation und Überraschung gleichermaßen wider, während seine Gedanken wahrscheinlich rasend schnell im Kreis rotierten. Endlich brachte er etwas heraus, auch wenn es nur ein einziges Wort war: »Wer?«

»Das, Herr Schwarzhoff, wird Ihnen vermutlich nicht gefallen.

Aber das ist der Grund, warum wir uns hier treffen, ich an diesen Ort gebunden bin und Sie obendrein anlügen musste.«

Hektisch blickte er sich im Garten um, als würde er einen Hinterhalt vermuten.

»Wir sind alleine! Ich habe Sie hierhergebeten, weil ich, oder besser gesagt, wir beide in diesem Park vollkommen sicher sind.«

Endlich hatte er sich soweit gesammelt, um wieder in ganzen Sätzen sprechen zu können: »Tut mir leid, Herr Debrien, aber ich verstehe nicht …«

»Deshalb sind Sie hier, damit ich genau das tun kann, Ihnen nämlich meine Situation zu erklären. Trotzdem möchte ich Sie vorwarnen. Sie werden nicht mehr derselbe Mensch sein, der Sie bisher waren, wenn Sie diesen Park wieder verlassen werden. Warum ich das weiß? Weil es mir genauso ergangen ist.«

Ich war stolz auf mich, denn meine Strategie schien aufzugehen. Schwarzhoff war Polizist, ein Kommissar, es war sein Job neugierig zu sein und seine Nase in Dinge zu stecken, bei denen andere lieber wegsahen. Darauf hatte ich gebaut und nach meinem letzten Satz konnte ich plötzlich Wissbegier in seinen Augen sehen. Sein Interesse und Spürsinn waren also geweckt.

»Sie sprechen in Rätseln, Herr Debrien. Hätten Sie endlich die Güte mich aufzuklären! Ich habe nicht den lieben langen Tag Zeit«, meinte er unwirsch.

Ich lächelte in mich hinein. *Er war unsicher und versuchte nun, den strengen Polizisten zu mimen.*

»Glauben Sie an Übersinnliches? An Zauber oder Magie?«, fragte ich unschuldig.

Wahrscheinlich dachte er jetzt ernsthaft über meinen geistigen Zustand nach.

»Was soll der Quatsch? Nein, tue ich nicht! Aber wenn unser Gespräch darauf hinausläuft, dann ist es an der Zeit, mich ins Präsidium zu begleiten, Herr Debrien!«

»Bleiben Sie sitzen und hören Sie zu!«, zischte ich ungewollt scharf. »Ich versichere Ihnen, dass ich nicht geisteskrank oder verrückt bin. Also sind *Sie* willens mich anzuhören?«

Mit finsterem Blick nickte er. »Sollte ich der Meinung sein, dass Sie mich hier verschaukeln, dann war's das!«

»Gut, Herr Schwarzhoff, damit kann ich leben.« Ich fing also an, zu erzählen und er saß still da und hörte zu. Ich begann mit dem Schreiben des Notars, der Übergabe der Briefe und des Päckchens, sowie dessen Inhalt und endete mit meiner Suche nach dem Vertrauten meines Onkels. Das war zumindest der Teil, der sich noch einigermaßen plausibel anhörte. Der zweite Teil, also mein erster Besuch in der Tiefenschmiede, würde deutlich schwieriger werden. Bis jetzt hatte Schwarzhoff ruhig zugehört und verhältnismäßig wenige Fragen gestellt. Ich räusperte mich abermals. »Kommen wir nun also zu den Erlebnissen, die mein Leben in den letzten Tagen völlig auf den Kopf gestellt haben.«

Er zog die Stirn kraus, sagte aber nichts. Ich atmete erneut tief durch und sprach weiter von der Bibliothek und ihrem Hüter Zenodot von Ephesos.

Als ich bei den Weltengängern angelangt war und über den eingekerkerten Dämon unter Stonehenge berichtete, verlor er die Beherrschung.

»Daniel Debrien, wollen Sie mir allen Ernstes so einen Scheiß auftischen? Ich habe genug gehört! Sie begleiten mich jetzt zum Präsidium – sofort!«

Jetzt war es soweit, der Ungläubige musste bekehrt werden. Wir hatten vereinbart, dass Zenodot während des Gespräches im Wasserpavillon warten würde, denn von dieser Stelle aus konnte er die Ruhebänke gut überblicken. Ich gab das verabredete Zeichen, stand kurz auf, fuhr mir gespielt nervös durch die Haare und setzte mich wieder.

Schwarzhoff funkelte mich an. »Ich hätte Sie wirklich als klüger eingeschätzt, Junge! Aber das hier sprengt alle Grenzen.«

Ich wollte etwas erwidern, doch eine Stimme kam mir zuvor. »Mit dieser Aussage, Herr Kommissar, liegen Sie vollkommen richtig, es sprengt alle Grenzen!«

Wie ein Pfeil schoss Schwarzhoff herum. »Was zum Teufel …?« Als er den Alten erblickte, verstummte er schlagartig. Ich grinste in mich hinein, denn Zenodot stand hochaufgerichtet, auf einen langen Stock gestützt, am hinteren Zugang des Spiegelpavillons. So ähnlich, wie es mir bei unserem ersten Aufeinandertreffen ergangen war, schien es nun Schwarzhoff zu ergehen. Zenodot sah in seiner langen grauen Kutte aus, als wäre Gandalf aus *Herr der Ringe* persönlich auf ein Schwätzchen vorbeigekommen.

Er suchte kurz nach den richtigen Worten, dann herrschte er mich wütend an: »Was ist das nun für ein Schmierentheater, Debrien? Sind Sie noch ganz bei Trost?«

Zenodot hingegen lächelte ihn freundlich und zuvorkommend an. »Kein Theater, Herr Schwarzhoff. Daniel hat versucht, Ihnen seine Situation zu erläutern, doch falls Sie ihm keinen Glauben schenken würden, sollte ich ihn unterstützen. Und bitte nehmen Sie die Hand von Ihrer Pistole, das ist erstens nicht notwendig und zweitens macht es mich nervös.«

Schwarzhoff war nun völlig verwirrt, ständig flogen seine Blicke zwischen mir und dem Alten hin und her. »Ich weiß nicht, was das Ganze hier soll, doch ich denke, es ist besser jetzt zu gehen.« Dann zeigte er mit dem Finger auf mich. »Und Sie werden mich begleiten!«

Wieder lächelte Zenodot und meinte: »Möchten Sie einen Kaffee, Herr Schwarzhoff?« Ohne eine Antwort abzuwarten, schnippte der Bibliothekar mit seinen Fingen und aus dem Schatten des Pavillons löste sich eine kleine Gestalt. Jetzt war es so weit, ich musste mich wegdrehen, denn ich war kurz davor, mich auf den Boden zu schmeißen und laut loszubrüllen. Garm Grünblatt trat vor den Kommissar, mit einem Tablett in der Hand, auf dem drei dampfende Kaffeetassen standen. Schwarzhoffs Kinnlade schlug auf den Boden und seine Mimik machte sich nun endgültig selbstständig. Er starrte fassungslos auf den Kobold, der ihn mit großen grünen Augen unschuldig ansah und den Kaffeebecher entgegenhielt.

»Ich darf Ihnen Garm Grünblatt vorstellen, Oberhaupt der Waldkobolde. Garm, das ist Kommissar Schwarzhoff. Mein Name ist übrigens Zenodot von Ephesos. Ich bin hier, in diesem Garten, gewissermaßen Ihr Gastgeber.«

Der Kobold deutete eine Verbeugung an. »Sehr erfreut.«

Immer noch mit offenem Mund nahm Schwarzhoff widerspruchslos die Tasse Kaffee, die Garm ihm währenddessen einfach in die Hand gedrückt hatte.

Zenodot klatschte begeistert in die Hände. »Sehr schön, nachdem wir uns nun alle vorgestellt haben, würde ich vorschlagen, wir setzen uns wieder und reden weiter.«

Wie in Trance, seinen Blick fest auf den Kobold gerichtet, setzte sich Schwarzhoff anstandslos auf die Bank.

»Nehmen Sie doch erst einmal einen Schluck Kaffee. Er ist ausgezeichnet und wird Ihnen guttun«, forderte der Alte den Kommissar väterlich auf.

Ich nahm ebenfalls Platz und grinste, denn als ich Schwarzhoff betrachtete, fiel mir spontan Falco ein. Ich konnte es mir einfach nicht verkneifen und fragte schelmisch: »Alles klar, Herr Kommissar?«

Dieser schien sich in der Zwischenzeit etwas gefasst zu haben. Meinen Kommentar überging er komplett, meinte aber vorsichtig und stockend zu Zenodot: »Dann hat der Junge also die Wahrheit gesprochen?«

Der Alte nickte. »Ich kenne zwar den Inhalt der vorangegangenen Unterhaltung nicht, aber Daniel wird mit Sicherheit nur über Tatsachen berichtet haben.«

»Es verhält sich so, Herr Schwarzhoff, wie ich es gesagt habe, wenn Sie diesen Garten verlassen, wird die Welt nicht mehr die gleiche sein.«

Wieder verfolgten die Augen des Kommissars Garm Grünblatt. Ich bemerkte, wie der Kobold die Mundwinkel leicht nach unten zog. Ich vermutete, dass der Kleine gleich eine Ansage machte, doch stattdessen sprach Schwarzhoff: »Wenn ich es nicht mit eigenen Augen sehen würde ...«

Zenodot wollte gerade etwas sagen, als die Augen des Kobolds dunkel wurden, im selben Moment erfasste mich ein unangenehmes Gefühl und der Alte blickte hektisch zum Eingang.

»Was ist los?«, fragte Schwarzhoff, dem unsere Reaktion nicht entgangen war.

»Schwarzmäntel! Sie sind vor den Toren«, entfuhr es Garm.

Der Kommissar blickte uns fragend an, als sich von einem Augenblick zum anderen die Ereignisse überschlugen. Zuerst vernahmen wir einen gellenden Schrei, der fast zeitgleich mit einem peitschenden Knall durch den ganzen Park hallte.

»Das war ein Pistolenschuss! Carolin!«, brüllte Schwarzhoff bestürzt auf und rannte sofort in Richtung Ausgang.

Ich spurtete hinterher und nahm gleichzeitig wahr, wie Cornelia und Alli von der anderen Seite ebenfalls auf das Holztor zu jagten.

Der Kommissar war mir vielleicht zwei, drei Schritte voraus, so erreichten wir fast alle zur selben Zeit das Tor. Geschockt stoppte ich mitten im Lauf, denn als ich erfasste, was sich gerade auf dem Vorplatz zum Chinesischen Garten abspielte, gefror mir das Blut in den Adern.

Schwarzmäntel, und ich zählte gleich sechs dieser Dämonen! Doch das eigentlich Unfassbare war eine Frau, die in etwa einem Meter Höhe waagrecht in der Luft zu schweben schien. Sie hatte lange blonde Haare und ich identifizierte sie sofort als Schwarzhoffs Kollegin. Einer der Schwarzmäntel hatte sich über sie gebeugt und ein feiner goldener Streifen flimmerte zwischen seinem schwarzen Antlitz und ihrem Gesicht. Neben mir schrie jemand: »Schnell, sie entziehen ihr bereits die Lebenskraft.«

Schwarzhoff war bei dem Anblick seiner Partnerin in eine regelrechte Starre verfallen, während Cornelia und Alli an mir und dem Kommissar vorbeisprinteten. Völlig überrascht konstatierte ich, dass beide Frauen silberne Waffen mit sich führten. Alli trug zwei Kurzschwerter über Kreuz auf dem Rücken und Lombardi ein Florett an ihrer Seite. Augenblicke bevor sie die Schwarzmäntel erreichten, zogen sie ihre Waffen.

Nun schien auch der Kommissar aus seiner Trance zu erwachen und zog sofort seine Pistole.

»Nein ...«, brüllte ich instinktiv und schlug ihm die Waffe mit einer schnellen Bewegung aus der Hand. Staub spritzte auf, als das Schießeisen in den feinen Kies fiel und wie durch ein Wunder löste sich kein Schuss. Bestürzt funkelte er mich an und als ich in sein wutentbranntes Gesicht blickte, dachte ich einen Moment, er würde über mich herfallen. Mit zitternder Stimme rief ich ihm zu: »Kugeln haben keine Wirkung!«

Seine Augen wurden etwas klarer, weiteten sich aber vor Entsetzen, denn in diesem Moment ertönte ein lautes Kreischen und Zischen. Fast zeitgleich flogen unsere Köpfe herum und gebannt beobachteten wir, wie die Frauen unter die Schwarzmäntel einfielen. Pia Allington fuhr wie ein Derwisch zwischen zwei Dämonen. Ihre Klingen wirbelten dabei so schnell, dass es wie eine silberne Sichel aussah. Es folgten zwei unglaublich rasche Schläge, die beide Schwarzmäntel direkt von den Beinen holten. Rauch und Dampf quoll aus ihren Körpern, während sie sich fauchend am Boden wanden. Mit einer eleganten Bewegung ging die Engländerin in die Knie und stieß jeweils ein Schwert in das dunkle Nichts ihrer Kapuzen. Ein klagender Ton war zu vernehmen, bevor die schwarzen Kleidungsstücke in sich zusammenfielen und sich in einer Stichflamme auflösten, zurück blieben zwei verrußte Brandstellen. Die Italienerin hingegen, hatte es auf den Schwarzmantel abgesehen, der sich über die Beamtin gebeugt hatte. Mit gezogenem Florett wich sie einem Dämon, der sich ihr in den Weg stellte, geschickt aus, machte eine perfekte Rolle am Boden und kam direkt vor ihrem eigentlichen Ziel wieder auf die Beine. Sie rammte dem Ungeheuer die Waffe mit einer solchen Wucht in die Brust, dass dieser regelrecht aufgespießt wurde. Ein schrilles Kreischen ertönte, der Schwarzmantel ruderte mit den Armen, während die schwebende Beamtin mit einem dumpfen Ton auf den Boden schlug. Schwarzhoff wollte losrennen, doch ich bekam ihn gerade noch am Ärmel zu fassen. »Nein, Kommissar, diesen Kampf können Sie nicht gewinnen. Wir müssen warten!«

»Aber Carolin ... sie ...« Er blickte mir fast flehend in die Augen.

»Tot helfen Sie niemandem!«, sagte ich barsch und hielt ihn weiter fest.

Mittlerweile stand es im Kampf zwei zu drei. Die verbliebenen drei Schwarzmäntel und die zwei Frauen standen sich nun Auge in Auge gegenüber. Ich hörte eine krächzende Reibeisenstimme: »Sieh an, Pia Allington und Cornelia Lombardi! Wir haben uns schon lange nicht mehr gesehen, Weltengänger!«

»Nicht lange genug, Schwarzmantel«, zischte Alli mit einem Anflug von Unsicherheit.

»Ahhh, rieche ich da etwa Angst?«, schnarrte die Stimme lustvoll.

Bei den ersten drei Dämonen war der Überraschungsmoment auf ihrer Seite gewesen, allerdings sah die Sache jetzt anders aus. Ich hatte nicht die geringste Ahnung, was diese Ungeheuer alles auf Lager hatten, doch ich war mir sicher, dass eine Menge schwarzer Magie dabei war. Zwischen all dem Trubel hatte ich den Alten völlig vergessen. Zenodot schob sich in diesem Moment an mir vorbei. Wie aus dem Nichts tauchten jetzt immer mehr Kobolde auf, die sich rings um die Frauen und Schwarzmäntel postierten. Waren es zuerst fünf, sechs, so zählte ich nun mehr als fünfzehn. Wieder einmal wurde mir bewusst, wie nützlich der Wächterblick sein konnte, doch helfen konnte ich nicht, denn ich hatte null Erfahrung im Kampf allgemein, geschweige denn gegen diese Wesen. Alle Kobolde zogen kleine silberne Dolche von ihren Gürteln. Silber schien ein Metall zu sein, das schwarzmagische Wesen nicht unbedingt auf ihrem Einkaufszettel hatten.

»Lasst von der Frau ab und ihr könnt den Park unbeschadet verlassen«, donnerte Zenodots Stimme über den Vorplatz.

Statt einer Antwort stürzten sich die drei verbliebenen Monster zischend auf die beiden Frauen. Alli und Cornelia brachten sich mit einem Hechtsprung außer Reichweite der Klauen, als ein silberner Regen in Form von fünfzehn geworfenen Dolchen, auf die Schwarzmäntel niederging. Wieder dieses durch Mark und Bein gehende Kreischen. Die kleinen Waffen töteten die Dämonen nicht, doch das Silber schien ihnen heftige Schmerzen zuzufügen und hemmte sie in ihren Bewegungen, denn sie begannen unkontrolliert zu taumeln. Beide Frauen sahen ihre Chance und nutzen sie eiskalt. Binnen eines Wimpernschlages lagen zwei Schwarzmäntel am Boden und lösten sich auf. Der letzte Verbliebene stieß ein wütendes Brüllen aus und wollte sich auf Alli stürzen, doch eine helle Lichtkugel schlug in seinem Gewand ein. Verdutzt blieb das Wesen stehen und beobachtete, wie sich ein helles silbernes Licht rasend schnell auf dem Stoff ausbreitete. Ohne auch nur einen weiteren Laut von sich zu geben, verglühte der Schwarzmantel in diesem seltsamen Licht. Ich drehte mich zur Seite und Zenodot zwinkerte mir lächelnd zu. Nachdem das letzte Ungeheuer gefallen war, hielt es Schwarzhoff nicht mehr auf seinem Platz. Er rannte über den Vorplatz und ließ sich neben seiner leblosen Kollegin auf die Knie fallen. »Carolin! Carolin, hörst du mich?«, stöhnte er leise, doch es erfolgte keinerlei Reaktion.

Zenodot trat neben ihn und legte die Hand auf seine Schulter. »Geht beiseite und lasst sie mich ansehen.«

Schwarzhoff stand benommen auf, während der Alte in die Hocke ging und die Frau untersuchte. Nach wenigen Augenblicken erhob er sich wieder und blickte den Kommissar mit ernster Miene an. »Die gute Nachricht, sie wird durchkommen. Der Schwarzmantel hatte nicht genug Zeit, ihr das Leben auszusaugen.«

»Und die schlechte?«, flüsterte Schwarzhoff betroffen.

»Wenn jemand einen Teil seiner Lebenskraft verliert, benötigt er eine lange Zeit, um diese zurückzugewinnen. Ich kann nicht sagen, wie sich dieser Verlust äußern wird. Es könnte sein, dass sie sich an nichts mehr erinnern kann, es könnte ebenso sein, dass sie über einen gewissen Zeitraum körperliche Einschränkungen davonträgt. Wir werden es wissen, wenn sie wieder aufwacht.«

Der Kommissar fiel in sich zusammen. Ich ging schnell zu ihm. »Sie lebt, Herr Kommissar, und das ist erst einmal das Wichtigste. Es tut mir wirklich leid, dass ich Sie da mit reingezogen habe.«

»Wenn ich es nicht mit eigenen Augen gesehen hätte …! Wer sind diese … diese Schwarzmäntel?«

Zenodot trat neben uns. »Eins nach dem anderen, Kommissar. Zuerst müssen wir uns die weitere Vorgehensweise überlegen. Wir sollten sofort einen Notarzt rufen, damit ihre Kollegin ins Krankenhaus gebracht wird. Sie sind sich hoffentlich im Klaren darüber, dass jetzt mehrere unangenehme Fragen von Ihren Vorgesetzten auf Sie zukommen werden?«

Schwarzhoff nickte unbeholfen und holte sein Handy aus der Seitentasche der Jacke. Das erste Telefonat galt dem Notruf, anschließend tätigte er einen zweiten Anruf, indem er die um den Bethmannpark postierten Streifenwagen abzog. Mit Blick auf die umstehenden Kobolde und Zenodot meinte der Beamte: »Ich denke, es ist besser, wenn Sie jetzt alle verschwinden. Der Notarzt wird sicherlich gleich eintreffen.« Er wandte sich dann an mich: »Sobald ich alles geregelt habe, melde ich mich.«

Ich nickte. »Mit Zenodots Einverständnis werden wir uns in der Tiefenschmiede treffen, dort können wir ungestört und in Ruhe sprechen.«

Ich drehte mich zum Gehen um, als die Italienerin den Kommissar am Arm fasste. »Auf ein Wort, Herr Schwarzhoff! Ich bin Cornelia Lombardi. Auskunft zu meiner Person gebe ich Ihnen später, doch vorerst habe ich eine dringende Frage an Sie.

Skeptisch zog er die Stirn kraus. »Ja?«

»Schwarzmäntel greifen nicht ohne Grund an, vor allem nicht Menschen, es sei denn, sie bekommen einen Auftrag von ihrem Meister. Dieser Angriff war daher sicherlich kein Zufall. Aufgrund dieser

Tatsache vermute ich, dass Sie einen Maulwurf in Ihrer Abteilung haben! Deshalb meine Frage, *wer* wusste, dass Sie und Ihre Kollegin heute im Bethmannpark zu tun haben?«

Madern Gerthener, Reichsstadt Frankfurt – 1399 AD

Madern Gerthener wachte im Morgengrauen auf und fühlte sich schrecklich. Seine Glieder waren schwer wie Blei und die Müdigkeit verflog auch nicht, als er seinen ganzen Kopf in die Wassertonne steckte. Als er von seinem nächtlichen Ausflug auf der Alten Brücke zurückgekommen war, hatte er seine Frau Adelheid zitternd in der Wohnstube vorgefunden. Sie berichtete von einer undurchdringlichen Finsternis und seltsamen Geräuschen, die von der Brücke über den Main hallten. Sie hatte Todesängste ausgestanden, vor allem seinetwegen, da er in der Bauhütte über Nacht bleiben wollte. Unendliche Erleichterung hatte sich in ihren Gesichtszügen gespiegelt, als er eine Stunde nach Mitternacht dann überraschenderweise nach Hause gekommen war. Aber es brauchte eine halbe Stunde, um seine Frau zu beruhigen und er war froh, als sie endlich eingeschlafen war. Er streckte noch einmal seine steifen Glieder, der Schmerz in seiner Brust war deutlich zurückgegangen und die roten Stellen, die das aufgelöste Pentagramm hinterlassen hatte, waren ebenfalls verschwunden. Nun wurde es Zeit, sich zur Alten Brücke zu begeben und nachzuprüfen, ob der ertrunkene Zauberer die Wahrheit gesprochen hatte. Außerdem musste er bei Hauptmann Grimeisen die beiden Briefe abholen und überlegen, was mit den zwei Gussplatten geschehen sollte. Vordringlich war natürlich die Brücke, denn Grimeisen würde sie erst wieder freigeben, wenn Gerthener sein Einverständnis dazu gab. Es war also Eile geboten! Je eher die Brückentore wieder geöffnet wurden, umso weniger Ärger gab es mit dem Schultheis Praunheim und dem Rat der Stadt, von den Händlern ganz zu schweigen. Er verließ sein Haus und eilte erneut hinunter zum Main.

Schon von weitem erblickte er die lange Schlange, die sich vor dem Brückenturm gebildet hatte. Grimeisen und seine Männer hatten alle Hände voll zu tun, Händler, Krämer oder einfache Leute, die den Main überqueren wollten, zu beruhigen. Als Gerthener beim Tor ankam, riss der Hauptmann erleichtert die Hände die Höhe. Hektisch rief er: »Meister Gerthener – endlich! Die Leute sind kurz davor, das Tor einzutreten. Ihr fangt am besten gleich an.«
Er gab den zwei Soldaten an der Pforte ein Zeichen, worauf diese den Querbalken aus der Verriegelung hoben. Sofort kam Bewegung in die Masse und jeder drängte nach vorne, um zu sehen, ob die Brücke nun wieder begehbar sei. Grimeisen schrie und tobte, doch die Leute wichen nur einige Schritte zurück. Der Baumeister nutzte die Lücke und eilte ans Tor. Mit einem stoischen Nicken ließen ihn die beiden Wachsoldaten passieren.
»Ihr lasst keinen hindurch, bevor ich nicht persönlich meine Zustimmung gebe«, ermahnte er die Soldaten nochmals eindrücklich.
»Wir wissen Bescheid! Der Hauptmann hat uns schon im Morgenappell zusammengestaucht!«
»Habt Ihr Ullrich, meinen Gesellen, gesehen?«
Beide Wachen schüttelten den Kopf.
»Wenn er kommt, lasst ihn sofort durch. Ich brauche ihn dringend.«
»Warum habt Ihr nicht nach ihm schicken lassen?«, fragte die Wache erstaunt.
Stimmt, daran hatte er gar nicht gedacht. »Schickt ihn einfach auf die Brücke, sobald er eintrifft!«, brummte Gerthener zur Antwort und schlüpfte zwischen den Holzflügeln hindurch. Erneut schlug das Tor hinter ihm zu und sofort krochen lähmende Erinnerungen an die gestrige Nacht hoch. Gerthener atmete tief durch und mahnte sich innerlich zur Ruhe. Als er sich wieder unter Kontrolle hatte, begann er, das rechte steinerne Brückengeländer Meter für Meter abzugehen. Die Brüstung war der schwächste Teil der Konstruktion und somit würden sich eventuelle Schäden der Brücke dort am ehesten finden

lassen. Er hielt Ausschau nach Rissen oder kleineren Verwerfungen im Gestein, doch auch nach der zweiten Brückenbegehung hatte er nichts Auffälliges entdeckt. Hoffnung keimte auf. Er war mit der linken Seite fast fertig, als das Tor auf der Frankfurter Seite abermals geöffnet wurde und eine einsame Person über die Brücke auf ihn zu eilte – Ullrich.

»Meister! Ihr seid wohlauf, Gott sei Dank! Was war das für eine unheimliche Nacht. Habt Ihr sie gut überstanden?«

Gerthener lächelte gequält. »Wie du siehst, bin ich hier, insoweit ist also alles in bester Ordnung!«

»Warum ist die Brücke geschlossen? Ist etwas passiert?«

»Es gab gestern, in dieser Rabennacht, mehrere Erschütterungen. Ich will sichergehen, dass die Brücke nicht in Mitleidenschaft gezogen worden ist. Den oberen Teil habe ich schon zweimal kontrolliert, doch jetzt müssen wir aufs Wasser, damit wir uns die Bogen und das Fundament ansehen können. Lauf gleich zur anderen Seite und besorge uns einen kleinen Kahn. Ich komme nach, sobald ich hier fertig bin.«

Ullrich nickte nur pflichtbewusst und eilte sofort davon. Kurze Zeit später erreichte Gerthener seine Arbeitshütte. Auch auf der anderen Mainseite hatte sich mittlerweile eine große Traube von Menschen gebildet, die nach Frankfurt hineinwollten, aber von der Brückenwache zurückgewiesen wurden. Die Wachleute mussten hitzige Wortgefechte und Beschimpfungen über sich ergehen lassen, die sie aber mit scheinbar stoischer Gelassenheit ertrugen. Ullrich wartete schon und so beeilten sie sich, hinunter zum Ufer zu kommen, um endlich die Brücke vom Wasser aus in Augenschein zu nehmen. Mit Herzklopfen bestieg Gerthener das kleine Ruderboot und setzte sich sofort ganz vorne in den Bug. Sein Geselle wickelte ein langes Tau um den Sitzholm in der Mitte des Bootes und verankerte das andere Ende an einem großen Findling. Diese Vorsichtsmaßnahme war durchaus angebracht, da der Main eine starke Drift aufwies und sich zudem am Fundament der Brücke tückische, unberechenbare Strömungen aufbauten. Mit Schwung stieß Ullrich den Kahn vom Ufer ab und sprang ebenfalls hinein. Mit gleichmäßig kräftigen Schlägen ruderte er zum ersten Bogen der Alten Brücke. Dort angekommen, lehnte sich der Baumeister so weit wie möglich nach vorne und besah sich die gemauerten Steine. Wie vermutet konnte er nichts entdecken, was nicht weiter verwunderlich war, da die ersten beiden Schwibbogen bereits saniert worden waren. Entscheidend waren indes die Bogen drei und vier, dort hatten Eisschmelze und Hochwasser die größten Schäden hinterlassen und zudem das Fundament stark beschädigt. Alles war vor Gertheners Zeit nur notdürftig und äußerst dilettantisch instandgesetzt worden. Auch die zweite Wölbung war in Ordnung und Ullrich wunderte sich lautstark, dass Mörtel und Fugen aussahen, als seien sie erst gestern frisch aufgebracht worden. Im Stillen musste Gerthener seinem Gesellen recht geben, sie hatten Bogen eins und zwei bereits vor vielen Monaten repariert. Jetzt wurde er unruhig, denn die dritte Wölbung lag unmittelbar vor ihnen. Konzentriert und aufmerksam studierte der Baumeister das Mauerwerk, als Ullrich überraschend aufstand, sofort kam der Kahn gefährlich ins Schlingern. Gerthener hatte Mühe sein Gleichgewicht zu behalten und funkelte seinen Gesellen böse an, doch der hatte nur Augen für den dritten Grundpfeiler der Brücke.

»Meister – seht! Unmöglich, das kann nicht sein!«, rief Ullrich und zeigte auf das gemauerte Fundament.

In diesem Moment erkannte auch Gerthener, was seinen Gesellen so in den Bann gezogen hatte und erstarrte ebenfalls. Am dritten Pfeiler war das Fundament, das tief in den Main reichte, erheblich beschädigt gewesen. Die Mauersteine waren teilweise völlig zerstört und die aufgeschütteten Felsen, die den Pfeiler stabil hielten, waren im vergangenen Winter von schweren Eisschollen regelrecht fortgeschoben worden. Doch von all diesen ernsten Schäden war nichts mehr zu entdecken. Der Pfeiler sah aus, als wäre er gestern neu gesetzt worden. Der Bogen, der sich zum Träger Nummer vier spannte, war sauber gemauert und wies nicht den kleinsten Riss auf. Selbst als sie den Kahn direkt unter die Wölbung bugsierten, konnte Gerthener keinerlei Beeinträchtigungen feststellen, sein Herz machte einen Luftsprung. Dieser Fremde musste ein unglaublicher mächtiger Zauberer gewesen sein, da er so ein Kunststück vollbringen konnte. Umso mehr wurde ihm jetzt bewusst, wieviel Glück er gehabt hatte. Insgeheim dankte er nochmals der Kräuterfrau Gretlin, die beträchtlich mehr von Magie wusste, als sie vorgab, denn sonst wäre der Arcanus niemals so wirksam gewesen.

»Wie kann das sein, Meister? Die Bogen sehen aus wie neu!«, staunte Ullrich erneut und sah den Baumeister fragend an.

»Ich weiß es wirklich nicht, Ullrich. Ich kann es mir nicht erklären ...«, log Gerthener, »und doch scheint ein Wunder passiert zu sein. Komm, sehen wir uns den vierten Bogen an!«

Sein Geselle ruderte aus der Wölbung hervor und steuerte das Boot zwischen den vierten und fünften Pfeiler. Ullrich schwitzte bereits aus allen Poren, denn die Strömung nahm zur Mitte des Mains immer mehr zu. Doch auch an der vierten Bogenkrümmung, ebenso an beiden Pfeilern war alles in bester Ordnung, keine Schäden oder Risse waren zu erkennen. Die Brücke stand stabil und würde mit Sicherheit die nächsten Jahrzehnte überdauern, sofern keine neuen Hochwasser oder gewaltigen Schneeschmelzen auftreten würden. Er konnte den Übergang wieder freigeben und noch mehr: Seine Reputation als Baumeister blieb gewahrt, der Rat der Stadt Frankfurt würde zufrieden sein. Erleichtert und euphorisch gab Gerthener Anweisung wieder ans Ufer zu steuern, was Ullrich mit einem dankbaren Blick quittierte.

Am Ufer angekommen, eilte Gerthener sofort zur Brückenwache, um seinen getroffenen Entschluss mitzuteilen. Eilends schickte der Wachhabende einen Boten zu Hauptmann Grimeisen auf der Frankfurter Mainseite. Grimeisen sollte die Menschen auf der gegenüberliegenden Uferseite zurückhalten, damit die Leute, die nach Frankfurt hinein wollten, zuerst übersetzen konnten. Wenn die Wachmannschaften beide Übergänge gleichzeitig öffneten, käme es in der Mitte der Brücke zu einem heillosen Durcheinander, was schlimmstenfalls in einem Unglück münden könnte. Nach diesem Gespräch begaben sich Gerthener und Ullrich in die Arbeitshütte des Baumeisters. Während ihrer Bootsfahrt war in Gerthener eine Idee gereift, die er nun seinem Gesellen mitteilen wollte.

»Setz dich bitte, Ullrich! Wir haben etwas zu bereden«, meinte der Baumeister mit ernster Miene, kaum, dass sie eingetreten waren.

Sein Geselle blickte ihn erstaunt an und nahm wortlos an dem kleinen Arbeitstisch Platz.

»Wie lange stehst du nun schon in meinen Diensten? Vier Jahre, fünf Jahre?«, begann der Baumeister.

»Fünf Jahre und drei Monate!«, berichtigte ihn Ullrich.

»So lange? Wie die Zeit doch vergeht«, murmelte Gerthener leise zurück. »Wir haben nie einen Vertrag geschlossen.«

Jetzt rutschte sein Geselle unruhig auf seinem Stuhl hin und her. »Nein, Meister, das haben wir nicht. Wir besiegelten die Anstellung mit einem Handschlag. Ihr meintet damals, dass nur gute Arbeit zählt und nicht irgendwelche Worte auf einem Papier.«

»Und dazu stehe ich noch heute, Ullrich.« Der Baumeister schluckte schwer, denn er hatte den Entschluss gefasst, sich seinem Gesellen anzuvertrauen, genau wie damals Meister Michael mit ihm. »Ich muss dir etwas erzählen, doch dieses Gespräch und dessen Inhalt darf niemals und unter keinen Umständen diese Räumlichkeiten verlassen. Das musst du mir schwören, denn unser beider Leben wird davon abhängen.«

Ullrich starrte seinen Meister mit offenem Mund an. »Habt Ihr eine Untat begangen?«, fragte er stockend.

»Nein, zumindest nicht, wenn du mit Verbrechen Mord oder Diebstahl meinst. Die Sachlage liegt völlig anders.«

»Wie soll ich etwas beeiden, dessen Inhalt ich nicht kenne?«

»Diese Entscheidung kannst nur du alleine treffen, Geselle. Vertraust du mir?«

Ullrich nickte.

»Dann weißt du, dass ich nichts Unrechtes getan habe, doch ich kann mich erst dir anvertrauen, wenn ich deine Zusicherung habe. Kann ich also auf dich zählen?«

Sein Geselle überlegte einen kurzen Augenblick und fing dann an zu lächeln. »Ich vertraue Euch, Meister. Unser Gespräch wird diese vier Wände nicht verlassen, das schwöre ich bei meiner Seele!«

Gerthener stand auf, nahm zwei Krüge vom Regal und stellte sie auf den Tisch. Er holte den Wein vom Vorabend hervor, verdünnte ihn mit etwas Wasser und schenkte ein. Als er wieder Platz genommen hatte, atmete er tief durch und räusperte sich. »Das, was ich dir zu erzählen habe, Ullrich, wird sich unglaublich anhören, aber ich versichere dir, jedes einzelne Wort entspricht der Wahrheit. Doch vorher bitte ich dich, meine Entschuldigung anzunehmen, denn ich habe vorhin auf dem Kahn gelogen. Natürlich weiß ich, was in dieser schwarzen Nacht passiert ist und warum die Brücke nun in neuem Glanz erstrahlt.«

Sein Geselle zog überrascht die Stirn in Falten und wollte etwas fragen, doch Gerthener schnitt ihm das Wort ab. »Später Ullrich! Lass mich erst erzählen. Es begann also vor vielen Jahren auf der Dombaustelle zu Köln. Eines Tages zog mich mein damaliger Lehrherr, Meister Michael, ins Vertrauen und berichtete von einer ungeheuerlichen Geschichte. Genauso wie ich es heute mit dir tue ...«

Dann schilderte der Stadtbaumeister seinem Gesellen Ullrich die ganze Vorgeschichte, bis hin zu den aktuellen Geschehnissen der gestrigen Nacht und was auf der Alten Brücke tatsächlich passiert war.

Mehr als eine Stunde war bereits ins Land gezogen, als der Baumeister seine Erzählung zum Abschluss brachte. Ullrich hingegen starrte ihn mit hochrotem Kopf und weit aufgerissenen Augen völlig sprachlos an.

»Nein, ich bin nicht verrückt und jedes Wort entspricht den Tatsachen!«, murmelte Gerthener leise.

Später, nach unzähligen Fragen seines Gesellen, die Gerthener alle geduldig beantwortete, meinte Ullrich kopfschüttelnd: »Kann ich sie sehen, Meister, die Gussform, die Ihr in dieser Hütte aufbewahrt?«

Wortlos stand dieser auf, holte den Tontopf mit den getrockneten Sardinen vom Regal und stellte ihn vor seinem Gesellen ab. Ullrich hob den Deckel an und rümpfte widerstrebend die Nase. »Hier würde wohl niemand ein Geheimnis vermuten«, stellte er nüchtern fest.

»Sei vorsichtig! Du darfst das Metall unter keinen Umständen berühren!«, warnte sein Meister.

Ullrich kippte den Topf so zur Seite, dass die getrockneten Fische herausrutschten und sich über den Tisch verteilten. Neugierig blickte er nun auf den Boden des Gefäßes und drehte es um. Es folgte ein dumpfer Ton, worauf er den Topf behutsam zur Seite nahm. Auf der Tischfläche lag ein eingewickeltes Päckchen, dessen Stoff etwas verrutscht war, eine massive Metallplatte mit eingraviertem Schlüsselabdruck blitzte Ullrich entgegen. Er stieß einen leisen Pfiff aus und raunte ungläubig: »Und das ist die Wurzel allen Übels?«

»Ja, deswegen ist Meister Michael in Köln' umgebracht worden und ich auf der Brücke beinahe auch, wenn mich der Arcanus nicht beschützt hätte.«

»Und was wollt Ihr nun tun?«, fragte sein Geselle skeptisch.

»Deswegen habe ich dir die ganze Geschichte erzählt, Ullrich. Ich möchte, dass du diese Gussform in deinen Besitz nimmst und versteckst. Genauso werde ich es mit meiner halten. Wenn beide Platten getrennt voneinander aufbewahrt werden, kann niemand den Schlüssel herstellen und somit verbleibt der Dämon in seinem Gefängnis. Selbstverständlich wird keiner dem anderen sein gewähltes Versteck zeigen oder gar darüber sprechen, damit stellen wir sicher, dass man uns nicht gegeneinander ausspielt.«

Das war die eigentliche Idee, die Gerthener während ihres Ausflugs mit dem Kahn gekommen war und er hoffte, dass Ullrich ihr zustimmen würde. Wobei ihm nach Gertheners Offenbarung vermutlich kaum Spielraum für eine anderslautende Entscheidung bleiben würde.

Ullrich hingegen sagte lange nichts und Gerthener wurde zunehmend unruhig. Endlich nickte sein Geselle zur seiner großen Erleichterung.

»Gut, Meister, ich werde die Gussform in meine Obhut nehmen, eine große Wahl habt Ihr mir ohnehin nicht gelassen.«

»Und dafür bitte ich dich abermals um Entschuldigung. Wie wäre es – zumindest als kleine Wiedergutmachung – wenn ich dir den Lohn um einen Gulden erhöhe?«

Ein diebisches Lächeln zuckte über Ullrichs Gesicht. »Einen ganzen Gulden? Pro Woche?«

Jetzt lachte auch Gerthener. »Nicht unverschämt werden, schließlich bist du immer noch mein Geselle! Selbstverständlich ein Gulden im Monat!«

»Schade!«, grinste Ullrich mit gespielter Enttäuschung.

»Weißt du, Ullrich, jetzt wo ich es mir so recht überlege, hast du äußert selten von deiner Vergangenheit gesprochen und nachdem wir keinen schriftlichen Vertrag geschlossen haben, ist mir nicht einmal dein Nachname bekannt. Für mich bist und warst du immer der Geselle Ullrich.«

Sein Gegenüber hob erstaunt die Augenbrauen. »Ihr habt tatsächlich recht, Meister. Wobei mein Name kein Geheimnis darstellt oder ich seinetwegen etwas zu verbergen suche.« Plötzlich erhob sich Ullrich und streckte Gerthener förmlich die Hand entgegen. »Wenn wir nun solch finstere Heimlichkeiten teilen, dann sollte man sich gegenseitig auch mit vollem Namen kennen. Da mir Eurer natürlich bekannt ist, so darf ich mich nun offiziell vorstellen: Mein vollständiger Name lautet de Bry. Ullrich de Bry!«

Kreillig und Schwarzhoff – Mordkommission Frankfurt

Kommissar Julian Schwarzhoff saß zusammengesunken auf einem alten Krankenhausstuhl, der schon bessere Tage erlebt hatte, den Kopf in beide Hände gelegt und dachte intensiv über die vergangenen Stunden nach. Debrien hatte recht behalten, nichts war mehr so, wie es einmal war. Im Hintergrund vernahm er die leisen und gleichbleibenden Töne einer monströs wirkenden Apparatur. Seine Kollegin Carolin Kreillig lag bleich in ihrem Krankenbett und atmete unregelmäßig. Der Überwachungsmonitor gab ihre Herztöne in einem rhythmisch wiederkehrenden Piepen wieder und zeigte somit an, dass Kreillig stabil war. Ein leises Aufstöhnen riss ihn aus seinen Gedanken. Er stand auf und trat zur ihr ans Bett. In diesem Moment schlug sie die Augen auf und blickte ihn erstaunt und fragend an.

»Hallo Carolin, schön, dass du wieder bei uns bist!«, sagte er erleichtert.

»Wo bin ich? Was ist passiert?«, flüsterte sie mit leiser und brüchiger Stimme.

Er nahm ihre Hand und drückte sie kurz. »Du bist im Krankenhaus, hast ganz schön was abbekommen.«

Sie stöhnte erneut leise auf und ihre Augen nahmen eine gewisse Leere an, ganz so, als würde sie angestrengt überlegen. Plötzlich huschte eine erschreckende Erkenntnis über ihr Gesicht. »Ich kann mich nicht erinnern, Julian. Das Letzte, dessen ich mich entsinne, ist, dass wir in den Bethmannpark wollten.«

Schwarzhoff wusste jetzt nicht, ob er erleichtert oder entsetzt sein sollte. Der alte Mann, namens Zenodot, hatte ihn bereits vorgewarnt, entweder körperliche Einschränkungen oder Gedächtnisverlust, vielleicht sogar beides. Doch er wollte sie jetzt nicht beunruhigen, deshalb meinte er nur: »Darüber reden wir später! Wie fühlst du dich?«

Sie rang sich ein gequältes Lächeln ab. »Als hätte mich eine Straßenbahn angefahren.«

In diesem Moment betrat ein Mann im weißen Kittel das Krankenzimmer. »Ah, wie ich sehe, ist unsere Patientin aufgewacht«, sagte er sichtlich erfreut. Zu Schwarzhoff gewandt meinte er: »Es wäre sehr schön, wenn Sie das Zimmer jetzt verlassen würden, denn ich möchte Frau Kreillig untersuchen.«

Der Kommissar nickte. »Natürlich! Carolin ich werde später noch mal vorbeischauen.«

Sie hob ihre Hand und lächelte schwach.

Nachdem Schwarzhoff das Bürgerhospital Frankfurt verlassen hatte, stellte sich wieder ein unangenehmes Bauchgefühl ein. Das Krankenhaus lag an der Nibelungenallee und somit nur ein paar hundert Meter entfernt vom Präsidium. Sein Chef hatte von dem Vorfall im Bethmannpark bereits Wind bekommen und war, wie zu erwarten, nicht erfreut gewesen. Wenn ein Beamter im Dienst verletzt wurde, hörte bei seinem Vorgesetzten der Spaß unverzüglich auf. *Mit Recht,* dachte Schwarzhoff bitter, weshalb er bereits eine entsprechende Aussage griffbereit hatte. Mit der eigentlichen Wahrheit würde er nicht weit kommen, ohne dass sofort der Amtsarzt oder Psychologe mit am Tisch sitzen und seine geistige Verfassung überprüfen würde. Wieder schüttelte er fassungslos den Kopf – *hatte er doch tatsächlich mit einem Kobold gesprochen*. Nach dem Gespräch mit seinem Chef, musste er unverzüglich zurück in den Bethmannpark. Er benötigte mehr Informationen, da der Mörder von Schulz eines dieser seltsamen schwarzen Wesen war. Missmutig verzog er sein Gesicht zu einer Grimasse, egal ob übernatürlich oder nicht, in seiner Stadt wurde nicht ungestraft gemordet. Aber er war auf Hilfe angewiesen, das war ihm bewusst, denn diesen Wesen war mit herkömmlichen Polizeimethoden sicherlich nicht beizukommen. *Also wird der Verdächtige Daniel Debrien mit einem Male zu meiner Vertrauensperson*, dachte er zynisch und kramte seinen Autoschlüssel aus der Hosentasche, da er mittlerweile den Dienstwagen erreicht hatte. Ohne weitere Umwege schlug der Kommissar sofort den Weg zum Präsidium ein.

Als er sein Büro betrat, prangte auch schon ein großer gelber Merkzettel mitten auf seinem Computerbildschirm: *Bitte Rückruf bei Leiter KD. Eilt!* Schwarzhoff stöhnte leise auf. Sein Chef verlor wahrlich keine Zeit. Er schaltete seinen PC ein und während dieser mit einem leisen Summen hochfuhr, ließ er die Geschehnisse im Bethmannpark noch einmal Revue passieren. Vor allem der letzte Satz dieser Südländerin hatte ihm zu denken gegeben. *Sie haben eine undichte Stelle in Ihrer Abteilung.* Diese Wesen hätten nur angegriffen, weil sie den Auftrag dazu bekommen hatten. Wer hatte also Kenntnis davon gehabt, dass er und Kreillig heute Morgen diesen Park aufsuchen würden? Das war die entscheidende Frage. Wütend schlug er mit der Faust auf die Schreibtischplatte, dieser Person würde er höchstpersönlich den Hintern aufreißen. Er griff zum Hörer und wählte mit einem unguten Gefühl im Bauch, die Nummer seines Vorgesetzten. Schon nach dem ersten Freizeichen meldete sich der Leiter der Kriminaldirektion, Ralph Schouten, mit ungeduldiger Stimme: »Schön, dass Sie sich mal melden, Schwarzhoff. Was war da los im Bethmannpark?«

»Ihnen auch einen schönen Tag«, murmelte Schwarzhoff gereizt als Antwort.

»Höflichkeiten sind jetzt nicht angebracht, kommen Sie zur Sache. Warum liegt die Kreillig im Krankenhaus? Also, was zum Teufel ist da passiert?«, brüllte Schouten ungehalten ins Telefon und wurde wieder einmal seinem Ruf gerecht. Wenn es um verletzte Beamte seiner Dienststelle ging, verstand er nicht den Hauch von Spaß.

Schwarzhoff wusste aus Erfahrung, dass er in solchen Fällen sehr vorsichtig agieren musste. Er räusperte sich kurz, bevor er antwortete: »Nun, wenn Sie die Güte hätten mir zuzuhören …«

»Ja, ja, schon gut … schießen Sie los!«, meinte der Leiter mit verminderter Lautstärke.

»Bei unserem letzten gemeinsamen Treffen hatte ich Ihnen die ersten Untersuchungsergebnisse vorgestellt. Darauf aufbauend sind Kreillig und ich einer Spur nachgegangen, die uns in den Bethmannpark führte.«

»Ist mir bekannt, Sie hatten mich informiert«, schnarrte Schouten.

Richtig und damit bist du der Erste auf der Liste möglicher Spitzel, dachte Schwarzhoff aufgewühlt, sprach aber ruhig weiter: »Wir haben im Vorfeld alles Notwendige veranlasst. Drei Streifenwagen waren rund um den Park postiert und in Rufbereitschaft. Allerdings erwies sich die Information, die wir hatten, als Sackgasse, jedenfalls vorerst. Ich begab mich in den Chinesischen Garten, um nachzusehen, ob sich vielleicht die gesuchte Person dort aufhielt. Kollegin Kreillig wartete inzwischen auf dem Vorplatz, falls diese durch einen der Haupteingänge käme. Ich war gerade auf der Teichbrücke, als ich draußen einen Schuss vernahm. Ich rannte sofort zum Vorplatz und fand Kreillig auf dem Boden liegend ohne sichtbare Verletzungen. Es waren keine weiteren Personen im Park anwesend, zumindest habe ich keine gesehen oder bemerkt. Der Schuss wurde von Kreillig selbst abgefeuert, denn ihre Dienstwaffe lag noch rauchend neben ihrem Körper. Ich rief als Erstes den Krankenwagen, dann kontaktierte ich die drei Streifenwagen. Alle Beamten bestätigten mir, dass keine Person, außer uns beiden, den Park verlassen oder betreten hatte. Als Kreillig abtransportiert wurde, suchte ich den Vorplatz nochmals nach Spuren ab, doch außer unzähligen Schuhabdrücken, die von zig verschiedenen Besuchern stammten, Fehlanzeige. Es ist mir schlicht ein Rätsel, was passiert ist. Zwischen dem Schuss und meinem Eintreffen auf dem Vorplatz vergingen höchstens ein paar Sekunden. Aufgrund dieser kurzen Zeitspanne hätte ich entweder jemanden sehen oder hören müssen, spätestens aber die Beamten in den Streifenwagen wären aufmerksam geworden. Doch nichts. Obendrein hatten wir die Streifenwagen so postiert, dass sie auch die Mauern im Blickfeld hatten. Die im Park vermutete Person, Daniel Debrien, hat nach meiner Rückfrage ein Alibi, das wir natürlich schon überprüft haben. Es ist wasserdicht, er scheidet also aus.«

Schouten hatte still zugehört. »In der Tat eine sehr merkwürdige Sache. Ich will Ihren ausführlichen Bericht noch heute auf meinem Schreibtisch sehen. Wie geht es Kreillig?«

»Ich war an ihrem Krankenbett, als sie aufwachte. Soweit ich es beurteilen kann, ist sie wohlauf. Ihre letzte Erinnerung ist das gemeinsame Betreten des Bethmannparks. Meiner Meinung nach hat sie weder äußerlich noch innerlich irgendwelche Verletzungen davongetragen. Aber wie gesagt, ich bin kein Mediziner.«

»Freut mich zu hören. Ich werde später mal im Krankenhaus vorbeischauen.« Erleichterung schwang jetzt in Schoutens Stimme mit: »Das hätte uns wirklich noch gefehlt, wenn eine Kommissarin im Dienst unter ungeklärten Umständen verletzt oder sogar getötet worden wäre. Die Presse hätte mich geschlachtet. Danke, das wäre vorerst alles. Aber halten Sie sich bereit, falls die Dienstaufsicht noch Fragen hat und denken Sie an den Bericht!«

»Ja, Chef!«, meinte Schwarzhoff trocken und legte auf. Als er den Hörer wieder zurückgelegt hatte, atmete er tief durch. Er hatte seinen Chef nach Strich und Faden angelogen, aber was blieb ihm anderes übrig? Selbst wenn sich Carolin irgendwann erinnern sollte, würde jeder das, was sie zu berichten hätte, als illusorisch abtun. Die Ärzte würden es als Trauma, vermutlich entstanden durch einen Sturz oder Schlag auf den Kopf, diagnostizieren.

Den ganzen Vormittag über telefonierte sich Schwarzhoff durch die Dienststellen und Abteilungen, in der Hoffnung einen vagen Hinweis auf eine undichte Stelle zu finden. Und tatsächlich stieß er auf einen Namen, Florian Bergstrohm. Es war, zu seiner großen Überraschung, eine ältere Bürokraft von Schouten, die ihm diesen Namen nannte. Seine allgemeine Nachfrage, ob sich jemand nach dem Mordfall Thomas Schulz erkundigt hätte, bejahte sie. Sie erzählte ihm, dass ein gewisser Bergstrohm mehrere Male versucht hätte, den Leiter der Kriminaldirektion zu erreichen. Da Schouten nicht anwesend war, nahm sie das Telefonat entgegen und schrieb sich deshalb den Namen auf. Durch Zufall bekam die Frau ein späteres Telefonat zwischen Schouten und Bergstrohm mit, in dem es um den Fall des ermordeten Notars ging. Als Schwarzhoff nachfragte, ob sein oder Kreilligs Name in diesem Gespräch gefallen war, sagte sie nein, gab aber zu, nicht das komplette Telefonat gehört zu haben. »Ich bin schließlich nicht hier, um meinen Chef auszuhorchen ...«, meinte sie ein wenig entrüstet, »außerdem habe ich Ihnen schon viel zu viel gesagt!«

Und dafür danke ich Ihnen sehr herzlich!, antwortete er in Gedanken und sprach freundlich: »Das verstehe ich natürlich. Diskretion sollte das oberste Gebot sein! Trotzdem vielen Dank für Ihre Unterstützung.«

Florian Bergstrohm, diesen Namen hatte er in irgendeinem Zusammenhang schon einmal gehört. Es reichte eine kurze Suchanfrage bei Google und der Computer spuckte jede Menge Ergebnisse aus. Bergstrohm war Chef mehrerer Sicherheitsfirmen, ein Unternehmer mittleren Alters, der schnell Karriere gemacht hatte. Aber was hatte ein Inhaber von Sicherheitsfirmen mit dem Fall von Schulz zu tun? Und warum hatte er ausgerechnet den Leiter der Kriminaldirektion kontaktiert? Das war mehr als seltsam und warf nicht unbedingt ein gutes Licht auf seinen Chef. Er suchte auf den Internetseiten der Sicherheitsfirmen nach Referenzen, vielleicht entdeckte er etwas Brauchbares. Die Liste der Kunden von Bergstrohm war lang, er hatte sich offenbar spezialisiert auf Finanzinstitute wie Banken, Versicherungen und Investmentgesellschaften. Gut, auch das war in Frankfurt nicht verwunderlich, denn es handelte sich nun mal um einen großen Finanzplatz, in dem Hunderte dieser Institutionen ihren Sitz hatten. Doch eines stach ihm unbewusst ins Auge, alle Sicherheitsfirmen von Bergstrohm hatten eine Vielzahl von Kunden, doch nur eine betreute ausschließlich einen einzigen Mandanten. Und von dieser Firma, sie hieß *GIRISOV-Enterprises*, hatte er noch nie etwas gehört, vermutlich russisch dem Namen nach. Wäre es ein großes und bekanntes Unternehmen, mit einigen tausend Mitarbeitern oder einem enorm hohen Risikopotential gewesen, dann wäre es durchaus einleuchtend, dass sich eine Security-Firma ausschließlich darum kümmerte. Aber nachdem er sich die Homepage dieses Unternehmens genau angesehen hatte, stellte er schnell fest, dass keiner dieser Punkte zutraf, eher das Gegenteil war der Fall. *GIRISOV-Enterprises* bestand aus gerade mal neunzehn Mitarbeitern, es war ein kleineres Bauingenieur- und Architekturbüro, und hatte seinen Sitz in einem der Bürohochhäuser. Schwarzhoff fiel sofort auf, dass für dieses Hochhaus im Ein- und Auslassbereich, sowie der allgemeinen Überwachung eine völlig andere Sicherheitsfirma engagiert worden war, die Bergstrohm nicht gehörte. Also warum musste *GIRISOV-Enterprises* von einem eigenen Sicherheitsdienst betreut werden, wenn doch bereits eine Security-Firma vor Ort war. Missmutig klickte er die Seiten weg, denn das alles mochte Zufall sein und brachte ihn jedenfalls nicht weiter.

Nach weiteren zwei Stunden hatte er den Bericht für Schouten fertig und schickte ihn über die Hauspost an sein Büro. Schwarzhoff hatte versucht, sich so weit wie möglich an die Tatsachen zu halten, aber spätestens als er über den Vorfall vor dem Chinesischen Garten berichtete, begann das Märchenschreiben. Mindestens zehn Mal las er den fertigen Bericht Punkt für Punkt durch, um sicherzugehen, dass alles in sich schlüssig war und somit zu möglichst wenigen Rückfragen führte. Er hatte keine Lust, auch noch ins Kreuzfeuer der Dienstaufsicht zu geraten. Als alles erledigt war, verließ er sein Büro. Die Kontaktaufnahme zu Debrien musste außerhalb der Dienststelle passieren, um ein ungewolltes Mithören zu vermeiden. Anschließend wollte er nochmals bei Carolin im Krankenhaus vorbeizuschauen.

Daniel Debrien

Kurz bevor der Krankenwagen am Eingang des Bethmannparks auftauchte, verdrückten wir uns in die Tiefenschmiede. Pia Allington, Cornelia Lombardi und die Kobolde waren bereits verschwunden, lediglich Zenodot und ich standen noch am Holztor, das den Eingang zum Chinesischen Garten markierte. Der Bibliothekar sah mich an. »Komm Daniel, es wird Zeit!«

Ich nickte und wandte mich zum Gehen, als eine weiche Stimme raunte: »*Gut gemacht, Weltengänger! Du hast weise gehandelt und dich nicht eingemischt.*«

Verwirrt blickte ich mich um. Zenodot, der meine konfuse Reaktion sofort bemerkt hatte, fragte sofort: »Was ist los?«

»Wieder eine Stimme. Sie meinte, ich hätte mich klug verhalten, weil ich nicht in die Ereignisse eingegriffen habe.«

»Richtig!«

Jetzt hatte ich eine Ahnung, woher die Stimme kam, es musste einer der beiden Löwen sein, die das Holztor am Eingang bewachten.

Ich stellte mich vor das Tor und drehte mich zur rechten Statue, die einen großen Ring im Maul trug.

»*Nein, die andere Seite*«, wisperte die Stimme schelmisch.

Also Kehrtwendung! Der Löwe zur Linken besaß eine halbgeöffnete Schnauze. In seinem Maul befand sich eine Steinkugel, die man von einer Seite zur anderen rollen konnte. Dieses kleine Ritual vollzogen viele Besucher des Chinesischen Gartens, denn es sollte Glück bringen.

Ich betrachtete mit zusammengekniffenen Augen den Löwen. »Hast du gesprochen?«

»*Ja!*«

»Wer bist du?«

»*Ein Löwe aus Stein ...?*«

Ich verzog das Gesicht. »Ach, was du nicht sagst! Darauf wäre ich jetzt nie gekommen.«

»*Dann solltest du an deinen Fragen arbeiten!*«

»Daniel, wir müssen los! Die Sanitäter sind gleich da. Die Statue wird auch nachher noch an ihrem Platz stehen«, mahnte Zenodot ungeduldig.

»Du siehst, ich muss gehen«, meinte ich zu dem Wesen.

»*Ich habe Zeit! Mehr als genug!*«, kam die ruhige Antwort.

Ohne weitere Worte zu verlieren, rannte ich los in Richtung der kleinen Höhle die gegenüber dem Wasserpavillon lag und passierte gemeinsam mit dem Bibliothekar den Eingang zur Tiefenschmiede.

Als wir in der untersten Etage der Rotunde ankamen, wurden wir von den anderen schon ungeduldig erwartet.

»Was hat euch aufgehalten?«, fragte Alli neckisch.

»Einer der Steinlöwen vor dem Eingang, ich hörte seine Stimme.«

Sie hob interessiert die Augenbrauen. »Aha, und was hat er dir gesagt?«

Ich zuckte belanglos mit den Schultern. »Viel Zeit blieb nicht, um mich mit ihm zu unterhalten, denn der Krankenwagen war schon da. Die Stimme meinte nur, ich hätte mich weise verhalten.«

»Inwiefern?«, fragte Cornelia.

»Weil ich mich aus dem Kampf rausgehalten habe. Warum er das allerdings als weise bezeichnet, weiß ich nicht. Ich konnte doch sowieso nichts ausrichten. Ich bin weder der Magie noch des Schwertkampfs mächtig, was übrigens eine sehr beeindruckende Vorstellung von euch beiden war.«

»Jahrelange Übung, das wirst du auch noch lernen. Silberschwerter sind ein sehr probates Mittel gegen die meisten schwarzmagischen Wesen. Weise wahrscheinlich deswegen, dass du dich nicht kopflos in etwas hineingestürzt hast. Erst nachdenken – dann handeln, das ist doch schon ein sehr guter Anfang, wenn du mich fragst«, grinste Alli breit.

»Genug gescherzt! Wir haben jetzt wichtigere Dinge zu tun«, mahnte Zenodot. »Die Gegenseite scheint zu allem bereit zu sein, was uns wirklich zu denken geben sollte. Ich glaube, dass Cornelia mit ihrer Vermutung durchaus recht haben könnte. Es wäre nicht das erste Mal, dass magische Spione in den Reihen von polizeilichen Behörden agieren.«

»Aber warum haben Schwarzmäntel die Beamtin angegriffen? Die zwei Kommissare waren bis dahin vollkommen ahnungslos, was das Wissen über die andere Welt, geschweige denn, was die Vorgänge im Hinblick auf die Gussformen, anbelangt«, meinte ich nachdenklich.

»Wie gesagt, Schwarzmäntel greifen nur an, wenn sie den Befehl dazu bekommen. Sie handeln niemals eigenmächtig.«

»Richtig, denn dafür sind sie viel zu blöd. Dumm wie Bohnenstroh!«, pflichtete Einar sofort bei, was Zenodot mit einem missbilligenden Blick quittierte. Eingeschüchtert zog der Kobold seinen Kopf ein, doch er ließ es sich nicht nehmen, »Ist doch wahr!« zu brummeln.

Lombardi lehnte sich grübelnd über die Rückseite einer der Stühle. »Befehle können auch falsch interpretiert werden! Wenn der Auftrag zu schwammig oder vage formuliert worden ist, kann das ungewollte und nicht beabsichtigte Handlungen seitens der Schwarzmäntel nach sich ziehen. Die beiden Kommissare untersuchen den Tod dieses Notares Schulz, von dem wir annehmen, dass er von einem Schwarzmantel umgebracht worden ist. Was, wenn dieser Tod der Auslöser des Ganzen war?«

Alle blickten fragend zu der Südländerin.

»Sprich weiter, Cornelia!«, forderte der Alte sie auf.

»Vielleicht sollte Schulz gar nicht getötet werden, vielleicht hat sich der Auftraggeber den Schwarzmänteln gegenüber undeutlich geäußert? Durch einen Mord werden polizeiliche Ermittlungen ausgelöst, die zu Nachfragen und Untersuchungen führen, das weiß selbst der dümmste Kriminelle. Angenommen sie sollten ihm das Leben nur soweit aussaugen, dass er seiner Sinne und seiner Beweglichkeit beraubt wird, dann stünde alle Welt vor einem Rätsel. Man würde an dem dahinvegetierenden Körper eine schwere, unbekannte Krankheit diagnostizieren, aber das wäre es vermutlich auch schon. Kein Hahn hätte mehr danach gekräht.«

»Ich verstehe, worauf du hinauswillst«, meinte Pia Allington erstaunt. »Der nicht eingeplante Tod von Schulz, rief die Kriminalpolizei auf den Plan. Der Auftraggeber musste also reagieren, denn die Untersuchungen führten zwangsläufig zu Daniel und somit käme ihm die Behörde direkt in die Quere. Er konnte sich nicht mehr in Ruhe auf Daniel konzentrieren, also schleuste er einen Spion ein, um zumindest immer auf dem neuesten Stand der Untersuchungen zu sein.«

»Ja, so oder so ähnlich stelle ich es mir vor«, bestätigte die Südländerin.

»Aber wer zum Teufel ist dieser geheimnisvolle Auftraggeber ...«, murmelte ich missmutig. »Kennt ihn irgendjemand? Wo lebt er?«

Zenodot sah mich an. »Berechtigte Fragen, auf die ich dir momentan nur eine vage Antwort geben kann. Wie ich dir bereits vor zwei Tagen mitteilte, vermute ich, dass unser Gegenspieler *der* Diener des Dämons ist. Du erinnerst dich? Der einfache Bauer, der damals in Nordgermanien den Kerker zum ersten Mal öffnete!«

Ich nickte unsicher, doch ich hatte keine Ahnung, ob der Alte es tatsächlich erwähnt hatte. Ich hatte in den letzten Tagen so unglaublich viel Neues erlebt und kennengelernt, dass es mir mittlerweile schwerfiel, jede Einzelheit zu behalten.

Zenodot fuhr fort: »Da wir wissen, dass sich bereits acht Gussformen in seinem Besitz befinden und er die neunte – zu Recht – bei Daniel vermutet, gehe ich davon aus, dass er irgendwo in Frankfurt sein Lager aufgeschlagen hat. Und wie wir bereits festgestellt haben, könnte es durchaus sein, dass auch die letzte Gravurplatte hier versteckt ist, zumindest lässt der Brief deines Vorfahren diesen Schluss zu. Der Diener wird also keinesfalls irgendeinen Lakaien schicken, wenn es um die entscheidende Phase geht, deswegen bin ich mir ziemlich sicher, dass er hier ist, die Frage ist nur wo? Garm?«

»Hier Meister, immer an Eurer Seite!«, unkte der Kobold.

Der Alte verdrehte lächelnd die Augen. »Garm, lass die Kobolde ausschwärmen! Sie sollen in allen Ecken von Frankfurt nach Hinweisen über einen möglichen Aufenthaltsort des Dieners suchen. Sie sollen den Menschen zuhören, andere Wesen befragen, vielleicht finden wir so etwas über seine Identität heraus.«

Garm nickte pflichtbewusst und verschwand durch die große Drehtür in der Rotunde.

Dann wandte sich der Bibliothekar an die zwei Frauen. »Ihr werdet, wie gestern besprochen, zum Stadtarchiv gehen. Sucht nach Hinweisen zu Madern Gerthener und nehmt euch außerdem die Neuzeit vor. Es liegt in der Natur des Bösen exzentrisch und extravagant zu sein. Sicher wird unser Gegenspieler seine Fäden im Geheimen ziehen, aber möglicherweise agiert er auch in aller Öffentlichkeit als Geschäftsmann, Banker oder Unternehmer. Er braucht Geld, um seine Unternehmungen zu finanzieren, ergo braucht er Quellen, aus denen er es bezieht.«

Alli seufzte laut auf. »Mist, ich dachte schon, dass dieser Krug an mir vorübergegangen wäre. Zenodot, du bist dir schon im Klaren darüber, dass wir in der Bankenmetropole Europas nach jemanden suchen sollen, der Geld verdient?«

Der Alte grinste. »Ja Alli, das gleicht der berühmten Nadel im Heuhaufen. Sucht nach jemandem, der seltsame Gewohnheiten hat, der als exzentrisch und sehr reich gilt. Er wird ein großes Vermögen angehäuft haben, denn mit den Mitteln der schwarzen Magie ist ihm dies sicherlich gelungen.«

»Was gibt dir diese Gewissheit, Zenodot? Du sagtest vorhin, du vermutest nur, dass er hier sein Lager aufgeschlagen hat«, meinte ich nachdenklich.

»Nein, Daniel, ich sagte, ich bin mir ziemlich sicher!«, verbesserte er mich.

»Und warum?«

Der Alte lächelte mich an. »Weil er bereits mehr als zwei Jahrzehnte auf dein Auftauchen gewartet hat. Dein Onkel Alexander war kein Weltengänger, das hat der Diener damals sehr schnell begriffen ...«

»Ja, und ihn dann ermordet!«, fiel ich ihm ins Wort.

»Aber er hat vermutlich durch deinen Onkel erfahren, dass ein

Schreiben für einen Weltengänger bei dem Notar hinterlegt worden war. Also brauchte er nur zu warten«, fuhr Zenodot ungerührt fort.

»Wenn dem so ist, Zenodot, dann muss er in Frankfurt Spuren hinterlassen haben ...«, grinste Lombardi diebisch, »und die werden wir jetzt sicherlich finden – dank unseres neuen Verbündeten!«

»Der Kommissar!«, platzte Alli heraus.

Cornelia nickte. »Genau, meine Liebe. Jetzt, da seine Kollegin von den Schwarzmänteln angegriffen wurde, ist es für Schwarzhoff zu einer persönlichen Angelegenheit geworden. Er wird sicherlich alles daransetzen, die undichte Stelle in seiner Abteilung zu finden. Hat der Kommissar diese Person entdeckt, wird sie uns höchstwahrscheinlich zu unserem Gegenspieler führen.«

»Schwarzhoff meinte, sobald er seine Angelegenheiten im Büro geregelt hätte, würde er mich kontaktieren und in den Park kommen«, warf ich ein.

Der Alte nickte. »Gut, dann sollten wir bis dahin so viele Informationen wie möglich zusammengetragen haben. Die Kobolde sind bereits unterwegs. Pia, Alli, ihr macht euch sofort auf den Weg ins Stadtarchiv. Daniel, du bleibst verständlicherweise hier in der Tiefenschmiede.«

Ich seufzte leise auf. »Das hatte ich mir schon fast gedacht.«

Zenodot zog die Stirn in Falten und blickte mich skeptisch an. »Ja, aber wir werden sicher nicht untätig sein. Mir ist vorhin eine Idee gekommen, weshalb wir später eine kleine Unterhaltung führen werden, wobei ich mit *wir* eher dich meine.«

»Die Steinlöwen?«, fragte ich neugierig.

»Richtig.« Dann wandte er sich den beiden Frauen zu. »Wenn ihr im Stadtarchiv seid, sucht bitte nach allen Gebäuden und Bauten mit denen Madern Gerthener in Verbindung gebracht werden kann. Vor allem möchte ich wissen, an welchen Bauwerken er selbst mitgewirkt hat.«

Pia Allington stöhnte gequält. »Das wird ein echt toller Tag!«

Lombardi lachte laut auf. »Ich weiß gar nicht, warum du dich beschwerst? Gleich nach dem Aufstehen haben wir einen Kampf mit Schwarzmänteln ausgefochten und gewonnen. Der Tag hat doch also richtig gut angefangen, was machen da schon ein paar staubige Bücher aus. Also komm, machen wir uns auf die Socken.«

Die Südländerin wandte sich zum Gehen, während Alli resignierend ihre Schultern hob und mich mit gespielt leidender Miene angrinste. »Na dann, wir sehen uns.«

Als Ruhe in der Tiefenschmiede eingekehrt war, meinte der Alte zu mir: »Ereignisreiche Tage, nicht wahr?«
»Das ist ziemlich untertrieben, Zenodot. Wenn ich mir vorstelle, dass ich erst letzten Samstag bei diesem Notar war – unglaublich! Und dabei haben wir heute erst Donnerstag. In diesen paar Tagen hat sich mein Leben komplett auf den Kopf gestellt.«
»In der Tat hattest du wirklich nicht viel Zeit, dich auf das Weltengängerdasein einzustellen, doch dafür schlägst du dich sehr gut, Daniel. Und lass dir eines gesagt sein, du bist etwas ganz Besonderes. Es gab nicht viele Weltengänger, bei denen in so kurzer Zeit solch außergewöhnliche Fähigkeiten zu Tage getreten sind und ich bin sehr gespannt, welche Gaben noch in dir schlummern.«
»Ehrlich gesagt, reichen mir diese Fähigkeiten vollauf aus, ich bin jetzt schon überfordert.«
»Nach fünf Tagen durchaus nachvollziehbar, aber du wirst lernen, mit deinen Gaben umzugehen. In ein paar Wochen sieht alles schon ganz anders aus«, versuchte der Alte mich aufzubauen.
Ich hingegen brummte: »Wenn ich in ein paar Wochen überhaupt noch am Leben bin!«
Plötzlich verfinsterte sich das Gesicht des Alten zu einer dunklen Wolke und ehe ich mich versah, verpasste er mir eine verbale Ohrfeige. »Solche Worte will ich nie wieder von dir hören, junger Mann! Du entstammst einem sehr, sehr alten Geschlecht und viele deiner Vorfahren haben für ihre Aufgabe geblutet oder sind umgekommen. Mit solchen Aussagen ziehst du ihr Ansehen in den Schmutz. Aufzugeben ist keine Option! Vielmehr solltest du deine Gaben als Geschenk annehmen und das Beste daraus machen – DADURCH ehrst du ihr Ansehen und nicht indem du den Kopf in den Sand steckst.«
Im ersten Moment starrte ich völlig konsterniert in Zenodots Antlitz, dann funkelte ich ihn zornig an. »Ich habe mir das alles nicht ausgesucht! Glaubst du, es macht Spaß zu wissen, dass sich da draußen eine Horde magischer Wesen rumtreibt, die nur darauf wartet, dir das Leben auszusaugen.«

»Dann tu etwas dagegen und fang an, deine Gaben zu trainieren, anstatt ständig zu jammern, du hättest dir das Ganze nicht ausgesucht. Glaubst du, die anderen Weltengänger hatten eine Ahnung davon, auf was sie sich einließen? Es ist eine Bestimmung, ein Schicksal«, erwiderte er mit betont ruhiger Stimme.

Tatsächlich spürte ich tief in meinem Inneren, dass er recht hatte. Dieses Gefühl, dass es meine Bestimmung war, ein Weltengänger zu sein, hatte sich schon die ganze Zeit über manifestiert. Doch was nutzte es, wenn sich das Hirn mit aller Vehemenz gegen diese Einsicht wehrt? Vielleicht brauchte es wirklich nur etwas Zeit, mehr Übung, um dem Verstand zu signalisieren, dass er falsch liegt? »Ich weiß, dass du recht hast, Zenodot, aber ...«, versuchte ich mich zu entschuldigen.

Er winkte ab und vollendete: »Und du hast Angst vor der Zukunft, Angst, dass du der Aufgabe nicht gewachsen bist, Angst, dein altes Leben zu verlieren. Solche Ängste sind das Natürlichste der Welt, aber du darfst nicht zulassen, dass sie die Oberhand gewinnen, denn dann bestimmen sie fortan dein Leben. Ängste sind ein Teil von dir, also nehme die Herausforderung an und stelle dich ihnen mutig entgegen. Du wirst sie nie ganz besiegen können, aber du kannst sie in Schach halten. Wenn du das schaffst, kannst du auch Großes vollbringen!«

Weise Worte von einem über zweitausend Jahre alten Bibliothekar. Ich kam mir plötzlich winzig und kleinkariert vor. Leise murmelte ich: »Ich werde mein Bestes versuchen, versprochen!«

Da legte er mir väterlich den Arm um die Schulter. »Und ich möchte mich für meinen allzu heftigen Ausbruch entschuldigen.«

»Und ich sollte vielleicht zukünftig auf einen alten Mann, der schon vor Christi Geburt gelebt hat, besser hören.«

Er lachte herzhaft auf. »Nochmal – Entschuldigung!«

Jetzt grinste ich auch. »Angenommen.«

»Nachdem jetzt alle ausgeflogen sind, sollten wir uns mit den Steinlöwen befassen. So kannst du gleich deine Gabe etwas trainieren. Außerdem sollten wir sie zu dem Vorfall befragen, denn vielleicht haben sie etwas aufgeschnappt, was uns weiterhelfen könnte. Ich denke, wir können gefahrlos noch oben gehen, denn die Kommissarin ist bestimmt schon auf dem Weg ins Krankenhaus.«

Als wir erneut die Oberfläche betraten, lag der Park wie im Dornröschenschlaf. Die Sonnenstrahlen fielen als kleine leuchtende Streifen durch das Blätterdach der umstehenden Bäume und tauchten den Park in ein goldschimmerndes Farbenmeer. Ein paar vereinzelte Besucher hatten sich bereits in den Park verirrt, aber ansonsten deutete nichts mehr auf die Geschehnisse des frühen Morgens hin. Wir liefen zum Eingang des Chinesischen Gartens und blieben zwischen den beiden Steinlöwen stehen.

»*Ah, da bist du ja wieder!*«, raunte eine sanfte Stimme, die so gar nicht zu einem Löwen passen wollte. »*Du möchtest etwas wissen?*«

»Ist dem so?«, fragte ich erstaunt.

»*Würdest du sonst vor mir stehen?*«, meinte die Stimme belustigt, während ich mich innerlich über meine dämliche Frage ärgerte.

»Gut, also nochmal von vorne. Hast du einen Namen? Ich unterhalte mich lieber mit Leuten, äh … Wesen, die ich namentlich kenne.«

»*Ich bin namenlos.*«

»Du machst es einem wirklich nicht leicht, eine Unterhaltung zu beginnen«, stöhnte ich leise auf.

»*Und wie ich vorhin schon so treffend bemerkte, solltest du vielleicht an deinen Fragen arbeiten!*«

Ich atmete tief durch und versuchte mein aufwallendes Gemüt zu beruhigen. »Kennst du Schwarzmäntel?«

»*Ja!*«

»Gut, das ist doch schon der erste Schritt. Was ist vorhin im Park passiert, bevor wir zugegen waren?«

»*Eine junge Dame wurde von Schwarzmänteln angegriffen und wollte sich verteidigen, was allerdings misslang.*«

»Das ist nun wirklich nichts Neues. Hast du vielleicht eine Unterhaltung gehört? Wortfetzen oder vielleicht einen Namen?«

Eine kurze Stille trat ein, als würde der Steinlöwe intensiv überlegen. »*Nein, tut mir leid.*«

»*Doch, doch – ich habe etwas gehört!*«, schaltete sich plötzlich eine andere Stimme ein. Sie hatte einen leicht kratzenden Unterton und schien dem Löwen auf der rechten Seite zu gehören.

Ich drehte mich zu seiner Seite. »Ah, ihr könnt euch also beide mitteilen?«

»*Selbstverständlich*«, antworteten beide synchron.

»*Aber er ist die Schwatzbase von uns beiden*«, meinte die kratzende Stimme.

»*Schwatzbase? Wann hatten wir denn das letzte Mal Gelegenheit, uns mit einer Graustimme zu unterhalten? Noch nie – du hirnlose Statue! Also woher willst du dann wissen, dass ich eine Schwatzbase bin?*«

»*Na, weil …*«

Ich schlug die Hände vor das Gesicht und brüllte: »Ruhe – alle beide!«

Zenodot sah mich belustigt an. »Ohne es gehört zu haben, sagte ich schon, dass Steine eine Unterhaltung nach eigenen Regeln führen?«, erkundigte er sich.

Ich seufzte kurz. »Ja, das hattest du bereits erwähnt. Doch diese zwei hier sind echte Nervensägen!«

»*Wie kommt er darauf, dass wir Nervensägen sind?*«, meinte der rechte Löwe.

»*Keine Ahnung, wir sollten ihn fragen*«, kam es von links.

»*Was meinst du, hat er uns damit beleidigt?*«

»*Er sollte sich uns erklären.*«

»Nein, ich habe euch nicht beleidigt! Solltet ihr es so aufgefasst haben, dann tut es mir leid und ich entschuldige mich dafür«, brummte ich genervt. Mit Blick zum rechten Löwen meinte ich: »Hättest du nun die Güte, mir zu erzählen, was du gehört hast?«

»*Ich überlege noch!*«

»Warum?«

»*Ob ich beleidigt bin oder nicht. Sollte es so sein, dann werde ich dir nichts berichten.*«

Ich verspürte den tiefen Drang, einen Presslufthammer zu holen und die beiden Statuen platt zu machen. »Und bis wann darf ich mit einer Entscheidung rechnen, oh, König der Steine«, zischte ich bissig.

»*König der Steine? Eine schöne Titulierung! Vielen Dank*«, raunte die kratzende Stimme.

»*Du ein König? Was bin ich dann?*«

»*Die Königin, natürlich.*«

»*Ich wäre lieber Kaiser.*«

Jetzt war ich kurz vor einem Nervenzusammenbruch. »Bitte, könntet ihr das später ausdiskutieren? Ich möchte doch nur wissen, was er …«, und zeigte auf die rechte Statue, »gehört hat.«

Stille – während ich kurz vor dem Platzen war. »Was ist nun?«

»*Na gut, ich sage es dir!*«

»Zu gütig!«

»*Ja, das sind wir – gütig!*«

»*Aber nur zu jenen, die uns freundlich gesonnen sind.*«

»*Genau! Spitzbuben und anderen finsteren Gesellen schenken wir nämlich keine Beachtung.*«

»Bitte!«, flehte ich und überlegte schon auf die Knie zu fallen, denn ich wollte nur noch weg.

»*Ein Name, es wurde ein Name gewispert. Ein Schwarzmantel sprach ihn in aller Heimlichkeit zu einem weiteren Wesen dieser arglistigen Schar.*«

»Wie lautete er?« Diesen Statuen musste man wirklich jedes einzelne Detail aus der Nase ziehen.

»*Vigoris! Ja, so wurde er geflüstert.*«

Ich wusste nicht, was ich eigentlich erwartet hatte, aber ein lateinisches Wort sicher nicht. »Vigoris? Sicher, dass du dich nicht verhört hast, denn das ist kein Name, es ist ein lateinisches Wort und bedeutet Lebenskraft!«

Die kratzende Stimme des rechten Löwen nahm nun einen leicht gekränkten Unterton an. »*Kein Irrtum! Dieser Name hallte durch den Garten.*«

»Ich danke euch beiden für die Hilfe«, erwiderte ich schnell und atmete erleichtert auf, denn jetzt konnte ich mich vom Acker machen.

»*Es war uns ein Vergnügen, Graustimme, auch wenn du uns beinahe beleidigt hättest*«, meinte die linke, sanftere Stimme.

Bevor ich mich jetzt in eine weitere Diskussion verstrickte, lief ich durch das Holztor in Richtung des Wasserpavillons und verließ den Vorplatz mit den beiden Statuen. Eines hatte ich gelernt, ich würde mich nur im äußersten Notfall ein weiteres Mal mit diesen Löwen unterhalten, denn dafür war mein Nervenkostüm definitiv nicht ausgelegt. Zenodot folgte mir immer noch grinsend. Er hüllte sich die ganze Zeit in Schweigen und hatte wahrscheinlich seine helle Freude an meinem Gemütszustand.

»Das Gespräch war nicht sehr ergiebig, oder?«, fragte er lächelnd.

»Das ist noch ziemlich untertrieben, Zenodot. Diese beiden waren kurz davor, mir den letzten Nerv zu rauben.«

»Aber du hast einen Namen?«

»Kein Name. Nur ein einzelnes Wort auf Latein – *vigoris*! Es bedeutet …«

»Lebenskraft. Schwarzmäntel saugen die Lebenskraft aus, es war also vermutlich der Befehl, sich über die Kommissarin herzumachen. Das hilft uns in der Tat nicht weiter«, überlegte der Alte laut.

»Sehe ich genauso, die Unterhaltung war eine Sackgasse«, murrte ich missmutig.

»Nicht ganz, Daniel, zumindest konntest du etwas üben.«

»Auf diese Übung hätte ich wirklich gerne verzichtet. Wenn jede Statue so ist, na dann herzlichen Dank.«

Er musterte mich mit einem wissenden Blick. »Das Training besteht auch nicht darin, die Unterhaltung zu führen, sondern zu erkennen, was für ein Charakter der Stein hat und welche Fragen man ihm stellen muss, um Antworten zu erhalten. Wie du schon festgestellt hast, können die Steine in ihrer Persönlichkeit sehr unterschiedlich sein, was natürlich an dem Künstler, Steinmetz oder Baumeister liegt, der sie erschaffen hat.«

»Das heißt, ich muss mich erst auf die Statue einlassen?«

»Richtig! Aber es gibt sicherlich auch andere Charaktere, die stur, bösartig, zynisch, aber auch liebevoll oder gutmütig sein können. So unterschiedlich wie die Menschen, die die Steine bearbeitet haben, so verschieden ist das Wesen ihres Resultats. Lust auf eine Tasse Tee?«

Ich nickte.

»Dann lass uns zurück in die Bibliothek gehen. Tobias Trüffel macht übrigens einen ausgezeichneten Chai, eine Mischung aus Minze, Kardamom, Zimt, Ingwer und als Grundlage dienen exquisite, feingeriebene Assamblätter.« Zenodot schnalzte leise mit der Zunge, wohl ein Zeichen dafür, dass dieses Getränk wirklich so gut war, wie er es angepriesen hatte.

»Herr Trüffel macht wohl aus allem eine Kunst?«

Der Alte lachte wieder einmal. »Ja, in dieser Hinsicht hat er wahrlich seine Bestimmung gefunden.«

Madern Gerthener, Reichsstadt Frankfurt – 1399 AD

Baumeister Madern Gerthener und sein Geselle Ullrich de Bry unterhielten sich noch geraume Zeit in der Arbeitshütte am Ufer des Mains. Gerthener war froh, sich seinem Gesellen anvertraut zu haben, denn jetzt war das Geheimnis auf zwei Schultern verteilt und somit wog die Last nur halb so schwer. Als der Mittag hereinbrach, hatte sich auch der Trubel an und auf der Alten Brücke weitestgehend normalisiert. Gerthener beschloss daher, eine Mahlzeit in der Stadt einzunehmen, während Ullrich sich um die Löschung der Schieferladung kümmern wollte. Nachdem die Brücke nun in baulich einwandfreiem Zustand war, hatte die Dachsanierung des zweiten Brückenturms oberste Priorität, denn die vom Rat der Stadt Frankfurt vorgegebene Frist musste natürlich trotzdem eingehalten werden. Doch konnten diese vier Wochen, jetzt da auch die Lieferung des Schiefers eingetroffen war, ohne größere Probleme eingehalten werden. Demzufolge machte sich ein gut gelaunter Baumeister zur anderen Uferseite auf, um im *Hölzernen Krug* ein gutes Essen und einen Becher kühlen Wein zu genießen.

Als er das Brückentor auf der Frankfurter Seite passierte, eilte Hauptmann Grimeisen mit schnellen Schritten auf ihn zu.

»Hauptmann, Ihr scheint es eilig zu haben?«, unkte Gerthener, stutzte aber, als er in das dienstbeflissene Gesicht von Grimeisen blickte.

»Heute Vormittag platzte Falkenstein in die Wachstube und war völlig außer sich. Ich musste ein regelrechtes Donnerwetter über mich ergehen lassen, weil ich die Brücke gesperrt habe. Es haben wohl mehrere betuchte Händler beim Schultheis vorgesprochen und sich vehement über unser Vorgehen beschwert. Ich berichtete ihm von Euren Befürchtungen, dass aufgrund der gestrigen Erschütterungen die Brücke in Mitleidenschaft gezogen sein könnte.«

Gerthener grinste in sich hinein, denn das war wieder ein typischer Auftritt des Stadtschreibers. »Konntet Ihr ihn etwas beruhigen?«

Grimeisen zwinkerte mit den Augen und erwiderte verschmitzt: »Halbwegs. Als ich ihn fragte, ob er die Verantwortung übernehmen würde, sollte auf der Brücke etwas passieren oder diese gar einstürzen, zog er mit finsterem Gesicht von dannen. Allerdings nicht ohne mir einen Befehl zu erteilen, Euch zu finden und vor den Rat zu laden. Ihr sollt Euch heute Nachmittag beim Schultheiß einfinden.«

»Das kommt natürlich nicht überraschend. Der Rat wird wissen wollen, was mit der Brücke los ist«, meinte Gerthener.

»Wie dem auch sei, ich habe meinen Auftrag erfüllt. Und die Brücke?«

»Alles in bester Ordnung. Sie wird die nächsten Jahre überdauern.«

Der Hauptmann entließ lautstark Luft aus seinen Lungen. »Freut mich zu hören, Meister Gerthener, denn so ein Theater, wie heute Morgen, möchte ich in nächster Zeit kein zweites Mal erleben.«

»Wird nicht passieren, Grimeisen, Ihr habt mein Wort!«, schmunzelte der Baumeister.

Der Hauptmann nickte lächelnd, salutierte halbherzig, wünschte einen schönen Tag und eilte zurück in seine Wachstube.

Unverzüglich setzte Gerthener seinen Weg zum *Hölzernen Krug* fort, denn der Hunger nagte schon, sein knurrender Magen war nicht zu überhören.

Nach einem ausgezeichneten Hirschbraten und einem gutgekühlten Wein machte sich Madern Gerthener auf den Weg zum Rathaus, dem Sitz des Schultheis Rudolf II. von Praunheim. Das Gebäude befand sich direkt neben dem Frankfurter Dom. Dieser Sakralbau war einer der wichtigsten Kirchensitze und beherbergte eine einzigartige Reliquie – die Schädeldecke des Apostels Bartholomäus. Somit war Frankfurt eine viel besuchte Pilgerstätte, was dem Schultheis jedes Jahr eine große Menge Geld in den Stadtsäckel spülte. Mit diesen Gedanken beschäftigt, stieg der Baumeister die abgenutzten Steintreppen zum Rathaus empor und öffnete die eisenbeschlagene

Eichentür des Eingangs. In der Ratshalle empfing ihn die gleiche stickige, von Kerzenduft geschwängerte, Luft wie immer. Der Schultheis saß – zusammen mit Conrad Falkenstein, dem Stadtschreiber – an der großen Tafel. Beide unterhielten sich angeregt und hoben die Köpfe, als der Baumeister eingetreten war.

»Ah, Gerthener! Tretet näher!«, forderte ihn Rudolf von Praunheim mit lauter Stimme auf.

Zögerlich kam Gerthener der Anweisung nach und machte drei Schritte auf den wuchtigen Tisch zu. Er deutete eine Verbeugung an. »Schultheis von Praunheim, Stadtschreiber Falkenstein!«

»Was ist mit der Brücke? Grimeisen berichtete mir, dass Ihr sie geschlossen habt«, polterte Falkenstein sogleich los.

»Es handelte sich um eine reine Vorsichtsmaßnahme. Sicherlich habt Ihr von den seltsamen Vorgängen letzte Nacht gehört. Es hat deutliche Erschütterungen gegeben, deshalb musste ich mich vergewissern, dass keine Schäden entstanden sind«, argumentierte der Baumeister und sah dem Stadtschreiber dabei fest in die Augen. Zu seinem Erstaunen flackerte ein wenig Unsicherheit in Falkensteins Augen, vermutlich hatten die Worte des Hauptmanns Wirkung gezeigt. Weder Falkenstein, noch Praunheim, wollten verantwortlich gemacht werden, wenn sie die Brücke, trotz Einspruch ihres obersten Baumeisters, wieder geöffnet hätten.

»Und?«, fragte der Stadtschreiber barsch.

»Alle Schäden sind beseitigt, die Brücke wird die nächsten Jahrzehnte sicher stehen! Vorausgesetzt, kein neuerliches Hochwasser wie am Magdalenentag oder eine gewaltige Schneeschmelze bricht über uns herein.«

Falkenstein starrte ihn an, als könne er nicht bis drei zählen. »Wie bitte? Die Brücke ist repariert? Ihr sagtet doch gerade erst vor zwei Tagen …«

»Wir sind schneller vorangekommen als gedacht«, fiel Gerthener ihm ins Wort. »Natürlich muss noch das Dach des Brückenturms ausgetauscht werden, aber das sollte innerhalb der von Euch gesetzten Frist ebenfalls passiert sein.«

Falkenstein rang sichtlich nach Worten, während der Baumeister seine Sprachlosigkeit in vollen Zügen genoss. Es tat gut, diesen eingebildeten Wichtigtuer einmal klein wie eine Maus zu sehen.

Praunheim hingegen hatte das Gespräch interessiert verfolgt und fing plötzlich lauthals an zu lachen. Er schlug mit einer wuchtigen Handbewegung seinem Stadtschreiber auf die Schulter, sodass dieser regelrecht nach vorne kippte. »Na, Falkenstein, ich hab's dir doch gesagt, unser Baumeister ist ein ganz schlaues Bürschchen! Von wegen er wird nicht fertig.«

Der Schultheis wandte sich zu Gerthener: »Madern, Madern, was soll ich jetzt sagen? Ihr seid mir ja ein schöner Schlawiner! Wolltet wohl ein bisschen mehr für Euch selbst rausschlagen? Ihr ersucht um mehr Geld, wohlwissend, dass die Reparatur der Brücke schon in den letzten Zügen liegt? Gott sei Dank hat unser Falkenstein hier aufgepasst.«

Nach diesen Worten zeichnete sich ein zaghaftes Lächeln auf dem Gesicht des Stadtschreibers ab, doch Gerthener konnte immer noch die Verwirrung in seinen Augen erkennen. *Mit Recht*, dachte er hämisch, denn Falkenstein hatte erst vor ein paar Tagen auf der Baustelle nach dem Rechten gesehen und sicherlich festgestellt, dass die zwei Schwibbogen der Brücke nach wie vor in einem schlechten Zustand gewesen waren.

Gerthener verbeugte sich tief vor dem Schultheis. »Vergebt mir, Herr! Dieses Mehr an Geld sollte keineswegs für meine Person sein, sondern für die Arbeiter. Sie haben sehr hart gearbeitet, dass die Brücke wieder sicher steht und das wollte ich belohnen«, log der Baumeister und blickte Praunheim möglichst schuldbewusst in die Augen.

Praunheim wiegte mit dem Kopf hin und her. »So, so, für Eure Arbeiter? Ihr scheint ja große Stücke auf sie zu halten?«

»Natürlich, denn sie haben gute Arbeit geleistet. Und gute Arbeit sollte auch anständig entlohnt werden.«

»Wer gibt uns die Sicherheit, dass die Brücke hält?«, fuhr Falkenstein barsch dazwischen. Er hatte sich anscheinend von seiner Überraschung erholt.

»Wie meint Ihr das?«, fragte Gerthener unsicher, nicht wissend, was der Stadtschreiber mit dieser Frage im Schilde führte.

»Dass Ihr uns viel erzählen könnt, denn wir sind keine Experten.«

Jetzt spürte der Baumeister Zorn aufwallen. »Bezichtigt Ihr mich etwa der Lüge, Stadtschreiber Falkenstein? Ich denke, der Rat sollte

Vertrauen in seinen Stadtbaumeister haben, denn schließlich war er es, der mich dazu berufen hat. Meine Reputation und Befähigung sind hinlänglich bekannt! Solltet Ihr das in Zweifel ziehen wollen, dann untergrabt Ihr die Entscheidung des gesamten Rates!«, zischte Gerthener scharf.

»Ruhig, meine Herren!«, beschwichtigte der Schultheis. »Meister Gerthener hat recht. Wir haben ihn zum Stadtbaumeister ernannt, gerade deshalb, weil er ein guter und verlässlicher Vertreter seiner Zunft ist. Und daran sollten wir auch keinen Zweifel lassen. Allerdings gebe ich auch Falkenstein zum Teil recht. Die Alte Brücke ist die Lebensader von Frankfurt, somit sollte der Rat diesem Bauwerk auch besondere Aufmerksamkeit schenken. Hiermit verkünde ich also folgende Entscheidung: Nachdem wir und vor allem Ihr, Madern Gerthener, von Eurer Arbeit überzeugt seid, versichert Ihr uns schriftlich, dass die Brücke repariert und sicher ist. Sollten später Schäden auftreten, dann müsst Ihr diese beheben, ohne den Stadtsäckel zu belasten. Verheerende Naturereignisse, zu denen Ihr kein Zutun habt, sind natürlich ausgeschlossen. Somit ist allen Seiten Genüge getan und weiteren Aufträgen an Eure Person steht nichts mehr im Wege.«

Falkenstein nickte stoisch. Der Umstand, dass der Schultheiß Gerthener recht gab, aber ihm nur zum Teil, schien sein Selbstverständnis zu erschüttern.

Gerthener hingegen blieb wenig Wahl, die Entscheidung von Praunheim auszuschlagen ohne sein Gesicht zu verlieren. Doch er hatte die Brücke und das Fundament genau inspiziert, er war sich sicher, dass sie Jahrzehnte überdauern würde. Er nickte ebenfalls. »Einverstanden, Schultheiß Praunheim, und damit ich Euch endgültig überzeugen kann, setzt noch einen weiteren Passus hinzu, dass meine Erben miteinbezogen werden.«

Praunheim riss die Augen auf. »Ich sehe, Ihr habt wirklich keine Zweifel ob Eurer Arbeit! Nun gut, es soll geschehen, wir Ihr wünscht. Schreiber!«

Eine der Männer, die hinter den zwei Schreibpulten am Ende der Ratshalle standen, merkte auf: »Herr?«

»Ihr habt vernommen, was gesprochen worden ist?«, fragte Praunheim scharf.

»Ja, Herr!«

»Gut! Bringt es zu Papier und legt es mir vor, damit der Baumeister und ich unsere Siegel darunter setzen können.«

Der Schreiber machte eine tiefe Verbeugung. »Die Urkunde wird Euch morgen vorgelegt, Schultheis!«

Praunheim nickte und blickte wieder zu Gerthener. »So sehen wir uns morgen und besiegeln gemeinsam Eure schriftliche Zusicherung.« Dann klatschte er freudig in die Hände. »Ihr könnt gehen, Meister Gerthener. Sobald das Dach des Brückenturms eingedeckt ist, warten neue Aufträge auf Euch. Der Rat muss noch entscheiden, aber ich kann Euch schon jetzt versichern, dass es an Arbeit nicht mangeln wird. Falkenstein? Haben wir noch etwas vergessen?«

Mit kaltem Blick musterte der Stadtschreiber Gerthener von oben bis unten und presste ein zischelndes »Nein« heraus.

So kam es, dass Madern Gerthener einer der ersten Baumeister der Neuzeit war, der 1399 AD über seine geleistete Arbeit eine schriftliche Garantie abgab und nicht nur das, er bezog sogar die nachfolgenden Generationen mit ein – ein absolutes Novum zu dieser Zeit. Der Schultheis hielt Wort und viele weitere Aufträge sollten folgen ...

Daniel Debrien

Zenodot und ich standen bereits am Eingang zur Tiefenschmiede, als mein Handy klingelte. Umständlich fummelte ich das Gerät aus der Hosentasche und nahm ab: »Daniel Debrien.«

»Hier Schwarzhoff. Wir müssen reden!«

Ich grinste. »Natürlich müssen wir das, Herr Kommissar. Ich denke, Ihnen brennen eine Menge Fragen unter den Fingernägeln.«

»Das auch, aber es gibt momentan Dringlicheres. Ich vermute, ich weiß, wer die undichte Stelle bei uns im Haus ist und ich habe einen Namen. Wann können wir uns treffen?«

»Einen Moment, Herr Schwarzhoff.« Ich hielt das Mikrofon zu und blickte Zenodot an. »Es ist Schwarzhoff. Er hat anscheinend den Spion identifiziert und einen Namen herausgefunden. Er will ein Treffen.«

Der Alte sah mich fragend an. »Einen Namen? Interessant! Er soll sich gegen Sonnenuntergang in der Tiefenschmiede einfinden. Bis dahin sollten auch Cornelia, Pia und die Kobolde wieder zurück sein, so können wir uns alle gemeinsam auf den neuesten Stand bringen. Wie geht es der Kommissarin?«

Ich hielt das Handy wieder ans Ohr. »Kommen Sie kurz vor Sonnenuntergang in den Chinesischen Garten, aber achten Sie darauf, dass der Park noch nicht geschlossen ist. Wie geht es übrigens Ihrer Kollegin?«

»So weit so gut. Sie ist heute Vormittag wieder aufgewacht, kann sich aber seit dem Betreten des Bethmannparks an nichts mehr erinnern«, meinte Schwarzhoff.

»Was wahrscheinlich auch besser ist. Zumindest freut es mich, dass sie keine weiteren Blessuren davongetragen hat.«

Es folgte ein tiefer Atemzug. »Das wird sich noch zeigen. Ich fahre jetzt gleich zu ihr, vielleicht haben die Ärzte schon eine abschließende Diagnose getroffen. Ich werde rechtzeitig im Park sein. Wie geht es dann weiter?«

»Warten Sie an dem großen offenen Gebäude, es wird Wasserpavillon genannt. Dort hole ich Sie ab.«

»Alles klar. Bis später«, verabschiedete sich der Kommissar und legte auf.

Ich steckte das Handy weg und Zenodot nickte versonnen »Praktisch, diese kleinen Dinger. Vielleicht sollte ich mir doch noch eins zulegen.«

Ich riss die Augen auf. »Wie? Du hast in der Tiefenschmiede einen Computer der neuesten Generation stehen, der zudem noch mit zig Scannern verbunden ist, aber du hast kein Mobiltelefon?«

Er schmunzelte mich erheitert an. »Ich sah bisher keine Notwendigkeit darin. Mein Kontakt zur Außenwelt sind die Kobolde und natürlich der Computer, außerdem gibt es noch andere Möglichkeiten in unserer Welt miteinander in Kontakt zu treten. Magie ist da übrigens sehr hilfreich.«

Ich seufzte leise. »Ja, ich weiß, ich muss noch viel lernen.«

»Oh, das sollte kein Tadel sein, Daniel. Ich will damit lediglich zum Ausdruck bringen, dass es verschiedene Wege der Verständigung in unserer Welt gibt. Leider sind die meisten davon in der Menschenwelt wirkungslos. Allein diesem Umstand galt meine Überlegung.«

»Ah, ich verstehe. Also falls du dich irgendwann entscheiden solltest, gib mir Bescheid, ich kenne da einen guten und seriösen Handyladen in der Nähe.«

»Danke, sollte es so weit sein, dann werde ich deine Hilfe gerne in Anspruch nehmen, doch vorerst wäre mir eine Tasse Tee lieber, ich bin am Verdursten«, feixte der Alte und betrat die Tiefenschmiede.

In der Bibliothek angekommen, rief Zenodot nach Tobias Trüffel. Der schwergewichtige Kobold eilte – sofern man bei seinem unglaublich dicken Bauch überhaupt von Eilen sprechen konnte – auf die Tafel zu und verbeugte sich erneut so tief, dass ich dachte, jetzt kippt er gleich vornüber. Doch wie durch ein Wunder hielt er sein Gleichgewicht, kam elegant wie ein besoffener Pandabär wieder nach oben und rückte mit einer anmutigen Geste seine riesige Kochmütze zurecht. Ich verkniff mir ein Grinsen und bewunderte gleichzeitig den Alten, dass er bei diesem Anblick ernst bleiben konnte.

»Tobias Trüffel, ich habe eine große Bitte an dich – wir würden gerne etwas Tee zu uns nehmen. Ich habe Daniel von deinem wunderbaren Chai erzählt und er ist schon ganz begierig darauf, ihn zu probieren.« Zenodot sprach mit einer dermaßen ernsten Miene, als handelte es sich bei seiner Bitte um die wichtigste Sache der Welt.

Das Lächeln, das sich nun auf dem Gesicht des Kobolds breitmachte, war unbeschreiblich. Haben Sie schon einmal ein Ferkel lachen sehen? Ich wusste es ab diesem Moment. Ich kämpfte mit allen mir zur Verfügung stehenden Mitteln, um das aufkommende Grölen zu unterdrücken. Mit Tränen in den Augen versuchte ich, meine Mundwinkel im Gleichgewicht zu halten. Tobias hingegen sah mich mit feierlicher Miene an. »Weltengänger Daniel, ich werde Euch den besten Chai servieren, den Ihr jemals getrunken habt. Bitte gebt mir fünfzehn Minuten, denn es benötigt eine gewisse Vorbereitungszeit.«

Mehr als ein Nicken brachte ich nicht zustande, wobei auch das nicht unbedingt als solches gedeutet werden konnte. Der Kobold schien wider Erwarten nichts gemerkt zu haben, nach einer weiteren tiefen Verbeugung zog er würdevoll von dannen. Kaum flog die Schwingtür zu, holte ich tief Luft. Ich wischte mir die Tränen aus den Augen. »Das war knapp!«, prustete ich los. »Wenn er noch einen Augenblick länger geblieben wäre, hätte ich mich nicht mehr unter Kontrolle gehabt.«

Der Alte sah mich mit einer Mischung von Verständnis und gespieltem Ernst an. »Er ist tatsächlich ein echter Sonderfall unter den Kobolden, aber er nimmt seine Aufgabe sehr genau. Und was könnte schöner sein, als seine echte Bestimmung gefunden zu haben? Behandle ihn mit Respekt, auch wenn es manchmal schwerfällt!«

»Ich werde es versuchen, Zenodot, aber das ist wirklich eine Herausforderung«, erwiderte ich lachend.

Er nickte schmunzelnd. »Mit der Zeit wirst du es lernen.«

Etwa zehn Minuten später kam Tobias Trüffel wieder zurück. In der einen Hand balancierte er ein kleines Tablett mit zwei Tassen, die andere Hand vornehm hinter dem Rücken haltend, ganz so wie es die Ober in guten Restaurants tun. »Wie gewünscht zwei Tassen Chai Tee. Genau sechseinhalb Minuten gezogen, den Laufweg von der Küche bis hierher bereits miteingerechnet!« Er stellte die Tassen vor uns ab, entfernte mit großem Brimborium das Teesieb und nickte zufrieden, »Wohl bekommt's, die Herren.« Dann verabschiedete er sich mit weitausladenden Gesten und stolzierte zur Tür.

Ich nahm den ersten Schluck, was dann folgte, war eine regelrechte Geschmacksexplosion von Aromen. »Wow, das ist mal ein Tee! Er schmeckt fantastisch«, bemerkte ich anerkennend.

»Also habe ich nicht zu viel versprochen«, stellte Zenodot erfreut fest.

»Nein, ganz im Gegenteil. Ich muss Tobias ein Kompliment machen, der Tee ist wirklich sensationell!«

»Wenn er dir das nächste Mal über den Weg läuft, sage es ihm selbst und du hast einen Freund fürs Leben gewonnen.«

Nach der Teestunde zog ich mich für einen Moment in mein Zimmer zurück und blätterte in einem Buch, das der Bibliothekar mir ans Herz gelegt hatte. Es trug den Titel: *Wesen und Geschöpfe der Zweitwelt – Enzyklopädie für angehende Weltengänger.* Schon nach den ersten Seiten kam ich aus dem Staunen nicht mehr heraus, es war einfach unglaublich, welche Vielfalt an Lebewesen mit den Menschen ihr Dasein teilten, ohne dass diese die geringste Ahnung davon hatten. So ziemlich alle Wesen, die ich aus Legenden und Mythen kannte, kamen in diesem Handbuch vor. Langsam wurde mir bewusst, dass all die Sagengestalten tatsächlich existierten und nicht einer wilden Fantasie entsprungen waren. Allerdings wurden die Märchen entsprechend ausgeschmückt und mit viel unsinnigem Beiwerk versehen, doch im Kern spiegelten die Erzählungen genau das wider, was ich gerade las. Dennoch wurden viele Naturwesen in ihren Charakterzügen falsch und teilweise übertrieben dargestellt. So wurde der Oger in der Enzyklopädie als sehr gutmütig und ausgesprochen freundlich beschrieben, während er bei uns in vielen Sagen als gewalttätiger und bösartiger Menschenfresser bekannt ist. Natürlich gab es auch das genaue Gegenteil – bestes Beispiel die Elfen! Unsere Vorstellung erklärt sie als naturverbunden und freundlich, in dem vorliegenden Buch hingegen, werden sie als außerordentlich verschlagen und hinterlistig beschrieben. Ja, der Autor des Nachschlagewerkes warnte sogar eindringlich davor, sich mit diesen Wesen einzulassen, da solche Begegnungen in der Vergangenheit immer schlecht für den Weltengänger geendet hätten. Ich schüttelte den Kopf, wieder einmal wurde mein Weltbild beträchtlich durcheinandergewirbelt. Der Verfasser des Ratgebers beschrieb auch Wesen, von denen ich noch nie etwas gehört hatte, oder sagt Ihnen der Name Urisk etwas? Mir nämlich nicht! Er wird als Mischwesen zwischen Mensch und Ziege beschrieben, ist aber kein Satyr. Er sehnt sich nach menschlicher Aufmerksamkeit, sieht aber so entstellt und schrecklich aus, dass – so schrieb zumindest der Autor – jeder Mensch Hals über Kopf die Flucht ergreift. Mehr und mehr begriff ich, wie viel ich über diese Welt noch lernen musste. Gedankenversunken blätterte ich weiter, als es in der Tiefenschmiede plötzlich laut wurde. Ich legte die Enzyklopädie beiseite und verließ mein Zimmer, um zu sehen, was los war.

Ich betrat die Rotunde durch die Drehtür und sah mit Erstaunen Zenodot wie einen kleinen Derwisch durch die Bibliothek eilen.

»Was ist passiert?«, erkundigte ich mich vorsichtig.

»Oh, diese vermaledeiten Kobolde, wenn man sie nur einen Augenblick aus den Augen lässt.«

Fragend blickte ich ihn an.

Der Alte raufte sich theatralisch die Haare. »Diese Früchtchen können ihre kleinen Finger einfach nicht vom Apfelwein lassen. Anstatt den Auftrag zu erledigen, haben sie sich über die Vorräte eines Apfelweinlokals hergemacht.«

Ich musste ungewollt grinsen und bekam sofort die Quittung. Er herrschte mich aufgebracht an: »Was gibt es da zu lachen? Sie sollten sich umhören und Informationen sammeln, aber stattdessen zechen sie in irgendeinem Keller.«

»Wie? Sie sind *alle* besoffen?«

»Nein, das nicht, aber fünf von ihnen.«

Ich konnte es mir einfach nicht verkneifen! »Bei ungefähr dreißig Kobolden ist das doch eine gute Quote. Es hätte viel schlimmer kommen können.«

Wenn Blicke töten könnten …

Sofort hob ich beschwichtigend die Arme. »Schon gut, schon gut. Angesichts deiner Laune ist es sicher besser, wenn ich mich zuerst mit ihnen unterhalte, möglicherweise haben sie ja doch etwas aufgeschnappt.«

Mürrisch überlegte er einen Augenblick und brummte dann: »Tu das, Daniel, sie bekommen ihre Standpauke dann eben später. Vielleicht besser so, denn in meiner jetzigen Verfassung käme es höchstwahrscheinlich noch zu einem Unglück.«

Mühsam schluckte ich einen weiteren Kommentar hinunter und fragte ihn stattdessen: »Wo sind die Jungs?«

»Vermutlich im Bett und schlafen ihren Rausch aus«, fauchte der Alte ungehalten.

Postwendend verabschiedete ich mich, bevor ich ebenfalls Ziel seines angeschlagenen Seelenlebens wurde.

Ich schlich mich leise durch die Räumlichkeiten, die hinter der mehrstöckigen Bibliothek lagen. Nachdem ich die Schwingtüre passiert hatte, traf ich auf einen langen Gang. Dieser Flur war nur spärlich von ein paar elektrischen Glühlampen und Kerzen beleuchtet, die ein genaues Erkennen nicht unbedingt förderten. Hier befanden sich auch die vier Gästezimmer, die sich zu beiden Seiten direkt gegenüberlagen. Mein Wohnbereich war gleich der erste auf der linken Seite. Im Anschluss an diese Räume grenzte auf der rechten Seite das Reich von Tobias Trüffel – die Küche. Lautes Klappern von Tellern und Besteck ließ mich vermuten, dass Tobias gerade den Abwasch erledigte. Als ich genauer hinhörte, vernahm ich zudem noch ein undeutliches, aber fröhlich klingendes Pfeifen. Kopfschüttelnd lief ich weiter und dachte an Zenodots Worte, dass dieser kleine übergewichtige Kobold seine Bestimmung gefunden hatte. Nach dem Herrschaftsgebiet von Herrn Trüffel tauchte schemenhaft eine weitere Türe auf, die ich langsam öffnete. Es handelte sich anscheinend um den Speisesaal der Kobolde, denn eine lange, aber sehr niedrige Tafel mit schmalen Sitzbänken füllte fast den ganzen Raum. Mittig auf dem Tisch standen drei große Kandelaber, deren Kerzen schon fast heruntergebrannt waren und die Kammer in ein weiches und warmes Licht tauchten. Ich wollte die Türe schon wieder schließen, als mein Blick auf zwei kleine Metallkrüge fiel, die umgeworfen auf dem Tisch lagen. Ein diebisches Grinsen durchfuhr meine Gesichtsmuskeln und einer schnellen Eingebung folgend, schnappte ich mir die beiden Gefäße. Zurück im Flur drang plötzlich lautes und gleichmäßiges Schnarchen an mein Ohr, unwillkürlich zuckte der diabolische Gedanke erneut durch mein Hirn. Auf Zehenspitzen huschte ich weiter und horchte an den nun folgenden Räumen, woher das durchdringende Sägen kam. Schon am zweiten Zimmer stoppte ich, denn das Ziel meines Anschlags ruhte selig schlummernd eindeutig hinter dieser Türe. Behutsam drückte ich die Klinke hinunter und öffnete leise den Eingang. Das einfließende Licht fiel auf insgesamt sechs Stockbetten die rechts und links an den Wänden standen. Und da lagen sie – alle fünf! Die Knirpse hatten wohl die obere Etage nicht mehr geschafft, denn alle fünf schliefen im unteren Bereich. Umso besser! Beim Eintreten wehte mir ein bodenlos durchdringender Alkoholgeruch entgegen, der mich unverzüglich zwei Schritte zurückweichen ließ. Ich schüttelte den Kopf, die Jungs mussten den ganzen Keller leer gesoffen haben, um so zu stinken. *Fröhliches*

Erwachen, dachte ich und nahm jeweils einen Becher in eine Hand. Kennen Sie das Gefühl, wenn es gleich etwas Lustiges zu sehen gibt und Sie, obwohl noch nichts passiert ist, bereits einem Lachanfall nahe sind? Genauso erging es mir in diesem Moment. Ich hob schadenfroh die Becher und schlug sie so fest ich konnte gegeneinander. Der Lärm war ohrenbetäubend und die Kobolde schreckten wie Furien nach oben. Fünf Mal erfolgte ein lautes *Bumm*, als sie mit den Köpfen gegen die Holzlatten der oberen Betten knallten. Gleich darauf begannen jaulende Schmerzensrufe. Ich krallte mich an der Wand fest, denn ich war kurz davor, mich auf den Boden zu schmeißen. Maulend und zeternd verließen alle fünf ihre Betten, versammelten sich mittig im Raum und starrten mich völlig entgeistert an. Als ich in ihre Gesichter sah, war es um mich geschehen, ich konnte nicht mehr und rutschte brüllend an der Wand herunter. Bei jedem einzelnen Kobold prangte eine schöne dicke Beule auf Kopf oder Stirn. Zwei der Kobolde kannte ich außerdem persönlich – Einar Eisenkraut und Tarek Tollkirsche. Hätte ich mir eigentlich denken können, dass die zwei Strolche mit von der Partie gewesen waren. Ich japste nach Luft und brachte nur prustende Worte heraus: »Tut mir wirklich leid, Jungs, aber das kommt davon, wenn man Zenodots Befehle missachtet und stattdessen einen heben geht.«

Sie sahen sich betreten an und schienen zu überlegen, wie sie reagieren sollten. Tarek löste sich als Erster aus der Gruppe, während seine Hände tastend über den tischtennisballgroßen Auswuchs auf seiner Stirn fuhren und knurrte mich missmutig an: »Wir haben einen Fehler gemacht! Aber das ist kein Grund, so mit uns umzuspringen!«

Ich kam langsam wieder auf die Beine und wischte mir die Tränen aus den Augen. »Sei froh, Tarek, dass Zenodot nicht aufgekreuzt ist. Ich bot ihm an, zuerst mit euch zu sprechen. Wütend meinte er zu mir, dass es wohl besser sei, denn sonst könne er für nichts garantieren. Ihr bekommt noch eure Standpauke, seid euch dessen sicher!«

Einar und ein weiterer Kobold traten zu Tarek. »Dann ist das deine Auffassung von miteinander reden, Weltengänger? Jemanden mit Lärm und Getöse aus dem Bett zu jagen?«, giftete Einar.

»Hey, wer von uns hat sich denn einen hinter die Binde gegossen? Wenn ich euch sanft über den Kopf gestreichelt hätte, dann wäre in eurem Zustand nicht mal ansatzweise etwas passiert. Und jetzt Spaß beiseite, habt ihr, trotz eures Gelages, wenigstens etwas herausgefunden?«, fragte ich ernst.

Plötzlich fing Einar wider Erwarten an zu feixen. »Was meinst du, warum wir gefeiert haben? Natürlich haben wir etwas entdeckt.«

Ich griff mir an die Stirn. »Ehrlich, wir müssen unbedingt an euren Prioritäten arbeiten. Wäre es nicht besser gewesen, erst einmal die Tiefenschmiede aufzusuchen, um *uns* zu informieren und erst *dann* feiern zu gehen?«

Jetzt rief einer der Kobolde von hinten: »Seht ihr, ich hab's euch doch gleich gesagt! Aber nein, ihr kamt ja nicht an dieser Kneipe vorbei …«

»Halt die Klappe, Bolko Blaufichte! Du warst der Erste, der sich unter den Zapfhahn gelegt und *aufdrehen, aufdrehen* gebrüllt hat.«

»Ja, aber erst nachdem ihr mich …«

»Diskutiert das später aus! Und du Einar – schieß los!«, forderte ich den Kleinen ungeduldig auf.

»Könntest du etwas leiser sprechen, mein Kopf …!«

»Dein Kopf interessiert mich nicht, daran bist ganz alleine du schuld! Und jetzt fang an zu reden!«

Der Kobold macht eine unwirsche Handbewegung. »Wir haben uns zu fünft nach Bornheim aufgemacht. Da oben sind jede Menge Kneipen, es wird viel geredet und noch mehr getrunken. Du weißt ja selbst, Alkohol löst Zungen.«

»Darauf wäre ich nie gekommen, Einar!«

»Willst du jetzt die Geschichte hören oder boshafte Kommentare abgeben?«, maulte mich der Kobold an.

»Schon gut! Ich bitte um Entschuldigung, erzähl weiter.«

»Außerdem haben wir in Bornheim ein paar Bekannte …«

»Bekannte?«, fragte ich neugierig.

»Ein paar Faune, die in den Parks leben und mehrere Gnomlinge.«

»Gnomlinge?«

Einar bedachte mich mit einem mitleidigen Blick. »Ja, sind die nächsten Verwandten der Kobolde. Sie sind wesentlich kleiner als wir und leben in alten Häusern – besser gesagt in Gewölben oder Kellern und davon gibt es in Bornheim reichlich. Sie sind richtige kleine Kellerasseln und mit der Hygiene nehmen sie es auch nicht so genau.«

Ich nickte nur verblüfft, wieder hatte ich etwas dazu gelernt.

Einar fuhr fort: »Wir sind zuerst zu den Faunen, doch die hatten nichts gehört oder gesehen, außer, dass sich Schwarzmäntel in der Gegend rumtreiben, aber das wussten wir ja ohnehin schon. Wir mischten uns also unter die Menschen und hörten zu, ob sich irgendein Hinweis finden ließ, doch auch hier Fehlanzeige. Bis wir in der oberen Bergerstrasse an der Weinkellerei Dünker vorbeihuschten und auf einen der Gnomlinge trafen. Der Weinkeller hat ein schönes großes Gewölbe und so haben sich einige der Winzlinge dort niedergelassen. Wir nahmen ihn sofort in die Mangel und befragten ihn.«

»In die Mangel nehmen?«, fragte ich erstaunt.

Einar tippte unbeholfen von einem Fuß auf den anderen. »Na ja, Gnomlinge sind eher von der schüchternen Fraktion. Keine Wunder, wenn man bedenkt, dass sie sich fast nur in staubigen Kellern rumtreiben. Sie werden erst redselig, wenn man ihnen ein wenig auf die Füße tritt.«

»Aha, geht man bei Kobolden so mit Freunden um?«, meinte ich in strengem Ton.

Seine Augenfarbe wechselte von grün zu einem blassen grau, ich deutete dies als schlechtes Gewissen. »Vielleicht war das Wort Freund etwas übertrieben. Jedenfalls befragten wir ihn und nach ein paar nichtssagenden Informationen erzählte er uns von einem Gespräch zwischen zwei Menschen. Sie unterhielten sich über die Konstablerwache, du weißt doch, die U-Bahn-Station.«

»Natürlich, ist mir bekannt.«

»Gut, jedenfalls schien einer der beiden ein U-Bahn-Fahrer zu sein.«

»U-Bahn-Fahrer?«, fragte ich verwirrt.

»Ja, so einer der ganz vorne sitzt und diese Teile fährt.«

»Aha.«

»Der Gnomling hörte, wie dieser von einer seltsamen Erscheinung berichtete. Der Mann erzählte seinem Freund, wie er kurz vor der Einfahrt in die Konstablerwache einen schemenhaften schwarzen Schatten bemerkte, der einen Rollstuhlfahrer zu einer der Notausgangtüren schob. Er meldete diesen Vorfall sofort, denn es dürfen sich keine Personen in den Tunneln aufhalten, doch eine unverzügliche Suche ergab nichts, der Rollstuhlfahrer blieb verschwunden.«

Ich hob die Augenbrauen. »Das ist in der Tat merkwürdig. Bei dem Schemen könnte es sich um einen Schwarzmantel gehandelt haben?«

»Das haben wir auch vermutet«, bestätigte Einar. »Es kommt beizeiten vor, dass Menschen die Schwarzmäntel als dunklen Schatten wahrnehmen. Aber dass diese Scheusale Rollstuhlfahrer durch U-Bahntunnel schieben, davon haben selbst wir noch nie gehört.«

»Hmm ...«, brummte ich nachdenklich, »es ist zumindest sehr seltsam. Ich werde mal mit Zenodot reden.«

Der Kleine sah mich mit seinen riesigen Augen treuherzig an und spielte verlegen mit einem der Knöpfe an seiner Weste. »Könntest du bei Zenodot vielleicht ein gutes Wort für uns einlegen – wegen des Apfelweins?« Dann straffte er die Schultern und meinte tapfer: »Möglicherweise haben wir ja etwas Wichtiges herausgefunden. Außerdem hast du gesagt, dass wir bei dir einen Stein im Brett haben!«

Ich überging bewusst eine Antwort, fragte aber stattdessen: »Wo seid ihr eigentlich hängengeblieben?«

»Ein paar Häuser weiter liegt das Lokal *Apfelwein Solzer*. Kennst du das?

»Natürlich, ich wohne schließlich in Bornheim, schon vergessen?«

Der Kleine verzog den Mund. »Nein, das ist mir nicht entfallen, aber es hätte ja sein können, dass du es noch nicht besucht hast. Nachdem wir uns mit dem Gnomling unterhalten hatten, wehte uns plötzlich ein verführerischer Duft von Apfelwein um die Nase. Wir beschlossen also, dem Geruch nachzugehen.«

»Und mein Einwurf, wir sollten zuerst die Tiefenschmiede aufsuchen, wurde komplett ignoriert!«, rief Bolko Blaufichte von hinten.

Einar fuhr herum und raunzte seinen Kollegen erneut an: »Ja, das hattest du bereits erwähnt.« Er wandte sich wieder mir zu: »Das Gefährlichste bei dem Lokal *Apfelwein Solzer* ist der lange

Gang, der zu einem überdachten Garten führt. Du musst höllisch aufpassen, weil er so eng ist. Die Gefahr, dass man als Kobold dort entdeckt wird, ist enorm groß. Am Ende des Ganges steht rechts ein Ausschanktresen, direkt daneben befindet sich eine kleine Holztür, die in einen großen Keller führt. Jetzt heißt es warten, bis einer genau diese Türe aufmacht, dann hindurch schlüpfen und ...« Jetzt nahmen die Augen von Einar einen völlig verträumten und entrückten Ausdruck an. »Und du bist im gelobten Land. Da unten stehen riesige Behälter – randvoll mit bestem Apfelwein. So groß, dass ein paar kleine Schlucke von Kobolden gar nicht weiter auffallen. Na ja, ab diesem Zeitpunkt ist dann alles ein bisschen aus dem Ruder gelaufen.«

Ich zog die Augenbrauen zusammen. »Ein bisschen?! Ihr wart voll wie zehn Eimer!«

Der Kleine ließ die Ohren hängen. »Du legst doch ein gutes Wort bei Zenodot ein? Bitte!«

»Ich werde sehen, was ich machen kann. Versprochen«, antwortete ich und versuchte ein aufkommendes Lachen zu unterdrücken. Ich blickte auf den Rest der Kobolde – ein mitleiderregender, müder Haufen, dem man eigentlich nur noch eines ansah: *Ich will wieder ins Bett.* Ich sandte noch mal einen strafenden Blick in die Runde. »Legt euch hin und schlaft euren Rausch aus. Und ich will keine Klagen über die Beulen hören, die habt ihr euch redlich verdient! Gute Nacht!«

Betreten schlichen die Jungs in ihre Schlafkojen, während ich mich zurück in die Bibliothek aufmachte. Als ich aus dem Zimmer trat, atmete ich erstmal tief ein, denn ich hatte das Gefühl, dass ich von dem Alkoholgestank bereits selbst einen Sitzen hatte.

Zurück in der Bibliothek hatte sich Zenodot anscheinend beruhigt, denn inzwischen waren auch Pia und Cornelia von ihrem Ausflug ins Stadtarchiv heimgekehrt. Gemeinsam saßen sie an der großen Tafel und unterhielten sich angeregt. Als der Alte mich bemerkte, verfinsterten sich seine Augen für einen kleinen Moment. Er winkte mich sofort an den Tisch. »Und? Was machen die kleinen Strolche?«

»Liegen mit Kopfschmerzen in ihren Betten und schlafen den Rausch aus.«

»Die haben sie sich verdient!«, brummte Zenodot.

Ich meinte geheimnisvoll: »Oh nein, diese Schmerzen kommen nicht vom Alkohol.«

»Wie?«

Ich erzählte den dreien von meinem kleinen Streich. Nachdem ich die Geschichte zum Besten gegeben hatte, war sogar der Bibliothekar wieder versöhnt und lachte lauthals. Ich setzte eine etwas ernstere Miene auf. »Ich denke, eine weitere Standpauke wird nicht mehr nötig sein, sie sind bereits gestraft genug. Allerdings haben sie tatsächlich etwas aufgeschnappt. Ob es freilich von Bedeutung ist, wird sich erst zeigen. Wir sollten darüber reden.«

In diesem Moment brüllte einer der Kobolde aus dem obersten Stockwerk der Bibliothek. »Der Fremde – dieser Kommissar – steht am Wasserpavillon!«

Ich blickte überrascht auf die Uhr. »Ist es schon so spät?«

Der Alte meinte fragend: »Wollte er nicht anrufen?«

»Sechs Stockwerke unter der Erde geht auch das beste Handy empfangstechnisch in die Knie. Er hat wahrscheinlich schon mehrfach versucht mich erreichen. Ich gehe schnell nach oben und hole ihn.«

Als ich durch die kleine Grotte ins Freie trat, saß ein gedankenversunkener Schwarzhoff mit ernster Miene auf den Stufen des Holzpavillons. Er las gerade etwas auf dem Display seines Handys und dieser Inhalt schien ihn vermutlich nicht zu erfreuen. Die Sonne schickte sich gerade an, hinter den Bankentürmen abzutauchen. Schnell vergewisserte ich mich, dass sich niemand mehr im Chinesischen Garten befand und lief dann zum Pavillon.

»Guten Abend, Herr Kommissar«, begrüßte ich ihn lächelnd, als im selben Moment mein Handy anschlug. Zwei kurze Töne für zwei Kurznachrichten und ein leises Klingeln für die Mailbox.

Schwarzhoff fuhr erschrocken zusammen. »Debrien! Aus welchem Loch sind Sie plötzlich gekrochen? Ich versuche Sie seit mehr als einer Stunde zu erreichen.«

Damit war natürlich klar, von wem die Nachrichten waren. Ich steckte das Telefon wieder weg und schmunzelte amüsiert. »Mit dem Loch haben Sie gar nicht mal so unrecht. Für das Telefon muss ich mich entschuldigen, Sie werden gleich verstehen warum. Hat es Probleme am Eingang des Parks gegeben?«

»Nein. Das hier ...«, bemerkte er und zeigte mir seinen Dienstausweis, »ist meine Eintrittskarte und hat zudem den Vorteil, dass man in Ruhe gelassen wird.«

Nickend meinte ich förmlich: »Gut. Wenn Sie mir jetzt bitte folgen möchten.«

Mit einer fließenden Bewegung stand er auf und sah sich skeptisch um. »Und wohin soll ich Ihnen folgen? Hier ist nichts – außer dem Pavillon.«

»Sie haben ja keine Ahnung, Herr Schwarzhoff. Bitte kommen Sie einfach mit.«

Ich führte ihn zu der kleinen Einbuchtung am Fuße des aufgeschütteten Felsenhügels, auf dessen Kuppe die Aussichtslaube namens *Pavillon im schimmernden Grün* stand. »Vorsicht! Achten Sie auf Ihren Kopf.«

In gebückter Haltung kauerten wir nun beide in der winzigen Aushöhlung und Schwarzhoff brummte missmutig: »Was soll das, Debrien?«

Ich hingegen legte meine Hand auf den vorstehenden Stein und murmelte leise: »In altitudo veritas!« Eine Sekunde später erfolgte das bekannte Klicken und die Steintüre schwang nach innen auf. Schwarzhoffs Kinnlade klappte nach unten, als er das blaue Leuchten der Kristallstufen erblickte.

»Imposant, nicht wahr? Aber warten Sie ab, es kommt noch besser.«

Als wir in Zenodots Arbeitszimmer ankamen, stand die Türe, die zur großen Bibliothek führte, bereits offen.

Schwarzhoff bemerkte den Computer. »Wer arbeitet denn hier?«

Ich zuckte mit den Schultern und erwiderte nur: »Der Bibliothekar.«

»Der was bitte?«

»Der Bibliothekar! Sie haben Ihn bereits kennengelernt, es ist Zenodot von Ephesos! Kommen Sie weiter mit, Sie werden es gleich verstehen«, grinste ich ihn an.

Kopfschüttelnd folgte er mir durch die Bibliothekstüre und erstarrte wie in Zeitlupe zu einer Salzsäule. Unter uns breitete sich die riesige Rotunde aus, während ich gleichzeitig feststellte, dass die meisten Kobolde von ihrem Auftrag heimgekehrt waren. Demzufolge herrschte in den einzelnen Etagen der Bibliothek hektische Betriebsamkeit. Schwarzhoff stand mit offenem Mund am Geländer der obersten Etage, während seine Augen die unglaublichen Bilder einfingen und sein Gehirn krampfhaft versuchte, diese Eindrücke zu verarbeiten.

»Willkommen in der Tiefenschmiede, Herr Kommissar.«

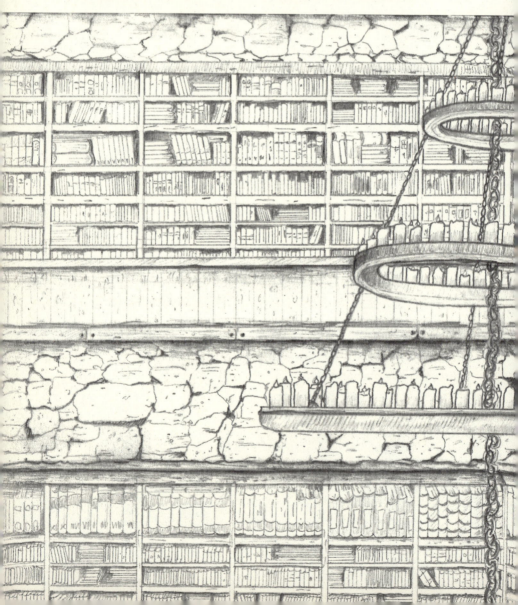

Der Konstabler

Nicolas Vigoris, genannt der Konstabler, tobte und wütete in seinem Büro: »Diese verfluchten Schwarzmäntel.« Er hatte Florian Bergstrohm massiv unter Druck gesetzt, um an Informationen über den Stand der Ermittlungen zu gelangen und folgsam hatte dieser brav seinen Auftrag erfüllt. Bergstrohm teilte ihm die Namen der in diesem Fall ermittelten Beamten mit, die Kommissare Julian Schwarzhoff und Carolin Kreillig. Gleichzeitig berichtete er, dass die Kripo bezüglich der Todesursache des Notars Thomas Schulz noch völlig im Dunkeln tappte. Natürlich waren sie im Zuge der Ermittlungen auf Daniel Debrien gestoßen, doch Bergstrohms Informant meinte, eine erste Befragung wäre ergebnislos verlaufen. Was Vigoris auch nicht weiter wunderte, denn was hätte der junge Debrien erzählen können, ohne sofort einem Psychiater vorgeführt zu werden? Der Junge musste gelogen haben, dass sich die Balken bogen. Die Frage war nur, wie geschickt oder ungeschickt er sich angestellt hatte. Alles lief zu seiner Zufriedenheit, bis … ja, bis diese hirnlosen schwarzen Kreaturen alles verbockt hatten. Er hatte ihnen einen einfachen Auftrag erteilt, einen Auftrag, den auch jedes noch so kleine Spatzenhirn verstanden hätte: *Beobachtet die Kommissare, greift nicht ein und berichtet mir.* Aber anstatt sich an seinen genauen Befehl zu halten, meinten diese verdammten Kreaturen plötzlich eigenständig denken zu müssen. Er hämmerte mit der Faust so fest auf den Schreibtisch, dass die darauf stehende Stehlampe aus Glas etwa fünfzehn Zentimeter abhob, zu Boden fiel und in tausend Scherben zersprang. Seine Bürotür wurde aufgerissen und das erschrockene Gesicht seiner Sekretärin erschien im Türrahmen. »Herr Vigoris, was …«

»Raus! Sofort!«, brüllte der alte Mann im Rollstuhl.

Prompt flog die Tür mit einem dumpfen Schlag wieder zu. Vigoris kämpfte gegen einen weiteren Wutausbruch an und versuchte sich zu beruhigen. Er bugsierte seinen Rollstuhl vom Schreibtisch weg und schob sich hin zu den riesigen Panoramafenstern. Immer, wenn er sich aufregte, ließ er seinen Blick über die Skyline von Frankfurt schweifen. Er konnte nicht sagen, warum, aber der stille Ausblick auf die ihm zu Füßen liegende Stadt brachte seinen Puls zum Sinken. Er musste nachdenken, denn aufgrund dieser schwarzgekleideten Tölpel drohte alles aus dem Ruder zu laufen. Als sie ihm berichteten, dass Schwarzhoff und Kreillig in aller Frühe den Bethmannpark aufsuchten, schwante ihm nichts Gutes. Die Tiefenschmiede lag im Chinesischen Garten und genau an diesem Ort hielt sich der Weltengänger gerade auf, das wusste er genau. Nun hätte es Zufall sein können, denn vielleicht wollten die Kommissare eine zweite Befragung durchführen. Debrien konnte aus der Tiefenschmiede nicht weg, weswegen er wahrscheinlich unter einer abenteuerlichen Ausrede die zwei Polizisten in den Bethmannpark bestellt hatte. Kaum denkbar, dass der Junge mit der Wahrheit herausgerückt wäre und es wäre vermutlich alles im Sande verlaufen, wenn diese Hohlköpfe von Schwarzmänteln nicht plötzlich ein Eigenleben entwickelt hätten. Aus Gründen, die für Vigoris noch im Dunkeln lagen, ergriffen die Schwarzmäntel unvermutet die Initiative und attackierten die Kommissarin, in dessen Folge eine regelrechte Schlacht im Bethmannpark entbrannt war. Schon wieder spürte er die rasende Wut in sich aufsteigen, denn dieses Eingreifen hatte seine Pläne von einem Moment zum anderen komplett über den Haufen geworfen. Nicht nur, dass der Kommissar Zeuge dieser Auseinandersetzung geworden war, was viel schlimmer ins Gewicht fiel, war die Tatsache, dass Schwarzhoff nun um die Existenz dieser zweiten Welt wusste! Jetzt konnte Debrien alles wahrheitsgetreu berichten und der Kommissar würde ihm zweifelsohne Glauben schenken. Zu allem Überfluss war auch noch Zenodot auf der Bildfläche erschienen, was den Schluss nahelegte, dass der Kommissar höchstwahrscheinlich in die Geheimnisse der Tiefenschmiede eingeweiht werden würde. Vigoris krallte seine Finger so fest in die Rollstuhllehne, dass die Knöchel weiß hervortraten. Die sechs Schwarzmäntel hatten den Kampf nicht überlebt, was nicht weiter tragisch war, denn von diesen Trotteln standen noch genug in seinen Diensten. Glücklicherweise hatte er einem weiteren Schwarzmantel den Auftrag erteilt, sich von den sechsen fernzuhalten und aus sicherer Entfernung ihr Tun zu beobachten. Wenigstens gehorchte diese Kreatur seinem Befehl und griff nicht in die Schlacht ein, sondern eilte stattdessen sofort zu ihm. Nicht auszudenken, wenn dieser Schwarzmantel sich ebenfalls kopflos ins Getümmel gestürzt hätte. Vigoris wäre blind gewesen und die sich überschlagenden Ereignisse hätten ihn überrollt. Jetzt zahlte sich die jahrelange Vorsicht aus, von seiner Persönlichkeit nur das Allernötigste preiszugeben und die meisten Angelegenheiten über Strohmänner, wie diesen Bergstrohm, zu regeln. Er war sich sicher, dass Zenodot und die Weltengänger zwar um die Gefahr wussten, aber keine Ahnung hatten, wo sich ihr Gegner befand, geschweige denn, um wen es sich handelte. Er würde seine Lebenskraft zurückerhalten! Er war Vigoris, er war der Konstabler, er war der Diener des Dämons und er war die unheilvolle Spinne, die ihr todbringendes Netz bereits ausgelegt hatte!

Madern Gerthener, Reichsstadt Frankfurt – 1426 AD

Madern Gerthener saß am Ufer des Mains, genoss das wärmende Sonnenlicht und betrachtete nachdenklich das steinerne Bauwerk, das sich majestätisch über den Fluss spannte. Mehr als fünfundzwanzig Jahre lagen nun die Ereignisse auf der Alten Brücke zurück. Und wie immer, wenn er sich an diese finstere Nacht zurückerinnerte, fuhr ein leichter Schauer über seinen Rücken. Selbst nach all den verstrichenen Jahren schickte er beständig ein Stoßgebet gen Himmel und dankte dem Herrn für sein unverschämtes Glück. Er stöhnte leise auf, denn sein Rücken machte einmal mehr Kummer. Die vielen Jahre der harten Arbeit waren nicht spurlos an ihm vorübergegangen! Er veränderte seine Sitzposition, als plötzlich ein heller goldener Strahl von der Brücke her aufblinkte. Ein Lächeln breitete sich auf seinem Gesicht aus, genau deshalb saß er so gerne an dieser

Uferstelle, denn wenn die Sonne einen ganz bestimmten Punkt auf der Brücke traf, dann sandte sie einen Gruß über den Main. Das war sein Versprechen, sein Vermächtnis an den Hahn, der damals mit seinem Blut das Leben von Gerthener gerettet hatte. Lange hatte er überlegt, wie er diesem Tier danken konnte, ohne dass es lächerlich oder gar der Kirche gegenüber als ketzerisch gelten würde. Die zündende Idee war ihm etwa zwei Jahre nach den Ereignissen auf der Alten Brücke gekommen. Er hat sich sofort an die Entwürfe gemacht und sie wenig später dem Rat der Stadt vorgestellt. Natürlich hatte Gerthener versichert, dass dieses Unterfangen aus seinem eigenen Geldsäckel bezahlt werden würde, was ihm allerdings eine heftige Schelte seiner Frau Adelheid beschert hatte. Schließlich hatten der Rat sowie Schultheiß Rudolf von Praunheim zugestimmt und der Baumeister hatte sein Vorhaben in die Tat umsetzen können. Er ließ ein großes Kreuz anfertigen, auf dessen Spitze ein goldener Hahn prangte. Dieses Kreuz, so seine Idee, sollte in der Mitte der Brücke über dem Kreuzbogen aufgestellt werden. Dieses Wahrzeichen, jetzt nun weithin sichtbar, markierte die tiefste Stelle des Fahrwassers und mahnte gleichzeitig die Schiffsleute zur Wachsamkeit. So hatte Gerthener seinen Schwur gehalten und dem Hahn im Jahre des Herrn 1401 ein ewiges Denkmal gesetzt. Und die Frankfurter Bürger? Sie hatten es für gutgeheißen und kurz nachdem der Hahn seinen Platz auf der Alten Brücke gefunden hatte, machte im Volksmund sein neuer Name die Runde – der *Brickegickel*. Gerthener schmunzelte, denn so hatte das Tier nicht nur ihm das Leben gerettet, sondern verhinderte auch, dass Schiffe auf Grund liefen oder gar an den Brückenpfeilern zerschellten.

Viel war passiert seit jener schicksalshaften Nacht, denn der Rat der Stadt hatte Wort gehalten und dem Baumeister Gerthener viele Bauvorhaben übertragen. Allen voran der Schultheis von Praunheim, der immer wieder mit neuen Ideen zu ihm kam. Wehmütig dachte Gerthener an den Tag im Jahre 1408, als Praunheims zweite Amtszeit endete und er somit abdanken musste. Der Ruhestand schien aber nichts für den ehemaligen Schultheis gewesen zu sein, denn genau sechs Jahre später rief ihn der Herr bereits zu sich. Viele Werke hatte Gerthener inzwischen erschaffen, gebaut oder vollendet. Sein Ruf als großer Baumeister und Steinmetz hatte sich mittlerweile weit über die Grenzen von Frankfurt ausgebreitet. Eine der aufwendigsten und langwierigsten Aufgaben übertrug ihm der Schultheis im Jahre 1404 und dies war der Umbau und die Vergrößerung des Frankfurter Doms. Gerthener erweiterte in den folgenden Jahren den Bartholomäusdom um mehrere Elemente, wie das Nordportal sowie das Sakramentshaus und den großen Westturm. Das erste Geschoss des Turms hatte er dann endlich im Jahre des Herrn 1423 fertiggestellt und Gerthener war sich im Klaren darüber, dass er die ganze Ausführung seiner Pläne nicht mehr erleben würde. Der Rat hatte seine Fähigkeiten entsprechend gewürdigt und ihn offiziell zum Dombaumeister ernannt, obwohl der Stadtschreiber Falkenstein vehement dagegen wetterte. Falkenstein verstarb vor ein paar Jahren an schwerer Krankheit und so unchristlich es auch sein mochte, Gerthener hatte ihm keine Träne nachgeweint. Schwerfällig erhob er sich, denn es wurde Zeit zu gehen, da wieder einmal der Rat nach ihm gerufen hatte. Mit seinen mittlerweile 66 Jahren war er zwar geistig immer noch auf der Höhe, doch die kleinen Gebrechen des Körpers nahmen von Tag zu Tag zu. Langsam setzte er einen Schritt vor den anderen, um die Beweglichkeit seiner Gelenke wiederzuerlangen. Sein Weg führte ihn durch enge, dunkle Gassen in Richtung des neuen Rathauses, das nun Römer genannt wurde. Das alte Rathaus neben dem Dom hatte aufgrund der Erweiterung des Sakralbaus weichen müssen. Die Stadt Frankfurt hatte deshalb zwei große und nebeneinanderstehende Patrizierhäuser am sogenannten Samstagsberg erworben. Das *Haus zum Römer* und der *Goldene Schwan*, kaum einen Steinwurf vom Dom weg, wurden zum neuen Rathaus der Stadt Frankfurt umgebaut. Langsam schlenderte er die Bendergasse entlang und erreichte schließlich einen großen freien Platz, den Samstagsberg, an dessen Westseite sich der neue Sitz des Rates befand. Er lief über drei große Steinstufen hinauf zum Eingangsportal, öffnete mühsam die schwere Eichentüre und betrat das imposante Gebäude. Als Erstes wandte er seinen Blick nach oben auf das Kreuzrippengewölbe und wie immer entfuhr ihm dasselbe diebische Grinsen. Der Rat hatte seinerzeit einen anderen Baumeister mit der Sanierung der Patrizierhäuser betraut, da Gerthener zu sehr mit dem Dombau beschäftigt gewesen war. Als er allerdings hörte, welcher Baumeister beauftragt worden war, eilte er sofort zum Schultheiß Praunheim und riet von dieser Entscheidung ab. Trotz seines Einspruches, der vom

Rat zwar zur Kenntnis genommen, aber dennoch abgelehnt wurde, erhielt der Baumeister Königshofen diesen Auftrag. Königshofen war zweifellos ein qualifizierter Mann, doch hatte er keinerlei Erfahrungen mit Kuppeln oder Gewölben. Kein Jahr nach der Fertigstellung der Römerhalle, mit eben diesem Kreuzrippengewölbe, brachen die Rippenbögen und das obere Gewölbe stürzte in sich zusammen. Königshofen fiel beim gesamten Rat der Stadt in Ungnade. Kleinlaut zitierte der Schultheis den Dombaumeister erneut vor den Rat, leistete Abbitte und befragte Gerthener, ob er denn einen geeigneten Kandidaten, der den Wiederaufbau der Römerhalle bewerkstelligen konnte, wüsste. Gerthener empfahl einen jungen Mann mit viel Potential, der schon unter Königshofen gearbeitet hatte, aber von diesem bewusst klein gehalten wurde. Diesmal folgten die Räte der Stadt Frankfurt seiner Empfehlung und so schlug die große Stunde von Wigel Sparre. Sparre stellte die Römerhalle endgültig fertig und erntete dafür viel Lob vom Rat. Sogleich wurde Baumeister Sparre mit einer weiteren Aufgabe im zweiten Patriziergebäude *Goldener Schwan* beauftragt, der Sanierung des Untergeschosses, das später unter dem Namen Schwanenhalle bekannt wurde.

»Ah, Meister Gerthener. Kommt, der Rat wartet schon auf Euch.«

Der Baumeister zuckte erschrocken zusammen und wandte sich um. Vor ihm stand, freundlich lächelnd, der Syndikus von Frankfurt, Heinrich Welder. Schon seit vielen Jahren bezog der Stadtrat Kirchenmänner mit juristischen Kenntnissen im weltlichen, wie im geistlichen Recht in seine Beratungen mit ein. Welder bekleidete dieses Amt nun seit mehr als zwanzig Jahren und war Gerthener, aufgrund des Vorfalls mit der Römerhalle, seitdem sehr wohlgesonnen.

Er versuchte, so weit sein schmerzender Rücken es zuließ, eine Verbeugung. »Seid gegrüßt, Syndikus Welder.«

Welder blickte ihn skeptisch an. »Das Kreuz?«

»Das Alter geht auch an mir nicht spurlos vorbei.«

»Wenn es Euch beruhigt Gerthener, an mir auch nicht!«, unkte der Syndikus und setzte verschwörerisch leise hinzu: »Und im Vertrauen gesprochen, glücklicherweise sind die Stühle in der Ratskammer ausreichend gepolstert. Nicht auszudenken, wenn ich diese langen und ermüdenden Versammlungen auf blankem Holz absitzen müsste.«

Gerthener lachte. »Gehen wir und ich hoffe, Ihr habt noch einen dieser Stühle für einen alten Mann übrig.«

Gemeinsam betraten sie die große Ratshalle, in der die meisten Beratungen oder Anhörungen stattfanden. Wie erwartet, war der Großteil des Rats bereits anwesend, denn Gerthener war nur einer von vielen an diesem Tag, wohl aber wurde er als Dombaumeister bevorzugt behandelt. Syndikus Welder ließ ihn stehen und begab sich zu seinem Sitz an der Ratstafel. Der Baumeister nahm auf einer Seitenbank Platz und wartete, bis jemand das Wort an ihn richtete. Es dauerte nur kurze Zeit und einer der Ratsmitglieder gab Gerthener ein Zeichen, dass er vor die Versammlung treten sollte. Mühsam erhob er sich, während der Syndikus einen der zwei Diener zu sich winkte und diesem etwas ins Ohr flüsterte. Der Bedienstete nickte kurz und trug daraufhin einen bequemen Stuhl vor die lange Tafel. Dankbar lächelte der Baumeister Heinrich Welder an, der ihm wiederum bedeutete, jetzt Platz zu nehmen. Hinter der Tafel saßen insgesamt neun Mitglieder des Rates. In der Mitte, Gerthener direkt gegenüber, blickte ihn der Ratsvorstand und Bürgermeister Conrad von Neuhaus freundlich nickend an. »Meister Gerthener, schön, dass Ihr es einrichten konntet, zu uns zu kommen.«

Mit einer leichten Verbeugung ließ sich der Baumeister auf dem Stuhl nieder. »Geehrter Bürgermeister. Guten Tag, hohe Herren. Wie könnte ich den Ruf des Rates ignorieren? Was verschafft mir die Ehre, heute vor Euch zu treten?«

»Sparen wir uns die Höflichkeitsfloskeln und kommen gleich zur Sache. Eure Zeit ist – genau wie die unsere – kostbar. Wir haben Euch in zweierlei Angelegenheiten gerufen. Wir möchten mit Euch über die Fortschritte am Westturm des Doms sprechen.«

Gerthener kniff die Augenbrauen zusammen und fragte skeptisch: »Ja?«

»Das erste Geschoss ist bekanntlich fertig, mit dem zweiten habt Ihr bereits angefangen«, fuhr von Neuhaus unbeirrt fort.

»Richtig, aber das ist dem Rat doch hinlänglich bekannt«, meinte Gerthener vorsichtig.

Der Bürgermeister rutschte nervös auf seinem Stuhl hin und her, denn anscheinend lastete die auf seinen Lippen liegende Frage schwer auf der Seele. »Bitte versteht meine Worte jetzt nicht falsch, Baumeister, aber auf wie lange schätzt Ihr – natürlich nach den heutigen Erkenntnissen – den Bau des zweiten Geschosses?«

Jetzt wusste Gerthener also, woher der Wind wehte, denn über diese Situation hatte er schon mehrfach nachgedacht. Es stellte sich eine gewisse Erleichterung ein, dass der Rat diesen Punkt von sich aus zur Sprache brachte.

»Werte Ratsmitglieder«, begann Gerthener mit seiner Erklärung, »ich verstehe die Worte keineswegs falsch, ganz im Gegenteil. Meine Antwort lautet, ich werde die Vollendung des zweiten Geschosses gewiss nicht mehr erleben. Es stellt sich also die Frage eines Nachfolgers, der in der Lage ist, die gestellte Aufgabe zu Ende zu bringen. Darüber habe ich mir schon lange Gedanken gemacht, aber ich bin noch zu keinem Ergebnis gekommen.«

Conrad von Neuhaus wirkte auf einmal deutlich entspannter. »Es freut mich, dass Euch dieses Problem ebenfalls umtreibt und bitte Euch deshalb, baldmöglichst einen oder mehrere Eurer Zunft tiefer in die Planung und Ausführung einzuführen. Vor allem jetzt, da Ihr vermutlich noch weniger Zeit haben werdet. Damit wäre ich beim zweiten Anliegen des Rates an Euch.«

»Weniger Zeit?«, echote der Baumeister erstaunt.

»Ihr kennt den Eschenheimer Torturm?«

»Natürlich, er befindet sich im Augenblick in halbfertigem Zustand«, antwortete Gerthener misstrauisch, dem bereits nichts Gutes schwante.

»Genau, Meister Gerthener, und wir möchten Euch heute bitten, den Turm zu inspizieren, ihn den erforderlichen Maßstäben anzupassen und dann zu vollenden. In den letzten zwei Jahrzehnten hat Frankfurt seinen Ruf als Handelsstadt immer weiter ausgebaut, demzufolge ist das Aufkommen an Menschen beständig gestiegen. Wir glauben, dass das Tor den zukünftigen Ansprüchen nicht mehr gerecht wird. Also muss der Turm entsprechend verbreitert werden, damit aus der Pforte keine gefährliche Engpassstelle wird. Zudem sollte in einem der oberen Stockwerke die Behausung für einen Turmwächter eingeplant werden. Solltet Ihr zu der Entscheidung kommen, dass das bisherige Fundament nicht zu gebrauchen ist, so habt Ihr die Erlaubnis, alles einzuebnen und den Turm mit seiner Pforte neu zu errichten«, erklärte der Bürgermeister in einem sehr ernsten Tonfall, der keinen Widerspruch zuließ.

»Und Mengoz, der bisherige Baumeister?«

»Wir sind mit seinen Fortschritten schon seit längerer Zeit unzufrieden, doch jetzt erreichte uns die Kunde, dass Mengoz wohl ernsthaft erkrankt ist und seine Genesung wird sich ziehen.«

»Falls er überhaupt gesundet!«, fiel ein Ratsmitglied Bürgermeister Neuhaus ins Wort.

»Unsere guten Wünsche werden ihn begleiten!«, reagierte dieser auf den Zwischenruf und blickte den Baumeister weiterhin unverwandt an. »Also, was sagt Ihr, Madern Gerthener, seid Ihr Willens und in der Lage ein weiteres Zeichen in Frankfurt zu setzen?«

In Gertheners Kopf überschlugen sich die Gedanken. Ein weiteres Bauvorhaben in seinem Alter? Er hatte mit der Dombaustelle schon genug am Hals, andererseits, sollte er diesen Auftrag annehmen, würde sich der Bau des Westturms enorm hinauszögern und er hätte mehr Zeit gewonnen, einen Nachfolger auszusuchen und entsprechend einzuarbeiten. Dann traf er seine Entscheidung und verkündete: »Der Rat sollte sich über Folgendes im Klaren sein, wenn ich diesen Auftrag annehme, dann wird die Dombaustelle zwar nicht ruhen, aber nur sehr langsam vorankommen. Ich muss Steinmetze, Schleifer, Schmiede und Seilmacher von der Dombaustelle abziehen, von den einfachen Arbeitern einmal ganz abgesehen. Zeitgleich will ich versuchen, einen Nachfolger zu finden und auszubilden. Wenn der Rat mit dieser Tatsache leben kann und mir dies schriftlich zusichert, so will ich dem Eschenheimer Turm ein neues Gesicht geben!«

Conrad von Neuhaus sah von einem Ratsmitglied zum anderen und jeder gab ein Zeichen seines Einverständnisses. »Wie Ihr seht, sind alle einverstanden! Das Schriftstück könnt Ihr morgen in der Schreiberstube abholen.«

»Wie viel Zeit habe ich?«

»Wir geben Euch zwei, höchstens drei Jahre. Bei Kosten und Entlohnung habt Ihr freie Hand, sofern es nicht über die üblichen Sätze hinausgeht. Wendet Euch hierzu an den Schatzmeister Feyendahl.«

»Das sollte genügen, Herr. Sollte sich nach meiner Besichtigung der bisherigen Baustelle etwas anderes ergeben, so informiere ich

Euch unverzüglich, damit die getroffene Ratsentscheidung neu überdacht werden kann!«

»So soll es geschehen. Besten Dank, Meister Gerthener. Und richtet Eurer Frau Adelheid unsere besten Grüße aus.«

Der Baumeister lachte gequält auf. »Ich werde es versuchen, Herr. Doch das heutige Ansinnen des Rates und meine Entscheidung werden sie bestimmt nicht in Hochstimmung versetzen.«

Alles lachte und von Neuhaus meinte: »Ihr werdet es schon richten, Madern Gerthener. Gehabt Euch wohl.«

Gerthener erhob sich und verließ, den Kopf voller Gedanken, die Ratskammer. Als er die Stufen zum Römer hinunterlief und aus dem Schatten der Hauswand hinaus in die Sonne trat, atmete er tief durch. So wartete nun eine weitere Aufgabe auf ihn – der Umbau des Eschenheimer Turm mit seiner Pforte, doch zuerst musste er sich ein Bild vor Ort machen. Natürlich kannte er die Baustelle, doch war er bisher nur als Zuschauer daran vorbeigelaufen, jetzt lag die Sachlage natürlich ganz anders.

Nach der ersten Inspizierung der Baustelle stellte Gerthener tatsächlich fest, dass er Turm und Pforte erweitern musste. Doch die Befürchtung, er müsse das Gebäude einebnen, erwies sich als haltlos, denn sein Vorgänger hatte, entgegen der Meinung des Rates, wirklich gute Arbeit geleistet. Nach eingehender Überprüfung der Fundamente, der Bauvorräte und der noch notwendigen Arbeiten schätzte Gerthener die Bauzeit auf etwa zwei Jahre. Somit lag er genau im Rahmen der vom Rat vorgegebenen Frist, im Gegenteil, denn bei unvorhergesehenen Verzögerungen standen ihm sogar noch weitere zwölf Monate zur Verfügung. Mit Wehmut dachte der Baumeister an seinen Gesellen Ullrich de Bry zurück, er hätte ihn, wie so oft in letzter Zeit, gerne an seiner Seite gehabt. Doch Ullrich hatte vor mehr als fünfzehn Jahren seinen Meister verlassen, um eigene Wege zu gehen. Kurz danach hatte er, wie Gerthener im Stillen dachte, eine sehr außergewöhnliche Frau gefunden und war mittlerweile stolzer Vater von drei Söhnen. Die Kinder schienen auffällig begabt zu sein, doch leider hatte der Baumeister bisher keine Zeit gefunden, Ullrichs Söhne einmal genauer in Augenschein zu nehmen. Seine Familie wohnte zwar hier in der Stadt, doch Ullrich befand sich die meiste Zeit außerhalb von Frankfurt und beaufsichtigte inzwischen seine eigenen Baustellen. Gerthener vermisste die Gespräche mit seinem Gesellen. Oft hatten sie sich bis tief in die Nacht die Köpfe heiß geredet und über den Dämon unter Stonehenge spekuliert. Ullrich war schließlich der Einzige, der über die Ereignisse der damaligen Nacht in ihrem ganzen Ausmaß Bescheid wusste. Doch über all ihren geführten Gesprächen war eines nie zur Sprache gekommen – die Gravurplatten. Beide Seiten hatten, wie vereinbart, Stillschweigen bewahrt und so hatte Gerthener keinerlei Ahnung, was Ullrich mit der ihm überlassenen Gussform angestellt hatte – was auch gut so war. Er hingegen hatte seine Platte noch immer in Verwahrung, sie ruhte all die Jahre unter der Wassertonne hinter seinem Haus. Doch angesichts seines fortgeschrittenen Alters wurde es langsam Zeit, sich über den weiteren Verbleib Gedanken zu machen. Und eine neuerliche Idee hierzu nahm bereits langsam Gestalt an.

Daniel Debrien

Kommissar Schwarzhoff stand immer noch mit offenem Mund auf der obersten Etage der Tiefenschmiede und rang verzweifelt mit seiner Fassung.
Ich klopfte ihm mitfühlend auf die Schulter. »Mir erging es vor ein paar Tagen ganz ähnlich«, versuchte ich ihn zu beruhigen. »Kaum zu glauben, nicht wahr? Eine Bibliothek direkt unter dem Chinesischen Garten und das mitten in Frankfurt.«
»Unfassbar!«, stotterte er ungläubig.
»Kommen Sie, gehen wir nach unten. Wir haben einiges zu besprechen.« Ich stieg die ersten Stufen der riesigen Wendeltreppe nach unten, als Schwarzhoff sich endlich ein Ruck gab und mir langsam folgte. Kopfschüttelnd holte er mich ein und meinte sichtlich

berührt: »Mein Gott, das sind ja Abertausende an Schriftstücken und Büchern. Woher stammen all diese Unterlagen?«

»Sagt Ihnen die Bibliothek von Alexandria etwas?«

»Natürlich, sie brannte irgendwann im dritten Jahrhundert ab.«

»Richtig, das ist die vorherrschende wissenschaftliche Meinung – doch ...«, erwiderte ich und gab mich dabei möglichst geheimnisvoll, »was wäre, wenn die Bibliothek zwar vernichtet wurde, aber deren Inhalt gerettet werden konnte?«

Wieder ein völlig unverständlicher Blick. »Debrien, Sie wollen mir doch nicht erzählen ...«

»Was Sie hier sehen, ist ein Großteil der Schriften, die damals in Alexandria gelagert wurden. Viele der Texte beinhalten das alte Wissen um Naturwesen und Magie. Im Laufe der Zeit sind natürlich jede Menge Bücher und Schriftrollen hinzugekommen.«

»Wenn ich es nicht selbst sehen würde ...«, stammelte er erneut.

Ich lachte lauthals und setzte seinen Satz fort: »Ja, dann würden Sie jeden, der Ihnen davon erzählt, sofort in eine Klinik einweisen. Können Sie sich jetzt vorstellen, warum ich Sie anlügen musste? Und als Sie mich in meiner Wohnung aufgesucht hatten, war es natürlich keine Katze, die im Schlafzimmer Geräusche verursachte, sondern zwei Kobolde namens Einar Eisenkraut und Tarek Tollkirsche.«

»Aha«, meinte Schwarzhoff nur kraftlos.

»Wie gesagt, mein Wissen um diese Welt und die Tiefenschmiede ist ebenfalls nur ein paar Tage alt. Aber Zenodot wird sicherlich all Ihre Fragen ausführlich beantworten, wobei ich auch bei weitem noch nicht das erfahren habe, was ich mir gewünscht hätte. Aber zu seiner Entschuldigung sei gesagt, dass es momentan wesentlich dringlichere Angelegenheiten als die Geschichte dieser Bibliothek gibt.«

Inzwischen hatten wir die unterste Ebene der Tiefenschmiede erreicht und Zenodot nahm uns, gefolgt von den beiden Frauen, in Empfang.

»Kommissar Schwarzhoff, herzlich willkommen in der Tiefenschmiede. Möchten Sie etwas trinken oder vielleicht eine Kleinigkeit essen?«

»Im Moment wäre eine Flasche Whiskey wahrscheinlich das Allerbeste. Aber danke, nein, ich möchte vorerst nichts.«

Der Bibliothekar lachte leise. »Verständlich. Ich weiß, dass Ihnen eine Menge Fragen auf den Lippen liegen müssen, aber es stehen wichtige Entscheidungen an. Sobald wir wieder Zeit haben, erhalten Sie Ihre Antworten. Und jetzt kommen Sie, setzen wir uns.«

Zenodot führte alle zur großen Tafel und wies uns an, Platz zu nehmen. Wir hatten uns gerade um den Tisch versammelt, als die Schwingtür zur Bibliothek aufging und Garm Grünblatt auftauchte. »Ich hoffe, ich komme nicht zu spät?«, fragte er mit breitem Lächeln.

Unwillkürlich schwenkte mein Blick zu Schwarzhoff, der Garm erneut argwöhnisch von oben bis unten musterte und vermutlich immer noch mit der Existenz dieser Wesen haderte.

»Nein Garm, du kommst zum rechten Zeitpunkt. Wir wollten gerade anfangen. Bitte setz dich«, meinte Zenodot und wartete höflich, bis der Kobold seinen Stuhl erklommen hatte. »Gut, dann kann es also losgehen. Als Erstes sollten wir uns gegenseitig auf den neuesten Stand bringen. Doch hätte ich vorher eine Frage an unseren Gast Herrn Schwarzhoff. Wie geht es Ihrer Kollegin?«

»Sie ist mittlerweile erwacht, kann sich aber an nichts erinnern, zumindest was den Vorfall im Bethmannpark anbelangt. Nach der ersten und wohlgemerkt vorläufigen Diagnose der Ärzte hat sie keine offensichtlichen körperlichen Schäden davongetragen.«

Der Alte nickte ernst. »Das freut mich zu hören. Natürlich würde ich Ihr gerne meine besten Genesungswünsche übermitteln, doch ich denke, das würde nur zu unnötiger Verwirrung führen.«

»Ganz recht, doch danke, dass Sie Anteil nehmen«, gab Schwarzhoff knapp zur Antwort.

Zenodot sah in die Runde. »Gut, wer möchte also anfangen?«

Cornelia Lombardi sah Pia Allington an. »Wollen wir?«, fragte sie Augen zwinkernd.

Die Engländerin nickte kurz.

»Wie ihr wisst, waren wir heute im Stadtarchiv. Unsere Recherche hat Folgendes ergeben ... Alli, falls ich etwas vergesse, springst du ein?«

Alli hob den Daumen zur Bestätigung und Lombardi begann: »Um die schlechte Nachricht gleich vorweg zu nehmen, über unseren Gegenspieler haben wir nichts gefunden. Es gibt so viele Leute in Frankfurt, die ein Vermögen angehäuft haben und zudem auch noch als exzentrisch oder extravagant gelten, dass es unmöglich ist, jemand einzelnen herauszufiltern. Über den Baumeister Madern Gerthener haben wir allerdings so einiges herausgefunden. Unglaublich, wie viele Spuren dieser Mann in Frankfurt hinterlassen hat. Und viele sind sogar noch heute sichtbar!«

Die Südländerin umriss nun kurz das Leben dieses Baumeisters und zählte seine Bauwerke und künstlerischen Arbeiten auf. Als sie zum Ende kam, leuchteten ihre Augen für einen Moment auf. »Ihr seht, wir haben zwar viel gefunden, aber leider wenig Verwertbares. Bis auf eines …« Sie sah zu Alli, die nun ebenfalls verschwörerisch grinste.

»Spann uns nicht auf die Folter, Cornelia«, brummte Garm Grünblatt.

»Madern Gerthener hat den Eschenheimer Turm gebaut. Na ja, gebaut ist vielleicht zu viel des Guten, aber er hat ihn zumindest erweitert und endgültig fertiggestellt. Das ist für sich gesehen keine entscheidende Information, die uns weiterbringt, aber wir sind auf eine Eigentümlichkeit gestoßen. Eine Besonderheit, die wirklich einmalig ist, denn Gerthener war – soweit wir das vom heutigen Standpunkt beurteilen können – ziemlich introvertiert. Er lebte eher zurückgezogen und scheute allem Anschein nach die Öffentlichkeit. Nur so ist zu erklären, dass man so wenig von ihm weiß, obwohl er ein bedeutender Baumeister seiner Zeit gewesen ist.«

»Und was ist nun diese Besonderheit?«, fragte ich gespannt.

Die Südländerin schmunzelte wissend. »Es gibt keine Bilder, Büsten oder sonstige Werke, aus denen hervorgeht, wie Gerthener ausgesehen haben mochte. Deswegen auch unsere Theorie, dass er sich nur auf seine Arbeit konzentriert hatte und nicht mit seinem Werken hausieren ging. Doch es gibt eine *einzige* Ausnahme! Über dem Torbogen des Eschenheimer Turms wurde ein Bildnis des Madern Gerthener eingemeißelt. Der Baumeister hatte den Turm mit achtundsechzig Jahren fertiggestellt, für diese Zeit ein wahrhaft biblisches Alter. Zwei Jahre später starb er. Es ist das einzig bekannte Abbild und wurde – so beschreiben es zumindest die schriftlichen Quellen – von Gerthener höchstpersönlich erschaffen.«

Wie vom Donner gerührt, richteten sich alle Augen auf mich, außer Schwarzhoff, in dessen Augen sich wieder einmal nur Verwirrung spiegelte. Ich holte tief Luft und fragte: »Ist es das, was ich denke?«

Cornelia Lombardi nickte ernst. »Genau das, Daniel! Es ist behauener Stein, also kannst du dich mit ihm in Verbindung setzen. Und wenn dieses Bildnis tatsächlich von Gerthener erschaffen worden ist, dann besteht die Möglichkeit, etwas über den Verbleib der zehnten Gussform zu erfahren.«

»Wow!«, entfuhr es mir ungewollt.

»Stein? In Verbindung setzen?«, kam die zaghafte Frage des Kommissars.

Es war ausgerechnet Garm, der dem Kommissar antwortete: »*Weltengänger* Daniel ist eine Graustimme, er kann nämlich mit den Steinen sprechen. Das ist eine sehr seltene Gabe in unserer Welt und macht Daniel zu einer außergewöhnlichen Persönlichkeit.«

Schwarzhoffs Kopf flog herum und suchte meinen Blick.

Ich zuckte nur mit den Schultern. »Bis gestern wusste ich das auch noch nicht.«

Er schüttelte den Kopf. »Ich bitte um Entschuldigung, aber das ist wirklich ein bisschen viel. So viel Neues und überaus Seltsames.«

Garm Grünblatt machte eine wegwerfende Handbewegung. »Dafür hältst du dich ganz gut.«

»Garm!«, tadelte Zenodot sofort. »Wo bleibt deine Höflichkeit?«

Doch der Kommissar winkte nur ab und bemerkte zwanglos: »Schon gut. Wie es aussieht, bilden wir jetzt eine Art Schicksalsgemeinschaft, deshalb sollten wir es mit Höflichkeitsformen nicht so genau nehmen. Ich bin Julian.«

Zenodot warf dem Kobold noch einen missbilligenden Blick zu, hielt sich aber zurück.

Lombardi nahm den Faden wieder auf: »Das ist alles, was wir herausgefunden haben, doch es besteht eine geringe Chance eventuell mehr zu erfahren, allerdings müsste Daniel dazu die Tiefenschmiede verlassen!«

»Das werden wir später entscheiden, wenn alle gehört wurden«, urteilte der Bibliothekar sofort.

»Hat sich eigentlich ein Hinweis in deiner Behörde ergeben«, fragte Alli den Kommissar und griff somit sofort das angebotene *Du* auf.

Schwarzhoffs Augen verfinsterten sich plötzlich. »In der Tat! Ich bin auf etwas gestoßen, das mir beileibe nicht gefallen hat. Die undichte Stelle scheint mein Chef höchstpersönlich zu sein.« Der Kommissar erzählte von seinem Telefonat mit der Sekretärin seines Vorgesetzten, Ralf Schouten. »Ich stellte mir die Frage, was meinen Vorgesetzten dazu veranlasst hat, Informationen zum Stand laufender Ermittlungen preiszugeben. Allein das wäre schon ein Fall für die Dienstaufsicht. Ich recherchierte also diesen Florian Bergstrohm. Er ist Inhaber mehrerer Sicherheitsfirmen, was an sich nichts Ungewöhnliches darstellt. Doch ein Punkt fiel mir ins Auge, eine von Bergstrohms Security-Firmen arbeitet ausschließlich für einen Auftraggeber. Doch das zu schützende Unternehmen ist ausgesprochen klein und hat seinen Sitz in einem der Hochhäuser hier in Frankfurt. Dieses Gebäude wird von einer anderen Security, die übrigens nicht zu Bergstrohms Imperium gehört, betreut. Warum also zwei Sicherheitsfirmen? Ich schaute mir dieses Unternehmen genauer an. Es firmiert unter dem Namen *GIRISOV-Enterprises*, ein Bauingenieur- und Architekturbüro. Sie haben zwar einen Internetauftritt, doch der beschränkt sich gerademal auf eine Seite. Zusammengefasst ist das – insbesondere für ein Architekturbüro – doch mehr als dürftig und es drängt sich die berechtigte Frage auf, warum diese kleine Klitsche einen eigenen Sicherheitsdienst benötigt? Und vor allem, wie hängt da mein Chef mit drin? Ich weiß selbst, dass es spärliche Informationen sind, aber der Teufel steckt meist im Detail. Ich habe schon einen Kollegen damit beauftragt, den Handelsregisterauszug dieser Firma zu besorgen, vielleicht stoße ich dort auf einen Namen, der uns weiterhilft.«

»Könnte dieser Florian Bergstrohm unser unbekannter Gegenspieler sein?«, fragte ich in die Runde.

»Dafür haben wir zu wenige Anhaltspunkte, Daniel. Aber wir haben einen ersten Namen und das ist schon Mal ein Anfang. Wenn dieser Bergstrohm sich persönlich beim Vorgesetzten von Herrn Schwarzhoff nach genau diesem Fall erkundigt, dann deutet zumindest schon einiges darauf hin, dass er mehr weiß«, meinte Zenodot nachdenklich.

»Konntet ihr etwas in Erfahrung bringen?«, fragte Alli in meine und Zenodots Richtung.

»Ja, ich hatte ein sehr interessantes Gespräch mit den zwei Steinlöwen am Eingang. Wobei interessant eigentlich der falsche Ausdruck ist. Diese zwei Statuen sind nämlich echte Nervensägen und können einen wirklich zur Weißglut treiben. Doch zumindest konnten sie uns einen Hinweis geben. Einer der Schwarzmäntel ließ kurz vor dem Angriff auf die Kommissarin das Wort *vigoris* fallen. Für alle, die nicht des Lateinischen mächtig sind, es bedeutet Lebenskraft! Zenodot meinte, das könnte der Befehl gewesen sein, der Frau die Lebenskraft zu entziehen«, sagte ich in die Runde und Zenodot bestätigte meine Worte mit einer kurzen Geste.

Pia Allington sowie der Kommissar hatten zu Beginn des Gespräches kleine Notizblöcke aus ihren Taschen gezogen und machten sich eifrig Notizen, so auch jetzt.

Garm kratzte sich am Kopf. »Das wäre eine naheliegende Erklärung. Und sonst haben die Steine nichts vernommen?«

Ich zog missmutig eine Schnute. »Nein und ehrlich gesagt war ich froh, als das Gespräch vorbei war. Wäre ein Hammer in der Nähe gewesen, gäbe es die zwei Löwen am Eingang nicht mehr.«

Alle lachten.

»Steine haben eben ihre eigenen Gesetze. Daniel hat das heute in anschaulicher Weise erleben müssen«, ergänzte der Alte erklärend, dann nahm seine Miene einen unheilvollen Ausdruck an. Seine Augen suchten und fanden Garm Grünblatt. »Und haben die Kobolde etwas gefunden? Außer Apfelwein meine ich?«

Der Kobold zuckte zusammen und fing an zu stammeln: »Herr, ich bitte um Vergebung für dieses kleine Missgeschick …«

»Missgeschick nennst du das?!« zischte Zenodot.

Da ich neben dem Alten saß, legte ich ihm sanft die Hand auf den Arm. »Zenodot – nicht. Sie haben ihre Strafe schon bekommen.«

Der Bibliothekar hielt inne, zwinkerte mir zu und nickte schließlich kurz. »Also gut. Sprich weiter, Garm Grünblatt.«

Die Augen des Kobolds strahlten mich voller Dankbarkeit an, bevor er sich wieder Zenodot zuwandte. »Nein, wir haben leider keinerlei Hinweise gefunden«, meinte er dann etwas geknickt.

»Da muss ich dir leider widersprechen, Garm. Ich habe mit den Jungs, auch wenn sie noch nicht ganz nüchtern waren, gesprochen. Sie sind in Bornheim auf einen Gnomling gestoßen, der zufällig ein Gespräch zwischen zwei Männern belauscht hat. Bei einem der Männer handelte es sich offensichtlich um einen Angestellten der örtlichen Verkehrsbetriebe. Einer, der eine U-Bahn fährt oder führt, wie immer man dazu auch sagt. Jedenfalls erzählte dieser Mann von einer seltsamen Begegnung in einem der U-Bahntunnel an der Konstablerwache. Er hatte während der Fahrt eine schemenhafte Gestalt bemerkt, die einen Rollstuhlfahrer zu einem der Notausgänge innerhalb des Tunnels schob. Menschen können die Schwarzmäntel zwar nicht sehen, nehmen sie aber ab und zu als Schemen oder dunklen Schleier wahr, zumindest war das die Vermutung von Einar.«

»Ein Schwarzmantel, der einen Rollstuhl schiebt und das auch noch in einem der U-Bahntunnel? Waren die Kobolde da schon betrunken?«, fragte Cornelia etwas sarkastisch.

Ich schüttelte feixend den Kopf. »Nein, diese Entdeckung veranlasste sie erst dazu, sich einen Schluck zu genehmigen. Der Mann meinte übrigens weiterhin, dass er den Vorfall sofort an die zuständige Aufsicht gemeldet hätte, aber trotz einer sofortigen Überprüfung der Tunnel blieb der Rollstuhlfahrer verschwunden.«

»In der Tat seltsam, das kann alles, aber auch gar nichts bedeuten«, überlegte Zenodot laut.

In diesem Moment rief Alli verblüfft auf. »Ach du heilige Scheiße!«

Alle Augen richteten sich mit einem Schlag auf die Engländerin.

»Was ist los?«, fragte Zenodot.

Garm hingegen verschränkte sofort die Arme und blickte demonstrativ von Alli zu Zenodot. Mit schmollender Stimme brummte er: »Kein Tadel? Wie war das mit der Höflichkeit, Herr Bibliothekar?«

Pia Allington schickte sofort eine genuschelte Entschuldigung hinterher, während der Alte den Kobold mit einem ärgerlichen Blick bedachte.

Bevor es erneut zu einem Schlagabtausch kam, beschloss ich einzugreifen: »Habt ihr bei euren Ausführungen etwas vergessen, Alli?«

Sie schüttelte vehement den Kopf. »Nein, aber mir ist gerade etwas Merkwürdiges aufgefallen. Ich hatte mir den Namen dieser Firma notiert und ebenfalls das Wort, das die Schwarzmäntel im Park fallen ließen.«

»Ja, *GIRISOV-Enterprises* und *vigoris*. Und weiter?«, fragte ich überrascht.

»Ich habe beide Wörter zufällig untereinander geschrieben. Es dauerte einen Augenblick, bis ich begriff, was da geschrieben stand. Es sind Anagramme! Beide Wörter bestehen aus denselben Buchstaben, sie sind nur unterschiedlich angeordnet!«, platzte es aus ihr heraus.

Ich überschlug in Gedanken schnell die Buchstaben. »Du hast recht! Das kann einfach kein Zufall sein. Vielleicht war es doch kein Befehl, Zenodot? Möglicherweise war es tatsächlich ein Name!«

Alle sahen sich fragend an und Schwarzhoff meinte mit nachdenklicher Miene: »Ich glaube, es wäre an der Zeit, einmal zu telefonieren. Könnte mich jemand an die Oberfläche bringen?«

»Telefonieren?«, fragte Cornelia erstaunt.

»Ja, ich möchte meinen Kollegen anrufen. Ich muss wissen, wer hinter *GIRISOV-Enterprises* steckt!«, antwortete der Kommissar.

Garm Grünblatt sprang von seinem Stuhl. »Komm, ich bringe dich nach oben!«

Schwarzhoff hob skeptisch die Augenbrauen und ich grinste ihn an: »Zeit sich besser kennenzulernen, Herr Kommissar. Wann hatten Sie in der Vergangenheit schon einmal die Gelegenheit, dass sich ein Kobold als Fremdenführer angeboten hat?«

»Waren wir nicht beim Du?«

»Stimmt, ich bitte um Entschuldigung. Garm? Bitte geleite Julian nach oben.«

Schwarzhoff, der bereits aufgestanden war, streckte dem Kleinen unbewusst die Hand entgegen und meinte: »Also los, gehen wir.«

Garms Kinnlade klappte nach unten. »Was soll das? Willst du mit mir Händchen halten? Ich sage dir gleich – so einer bin ich nicht!«

Erschrocken zuckte die Hand des Kommissars zurück. »Ähm, so war das natürlich nicht gemeint!«

»Wie dann? Ich bin kein Kind, das man an die Hand nehmen muss!«

»Garm Grünblatt! Ich denke es reicht jetzt! Herr Schwarzhoff wollte dich weder beleidigen, noch hatte er etwas anderes im Sinn. Also sei nachsichtig, er hat schließlich heute erst von unserer Welt erfahren«, zischte der Bibliothekar ungehalten.

»Ich bitte trotzdem um Entschuldigung!«, sagte Schwarzhoff freundlich und hielt dem Kleinen zur Versöhnung die Hand hin.

Der Kobold schüttelte sie heftig. »Ok, angenommen. Aber das so etwas nicht wieder vorkommt!«

»Versprochen!«, schmunzelte Schwarzhoff.

Einträchtig stiegen sie die Wendeltreppe empor und ich sah noch, wie Garm mit weitausladenden Gesten Schwarzhoff die Bibliothek erklärte, bevor sie im Durchgang zu Zenodots Arbeitszimmer verschwanden.

»Diese Kobolde!«, schüttelte der Alte den Kopf.

»Ich habe dieses Wort oder meinetwegen den Namen *vigoris* schon in irgendeinem Zusammenhang gehört oder gelesen. Wenn ich nur wüsste wo!«, brummte die Südländerin missmutig.

Ich überlegte laut. »Bergstrohm ruft den Chef von Schwarzhoff an und erhält Auskunft über die Ermittlungen. Er bekommt die Namen von unserem Kommissar und seiner Kollegin mitgeteilt. Die Kollegin wird tags darauf von Schwarzmänteln angegriffen und das Wort *vigoris* fällt. Bergstrohm wiederum betreut sicherheitstechnisch die unbedeutende Firma *GIRISOV-Enterprises*, deren Name ein Anagramm von *vigoris* ist. Das soll alles Zufall sein? Im Leben nicht!«

Pia Allington nickte bestätigend. »Das glaube ich auch nicht, zumindest jetzt nicht mehr.«

»Ich bin gespannt ob sein Kollege etwas herausgefunden hat. Wenn ich mich, zum Teufel, nur erinnern könnte«, meinte Lombardi nachdenklich.

Etwa zehn Minuten später erschienen der Kobold und Schwarzhoff abermals auf der obersten Etage der Tiefenschmiede. Mit schnellen Schritten eilten sie über die Wendeltreppe nach unten und stießen wieder zu uns. Während Schwarzhoff die Stufen hinuntergelaufen war, hatte ich versucht, in seiner Mimik zu lesen. Ich wollte wissen, ob sein Telefonat zu etwas geführt haben mochte, doch seine Gesichtsmuskeln zeigten keinerlei Regung. Wir warteten demzufolge gespannt, bis die beiden wieder am Tisch Platz genommen hatten.

»Und?«, fragte Alli ungeduldig.

Schwarzhoff zog ohne Eile seinen Notizblock aus der Innenseite seines Jacketts und fing an zu blättern.

Alli verdrehte die Augen. »Nun erzähl schon, Julian!«

»Ah, da ist es ja!«, murmelte der Kommissar leise und blickte in unsere erwartungsvollen Gesichter.

»Mein Kollege hat die Firma überprüft, nicht nur anhand des Handelsregisters, sondern auch über das Finanzamt. Die Firma ist eine eingetragene GmbH und wird vertreten durch einen Geschäftsführer. In diesem Falle durch eine Geschäftsführerin, ihr Name lautet Monika

Treknez. Wir haben auch ihre Person überprüft, es gibt keinerlei Auffälligkeiten.«

»Und wem gehört diese Firma? Dieser Monika Treknez? Bei kleineren Gesellschaften ist es doch üblich, dass der eigentliche Inhaber und der bestellte Geschäftsführer ein und dieselbe Person sind«, fragte ich den Beamten.

Der Kommissar schüttelte den Kopf. »In diesem Falle nicht. Der Eigentümer der Firma *GIRISOV* ist ein weiteres Unternehmen. Den Namen habe ich mir dummerweise nicht notiert, aber das eigentlich Interessante ist, wer in dieser Muttergesellschaft das Sagen hat. Und jetzt haltet euch fest, er lautet Nicolas Vigoris!«

Wie vom Donner gerührt, blickten sich alle in die Augen.

Plötzlich stöhnte Lombardi auf. »Vigoris! Jetzt weiß ich, woher mir der Name bekannt vorkam. Ich hatte im Stadtarchiv zufälligerweise einen Artikel aus dem Jahr 2007 überflogen, in dem dieser Name vorkam. Es ging um eine größere Spende an eine Stiftung, die sich um den Erhalt von speziellen Baudenkmälern bemüht. Der Spender war eben dieser Nicolas Vigoris, der, so stand es im Zeitungsartikel zu lesen, sehr zurückgezogen lebt und nur äußerst selten an die Öffentlichkeit tritt.«

»Also doch ein Name! Vielleicht ist er unser Mann?«, meinte Garm Grünblatt.

Jetzt nahmen die Züge der Südländerin eine fast diabolische Mimik an. »Er *ist* unser Gegenspieler, ich bin mir jetzt ganz sicher!«

»Und warum glaubst du das, Cornelia?«, fragte Zenodot sichtlich erstaunt.

»Weil in diesem Artikel ein kleines, unscheinbares Detail erwähnt wird. Für Nicolas Vigoris wurde das Rednerpult extra umgebaut, da er körperlich sehr eingeschränkt ist. Er sitzt im Rollstuhl!«

Man hätte nach dieser Offenbarung in der ganzen Tiefenschmiede eine zu Boden fallende Stecknadel hören können. Jedem einzelnen stand die Überraschung ins Gesicht geschrieben und alle hatten das gleiche Bild vor Augen – ein Rollstuhlfahrer im U-Bahntunnel, geschoben von einem Schwarzmantel.

Garm schlug mit der flachen Hand auf die Tischplatte. »Bei allen heiligen Bäumen des Waldes. Das ist nie und nimmer Zufall. Alles fügt sich zusammen!«

Jetzt fanden auch wir anderen unsere Worte wieder und innerhalb von Sekunden entstand eine hitzige Diskussion. Nur Zenodot hatte sich zurückgenommen, wirkte in sich gekehrt und schien angestrengt zu überlegen. Dann, nach ein paar Minuten, mahnte er plötzlich zur Ruhe. Die Stimmen am Tisch verstummten nach und nach und alle Augen richteten sich auf ihn. Ich betrachtete ihn und stellte fest, dass er zwar müde wirkte, aber seine Augen hellwach und fast überirdisch strahlten.

»Nachdem ich die Faktenlage noch einmal überdacht habe, stimme ich mit euch überein. Nicolas Vigoris ist der mächtige Diener des Dämons. Er ist der einfache Bauer, der das Ungeheuer aus seinem ersten Kerker in Nordgermanien befreit hatte. Jetzt, da wir wissen, wer er ist, müssen wir handeln. Ich hege einen ungeheuerlichen Verdacht. Ich glaube, dass sich alle anderen Gussformen hier in Frankfurt befinden.«

»Und was veranlasst dich zu dieser Vermutung?«, fragte Alli sichtlich schockiert.

Zenodot faltete seine Hände vor dem Gesicht. »Was macht Vigoris in den U-Bahntunneln von Frankfurt? Das ist für mich die entscheidende Frage. Es liegt im Wesen des höheren Bösen, sich immer wieder an seinen Schätzen zu ergötzen. Niemals wird ein anderer als das schwarze Wesen selbst seine angesammelten Kostbarkeiten zu Gesicht bekommen. Das Böse teilt nicht gern! Sie suchen aus diesem Grund sehr versteckte und ungewöhnliche Orte, um ihr Kleinod vor den Blicken der Welt abzuschirmen. Diese Schlupfwinkel sind mit mächtiger Magie gesichert und verschlossen. Und genau deshalb glaube ich, dass es ein Versteck in den Tunneln unter der Konstablerwache gibt. Was sonst, als die Gier nach seinem Schatz – nämlich den Gravurplatten – sollte diese Kreatur, noch dazu an einen Rollstuhl gefesselt, bewegen, die U-Bahntunnel aufzusuchen?«

Totenstille.

»Und was gedenken wir jetzt zu tun?« Es war Schwarzhoff, der die Frage stellte und etwas verunsichert in die Runde blickte. Erklärend fuhr er fort: »Ich bin in eurer Welt nicht zu Hause. Ich kann also nicht beurteilen, was uns für Möglichkeiten zur Verfügung stehen. Ich versuchte lediglich, einen Mörder hinter Gitter zu bringen, was, so wie die Dinge nun stehen, schwerlich möglich sein wird. Und ich habe verstanden, dass die Auswirkungen – sollte dieser Vigoris sein Ziel erreichen – in beiden Welten spürbar sein werden. Ich werde also helfen, so gut es geht, doch ihr müsst mir sagen wie!«

Zenodot blickte ihn freundschaftlich an. »Wir nehmen Ihre Hilfe gerne an, denn wir werden sie bitter nötig haben. Schon dafür vielen Dank, Herr Schwarzhoff. Sie haben weise und überlegt gesprochen, was mir zeigt, das Richtige getan zu haben, in dem wir Ihnen unsere Welt offenbarten.« Er sah uns alle an. »Es ist an der Zeit, einen Schlachtplan zu entwickeln, doch wir brauchen mehr Fakten und Informationen. Ich schlage daher Folgendes vor ... Garm?«

»Ja, Herr!«

»Schicke erneut deine Kobolde los. Sie sollen in den U-Bahntunneln rund um die Konstablerwache nach schwarzmagischen Spuren suchen. *Wenn* Vigoris dort etwas versteckt hat, dann ist es mit Sicherheit durch Bannsprüche, Zauber oder Ähnliches geschützt und das sollte aufzuspüren sein.«

»Ich werde alles veranlassen, wenn wir fertig sind.«

»Und Garm ...«, der Alte sprach jetzt überaus freundlich, doch seine Augen ruhten mit einer Eiseskälte auf dem Kobold, »keine Alleingänge! Wenn ihr etwas gefunden habt, zieht euch unverzüglich zurück und kommt in die Tiefenschmiede, damit wir uns weitere Schritte überlegen können. Außerdem! Keinen Apfelwein! Schärfe das deinen Leuten mit aller Härte ein. Jetzt steht viel auf dem Spiel. Unser Gegner hat vermutlich noch keine Ahnung, dass wir seine Identität offengelegt haben und das Letzte, was wir gebrauchen können, sind ein paar betrunkene Kobolde, die alles zu Nichte machen.«

Garm nickte zaghaft, doch seine Körperhaltung sprach Bände. Er hatte sich von dem freundlichen Ton des Alten nicht täuschen lassen, er wusste genau, was die Stunde geschlagen hatte und dass Zenodot keine weiteren Fehler oder Aussetzer der Kobolde dulden würde. »Ich werde dafür sorgen, Herr. Sie werden keine Dummheit begehen, mein Wort darauf.«

»Gut. Herr Schwarzhoff?«

»Ja?«

»Sie könnten uns helfen, indem Sie Bauunterlagen und Pläne der Konstablerwache besorgen. Vielleicht ist dort etwas eingezeichnet, was uns weiterhelfen kann.«

»Gut, geben Sie mir Zeit bis morgen«, antwortete Schwarzhoff trocken.

»Pia und Cornelia, ihr heftet euch an die Fersen von Nicolas Vigoris. Findet so viel wie möglich über unseren Gegner heraus und vielleicht könnten Sie, Herr Kommissar, dabei unterstützend zur Seite stehen?«

»Natürlich, ich werde mal unsere Datenbank durchforsten, vielleicht ergibt sich da etwas Interessantes.«

Alli stöhnte gequält auf. »Also wieder Stadtarchiv? Kann ich nicht vielleicht mit den Kobolden in den Tunneln suchen?«

Cornelia klopfte ihr freundlich auf die Schulter. »Arme kleine Alli! Dir bleibt auch wirklich nichts erspart!«

Als Antwort erntete sie einen giftigen Blick.

»Und ich?«

Zenodot bedachte mich mit einem skeptischen Blinzeln. »Ich habe eine Idee. Du bist noch zu unerfahren, aber das können wir ändern. Alli, was hältst du davon, Daniel zu unterrichten? Natürlich vorausgesetzt, dass Cornelia damit einverstanden ist und dich bei eurer Suche entbehren kann.«

Es folgte ein flehender Blick der Engländerin in Richtung Lombardi. Diese lachte hell auf. »Ist schon gut, Alli, ich komme schon alleine zurecht. Außerdem habe ich ja noch unseren Kommissar, der mich unterstützt.«

»Danke, Cornelia, das nächste Mal werfe ich dir einen Stein in den Garten«, meinte Pia Allington dankbar.

»Ich werde dich daran erinnern, meine Liebe!«, antwortete diese lachend.

Der Bibliothekar stöhnte zufrieden auf. »Gut, damit wären die Aufgaben verteilt. Immer dann, wenn ihr etwas Neues in Erfahrung gebracht habt, gebt ihr mir umgehend Bescheid. Ich werde sicherstellen, dass alle in Kenntnis gesetzt werden und wir so Zusammenhänge frühzeitig erkennen. Da es mittlerweile spät geworden ist, schlage ich vor, dass wir uns zur Ruhe begeben, denn die vor uns liegenden Tage werden sicherlich ereignisreich und anstrengend.

Garm, wenn du bitte den Kommissar an die Oberfläche begleiten würdest?«

»Natürlich, Herr!«, kam es wie aus der Pistole geschossen.

Nach einer kurzen Verabschiedung zog auch ich mich in mein Zimmer zurück – mit dem Kopf voller Gedanken. Morgen würde mein Training beginnen und ehrlich gesagt, hatte ich nicht den blassesten Schimmer, was da auf mich zukommen sollte.

Madern Gerthener, Reichsstadt Frankfurt – 1427 AD

Madern Gerthener saß auf einem frisch behauenen Steinquader und blinzelte in die tiefstehende Sonne. Mit Kennerblick ließ er seine Augen über die Baustelle schweifen und nickte zufrieden. Neun Monate waren seit der Entscheidung des Rates ins Land gezogen und die Eschenheimer Pforte, einschließlich ihres dazugehörigen Turms, nahm langsam Formen an. Gerthener hatte die Erweiterung mit aller Macht vorangetrieben und seine Handwerker hatten wirklich ganze Arbeit geleistet. Die Pforte war entsprechend verbreitert worden und das zweite Turmgeschoß, das als Wohnung für den Turmwächter dienen sollte, war bereits zur Hälfte fertig. In Gedanken veranschlagte der Baumeister bis zur endgültigen Fertigstellung noch etwa sechs Monate. Damit würde er weit unter der gesetzten Frist des Rates, der ihm zwei, höchstens aber drei Jahre, zugebilligt hatte, bleiben. Die Geschwindigkeit der Erweiterung war beileibe kein Zufall.

Gerthener wollte den Bau so schnell wie möglich abschließen, denn sein eigentlicher Plan war, noch genug Zeit zu haben, um später auf der Dombaustelle einen oder vielleicht mehrere Nachfolger zu bestimmen und einzuarbeiten. Trotzdem ließ er natürlich die notwendige Sorgfalt walten, denn das war er seinem Ruf als Dombaumeister schließlich schuldig.

Er hatte lange darüber nachgesonnen, wer von seinen untergebenen Bau- und Werksmeistern das Zeug dazu hatte, die Ausbauten am Dom zu übernehmen, wenn er nicht mehr war, doch es fiel ihm schwer, eine Entscheidung zu treffen. Jeder von ihnen hatte seine Stärken und Schwächen, aber nur einem traute Gerthener die Leitung wirklich zu – Meister Leonhard Murer von Schopfheim. Doch Meister Schopfheim würde Hilfe brauchen, einen versierten und klugen Gehilfen, dem er rückhaltlos vertrauen konnte. Diese beiden, so Gertheners Plan, sollten nach seinem Tode den Ausbau des Doms in seinem Sinne weiterführen. Doch wer könnte dieser Gehilfe sein? Er seufzte leise, denn je länger er darüber nachdachte, desto mehr manifestierte sich ein Name in seinem Kopf – Ullrich. Er hätte die Begabung und mittlerweile auch die Erfahrung, gemeinsam mit Schopfheim sein Werk fortzuführen. Und wer konnte sich besser in seine Gedanken hineinversetzen, als sein ehemaliger Geselle? Seine Frau und Kinder wohnten zwar in Frankfurt, aber Ullrich betreute weit außerhalb von Frankfurt mehrere Baustellen und kam nur sporadisch in die Reichsstadt. Unvermittelt traf Madern Gerthener eine Entscheidung: Er würde innerhalb der nächsten Tage Ullrichs Familie aufsuchen, um ausrichten zu lassen, dass er, Dombaumeister Gerthener, mit seinem ehemaligen Gesellen etwas zu besprechen wünschte.

»Meister Gerthener!«

Der Baumeister schreckte aus seinen Gedanken hoch und blickte in Richtung des Ausrufs. Einer seiner Vorarbeiter stand wild gestikulierend unter dem Torbogen der Pforte, was nichts Gutes bedeuten konnte. Gerthener rieb sich fröstelnd die Hände, erhob sich von seinem Steinsitz und lief dem Mann entgegen. »Was gibt es, Hannes?«, fragte er skeptisch.

Mit besorgter Miene berichtete der Vorarbeiter: »Im Turmgeschoß hat es einen Unfall gegeben. Einem der Arbeiter ist beim Einsetzen ein Stein entglitten, vermutlich ist sein Bein gebrochen.«

»Verflucht!«, entfuhr es Gerthener ungewollt laut. So ein Unglück war zwar auf den Baustellen nichts Ungewöhnliches, doch es brachte immer eine gewisse Lähmung mit sich, die die Arbeiter langsamer werden ließ. »Bringt ihn sofort zum Medicus«, befahl er.

Hannes zog die Augenbrauen zusammen. »Aber er wird ihn erst behandeln, wenn er zahlt.«

»Ja, ja – schon gut! Hier hast du einen Gulden. Sollte mehr von Nöten sein, sagst du dem Medicus, dass Dombaumeister Gerthener persönlich bürgt. Ist es weniger, gibst du den Rest der Familie des Mannes, damit sie sich Medizin und Verbandszeug kaufen können.«

»Ja, Herr!«, meinte der Vorarbeiter respektvoll und eilte von dannen.

Gerthener sah ihm stirnrunzelnd nach, der erste Unfall seit mehr als fünf Monaten, hoffentlich war das kein böses Omen.

Zwei Tage später war es soweit. Auf der Baustelle gab es nicht viel für Gerthener zu tun, weshalb er sich für ein paar Stunden zurückziehen konnte, um Ullrichs Familie aufzusuchen. Er erinnerte sich vage daran, dass sie ein Haus am östlichen Rande von Frankfurt bewohnten, also machte er sich auf die Suche. Mitte des Nachmittags, nach mehreren Irrwegen und vielen Nachfragen bei Anwohnern, stand er schließlich vor dem Heim der Familie de Bry in der Schäfergasse, unweit des Viehmarkts. Obwohl sich die Schäfergasse, und somit auch Ullrichs Heim, außerhalb von Frankfurts Stadtmauern befand, war die Luft geschwängert von unangenehmen Gerüchen. Die Nähe zum städtischen Viehmarkt war offenkundig. Es stank fürchterlich nach Fäkalien und den Ausdünstungen der Tiere, die an diesem Flecken in großen Mengen gehandelt wurden. Egal, ob Ochsen, Schweine, Schafe oder Kleinvieh, alles wurde an den Mann oder eben die Frau gebracht. Selbst vor dem Haus der de Brys konnte Gerthener das Geschrei der Viehhändler hören, wie sie lautstark ihre lebende Ware anpriesen. Er richtete sein Augenmerk erneut auf das kleine Haus. Die Heimstatt von Ullrich war einfach gehalten, aber trotzdem hübsch anzusehen. Schon auf den ersten Blick stellte man fest, dass an diesem Ort jemand wohnte, dem sein Anwesen am Herzen lag. Natürlich erkannte Gerthener auch Ullrichs Handschrift, denn anscheinend hatte sein ehemaliger Geselle in der Vergangenheit mehrfach Ausbesserungsarbeiten vorgenommen. Die Änderungen waren allesamt von Meisterhand ausgeführt und nicht, wie Gerthener es häufig bei Gebäuden erblicken musste, von jener dilettantischen Art, wie es nur dritt- und viertklassige Bauhandwerker zustande brachten. Er klopfte zweimal an die stabile Holztür und trat etwas zurück. Das Klopfen war noch nicht ganz verhallt, als er schon eilende Schritte auf einem knarrenden Holzboden vernahm.

Innen wurde ein Riegel zur Seite geschoben und die Türe öffnete sich mit einem schleifenden Geräusch.

»Ja, bitte?«, fragte eine wohltuend helle Stimme.

Im Türrahmen stand eine Frau mittleren Alters. Rabenschwarze Haare umrahmten ein fast kindliches Gesicht und ihre blaugrünen Augen musterten Gerthener mit einem zwar freundlichen, aber durchaus argwöhnischen Blick. Der Baumeister setzte gerade zu einer Begrüßung an, als plötzlich ein Ruck durch den Körper der Frau lief und in ihrem Minenspiel eine gewisse Erkenntnis zu Tage trat. »Meister Gerthener!«, rief sie überrascht und verblüffte damit ebenfalls den Baumeister.

»In der Tat der bin ich, doch kann ich mich zu meinem allergrößten Bedauern nicht entsinnen, woher ich Euch kennen müsste.«

Ein amüsiertes Lachen erklang. »Bitte zerbrecht Euch darüber nicht den Kopf, Stadtbaumeister. Und entschuldigen müsst Ihr Euch ebenfalls in keiner Weise, sind wir doch einander nie vorgestellt worden. Doch ...«, erklärte sie und hob dabei lachend den Finger, »wer sollte Eure Person in Frankfurt nicht kennen? Natürlich habe ich Euch ein ums andere Mal auf den Baustellen gesehen. Und auch wenn wir uns heute das erste Mal von Angesicht zu Angesicht gegenüberstehen, hat Ullrich genug von Euch erzählt, um zu wissen, dass Ihr als guter Freund der Familie zählt. So und jetzt kommt herein!« Sie trat zur Seite und winkte den Baumeister ins Haus.

Immer noch sprachlos, nickte Gerthener zaghaft und folgte ihrer Einladung. Er betrat eine geräumige Wohnstube, die zwar einfach eingerichtet, aber mit allerlei Kleinigkeiten gemütlich ausgeschmückt war. Getrocknete Sonnenblumen, Kränze aus Herbstlaub und geschmiedete Kerzenhalter an den Wänden gaben dem Raum etwas Warmes und Behagliches. In der Mitte der Stube stand ein großer Tisch aus Fichtenholz – darauf einige Schriften und Holzspielzeug. Ullrichs Frau wies ihm zuvorkommend einen Platz zu und Gerthener setzte sich, immer noch erstaunt, ob ihrer Offenheit.

»Oh, wie unhöflich von mir!«, sagte sie plötzlich und streckte dem Baumeister ihre Hand entgegen. »Ich bitte um Entschuldigung, denn ich habe ganz vergessen mich vorzustellen. Wie Ihr sicherlich schon erraten habt, bin ich Ullrichs Frau – Myriam de Bry.«

Gerthener schüttelte ihr die Hand. »Sehr erfreut, Eure Bekanntschaft zu machen. Wobei eine Entschuldigung wohl eher von meiner Seite angebracht wäre. Bitte vergebt mir, denn ich hätte den Weg zu Ullrich und seiner Familie schon vor langer Zeit antreten sollen.«

Wieder erklang dieses helle Lachen. »Meister Gerthener, *Ihr* seid der Stadt- und Dombaumeister zu Frankfurt! Wer wüsste es also besser als ich, dass Eure Zeit eng bemessen ist, schließlich habe ich einen Mann, der erstens Euer Geselle war und zweitens ebenfalls Baustellen beaufsichtigt.«

Gerthener musste aufgrund dieser Erläuterung schmunzeln. Er konnte nicht anders, er hatte Ullrichs Frau Myriam sofort ins Herz geschlossen. »Danke, dass Ihr es mit einem alten Mann gut meint! Ihr seid zu gütig.«

Die Frau lief lächelnd in einen Nebenraum, vermutlich die Kochstelle, und holte zwei Kelche. »Saft von Äpfeln. Frisch gepresst und mit etwas Wasser verdünnt«, klärte sie ihn auf. Umständlich rückte sie einen Stuhl zurecht und nahm dem Baumeister gegenüber Platz. Mit skeptischem Blick fragte Myriam ernst: »So, Meister Gerthener, wieso habt Ihr den Weg zu uns gefunden? Bestimmt nicht, um mit mir ein Schwätzchen zu halten. Vielmehr scheint Euch etwas auf der Seele zu brennen und darüber wolltet Ihr mit meinem Mann sprechen. Möglicherweise um ihm ein Angebot zu unterbreiten?« Sie legte den Kopf etwas schief und sah dem Baumeister verschmitzt in die Augen. »Liege ich mit meiner Vermutung richtig?«

Unwillkürlich musste Gerthener schlucken, während er voller Bewunderung meinte: »Ihr seid eine sehr kluge Frau – Myriam de Bry! Ihr liegt mit Eurer Annahme nicht ganz falsch. Ich wollte Euch bitten, wenn Ullrich wieder in der Stadt ist, dass ich ihn gerne sprechen würde. Ich möchte ihm einen Vorschlag unterbreiten.«

Ein aufgeregtes und freudiges Lächeln huschte über das Gesicht der Frau. »Es wäre wundervoll, wenn er erneut für Euch arbeiten könnte! Dann wäre Ullrich endlich ganz in Frankfurt und seine Kinder, sowie auch ich, würden ihn nicht nur alle paar Wochen zu Gesicht bekommen.«

»Nun, das wird sich zeigen, wenn ich mit Ullrich gesprochen habe. Wo sind eigentlich die Kinder? Es ist bemerkenswert ruhig im Haus.«

»Oh, sie werden gerade unterrichtet. Ullrich und ich legen sehr viel Wert darauf, dass sie Lesen und Schreiben lernen. Wir tun unser Bestmögliches, um sie auf ihr zukünftiges Leben vorzubereiten«, antwortete Myriam.

Gerthener meinte eine Spur von Sorge aus ihrer Stimme herauszuhören. »Ihr handelt weise und vernünftig und doch nehme ich eine gewisse Bekümmernis wahr!«

Ein leiser Seufzer entfuhr ihr. »Ihr seid äußerst aufmerksam, Baumeister.« Myriam rutschte unruhig auf ihrem Stuhl hin und her, als würde sie in ihrem Inneren einen Kampf ausfechten. Dann streckte sie den Rücken durch und meinte niedergeschlagen: »Ullrich wird mich umbringen.«

»Was wird er?«, fragte Gerthener verwirrt.

»Nein, nein, versteht meine Worte bitte nicht falsch, es war nur eine leere Worthülse.« Die Frau musterte den Baumeister sehr lange, dann meinte sie vorsichtig: »Ich hätte eine ungewöhnliche und zugleich große Bitte an Euch!«

Verwundert schaute er sie an. »Welche Bitte könntet Ihr an mich richten? Wir haben uns heute das erste Mal getroffen.«

»Ich hoffe, Ihr habt Eure Gussform noch in Verwahrung?«

Wie vom Donner gerührt schnellte Gerthener in die Höhe. »Was sagt Ihr da, Frau?« Seine Stimme bebte und er gab sich alle Mühe, nicht die Beherrschung zu verlieren. »WAS hat Ullrich Euch erzählt?«, rief er außer sich.

»Bitte setzt Euch wieder, Meister. Der Sachverhalt liegt anders, als Ihr denkt!«, versuchte sie ihn mit sanfter Stimme zu beruhigen.

Gerthener jagte wie ein eingesperrter Wolf in der Wohnstube auf und ab. Körper und Geist befanden sich in völliger Aufruhr. Es war das erste Mal seit achtundzwanzig Jahren, dass die Gravurplatten zur Sprache kamen und auch wenn Myriam Ullrichs Frau war, war sie, zumindest für ihn, eine Fremde. *Was, in drei Teufelsnamen, hatte Ullrich dazu veranlasst, dieses Geheimnis preiszugeben?* Er atmete tief durch und nahm, wenn auch äußerst widerwillig, erneut am Tisch Platz.

»Gut! So können wir also reden?«, fragte Ullrichs Frau.

Immer noch wütend gab er ein Zeichen seines Einverständnisses.

»Sagt Euch der Name Weltengänger etwas?«

Gerthener schüttelte etwas irritiert den Kopf.

»Aber Ihr erinnert Euch an Köln? Dort hat Euch Meister Michael eine schwarze Schatulle mit den Gravurplatten übergeben.«

»Obwohl es mehr als funfzig Jahre her ist, kann ich mich an diesen Tag noch sehr genau erinnern!«, brummte der Baumeister.

»Mit welchen Worten hat Euch Michael damals das Kästchen ausgehändigt?«, hakte Myriam nach.

»Warum sollte ich dies erzählen, er sprach zu mir im Vertrauen!«

Das Gesicht der Frau gefror zu Eis. »Weil das Leben meiner Familie – meiner Kinder davon abhängt. Ist das Grund genug für Euch?«

Gerthener wurde blass. »Wer seid Ihr, Myriam de Bry?«

Ihre Mimik wurde wieder sanft und kindlich. »Ich gehöre einem uralten Geschlecht an – den sogenannten Weltengängern. Unsere Aufgabe ist es, den Kerker des Dämons verschlossen zu halten und aus diesem Grund die Gravurplatten sicher zu verwahren. Die Gussformen werden ausnahmslos innerhalb unseres Geschlechtes von Generation zu Generation weitergegeben.«

Jetzt dämmerte es dem Baumeister. »Also war Meister Michael einer von Eurem Geschlecht? Und er hat diese Kette durchbrochen, indem er mir die Formen aushändigte?«

Sie nickte. »Ihr wisst, dass er zwei Söhne hatte?«

»Ja, und laut seiner Aussage waren sie Taugenichtse. Ein Verstand unreif wie grüne Äpfel – so oder so ähnlich war sein damaliger Wortlaut! Das war kurz bevor er starb oder besser gesagt, umgebracht worden ist.«

Myriam legte ihre Hand auf Gertheners Arm. »Ihr könnt Euch sicherlich vorstellen, wie groß die Panik unter den Weltengängern war, als sie feststellten, dass die Gussformen verschwunden waren. Sie vermuteten, dass unser Gegner die Schlüsselabdrücke nach dem Tod von Meister Michael an sich genommen hatte, denn beide Söhne besaßen keine Kenntnis über die Existenz der Formen. Der Vater hatte seine Kinder nicht eingeweiht, wie es üblich gewesen wäre.«

»Stattdessen zog er mich ins Vertrauen«, murmelte der Baumeister betroffen.

»Ja, es scheint, dass er Euch rückhaltlos vertraute und rückblickend betrachtet hat er mit Eurer Person auch eine gute Wahl getroffen. Trotzdem blieben die Gussformen für uns Weltengänger verschollen und damit einhergehend die Angst, dass unser Gegner sie in Händen hält.«

Gerthener schaute sie fragend an. »Und wie kamt ihr auf Ullrich? Weiß er, wer oder was Ihr seid?«

»Um es gleich vorweg zu sagen, ich liebe Ullrich mit jeder Faser meines Herzens. Natürlich weiß er, wer ich bin, und dass unsere Söhne ebenfalls Weltengänger sind.«

Dem Baumeister blieb der Mund offenstehen. »Jetzt verstehe ich Eure Ängste! Aber Ihr habt meine Frage noch nicht beantwortet, wie habt Ihr Ullrich gefunden?«

»Die Weltengänger hörten von den vergangenen Ereignissen auf der Alten Brücke zu Frankfurt. Die undurchdringliche Finsternis, den Erschütterungen und dem ungewöhnlichen Tod eines Fischers und seiner Frau, die in der Nähe der Brücke lebten. Man vermutete sofort, dass schwarze Magie im Spiel gewesen sein musste und dass nur ein sehr mächtiges Wesen in der Lage wäre, solch einen gewaltigen schwarzen Zauber heraufzubeschwören. Ich wurde nach Frankfurt gesandt, um diesen Vorkommnissen auf den Grund zu gehen. Bei meinen Nachforschungen traf ich dann auf Euren Namen und den von Ullrich.

»Nun, das war sicherlich nicht schwer in Erfahrung zu bringen, denn schließlich hatte ich vom Rat der Stadt öffentlich den Auftrag zur Reparatur der Brücke erhalten«, bemerkte der Baumeister.

»Richtig, deshalb beobachtete ich Eure Person und natürlich Ullrich, um mir einen ersten Überblick zu verschaffen. So stellte ich sehr schnell fest, dass Ullrich alleine lebte und es somit etwas einfacher werden würde, mit ihm ins Gespräch zu kommen. Ich wartete ab, bis sich eine günstige Gelegenheit ergab. Es klappte besser als gedacht, doch nach den ersten Treffen nahm mein Vorhaben eine unerwartete Wendung – ich verliebte mich in Ullrich. Natürlich versuchte ich weiterhin, meinen ursprünglichen Auftrag zu erfüllen. Behutsam lenkte ich ein ums andere Mal unsere Gespräche auf die seltsamen Vorgänge dieser besagten Nacht, doch stets, wenn ich die Alte Brücke zur Sprache brachte, wich er mir aus. Gleichwohl konnte ich ihm ansehen, dass er mehr wusste, als er mir gegenüber zugab. Ich beschloss deshalb, den ersten Schritt zu wagen, und offenbarte mich

Ullrich. Ich erzählte ihm also meine Geschichte, wer ich bin, warum ich nach Frankfurt gekommen war und dass ich mein Herz an ihn verloren hatte.«

»Und wie reagierte er?«, fragte der Baumeister neugierig. Myriams Geschichte hatte ihn unwillkürlich in den Bann gezogen.

»Zunächst genauso entsetzt wie Ihr, doch zu meinem Glück, waren seine Gefühle mir gegenüber ebenfalls sehr stark geworden. Nach vielen vertrauten Stunden erzählte er schließlich von seinem Pakt mit Madern Gerthener und den Gussplatten. Ihr könnt sicherlich ermessen, wie erleichtert ich war, zu hören, dass sich die Formen nicht in der Hand unseres Gegners befanden. Aber Ullrichs Offenheit brachte mich auch in eine Zwickmühle.«

Jetzt blickte Gerthener die Frau verwundert an. »Warum? Euer Auftrag war doch erfolgreich beendet.«

»Das ist richtig, doch ich wusste, wenn ich meine Erkenntnisse weitergebe, die Gussformen zurückgefordert würden. Das Geschlecht der Weltengänger hätte alles in Bewegung gesetzt, um die Schlüsselabdrücke wieder in ihre Obhut zu nehmen.«

»Und was wäre daran so falsch gewesen?«, fragte der Baumeister und stutzte während er sich selbst reden hörte, denn plötzlich ging ihm ein Licht auf. »Ich glaube, ich verstehe, dann wäre es jederzeit möglich, dass sich ein Vorfall wie der zwischen mir und Meister Michael wiederholen könnte.«

Myriam nickte unsicher.

Nüchtern stellte Gerthener fest: »Ihr vertraut also Eurem eigenen Geschlecht nicht!«

»Ullrich hat immer in den höchsten Tönen von Euch gesprochen. Und er hat wahrlich nicht übertrieben, Ihr seid ein sehr kluger Mann, Meister Gerthener. Natürlich vertraue ich den Menschen in meiner Familie, doch ich denke, dass es an der Zeit ist, andere Wege zu gehen und das wird vielen Weltengängern nicht gefallen. Somit bin ich bei meiner ungewöhnlichen Bitte, von der ich eingangs sprach, angelangt.«

Der Baumeister wurde unruhig. »Ich habe ehrlich gesagt keine Ahnung, was ich tun könnte, außer Euch meine Gussform auszuhändigen.«

»Nein! Ich bitte Euch um das genaue Gegenteil, nämlich die Gravurplatte zu behalten!«

Alles hatte Gerthener erwartet, nur das nicht. Verwirrt stand er auf, lief geistesabwesend zum Fenster und blickte hinaus. Nachdenklich verschränkte er die Arme hinter dem Rücken. Myriam verhielt sich währenddessen still und schien auf seine Antwort zu warten.

Vertieft in seine Gedanken beobachtete Gerthener eine Horde spielender Kinder vor dem Haus, bis er schließlich meinte: »Sehe ich das richtig? Ihr wollt Eurem Geschlecht das Wissen um meine Gussform vorenthalten und damit ausschließen, dass beide Teile wieder zusammengefügt werden? Wenn keiner weiß, wo sich der zweite Teil des Abdrucks befindet, gibt es keinen Schlüssel und somit kann auch der Kerker nicht geöffnet werden.« Er drehte sich um und blickte die Frau skeptisch an, um zu sehen, ob er mit seiner Vermutung richtiglag.

Ihre Stimme zitterte leicht, als sie mit leiser Stimme seine Annahme bestätigte.

Der Baumeister seufzte: »Also gut. Erzählt mir von Eurem Plan und behauptet nicht, Ihr hättet keinen, denn dafür seid Ihr eindeutig zu klug!«

Myriam lächelte ihn anerkennend an, während er sich wieder ihr gegenüber auf seinen Platz setzte, danach erklärte sie weiter: »Der erste Schritt wäre, dass Ihr ein Versteck für den Schlüsselabdruck an einem Ort, der die Zeit von Jahrhunderten überdauern kann, findet. Ich werde im Gegenzug meinem Geschlecht die Botschaft überbringen, dass ich nur einen Teil der Form gefunden habe, das Gegenstück jedoch verschollen ist. Gleichzeitig werde ich Ullrichs Abdruck behalten und diesen nur innerhalb unserer Familie weitergeben.«

»Wie sollte ich so einen Ort finden?«, überlegte Gerthener laut.

Jetzt sah sie ihn wirklich erstaunt an. »Ihr seid doch ein Mann der Steine! Ihr baut und erschafft Werke für die Ewigkeit. Ihr habt mit Sicherheit, auch ohne unser jetziges Gespräch, schon darüber nachdacht, wie Ihr die Gussform vor weiteren Zugriffen verbergen könnt.«

»Natürlich habe ich das! Doch würde ich das tun, dann nähme ich mein Geheimnis mit ins Grab. Die Gussform wäre auf ewig verschollen.«

»In der Tat ein schwerwiegendes Argument, über das ich mir auch schon den Kopf zerbrochen habe, doch es könnte eine Lösung geben. Wir legen eine Spur aus Krümeln. Sollte es irgendwann notwendig werden, die Form zu bergen, so können nachfolgende Generationen unserer Fährte folgen«, grinste sie verschmitzt.

»Und was sollte das für eine Spur sein? Ihr seid Euch im Klaren darüber, dass diese Hinweise vermutlich Jahrhunderte überdauern müssen. Wie könnte so etwas möglich sein?«, sinnierte der Baumeister etwas ratlos.

»Nun, da ich und Ullrich eine Hälfte des Abdruckes besitzen, werden wir dafür Sorge tragen, dass Euer Name bei unseren Kindern und deren Nachkommen nicht vergessen wird. Die Form wird von Generation zu Generation weitergegeben, so wie es in unserem Geschlecht schon seit Ewigkeiten Brauch ist. Glaubt mir, darin sind wir richtig gut!«

»Pah, das hat man bei meiner Person gesehen. Wer sagt Euch, dass es eines Tages nicht ebenso einen Vater gibt, der mit seinen Erben derart verfährt, wie Meister Michael mit seinen Söhnen?«

»Berechtigte Zweifel, Meister Gerthener, aber das wird nicht passieren. Wir werden es schriftlich niederlegen, sodass die Schriftstücke, in Verbindung mit der Gussplatte, weitergegeben werden können. Selbst wenn Dokumente und Form in andere Hände kommen, können Eingeweihte den Hinweisen folgen.«

»Wollt Ihr den Ort meines Versteckes aufzeichnen? Dann könnt Ihr auch gleich beide Abdrücke zusammen weitergeben!«, brummte er mürrisch.

»Niemand wird die Lage Eurer Form kennen, außer Euch selbst. Doch Ihr müsst mir eines versprechen, habt Ihr den richtigen Ort gefunden, so bitte ich Euch eine Skulptur anzufertigen. Ihr seid doch in dieser Kunst bewandert – der Bildhauerei?«

Verwirrt nickte er.

»Gut! Diese Skulptur, vielleicht ein Abbild der eigenen Person, muss von Euch persönlich gearbeitet sein und eine gewisse Nähe zum Versteck der Gussform aufweisen. Während Ihr den Stein bearbeitet, ist es wichtig, dass Ihr alleine seid. Vertraut dem Stein Euer Geheimnis an, alles andere wird sich geben.«

Der Baumeister blickte Myriam an, als sei sie nicht ganz bei Trost und überlegte ernsthaft, ob diese Frau wirklich gesund war.

Ullrichs Frau erriet seine Gedanken. »Nein, Madern Gerthener, ich bin nicht verrückt. Doch es gibt viele Dinge zwischen Himmel und Erde, über die Ihr nicht Bescheid wisst. Eine zugegebenermaßen äußerst seltene Gabe unseres Geschlechts ist eine Fähigkeit, die wir Graustimme nennen. Tritt diese Begabung bei einem Weltengänger zu Tage, so kann diese Person, wenn auch sehr eingeschränkt, mit bearbeiteten Steinen Kontakt aufnehmen.«

»Ihr treibt einen Scherz mit mir!«, entfuhr es Gerthener ungewollt.

»Nein, mir ist es bitter ernst! Aber bitte verlangt keine Erklärung von mir, denn Ihr werdet keine bekommen. Ihr seid bereits mit der schwarzen Magie in Berührung gekommen, also lasst Euch gesagt sein, dass es ebenso gute wie hilfreiche Zauber gibt. Allein entscheidend ist, dass Ihr mir vertraut und das tut, was ich gerade von Euch verlangt habe.«

Unversehens tauchten vor dem geistigen Auge des Baumeisters lang verblasste Bilder auf. Er erinnerte sich an seinen Besuch im Hause der alten Gretlin und an ihren Satz über weiße Magie: *Ich bevorzuge die Bezeichnung weiße Frau. Alle weißen Frauen sind in der Kräuterkunde, Heilkunde, sowie der weißen Magie bewandert und erfahren. Wir haben uns dem Grundsatz, Gutes zu tun, zutiefst verpflichtet.* Er blickte seinem Gegenüber in die Augen. »Sollte diese Vorgehensweise dazu dienen, den Dämon weiter unter Verschluss zu halten, so will ich Eurem Wunsch nachkommen. Und ja, ich vertraue Euch, unter anderem auch deswegen, weil Ullrich seine Zweifel ebenfalls beiseite gelegt hat!«

»Danke, Baumeister!«, sagte Myriam leise.

»Doch eine wichtige Frage hätte ich noch an Euch!«

»Ja?«

»Wie lange seid Ihr bereits mit Ullrich verheiratet?«

»Vierzehn Jahre!«, antwortete die Frau verwundert.

»Ich frage mich, warum Ihr während dieser langen Zeit keinen einzigen Versuch unternommen habt, mich persönlich aufzusuchen? Ich habe es heute nur erfahren, weil ich durch mein Ansinnen an Ullrich den Weg zu Eurem Heim fand!«

Sie lachte bitter auf. »Ihr habt mit jedem Wort recht, Madern Gerthener! Ihr wisst gar nicht, wie oft ich mit Euch schon sprechen wollte …«

»Und was hat Euch daran gehindert?«, brummte der Baumeister missmutig dazwischen.

»Ullrich! Er wollte nicht, dass ich zu Euch gehe.«

Gerthener riss die Augen auf. »Ullrich?«

Sie nickte und fuhr fort: »Er ist der Meinung, dass Ihr die zweite Gussform sicherlich gut versteckt habt und es somit keinen Grund gibt, Euch mit weiteren Problemen zu belasten.«

»Das ehrt Ullrich natürlich, aber es wäre immer noch meine Entscheidung gewesen! Ich verstehe nach unserem heutigen Gespräch, was Euch umtreibt, werte Frau Myriam. Während Ullrich vermutlich nur das Heute im Blick hat, macht Ihr Euch bereits Gedanken um das Morgen. Vor diesem Hintergrund verstehe ich das Anliegen, die Formen nicht nur zu verstecken, sondern dessen ungeachtet einen verschleierten Pfad zu legen, der es nachfolgenden Generationen ermöglicht, die Gravurplatten auch wieder zu finden.«

»Wie ich vorhin schon bemerkte, Ullrich wird sicherlich nicht erbaut sein, wenn er von unserem Gespräch erfährt«, flüsterte Myriam mit belegter Stimme.

»Sobald er wieder im Lande ist, soll er mich unverzüglich aufsuchen. Ich werde ihm nicht nur meinen Vorschlag unterbreiten, sondern auch versuchen, ihn von der Notwendigkeit unseres Vorgehens zu überzeugen, falls Ihr es nicht schon vorher geschafft habt.«

»Danke!«

»Außerdem werde ich ein Bildnis anfertigen und wie versprochen, in der Nähe des Versteckes platzieren. Doch das *Was*, *Wo* und *Wie* wird mein Geheimnis bleiben. Ab heute werde ich – wie in all den vergangenen Jahren auch – erneut Stillschweigen bewahren.«

»So soll es sein, Meister Gerthener!«, erwiderte Myriam de Bry dankbar.

»Gut, dann mache ich mich nun auf den Heimweg, ich habe die Baustelle lange genug vernachlässigt. Grüßt Ullrich und die Kinder von mir. Schade, dass ich Eure Söhne nicht angetroffen habe, ich hätte sie gerne kennengelernt.«

»Das werdet Ihr noch, Madern Gerthener. Versprochen!«

Der Baumeister nickte freundlich, stand auf und verabschiedete sich von Ullrichs Frau.

Als sich die Türe hinter ihm geschlossen hatte und er alleine vor dem Haus der de Brys stand, schüttelte er den Kopf. *Welch seltsame Wege das Schicksal doch für ihn bereithielt!*

Daniel Debrien

Mehr als eine Woche war mittlerweile ins Land gezogen und ich spürte jeden einzelnen Muskel in meinem Körper. Pia Allington hatte sich in eine unerbittliche Hardcore-Ausbilderin verwandelt und die Tiefenschmiede zu meinem persönlichen Bootcamp umfunktioniert. Ich saß missmutig in meinem Zimmer, rieb mir die schmerzenden Handgelenke und verfluchte die kleine, englische Göre innerlich. *Mach weiter – Schwarzmäntel nehmen auch keine Auszeit!*, war ihr Standardspruch und damit brachte sie mich langsam aber sicher zur Weißglut. Doch all den Schmerzen zum Trotz, musste ich zugeben, dass das Training Wirkung zeigte. Zenodot hatte mich eines Tages aufgefordert, ihm zu folgen und führte uns in einen kleinen Nebenraum der Tiefenschmiede, der mir bisher entgangen war. Dieser Raum entpuppte sich als eine Art Waffenkammer. In Reih und Glied standen dort Regale und Ständer, die die verschiedensten Arten von Silberwaffen enthielten. Seltsamerweise handelte es sich ausnahmslos um Stich-, Hieb- oder Wurfwaffen. Auf meine Nachfrage hin, ob es denn keine Schusswaffen mit Silberkugeln gäbe, meinte der Alte lapidar, dass ich wohl zu viele Vampirfilme gesehen hätte. »Schusswaffen zeigen bei schwarzmagischen Wesen zwar Wirkung, aber die althergebrachten Schwerter oder Dolche sind wesentlich effektiver«, stellte er mit ernstem Blick fest. »Und nun lasse dir Zeit und wähle einen Gegenstand, aber höre auf deine Empfindungen. Jede dieser Waffen wurde von Weltengängern getragen und benutzt. Viele von ihnen haben eine sehr bewegte Vergangenheit hinter sich.«

Mit diesen Worten verließ er den Raum und ließ mich alleine. Also schlenderte ich planlos durch die Regale und hörte in mich hinein, ob ich etwas spürte. Eine Zeitlang tat sich gar nichts, bis ich plötzlich ein merkwürdiges Summen vernahm. Ich ging dem leisen Ton auf den

Grund und kam vor einem verstaubten Holzgestell zum Stehen, in der untersten Reihe lag ein etwa neunzig Zentimeter langer, in Stoff eingehüllter Gegenstand. Neugierig nahm ich das Bündel aus dem Regal, sofort verstummte das Summen. Ich entfernte das Leinen und zum Vorschein kam eine hölzerne Schwertscheide aus dem ein elfenbeinverziertes Schwertheft ragte. Ich legte meine Hand um den Griff und zog die Klinge vorsichtig aus ihrem Behältnis. Funkelndes Silber strahlte mir entgegen, die Klinge war einschneidig und besaß eine ganz leichte geschwungene S-Form. Bis zur Mitte war sie mit seltsamen, für mich unbekannten, Zeichen graviert. Sanft fuhr ich mit den Fingern über das glatte Metall, als ich hinter mir ein Geräusch hörte. Ich drehte mich um und erblickte erneut Zenodot. Seine Augen wanderten über mein Gesicht, hin zu der Klinge in meiner Hand und nahmen einen überraschten Ausdruck an.

»Wie ich sehe, hast du gewählt. Du weißt, was du da in Händen hältst?«, fragte er.

Ich schüttelte stumm den Kopf.

»Das ist ein Yatagan«, klärte er mich auf. »Ein Schwert, das in der Vergangenheit vor allem im osmanischen Reich verwendet wurde. Die Gravur ist übrigens ein Segensspruch, der den Besitzer der Klinge vor bösem Unheil schützen soll. Das Schwert gehörte einem Weltengänger, der an der Suche nach dem damals entkommenen Dämon direkt beteiligt war. Diese Klinge hat in ihrem Leben schon viel schwarzes Blut geschmeckt und ist deshalb eine sehr machtvolle Waffe! Man erzählt sich die Legende, dass sich dieses Schwert nur von einem ebenso mächtigen Weltengänger führen lässt. Keiner deines Geschlechtes, der diesen Waffenraum jemals betreten hat, hat diesem Tuchbündel eine Bedeutung beigemessen. Was hat dich veranlasst, danach zu greifen?«

»Ich hörte ein leises Summen und suchte nach dem Ursprung. Als ich das Schwert in die Hand nahm, verstummte das Geräusch«, antwortete ich wahrheitsgemäß.

Der Alte strich sich nachdenklich über das Kinn. »Nun, vielleicht liegt in dieser Legende wirklich ein kleines Körnchen Wahrheit.«

Ich reckte die Klinge nach oben und betrachtete sie abermals. »Es liegt gut in der Hand, ist nicht schwer und vor allem nicht allzu lang. Ich denke, man kann es gut unter einer Jacke oder einem Mantel verstecken. Heutzutage mit einem Schwert auf der Straße spazieren zu gehen, wäre wohl keine so gute Idee.«

»Dann solltest du von nun an deine Übungsstunden mit dem Yatagan fortsetzen, denn so gewöhnst du dich an ihn«, meinte der Bibliothekar und zeigte auf die Türe.

»Danke, Zenodot, obwohl ich nicht erpicht darauf bin, zukünftig mit einer verborgenen Klinge durch Frankfurt zu laufen.«

Nach vielen weiteren Stunden des Trainings wurde ich immer sicherer im Umgang mit dem Silberschwert und auch der Wächterblick funktionierte inzwischen tadellos. Obwohl das Yatagan vermeintlich leichteren Gewichts war, schlugen sich die andauernden Übungsstunden auf meine Handgelenke nieder. Zu allem Überfluss bestand Alli darauf, dass ich die Übungen beidhändig wiederholte. *Man muss mit der linken Hand genauso gut kämpfen können, wie mit der rechten!*, pflegte sie zu sagen. Die ersten zwei Tage war ich deshalb der Verzweiflung nahe, doch plötzlich stellte sich Tag für Tag eine deutliche Verbesserung ein. Nicht, dass ich bereits besser als Alli war, aber ich machte ihr inzwischen bei den Übungskämpfen gehörig das Leben schwer, was mir nach mehr als einer Woche die ersten anerkennenden Blicke von den Kobolden und Cornelia einbrachte. Natürlich waren alle anderen in der Zwischenzeit ebenfalls nicht untätig gewesen, Kommissar Schwarzhoff war beinahe jeden Tag in der Tiefenschmiede zu Gast. Oft steckten er und Zenodot stundenlang die Köpfe zusammen, um über die unterschiedlichen Welten der Menschen und Naturwesen zu diskutieren. Voller Neid nahm ich diesen Umstand zur Kenntnis, doch Pia Allington blieb hinsichtlich meines Trainings eisenhart. Die Kobolde schwärmten jede Nacht aus, um die Tunnel unter der Konstablerwache zu überwachen. Die Ansage von Zenodot hatte Wirkung gezeigt, denn es kam zu keinen weiteren Ausfällen unter den Jungs, was den Apfelwein betraf. Das Gesicht von Lombardi hatte inzwischen einen sehr blassen Teint angenommen, die vielen Stunden im Stadtarchiv hatten ihre Spuren hinterlassen. Ich hingegen hatte, in den wenigen Pausen, die Alli mir gönnte, ebenfalls ein paar wichtige Angelegenheiten geregelt. Ich hatte meinen Freund Chris angerufen, um ihm mitzuteilen, dass sich mein angeblicher Auftrag noch etwas länger hinauszögerte und er sich keine Sorgen machen müsste. Ein weiterer Anruf galt dem archäologischen Museum, für das ich als Berater tätig bin. Ich teilte dem Kurator mit, dass ich aus familiären Gründen eine Auszeit nehmen musste, natürlich ohne auf nähere Einzelheiten einzugehen. Er zeigte großes Verständnis und meinte, dass zwar zwei Aufträge vorlagen, diese aber momentan keine größere Priorität besaßen und somit auch noch etwas warten könnten. Zwei weitere Telefonate galten Familienangehörigen um kurz »Hallo« zu sagen und mich einfach mal zu melden. Ich fühlte mich nach den Gesprächen hundsmiserabel, denn es ging mir völlig gegen den Strich, alle anzulügen, aber was für eine Wahl hatte ich? Cornelia war zwischenzeitlich auch bei meiner Wohnung in Bornheim vorbeigefahren, um den Briefkasten zu leeren und meine paar kümmerlichen Pflanzen zu gießen. Somit hatte ich den Kopf wieder frei und konnte mich voll auf das Training konzentrieren.

Es war gegen Abend und ich lag mal wieder völlig ausgepumpt auf meinem Bett in der Tiefenschmiede, als Cornelia den Kopf zur Tür hineinstreckte. »Zenodot bittet um eine Unterredung, die Kobolde haben anscheinend was gefunden!«

»Wann?«, fragte ich müde.

»In einer Stunde, da Schwarzhoff noch in einer Besprechung festhängt.«

»Danke, dann bis später!«

Sie grinste mich an. »Alli macht dich ganz schön fertig, nicht wahr?«

»Der Ausbilder einer Eliteeinheit der US-Marines ist wahrscheinlich ein Scheiß dagegen!«

Sie lachte laut und meinte: »Du wirst ihr irgendwann dankbar sein. Bis gleich.«

Ich ließ den Kopf zurück ins Kissen fallen und dachte im Stillen: *Hoffentlich wird es niemals dazu kommen!*

Eine Stunde später saß ich mit den anderen an der großen Tafel. Zenodot nickte mir freundlich zu. »Hallo Daniel, was macht das Training?«

»Die Technik wird besser und die Knochen immer müder.«

»Ja, ich habe schon vernommen, dass du große Fortschritte machst. Alli ist sehr zufrieden mit dir!«

»Sooo, ist sie das? Mir gegenüber hat sie das völlig vergessen zu erwähnen!«, knirschte ich missmutig zurück.

Der Alte zuckte gespielt mit den Schultern. »Nun, dann wird sie ihre Gründe dafür haben. Ah, da kommt unser Kommissar.«

Ich blickte die Etagen nach oben. Schwarzhoff stieg, gemeinsam mit Einar, die große Wendeltreppe herunter. Als sie die Tafel erreichten, begrüßte der Beamte alle Anwesenden, während Einar sich still und leise durch die Drehtür verdrückte.

»Vielen Dank für euer Kommen …«, begann Zenodot, »es gibt Neuigkeiten, über die wir sprechen müssen! Garm, wenn du bitte berichten könntest?«

Garm Grünblatt räusperte sich. »Nun, wir ihr alle wisst, haben die Kobolde die letzten Tage damit verbracht, die U-Bahntunnel unter der Konstablerwache zu überwachen. Was sich übrigens als äußerst schwierig herausgestellt hat, da es in den unterirdischen Stollen von Schwarzmänteln nur so wimmelt.«

»Also muss es da unten etwas geben, das sie bewachen«, stellte Alli nüchtern fest und handelte sich mit ihrer Anmerkung einen ärgerlichen Blick von Garm ein.

»Heute früh …«, fuhr der Kobold fort, »stießen wir auf eine seltsame Eigenheit in einem der Tunnel. In der zweiten Ebene der Konstablerwache sind wir in einen U-Bahntunnel eingedrungen der Richtung Dom verläuft. Vier erfahrene Kobolde – Einar Eisenkraut, Tarek Tollkirsche, Frederik Fliederbusch und ich. Wir schlichen uns etwa einhundert Meter die Schienen entlang, als wie aus dem Nichts ein merkwürdiges Gefühl von uns Besitz ergriff. Alle verspürten plötzlich eine panische Angst und den unwiderstehlichen Drang, einfach wegzulaufen.« Dabei senkte Garm seinen Blick und murmelte verlegen: »Was wir dann auch taten. Wir rannten, als ginge es um unser Leben!«

»Es gibt keinerlei Grund sich zu schämen, Garm Grünblatt! Ich vermute, dass es sich hier um eine schwarzmagische Barriere handelt. Solche Blockaden dienen allein dazu, jemanden oder etwas zu schützen«, sprach Zenodot tröstend auf den Kobold ein. Er blickte in die Runde. »Nun wissen wir also dank der Kobolde, dass in diesem

Tunnelabschnitt etwas Wichtiges verborgen sein könnte. Gibt es noch weitere Erkenntnisse?«

Cornelia Lombardi und Julian Schwarzhoff grinsten sich wissend an und der Kommissar nickte der Italienerin freundlich zu. Diese räusperte sich. »Ja, es gibt Neuigkeiten und zwar im Hinblick auf Nicolas Vigoris. Ich habe das halbe Stadtarchiv auseinandergenommen und tatsächlich konnte ich Vigoris vorerst bis ins Jahr 1876 zurückverfolgen. Hier war er indirekt an der Fertigstellung des Frankfurter Hofes, heute im Besitz der *Steigenberger Group*, beteiligt. Der damalige Baumeister von 1876, ein gewisser Karl Mylius und Vigoris scheinen eine intensive Geschäftsbeziehung gepflegt zu haben. Zenodot lag also mit seiner Annahme genau richtig, als er vermutete, dass unser Gegner schon sehr lange in Frankfurt sein Unwesen treibt. Nun denn, wenn man einmal weiß, nach was man suchen muss, geht alles plötzlich ganz schnell. Der Diener des Dämons benutzt stets Anagramme von Vigoris – Marcel Rivisog, Thomas Vogiris, Ivan Igrisov sind nur eine kleine Auswahl. Außerdem war seine körperliche Einschränkung ein sehr hilfreiches Indiz, ihn durch die Jahre hindurch immer wieder ausfindig zu machen. Und wenn er in Erscheinung trat, dann standen fortwährend bauliche Tätigkeiten im Vordergrund, mal als Architekt, mal als Bauunternehmer, mal als Mäzen für Baudenkmäler. Und genau in diesem Zusammenhang haben wir einen offenkundigen Hinweis gefunden, dass Vigoris höchstwahrscheinlich auch etwas mit der Konstablerwache zu tun hat oder zumindest hatte.«

»Was ist das für ein Hinweis?«, fragte ich sofort.

»Ich will euch nicht mit Details langweilen, deshalb nur eine kurze Zusammenfassung. Die Konstablerwache war seit jeher ein zentraler Verkehrsknotenpunkt in Frankfurt und so war es nur verständlich, dass dieser Platz irgendwann ausgebaut wurde, das geschah im Jahr 1974. 1977 wurde der Gemeinschaftstunnel unter der Konstablerwache in Betrieb genommen. 1980 wurde die Strecke via Bornheim freigegeben. Und jetzt dürft ihr raten, wer von 1974 bis 1980 bei dem Bauvorhaben indirekt mitgemischt hat?«

»Vigoris so viel ist klar, aber in welcher Eigenschaft?«, fragte Allington.

»Er war beteiligt an der Tiefbaufirma, die die Tunnel gegraben hat. Es wäre ihm also durchaus zuzutrauen, dass er – ein bisschen Kleingeld und die notwendigen politischen Kontakte vorausgesetzt – während der Bauphase einen kleinen Gang von einem der Tunnel abzweigen ließ. Natürlich ohne dass dieser in den Bauplänen auftaucht. Und ehrlich gesagt, nach dem, was die Kobolde heute herausgefunden haben, bin ich mir ziemlich sicher, dass ich mit dieser Annahme richtigliege!«, meinte Lombardi nachdenklich.

Schwarzhoff nickte bestätigend. »Nach allem, was Cornelia und ich bisher wissen, hat Vigoris gute Verbindungen bis ganz nach oben. Und wer weiß schon, wie viele Leichen er im Keller von anderen Leuten gefunden hat und diese als Druckmittel einsetzt.«

»Nicht zu vergessen …«, ergänzte Zenodot, »dass wir es hier mit einem mächtigen Schwarzmagier zu tun haben. Vigoris hat noch weit subtilere Möglichkeiten, Leute zu manipulieren oder unter Druck zu setzen, doch würde er Magie höchstwahrscheinlich nur im letzten Schritt anwenden, denn zu groß wäre die Gefahr für ihn, entdeckt zu werden!«

»Und wie gehen wir nun mit diesen Erkenntnissen um?«, fragte ich vorsichtig die Anwesenden.

Der Bibliothekar stand auf und stützte sich mit beiden Händen auf die Tischplatte. »Ich denke, die Zeit des raschen Handelns ist gekommen! Noch haben wir den Überraschungseffekt auf unserer Seite. Wir müssen erfahren, welches Geheimnis dieser Tunnel hütet und besteht auch nur der Hauch einer Chance, dass die restlichen acht Gravurplatten hier in Frankfurt liegen, dann sollten wir sie unserem Gegner entreißen. Solch ein Schlag würde die schwarze Seite um Jahrhunderte zurückwerfen und sollte sich dazu noch eine Möglichkeit auftun, die letzte der Gussformen ausfindig zu machen, wäre das eine entscheidende Niederlage für den Feind.«

Garm klatschte in die Hände. »Dann lasst uns loslegen.«

Der Alte warf dem Kobold einen vernichtenden Blick zu. »Das ist kein Spiel, Garm Grünblatt! Jeder von uns könnte diesen Schachzug mit dem Leben bezahlen – auch du! Wir sind also gut beraten, sehr umsichtig zu Werke zu gehen und nicht leichtsinnig in irgendetwas hineinzurennen, das gilt vor allem für die Kobolde!«

Abermals knickte der Winzling vor dem strengen Blick und der Maßregelung des Bibliothekars ein. Ein bisschen leid tat er mir schon, denn es lag ganz einfach in der Natur der Kobolde, zuerst das Abenteuer zu sehen und sich erst dann Gedanken über die Folgen zu machen. Garm stierte die Tischplatte an und nickte zaghaft, während Zenodot sich wieder an uns wandte. »Daniel, wir beide werden den Eschenheimer Turm aufsuchen. Dort wirst du versuchen, mit dem Bildnis des Madern Gerthener Kontakt aufzunehmen, vielleicht erfahren wir etwas über den Verbleib der letzten Gussform. Cornelia, wenn du bitte die Fahrpläne dieser U-Bahnstrecke in Erfahrung bringen könntest, damit wir uns gefahrlos auf den Gleisen bewegen können, dann dringen wir mit den Kobolden in den Tunnel ein, um mögliche Schwachstellen auszukundschaften. Kommissar Schwarzhoff?«

»Ja?«

»Sie sollten es irgendwie bewerkstelligen, dass Vigoris polizeilich überwacht wird. Somit wären wir über seine Bewegungen auf dem Laufenden und können schnell reagieren, falls unser Feind in der Nähe der Konstablerwache auftauchen sollte.«

»Das wird schwierig werden, denn für die Genehmigung einer Personenüberwachung haben wir kaum etwas in der Hand!«, meinte Schwarzhoff nachdenklich.

Zenodot nickte. »Ich weiß, dass es gerade durch Ihr neu erworbenes Wissen um unsere Welt mehr als kompliziert geworden ist, Ihrem Vorgesetzen Rede und Antwort zu stehen. Doch diese Beschattung wäre für alle Anwesenden im Tunnel eine lebensnotwendige Rückversicherung, was die Aktivitäten unseres Gegners anbelangt.«

»Dessen bin ich mir bewusst, doch auch meine Möglichkeiten sind begrenzt. Ich verspreche, ich werde alles versuchen, was in meiner Macht steht.«

Der Alte verbeugte sich leicht. »Danke, Herr Kommissar.«

»Wann suchen wir die Tunnel auf?«, fragte Cornelia.

»Sobald uns Herr Schwarzhoff informiert hat, dass die Überwachung von Vigoris genehmigt worden ist. Denn sollte es zur Ablehnung kommen, müssen wir selbst handeln, doch darüber werden wir urteilen, wenn eine endgültige Entscheidung der Behörden gefallen ist.«

Nach diesem Gespräch saß mir ein dicker Kloß im Hals! Jetzt war es also weit: Gut und Böse würden aufeinandertreffen, ganz so, wie in tausenden Märchen- und Fantasy-Romanen beschrieben, nur diesmal mit einem kleinen Unterschied – es war bittere Realität und ich stand mittendrin!

Madern Gerthener, Reichsstadt Frankfurt – 1427 AD

Zwei Tage nach dem Besuch bei Myriam de Bry hatte Gerthener sich endgültig entschieden, an welchem Ort er seine Gravurplatte verstecken würde. Von Anfang an hatte er zwei Möglichkeiten in Betracht gezogen: der Bartholomäusdom und den Eschenheimer Turm. Da er bei beiden Baustellen die Aufsicht hatte, lag diese Entscheidung natürlich nahe, denn so war es ihm möglich, eine wirklich geeignete Stelle zu finden: einen Winkel, der die Gussform vor den Blicken Fremder schützte und der auch nicht durch Zufall gefunden werden würde. Nach reiflicher Überlegung hatte er sich für den Eschenheimer Turm mit seiner Pforte entschieden. Der Dom war zwar ein Sakralbau, doch Gerthener war sich bewusst, im Angesicht der stetig wachsenden Macht der Kirche, dass dieser Bau in Zukunft noch viele Male erweitert, umgebaut oder grundlegend verändert werden würde. Die Chancen, dass bei einem solchen Vorhaben die versteckte Gravurplatte zu Tage gefördert wurde, waren also entsprechend hoch. Ähnliches konnte man natürlich über den Eschenheimer Turm behaupten, doch dieser hatte einen entscheidenden Vorteil, den er – wenn man denn in der Architektur von Städten bewandert war – in diesem Falle nutzen konnte. Die Eschenheimer Pforte stellte zum jetzigen Zeitpunkt den Ein- und Ausgang von Frankfurt auf der nordöstlichen Seite dar. Sollte die Bevölkerung wachsen, würden die Stadtgrenzen nach außen verlegt werden, was zur Folge hatte, dass neue Einfriedungen, Wehrtürme und Tore gebaut werden müssten. Doch die alten Stadtmauern hingegen würden unangetastet bleiben, denn sie bildeten nun einen inneren Ring um das Zentrum. Sollten also bei kriegerischen Auseinandersetzungen, die neuen Mauern überrannt werden, zog man sich in den inneren Ring zurück und konnte die Stadt weiter verteidigen. Gerthener hatte deshalb den Turm mit seiner Pforte entsprechend geplant. Die Torflügel lagen am Ende des Durchgangs und bildeten, wenn sie geschlossen wurden, eine ebene Einheit mit der äußeren Stadtmauer. Außerdem waren beide Flügel nur nach innen hin zu öffnen und wurden sie geschlossen, entstand dahinter eine Art Kammer mit dem Turm darüber. Das brachte einen entscheidenden Vorteil mit sich: Bei einem Angriff oder gar einer Belagerung von Frankfurt füllte man die Kammer einfach mit Steinen auf. So konnte kein Verräter die Tore von innen öffnen und auch mit Rammböcken gegen das äußere Portal war nicht in die Stadt einzudringen. Deshalb war Gerthener sich sicher, dass der Eschenheimer Turm die Zeiten überdauern würde, ohne groß verändert zu werden. Er war ein Bollwerk, der letzte Zugang zum Zentrum der Reichsstadt Frankfurt. Nach reiflicher Überlegung war er sich auch über die genaue Lage der Gussform im Klaren. Durch die Pforte im Turm würde der gesamte Verkehr laufen, denn das war die Engstelle, die es den Wachsoldaten ermöglichte, alle Besucher und Waren genau in Augenschein zu nehmen. Sobald der Wachturm endgültig fertiggestellt war, würde dieser Durchgang mit schweren und trittsicheren Steinen gepflastert werden und genau unter diesen Steinen, tief im Erdreich würde die Gussform ihre Ruhestätte finden. Er würde sie so tief in das Fundament des Turms einbetten, dass selbst ein nötiger Austausch etwa durch Abnutzung der Pflastersteine keine Gefahr darstellen würde. Blieb also nur noch die seltsame Bitte von Myriam de Bry, eine Statue anzufertigen und sie in der Nähe des Versteckes zu platzieren. Doch auch hier hatte er bereits eine Idee, dieses Vorhaben umzusetzen, aber dazu benötigte er Hilfe. Diese Hilfe fand er in der Person von Sebald Fyoll, einem stadtbekannten Frankfurter Maler, der ein Eckhaus an der Fahrgasse – Kannengiessergasse bewohnte und dort sein Atelier unterhielt. Nachdem Gerthener beinahe sein ganzes Leben damit verbracht hatte, in Frankfurt Bauvorhaben des Rates umzusetzen, war es jetzt an der Zeit, sich eine winzige Eitelkeit zu gönnen. Deshalb hatte er vor, ein Selbstbildnis aus Stein anzufertigen, doch das bedurfte einer entsprechenden Vorlage seiner eigenen Person und so kam der Maler Fyoll ins Spiel. Gegen ein Entgelt von fünf Schillingen fertigte Fyoll eine Kohlezeichnung vom Kopf des Madern Gerthener an. Anhand dieser Skizze konnte der Baumeister nun sein eigenes Gesicht in Stein verewigen. Trotzdem blieb er bescheiden und fertigte innerhalb der nächsten acht Wochen ein Bildnis seiner Selbst an, das gerade einmal zwei Handflächen groß war. Während dieser Prozedur sprach er mehrmals über das zukünftige Versteck der Gussform, obwohl er sich dabei sehr absonderlich und seltsam vorkam. Das Eschenheimer Tor würde später mit einem Fallgitterrahmen aus schönen roten Miltenberger Sandstein umrahmt werden. Aus eben dieser Gesteinsart bestand auch die kleine Büste des Gertheners, sie würde den oberen Schlussstein des Rahmens bilden und genau über der Mitte der großen Pforte ihren Platz finden. So hatte es der Baumeister zumindest vor, blieb allerdings noch abzuwarten, ob der Rat der Stadt sein Vorhaben auch billigen würde.

Genau neun Monate später, im Jahre des Herrn 1428, war es dann soweit – der Eschenheimer Turm mit seiner Pforte stand kurz vor der Vollendung und so war es an der Zeit, im Tordurchgang die großen Pflastersteine auszulegen. Diese standen bereits, sauber aufgestapelt, neben dem Turm, der nun mit seinen acht Voll- und zwei Dachgeschossen majestätisch in den Frankfurter Himmel ragte. Über dem quadratischen Sockelbau, dem eigentlichen Tor, erhob sich der Rundturm, dessen Spitze von vier gleichen, aber deutlich kleineren Seitentürmchen flankiert wurde. Schon jetzt erntete Madern Gerthener höchstes Lob von den Frankfurter Bürgern, die den Eschenheimer Turm mit bewunderten Blicken bedachten.

Gerthener stand vor der großen Pforte, stemmte die Arme in die Hüften und blickte zufrieden nach oben, hin zur Spitze des Turms. Er konnte wirklich mit Fug und Recht behaupten, dass das Bauwerk gelungen war und auch den Ansprüchen des Rates genügen würde. Die Pforte hatte er entsprechend verbreitert, der Durchgang konnte hermetisch versiegelt werden, der umlaufende Wehrgang unterhalb der Spitze bot einen weiten Ausblick ins Landesinnere und auch die geforderte Wohnung für den Turmwächter war im zweiten Stock vorhanden.

»Ganze zwölf Monate früher fertig, als vom Rat vorgegeben! Glückwunsch, Meister Gerthener!«, tönte eine Stimme hinter ihm.

Der Baumeister fuhr erschrocken zusammen und wandte sich der Stimme zu. Es war Heinrich Welder, der Syndikus von Frankfurt, der nun mit verschränkten Armen vor ihm stand. »Ah, Syndikus Welder! Um Himmels willen, wie könnt Ihr einen alten Mann wie mich nur so erschrecken?«

Welder blickte interessiert am Turm hoch und meinte: »Für einen alten Mann arbeitet Ihr erstaunlich schnell. Der Eschenheimer Turm gilt bereits jetzt als ein neues Wahrzeichen für Frankfurt. Die ganze Stadt spricht darüber!« Er senkte seinen Blick wieder und nahm die Pforte in Augenschein. »Wie lange wird es noch dauern, bis die ersten Fuhrwerke passieren können?«

»Allein der Durchgang muss noch gepflastert und verfugt werden. In etwa zwei Wochen sollte es dann so weit sein, natürlich nur, wenn der Rat der Stadt zufrieden ist und keine weiteren Nachbesserungen ansetzt«, antwortete der Baumeister vorsichtig.

»So wie ich die verschiedenen Meinungen im Rat vernommen habe, wird es keine Probleme geben. Es wird zu keinen Veränderungen kommen und seine Zustimmung gilt als sicher. Ihr könnt also beruhigt sein, Meister Gerthener.«

Der Baumeister atmete erleichtert auf. »Das freut mich zu hören.«

»Dann will ich Euch nicht weiter Eurer Zeit berauben. Gebt uns Nachricht, sobald Ihr endgültig fertig seid. Ich denke, der Rat wird in einer feierlichen Zeremonie die neue Eschenheimer Pforte freigeben wollen. Bitte sorgt deshalb dafür, dass sämtliche Gerüste, Baumaterialien und Gerätschaften vorher entfernt werden. Wir wollen doch nicht, dass der Turm in seiner ganzen Schönheit beeinträchtigt wird.«

»Natürlich nicht! Die meisten Sachen sind ohnehin schon zurück zur Dombaustelle geschafft worden«, brummte Gerthener.

Welder hob die Augenbrauen. »Ach ja – die Dombaustelle! Der Rat wartet immer noch auf die Benennung Eures Nachfolgers im Falle Eures …«, er stockte kurz, »na ja, Ihr wisst schon!«

»Ich werde dem Rat meine Entscheidung in Kürze mitteilen«, antwortete der Baumeister knapp.

Der Syndikus deutete eine kurze Verbeugung an. »Sehr schön. Ich bin gespannt, auf wen Eure Wahl gefallen ist. Ich wünsche Euch noch einen schönen Tag, Meister Gerthener und danke für dieses prachtvolle Bauwerk!«

Welder wandte sich ab, verließ die Baustelle und Gerthener blickte ihm nachdenklich hinterher. Es war verständlich, dass der Rat endlich wissen wollte, wie es nach seinem Tod weitergehen sollte, doch Gerthener waren in den vergangenen Monaten die Hände gebunden und das lag einzig und allein an Ullrich de Bry, seinem ehemaligen Gesellen. Ullrich hatte zwar vor vielen Monaten sein Einverständnis gegeben, sich auf der Dombaustelle zu verdingen, doch hatte er dies an eine Bedingung geknüpft. Der ehemalige Geselle hatte darauf bestanden, seine momentane Baustelle in Speyer noch zu beenden. Selbstverständlich hatte Gerthener eingewilligt, denn es zeugte von Ullrichs gutem Charakter und seiner Arbeitsauffassung. Vor wenigen Tagen hatte er endlich Nachricht von Myriam de Bry erhalten, dass Ullrich seinen Bau abgeschlossen hatte und sich nun auf dem Heimweg befand. Myriam hatte nach dem damaligen Gespräch mit Gerthener Wort gehalten und mit Ullrich ein langes Gespräch geführt. Ullrich war überrascht und erleichtert zugleich, als seine Frau ihm mitteilte, das Gerthener nun wüsste, welchem Geschlecht sie entstamme und dass auch ihre drei Söhne dieses Erbe in sich trügen. Letztendlich war es Myriam zu verdanken, dass Ullrich eingewilligt hatte, zukünftig am Bau des Bartholomäusdoms mitzuwirken. Das würde es seinem Nachfolger Leonhard Murer von Schopfheim einfacher machen, die von Gerthener entworfenen Baupläne weiter fortzuführen, denn Ullrich würde, und dessen war er sich sicher, ein guter Geselle und Ratgeber für Meister Leonhard werden.

Jemand riss ihn aus seinen Gedanken. »Meister Gerthener?«

Sein Vorarbeiter Hannes stand mit fragender Miene vor ihm.

»Was gibt es?«

»Die Arbeiten am Tor sind abgeschlossen. Wir haben eben den Schlussstein mit Eurem Konterfei in den Fallgitterrahmen eingesetzt.«

»Danke, Hannes, dann lass uns zum Tor gehen und Madern Gerthener einmal begutachten«, scherzte der Baumeister und begleitete seinen Vorarbeiter zur Pforte. Schon beim ersten Hinsehen stellte er fest, dass der Schlussstein korrekt gesetzt worden war. Auch die Skulptur war im richtigen Maßstab gehalten, denn sie wirkte wie ein kleiner Wächter über dem Tor, ohne aufdringlich zu sein. Gerthener nickte zufrieden. »Sehr gut, Hannes. Doch bevor wir die Pflastersteine verlegen können, muss der Boden unter dem Tor einen Meter tief ausgeschachtet werden.«

Der Mann sah ihn entsetzt an. »Einen Meter? Warum das denn, Herr? Es wäre vollkommen ausreichend, den Boden in Höhe der Steine abzutragen.«

Natürlich hatte der Baumeister diese Widerworte erwartet, denn tatsächlich gab es keinen triftigen Grund, *so* tief in die Erde zu gehen, doch die Gravurplatte musste tiefer ruhen. »Wir müssen noch Rohre zur Bodenentwässerung legen, nicht dass uns das Fundament der Pflastersteine absackt!«

»Unter dem Torbogen? Dort ist es doch trocken!«, meinte der Vorarbeiter skeptisch.

Gerthener zog ihn direkt unter den Bogen. »Sieh zum Tor hinaus und sage mir, was du siehst!«

»Den Weg hinaus aus der Stadt«, kam die unverzügliche Antwort.

»Sieh genauer hin«, schnarrte der Baumeister.

Hannes blickte hilflos durch die Pforte. »Ich weiß nicht, was Ihr meint, Herr!«

Gereizt gab Gerthener zur Antwort. »Und deswegen bin ich der Meister und du der Arbeiter, Hannes. Verläuft der Weg gerade?«

»Nein, er verläuft leicht bergan.«

»Wenn es also regnet, wohin wird das Wasser wohl fließen?«

Hannes riss die Augen auf. »Zum Tor – nein, es wird durch die Pforte laufen ...«

»Richtig, und kann somit das Fundament unterspülen!«, fiel Gerthener ihm ins Wort. »Also, hole die Arbeiter, bis übermorgen ist die Pforte einen Meter tief ausgeschachtet und mit drei Bleirohren versehen. Direkt vor dem Tor setzen wir einen Querschacht, in dem das Wasser versickern kann und später über die Rohre abgeleitet wird.«

Es folgte eine kurze Verneigung und ein zackiges: »Ja, Herr«, und schon war Hannes verschwunden. Gerthener grinste in sich hinein, der erste Schritt war getan, doch, wenn sie den Meter erreicht hatten, musste ein weiteres Loch mit weiteren zwei Metern Tiefe gegraben werden. Drei Meter zwischen dem Bodenbelag und der Gravurplatte würden ausreichen, selbst wenn die Steine später ausgetauscht werden mussten. Ein Problem bestand noch, in seinem hohen Alter war er nicht mehr in der Lage, diese körperliche Anstrengung zu vollbringen. Es galt also jemanden zu finden, der das für ihn erledigte und zusätzlich Stillschweigen wahren konnte. Solch zwielichtige Gestalten gab es genug in Frankfurt und gegen ein ordentliches Schweigegeld würde die richtige Person bald gefunden sein.

Die Arbeiter hatten bereits am nächsten Tag den Bogen ausgeschachtet und wollten am folgenden Tag die Bleirohre verlegen. Gerthener hingegen hatte den Nachmittag in mehreren Frankfurter Wirtshäusern verbracht und nach einigem Suchen auch einen geeigneten Kandidaten gefunden. Ein heruntergekommener Gerber, der den ganzen Tag vor seinem Krug Wein verbrachte und dankbar die angebotenen vierzig Schillinge entgegennahm.

Kurz bevor die Mitternachtsstunde anbrach und es ruhig auf den Gassen geworden war, hob eine dunkle Gestalt unter dem Tor des Eschenheimer Turms ein tiefes Loch aus, während eine andere das vollbrachte Werk begutachtete.

»Lass es gut sein, das Loch ist tief ist genug«, flüsterte Gerthener.

Dankbar kroch der Gerber mit schweißbedecktem Gesicht aus der Grube.

»Und jetzt geh eine Runde spazieren und erhole dich. Aber bleibe in der Nähe«, forderte er den Mann mit leiser Stimme auf.

Der Gerber tat, wie ihm geheißen, und verschwand aus dem Sichtfeld von Gerthener. Der Baumeister wartete noch einen Augenblick, um ganz sicherzugehen, dann zog er aus der Innentasche seiner Jacke das schwarze Kästchen mit der Gravurplatte. Er kletterte in das Loch, was angesichts seines schlimmen Rückens einer wahren Tortur glich und legte die Schatulle auf den Grund der Grube. Mit den Händen schaufelte er die lose Erde vom Rand in das Loch, bis die Kassette nicht mehr zu sehen war und trat den Boden mit seinen Füßen fest. Mühsam erklomm er die Kante des Kraters und rappelte sich schwer atmend auf. Zur Sicherheit schüttete er noch zwei Schaufeln Erde hinterher und rief dann nach dem Gerber.

»Du kannst die Grube wieder auffüllen. Ich habe gesehen, was ich wissen wollte.«

»Was sollte es da unten zu sehen geben?«, meinte der Mann verständnislos.

»Die Beschaffenheit des Bodens, ich war mir nicht sicher, ob er die Steine tragen wird«, erklärte Gerthener.

»Wäre das nicht bei Tage besser gewesen? Immerhin hättet ihr mehr Licht gehabt!«, grunzte die Gestalt mit eintöniger Stimme. Der Gerber war von einfältiger Natur und genau deswegen hatte ihn der Baumeister ausgewählt.

»Der Grund braucht dich nicht zu interessieren und jetzt schütte das Loch zu.«

»Schon gut, schon gut. Es ist Euer Geld! Hauptsache ich bekomme die restliche Hälfte des abgemachten Betrags!«

Gerthener zog wortlos einen Beutel vom Gürtel, schüttelte ihn leicht und ließ die Münzen darin leise klingeln. Das war der notwendige Ansporn, denn wenige Zeit später war das Loch verschwunden. Er zahlte die restlichen zwanzig Schillinge, die der Gerber mit einem breiten Grinsen in seiner Hosentasche verschwinden ließ. Der Baumeister hob drohend den Zeigefinger und sprach: »Und kein Wort! Zu niemandem!«

Unterwürfig verbeugte sich der Mann. »Natürlich Herr, so war es abgemacht!«

»Gut, dann zieh deiner Wege und gib nicht alles für Wein aus!«

Der Gerber machte sich mit schnellen Schritten aus dem Staub und verschwand in einer der dunklen Gassen.

Gerthener blickte ihm nachdenklich hinterher. Natürlich war er sich im Klaren darüber, dass sein gut gemeinter Rat auf taube Ohren stieß. Vermutlich würde der Halunke schon morgen früh wieder in irgendeiner Spelunke sitzen und volltrunken ein Krug nach dem anderen trinken. *Soll er seinen Verstand nur versaufen – mir soll's recht sein, wenn er sich an nichts mehr erinnern kann!*, dachte der Baumeister zynisch und stampfte mit seinen Füßen die noch lose Erde über der zugeschütteten Grube fest. Das Werk war getan und die Gravurplatte in Sicherheit. Spätestens, wenn die Pflastersteine verlegt worden waren, hatte sie nun endlich ihre endgültige Ruhestätte gefunden und mit seinem Tod würde die Gussform in Vergessenheit geraten. Zufrieden machte sich der Baumeister auf den Heimweg und legte sich schon eine kleine Ausrede für seine Frau Adelheid zurecht, denn sie würde ihn sicherlich fragen, wo er denn so spät des Nachts herkam.

Madern Gerthener starb zwei Jahre später, im Jahre des Herrn 1430. Seine Frau Adelheid folgte ihm im April 1432. Baumeister Gerthener hinterließ ein einzigartiges Erbe, denn viele seiner Bauten prägen noch heute das Stadtbild von Frankfurt.

Daniel Debrien

Nach der Unterredung am Vorabend hatte mein persönlicher Ausbilderalptraum Pia Allington noch auf eine weitere Trainingseinheit bestanden. *Die nächsten Tage wird es ernst, also werden wir jetzt noch zwei Stunden üben*, meinte sie mit grimmiger Miene. Aus zwei Stunden wurden letztendlich drei, sodass ich wieder einmal mit schmerzenden Muskeln ins Bett fiel. Doch die bevorstehenden Ereignisse ließen mich gedanklich nicht zur Ruhe kommen und so tauchte ich erst spät in einen leichten, dämmrigen Schlaf ein. In dunklen Träumen jagten mich Schwarzmäntel durch düstere Gewölbekeller, doch als mich ihre dürren Klauen fast erreicht hatten, wachte ich schweißgebadet auf. Ich blickte auf die Uhr, es war kurz nach sechs. Müde ließ ich meinen Kopf zurück ins Kissen fallen und rollte mich nochmal in die Bettdecke. Erneut geweckt wurde ich von einem lauten Klopfen an der Türe. Fluchend schälte ich mich aus dem Bett, mit dem Gefühl, gerade erst eingeschlafen zu sein, doch zu meinem Erstaunen zeigte die Uhr bereits acht an. Ich hatte also tatsächlich noch zwei Stunden gepennt. Schlaftrunken wankte ich zur Tür und machte auf. Draußen stand Alli und bedachte mich mit einem mitleidvollen Blick.

»Wenn du jetzt trainieren willst, dann ohne mich!«, schnarrte ich sie an.

»Dir auch einen schönen guten Morgen«, erwiderte sie und grinste mich frech an. »Schlecht geschlafen?«

»Nach was sieht's denn aus?«, brummte ich missmutig.

»Mann, bist du schräg drauf! Zieh dich an und komm in die Bibliothek, aber schau vorher in der Küche vorbei und lass dir von Tobias Trüffel einen kräftigen Kaffee zaubern. Vielleicht hebt das deine Laune!«, kommentierte sie meine Worte, lachte noch einmal und eilte mit fliegenden Haaren von dannen.

Ich blickte ihr kopfschüttelnd nach. *Wie konnte jemand um diese Uhrzeit dermaßen gut gelaunt sein? Unfassbar!* Mit einem kurzen Stoß fiel die Tür wieder ins Schloss, während ich griesgrämig meinen Kleiderschrank studierte.

Kurz vor neun tauchte ich frisch rasiert mit einer dampfenden Tasse in der Rotunde auf. Meine Laune hatte sich aufgrund einer kalten Dusche und des ausgezeichneten Kaffees von Herrn Trüffel erheblich gebessert. Allington unterhielt sich angeregt mit Zenodot am Fuße der großen Wendeltreppe.

»Guten Morgen!«, rief ich den beiden zu.

Alli drehte sich um. »Ah, unser Morgenmuffel.« Sie warf einen kurzen Blick auf den Becher in meiner Hand und meinte: »Wie ich sehe, hast du meinen Rat befolgt.«

Ich nickte bestätigend. »Guter Stoff. Tobias Trüffel hat nicht nur ein Händchen für Speisen, sondern ebenfalls für guten Kaffee.«

»Guten Morgen, Daniel«, schaltete sich nun auch der Bibliothekar in die Unterhaltung ein. »Wir hatten gerade über dich gesprochen.«

Mein Gesicht verfinsterte sich kurz. »Dessen bin mir ganz sicher, Zenodot. Oder Alli?«

Sie hob betont unschuldig ihre Schultern und zeigte ihr schönstes Lächeln. »Ich weiß jetzt gar nicht, was du meinst.«

Ich winkte schnell ab. »Schon gut, der Morgen ist fraglos nicht meine beste Tageszeit. Gibt es irgendwelche Neuigkeiten?«

»Da wir heute den Eschenheimer Turm aufsuchen werden, benötigst du noch eine Kleinigkeit«, antwortete Zenodot und warf Alli dabei einen geheimnisvollen Blick zu.

Sie nickte kurz, lief zu einem Regal, das in der Nähe der Schwingtür stand und holte einen länglichen Gegenstand aus einem der Fächer hervor. Mit glänzenden Augen kam sie auf mich zu. »Hier Daniel, für dich! Es wird sich bestimmt als nützlich erweisen.«

»D... Danke«, stotterte ich überrascht.

»Hab dich ja die letzten Wochen hart rangenommen, aber du hast dich wirklich gut gemacht und ich bin sehr stolz auf dich. Es gibt außerdem nicht viele, die mir im Schwertkampf Paroli bieten können, doch du bist auf dem besten Wege besser zu werden als ich. Deshalb dieses Geschenk – für dein Durchhalten, deine Mühe und deinen Schweiß.« Sie überreichte mir mit einer fast feierlichen Geste den Gegenstand.

Mir fehlten die Worte, denn in den ganzen Wochen der Schinderei war ihr nie ein Lob über die Lippen gekommen und jetzt das! Ich betrachtete das Geschenk und erkannte langsam dessen Zweck, es war eine wundervoll gearbeitete Schwertscheide aus Leder. An der Scheide waren zwei breite Lederriemen mit Schnallen befestigt. Mir dämmerte es! Dieses Futteral trug man auf dem Rücken, so konnte man ein mitgeführtes Schwert vor neugierigen Blicken verbergen. Ich fuhr mit den Fingern sanft über das Leder. »Vielen Dank, Alli! Es ist wunderschön.«

Sie strahlte über das ganze Gesicht. »Es ist genau deinem Yatagan angepasst! Ich hatte keine Ahnung, ob es dir gefällt, Zenodot hingegen war sich sicher. Die Scheide hat eine Besonderheit. Du hast bestimmt schon festgestellt, dass sie auf dem Rücken getragen wird?«

Ich nickte.

»Gut, nur trägst du das Schwert umgekehrt, also mit dem Griff nach unten.«

»Aber dann rutscht es doch raus?«, meinte ich überrascht.

»Würde man meinen, aber das ist genau die Besonderheit. Das Leder stammt von einem Basilisken, nur dass die Schuppen der Haut nach innen zeigen, so verhindern sie, dass das Schwert herausgleitet und trotzdem kannst du es ohne Probleme lautlos und schnell ziehen. Diese Art von Scheiden bieten aber noch einen anderen entscheidenden Vorteil!«

»Ich kann mir auch gut vorstellen, welchen, wenn du das Schwert nach oben hinträgst, ist der Griff über der Schulter sichtbar! Wenn der Griff unten ist, kann ich eine Jacke oder Mantel darüber ziehen, ohne dass es sichtbar auffällt«, stellte ich fest.

»Das auch, Daniel, aber der Vorteil liegt im Ziehen der Waffe. Liegt der Griff an der Schulter, musst du mit dem ganzen Arm nach oben, um es zu greifen und entblößt damit deinen ganzen Oberkörper, gut für deinen Gegner, sehr schlecht für deine Gesundheit. Ziehst du das Schwert hingegen von unten, geht es schneller, zudem du dich sogar seitlich stellen kannst, um deinem Feind so wenig Angriffsfläche wie möglich zu bieten. Nach einer halben Stunde Übung hast du den Bogen bestimmt raus!«, erklärte Alli mit ernster Miene.

Das war nun wirklich einleuchtend. Zenodot, der währenddessen still im Hintergrund zugehört hatte, trat jetzt auf mich zu. »Ein schönes Geschenk, nicht wahr? Die Kobolde, allen voran Einar, haben wirklich ihr Bestes gegeben, die Scheide nach den Vorgaben von Alli anzufertigen.«

»Ja, das ist es tatsächlich, ein ganz außergewöhnlicher Gegenstand!«, schluckte ich gerührt und setzte hinzu, »Ich werde mich natürlich bei allen beteiligten Kobolden persönlich bedanken.«

Zenodot nickte. »Das wird sie freuen! Persönliche Anerkennung ist die schönste Form des Lobes. Nun gut, Daniel, was hältst du davon, wenn wir in einer Stunde aufbrechen, um den Eschenheimer Turm einen Besuch abzustatten?«

»Nachdem ich nichts weiter vorhabe, soll es mir recht sein«, antwortete ich und ließ einen skeptischen Blick über den Bibliothekar schweifen.

Er bemerkte ihn natürlich und fragte sofort: »Was ist los, Daniel?«

»Na ja, wenn wir die Tiefenschmiede verlassen, solltest du daran denken, etwas anderes anzuziehen. Ich glaube nicht, dass du mit dieser grauen Kutte ein unscheinbares Bild abgibst.«

»Natürlich werde ich geeignete Kleidung anhaben, doch danke für diesen Hinweis«, entgegnete Zenodot lachend.

»War nur gut gemeint«, bemerkte ich und grinste zurück.

»Dann bis in einer Stunde«, verabschiedete er sich zügig und ließ mich sowie Alli stehen.

Sie sah mich an. »Wir haben noch ein bisschen Zeit. Geh und hole dein Schwert, dann kann ich dir zeigen, wie man die Scheide korrekt anlegt und die Waffe richtig zieht.«

Eine Stunde später stand ich vor der Wendeltreppe und wartete auf Zenodot. Ich trug ein T-Shirt, darüber eine leichte Jacke. Alli sollte recht behalten, das Schwert auf meinem Rücken war weitgehend unsichtbar und vom Stoff völlig verdeckt. Nach wenigen Übungen hatte ich den Dreh raus, wie man die Waffe von unten schnell und elegant zog, ohne sich gleich den Rücken oder die Jacke aufzuschlitzen. *Wer sollte auch ahnen, dass mir diese Technik wenige Zeit später in den Tunneln unter der Konstablerwache das Leben retten sollte.*

Dann betrat Zenodot die Rotunde. Ich glaubte zuerst, einer Täuschung erlegen zu sein, denn was da vor mir stand, war beileibe nicht das gewohnte Abbild Gandalfs, sondern ein alter Mann, der sich in einen viel zu großen Anzug verirrt hatte. Er trug einen braunen Cordanzug, der wahrscheinlich irgendwann in den Siebzigern todschick gewesen war, aber mittlerweile seine besten Zeiten weit hinter sich gelassen hatte. Unter den weiten Schlaghosen schauten die metallbeschlagenen Spitzen zweier Cowboystiefel heraus. Über seinem schwarzen Hemd baumelte eine dermaßen bunte Krawatte, dass einem schon vom Hinsehen schlecht wurde und zu allem Überfluss hatte der Schlips auch noch die Breite eines Putzlappens. Seine grauen Haare hatte Zenodot zu einem Zopf gebunden. Gemeinsam mit seinem langen Bart wirkte er wie der Weihnachtsmann, der sich auf einem Kostümball als Hippie verirrt hatte.

»Mein Güte, Zenodot, wer hat dir das angetan? Diesen Menschen müssen wir sofort verklagen!«, platzte es aus mir heraus.

Er sah an sich hinunter, verzog sein Gesicht zu einer Grimasse und warf mir einen verwunderten Blick zu. »Was ist denn daran auszusetzen?«

»Wenn du dich mit diesem Aufzug auf der Straße blicken lässt, wirst du sofort verhaftet – jede Wette! Ehrlich, Zenodot, das geht gar nicht, dann kannst du auch gleich deine Kutte anlassen.«

In diesem Moment kam Alli durch die Schwingtüre in die Bibliothek. Als ihr Blick auf Zenodot fiel, erstarrte sie mitten in der Bewegung. Ihre Augen weiteten sich ungläubig und Sekunden später brach sie in ein fürchterlich kreischendes Gelächter aus. Noch während Alli nach Luft japste und langsam Atemnot bekam, verfinsterte sich Zenodots Gesicht zusehends. Ich gab der Engländerin hektische Zeichen, dass sie aufhören sollte, doch sie umklammerte mittlerweile die Lehne eines Stuhls, um nicht zu Boden zu gehen.

Der Bibliothekar wandte sich fragend zu mir: »Mir scheint, die Kleidung ist tatsächlich falsch gewählt?«

Ich nickte mit zusammengepressten Lippen, denn Alli johlte immer noch im Hintergrund. Ich atmete tief durch und bemühte mich um eine einigermaßen normale Stimme: »Hast du eventuell noch eine Alternative? Möglicherweise etwas Moderneres?«

Zenodot wiegte unschlüssig mit dem Kopf hin und her. »Hmm, vielleicht eine Jeans?«

»Das wäre schon mal ein Anfang. Das schwarze Hemd ist ok, aber ohne die Krawatte, die schmeißt du am besten gleich in den Mülleimer.«

»Und Schuhe?«

»Alles, nur nicht diese Cowboystiefel!«

»Ich glaube, das lässt sich einrichten. Warte, ich komme gleich wieder.«

Zenodot verschwand erneut durch die Schwingtüre, versäumte aber nicht, Alli noch einen missbilligenden Blick zuzuwerfen.

Jene hatte sich inzwischen etwas erholt. »Herr im Himmel, was war das denn für ein Outfit?«, prustete sie dann abermals nach Luft ringend los.

»Sei gnädig mit Zenodot. Er bewegt sich so gut wie nie in der Öffentlichkeit. Wie willst du so ein Gespür für Kleidung entwickeln, wenn du tagein tagaus nur eine Kutte trägst?«

»Ja, ich weiß, Daniel. Ich sollte es eigentlich wissen und es tut mir auch leid, aber wie er da so stand, war es mit meiner Beherrschung einfach vorbei.«

»Das kann ich gut verstehen«, meinte ich und grinste die Engländerin ebenfalls an.

Zehn Minuten später tauchte der Bibliothekar erneut auf und ich pfiff leise durch die Zähne.

»Und?«, fragte der Alte mürrisch.

»Perfekt! Jetzt kann es losgehen.«

Zenodot hatte sich für eine dunkle Jeans entschieden, die zwar unten immer noch etwas zu weit, aber Meilen davon entfernt war, als Schlaghose zu gelten. Die schwarzen einfachen Halbschuhe passten gut zu seinem schwarzen Hemd, über dem er ein dunkelblaues Jackett neueren Datums trug. In Verbindung mit dem zusammengebundenen Haarzopf, sah er nun tatsächlich wie ein älterer Mitsechziger aus, der sich gerne etwas jugendlicher anzog. Solche Leute rannten in

Frankfurt zuhauf durch die Straßen und so würde Zenodot keinesfalls irgendwelche Aufmerksamkeit auf sich ziehen.

Auch Alli hob den Daumen und meinte anerkennend: »Jetzt siehst du richtig gut aus, Bibliothekar!«

Der Alte lächelte sie an und stellte fest: »Ja, ich muss zugeben, das war vorhin wohl etwas unvorteilhaft.«

Sie nickte neckisch. »Ja. Kein Vergleich zu dem, was du jetzt trägst, damit kannst du dich wirklich sehen lassen.«

Zufrieden meinte er zu mir: »Dann los, Daniel, der Eschenheimer Turm oder besser gesagt, Madern Gerthener, wartet auf uns!«

Wir verließen die Tiefenschmiede gegen halb elf vormittags. Das Wetter war gut. Es waren nur wenige Wolken am Himmel, die die Sonne hin und wieder verdunkelten und somit die Temperaturen mehr als erträglich machten. Wir entschieden uns, zu Fuß zu laufen, da der Turm keine fünfzehn Gehminuten entfernt war. Als wir vom Bethmannpark hinaus auf die Bergerstrasse traten, orientierten wir uns sofort nach rechts. Eine Minute später standen wir an einem Zebrastreifen mit Ampel, der den sogenannten Cityring, der einmal rund um die Frankfurter Innenstadt führte, kreuzte. Wir überquerten diese Hauptverkehrsader und erreichten einen weiteren Park, genannt Friedberger Anlage. Nachdem wir die Grünanlage durchlaufen hatten, trafen wir auf die Seilerstrasse, die keine hundert Meter später in die Bleichstrasse überging und uns direkt zum Eschenheimer Turm führte. Ich war bestimmt schon hunderte Male an diesem großartigen Bauwerk vorbeigelaufen, aber diesmal nahm ich die majestätischen Ausmaße ganz bewusst wahr. Unglaublich, was dieser Baumeister Madern Gerthener fast sechshundert Jahre zuvor geleistet hatte, vor allem, wenn man sich vor Augen führte, mit welch einfachen Mitteln die Handwerker damals auskommen mussten. Ich versuchte mir vorzustellen, wie es damals gewesen sein mochte, als die Pferdefuhrwerke, Händler oder einfach nur Besucher durch das Tor strömten und von den Stadtwachen kontrolliert wurden. Heute erinnert natürlich nichts mehr daran, doch der Eschenheimer Turm war einer der wenigen Bauten, die nicht dem Bombenhagel des zweiten Weltkriegs zum Opfer gefallen waren und in ihrer fast ursprünglichen Bauweise erhalten geblieben sind. Dort, wo einst die Pforte gewesen war, befindet sich heute eine kleine Bar, mit Loungesesseln im Außenbereich. Bis zum zweiten Stock ist der Turm der Öffentlichkeit zugänglich, denn hier befinden sich Toiletten und das sogenannte Kaminzimmer, in dem es sich gemütlich speisen lässt. Allein der Weg zum *Stillen Örtchen* oder dem *Kaminzimmer* ist bereits ein kleines Abenteuer, denn man muss eine steile steinerne Wendeltreppe, die kaum einen Meter breit ist, emporsteigen. Die Enge ist seltsam beklemmend und faszinierend zugleich, denn es vermittelt einen vagen Eindruck, wie es sich in alten Zeiten angefühlt haben muss, als Wachmannschaft oder Torwächter hier gelebt hatten. Ich ließ gerade meinen Blick über die Außenanlage der Bar schweifen, als Zenodot mich plötzlich anstieß und nach oben zeigte. »Schau Daniel, da ist er. Madern Gerthener!«

Ich folgte seinem Zeigefinger und entdeckte eine kleine Steinbüste, die völlig unscheinbar über dem Eingang der kleinen Bar thronte. Die Figur bildete die Spitze eines gotischen Bogens, der zu früheren Zeiten den Durchlass, besser gesagt die Pforte, umrahmt hatte. Neugierig trat ich ein paar Schritte näher und betrachtete das Bildnis des Baumeisters. Er trug eine Mütze, die für die damalige Zunft der Bauhandwerker tatsächlich typisch war. Auffällig auch der dichte Oberlippenbart und sein breiter Nasenrücken – alles in allem war es ein durchaus sympathisches Gesicht, das mich da von oben herab anblickte. Dem Anschein nach war unser Interesse für die Bildhauerarbeit auch dem Personal der Bar nicht entgangen. Eine junge Frau tauchte urplötzlich in meinem Gesichtsfeld auf und musterte mich interessiert. »Das ist der Baumeister, der diesen Turm gebaut hat«, meinte sie dann freundlich.

Wahrscheinlich hielt uns die Dame für Touristen, die das Bauwerk in Augenschein nehmen wollten. Sie zeigte mit dem Arm ins Innere der Bar. »Wenn Sie an der Theke vorbei nach rechts in Richtung Toilette gehen, dann sehen Sie sogar die Baupläne des Turms.«

Zenodot drängte sich an mir vorbei. »Sehr verehrtes Fräulein …«

Sofort zogen sich die Augenbrauen der Frau wie zwei kleine Würmchen zusammen und ihre Stirn legte sich in tiefe Falten. Irritiert ließ sie einen prüfenden Blick über den Bibliothekar wandern. »Welchem Zeitalter sind Sie denn entsprungen?«, fragte sie verwundert. »*Verehrtes Fräulein?* Was ist das denn für eine antiquierte Anrede. Nennt mich einfach Manu und wenn ihr etwas trinken wollt, dann seid ihr bei mir richtig!«

Wer hätte gedacht, dass es Zenodot von Ephesos, seines Zeichens über zweitausend Jahre alt, und ehemals erster Verwalter der Bibliothek von Alexandria, einmal die Sprache verschlagen würde. Sein fassungsloser Blick sprach Bände und ich hustete heftig, um ein aufkommendes Losbrüllen im Keim zu ersticken. Nur schade, dass wir dieser Manu sein wirkliches Alter nicht mitteilen konnten. Es wäre sehr amüsant gewesen, zu sehen, welche Winkelzüge ihre Gesichtsmuskeln dann ausgeführt hätten. Ich wischte den spaßigen Gedanken beiseite und blickte mich kurz um, direkt am Eingang war eine Sitzgelegenheit frei. »Ich für meinen Teil würde einen Kaffee nehmen. Bitte blond und süß«, grinste ich. *Ok, diesen Witz kannte Manu schon, denn sie verzog nicht den Hauch einer Miene.*

Stattdessen ruhten ihre Augen auf dem Bibliothekar. »Und Sie?«

»Einen schwarzen Tee, bitte.«

Manu nickte und eilte in die Bar.

Zenodot sah ihr entsetzt hinterher. »Sie hat nicht einmal nach der Sorte gefragt.«

»Wahrscheinlich haben sie nur eine, sodass die Auswahl nicht schwerfiel«, unkte ich.

»Aber es gibt unglaublich viele schwarze Tees!«, protestierte der Alte.

Ich klopfte ihm mitfühlend auf die Schulter. »Schau dir das Lokal an, sieht das aus wie eine Teestube?«

Wir setzten uns in zwei bequeme Loungesessel, Zenodot mir gegenüber und ich so, dass ich das Gesicht von Madern Gerthener fast direkt über mir hatte. Ich schob das auf dem Rücken liegende Schwert etwas zur Seite, um mich in eine angenehme Sitzposition zu bringen.

»Und jetzt?«, fragte ich unsicher.

»Schau dir das Bildnis an, konzentriere dich und sprich in Gedanken zu Gerthener«, raunte er mir leise zu.

Doch dazu kam es nicht, da die Bedienung Manu mit unseren Getränken zurückkam. Zum ersten Mal sah ich mir die Frau genauer an, blonde schulterlange Haare, schlanke Figur und ein hübsches Gesicht, vielleicht Mitte bis Ende dreißig. Plötzlich kam sie mir seltsam vertraut vor und als sie Kaffee und Tee auf den Tisch gestellt hatte, fragte ich: »Kennen wir uns eigentlich?«

Sie bedachte mich mit kurzem zusammengekniffenem Blick,

gefolgt von einem herzhaften Lachen. »Kleiner, lass dir was Besseres einfallen, das zieht nicht mehr.« Dann machte sie auf dem Absatz kehrt und verschwand durch den Eingang der Bar.

Ich blickte ihr verstört nach, während Zenodot sich interessiert nach vorne lehnte. »Macht man das heute so?«

»Ich wollte doch nur …«, sagte ich verdutzt und stutzte gleichzeitig, als sich sein Gesicht zu einem breiten Grinsen verzog, »kein Wort mehr, alter Mann. Vergiss es einfach!« Unbeholfen schüttete ich Zucker und Milch in meinen Kaffee und rührte hektisch in der Tasse.

»Wollen wir uns nun um unser eigentliches Anliegen kümmern?«, fragte er betont salopp.

Ich nickte finster, nahm einen Schluck Kaffee, stellte die Tasse wieder auf den Tisch und blickte wortlos zur Figur des Madern Gerthener. Irgendwie kam ich mir ziemlich bescheuert vor, als ich in Gedanken die Worte: »*Baumeister Gerthener, kannst du mich hören?*« formte. Angespannt wartete ich und versuchte den umliegenden Verkehrslärm auszublenden. Zuerst passierte gar nichts, ich hörte außer den vorbeifahrenden Autos nur ein leises Rauschen, doch dann vernahm ich plötzlich einen seltsamen Hintergrundton. Ich konnte ihn nicht genau bestimmen, doch er war definitiv da. Langsam verstärkte sich das Geräusch und zu meiner Überraschung hatte es große Ähnlichkeit mit einem langgezogenen Gähnen, gerade so, als würde jemand aus einem tiefen Schlaf erwachen. Dann war sie da – eine Stimme, hohl und sehr weit weg und doch überrollten die Worte mein Gehirn wie eine Lawine.

»*Baumeister Gerthener? Diesen Namen habe ich lange nicht mehr vernommen.*«

Ich war wie elektrisiert und gleichzeitig erleichtert, denn allein diese eine Frage ließ vermuten, dass es sich nicht um eine durchgeknallte Statue, wie die zwei Löwen vor dem Chinesischen Garten, handelte. Behutsam formulierte ich den nächsten Satz: »Mehr als sechshundert Jahre sind seit Eurem Tod vergangen.«

»*So habe ich eine lange Zeit geschlafen! Doch es wurde mir kundgetan, dass ich eines Tages geweckt werden würde*«, hallte die Stimme durch meinen Kopf.

»Wer sagte das zu Euch?«, platzte es aus mir heraus.

Zenodot zuckte erschrocken zusammen, denn ich hatte die Frage vor lauter Aufregung hörbar gestellt und nicht in Gedanken.

»*Myriam. Myriam de Bry!*«, kam es etwas wehmütig zurück.

De Bry – als ich diesen Namen hörte, erblasste ich. So wirkten die de Brys also schon zu Lebzeiten des Madern Gerthener in Frankfurt. Ich war fassungslos. Damit erklärte sich auch der Brief von Theodor de Bry, den ich von meinem Onkel Alexander erhalten hatte. »War sie eine Weltengängerin?«

»*Ja, das war sie! Doch wer will das von mir wissen?*« Jetzt hörte ich eine Spur Neugier in seiner Stimme.

Hektisch überlegte ich, was und wie ich auf diese Frage antworten sollte und entschied mich spontan dafür: »Mein Name ist Daniel. Daniel de Bry.« Da Gerthener mit Debrien vermutlich nichts anfangen konnte, wählte ich den Namen meiner Vorfahren.

»*So seid Ihr ein Nachkomme von Ullrich und Myriam!*«, stellte der Baumeister sichtlich überrascht fest.

»Ullrich?«, echote ich.

»*Myriams Mann und mein langjähriger treuer Geselle und Wegbegleiter.*«

Als ich die unendliche Traurigkeit in seiner Stimme wahrnahm, zerriss es mir innerlich fast das Herz. Madern Gerthener musste diesen Ullrich wohl sehr gemocht haben. Ich wischte die Gedanken beiseite und konzentrierte mich wieder auf mein eigentliches Ziel. »Warum hat man Euch mitgeteilt, dass Ihr eines Tages geweckt werden würdet?«

»*In Zeiten von schlimmer Not und bösen Vorzeichen würde eine Graustimme zu mir sprechen, um eine Frage stellen*«, ertönte die rätselhafte Antwort.

»Und welche sollte das sein?«, gab ich unsicher zurück. Zugegeben, das war eine ziemlich dämliche Frage von mir und die Antwort des Baumeisters fiel natürlich dementsprechend aus. »*Nun, wenn Ihr sie nicht wisst, so seid Ihr der Falsche – obwohl Ihr Euch den Steinen mitteilen könnt.*«

Ich zog mich für einen Moment gedanklich zurück und klärte Zenodot kurz über den Inhalt des Gespräches auf. Schweigsam hörte der Alte zu und lächelte mich dann wissend an. »Vielleicht wäre es jetzt an der Zeit, ihm diese Frage zu stellen, Daniel.«

Ich musterte ihn erstaunt. »Ich kann dir nicht folgen, Zenodot.«

»Wir wissen, dass deine Gravurplatte aus der Familie der de

Brys kommt, wahrscheinlich sogar in direkter Linie von Ullrich und Myriam de Bry. Wir wissen auch, dass die Gussform getrennt worden ist. Denke an den Brief deines Vorfahren und seine Worte: *die Untat des Gertheners*. Was liegt also näher, dass Madern Gerthener die andere Hälfte versteckt hat, doch die de Brys trafen Sicherheitsvorkehrungen, damit im Ernstfall das Wissen um die Lage von Gertheners Form nicht verloren geht. Eine Graustimme tritt ausschließlich und nur unter den Weltengängern zu Tage. Ich bin mir sicher, dass die de Brys Baumeister Gerthener um ein Selbstbildnis baten, denn so wäre nur ein Weltengänger mit eben dieser Gabe in der Lage, den eigentlichen Ruheort der Gravurplatte in Erfahrung zu bringen.«

»Du hast recht alter Mann!«, entfuhr es mir ungewollt.

»Natürlich habe ich recht, du Schlauberger«, brummte er nur zurück.

Ich konzentrierte mich wieder auf das Bildnis des Baumeisters und versuchte innerlich, meiner Äußerung einen festen Akzent zu geben. »Madern Gerthener, Ihr verwahrt ein Geheimnis!«, sagte ich wirkungsvoll.

Es folgte eine kurze Pause, die sich wie Stunden anfühlte, bevor die hohle Stimme erneut durch meinen Kopf klang. »*Sprecht weiter!*«, forderte sie mich interessiert auf.

»Ihr seid der Hüter einer metallenen Gravurplatte. Darauf zu sehen ist die Hälfte eines Schlüsselabdrucks. Das Schloss dazu befindet sich an einer Kerkertür, die einen mächtigen Dämon in seinen Schranken hält.«

»*So ist die Zeit der schlimmen Not also gekommen. Ihr habt richtig gesprochen, Daniel de Bry. Die Gussform liegt im Fundament dieses Turms vergraben. Mittig der Pforte müsst Ihr drei Meter tief in der Erde suchen.*« Gertheners Stimme wisperte fast, er schien wahrhaft beunruhigt zu sein. »*Ist der Diener wieder zu Tage getreten?*«, fragte er besorgt.

»Nicolas Vigoris?«, zuckte es mir durch das Hirn.

»*Dieser Name ist mir unbekannt. Auch kenne ich den wirklichen Namen des Dieners nicht, doch hütet Euch vor ihm. Ich konnte ihn mit viel Glück auf der Alten Brücke abwehren.*«

Bestürzt überschlugen sich meine Gedanken, sollten Vigoris und der von Gerthener angesprochene Diener tatsächlich ein und dieselbe Person sein? Diese Vermutung äußerte auch schon Zenodot, als wir von dem Arcanus der weißen Frau namens Gretlin erfahren hatten.

»Hat er Äußerlichkeiten, an denen er erkennbar ist?«, fragte ich nach.

»*Seltsame Zeichen an beiden Händen. So lebt denn wohl und möge Gott Euch beschützen – mein Werk ist endlich getan.*« Schlagartig verstummte die Stimme.

Ich glotzte die Steinbüste über mir an und rief verzweifelt nach dem Baumeister, doch es war und blieb still. *So etwas nennt man dann wohl koitus interruptus,* dachte ich frustriert und blickte niedergeschlagen zu Zenodot.

»Und?«, fragte dieser.

»Ich weiß jetzt, wo die Gussform versteckt ist. Sie liegt …«

In diesem Moment legte mir Zenodot blitzschnell seine Hand über den Mund. »Nein Daniel – behalte den Ruheort für dich und verrate ihn auch sonst keiner anderen Person.« Er blitzte mich regelrecht an und zischte gefährlich: »Verstehst du – niemandem! Versprich es mir!«

Ich schob unwirsch seine Hand weg und starrte ihn entgeistert an. »Warum?«

»Liegt das nicht auf der Hand? Sollte diese Sache gut ausgehen, dann kannst du das Geheimnis innerhalb der Familie weitergeben, ganz so, wie es deine Vorfahren einst hielten. Sollte die Waage jedoch zu unseren Ungunsten ausschlagen, dann werden wir alles daransetzen, dich in Sicherheit zu bringen, damit das Geheimnis gewahrt wird. Ohne dein Wissen ist unser Gegner zum Stillhalten verdammt.«

»Super, das heißt also, wenn wir verlieren, bin ich der Arsch. Ich führe dann ein Dasein im Untergrund und lebe Tag für Tag mit der Gewissheit, dass Schwarzmäntel in jedem Winkel der Welt nach mir suchen«, fauchte ich aufgebracht.

»So wie es alle *Weltengänger* tun«, meinte der Alte mit ruhiger Stimme.

»Das mag sein, doch sie alle wissen nicht, was ich weiß!«

»Unser Gegner hat ebenfalls keine Kenntnis von deinem Wissen, doch wenn du es weiterträgst, vergrößerst du das Risiko, dass es entdeckt wird. Was glaubst du, was wird dann passieren? Genau, die Leute, die du ins Vertrauen gezogen hast, werden einer nach dem anderen Opfer der schwarzen Seite, bis unser Gegner auf deinen Namen stößt. Wenn keiner etwas weiß, kann er auch nichts preisgeben, so einfach ist das!«

Zenodots Argumentation leuchtete mir notgedrungen ein, doch die Aussicht in irgendeinem dunklen Loch mein Leben zu fristen, nur um nicht entdeckt zu werden, hob meine Stimmung verständlicherweise keinen Millimeter an. Ich langte deprimiert zu meinem mittlerweile kalten Kaffee und schüttete das Gebräu in einem Zug nach unten. Klappernd stellte ich die Tasse wieder auf den Tisch.

Zenodot legte mir sorgsam die Hand auf die Schulter. »Ich sagte es dir schon am Anfang, *Weltengänger* zu sein, ist eine große Bürde. Aber bitte lasse dich jetzt nicht entmutigen. Es nichts verloren und wir haben gerade einen großen Schritt getan. Du weißt nun um den Ruheort der letzten Gussform.«

Ein tiefer Seufzer entrann meiner Kehle. »Und wie geht es jetzt weiter?«

Der Alte nahm seinen letzten Schluck Tee und verzog erneut angewidert das Gesicht. »Himmel, das ist kein Tee, das ist gefärbtes Waschwasser!« Dann blickte er gedankenverloren nach oben zu Madern Gerthener. »Wie es weitergeht? Nun, heute Abend werden wir uns den Tunnel unter der Konstablerwache vornehmen und das, lieber Daniel, wird mit Sicherheit ein sehr gefährliches Unterfangen.«

»Na, dann werde ich ja wohl zu Hause bleiben müssen. Nicht dass mich ein böser Schwarzmantel in die Finger bekommt und mir mein Geheimnis entlockt«, murrte ich sarkastisch.

»Ich sagte lediglich, dass wir auf dich aufpassen werden und nicht, dass wir dich in Watte packen. Natürlich kommst du mit. Du hast sehr große Fortschritte in den letzten Wochen gemacht und kannst dich mittlerweile deiner Haut erwehren. Und jetzt lass uns zahlen. Übernimmst du dieses schreckliche Gebräu, ich habe leider kein Geld bei mir.«

»Wer hätte das gedacht?«, brummte ich und rief nach der Bedienung.

Kreillig und Schwarzhoff – Mordkommission Frankfurt

Julian Schwarzhoff verließ mit einem unguten Gefühl das Bürgerhospital Frankfurt. Seiner Kollegin Carolin Kreillig ging es den Umständen entsprechend immer besser, wobei sie ihr Gedächtnis bisher nicht zurückerlangt hatte. Der Kommissar sog lautstark die kühle Luft ein und dachte, dass es vermutlich auch ganz gut so war. Wie hätte er Carolin auch nur ansatzweise erklären können, was er seit ihrem gemeinsamen Besuch im Bethmannpark erfahren und erlebt hatte. Nachdenklich schlenderte er zu seinem Dienstwagen und überlegte fieberhaft, wie er die Genehmigung zur Überwachung von Nicolas Vigoris bewerkstelligen konnte. Normalerweise würde er seinem Chef die Beweise und Indizien vorlegen. Nach Prüfung der Unterlagen würde dieser entscheiden, ob man der Staatsanwaltschaft die Fakten zur Bewilligung der Observation weiterreichte. Aber in diesem Falle? Schwarzhoff wusste, dass sein Vorgesetzter Ralph Schouten in irgendeiner Weise in den Fall involviert war, denn er hatte Informationen an einen Dritten, nämlich diesen besagten Bergstrohm weitergegeben. Bergstrohm war wiederum ein Geschäftspartner von Vigoris, da seine Sicherheitsfirma die *GIRISOV-Enterprises* betreute. Schwarzhoff befand sich in einer Zwickmühle, er konnte natürlich direkt zur Staatsanwaltschaft gehen, was nach Vorlage der Akten unweigerlich zur Eröffnung eines Disziplinarverfahrens gegen Schouten führen würde. Ging er hingegen direkt zu Schouten, würde Vigoris höchstwahrscheinlich davon erfahren, wie nah sie ihm bereits gekommen waren. Außerdem hatte er nicht den geringsten Beweis, ob sein Chef tatsächlich in diese Machenschaften verstrickt war, denn momentan stand nur das Wort von Schoutens Bürokraft im Raum, die zudem noch bestätigt hatte, nicht das gesamte Telefonat gehört zu haben. Sollte er also falsch liegen und seinen Chef, indem er die

Staatsanwaltschaft direkt kontaktierte, übergangen haben, dann ging seine Karriere zum Teufel. Missmutig kickte er einen kleinen Stein vom Bürgersteig und raufte sich die Haare. *Was in aller Welt sollte er nur tun? Wenn er jetzt wenigstens Carolin an seiner Seite hätte, dann könnte er …* Mitten in diesem Gedanken stockte er, denn jetzt begannen alle Glocken zu läuten. Er machte auf dem Absatz kehrt und eilte zurück ins Bürgerhospital. Am Eingang zum Krankenhaus an der Nibelungenallee angekommen, nahm er immer zwei Stufen auf einmal und sprintete über den langen Gang in Richtung Aufzug. Dort angekommen drückte er hektisch die Aufzugtaste nach oben. Endlich kündigte ein heller Ton an, dass der Aufzug das Erdgeschoss erreicht hatte. Eine Schwester schob mit einem freundlichen Lächeln ein Krankenbett aus dem Fahrstuhl an ihm vorbei. Schnell sprang er hinter ihr in den Lift und drückte den Knopf für den zweiten Stock.

Am Zimmer angekommen, riss er mit Schwung die Türe auf, sodass seine Kollegin senkrecht aus dem Bett fuhr.

»Julian! Geht das vielleicht weniger hektisch, willst du mich endgültig umbringen? Was machst du außerdem schon wieder hier?«, meinte Carolin Kreillig in einem tadelnden Ton.

Schwarzhoff murmelte eine kurze Entschuldigung und kam gleich zur Sache: »Carolin, ich brauche deine Hilfe! Mir ist da vorhin eine Idee gekommen.«

Sie blickte ihn schief an und zog die Stirn in Falten. »Warum habe ich gerade das Gefühl, dass mir diese *Idee* nicht gefallen wird.«

»Dazu muss ich dir erst einmal erklären, um was es überhaupt geht.«

Sie lachte bitter auf. »Also gut, lass hören! Ich kann ja sowieso nicht flüchten.«

Schwarzhoff berichtete über Vigoris, Bergstrohm und deren Firmenverflechtungen. Dann erklärte er ihr die Sachlage mit Schouten und in welchem Dilemma er sich befand. Kreillig hörte sich die Ausführungen mit versteinerter Miene an und meinte schließlich: »Wenn sich das als Wahrheit herausstellen sollte, ist Schouten ganz schön am Arsch.«

»Wie gesagt, es gibt keine eindeutigen Beweise. Doch ich brauche für den heutigen Abend eine Überwachung von Vigoris.«

»Warum nur heute Abend?«, fragte seine Kollegin erstaunt.

Vor dieser Frage hatte sich Schwarzhoff gefürchtet, denn er konnte ihr schwerlich erklären, dass in dieser Nacht ein zweitausend Jahre alter Bibliothekar, mit einer Horde von Kobolden, unter der Konstablerwache, nach Schlüsselabdrücken für ein Dämonengefängnis suchen würde. Stattdessen meinte er: »Ich habe von einem Informanten einen Tipp bekommen, dass Vigoris irgendetwas plant.«

»Informanten?«, fragte sie.

»Du weißt so gut wie ich, dass solche Quellen geheim bleiben.«

»Ja, ja – schon gut! Aber geht es vielleicht etwas genauer? *Irgendetwas vorhaben*, ist ziemlich allgemein, oder nicht?«

»Carolin, wenn ich das schon wüsste, bräuchte ich keine Überwachung«, raunte der Kommissar missmutig.

Sie blickte ihn stirnrunzelnd an. »Und wie komme ich da ins Spiel?«

»Ich kann nicht über Schouten gehen, ebenso wenig direkt an die Staatsanwaltschaft. Die Idee, die mir gekommen ist, wäre ... du hast doch gute Beziehungen zur Stadtpolizei des Ordnungsamtes?«

»Ja – und weiter?«, fragte Kreillig skeptisch.

»Nun ja, vielleicht könntest du einen kleinen Freundschaftsdienst einfordern? Zwei, drei Kollegen, die mit mir eine Extraschicht schieben und diese Nacht Vigoris überwachen. Ich lasse mir auch etwas für die Jungs einfallen. So brauche ich weder über Schouten, noch über die Staatsanwaltschaft gehen.«

»Dir ist schon klar, dass das Dienstmissbrauch ist?«

»Ja, weiß ich, deshalb sollten es auch Leute sein, denen du vertraust und die dir vertrauen. Zu gegebener Zeit werden wir uns revanchieren, versprochen!«, meinte Schwarzhoff.

Kreillig schien einen Moment lang zu überlegen, sagte dann aber: »Ok. Ich werde sehen, was sich machen lässt. Aber dafür, lieber Julian, stehst du bei mir ebenfalls in der Kreide!«

»Danke, Carolin! Du bist die Beste!«

Sie grinste ihn an. »Schau, dass du an Land gewinnst! Ich melde mich bei dir, sobald ich mit den Jungs gesprochen habe.«

Schwarzhoff nickte und verließ das Krankenzimmer seiner Kollegin. Jetzt konnte er nur noch hoffen, dass ihre Beziehungen wirklich so gut waren, wie sie immer behauptete. In Gedanken verließ er das Bürgerhospital und schlenderte zu seinem Auto. Er hatte vor, noch einen Abstecher in sein Büro zu machen, denn der Papierkram erledigte sich leider nicht von allein.

Keine fünf Minuten später, er parkte gerade von dem Polizeipräsidium, klingelte sein Handy. Mit Blick auf das Display hoben sich erstaunt seine Augenbrauen – Kreillig.

Er nahm ab. »Das ging schnell!«

»Ich habe drei der Jungs angerufen und alle haben ja gesagt, damit hast du deine Observation. Du kannst ihnen vertrauen, ich kenne alle drei schon lange und würde beide Hände für sie ins Feuer halten«, legte seine Kollegin sofort los.

»Vielen Dank, Carolin, du hast was gut bei mir!«

Er hörte am anderen Ende der Leitung ein trockenes Auflachen. »Nicht nur, dass *ich* mit den drei Jungs beim Edelitaliener essen muss, nein, zahlen muss ich auch noch. So ist der Deal. Und wer wirklich zahlt, versteht sich ja von selbst, oder? Und ich kann dir gleich sagen, dass wird nicht billig.«

»Ja, versprochen. Sage den dreien, dass ich sie um Mitternacht auf dem Parkplatz des Präsidiums sehen will. Ich verschaffe ihnen dann einen kurzen Überblick, bevor es endgültig losgeht.«

»Okay, mache ich. Pass auf dich auf!«, antwortete Kreillig und legte auf.

Carolin hatte, im Hinblick auf ihre Beziehungen, nicht zu viel versprochen, jetzt konnte es also losgehen. Er wählte die Nummer von Cornelia Lombardi und teilte ihr mit, dass die Überwachung von Vigoris in trockenen Tüchern war.

Daniel Debrien

Als Zenodot und ich von unserem Besuch des Eschenheimer Turms zurück in die Tiefenschmiede kamen, herrschte dort die Ruhe vor dem Sturm. Die Kobolde waren, entgegen ihrem Naturell, äußerst still und wirkten in sich gekehrt. Cornelia und Alli saßen am Tisch und unterhielten sich leise. Als wir die große Wendeltreppe herunterkamen, hielten sie inne und blickten uns erwartungsvoll an. Kaum, dass wir beide erreicht hatten, platzte Alli schon vor Neugier. »Und? Habt ihr etwas herausgefunden?«

Der Alte hielt sich zurück und schien das Reden mir zu überlassen. »Ja, haben wir. Madern Gerthener hatte die letzte Gussform tatsächlich in seinem Besitz.«

»Ist ja ein Ding!«, staunte die Engländerin. »Hast du noch mehr erfahren können?«

Ich nickte. »Ja, ich weiß, an welchem Ort sie sich befindet!«

Beiden Frauen klappte die Kinnlade nach unten. Alli setzte gerade zur logischen Folgefrage an, doch Cornelia kam ihr zuvor. »Aber du wirst uns den Ort nicht verraten!«, stellte sie mit ernster Miene fest.

Ich schüttelte den Kopf.

»Das habe ich mir fast gedacht«, kommentierte sie lapidar meine verneinende Geste.

Alli hingegen wippte vor lauter Aufregung mit dem ganzen Körper. »Warum nicht? Hast du kein Vertrauen zu uns?«

Diesmal kam Zenodot mir zuvor und antwortete: »Hier geht es nicht um Vertrauen, Alli, es geht um eure Sicherheit. Es reicht, wenn Daniel den Standort der Form kennt. Sollte jemals einer von uns in die Fänge der schwarzen Mächte geraten: Was glaubst du, wie lange er dieses Wissen für sich behalten könnte? Je weniger Menschen es wissen, desto besser. Unsere Aufgabe ist deshalb, Daniel so gut wie möglich zu beschützen.«

Ich sah Alli an, dass sie mit der Antwort nicht wirklich zufrieden war, aber sie blieb still und sagte nichts weiter.

Cornelia schaltete sich ein: »Ich habe vorhin mit Julian gesprochen, die Überwachung für Vigoris steht. Er meinte zwar, er habe sich damit ziemlich weit aus dem Fenster gelehnt, aber dank der guten Kontakte seiner Kollegin Kreillig konnte er es bewerkstelligen. Die Observation läuft bereits an. Die letzten U- und S-Bahnen durchlaufen die Konstablerwache gegen halb zwei nachts, danach können wir loslegen.«

Ich musste kurz schlucken, denn plötzlich überkam mich die Erkenntnis, dass es langsam wirklich ernst wurde. Bisher hatte sich alles um Vermutungen und Spekulationen gedreht, alles war sehr weit weg, doch nun trat die Realität zu Tage! Heute Nacht würde es höchstwahrscheinlich zu einem Aufeinandertreffen zwischen uns und den Schwarzmänteln kommen. Vor meinem inneren Auge tauchten die Bilder von Schwarzhoffs Kollegin auf – schwebend, quer in der Luft und über ihr der geifernde Schwarzmantel. Ein leichtes Frösteln überkam mich. Alli hatte es wohl bemerkt, denn sie machte einen Schritt auf mich zu und flüsterte leise: »Ich bin und werde an deiner Seite sein, Daniel!«

»Danke«, wisperte ich nur zurück und versuchte mich am Riemen zu reißen.

Zenodot verschränkte die Arme hinter dem Rücken. »Cornelia, du gibst den Kobolden Bescheid. Wir versammeln uns kurz vor Mitternacht, um die letzten Einzelheiten zu besprechen. Vorher schickst du bitte Garm zu mir. Ich möchte mit ihm eine Auswahl von Kobolden treffen, die schon vorher die Tunnel auskundschaften werden, damit wir nicht gleich zu Anfang in die Fänge der Schwarzmäntel laufen!«

»Mach ich, Zenodot. Ich gebe auch Julian Bescheid. Ich weiß zwar nicht, ob er mitkommen will, aber fragen sollten wir ihn trotzdem«, kommentierte die Südländerin seine Anweisungen.

»Es wäre uns mehr geholfen, wenn er die Gegend draußen im Auge behält und laufend in Kontakt zu seinem Überwachungsteam stehen würde. Er könnte mit seiner Schusswaffe ohnehin nicht viel gegen die Schwarzmäntel ausrichten«, antwortete der Alte.

Lombardi erwiderte abwinkend: »Ich weiß, ich werde ihm das schon verkaufen.«

»Gut, dann gönnt euch alle noch etwas Ruhe, denn es wird ein langer Tag und eine noch längere Nacht werden«, meinte der Bibliothekar bedächtig.

Alli stupste mich an. »Und – wie wäre es jetzt mit einer Trainingsrunde?«

Ich seufzte tief aus. »Vielleicht nicht die schlechteste Idee, so wäre ich zumindest etwas abgelenkt. Ich ziehe mich nur schnell um, sagen wir in einer Viertelstunde wieder hier?«

Sie setzte ein breites Grinsen auf und nickte freudig, während ich mich in mein Zimmer verdrückte.

Mittlerweile war es zehn Uhr abends und meine Nervosität nahm stetig zu. Pia Allington hatte mich ganze zwei Stunden durch die Tiefenschmiede gejagt und so war ich nach diesem Training so platt, dass ich anschließend für drei Stunden weggenickt war. Der Körper hatte zwar seine Ruhe gefunden, nicht aber der Geist. In meinen Träumen wurde ich wieder von Schwarzmänteln geplagt, die mich durch enge Gänge und Gewölbe jagten. Als ich die Rotunde erneut betrat, herrschte dort eine gespenstische Ruhe. Kein Kobold war zu sehen und auch von Zenodot, Alli oder Cornelia keine Spur. Missmutig setzte ich mich an die Tafel und goss mir einen Schluck Wasser ein. Unwillkürlich musste ich innerlich lächeln, denn die Wasserkaraffe stand immer auf dem Tisch und wurde natürlich von Tobias Trüffel regelmäßig gefüllt. Und als hätte er es gehört, schwang die Türe auf und Chefkoch Trüffel betrat den runden Raum.

»Hallo Weltengänger«, grüßte er freundlich.

»Hallo Tobias«, entgegnete ich ebenso höflich.

»Wie ist das werte Befinden?«

»Wie es einem so geht, wenn eine Konfrontation mit schwarzen Mächten unmittelbar bevorsteht.«

Unbeholfen erklomm er den Stuhl neben mir, wobei ich Angst hatte, dass sein dicker Bauch den Kampf gegen die Erdanziehung verlieren und Tobias abstürzen würde. Schwer atmend nahm er Platz und blickte mich neugierig an.

»Was ist?«, brummte ich angespannt.

»Angst?«, fragte er postwendend.

»Es wäre gelogen, wenn nicht. Es ist das erste Mal, dass ich in einen Kampf ziehe und es ist mehr als befremdlich, wenn man weiß, dass das eigene Leben auf dem Spiel steht.«

»Selbstüberwindung ist einer der größten Geschenke, die man sich selbst machen kann, denn daraus geht man stärker und gefestigter hervor. Es war ein steiniger Weg, bis *ich* erkannte, was *meine* Stärken sind. Es ist als Kobold wahrlich nicht leicht, unter Seinesgleichen gutes, schmackhaftes und gesundes Essen zu vertreten, das kannst du mir wirklich glauben.«

Ich sah den Kleinen überrascht an und war erstaunt, dass er so offen zu mir sprach. »Zenodot hat mir ein bisschen über dich erzählt.«

Er lachte leise. »Ich bin ihm wirklich sehr dankbar, denn er hat mich viele Male vor dem Spott meiner Landsleute beschützt. Ich kann dir nur den Rat geben, überwinde dich selbst. Lass die Angst zu, denn sie schärft deine Sinne, doch halte sie im Zaum, sonst lähmt sie dich.«

Ich wollte noch etwas antworten, doch dazu kam ich nicht mehr. Zenodot betrat, mit einigen Kobolden im Schlepptau, die Bibliothek. Seine Miene war angespannt und wirkte äußerst konzentriert. Jetzt wurde es also ernst, denn ich vermutete, dass es sich bei den Kobolden um die ausgesuchte Vorhut handelte, die das Terrain vor unserer Ankunft sondieren sollte. Es waren insgesamt fünf und nur einen kannte ich – Einar Eisenkraut. Der Alte ging in die Knie und sprach zu den fünfen noch ein paar eindringliche Worte, die umgehend mit heftigem Kopfnicken quittiert wurden. Zenodot erhob sich wieder und wie auf ein geheimes Zeichen huschten die fünf die Wendeltreppe empor und verschwanden oben im Durchgang zu Zenodots Arbeitsbereich. Ich blickte den Jungs hinterher, und bemerkte, wie mein Magen sich krampfartig zusammenzog. Tobias Trüffel hatte sich heimlich vom Acker gemacht. Erstaunlich, wie er mit seiner Körperfülle lautlos vom Stuhl gekommen war.

Zenodot trat zu mir: »Es wird Zeit, dass du dich fertigmachst, Daniel. Bitte wähle dunkle Kleidung und möglichst Schuhe, die keine Geräusche verursachen.«

Mit einem dicken Kloß im Hals nickte ich wortlos und stand auf.

Als ich erneut die Rotunde betrat, war es kein Vergleich zu der Ruhe von vorhin. In der Halle wimmelte es von Kobolden und mittendrin waren Zenodot, Alli und Cornelia. Alle trugen ausnahmslos dunkle Kleidung, wobei einige Winzlinge einen durchaus gewöhnungsbedürftigen Stil an den Tag legten. Schon mal einen Kobold mit Batmanmaske gesehen? Oder vielleicht schwarze Knickerbocker? Die machten sich ausgesprochen gut an diesen Stummelbeinchen. Sehr gut gefielen mir auch Zylinder und Frack, vor allem dann, wenn den kleinen Wesen der Hut ständig über die Fledermausohren rutschte und sie im Blindflug über den Schwalbenschwanz ihres eigenen Jacketts stolperten. Ich schüttelte nur den Kopf, aber so waren sie halt, diese kleinen Irrwische. Plötzlich tönte ein lauter Pfiff durch die Bibliothek, schlagartig verstummte das Stimmengewirr und alle Augen richteten sich auf Zenodot. Der Alte blickte mit strengem Blick auf die Anwesenden und erhob seine Stimme: »Ihr alle wisst, was heute auf dem Spiel steht. Wir suchen in den Tunneln unter der Konstablerwache nach einem versteckten Eingang oder Gewölbe. Sobald etwas gefunden wurde, wird nichts unternommen, bevor ich die Stelle nicht genau inspiziert habe. Tauchen Schwarzmäntel auf, ziehen wir uns zurück, es sei denn, eine Konfrontation wäre unausweichlich. Kommt es zu einem Kampf, hat die Sicherheit des Weltengängers Daniel oberste Priorität, sein Leben ist mit allen verfügbaren Mitteln zu schützen.«

Als ich die Worte des Bibliothekars hörte, wurde ich leichenblass und meine Knie butterweich. Es ist eines, sich darüber Gedanken zu machen, dass dein Leben in Gefahr ist, aber etwas ganz anderes, wenn es aus dem Mund eines Dritten kommt und dieser andere indirekt bittet, ihr Leben für deines zu geben. Mir wurde schlecht und schwindlig.

Zenodot hingegen sprach weiter: »Eine Gruppe von Kobolden wurde schon vorausgesandt. Sie werden uns am östlichen Eingang der Konstablerwache erwarten, um Bericht zu erstatten. Unser Gegner ist der Diener des Dämons höchstpersönlich.«

Jetzt schwoll betroffenes Gemurmel an und Zenodot mahnte eindringlich zur Ruhe. Als das Getuschel wieder abebbte, fuhr der Alte fort: »Es handelt sich um Nicolas Vigoris, denn so nennt sich das schwarze Wesen in unserer Zeit. Wir glauben, dass er noch keinen Verdacht hegt, dass wir ihm so dicht auf den Fersen sind. Doch wie gesagt, das ist nur eine Vermutung. Deshalb haben wir um Hilfe bei unserem neuen Freund, Kommissar Schwarzhoff, ersucht. In der heutigen Nacht wird unser Gegner polizeilich überwacht, damit wir um seinen genauen Standort und eventuelle Aktivitäten wissen. Sollte Vigoris also etwas ahnen oder unternehmen, werden wir es rechtzeitig erfahren. Garm Grünblatt hat euch alle bereits in Gruppen eingeteilt. Jede einzelne Gruppe wird den unterschiedlichen Eingängen der Konstablerwache zugeteilt und über diese in die Tunnel eindringen. Sobald etwas Verdächtiges gefunden wurde, schickt einen Boten los, damit ich mir die Sache ansehen kann. Alli, Cornelia, Daniel und ich werden am S-Bahnsteig in der dritten Ebene warten und die Kuriere, sollten es denn mehrere sein, in Empfang nehmen. Hat das jeder verstanden?«

Außer lauten Ja-Rufen, schallte hier und da ein »*Nieder mit Vigoris*« durch den Raum, was ich ebenso als Zustimmung wertete. Zenodot nickte zufrieden, hob aber mahnend den Zeigefinger und stellte noch einmal eindringlich klar: »Und keine leichtsinnigen Alleingänge, meine Freunde! Hat jeder seine Waffen? Wenn ja, dann auf zur Konstablerwache!«

Nach diesen Worten fummelte ich wie mechanisch an meinem Rücken herum, überprüfte, ob das Schwert an der richtigen Stelle saß und fest in der Scheide steckte. Alli lief zu mir und besah die Vorrichtung nochmals.

»Alles in Ordnung, Daniel?«, erkundigte sie sich besorgt.

Ich brachte nur ein kraftloses Nicken zustande und beobachtete wie die Kobolde aus der Tiefenschmiede drängten.

Zenodot tauchte vor mir auf und lächelte mich an. »Bereit?«

Ich erinnerte mich an die Worte von Tobias Trüffel: »*Lass nicht zu, dass die Angst dich lähmt!*«

Mit einem tiefen Atemzug versuchte ich meine Furcht abzuschütteln. »Es kann losgehen!«, sagte ich mit fester Stimme und setzte mich ebenfalls in Bewegung.

Es war mittlerweile kurz vor halb zwei nachts, als wir an der Konstablerwache ankamen. Über dem Tiefbahnhof war seinerzeit ein riesiger Platz entstanden, der zusätzlich um knapp achtzig Zentimeter angehoben wurde. Dieses Podest ist ringsherum durch vier Stufen erreichbar und beherbergt am Samstag den Wochenmarkt. Ansonsten wird der Platz für das eine oder andere Fest, wie zum Beispiel den Christopher Street Day, genutzt. Rings um dieses Podest befinden sich die drei Haupteingänge zu den U- und S-Bahnen, ein weiterer Eingang direkt auf der Einkaufsmeile *Zeil* und zwei weitere auf der östlichen Seite der Konstablerwache. Wie immer um diese Zeit tummelten sich Nachtschwärmer und einige mehr oder weniger zwielichtige Gestalten rund um den Platz. Diese Menschen stellten kein Problem dar, denn Dank des Wächterblickes waren wir für sie fast unsichtbar. Die einzelnen Koboldgruppen schwärmten aus und huschten zu den entsprechenden Eingängen rund um den Platz. Unsere Fünfergruppe, bestehend aus Zenodot, Alli, Cornelia, Tarek Tollkirsche und meiner Wenigkeit, betraten den östlichen Haupteingang. Da von der ausgesandten Vorhut nichts zu sehen war, liefen wir angespannt die Treppe in den Tiefbahnhof hinunter zum ersten Untergeschoß, der sogenannten B-Ebene. Auf der B-Ebene befanden sich diverse Cafés, Bäckereien, Blumenläden und Lottogeschäfte, die um diese Uhrzeit natürlich alle geschlossen hatten. Schnell eilten wir durch die menschenleeren Gänge, Richtung dem nächsten Stockwerk, der C-Ebene. Mit allergrößter Vorsicht versuchten wir die installierten Kameras zu umgehen und – falls das nicht möglich war – mit Hilfe des Wächterblicks zumindest schnell durch ihr Sichtfeld zu huschen. In der C-Ebene fuhren die U-Bahnen U4 und U5 ihre Zyklen, doch wir mussten noch tiefer. Als wir endlich die letzte Plattform, die D-Ebene, erreicht hatten – hier verkehrten die S-Bahnen, sowie die U-Bahnlinien U6 und U7 – suchten wir uns einen für die Kameras nicht einsehbaren Bereich und warteten.

»Ich spüre die Anwesenheit von Schwarzmänteln, allerdings ziemlich weit weg!«, sagte plötzlich die Engländerin.

Tarek nickte bestätigend. »Ja Alli, ich auch, doch sie stellen momentan keine Bedrohung für uns dar.«

»Noch nicht«, raunte Zenodot leise. »Seid also wachsam.«

Das Warten zog sich endlos dahin und die Sekunden verronnen wie Stunden. Plötzlich hallte ein leises Geräusch durch einen der Tunnel. Schlagartig waren bei allen die Nerven zum Zerreißen gespannt. Wie aus dem Nichts tauchte die Vorhut der Kobolde aus dem Dunkeln der U-Bahnröhre auf. Gleichzeitig erkannte ich auch das Gesicht von Einar Eisenkraut. Erleichtert atmete ich auf.

»Was ist passiert? Ihr solltet doch oben auf uns warten!«, zischte Zenodot leise.

Einar sah besorgt aus. »Das wollten wir auch, aber in den Tunneln wimmelt es von Schwarzmänteln. Wir mussten mehrfach große Umwege in Kauf nehmen, trafen aber dann auf eine der anderen Gruppen, die uns mitteilte, wo ihr euch aufhaltet.«

»Also scheint hier unten tatsächlich etwas zu sein?«, fragte Cornelia.

Einar bestätigte indirekt Lombardis Verdacht. »Ja, mein Gefühl sagt mir, dass die Schwarzmäntel etwas bewachen, denn eine so große Ansammlung von Schattenwesen ist mehr als ungewöhnlich. Insbesondere in der Ebene über euch – im Tunnel, der zur Ausstiegsstelle am Dom führt, ist der Teufel los.«

Wir sahen uns an und Alli verzog ihr Gesicht zu einem hässlichen Grinsen. »Dann sollten wir uns mal einen Stock höher begeben.«

Der Alte schien zu überlegen, ob das eine gute Entscheidung sei, nickte aber schließlich. »Gut, wir gehen nach oben, aber keinesfalls in diesen Tunnel. Wir werden nur beobachten.«

Etwas brummte kurz. Ich sah, wie Cornelia ihr Handy aus der Hosentasche fingerte und kurz auf das Display sah. »Von Julian. Vigoris sitzt zu Hause. Also alles in Ordnung.«

Wir schlichen gemeinsam mit den fünf Kobolden der Vorhut vorsichtig über Treppen in die über uns liegende C-Ebene. Dort angekommen, verharrten wir still, während drei der Kobolde näher an den besagten Tunneleingang Richtung Dom huschten, um die aktuelle Situation zu erkunden. Die Schwarzmäntel mussten ziemlich nah sein, denn selbst ich verspürte jetzt leichte Wellen schwarzer Magie. Man kann es sich eigentlich sehr einfach vorstellen: ist ein Schwarzmantel in unmittelbarer Nähe, so entsteht in Geist und Körper eine Art bedrückendes und beklemmendes Gefühl. Zenodot hatte mir einmal erklärt, dass dies von der bösen Aura dieser Wesen herrührte. Diese Kreaturen sind so aufgeladen mit schwarzer tödlicher Magie, dass sie regelrecht strahlen. Eigentlich ein gewisser Vorteil, denn so kann man sie relativ früh wahrnehmen – je bedrückender also die Sinnesempfindung, desto näher sind sie. Kommt dir ein Schwarzmantel allerdings zu nah, dann kann er dich mit seiner Ausstrahlung regelrecht lähmen und dann ist verständlicherweise Schluss mit lustig. Während ich diesem Gedanken nachhing, brach wie aus dem Nichts das Chaos aus. Zuerst hörten wir einen langgezogenen Schrei, der sich markerschütternd an den Tunnelwänden brach und in einem kurzen Echo verhallte. Kreidebleich blickten wir uns an.

»Die Kobolde!«, brüllte Alli und sprintete los.

»Alli! Nein!«, schrie Zenodot, doch die Engländerin rannte schon den Bahnsteig entlang, genau in die Richtung, aus der der Schrei gekommen war.

Das Nächste, was wir vernahmen, war ein tiefes, dunkles Fauchen, gefolgt von einem leisen schmerzvollen Wimmern. Es war, als hätte mir jemand einen Kübel Eiswasser über den Rücken geschüttet. Unwillkürlich zuckte meine Hand nach hinten und umklammerte panisch den Schwertgriff.

»Du bleibst an Ort und Stelle, Daniel!«, zischte der Alte gefährlich.

Die drei verbliebenen Kobolde, Tarek, Einar und ein mir Unbekannter, spähten mit weit aufgerissenen Augen entlang des Gleises in die Dunkelheit des Tunnels. Cornelia und ich lehnten uns ebenfalls über den Bahnsteig und versuchten etwas zu erkennen, aber wir sahen nur undurchdringliche Schwärze. Einzig Zenodot schien einigermaßen ruhig und gefasst zu sein. Ich drehte mich gerade zu ihm, als mein Herz einen Schlag aussetzte. Wenige Meter hinter dem Alten tauchte ein Schwarzmantel vor einer der Betonsäulen auf. In der allgemeinen Aufregung hatten wir die Aura des Wesens anscheinend übersehen oder ignoriert. Ein entsetzter Aufschrei entfuhr meiner Kehle. Zenodot zuckte zusammen und wandte sich blitzschnell um, doch da war ich auch schon an ihm vorbei. Während ich der Kreatur entgegen preschte, hatte ich längst das Yatagan gezogen und erreichte den Schwarzmantel. Mit einem Hieb zog ich das Schwert quer von unten nach oben durch seinen Körper. Das Silber der Klinge tat sofort seine Wirkung, der Schwarzmantel erstarrte mitten in der Bewegung, fixierte mich völlig überrascht und versuchte unbeholfen, seine Klauenarme nach mir auszustrecken. Schnell sprang ich einen Schritt zurück und schlug ein zweites Mal zu, diesmal von oben nach unten. Was folgte war ein hohles Kreischen, das Wesen fing an zu wabern und zu taumeln. Wie ich schon im Bethmannpark beobachtet hatte, quoll nun dichter Rauch aus dem Körper des Dämons. Ich erinnerte mich an Alli, wie sie einen der Schwarzmantel im Park gefällt hatte und stieß die Klinge mit aller Kraft in die gesichtslose Kapuze des Wesens. Und wie damals erfolgte ein Klagelaut und der Schwarzmantel verging in einer Stichflamme. Selbst völlig geschockt über meine eigene Reaktion, ging ich in die Knie und atmete tief durch. Mein Puls war kurz davor, durch die Decke zu gehen und nur mühsam konnte ich das Zittern meiner Hände unterdrücken. Cornelia und Zenodot eilten an meine Seite. Langsam und ungelenk stand ich auf und suchte ihre Gesichter.

»Wow! Das nenne ich mal schnell!«, staunte die Italienerin.

Überrascht starrte ich sie an »Warum?«

»Warum? Du hast mitten im Wächterblick dein Schwert gezogen und zugeschlagen. Das geschah alles im Bruchteil einer Sekunde. So etwas habe ich noch nie gesehen!«

»Echt, das habe ich gar nicht wahrgenommen!«

»Unser Weltengänger steckt voller Überraschungen!«, meinte

Zenodot und flüsterte. »Danke Daniel! Du hast mich vor Unheil – wenn nicht gar vorm Tode – bewahrt.«

Unvermittelt brüllte Einar zu uns herüber. »Unterhalten könnt ihr euch später! Wir bekommen Besuch!«

Ich wirbelte herum und konzentrierte mich auf den Bahnsteig, dort rannten zwei der ausgeschickten Kobolde direkt auf uns zu, verfolgt von drei Schwarzmänteln und einem weiteren seltsamen Wesen. Zuerst dachte ich, es handelte sich um einen Hund, doch dann bemerkte ich die stechenden gelben Augen, sowie die übergroßen, sichelförmigen Krallen an den Vorderläufen.

»Scheiße, was ist das denn?«, rief ich erschrocken aus.

»Ein Zerberus! Ein Hundedämon«, kam die Antwort von irgendeiner Stimme aus dem Hintergrund.

Schon flitzten die zwei Kleinen an uns vorbei. Cornelia hatte ebenfalls ihr Schwert gezogen, während Zenodot zwischen seinen Händen einen violetten Energieball entstehen ließ. Ich stand mit gezückter Waffe und pochendem Herzen neben ihm und wartete auf das Aufeinandertreffen. Und als ob das nicht genug wäre, schien dieser Dämonenhund ausgerechnet mich als Ziel auserkoren zu haben, denn spontan änderte er seine Richtung und sprintete geifernd auf mich zu. Ich stellte mich vor einer der Säulen, um den Rücken frei zu haben und wartete mit weichen Knien. Ich vernahm sein tiefes Knurren, als er mitten aus dem Lauf zum Sprung ansetzte und pfeilschnell durch die Luft auf mich zuflog. Ob es Intuition oder nur ein Reflex war, kann ich im Nachgang nicht mehr sagen, jedenfalls trat ich einfach einen Schritt zur Seite. Der Körper des Zerberus schlug mit einer solchen Wucht in der Säule ein, dass es kleine Betonstücke regnete. Als er vor dem Pfeiler benommen zusammensackte, stieß ich ihm die Silberklinge von oben in den Nackenansatz. Ein kurzes hässliches Schnauben, dann hauchte er sein schwarzes Leben aus. Ich wandte mich den anderen zu, von den drei Schwarzmänteln war nur noch einer zu sehen, doch auch dieser verging gerade in einem violetten Feuer, dass vermutlich aus Zenodots Hand stammte. Als das Knistern vorbei war, herrschte schlagartig eine unheimlich Stille. Keiner sprach etwas, alle sahen sich nur mit bleichen Gesichtern an.

»Alles in Ordnung bei euch?«, fragte die Italienerin mit zitternder Stimme.

»Es hat Loran Löwenzahn erwischt. Er hatte keine Chance, ist einem Schwarzmantel direkt in die Arme gelaufen«, keuchte einer der Kobolde, den ich nicht kannte.

Einar und Tarek stießen betroffen einen leisen Seufzer aus. »Wo?«, fragte Einar.

»Wir waren kaum mehr als ein paar Meter im Tunnel, als sie wie aus dem Nichts auftauchten. Loran hatte den Tunnel als Erster betreten, sein Schrei hallt mir jetzt noch durch den Kopf!«, berichtete der Kobold.

Als er den Schrei erwähnte, wurde mir plötzlich heiß und kalt. »Verdammt! Wo ist Alli?«

Alle blickten bestürzt den Bahnsteig entlang, doch von der Engländerin war weit und breit nichts zu sehen.

Ich funkelte den Alten an. »Egal, was du sagst, ich werde sie jetzt suchen gehen! Und versuche nicht mich davon abzuhalten!«

Doch Zenodot reagierte ganz anders, als ich es erwartet hätte. »Schon gut, Daniel, wir werden sie nicht im Stich lassen.« Und zu allen anderen raunte er: »Wenn wir den Tunnel betreten, seid wachsam und bleibt dicht beieinander! Ein toter Kobold genügt!« Stoisch zog er seine Kutte gerade und lief dem dunklen schwarzen Loch, dessen Gleise direkt zum Bartholomäusdom führten, mit schnellen Schritten entgegen.

Ich steckte mein Schwert zurück in die Halterung und folgte dem Alten mit einem mulmigen Gefühl.

Neben mir tauchte Cornelia auf. »Gut gemacht, Daniel, du hast dich gerade wacker geschlagen.«

»Ich hatte Glück, das war alles!«, flüsterte ich zurück.

»Nein, das war es nicht. In dem Moment, als es darauf ankam, war alles, was dir Alli beigebracht hat, präsent. Sie hat dich nicht ohne Grund die letzten Wochen so drangsaliert. Viele deiner Bewegungsabläufe wurden dadurch automatisiert, du hast gehandelt ohne nachzudenken.«

Ich ließ ihre Feststellung unkommentiert im Raum stehen, denn wir näherten uns dem Tunneleingang, der wie ein schwarzer Fleck im Raum klebte. Die Ebene war zwar spärlich beleuchtet, doch in den Stollen herrschte eine tiefe Finsternis, die nur hier und da von diffusem grün schimmernden Licht durchbrochen wurde – kleine beleuchtete Schilder mit dem Wort *Notausgang*. Mir lief ein heftiges Kribbeln über den Rücken.

»Spürt ihr das auch?«, fragte Zenodot.

»Ja, sehr mächtige schwarze Magie. Die ist so stark, dass ich sonst nichts anderes wahrnehmen kann«, stellte Tarek beunruhigt fest.

Der Bibliothekar kletterte unbeholfen den Bahnsteig hinunter auf die Gleise. Er gab uns ein Zeichen, dass wir uns nicht von der Stelle rühren sollten, während er selbst konzentriert in die Dunkelheit spähte. Ich versuchte, irgendwelche Schwingungen von Schwarzmänteln zu registrieren, doch Fehlanzeige. Das Einzige, was allgegenwärtig schien, war dieses seltsame Prickeln, das sich anfühlte, als wenn sich Luft elektrisch aufgeladen hatte. Zenodot lief zwei, drei Meter vorwärts und betrat vorsichtig die Finsternis. Schnell verlor sich seine Silhouette im Eingang, während wir angespannt warteten. Und wieder verging die Zeit unendlich langsam, bis wir eine kurze Bewegung am Beginn des Tunnels wahrnahmen – ohne nachzudenken, hielt ich plötzlich mein Schwert in der Hand.

Cornelia grinste mich an. »Handeln, ohne zu lange zu überlegen.«

Ich sagte nichts und konzentrierte mich auf den Tunnel, aus dem gerade Zenodot ins schummrige Licht der Ebene trat.

»Und?«, raunten Einar und Tarek fast zeitgleich.

Der Alte blieb auf den Schienen stehen und blickte zu uns nach oben. »Die Kobolde hatten recht. Dort vorne befindet sich eine magische Barriere. Sie wirkt direkt auf das Gefühlsleben, wenn man ihr zu nahe kommt, überwältigt einen der unwiderstehliche Drang, die Beine in die Hand zu nehmen und wegzulaufen.«

»Ist ja toll! Aber hast du Alli gesehen?«, platzte es aus mir heraus.

Sein Gesicht nahm einen traurigen Zug an. »Nein, Daniel. Doch Alli ist eine sehr starke Weltengängerin, vielleicht konnte sie die Barriere überwinden.«

»Verdammt!«, entfuhr es mir. »Kannst du die Sperre unschädlich machen?«, hakte ich nach.

»Ich denke schon, aber es wird einige Zeit in Anspruch nehmen. Sichert ihr inzwischen die Umgebung.« Ohne weitere Worte zu verlieren, machte er kehrt und verschwand erneut im Dunkeln des Stollens.

Cornelia wandte sich an die Kobolde. »Daniel und ich bleiben hier. Ihr sucht die anderen Gruppen und schickt sie sofort hier runter, damit sie die Eingänge zur C-Ebene nach oben wie nach unten bewachen. Einar und Tarek, ihr stoßt dann wieder zu uns.«

»Machen wir«, brummte Tarek und machte sich mit den anderen aus dem Staub.

Als wir allein waren, seufzte ich leise: »Ob es Alli wohl gut geht?«

»Mach dir keine Sorgen, sie ist zäher, als du denkst. Pia Allington hat schon ganz andere Situationen gemeistert«, versuchte mich Lombardi zu beruhigen, was ihr zugegebenermaßen nicht wirklich gelang.

Nachdem uns nun nichts anderes übrigblieb, als zu warten, nahm ich mir kurz Zeit und warf einen Blick auf mein Handy. Lediglich eine Nachricht war auf dem Display zu sehen. Chris hatte sich kurz gemeldet und fragte nach, ob alles klar war. Ich antwortete ihm kurz und knapp: *Alles ok – melde mich die nächsten Tage bei dir!*, schrieb ich und steckte das Handy wieder weg.

Die Italienerin hatte in der Zwischenzeit dasselbe getan und murrte leise. »Keine Nachrichten sind gute Nachrichten.«

Das bezog sich wohl auf Julian Schwarzhoff, vermutlich gab es im Hinblick auf Vigoris keine neuen Informationen oder Erkenntnisse. Plötzlich ertönte ein ohrenbetäubender Knall aus dem Tunnel, gefolgt von einem hellen bläulichen Lichtblitz. Erschrocken zuckten wir zusammen. »Scheiße! Was war das denn?«, brüllte ich.

Cornelia und ich sahen uns an und dachten beide dasselbe. Spätestens jetzt wusste jeder Schwarzmantel im Dunstkreis der Konstablerwache, dass wir hier unten waren. Eine Gestalt taumelte hustend und würgend aus der Finsternis.

»Zenodot ...«, schrie Lombardi entsetzt auf, sprang auf die Gleise und eilte dem Alten zur Hilfe.

Ich hechtete direkt hinterher.

Das Gesicht des Bibliothekars war rußgeschwärzt, seine Beine zitterten leicht und seine Augen flackerten unstet, doch er schien zumindest äußerlich unverletzt. Lombardi ergriff seinen rechten Arm, legte ihn über ihre Schulter und stützte so den Alten.

»Was ist passiert?«, fragte ich entsetzt.

»Die Barriere war stark, sehr stark, doch ich habe es geschafft und sie aufgehoben. Allerdings ging das nicht ganz so lautlos vonstatten, wie ich es mir erhofft hatte«, antwortete Zenodot matt.

»Dann war das eine magische Explosion?«, staunte ich.

Er nickte und löste sich von der Italienerin. Plötzlich waren seine Augen wieder hellwach und seine Haltung kerzengerade. »Los, lasst uns nachsehen, was der Tunnel verborgen hält. Es wird nicht mehr lange dauern, dann wimmelt es hier von bösen Kreaturen. Eine Chance wie diese werden wir nie wiederbekommen, jedenfalls nicht nach dieser Nacht. Vigoris wird die Auslöschung der Barriere ebenfalls gespürt haben und nun wissen, dass etwas nicht stimmt.«

In diesem Moment sprangen zwei weitere Gestalten auf die Gleise. Einar und Tarek waren wieder zurück.

»Alle Gruppen sichern jetzt die Zu- und Abgänge zu dieser Ebene. Was war das eben für ein Donnerschlag? Der Boden ist ja regelrecht erzittert«, fragte Einar sorgenvoll.

»Erkläre ich dir später und jetzt los! Haltet euch direkt hinter mir«, mahnte Zenodot und setzte sich erneut in Bewegung. Lautlos folgten wir ihm ins Dunkel.

Der Konstabler

Nicolas Vigoris hatte es sich zu Hause bequem gemacht, soweit das in seinem Falle, gehandicapt durch seinen Rollstuhl, überhaupt möglich war. Neben seinem fahrbaren Untersatz stand ein kleiner runder Beistelltisch, darauf eine Flasche Rotwein, Jahrgang 2005, Mouton Rothschild. Der Wein war exzellent, genauso wie man es von diesem Weingut erwarten durfte. In diesen seltenen Momenten genoss der Konstabler sein Dasein – ein gutes Glas Wein und eine aufmunternde Lektüre. Und was gab es da schon besseres als sein kleines Buch, gespickt mit all den Namen, die tief in seiner Schuld standen? Er gab sich seinen Erinnerungen hin und ergötzte sich an den Geschichten, die hinter diesen Namen standen. Sein Buch zog sich über Jahrhunderte und es gab sogar verstorbene Personen, deren Erben auch heute noch unter dem zu leiden hatten, was ihr Vorfahre mit ihm, Vigoris, vereinbart hatte. Geld und Wohlstand sind und waren schon von je her die großen Triebfedern der Macht. Sein Gesicht verzog sich zu einem hässlichen Grinsen, denn bald war es soweit, er würde seine Lebenskraft wieder erhalten. Sein Herr und Meister würde dafür sorgen, dessen war er sich sicher. Und dann würden sie gemeinsam eine neue Welt erschaffen, eine Welt in der diese armseligen Menschen ihren rechtmäßigen Platz zugewiesen bekamen – als Sklaven, denn zu etwas anderem waren sie ohnehin nicht zu gebrauchen. Er schwelgte in dieser Vorstellung, ja er suhlte sich buchstäblich darin, während er einen weiteren Schluck des exquisiten Rotweines zu sich nahm. Als er das Glas wieder auf den Tisch stellen wollte, stockte er mitten in der Bewegung. Er spürte etwas – etwas, das nicht sein durfte! Eine Welle durchflutete ihn, ein Tsunami prallte mit voller Wucht gegen seinen wachen Geist. Das Rotweinglas entglitt, wie in Zeitlupe, seiner Hand, fiel zu Boden und zersplitterte in tausend Einzelteile.

»Nein, das ist unmöglich! Das kann nicht sein!«, krächzte er voller Panik.

Er fühlte unter regelrechten Schmerzen, wie sich die schwarzmagische Barriere in seinem Heiligtum auflöste. Etwas oder jemand hatte die Verriegelung gelöst. Seine wertvollsten Besitztümer, zusammengetragen über Jahrhunderte, waren nun ungeschützt und ungesichert – jetzt, so kurz vor dem Ziel! Er brüllte nach seinem Diener, er schrie wie von Sinnen. Wie hatten sie nur das Versteck gefunden? Wie waren sie ihm auf die Schliche gekommen? Wo doch Vorsicht sein oberstes Gebot gewesen war! Oh, dieser verfluchte Rollstuhl, wie er es hasste, sich nicht frei bewegen zu können, immer angewiesen auf diese Speichellecker zu sein. Er rüttelte und schüttelte an den Lehnen seines metallischen Untersatzes, während der Schockzustand immer größer wurde. Endlich riss jemand die Türe auf und stürzte ins Zimmer. »Herr Vigoris?«

Er brüllte seinen Lakaien an: »Ruf den Chauffeur! Ich muss das Haus verlassen – sofort! Und wenn er nicht binnen drei Minuten mit dem Auto vor dem Haus steht, dann wird er sich wünschen, mich niemals getroffen zu haben!«

Mit zitternden Händen fingerte der Butler ein Handy aus seiner Tasche und wählte die entsprechende Nummer des Chauffeurs. Er wechselte nur wenige Worte mit dem Fahrer, doch diese klangen aufgeregt und hektisch.

»Was ist nun? Kommt er?«, kreischte er seinen Untergebenen an.

»Er fährt in wenigen Minuten unten vor!«, kam die ängstliche Antwort.

»Schieb mich runter und beeil dich, sonst warst du die längste Zeit in meinen Diensten. Bin ich hier wirklich nur von Schwachköpfen umgeben?«

Keine fünf Minuten später hatten sie die Haustüre erreicht und Vigoris wurde auf die Straße geschoben. Dem Diener rann der Schweiß in Strömen über das Gesicht und er war mehr als erleichtert, als er Vigoris endlich ins Auto verfrachten konnte und der Fahrer das Gaspedal durchdrückte. Sein Chef war über alle Maßen eigensinnig und exzentrisch, aber so wie heute hatte er ihn noch nie erlebt.

Gleich nachdem Vigoris weggefahren war, löste sich ein zweites Auto aus einer der Parkreihen – Julian Schwarzhoff nahm die Verfolgung auf.

Daniel Debrien

Kaum, dass wir sechs, sieben Meter in den Tunnel eingedrungen waren, wurde das Licht von der Finsternis verschluckt und ich sah fast nicht mehr die Hand vor Augen. Zenodot murmelte etwas zu Einar und Tarek. Beide Kobolde liefen jeweils rechts und links zu den Tunnelwänden. Interessiert beobachtete ich, wie die zwei ihre kleinen Hände auf die gemauerten Wände legten. Plötzlich zog sich ein sanfter bläulicher Schimmer an den Mauern entlang, der den Tunnel in ein diffuses Licht tauchte.

»Was haben die Kobolde da gerade gemacht?«, fragte ich Zenodot erstaunt.

»Waldkobolde sind tief mit der Natur verwurzelt. Sie haben die Fähigkeit, jeder noch so kleinen Flechte oder Pflanze ein fluoreszierendes Leben einzuhauchen. Und das kann in manchen Situationen sehr hilfreich sein, wie du gerade festgestellt hast«, erklärte der Alte, als sei es das Normalste der Welt.

Ich blickte nachdenklich auf die metallschimmernden Gleise, die ins dunkle Nichts zu führen schienen und erkannte auf einmal etwas weiter vor mir ein seltsames Bündel quer über der Fahrstraße. Neugierig machte ich paar Schritte vorwärts und bestürzt stellte ich fest, um was es sich bei diesem *Ding* handelte. Die anderen vermutlich auch, denn von Einar kam ein leiser und entsetzter Aufschrei. Mir wurde schlecht. Mein erster Gedanke galt Alli, doch das Objekt entpuppte sich als die Leiche des Kobolds, der zuvor in die Fänge eines Schwarzmantels geraten war – Loran Löwenzahn. Sein Körper sah völlig entstellt aus. Er wirkte ausgetrocknet, verschrumpelt und glich einem mumifizierten kleinen Kind. Ich kämpfte gegen einen heftigen Schluckreiz an, denn sofort kam mir der tote Notar in den Sinn – so oder so ähnlich musste seine Leiche ebenfalls ausgesehen haben. Erst jetzt wurde mir richtig bewusst, wie gefährlich diese verfluchten Schattenwesen waren. Traurig umrundeten wir den toten Körper und setzen unseren Weg in die Eingeweide von Frankfurt fort. Nach weiteren zwanzig Metern tauchte eine kleine Tür wie aus dem Nichts auf. Ich bemerkte sofort, dass sie nur leicht angelehnt war. Hoffnung keimte auf, vielleicht war Alli genau dort hindurchgeschlüpft.

»Ihr bleibt, wo ihr seid! Ich sehe mir die Tür einmal genauer an«, mahnte der Alte mit nervöser Stimme.

Wieder brummte ein Handy, unbewusst tastete ich meine Hosentasche ab, aber es war nicht meines. Cornelia hatte ihres hingegen schon am Ohr, nickte heftig und meinte mit dünner Stimme: »Danke, Julian.«

»Vigoris?«, fragte ich besorgt.

»Ja, er wurde gerade aus dem Haus geschoben. Sein Chauffeur fährt ihn momentan durch die Stadt. Julian meinte, er wirkte sehr aufgeregt.«

»Natürlich war er beunruhigt, er hat die Auflösung der Barriere gespürt und ist mit Sicherheit auf dem Weg hierher«, brummte Zenodot, während er die kleine Tür untersuchte. Dann rief er uns zu sich, der Weg durch die Tür schien gefahrlos möglich zu sein.

Einer nach dem anderen quetschte sich durch die Öffnung. Wir fanden uns in einem langen Gang wieder, der durch ein paar jämmerliche Glühbirnen spärlich beleuchtet war und bergab in die Tiefe führte. Die Breite des Ganges maß kaum mehr als einen Meter, vermutlich gerade ausreichend, dass man Vigoris mit seinem Rollstuhl hier durchschieben konnte. Der Gang schien endlos und Tarek, der hinter mir lief, zischte beunruhigt: »Sollten sie uns jetzt angreifen, sitzen wir wie die Ratten in der Falle.«

Keiner erwiderte etwas, alle wussten, dass der Kobold nur die Wahrheit ausgesprochen hatte. Wir waren bereits seit mehreren Minuten unterwegs und das Gefühl der Beklemmung nahm stetig zu. Wobei es schwer zu unterscheiden war, ob es an diesem schmalen Schlauch lag oder ob sich nicht doch ein Schwarzmantel in der Nähe befand. Dann, ein paar Meter vor uns, knickte der Gang plötzlich nach rechts ab. Zenodot gab ein Zeichen, dass wir anhalten sollten. Einar schob sich an dem Alten vorbei und flüsterte ihm zu: »Bleibt hier, ich werde nachsehen, was sich hinter der Kurve verbirgt. Da ich der Kleinste bin, werde ich am wenigsten auffallen.«

Zenodot trat wortlos ein Schritt zur Seite und ließ den Kleinen durch. Einar schlich, eng an die Wand gedrückt, vorsichtig zu der vor uns liegenden Kehre. Langsam, Schritt für Schritt, näherte er sich der Biegung, umrundete sie und verschwand schließlich ganz aus unserem Blickfeld. Angestrengt lauschte ich in die Stille, ob irgendein verdächtiges Geräusch durch den Gang hallte, doch alles, was ich vernahm, waren die leisen Atemzüge unserer kleinen Gruppe. Dann – ein leiser schleifender Klang – kaum hörbar, aber es war sofort klar, dass ihn keiner der Anwesenden verursacht hatte. Unwillkürlich hielt ich die Luft an und legte die Hand nach hinten um den Schwertgriff. Erneut trat Stille ein und meine Nerven waren zum Zerreißen gespannt. Plötzlich schoss Einar um Ecke, brüllte: »Lauft, Lauft!«, und sprintete wie ein Irrwisch an uns vorbei.

Alle waren zu überrascht, um überhaupt reagieren zu können, als schon der erste Schwarzmantel in der Biegung auftauchte. Als uns das Wesen erblickte, erstarrte es verblüfft für einen kurzen Moment in der Luft und instinktiv fühlte ich, dass dieses Zögern meine Chance war. Ich drückte Zenodot zur Seite und kam einen Wimpernschlag später vor der Kreatur zum Stehen. Mit einer einzigen schnellen

Bewegung fand meine Klinge ihr Ziel – den Kopf. Leider hatte ich den zweiten Schwarzmantel dahinter nicht bemerkt und während ich damit beschäftigt war, dass Schwert aus der Kapuze zu ziehen, schoss eine Krallenhand an meine Kehle. Ich spürte, wie sich eine eiskalte Klammer um meinen Hals legte und rasend schnell zuzog. Alles was ich wahrnehmen konnte, war die bodenlose Schwärze, die sich hinter der Kopfbedeckung des Schwarzmantels befand. Tief in meinem Inneren begann etwas zu brodeln und drängte mit Macht über meine Speiseröhre nach oben. Ein fassungsloser Gedanke raste durch mein Gehirn: *Du wirst ausgesaugt und verlierst deine Lebenskraft.* Der Gedanke hatte sich gerade manifestiert, als die ersten quälenden Schmerzen durch meinen Körper fluteten. Doch wie durch ein Wunder bekam ich plötzlich wieder Luft und der eisige Griff wurde schwächer. Mit letzter Kraft zog ich das Yatagan nach oben, als ein zweiter silberner Schimmer ebenfalls durch den schemenhaften Körper des Schwarzmantels fuhr. Klirrend trafen sich zwei Klingen in der Mitte des Wesens, worauf sich der Griff um meine Kehle endgültig löste. Keuchend fiel ich zu Boden, während sich der Schwarzmantel in einem Fauchen auflöste. Schwer atmend und immer noch leicht benommen, wurde ich hoch gezerrt und blickte in entsetzte Gesichter.

Wie durch Watte hörte ich die Frage: »Daniel, alles in Ordnung? Geht es dir gut?«

Ich nickte leicht benebelt und keuchte: »Ja, ja, ich bin ok.«

»Wie konntest du nur so leichtsinnig sein? Hattest du denn den zweiten Schwarzmantel nicht bemerkt?« Es war Zenodot, der die Frage gestellt hatte.

Mittlerweile sah ich wieder klarer und auch die Taubheit war verschwunden. »Nein!«, meinte ich etwas kleinlaut. Mein Blick fiel auf Cornelia, die mit dem Schwert in der Hand neben dem Alten stand. »Das war Rettung in letzter Sekunde«, bedankte ich mich.

Lombardi zuckte grinsend mit den Schultern. »Danke nicht mir – sondern ihr!«

Ich wirbelte herum und blickte in das lächelnde Gesicht von Alli.

»Ich habe dir doch gesagt, dass ich dich nicht im Stich lasse!«, meinte sie schelmisch.

»Zum Teufel, wo kommst du auf einmal her?«, waren die erstbesten Worte, die meinen Mund verließen, weil meine Überraschung viel zu groß war.

Zenodot hingegen zischte mahnend: »Keine Zeit für Erklärungen, wir müssen weiter! Vigoris wird nicht mehr lange auf sich warten lassen.«

Alli steckte ihr Schwert weg. »Dann folgt mir! Ihr werdet es nicht glauben, was ihr gleich zu sehen bekommt.«

Ohne weitere Worte eilte sie den Gang entlang um die Biegung und war auch schon verschwunden.

Wir folgten ihr mit schnellen Schritten, während ich der Italienerin zu raunte: »Ich würde echt gerne wissen, wie sie durch die Barriere gekommen und warum sie den Schwarzmänteln nicht in die Arme gelaufen ist. Einar ist jedenfalls nicht an ihnen vorbeigekommen.«

»Wir werden es bestimmt noch erfahren«, meinte Lombardi und lief etwas schneller, da Alli sich bereits vor uns im Halbdunkel des Ganges verlor.

Der Tunnel führte uns immer tiefer unter Frankfurt und langsam kamen mir Zweifel, ob dieser Vigoris wirklich im Stande gewesen war, so ein Bauwerk unbemerkt von den Frankfurter Bürgern und der Behörde zu bewerkstelligen. Ich hörte Zenodots Keuchen hinter mir und zollte dem alten Mann eine gehörige Portion Respekt, immerhin war er über zweitausend Jahre alt. Gut, ich hatte natürlich keinen Vergleich, denn man lernt ja nicht an jeder Ecke einen Methusalem kennen, aber für sein Alter war er wirklich gut zu Fuß. Plötzlich flackerte ein bläuliches Licht vor uns auf und direkt vor diesem Schimmer zeichnete sich deutlich die Silhouette von Alli ab. Also schien der lange Tunnel sein Ende zu nehmen – wir hatten anscheinend unser Ziel erreicht!

Schweratmend kam ich neben der Engländerin zum Stehen und riss ungläubig die Augen auf. Wir standen auf einem Absatz, über den eine Treppe mit etwa zehn Stufen nach unten führte. In der Mitte der Treppe war eine Rampe gemauert, höchstwahrscheinlich für Vigoris mit seinem Rollstuhl. Der vor uns liegende Raum war vielleicht vierzig, fünfzig Quadratmeter groß, über vier Meter hoch und komplett mit Lapislazuli ausgekleidet. Die blankpolierten Steine strahlten ein fast überirdisches Licht aus – das war der bläuliche Schein, den ich schon im Tunnel wahrgenommen hatte. Der Boden war ebenfalls mit den blauen Steinen gefliest, doch genau in der Mitte des Raumes war eine Art Mosaik oder Intarsie eingelassen worden. Ich stellte den Kopf etwas schräg, um das Symbol besser entziffern zu können und erkannte zu meinem Erstaunen das Zeichen der *Weltengänger* – ein Kreis, in dessen Mitte das Kreuz, das mit seinen Enden über den Kreisrand hinauslief. Doch etwas war anders an diesem Bild, der Kreis hatte zwar seine runde Form, doch die umlaufende Linie wurde als Schlange dargestellt, die sich selbst in den Schwanz biss und von Dornenranken umschlungen war. Dann heftete sich mein Blick an die Stirnseite des Raumes, dort stand ein steinerner Altar, darauf zwei Kandelaber, jede Menge Schriftrollen und Bücher, sowie eine Steinplastik von einer mir unbekannten Person. Auf einmal setzte mein Herz einen Schlag aus, denn rechts und links des Steintisches befanden sich zwei große Vitrinen mit Glasabdeckungen. Sie waren innen mit blutrotem Samt ausgeschlagen und in Vertiefungen – zwar nur schemenhaft zu erkennen – lagen jeweils vier rechteckige Metallblöcke. Wir hatten ihn also tatsächlich gefunden: den Aufbewahrungsort der acht Gravurplatten.

»Seht ihr auch, was ich sehe?«, fragte ich leise.

Alli lachte leise auf. »Unglaublich, nicht wahr? Ja, da unten liegen alle restlichen Gussformen.«

Zenodot blieb ungewöhnlich still und scannte den Raum mit seinen Augen regelrecht ab.

Ich zeigte auf die Mitte des Raumes. »Kennt einer von euch dieses Symbol und weiß, was es bedeutet?«

Jetzt meldete sich der Alte zu Wort. »Wenn du eine plakative Übersetzung haben willst, sie lautet: *Tod allen Weltengängern!* Die Schlange ersetzt den Kreis des Lebens und erwürgt das Kreuz, also den Weltengänger. Die Dornen symbolisieren den Schmerz, den der Weltengänger dabei erleiden soll.«

»Aha!«, meinte ich und schluckte mit einem Kloß im Hals.

»Ich spüre eine magische Quelle in diesem Raum, doch es sind nicht die Gussformen«, redete Zenodot beunruhigt weiter und seine Stimme nahm einen deutlich nervösen Unterton an.

»Ich habe es vorhin ebenfalls gefühlt, deshalb bin ich die Stufen auch nicht runtergelaufen ...«, bestätigte Pia Allington nachdenklich,

»und ich verwette meinen Kopf, dass da unten irgendein Sicherungsmechanismus versteckt ist.«

»Und jetzt?«, erkundigte sich Tarek Tollkirsche.

Lombardi überlegte laut: »Vielleicht gibt es einen versteckten Schalter, Druckknopf oder Hebel. Seht euch mal um, auch in dem Tunnel, aus dem wir gerade gekommen sind.«

»Macht das, ich bleibe hier, vielleicht fällt mir noch etwas auf!«, brummte Zenodot.

Ich wandte mich gerade wieder dem Gang zu, als eine Stimme rief: »*Wie, du willst schon gehen?*«

»Wie bitte?«, sagte ich in voller Lautstärke und alle Anwesenden sahen mich fragend an. Plötzlich dämmerte es mir! Mein Kopf flog wie ein Pfeil herum und meine Augen suchten den Altar – die Steinstatue! Ich gab den anderen ein Zeichen und konzentrierte mich auf das Bildnis.

»*Du wolltest gehen?*«, fragte die Stimme noch einmal.

»Nein, aber wir glauben, dass in diesem Raum eine Falle existiert und wollten nach etwas suchen, das sie ausschaltet«, erwiderte ich wahrheitsgemäß.

»*Dazu musst du den Raum nicht verlassen! Stelle dich rechts neben die Rampe und tritt auf die erste Stufe der Treppe, überspringe die zweite, stelle dich mit beiden Füssen auf Stufe drei und springe auf die sechste Stufe. Das war's auch schon! Aber hüte dich vor der Abfahrt, dort kommt nur der Rollstuhlfahrer mit seinen magischen Kräften runter.*«

Nach dieser Offenbarung war ich völlig perplex. »Wer bist du? Und warum sollte ich dir trauen?«

»*Das musst du nicht – mir vertrauen. Ich bin niemand, einfach eine Statue, lieblos in Stein gehauen.*«

Ich hörte eine unendliche Traurigkeit aus der Stimme und fragte vorsichtig: »Und wie bist du in diesen Raum gekommen?«

»*Der Rollstuhlfahrer brachte mich hierher. Ich war einst ein Geschenk an ihn und er hat wohl Gefallen an meinem Aussehen gefunden. Seitdem friste ich mein Dasein in Dunkelheit. Gelegentlich kommt er vorbei, spricht seltsame Laute und vollzieht noch seltsamere Rituale. Ich sehne mich nach dem Himmel.*«

Ich teilte den anderen das eben Gehörte mit und bat um ihre Meinung. Doch bevor auch nur einer seinen Standpunkt mitteilen konnte, stand Einar auf der ersten Stufe, sprang mit beiden Beinen auf die dritte und von dort auf die sechste Stufe. Es folgte ein leises Rumoren und sofort trat wieder Stille ein.

»Einar, du törichter Narr!«, schimpfte Zenodot, doch es hörte sich nur sehr halbherzig an.

»*Es ist vollbracht! Du kannst zu mir kommen*«, meinte die Stimme erfreut.

Instinktiv vertraute ich dem Stein und lief die Treppen hinunter, wo Einar bereits wartete. Ich zwinkerte ihm kurz zu und er blinzelte zurück. Jetzt fasste sich auch die restliche Gruppe ein Herz und betrat den Lapislazuliraum. Ich hingegen eilte sofort zur ersten Vitrine und klappte den Deckel auf – da lagen sie, vier Gussformen fein säuberlich aufgereiht. Cornelia und Alli hatten nun ebenfalls den zweiten Glaskasten geöffnet, während Zenodot sich über die Bücher und Schriftrollen gebeugt hatte. Er überflog hastig die Titel und rief: »Packt alles ein und dann nichts wie raus. Einar, Tarek – ihr nehmt die Bücher, ich die Schriftrollen und die drei Weltengänger die Gravurplatten. Los, los, los!«

Verzweifelte Worte hallten durch meinen Kopf: »*Nimm mich mit! Bitte! Ich kann die Dunkelheit nicht mehr ertragen.*«

»Hat irgendjemand ein Tuch oder Stoff zum Einwickeln der Gussformen?« Ich hatte keine Lust die Metallstücke mit bloßen Händen anzufassen, denn mir lagen noch Zenodots belehrende Worte in den Ohren.

»Ja, hier, ich habe zwei Stofftücher eingepackt, falls wir die Gussplatten finden sollten«, rief Cornelia und warf mir ein Tuch über Zenodots Kopf zu. Schnell wickelte ich die Formen darin ein, genauestens darauf bedacht, das bloße Metall nicht zu berühren. Dann schnappte ich die Statue und steckte sie in die Innentasche meiner Jacke, direkt einhergehend mit einem gedämpften Jubelschrei. Einar und Tarek – jeder beladen mit vier Büchern – standen schon oben am Absatz der Treppe und mahnten ungeduldig zur Eile. Ich rannte die Stufen hinauf, gefolgt von Zenodot und die beiden Frauen direkt hinter ihm. Wie von Hunden gehetzt jagten wir den Gang bergauf und erreichten Augenblicke später die Biegung. Hier gönnten wir uns die erste kurze Verschnaufpause, da der Alte nur noch mit Mühe Schritt halten konnte. Tarek schlich vorsichtig um die Kurve und raunte uns zu:

»Der Weg ist frei – schnell! Je eher wir den U-Bahnschacht erreichen, desto schneller entkommen wir dieser Mausefalle.«

»Geht es noch, Zenodot?«, fragte ich den Alten.

»Es muss gehen. Los, los, der Kobold hat recht!«, keuchte er und eilte an mir vorbei.

Ich ließ Alli und Cornelia ebenfalls passieren und bildete jetzt das Schlusslicht. Der Gang zog sich wieder endlos dahin und ich hörte die röchelnden Laute des Bibliothekars. Es grenzte an ein Wunder, dass er dieses Tempo bergauf überhaupt durchhielt. Endlich tauchte im Dämmerlicht der dumpfen Glühbirnen die kleine eiserne Pforte auf. Erleichterung machte sich breit – gleich waren wir dieser beklemmenden Enge entronnen. Tarek stieß die Tür auf und betrat den U-Bahntunnel. Einar, direkt hinter ihm, schlüpfte ebenfalls hindurch. Ein paar Meter hinter ihnen quälte sich Zenodot, sichtlich am Ende seiner Kräfte, auf die Öffnung zu. Als er sie endlich erreicht hatte, knickten ihm die Beine weg. Beide Frauen halfen ihm wieder hoch und gemeinsam schleppten sie den Alten hinaus in den Schacht. Ich befand mich kaum zwei Meter von der Türe entfernt, als die Stimme der Statue angsterfüllt durch meinen Kopf hallte: »*Der Rollstuhlfahrer! Er ist da!*«

Ich bremste aus vollem Lauf ab und kam genau vor der Pforte zum Stehen. »Was sagst du da?«

»*Er ist ganz in der Nähe, ich kann ihn deutlich spüren!*«, kam die besorgte Antwort.

Ich versuchte mich innerlich zu beruhigen und schlich zu der kleinen Eisentüre. Ich schickte ein Stoßgebet zum Himmel, dass sie beim Öffnen nicht quietschen möge und zog sie vorsichtig einen winzigen Spalt auf. Zumindest war diese Sorge unberechtigt, die Angeln waren anscheinend gut geölt, denn das Metall ließ sich ohne großen Widerstand lautlos öffnen. Kaum hatte ich ein wenig freies Sichtfeld, als ich die Gruppe um Zenodot mitten auf den Schienen stehen sah. In diesem Moment hallte eine unbekannte Stimme durch den Tunnel: »Sieh an, wen haben wir denn da? Zenodot von Ephesos hat sein kleines Rattenloch verlassen.«

Verdammt!, dachte ich entsetzt. Natürlich war es unschwer zu erraten, wem diese Stimme gehörte: Nicolas Vigoris. Gedanken flogen durch meinen Schädel und spielten mögliche Optionen durch, doch ich hatte keine Ahnung, welche Verstärkung der Diener des Dämons sonst noch mit dabei hatte. Eines war aber ziemlich klar, alleine war er mit Sicherheit nicht gekommen. Ich zog die Türe wieder zu und ließ mich an der Steinwand runterrutschen. »Und jetzt? Was soll ich tun? Denk nach, Daniel!«, sprach ich zu mir selbst.

»*Geh nach unten zur Kammer! Sie hat einen zweiten Ausgang.*«

Wie vom Donner gerührt, wurde ich stocksteif. »Wie bitte? Es gibt einen weiteren Ausgang? Und das fällt dir jetzt ein? Warum hast du das nicht schon vorher gesagt?«, blaffte ich aufgebracht.

»*Es hat mich keiner danach gefragt ...*«, folgte die erstaunte Antwort.

Ich klatschte mit der Handfläche an die Stirn und stöhnte laut: »Steine!«

Doch sich jetzt darüber zu ärgern, half nicht weiter. Ich hangelte mich wieder auf die Beine und rannte wie ein Besessener den Gang hinab zur Kammer. Ich konnte den anderen gegenwärtig ohnehin nicht helfen, aber wenn ich nun tatsächlich ungesehen nach außen kommen sollte, dann bestand zumindest eine reelle Chance, gemeinsam mit den anderen Kobolden etwas zu unternehmen. Eigentlich lag der Verdacht auf einen zweiten Ausgang ziemlich nahe, denn so wie ich Vigoris einschätzte, hatte er sich mit Sicherheit ein Hintertürchen offengelassen. Während ich die Biegung umrundete und erneut auf die Kammer zu sprintete, sprach ich die Statue an: »Wo ist der zweite Ausgang?«

»*Gehe hinunter zum Altar, dort findest du die Darstellung eines sehr seltsamen Wesens, eingelassen im Stein. Drücke beide Augäpfel gleichzeitig, dann wird sich eine Öffnung zeigen*«, erklärte die Stimme wissend.

Kaum hatte ich den Lapislaziluraum erreicht, stoppte ich unmittelbar vor dem Treppenabsatz. »Aktiviert sich die Falle beim Verlassen der Kammer?«

»*Ich bin mir nicht sicher! Also wiederhole zur Sicherheit die Prozedur. Weißt du sie noch?*«

»Natürlich! Auf die erste Stufe stellen, die zweite auslassen, dann mit beiden Beinen auf der dritten landen und zum Schluss auf die sechste springen«, brummte ich, setzte meinen Fuß auf die erste Treppe und begann mit dem Ablauf. Danach eilte ich sofort auf den Altar zu und erkannte darauf eine schemenhafte Dämonenfratze. Vorhin hatte ich sie nicht bemerkt, was vermutlich daran gelegen hatte, dass die herumliegenden Bücher und Schriftrollen sie verdeckt hatten. Ich wollte mir lieber nicht vorstellen, um wen es sich bei diesem Abbild handelte, doch ich hegte den leisen Verdacht, dass das Gegenstück dieser Darstellung seit geraumer Zeit sein Dasein in einem Dämonengefängnis unter Stonehenge fristete. Schnell drückte ich mit den Daumen auf beide Augen, worauf prompt ein scharfes Klicken ertönte, gefolgt von einem kühlen Windstoß, der zischend durch den Raum fegte. Ich blickte mich gehetzt um und erkannte an der Wand rechts von mir, einen, in den Raum aufgesprungenen viereckigen Durchlass. Die große Platte stand gerade so weit von der Wand weg, dass ich mit den Fingern dahinter greifen und sie vollends hervorziehen konnte. Dunkelheit empfing mich, denn im Gegensatz zu dem großen Gang befanden sich hier keine Glühbirnen. Ich zog ein Feuerzeug aus meiner Tasche und beglückwünschte mich insgeheim, dass ich noch die eine oder andere Zigarette rauchte, denn sonst hätte ich das Ding niemals dabeigehabt. Im Schein des kleinen flackernden Feuers stellte ich zudem fest, dass an der Innenseite der Türe ein Griff angebracht worden war. Schnell zog ich die Türe zu, sodass niemand, der die Lapislazulikammer betreten würde, Verdacht schöpfte. Der Boden war eben und gerade so hoch, dass jemand, der im Rollstuhl saß, aufrecht sitzen konnte – was mich leider dazu veranlasste, in gebückter Haltung vorwärts hasten zu müssen. Der Tunnel zog sich endlos dahin und bereits nach wenigen Minuten hatte ich keine Ahnung mehr, in welche Richtung ich kroch, geschweige denn, wo ich mich gerade befand. Alle paar Meter schnipste ich das Feuerzeug an, um zu sehen, ob irgendetwas vor mir auftauchte. Die Luft war drückend stickig und im Schein der Flamme fiel mir zudem eine dicke Staubschicht am Boden auf – hier war seit Urzeiten niemand mehr entlanggekommen. Einzig der stetige Anstieg gab Anlass zur Hoffnung, dass ich irgendwann auf eine der Ebenen der Konstablerwache treffen würde. Als ich mich zum gefühlten hundertsten Male im Schein der winzigen Flamme umsah, erblickte ich endlich schemenhaft das Ende des Ganges. Neue Zuversicht packte mich und mein bereits schmerzender Rücken jubelte gequält auf. Schnell robbte ich auf den Endpunkt zu und musterte die vor mir liegende Mauer. Wieder befand sich dort ein Stein mit einem eingelassenen Griff, den ich nun mit aller Kraft nach außen drückte. Knirschend gab das Mauerwerk nach und offenbarte eine Ausstiegsluke. Ich lehnte mich mit aller Kraft dagegen, als sie unvermutet ganz aufsprang, sodass ich regelrecht herauspurzelte. Hektisch schnellte ich wieder auf die Beine und nahm panisch meine Umgebung unter die Lupe. Ich fand mich in einem U-Bahnschacht wieder, soviel sah ich auf den ersten Blick, doch das *Wo* war die eigentliche Frage. Plötzlich hörte ich eine Stimme und erkannte sie augenblicklich – Nicolas Vigoris. Unversehens wusste ich auch, in welchem Tunnel ich mich befand. Wir waren mit unserer Gruppe in den Tunnel gelaufen, in dem die U-Bahnen in Richtung Dom fuhren, also war dieser Schacht die Parallelstrecke, die entgegengesetzt vom Dom zur Konstablerwache führte. Tatsächlich erkannte ich jetzt in etwa hundertfünfzig Meter Entfernung die halbkreisförmige Öffnung, die die Einfahrt zur C-Ebene darstellte. Ein kurzer Blick auf die Uhr zeigte mir, dass inzwischen genau sieben Minuten vergangen waren, seit ich die Stimme von Vigoris zum ersten Mal vernommen hatte. Sieben Minuten! Eine ganze Ewigkeit in der viel passieren konnte. Ich rannte auf das Schachtende zu und kam keuchend am Ausgang zum Stehen. Mühsam versuchte ich meine Atmung unter Kontrolle zu bringen, während ich behutsam um die Ecke, in den angrenzenden Paralleltunnel blickte, um mir einen kurzen Überblick zu verschaffen. Unendliche Erleichterung machte sich breit, als ich im Halbdunkel Alli, Cornelia, Zenodot und die zwei Kobolde noch lebend ausmachen konnte. Doch vor der Gruppe, also mit dem Rücken zu mir, stand mitten auf den Schienen ein Rollstuhl, umringt von mindestens zehn Schwarzmänteln. Zu Füßen von Vigoris hatten es sich zudem noch zwei dieser Höllenköter bequem gemacht. Jetzt war guter Rat teuer, denn mit allen konnte ich es nicht aufnehmen, das wäre reiner Selbstmord gewesen.

»Was für eine Scheiße!«, flüsterte ich leise.

»Das kannst du echt laut sagen! Wir haben viele gute Freunde verloren.«

Ich fuhr wie ein geölter Blitz herum und zog während der pfeilschnellen Drehung mein Schwert und schlug zu. Millimeter vor der Kehle des Kobolds kam das Yatagan zum Stehen.

»Was zum ...?«, zischte ich entsetzt.

Zu Tode erschrocken fixierte der Kobold mit riesengroßen Augen meine Silberklinge, die noch leicht vor seinem Hals zitterte.

»Wo kommst du denn auf einmal her? Was ist passiert? Und bitte fasse dich so kurz wie möglich«, flüsterte ich und steckte die Waffe wieder weg.

Mit leiser Stimme und schnellen Worten erzählte der Kobold – er stellte sich übrigens als Primus Pimpernell vor – was seit unserem Eindringen in die Kammer alles vorgefallen war. Vigoris war über den östlichen Eingang der Konstablerwache eingedrungen und nach einem heftigen Kampf mit den Schwarzmänteln, hatten die Kobolde mehr als zehn Tote zu beklagen, worauf sie ihr Heil in der Flucht suchten.

»Wo sind deine Leute jetzt?«, fragte ich den Kleinen.

»In der Ebene über uns. Der Diener des Dämons hatte vier Schwarzmäntel zurückgelassen, um die Zugänge zu dieser Ebene zu bewachen, doch mit vereinten Kräften haben wir sie überwältigt und vernichtet.«

»Das heißt also, der Bahnsteig über uns ist wieder frei«, überlegte ich laut. »Wie viele Kobolde?«

»Kaum mehr als zwanzig«, flüsterte Primus traurig.

Ich stieß einen leisen Seufzer aus. »Gegen zehn Schwarzmäntel, zwei dieser Dämonenhunde und den Diener höchstpersönlich?«

Der Kobold sah mich abwägend an. »Du vergisst die Gefangenen im Tunnel. Wenn wir die Schwarzmäntel im Tunnel angreifen, steht der Diener genau zwischen uns, wir nehmen ihn also in die Zange. Die beiden Frauen sind mächtige Weltengänger und Zenodot hat große magische Kräfte, wir könnten sie also von zwei Seiten bekämpfen. Wobei ich natürlich nicht weiß, wie stark dieser Mann im Rollstuhl ist. Er hat sich vorhin nicht in die Kämpfe eingemischt.«

»Wahrscheinlich typisch für Vigoris, überlässt die Drecksarbeit lieber den anderen!«, raunte ich missmutig und traf fieberhaft eine Entscheidung. »Hole die Kobolde hierher! Aber seid um Himmelswillen leise. Nur das geringste Geräusch und unser Überraschungsmoment ist dahin!«

Primus Pimpernell nickte, kletterte auf den Bahnsteig und eilte lautlos zur Treppe in die B-Ebene. Ich schlich mich hingegen wieder zu dem Bereich, von dem ich den anderen Tunnel überblicken konnte. Vigoris hielt immer noch selbstverliebt einen Vortrag, doch konnte ich seine Worte nur gedämpft und bruchstückhaft verstehen. Die Schwarzmäntel schwebten regungslos in der Luft, doch man konnte erahnen, dass sie bereit waren, jederzeit zuzuschlagen, wenn ihr Herr und Meister den Befehl dazu gab. Die Köter rührten sich ebenfalls nicht, doch für sie galt faktisch das Gleiche. Mir blieb nichts anderes übrig, als abzuwarten und zu hoffen, dass die Kobolde möglichst schnell hier auftauchen würden. Hinter mir erklang ein kaum wahrnehmbares Geräusch. Ich fuhr herum und sah, wie die Jungs, einer nach dem anderen, die Treppe hinunterschlichen. Doch, wenn *ich* den Ton gehört hatte, dann vermutlich auch andere – und tatsächlich – ein Zerberus hatte seinen Kopf umgewandt und blickte genau in meine Richtung. Seine gelben Augen drangen mir durch Mark und Bein, während ich mich angespannt gegen das Mauerwerk drückte. Er hob witternd seine Schnauze, streckte sich kurz und verließ seinen Platz. Langsam und gemächlich trottete er auf den Tunnelausgang zu, unschlüssig, ob da eine vermeintliche Gefahr lauerte. Hektisch winkte ich den Kobolden zu, dass sie in Deckung gehen sollten und umfasste meinen Schwertgriff mit zitternden Fingern. Wenn der Hundedämon jetzt etwas merken sollte, war die ganze Aktion beim Teufel. Und dieses verfluchte Vieh kam meiner Position immer näher. Ich zog mich lautlos zwei Schritte in den Paralleltunnel zurück, sodass – wenn der Köter nicht stoppte – er direkt an mir vorbei musste, aber für die Gruppe im Nebentunnel bereits außer Sicht war. Ich hatte nur diese eine Chance, dessen war ich mir sehr bewusst. Schon hörte ich das leise Schleifen seiner Krallen auf dem losen Untergrund. Ich suchte einen festen Stand, zog das Yatagan und hob es über den Kopf. Ich wagte kaum zu atmen und betete insgeheim, dass der Zerberus wieder umdrehen möge, aber leider tat er mir diesen Gefallen nicht. Schon tauchte sein kahler wuchtiger Schädel in meinem Sichtfeld auf. Als er mich erblickte, weiteten sich seine bösen Augen für einen winzigen Moment, doch genau in diesem Augenblick traf ihn mein Schwert mit unglaublicher Wucht. Lautlos brach der Hundedämon zusammen, schnell vollführte ich einen zweiten Stich, der die Klinge mitten ins Herz führte. Zitternd atmete ich tief durch – einer weniger! Sofort schlich ich die zwei Schritte wieder vorwärts und spähte in den anderen Tunnel. Ich atmete erleichtert auf, denn anscheinend hatte keiner den Vorfall bemerkt. Die Schwarzmäntel schwebten immer noch an Ort und Stelle, während Vigoris mit weit ausladenden Gesten über irgendetwas schwafelte. Er schien wirklich ausgesprochen narzisstisch veranlagt zu sein, denn an seiner Stelle hätte ich wahrscheinlich schon längst kurzen Prozess gemacht.

Plötzlich stand Primus Pimpernell wieder neben mir. »Du bist extrem schnell, Weltengänger! Als der Dämonenhund um die Ecke schlich, blieb uns allen das Herz stehen. Was jetzt?«

Ich kniete mich vor den Kleinen, um leiser sprechen zu können. »Wir werden uns so nah wie möglich anschleichen. Ihr benötigt für einen Wurf eurer Silberdolche eine möglichst kurze Distanz?«

Pimpernell nickte nur.

»Gut, also werden wir es folgendermaßen versuchen: Wichtig ist, dass ihr nicht blind werft, sondern gezielt drei oder vier Schwarzmäntel auswählt und sie gemeinsam angreift, dann ist die Chance relativ groß, dass sie schnell erledigt werden. Je mehr Silber so ein Biest trifft, desto schneller vergeht es. Alle Augen werden auf uns gerichtet sein und das ist dann die Gelegenheit für Zenodot und die anderen ebenfalls einzugreifen. Sollte das funktionieren, hätten wir sie in der Zange«, flüsterte ich Primus ins Ohr.

»Wir werden mit dem Wächterblick ziemlich nah rankommen, sollten sie uns nicht schon vorher bemerken. Allerdings müssen wir wieder sichtbar werden, um zu werfen …«, erklärte er mir, während er mich mit leuchtenden Augen ansah und ehrfurchtsvoll ergänzte: »im Gegensatz zu dir! Wir haben gehört, dass du deine Waffe während des Wächterblicks ziehen und sogar zuschlagen kannst?«

»Ja, aber ich hatte keine Ahnung, dass das etwas Besonderes ist.«

»Du bist etwas Besonderes, Weltengänger Daniel. Mit dir an unserer Seite werden wir den Sieg davontragen!«, raunte Primus Pimpernell zuversichtlich und verursachte mir mit seiner Aussage ein leichtes Magenziehen.

»Also los, lauf zu den restlichen Kobolden und informiere sie. Ich gebe euch ein Zeichen, wenn es soweit ist. Viel Glück!«

»Danke, das werden wir alle gebrauchen können«, meinte Primus und verschwand lautlos.

Plötzlich fühlte ich mich völlig allein. Noch nie zuvor hatte ich ein ähnliches Gefühl, wie jenes, das jetzt durch meinen Körper flutete. Für einen Menschen, der Gewalt und Aggression prinzipiell aus dem Wege geht, ist es nur schwer greifbar, wenn man an der Schwelle zu einem Kampf steht und sich bewusst wird, dass er tödlich ausgehen kann. Diese Angst um das eigene Leben betäubt die Sinne. *Lasse nicht zu, dass die Angst die Oberhand gewinnt und dich lähmt.* Diese Worte von Tobias Trüffel hallten plötzlich in meinen Ohren wider und brachten mich zurück in die Wirklichkeit. *Nein, ich will nicht zulassen, dass sie mich betäubt!* Ich verschaffte mir nochmals einen kurzen Überblick, atmete tief durch und gab den Jungs das vereinbarte Zeichen. Schon kletterten etwa zwanzig Winzlinge den Bahnsteig hinunter auf die Gleise, konzentriert darauf bedacht, nicht den leisesten Ton von sich zu geben. Ich erkannte, wie einer nach dem anderen den Wächterblick einsetzte und verschwand. Jetzt galt es! Ich trat aus dem Schatten des Tunnels und fokussierte mich auf den Schwarzmantel, der direkt vor dem Rollstuhl von Vigoris schwebte. Unglücklicherweise trat ich im selben Moment auf ein winziges Stück Plastik, das im Steinbett zwischen den Schienen lag. Es ertönte ein leises Knacken, doch laut genug, dass der Kopf des verbliebenen Zerberus herumflog und die Schwarzmäntel sich umdrehten. Sofort brach Chaos aus, denn zeitgleich tauchten die Kobolde auf und zwanzig Silberdolche blitzten synchron durch die Luft. Vier der Schwarzmäntel kreischten sofort ohrenbetäubend auf und vergingen in einer Rauchwolke. Ich hatte bereits während des Geräusches den Wächterblick eingesetzt und flog pfeilschnell auf mein Ziel zu, wie bereits zuvor stieß ich das Schwert tief in Kapuze. Auch Alli und Cornelia hatten sofort reagiert und waren nach dem Auftauchen der Kobolde zwei Schattenwesen in den Rücken gefallen. Zenodot schien sich auf Vigoris zu konzentrieren, der vermutlich nicht wusste, wie ihm gerade geschah. Überall wurde nun geschrien, gekämpft und ich versuchte in diesem heillosen Durcheinander den Überblick zu behalten. Plötzlich tauchte vor mir ein weiterer Schwarzmantel auf, während direkt hinter mir ein bösartiges Knurren ertönte.

Ein Schrei gellte über alle hinweg: »DANIEL!«

Einar hatte ihn ausgestoßen und rannte auf den Zerberus zu, im gleichen Augenblick griffen beide Schattenwesen an. Einem Instinkt folgend hechtete ich einfach zur Seite und rollte mich ab. Der Höllenhund stoppte mitten im Lauf und wollte einen Haken schlagen, schlitterte aber mit seinen langen Krallen ein kleines Stück über den Schotter. Diese Verzögerung reichte aus, dann hatte ihn Einar erreicht. Er sprang dem Hundedämon einfach auf den Rücken und rammte ihm seine Silberklinge tief in den Nacken. Ein schmerzliches Aufheulen erfolgte und der Zerberus sprintete hakenschlagend los, um seinen ungebetenen Reiter abzuschütteln. Wäre der Schwarzmantel nicht auf mich losgegangen, hätte ich diesen Anblick durchaus als Situationskomik empfunden, doch Zeit darüber nachzudenken, hatte ich keine. Ich spürte vielmehr die direkte Nähe des Wesens, denn das ekelhafte Gefühl seiner Bösartigkeit ergriff Besitz von mir. Ich stemmte mich mit aller Macht gegen diese Empfindung, als ein markerschütternder Donnerschlag, einhergehend mit einer gewaltigen Druckwelle, jeden im Tunnel von den Beinen holte und die Schwarzmäntel regelrecht beiseite fegte. Eine unnatürliche Stille trat ein. Benommen, mit lautem Pfeifen in den Ohren, rappelte ich mich wieder auf die Beine und suchte verwundert nach dem Grund. Die Ursache war sofort klar, als ich Vigoris erblickte. Zum allerersten Mal stand ich ihm von Angesicht zu Angesicht gegenüber und dieser Anblick war zutiefst verstörend. Ich weiß nicht, was ich erwartet hatte, aber sein Aussehen war das eines uralten und gebrechlichen Mannes. Tiefe Falten und etliche Narben verunzierten das ausgemergelte Gesicht, doch so betagt er wirken mochte, seine Augen straften jedes Alter Lügen. Eisblau und hellwach strahlten sie eine alptraumhafte Kälte aus, die jede Faser meines Körpers erfasste und mich frösteln ließ. Seine Arme waren mit seltsamen Tätowierungen überzogen, während seine spinnenartigen Finger sich in die Armlehnen seines Rollstuhls krallten. Er verzog das Gesicht zu einer hässlichen Grimasse und geiferte mit einer sandpapierähnlichen Stimme: »DEBRIEN!?« Dann zeigte er mit der Hand auf mich und vollzog eine schnelle Bewegung. Ein entsetzter Aufschrei echote durch den Raum und ehe ich mich versah, wurde ich mit roher Gewalt auf den Boden geschleudert. Hinter mir explodierte etwas mit großer Hitze an der Tunnelwand. Ein zweites, diesmal wütendes Gebrüll folgte und verwirrt hob ich meinen schmerzenden Kopf. Neben mir lag Alli im Dreck und stöhnte leise. Plötzlich verstand ich, sie hatte mich niedergestreckt und damit aus der Schusslinie des für mich bestimmten Feuerballs gebracht. Auch Zenodot hatte sich in der Zwischenzeit wieder erholt und versuchte Vigoris abzulenken, damit alle anderen ebenfalls wieder auf die Beine kamen. Dieser Bibliothekar war wirklich zäh wie Leder. Mit einem Seitenblick erhaschte ich den Tunnelausgang, dort entbrannte gerade erneut der Kampf

Kobolde gegen Schwarzmäntel und auch Cornelia lieferte sich ein weiteres Gefecht mit einem der Schattenwesen. Nur von Einar und dem Zerberus fehlte jede Spur. Ein heller Blitz fuhr zielsicher Richtung Zenodot, der sich mit einem halsbrecherischen Seitensprung in Sicherheit brachte. Vigoris tobte in seinem Rollstuhl und sandte ein um den anderen Zauber aus, lange würde es nicht mehr dauern und er würde den Bibliothekar erwischen. Angsterfüllt überlegte ich, was zu tun war, denn noch war der Diener des Dämons abgelenkt. Ich entschied mich für die vielleicht unorthodoxeste Methode, die mir in diesem Moment einfiel. Ich setzte meinen Wächterblick ein und rannte direkt auf Vigoris zu. In einem Wimpernschlag hatte ich ihn erreicht und rammte meine Schulter mit voller Wucht in seinen fahrbaren Untersatz. Vigoris wurde in hohem Bogen aus dem Rollstuhl katapultiert, während ich schon wieder mit der Nase im Schmutz landete. Alli reagierte sofort und bevor sich Vigoris auch nur halbwegs von dem Sturz erholen konnte, war sie über ihm und schlug zu. Der Körper des Dämonendieners sackte in sich zusammen.

Hinter mir brüllte Zenodot plötzlich: »Helft den anderen, ich kümmere mich um Vigoris! Schnell!«

Ein Blick genügte und wir wussten, was zu tun war, denn etwa die Hälfte aller Kobolde lag regungslos am Boden und zwei Schwarzmäntel hatten Cornelia in ihren Klauen. Alli stieß einen spitzen Schrei und rannte los. Ich zählte insgesamt noch vier Schattenwesen, die zwei bei der Italienerin und zwei, die gegen die verbliebenen Kobolde, darunter auch Tarek Tollkirsche, kämpften. Alli würde unzweifelhaft mit zwei Gegnern fertig werden, also entschied ich mich den Jungs zu helfen. Mit Hilfe des Wächterblickes tauchte ich im Bruchteil einer Sekunde hinter einem der Schwarzmäntel auf und zog mein Schwert quer durch seinen schemenhaften Körper. Das Wesen wirbelte herum und fixierte mich mit seinem tiefschwarzen Nichts. Deutlich spürte ich seine bösartige Aura, gefolgt von dem schrecklichen Gefühl der Lähmung, das unaufhaltsam in meinen Geist kroch und versuchte von ihm Besitz zu ergreifen. Schon griff die erste Krallenhand nach meinem Hals, doch diesmal war ich vorbereitet. Ich machte zwei schnelle Schritte zurück und brachte mich außer Reichweite der spitzen Fänge. Unerwartet segelte auf einmal ein Silberdolch durch die Luft und das Schattenwesen reagierte prompt, um nicht getroffen zu werden. Das verschaffte mir genau den Augenblick, den ich brauchte. Blitzschnell fuhr meine Klinge quer durch den Halsansatz und trennte Kopf und Körper. Der Kopf verging in einer Rauchwolke, während der untere Teil einen Moment lang bewegungslos in der Luft verharrte, bevor er mehr und mehr transparent wurde, um schließlich als eine Art Gallertmasse auf den Boden zu tropfen. *So geht's also auch*, dachte ich zynisch. Schnell wandte ich mich dem zweiten Schwarzmantel zu, doch dieser löste sich gerade auf, gleichwohl nicht ohne einen der Kobolde mit in den Tod zu reißen. Den Hals des armen Winzlings fest umklammert, drückte das Ungeheuer bis zuletzt zu. Der Kobold wehrte sich mit Leibeskräften, während die anderen verzweifelt versuchten, ihren Kameraden den Klauen zu entreißen. Trotz aller Bemühungen war es zu spät, wir hörten jählings ein lautes Knacken, als die Halswirbel des Kleinen brachen und der Körper erschlaffte. Das Letzte, was ich vernahm, war das höhnische Lachen des Schattenwesens, bevor er sich in Schwaden dichten Nebels verflüchtigte. Ich blickte nervös zu Alli. Sie hatte beide Schwarzmäntel ebenfalls ausgelöscht und kniete gerade neben Lombardi, die leblos zwischen den Gleisen lag. Entsetzt stürmte ich zu ihr. Ich wagte es kaum auszusprechen: »Ist sie …?«

»Nein! Sie lebt …«, fiel Alli mir sofort ins Wort, »aber sie hat ganz schön was abbekommen. Schau sie dir einmal an.«

Ich beugte mich über die Südländerin und musste heftig schlucken. Die Schwarzmäntel hatten bereits angefangen, sie auszusaugen, bevor Alli dazwischen gegangen war. Lombardis Gesicht wirkte um Jahre gealtert, sah eingefallen aus und die dunklen Haare hatten eine hellgraue Färbung angenommen. Ich atmete tief durch und stellte überrascht fest, dass im Tunnel eine seltsam unnatürliche Stille herrschte, kein Laut war zu hören. »Kommt sie wieder auf die Beine?«, fragte ich Alli.

»Ich denke schon, aber sie wird sich an ein neues Aussehen gewöhnen müssen.«

»Und ihr Gedächtnis?«

»Wie Zenodot schon sagte, der Entzug der Lebenskraft kann sich in vielen Varianten zeigen. Wollen wir hoffen, dass es nicht so weit gekommen ist«, antwortete Alli traurig.

Als sie Zenodot erwähnte, schnellte mein Kopf herum und meine Augen suchten den Bibliothekar. Ich erkannte ihn schemenhaft, gebeugt über den Körper von Vigoris, im Halbdunkel des U-Bahnschachtes. »Ich werde mal nach Zenodot sehen, vielleicht braucht er meine Hilfe.«

»Tu das, ich bleibe bei Cornelia.«

Als ich dem Alten gegenübertrat, erhob er sich und lächelte mich erleichtert an. »Schön, dass dir nichts passiert ist.« Er richtete seinen Blick über meine Schulter und fragte sorgenvoll: »Cornelia?«

»Bewusstlos! Die Schwarzmäntel hatten sie in ihren Fängen. Sie ist um Jahre gealtert.«

Ein bedrückter Seufzer entfuhr dem Bibliothekar.

»Bekommst du sie wieder hin?«, fragte ich vorsichtig.

»Ich werde mir die Italienerin gleich ansehen, doch im Augenblick könnte ich deine Hilfe hier gebrauchen. Vigoris muss gefesselt werden.«

Ich blickte mich suchend um. »Hast du eine Schnur oder etwas Ähnliches?«

Zenodot zog ein kleines Messer aus der Tasche und trennte den unteren Saum seiner Kutte fein säuberlich ab. »Damit dürfte es gehen, es ist grober, fester Wollstoff, der sicherlich halten wird. Stecke ihm außerdem einen Stofffetzen in den Mund, damit er keine Zauber wirken kann.« Er reichte mir die Stoffstreifen, während ich den immer noch bewusstlosen Vigoris auf den Rücken drehte. Insgeheim zollte ich Alli Respekt, die Kleine schien eine wirklich harte Rechte zu besitzen. Jetzt, als ich den Dämonendiener aus nächster Nähe betrachten konnte, war sein Antlitz noch abscheulicher. Seine Gesichtshaut war regelrecht übersät mit Narben und Kratern und obwohl ich kein Arzt war, tippte ich auf Pocken oder Blattern. Die Hände waren mit seltsamen Tätowierungen überzogen. Ich erkannte zumindest ein paar Pentagramme, doch bei den meisten Zeichen handelte es sich um mir völlig unbekannte Schriftsymbole. Angewidert hob ich die spindeldürren Arme an und band seine Handgelenke fest mit dem Stoff zusammen. Zweimal vergewisserte ich mich, dass die Knoten stabil und unverrückbar saßen. Dann richtete ich den umgefallenen Rollstuhl wieder auf und wuchtete Vigoris vom Boden hoch. Als ich ihn in den Armen hielt, fiel mir sofort auf, dass er leicht wie eine Feder war. Der Körper bestand wirklich nur aus Haut und Knochen, aber das eigentlich ekelhafte war ein penetranter süßlicher Fäulnisgeruch. Als ich ihn endlich in seinem Untersatz platziert hatte, war ich kurz davor mich zu übergeben. Schnell schob ich ihm einen großen Leinenfetzen in den Mund und band beide Arme zusätzlich an den Lehnen fest. In diesem Augenblick erwachte er aus seiner Ohnmacht. Einen winzigen Moment lag eine gewisse Überraschung in seinen Augen, dann schien er sich seiner Situation schlagartig bewusst zu werden. Die Augäpfel quollen hervor und weiteten sich vor Hass, während sich sein ganzer Körper, rasend vor Zorn, gegen die Fesseln stemmte.

»Zerre so viel du willst, es wird dir nichts nützen, Vigoris«, sprach ich verächtlich und doch lächelte ich ihn dabei an, was seine Wut um ein Vielfaches verstärkte. Hinter seinem Knebel schrie und tobte er wie ein Wahnsinniger, doch durch den Stoff drangen nur dumpfe und unverständliche Laute. Ich beachtete ihn nicht mehr weiter und wandte mich stattdessen Zenodot zu, der bereits auf dem Weg zu Cornelia und Alli war. Als ich die drei erreichte, untersuchte der Alte bereits die Italienerin.

»Sie atmet ruhig und tief«, stellte er fest und schob mit dem Daumen ein Lid nach oben. »Die Augen flattern nicht, was ebenfalls ein gutes Zeichen ist. Sie braucht jetzt viel Ruhe und sollte so schnell wie möglich in die Tiefenschmiede gebracht werden.«

Alli stieß einen leisen und erleichterten Ton aus, während ich mich noch einmal umsah und fragte: »Was machen wir mit Vigoris?«

Bevor Zenodot antworten konnte, hörten wir schnelle Schritte auf dem Bahnsteig. Instinktiv riss ich mein Schwert aus der Scheide, doch zu meiner Überraschung tauchte Julian Schwarzhoff hinter einem der Pfeiler auf. Ich steckte das Yatagan wieder zurück, als der Kommissar auch schon auf die Gleise hinuntersprang und uns entgegeneilte.

»Gott sei Dank, ihr seid alle wohlauf!«, rief er uns bereits von weitem zu. Dann fiel sein Blick jedoch auf die am Boden liegende Südländerin. Schweratmend stoppte er neben mir und keuchte: »Cornelia? Was ...?«

»Zwei Schwarzmäntel hatten sie in den Klauen. Sie lebt, doch welche Auswirkung die Berührung mit den Schattenwesen haben wird, muss sich erst zeigen«, erklärte Alli mit belegter Stimme.

»Was ist passiert?«, fragte Schwarzhoff.

»Später, Julian!«, würgte ich die Frage des Kommissars ab und wandte mich erneut dem Alten zu. »Zenodot, ich frage nochmal, was machen wir mit Vigoris? Wir haben nicht mehr viel Zeit, bevor die ersten U-Bahnen ihren Betrieb wieder aufnehmen.«

»Daniel hat recht. Wir müssen uns was einfallen lassen und zwar schnell!«, pflichtete mir Pia Allington bei.

Der Bibliothekar überlegte einen kurzen Moment und meinte dann: »Wir werden ihn in die blaue Kammer bringen. Dort werden wir ihn vorerst lassen, bis wir wissen, wie wir mit ihm verfahren werden.«

Jemand zupfte mich am Ärmel. Ich sah nach unten, es war Tarek Tollkirsche. Dicke große Tränen kullerten sein Gesicht hinunter.

»Tarek! Was ist los?«, fragte ich erschrocken.

»Komm mit, Weltengänger! Bitte!«, forderte mich der Kleine mit tränenerstickter Stimme auf und wischte sich mit der Hand über die Augen. Er nahm zaghaft meine Hand, führte mich etwa einhundert Meter in den Paralleltunnel und stoppte dann plötzlich. »Sieh!«

Ich machte zwei Schritte nach vorne, dann stockte mir das Herz. Zwischen den Schienen lag der zweite Zerberus und direkt daneben eine kleine Gestalt, mitten in einer großen Blutlache – Einar Eisenkraut. Im Nacken des Dämonenhundes steckte noch der Silberdolch, doch der Zerberus hatte es wohl geschafft, den Kobold abzuwerfen und ihm die Kehle zu zerfetzen, bevor er selbst zu Grunde ging.

»Das hat Einar nicht verdient!«, schluchzte Tarek leise. Er kniete sich neben seinen Freund und strich ihm sanft über den Kopf. »Möge deine Seele Frieden finden und zwischen den Bäumen unserer Vorfahren glücklich werden.«

Ich ging neben ihm in die Hocke und legte behutsam meinen Arm um seine Schulter. »Obwohl ich Einar nur sehr kurz gekannt habe, möchte ich ihn als Freund bezeichnen. Sein Verlust schmerzt mich sehr.«

Der Kleine sah mich tränenüberströmt an und rang sich ein scheues Lächeln ab. »Danke, Weltengänger Daniel.«

»Komm lass uns zu den anderen gehen, damit wir überlegen, wie wir Einar am besten ehren können. Vor allem sollte er hier nicht liegen bleiben.«

Tarek nickte dankbar und stand schwerfällig auf.

Als wir zurückliefen, stiegen wir über die Leichen von mindestens zehn Kobolden, darunter auch Primus Pimpernell und Bolko Blaufichte. »Die Kobolde haben einen hohen Preis bezahlt«, flüsterte ich bitter.

»Ja, das haben wir! Doch er war es wert, denn jetzt sind die Gravurplatten wieder in Sicherheit und die Gefahr ist gebannt«, meinte Tarek und in seiner Stimme schwang trotz alledem ein wenig Stolz mit.

Zurück beim Rest der Gruppe berichteten wir über den Tod Einar Eisenkrauts. Es herrschte nicht nur über dessen Verlust allgemeine Bestürzung, sondern auch als sie erfuhren, welch reiche Ernte der Tod heute unter den Kobolden gehalten hatte. Nach einer kurzen Unterredung wurde entschieden, dass ich, zusammen mit Zenodot, Vigoris in die Kammer verfrachten sollte, während Alli und Kommissar Schwarzhoff die verletzte Italienerin zurück in die Tiefenschmiede bringen würden. Tarek und die anderen überlebenden Kobolde wollten sich den Leichen ihrer Kameraden annehmen. Die Körper versteckte man vorerst in den U-Bahnschächten, um sie in der nächsten Nacht in den Bethmannpark zu bringen, damit sie einen würdigen Abschied erhielten.

Bevor ich mit Zenodot in die Kammer ging, schnappte ich mir noch einmal Alli. »Sag mal, wie bist du eigentlich an der Barriere und an den Schwarzmänteln im Gang vorbeigekommen?«

Sie lächelte mich wissend an. »Jeder Weltengänger hat so seine kleinen Geheimnisse. Ich habe die Gabe, äußerliche Gedankeneinflüsse zwar nicht ganz abzuschirmen, aber zumindest abzumildern. An der Barriere überkam mich ebenso der Drang, die Beine in die Hand zu nehmen, aber durch die Kobolde wusste ich, was mich erwartete und so kam es nicht überraschend – ich konnte mich darauf vorbereiten.«

»Aha!«, meinte ich nur und fragte weiter: »Und die Schwarzmäntel?«

Schelmisch grinsend zuckte sie mit den Schultern. »Purer Zufall. Ich wäre an den Schattenwesen niemals vorbeigekommen, wenn Einar nicht aufgetaucht wäre. Die Schwarzmäntel hatten mich noch nicht bemerkt, obwohl ich bereits sehr dicht bei ihnen war. Einar verursachte ein kleines Geräusch und die beiden Ungeheuer schossen los. Im selben Moment setzte ich den Wächterblick ein und schlüpfte einfach zwischen beiden hindurch – damit war der Weg zur Kammer frei.«

Mir fiel die Kinnlade nach unten und Zenodot, der Allis Erklärung ebenfalls vernommen hatte, schimpfte im Hintergrund: »Du leichtsinniges kleines Fräulein! Von einem Weltengänger hätte ich wirklich mehr Umsicht und Verantwortungsbewusstsein erwartet.«

Die Nordländerin überging die Bemerkung, lehnte sich nach vorne und raunte mir leise zu: »Könntest du mir einen kleinen Gefallen erweisen?«

»Der da wäre?«, fragte ich zögernd.

Sie legte die Stirn in Falten. »Ich weiß selbst, dass ich vorhin unbesonnen gehandelt habe. Ich kann wirklich verstehen, dass Zenodot wütend auf mich ist. Wenn ihr unten in der Kammer seid, versuche den Alten bitte etwas zu beruhigen.«

Ich schüttelte nur den Kopf. »Oh, Alli!«

»Bitte!«

»Schon gut, ich sehe, was ich tun kann«, flüsterte ich zurück.

Sie klopfte mir auf die Schulter. »Ich bin echt stolz auf dich. Du hast den Weltengängern heute alle Ehre gemacht. Und natürlich werde ich mich auch noch bei Zenodot persönlich entschuldigen.« Dann ließ sie mich stehen und eilte zu Julian und Cornelia.

Zenodot und ich schnappten uns Vigoris und schoben ihn vom Gleisbett in den langen Gang. Als wir die ersten Meter vorangekommen waren, fragte Zenodot unvermittelt: »Wie bist du eigentlich in den anderen Tunnel gelangt?«

Ich legte sofort meinen Finger auf den Mund und raunte: »Später, Zenodot, wir wollen uns doch eine kleine Überraschung nicht verderben.«

Der Bibliothekar blickte mich erstaunt und fragend an, hakte aber nicht weiter nach. Vigoris hingegen hatte sein Pulver anscheinend verschossen, denn er saß ruhig, den Kopf vornüber gebeugt, in seinem Stuhl und zeigte keinerlei Reaktion. Ich war mir natürlich im Klaren darüber, dass dies wahrscheinlich nur Show war, doch ich wollte sein Gesicht sehen, wenn ich ihm in der Kammer verriet, dass ich den zweiten Ausgang kannte. Und er würde sich im Stillen verzweifelt fragen, woher ich das wusste. In diesem Moment erinnerte ich mich an die kleine Statue, die noch immer in meiner Jackentasche steckte. Einer Eingebung folgend fragte ich sie: »Birgt die Kammer des Rollstuhlfahrers noch weitere Geheimnisse?«

Die Antwort kam prompt: »*Ja, an der Wand über dem Steintisch ist ein Fach in den Stein gelassen. Er verwahrt dort ein Buch auf. Ein zweites trägt er meistens bei sich.*«

ICH WUSSTE ES! »Ist dir bekannt, wie man es öffnet?«

»*Natürlich!*«

»Willst du es mir verraten?«

»*Schiebe beide Kerzenständer gleichzeitig nach hinten …*«

»Vielen Dank. Ich verspreche dir, ich werde dir einen schönen Platz im Freien suchen, dort kannst du den Himmel, die Sonne und die Nacht genießen.«

»*Das ist alles, was ich mir jemals erträumt habe. Ich danke dir!*«, meinte die Stimme glücklich und verstummte.

Je näher wir der Lapislazulikammer kamen, desto mehr Leben kam plötzlich wieder in Vigoris. Wir erreichten den Treppenabsatz und ich vollzog erneut das Ritual. Obwohl ich dem Diener genau ansah, dass er sich die Frage stellte, woher ich dies wohl wusste, sandte er einen triumphierenden Blick in den Raum. Wir schoben den Rollstuhl die Rampe hinunter und stellten ihn mitten in den Raum, mit dem Gesicht zum Altar.

»Überprüfe noch einmal die Fesseln, ob sie fest und sicher sitzen«, befahl der Bibliothekar.

Ich tat, wie mir geheißen wurde und bestätigte: »Alles in Ordnung!«

Zenodot würdigte den Diener mit keinem weiteren Blick und meinte lapidar: »Gut, dann lass uns jetzt gehen, damit ich die Kammer magisch versiegeln kann.«

Vigoris verzog sein Gesicht zu einem höhnischen Grinsen, während ich mich auf den kommenden Moment umso mehr freute. »Halt, Zenodot, eine Kleinigkeit noch!«

Der Alte blieb stehen und blickte mich verdutzt an. »Ja, Daniel?«

Ich schlenderte um den Rollstuhl und lehnte mich lässig gegen den Steintisch, sodass ich Vigoris direkt ins Gesicht schauen konnte – ich wollte den Augenblick genießen.

»Nicolas Vigoris – glaubst du wirklich, dass ich deine Geheimnisse nicht kenne?«

War vorhin Selbstsicherheit und Hohn auf dem Gesicht des Dieners zu lesen, so wandelte es sich nun in eine Art fragende Verwirrung. Er konnte mit meiner Frage natürlich nichts anfangen, denn er war sich seiner Sache sicher, dass niemand von dem zweiten Ausgang oder dem Fach Kenntnis hatte.

»Daniel, was soll das?«, fragte Zenodot ungeduldig.

Doch statt zu antworten, drehte ich mich blitzschnell um und schob beide Kerzenständer gleichzeitig nach hinten. Eine kleine Schublade, vorher unsichtbar, sprang aus der Wand. Ich langte hinein, bekam einen ledernen Gegenstand zu fassen, zog ihn heraus und zeigte ihn Vigoris. »Nun, wie du siehst, weiß ich um deine Geheimschrift!«

Mit starrem Entsetzen und echter Bestürzung stierte Vigoris auf das Buch in meiner Hand. Jetzt wurde es Zeit, noch einen drauf zu setzen. Wieder wandte ich mich um und drückte beide Augen der eingelassenen Dämonendarstellung. Erneut zischte ein kalter Hauch durch die Kammer, als sich die kleine Steintüre mit einem Knirschen öffnete. Unversehens war es mit der Beherrschung von Vigoris vorbei. Er bäumte sich in seinem Rollstuhl auf, schrie, tobte und zerrte mit aller Gewalt an den Lehnen, dass Zenodot hinzueilte, damit er nicht umkippte.

Ich ging vor dem Diener in die Knie, blickte direkt in seine eisblauen Augen und tastete mit beiden Händen seinen Körper ab. Tatsächlich erfühlte ich einen viereckigen Gegenstand, fasste in die Innentasche seiner Jacke und brachte ein zweites Buch zum Vorschein. Die blanke Panik spiegelte sich im Antlitz von Vigoris wider. Ich beugte mich, so nah wie möglich, an sein Gesicht und raunte ihm verächtlich zu: »Ich werde dafür sorgen, dass du aus dieser Kammer nur rauskommst, wenn wir es wollen. Die Zeiten deiner Böswilligkeit und Mordlust sind vorbei. Du wirst jetzt genug Zeit haben, über deine Taten nachzudenken, obwohl ich stark bezweifle, dass du dies überhaupt in Erwägung ziehen wirst. Außerdem bin ich mehr als gespannt, was wir in deiner Lektüre alles lesen werden.«

Es schallte ein leises »*Jaaa, gut gesprochen, Graustimme.*« durch meinen Kopf.

»Und jetzt Diener des Dämons werden wir *alle* Ausgänge versiegeln und dich in deinem Kerker zurücklassen. Lebe wohl, in der Hoffnung, ich sehe dich nie wieder. Zenodot, gehen wir!«

Nach meinen Worten sackte Vigoris regelrecht in sich zusammen. Die unbeschreibliche Fassungslosigkeit in seinen Augen sprach Bände und über allem schwebte seine stille Frage: *Woher wusste dieser Junge von all diesen Dingen?* Sollte er darüber grübeln, so lange er wollte, denn er würde die Antwort niemals erraten! Wie könnte er auch nur ansatzweise auf die Idee kommen, dass es eine winzige Statue gewesen war, die sich nichts sehnlicher gewünscht hatte, als der Dunkelheit zu entkommen.

Drei Monate später

Drei Monate waren nun seit den Vorfällen in der Konstablerwache vergangen und langsam kehrte eine gewisse Normalität in mein Leben zurück, sofern man das Pendeln zwischen zwei Welten überhaupt als Normalität bezeichnen konnte. Ich hatte meinen Job wieder aufgenommen und konnte endlich auch in meine Wohnung zurückkehren. Außerdem hatte ich mein Versprechen eingelöst und der kleinen Statue einen schönen, geschützten Platz im Bethmannpark ausgesucht. Ich glaube, wenn Steine weinen könnten, dann hätte diese kleine Skulptur vor Glück und Freude Tränen vergossen. Cornelia Lombardi hatte sich inzwischen von der Begegnung mit den Schwarzmänteln weitestgehend erholt. Ihr vom Alter gezeichnetes Gesicht hatte wieder einen jüngeren Teint angenommen, doch ihre weißen Strähnen waren geblieben. Sie nahm es mit Humor und meinte, das mache sie nur noch interessanter. Insgeheim gab ich ihr sogar recht, die schwarzen Haare durchzogen mit den weißen Strängen wirkten durchaus geheimnisvoll. Alli war schon zurück nach England gereist, doch es verging kaum ein Tag, an dem sie sich nicht kurz per E-Mail meldete.

Die Kobolde hatten ihren gefallenen Freunden einen würdigen Abschied gegeben. Leider durften weder ich, Zenodot oder sonst irgendein menschliches Wesen an der Trauerzeremonie teilnehmen, denn so verlangt es die Tradition der Waldkobolde. Tarek meinte nur, sie seien unter den Wurzeln eines heiligen Haines außerhalb von Frankfurt begraben worden. Ich fragte nicht weiter nach und ließ es auf sich beruhen, denn seit die Hälfte der kleinen Kerlchen fehlte, war es entgegen früher ziemlich ruhig um die Tiefenschmiede geworden.

Nicolas Vigoris saß noch immer in der blauen Kammer und wartete auf sein Schicksal. Zenodot hatte viele Weltengänger kontaktiert, damit in der Welt ein geeignetes Gefängnis für den Diener des Dämons gefunden werden konnte. In diesem Zuge hatte der Bibliothekar eine große Versammlung der verschiedenen Weltengängerfamilien zu Samhain einberufen. Samhain ist eines der großen Feste der »anderen« Welt, wir kennen es unter Halloween und Allerheiligen. In der Nacht vor dem ersten November sollten die restlichen Gravurplatten in einer Zeremonie den ursprünglichen Besitzern zurückgegeben werden, sodass sie wieder in alle Winde verstreut werden.

Lediglich einer hatte noch alle Hände voll zu tun, nämlich Kommissar Julian Schwarzhoff. Seine Kollegin Carolin Kreillig war völlig gesundet, doch die Erinnerung an den Vorfall im Bethmannpark war nie wieder zurückgekehrt. Das Buch, das ich Vigoris aus der Tasche gezogen hatte, erwies sich als eine wahre Fundgrube an Korruption, Erpressung und sonstiger krimineller Machenschaften. Mehrere Sonderheiten der Kriminalpolizei beschäftigten sich bereits damit und die vielen Hinweise in dem Buch führten zu jeder Menge Verhaftungen. Jedoch wurde der Druck auf Schwarzhoff immer größer, da er die Quelle seines Wissens, aus verständlichen Gründen, nicht preisgeben wollte und konnte. Die Presse hingegen stürzte sich auf das Verschwinden des großen Kunstmäzens Vigoris und spekulierte in wildester Manier, was vorgefallen sein mochte. Natürlich wurden alle Bediensteten von Vigoris polizeilich vernommen, doch alles, was man herausfand, war, dass sich seine Spur an der Konstablerwache verlor und keiner, auch sein Chauffeur nicht, sich einen Reim darauf machen konnte. Den Aussagen des Fahrers und des Dieners nach hatte ihr völlig aufgelöster und emotional sehr erregter Chef sein Haus gegen 2 Uhr verlassen und verlangt, an den östlichen Eingang der U-Bahnstation gefahren zu werden. Trotz heftigem Protest seines Chauffeurs suchte er alleine die unteren Ebenen der U-Bahn auf und als nach er nach vier Stunden immer noch nicht zurückgekehrt war, erstattete der Fahrer eine Vermisstenanzeige. Auf den darauffolgenden zwei Tagen wurden die Tunnel rund um die Konstablerwache mehrfach erfolglos durchkämmt, was zur Folge hatte, dass man sich den Unmut tausender Pendler und ihrer Arbeitgeber zuzog, da die U- und S-Bahnen nur eingeschränkt oder gar nicht verkehrten. Das zweite Buch, das Vigoris in der blauen Kammer verwahrte, hatte ich Zenodot übergeben, der sich daraufhin mehr als drei Tage in seinem Arbeitszimmer eingeigelt hatte. Als ich ihn später zu dem Inhalt des Buches befragte, meinte er ausweichend, dass es äußerst gefährlich sei, denn noch nie habe er eine so große Vielzahl an schwarzmagischen Zauber und Beschwörungen gesehen. Er habe sich deshalb entschlossen, das Buch an einem sicheren Ort zu verwahren, damit nichts und niemand dieses bösartige Werk jemals wieder zu Gesicht bekäme. Er benötigte fast eine Woche, um sich von den gelesenen Zeilen zu erholen. Nach weiteren drei Monaten wurde das endgültige Gefängnis für Nicolas Vigoris gefunden. Ein Kerker, der ähnlich wie Stongehenge an einem Knotenpunkt weißmagischer Kraftlinien lag. Aus verständlichen Gründen kann und will ich Ihnen den Standort nicht preisgeben. Jedoch wurde diese Kammer unter großem Aufwand versiegelt, damit sichergestellt ist, dass der Diener des Dämons nie wieder das Licht der Sonne erblicken wird. Auf diese Weise wurde Nicolas Vigoris ein für alle Mal vom Angesicht der Welt getilgt.

Was bleibt ganz zum Schluss noch zu sagen?

Gestatten Sie mir einen Rat, werter Leser, sollten Sie einmal eine flüchtige Bewegung im Schatten erhaschen, denken Sie daran: Es gibt mehr zwischen Himmel und Erde als Logik und Wissenschaft. Gehen Sie also mit offenen Augen durch die Welt, denn sie bietet viel mehr, als wir manchmal vermuten.

Ihr Daniel Debrien

*Jörg Erlebach, Jahrgang 1965,
geboren in Kaufbeuren im Allgäu,
wohnhaft in Frankfurt am Main.*

JÖRG ERLEBACH

GRAUE NEBEL UNTER FRANKFURT

„VERGANGENHEIT TRIFFT GEGENWART"

SadWolf Roman

Ebenfalls von Jörg Erlebach:
Band 2 – Graue Nebel unter Frankfurt
(ISBN: 978-3-96478-014-0)

Im Jahre 1772 a.D. wird die Dienstmagd Susanna Margaretha Brandt an der Frankfurter Hauptwache wegen Kindstötung durch das Schwert gerichtet. Doch was hat dieser Vorfall mit der seltsam nebelhaften Gestalt zu tun, die hier und heute reihenweise Menschen in den U-Bahnschächten, sowie der Frankfurter Kanalisation meuchelt? Unversehens findet sich der Historiker und Weltengänger Daniel Debrien im Strudel von Ereignissen wieder, die vor sehr langer Zeit ihren Anfang nahmen. Denn wenn sogar ägyptische Gottheiten in diesem Spiel mitmischen, sollte man sich besser vorsehen …

Es gibt eine Welt, die neben unserer menschlichen existiert. Eine Welt, in der Magie und vermeintliche Fabelwesen sehr real sind. Die Menschen können diesen Kosmos jedoch nicht mehr wahrnehmen, da sie vor langer Zeit die Fähigkeit verloren haben, an jene Dinge zu glauben.

Heute ist die neue Magie Logik, Wissenschaft, Technik – und Fabelwesen existieren nur auf der Leinwand. Die Wesen der anderen Welt hingegen haben über die Jahrtausende Möglichkeiten gefunden, sich vor den Menschen zu verstecken – sich quasi unsichtbar zu machen, obwohl sie da sind. Über Generationen hinweg hat die Menschheit einfach nur verlernt, genauer hinzusehen.

Wir Weltengänger sind in der Lage diese unterschiedlichen Universen wahrzunehmen, doch diese andere Welt bringt nicht nur Gutes hervor …

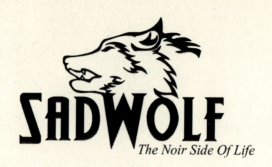